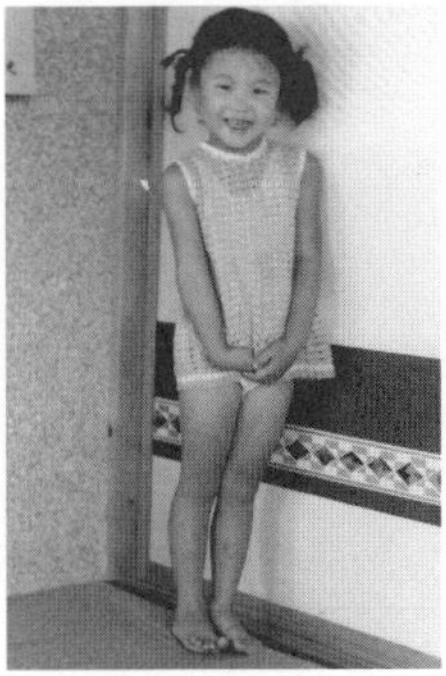

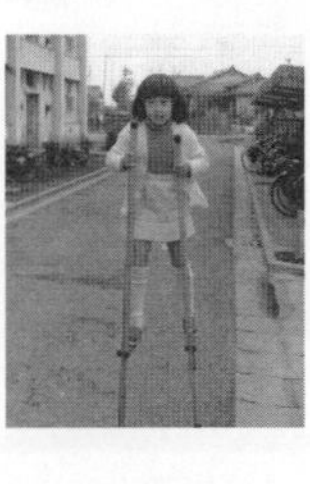

少女たちの思い出2000語

夢みる昭和語

女性建築技術者の会　編著

三省堂

はしがき

女性建築技術者の会は、建築関係の仕事にたずさわる女性の集まりです。

私たちの育った時代は、物が少なく、今とは比較にならないほど、不便な時代でした。

限られたものの中で工夫を凝らし、その工夫が智恵となり、手間をかけることで、物を大事にし、暮らしてきました。そんな幼い頃の生活が、何かのお役に立てたらと思い、この本を作りました。

作るにあたっては、みんなで集まって、たくさんおしゃべりしながら、昭和のことを少しずつ思い出していきました。まるで、古いアルバムの中に戻ったかのように、楽しい時間でした。

原稿は、子供の頃のことなので、家庭や地域や学校生活などの日常生活の出来事が中心になっています。

原稿を書いたメンバー四十六人の大半は昭和三十年～四十年代に少女時代を送りました。

その頃の私たちの写真を、表紙の裏に載せています。各原稿の末尾に、書いた人の名前も示しました。

この本は、国語辞典のように、どこからでも読めます。見出しは約二千。ぱらぱらとめくって好きなところから読んでください。関心のある言葉を「テーマ別索引」から引くこともできます。

また、この本は、持ち歩いたり、みんなで回覧したりしてください。

この本をきっかけにして、ご家族やお友達との会話に花が咲けば幸いです。

あなたにとっての昭和の宝物が見つかりますように。

女性建築技術者の会　矢賀部雅子

「夢みる昭和語」執筆者一覧

地名は十歳頃の住所。区名表示は東京都。

本文中の表示	親の職業	生年	本人の名前	職業
糸井・太田市	農家	昭33	糸井あさ美	建築士
今井・横浜市	呉服店	昭20	今井　淳子	建築士
岩倉・沼津市	会社員	昭40	岩倉　朗子	建築士
上野・大田区	会社員	昭30	上野　陽子	建築士
大宇根・高松市	醤油製造	昭18	大宇根成子	建築士
大平・長野県下伊那郡	農家	昭32	大平　幸子	建築士
岡部・浦和市	会社員	昭37	岡部　千里	建築士
岡村・柏市	水道工事	昭30	岡村由紀惠	水道設備
越阪部・所沢市	農家	昭27	越阪部幸子	建築士
葛西・青森市	設計士	昭27	葛西　和子	建築士
風祭・高萩市	兼業農家	昭54	風祭　千春	建築士
勝見・金沢市	会社員	昭38	勝見　紀子	建築士
加部・田辺市	会社員	昭25	加部千賀子	建築士
菊池・新宿区	会社員	昭22	菊池　邦子	建築士
岸　・平塚市	魚屋	昭24	岸　　英子	建築士
木村・名古屋市	会社員	昭29	木村真理子	建築士
小暮・船橋市	教員	昭26	小暮　正子	編集者
古村・大田区	会社員	昭27	古村　伸子	プランナー
小渡・静岡市	竹細工業	昭21	小渡佳代子	建築士
島田・旭川市	国鉄勤務	昭22	島田　眞弓	建築士
杉山・小平市	公務員	昭33	杉山　経子	研究者
鈴木・松阪市	教員	昭24	鈴木　久子	建築士

説田・今治市	商店	昭31	説田　仁子	建築士
竹岡・天童市	教員	昭19	竹岡美智子	インテリア
田中・西宮市	会社員	昭30	田中　洋子	建築士
戸川・船橋市	公務員	昭41	戸川　理子	建築士
中林・前橋市	糸繭商	昭22	中林美知子	建築士
新見・前橋市	洋服仕立	昭22	新見美枝子	建築士
西岡・浦和市	公務員	昭27	西岡麻里子	建築士
羽沢・佐野市	兼業農家	昭33	羽沢　昌子	建築士
浜田・神奈川県二宮	国鉄	昭22	浜田　幾恵	建築士
林屋・世田谷区	会社員	昭17	林屋　雅江	建築士
桧垣・呉市	公務員	昭23	桧垣　葉子	建築士
東　・港区	公務員	昭23	東　由美子	建築士
福井・本荘市	商店	昭22	福井　綾子	建築士
藤本・横浜市	会社員	昭44	藤本　美子	建築士
松井・島根県大原郡	農家	昭41	松井真由子	建築士
松崎・千葉市	時計商	昭35	松崎志津子	確認審査
松本・北区	会社員	昭30	松本みどり	インテリア
武藤・武蔵野市	公務員	昭31	武藤　順子	インテリア
矢賀部・八女市	兼業農家	昭26	矢賀部雅子	建築士
柳川・長野県上伊那郡	国鉄	昭27	柳川田鶴子	建築士
山本・青森市	公務員	昭24	山本　典子	建築士
吉田・横浜市	会社員	昭23	吉田　洋子	プランナー
芳村・浦和市	会社員	昭22	芳村　遥	建築士
渡会・目黒区	会社員	昭15	渡会　有子	インテリア

『夢みる昭和語』テーマ別索引

●見出し2千語をキーワードで分類。本文は五十音順なので頁は略。
商標名は本文中の見出しに(商)と記した。

遊び

…………動物と遊ぶ●

カエル　オタマジャクシ　カエルの解剖　カエルの卵

ネコ　猫の集会　ねこまんま　猫の練炭中毒　猫を飼う

ネズミ　アオダイショウ　毛皮　同居人　長押(なげし)　ネズミが出る　ネズミの運動会　ネズミの仔

金魚　金魚のお墓　金魚の水替え　金魚屋さん　グッピー

小鳥　十姉妹(じゅうしまつ)　ツバメのお宿　手乗りインコ　伝書鳩　鳥かご　ヒバリの巣

虫　秋の虫　カガミッチョ　コガネムシ　玉虫　なめくじ　ハチに刺される　ハチの子　ハチの巣　ヒル(蛭)　蛍　蛍の光　みのむし

虫捕り　赤トンボ　セミ捕り　鳥もち　トンボ捕り　ゆとり

娯楽

少女雑誌　懸賞　少女雑誌の付録　少女フレンド　少女漫画　それいゆ　なかよし　不幸の手紙　マーガレット

新聞　家計の足し　コボちゃん　サザエさん　フクちゃん

本　家の光　偉人伝　暮しの手帖　児童文学全集　少女小説　谷間の百合　任侠もの　ボーイズライフ　マコとミコ　貧しい本棚　ミステリー　昔話　ろくろ首

漫画　いじわるばあさん　貸本屋さん　サザエさん　少女雑誌の付録　少女漫画　床屋さんの漫画　漫画

TV　カラーテレビ　白黒テレビ　チャンネル争い　チャンネルを回す　テレビ　テレビがやってきた　テレビと座席　テレビの置き場所　テレビの砂嵐

TVを見せてもらう　ごんぜん　テレビアンテナ　もらいテレビ

TV番組　アメリカのTVドラマ　きょうの料理　ゴジラ　渋柿おじさん　相撲中継　ディズニーの番組　はじき豆　8時だョ!全員集合　プロレス中継　ポパイ　野球中継

ラジオ　米のゴミ取り　深夜放送　停電　ラジオ

ラジオ番組　赤胴鈴之助　鐘の鳴る丘　君の名は　尋ね人の時間　向こう三軒両隣

音楽　群馬交響楽団　ジンタ　天然の美

歌　歌声喫茶　お富さん　オリンピック音頭　合唱　島倉千代子の歌　唱歌　女学生愛唱歌集　フォークソング　流行歌

録音　デンスケ　ラジカセ

楽器　エレキギター　チャルメラ　ハモニカ

オルガン　足踏みオルガン　猫踏んじゃった　ピアノが届く

ピアノ　貸しピアノ　ピアノのお稽古　ピアノの発表会

レコード　組み立て式蓄音機　ジュークボックス　ステレオ　ソノシート　蓄音機　ポータブルレコードプレーヤー　レコード　レコードのレンタル店　レコード盤

おでかけ●

習い事　お習字　貸しピアノ　そろばん塾　バイオリン教室　バレエ教室　ピアノのお稽古

お出かけ　お出かけ　土手　バスケット　ハレの日　夜桜

外出着　いっちょうら　おめかし　べっちん　よそゆき

デパート　エレベーター　お子様ランチ　デパートの屋上遊園地　デパートの大食堂　百貨店

映画　映画館　映画のお伴　映画のポスター　お化け映画　教育映画　公園で映画会　ゴジラ　チャンバラ映画　天然色　ナトコ映画　なりきり健さん　裸の島　バンビ　ブロマイド　洋画

心

祭 お祭りのヒヨコ 神社の祭 夏祭り 盆踊り
縁日 アセチレンガス 海ほおずき しんこ細工 テーブルうさぎ はっかパイプ ピロピロ笛 ぽんぽん船 露店のヒヨコ
紙芝居 カチカチ 紙芝居屋さん 貯金箱 水飴（みずあめ）
花火 肩車 線香（せんこう）花火 てぼたん 花火 花火見物 花火大会 花火のやぐら 物干し台
遊園地 上野動物園 サーカス ジェットコースター デパートの屋上遊園地 花やしき ミニ機関車 ロケット

行事●

行事 えびす講 えびす様 おこぼさん お月見 寒行（かんぎょう） こいのぼり 十五夜飾り 節句の食べ物 節分 節分の夜 七夕飾り 七夕祭り ほっけんぎょう
ひな祭 おひな様 近所のお婆さん ひな箱 ひもうせん
クリスマス クリスマス会 クリスマスケーキ サンタさん サンタさんの手紙 もみの木
大晦日（おおみそか） 大晦日 大晦日のお払い 大晦日の枕元 しめなわ 障子の生活 手ぬぐい
正月 お稲荷さん お正月のしつらえ お正月の食べ物 御せち お年越し料理 お年玉 お屠蘇 書き初め 数え年 元日の朝 黒豆 獅子舞 新年会 羽子板 ぽっくり 繭玉飾り
正月遊び あまつかぜ～ 家庭麻雀 かるた 七並べ 双六 トランプ 花札 羽根つき 百人一首 福笑い みかんつり
お祝い えりかけ餅 お祝いの日 お七夜参り 帯開け 鯉の甘露煮 七五三参り 上棟式 花電車 人寄せ 餅まき
結婚式 桟橋（さんばし）で見送り 自宅で結婚式 祝言をあげる 所帯を持つ 道具見せ 仲人さん 花嫁さん 嫁入り道具

心

神仏 うじがみ様 えびす様 えんま様 お稲荷さん お地蔵さん お払い 陰膳（かげぜん） 神棚 こうじん様 じぞう講 しめなわ 大黒様 半紙 仏壇 仏壇に供える 屋敷稲荷
葬い 弟の葬儀 座棺 自宅で葬儀 死人花 葬式 祖父の死 土葬 土饅頭 野辺送り 花輪 法事 墓地 わらじ
墓参り 戦争未亡人 墓参り
戦争 空き地 遺族の家 空襲 シベリア抑留 終戦記念日 傷痍軍人 焼夷弾 食糧難 戦争孤児 戦争の話 戦争未亡人 尋ね人の時間 バタヤ部落 引き揚げ 引揚者 引揚者用住宅 引揚船 浮浪児 米軍基地 防空壕
農村 稲刈り休み お弁当がない子 靴磨き 純喫茶 都会と農村 ナトコ映画 裸の島 八月の火鉢 標準語 風鈴
不思議 あかずの間 家出 井戸のこだま 宇宙の話 こっくりさん ごはん粒の魔法 謎のインク売り 花のお姉さん
大切 アイスショー 石蹴り 絹の靴下 コールタール 宝物置き場 鉄腕アトムシール 泥だんご 仏壇にあげておく
秘密 絵具箱 鍵付日記帳 交換日記 タンスの秘密 秘密基地 秘密の階段 父母の秘密 掘りごたつのやぐら
手紙 赤ちゃん 芋版 サンタさんの手紙 告げ口 転校 不幸の手紙 文通 ペンパル ラブレター
写真 刺繍のついたアルバム 写真館 セピア色 二眼レフカメラ 日光写真 8ミリ ブロマイド

しつけ●

いたずら　悪態（あくたい）　あだ名　近所のお爺さん　仲間はずれ　にせのラブレター　庭でゴミを燃やす　もち米

しつけ　あいさつ　えんま様　お墓で走らない　おやすみなさい　しつけ　整理整頓　食べ物でけんかしない　寝る時間　箸（はし）のしつけ　人さらい

もったいない　お下がり　お酢と洗髪　お古　着回す　固形せっけん　もったいなかたい　わたあめ

ほめられた　お客さん　お歳暮　毛糸の巻き取り　手こぎポンプ　ニワトリ　ぬれ手ぬぐいで包む　みんな出ておいなあ！

おどされた　サーカス　バキュームカー

しかられた　赤土　おがくず　お好み焼き　お茶殻　お使い　お手伝いさん　お日様の匂い　貸本屋さん　かつおぶし削り器　教室で立たされる　くじやさん　こらー　下宿のお姉さん　三尺の壁　地袋（じぶくろ）　障子の張り替え　水筒　銭湯での遊び　即席ラーメン　脱脂粉乳　遅刻の理由　電気釜　謎のインク売り　庭でゴミを燃やす　裸の島　ピアノの発表会　ふとんで遊ぶ　文庫蔵　ベランダ　物置に閉じ込める　落書き　レンゲ　綿ぼこり　和ダンス　わらぶとん　わんぱく

たたかれた　板チョコ　ピアノのお稽古　ひっぱたく　びんた

きもち●

理不尽　お灸（きゅう）をすえる　女の子なんだから　蔵に閉じ込められる　こらー　正座　男尊女卑　亭主関白　橋の下から拾ってきた　物置に閉じ込める　よその子は

恥ずかしかった　おでき　シミちょろ　身体検査　ターザンごっこ　朝礼　つぎあて　鉄棒　はみパン　マンボズボン　メガネ

うれしかった　赤いりんご　甘食　雨の日のお迎え　お寿司　お中元　お年玉　近所のお婆さん　黒土　下駄屋さん　子供部屋　砂糖水　机　手こぎポンプ　人形焼き　バナナ　火おこし　瓶入りジュース　ミルク飲み人形　よろずやさん

楽しみだった　赤いバラ　あぶりだし　家の光　井戸端　インドりんご　映画のお伴　おこげ　おひな様　おもち　かくまき　勝手口　カブ号でお迎え　川遊び　グリコのおまけ　クリスマス会　氷の冷蔵庫　コボちゃん　こわい話　潮干狩り　ししゅう　しまい湯　ジャー　終戦記念日　焼却炉　スケート場　チャンバラ映画　吊りスカート　手編みのセーター　デパートの大食堂　電車ごっこ　トマト回り　富山の薬売り　夏祭り　日光写真　寝る時間　のりやさん　箱庭　花火のやぐら　母の手作り　針箱　ピロピロ笛　フェルトマスコット　ふとんで遊ぶ　フレンチトースト　保存食　まくわうり　漫画　ミステリー　昔話　もみの木　リボン　りぼん　リリアン

楽しかった　あまもり　あんこやさん　衣桁（いこう）　井戸のこだま　梅チュッパ　縁台将棋　お茶作り　お手伝い　お針箱　かいこ棚　ガリ版　ギャザースカート　キャンプ　金魚屋さん　近所のお爺さん　グッピー　くど　公園で映画会　里芋を洗う　皿洗い　三畳間　サンドイッチ　食堂車　書生さん　白黒テレビ　双六　竹細工　竹で遊ぶ　ちんどん屋さん　鉄棒　都電　内職の下請け　縄ない　庭でゴミを燃やす　廃品回収　橋の下　花電車　原っぱ　ひな箱　へちま水　文通　分銅　ホタル　水たまりで遊ぶ　道草　ミルキー　もち米　もらい風呂　リヤカ

ーを引く　ろうそく　ローラー脱水式洗濯機　わたぼこり

うらやましかった　アベック　腕を組む　越境入学　毛剃り
自転車　ブラジャー　レコードのレンタル店

残念・後悔　ザリガニ　告げ口　奉納舞　ミルク飲み人形

不満　隠れボス　ごはんを食べたくない　謎のインク売り

悲しかった　転校　ピアノのお稽古　ひいばあちゃん　夕方
雪だるま

いやだった　運動靴　お赤飯をたく　写真館　雑巾色　耐寒マラソン　長屋　猫背

こわかった　犬の遠吠え　映画館　映画のお伴　お稲荷さん　お化け映画　お風呂の釜　ゴジラ　こわい話　こわい夢　地震の備え　ぜんそく　チャルメラ　猫の集会　歯の抜き方　剝製（はくせい）　便器のふた　墓地　夕焼け　床下探険　ろうそく

不安　器械運動　授乳　身体検査　大学ノート

迷子になった　演芸場　紙芝居屋さん　大変な子　迷子

事件・事故　一酸化炭素中毒　海に落ちる　ガス風呂　クレゾール液　こえだめに落ちる　せっけん水　駐在さん　トイレに落ちる　ドブに落ちる　用水路に落ちる

体

体　赤いほっぺ　乾布まさつ　背比べ　猫背　はだし　八頭身

歯　あだ名　歯が抜けたら　歯の抜き方　八重歯

目　星を見る　メガネ　ロイド眼鏡

生理　赤いごはん　あのー　アンネの日　お赤飯を炊く　くみとり屋様　初潮　生理用品　メンス

性　エッチ　お医者さんごっこ　お納戸　お風呂　キスシーン　子供ができたら大変　辞書を引く　のぞき　リヤカーに毛布

検査　回虫　ぎょう虫検査　血液型検査　検便　シラミ検査
身体検査　虫下しチョコ

ケガ　油紙　川で泳ぐ　ケガ　土の道　ブランコ

やけど　線香花火　陶器の湯たんぽ　豆炭（まめたん）あんか

手荒れ　アカギレとヒビ　シモヤケ　ベルツ水　メンタム

くすり　赤チン　アロエ　イチジク浣腸　お灸（きゅう）　オブラート　膏薬（こうやく）　常備薬　タコの吸出し　富山の薬売り　のどシロップ　まむしの焼酎漬け　メンタム　桃の葉

消毒　アルコール綿　ガーゼ　脱脂綿　病院の匂い

医者にかかる　往診　近所のお医者さん　クレゾール液　種痘（しゅとう）の痕　じんましん　注射器　ひきつけ　ひょうそ

病気　おまじり　水銀体温計　ぜんそく　はしか　水枕　流感（りゅうかん）　流行病

五感●

香り　おだんご　お茶摘み　高級化粧紙　すりこ木　竹の皮
トースト　ドーナツ　ニシン漬け　フレンチトースト　麦茶　りんごのじゅうたん

匂い　アセチレンガス　いろり端　インクの匂い　お日様の匂い　ガソリンの匂い　看板屋さん　幸せの甘い匂い　畑の香水　バラ園　ポマード　ロバのパン屋さん　わらの匂い　山百合の匂い

手ざわり　カエルの卵　蚊帳の感触　コールテン　新聞紙切り
乳搾りのコツ　まわた　もみがら

ぬくもり　お祝いの日　ぜんそく　手縫い　生卵　物干し竿

化粧

化粧　お化粧　鏡台　鏡台のカバー　口紅　ゴブラン織り　コンパクト　姿見　セルロイドのパフケース

髪　網カバー　お酢と洗髪　シャンプー　すき櫛(ぐし)　床屋(とこや)さん　パーマ　パーマ屋さん　バリカン　ポマード　リンス

髪型　おかっぱ　お下げ髪　髪を結う　刈り上げ　日本髪　文金高島田　坊ちゃん刈り　ポニーテール　三つ編み

髪飾り　赤いバラ　カチューシャ　バンダナ　ヘアバンド　リボン

人

こども　あまのじゃく　いじめっこ　お泊まり　同じ年頃の子　おみそ　かぎっ子　健康優良児　孤児院の子　一人歩き　浮浪児　みそっかす　面倒見のいい子　もらわれっ子

あまえんぼ　お母ちゃんはどこ?　かっぽう着　金魚のふん

こどもの居場所　縁側(えんがわ)　三尺の壁　すみっこ　タンスの上　誰も居ない家　風呂の焚き口　掘りごたつのやぐら

女の子　雨戸がない　お転婆(てんば)　隠れボス　学級委員　教室で立たされる　少女小説　男女同権　羽根つき

男の子　エッチ　男の子は　検便　少年雑誌　つくし　入学式　はだし　蜂(ハチ)に刺される　蜂の巣　洟(はな)垂らし　バンカラ　プロポーズ　ボーイズライフ　わんぱく

友達　腕を組む　お誕生日会　転校　転校生　友達の家にゆく(碁石　団地の間取り　道草　寄り道)　仲間はずれ　別れ

家族

赤ちゃん　赤ちゃん　赤ちゃんコンクール　お産婆(さんば)さん　オシメの洗濯　おむつ　授乳　進駐軍　よだれ掛け

子守　一反木綿(いったんもめん)　いづめっこ　乳母車　おばあちゃん　おぶいひも　鶏糞(けいふん)　子守さん　背守り　柱に子供をくくる

きょうだい　兄が優先　きょうだい　兄弟げんか　姉妹げんか　口止め料　子守さん　半分こ　ひいき　連れて行きなさい

家族　一家だんらん　こわい話　末っ子　夫婦げんか　もらわれっ子　**大家族**　十五坪の家　大家族　ちゃぶ台のふしぎ　ちゃぶ台のまん中　ランドセル

母　手間ひま　母の生き方　母の手作り　母の日　マコとミコ

父　お寿司　ちゃぶ台をひっくりかえす　とっちゃん

祖父母　隠居部屋　おじいちゃん子　おばあちゃん　ご隠居さん　こらー　サラダ　祖父の死　祖父母の部屋　祖母　祖母の決まりごと　ひいばあちゃん

同居人　居候(いそうろう)　お手伝いさん　下宿のお姉さん　下宿のお兄さん　女中さんと書生さん　書生さん　大家族　同居人

呼び名　あだ名　お姉さん　おみそ　カタカナの名前　みそっかす　呼び名

つきあい

おみやげ　お寿司　絹の靴下　キャラメル　出張の宿　卵を買う　東京のお土産　ハワイ土産

客　あいさつ　泉屋のクッキー　お客さん　お客さんをあおぐ　座敷　てんやもの　瓶入りジュース　もてなし風呂

贈答　うちわ　お移り　お配り　お歳暮　お中元　卵をお遣い物に　のし紙　初物　メロン

食

近所づきあい 雨が降ってきましたよ～ いいあんばいですね 井戸端会議 おしょうゆ貸して 回覧板 ごせいが出ますね 言葉をかける ごはんをよそで ごめんなんしょ 立ち話 地域で育つ 道具は共有 隣のお姉さん ドブさらい 荷物をあずかる はいっと～ もらいテレビ もらい風呂 もらい湯

互助 お講(こう) 日掛(ひがけ) 無尽(むじん) 寄り合い

憩い 足もみ 肩車 肩たたき券 大の字になる 籐椅子 湯治(とうじ) 土曜の夜 へっこきおじさん 骨休め 耳かき

一服 板の間 一服 縁側 縁台 おしのぎ お茶がら おにぎり おまわりさん 汽車 長火鉢 魔法瓶

涼む うちわ 縁台将棋 お客さんをあおぐ 渋うちわ

食

食事 朝ごはん 一家だんらん お膳立てして お膳を出して お膳を拭いて ごはんの時間 ごはんよ！ ごはんをよそで

食卓 赤い飯台 ダイニングテーブル ちゃぶ台 箱膳 飯台

お弁当 アルマイトのお弁当箱 遠足 お弁当がない子 お弁当の交換 お弁当箱 汽車のお弁当 行商列車 のり弁

給食 給食 給食がない 給食の布巾 給食袋 給食を届ける ソフト麺 脱脂粉乳 残り当番 太うどん ミルメーク

つまみぐい いつもおなかをすかしていた かごろじ 刈り上げ餅 乾燥芋 ザラメ 庭の木戸

ごちそう 一家総出 井戸で冷やす ジャガイモの千切り 葬式の料理 大学芋 卵かけごはん てんやもの トンカツの日

ごはん 赤いごはん おこげ おこわ お赤飯をたく おにぎり おまじり ごはん粒の魔法 卵かけごはん 泥棒 猫まんま 残りごはん 冷やごはん マヨネーズごはん

ごはん入れ おひつ つりこじょうけ めしかご

ごはんの保温 おひつの保温 こたつで保温 ジャー

パン 揚げパン 甘食 おっぱいパン コッペパン サンドイッチ トースター トースト パン券 パンの耳 フレンチトースト マーガリン ロバのパン屋さん

米 お米持参の修学旅行 お米のとぎ方 お米屋さん おこわ 米のゴミ取り 米櫃(こめびつ) 米穀通帳 もち米

餅(もち) あんころ餅 お供え餅 お餅 刈り上げ餅 上棟式 ぬた餅 のし餅 餅つき 餅まき ヨモギ摘み

食 うどん オートミール おかめうどん お寿司 おみおつけ こうじ こんにゃく玉 すいとん そうめん 即席カレー 即席ラーメン 手打ちうどん 手打ちそば 納豆づくり ナポリタン 生物(なまもの) 保存食 ミートソース 味噌汁 メリケン粉

卵 初卵(ういらん) うみたての卵 卵かけごはん 卵は高かった 卵焼き 卵をお遣い物に 卵を買う 生卵 鶏の卵

魚・肴 うつぼ ウナギ 海釣り 鰹のたたき 鯉の甘露煮 魚売りのおばさん 魚屋さん 魚屋のおばさん ドジョウ炒め ニシン漬け 頬通(ほおどし) ぼてふり 焼き魚

肉 牛肉 ぎょうざの日 鯨肉 すき焼き 鉄鍋餃子 トンカツの日 肉の値段 肉屋さんのコロッケ ビフテキ メンチボール

野菜 灰汁(あく)ぬき こんにゃく玉 サラダ ジャガイモのゆで汁 とうなす どどめ トマト 取り立ての野菜 長人参

さつま芋 石焼き芋 芋掘り 映画のお伴 かごろじ 乾燥芋

大学芋　つぼ焼き芋　ベランダ　見越しの松　焼き芋

さと芋　きぬかつぎ　近所のお婆さん　里芋を洗う　竹のへら

漬物　おこうこ　汽車のお弁当　サッカリン　漬物　漬物石　漬物小屋　漬物樽　白菜を漬ける　古漬

ぬかみそ　あげぶた　ぬかどこ　ぬかどこの水取り　ぬか味噌

果物　果物屋さん　二十世紀梨　バナナ　ハワイ土産　まくわうり　みかんつり　メロン　もぎたての果物　**すいか**　すいか　すいかの種飛ばし　すいかは裸で　**りんご**　赤いりんご　インドりんご　美味しいりんご　りんごのじゅうたん　りんご箱

梅干　梅チュッパ　梅干と砂糖　祖父母の部屋　竹の皮に梅干　庭の木戸　干し棚　保存食

調味料　手作り調味料　手作りマヨネーズ　マヨネーズ

みそ　おみおつけ　味噌汁　味噌作り　味噌屋さん

しょうゆ　こうじ　しょうゆ缶　しょうゆ造り　のり弁

砂糖　黒砂糖作り　砂糖水　ザラメ　ズルチン

●菓子

アイス　アイス　アイスキャンデー屋さん　クリームソーダ　つららを食べる　手作りアイス　レジ

飴(あめ)　あめ玉　キャラメル　こんぺいとう　サイコロキャラメル　サクマ式ドロップス　手作り飴　ドロップの缶　みずあめ　ミルキー　ミルキーの千歳飴　ワカメちゃんと飴玉　わたあめ

おやつ　あんこ屋さん　石焼き芋　板チョコ　おかき　お好み焼き　お団子　柏の葉　柏餅　片栗粉のおやつ　カルメ焼　乾燥芋　寒天のデザート　きぬかつぎ　グリコのおまけ　こうばしジャガイモの千切り　大学芋　つぼ焼き芋　ドーナツ　ところてん　人形焼き　芭蕉煎餅　風船ガム　ふなやき　ベンベラッコ　麦焦がし　焼き芋　ようかん

かき氷　かき氷　かき氷の器　かき氷屋さん　家庭用かき氷器

ケーキ　ケーキ　シベリアケーキ　ショートケーキ　ドーナツ　バタークリーム　ホットケーキ

駄菓子　一銭洋食　くじやさん　酢イカ　ソース煎餅　ソース焼きそば　駄菓子屋さん　ちょうだいな　どんど焼き屋　ニッキ　風船ガム　ポン菓子屋さん　ぽん煎餅　ミツゲン

●飲み物

氷　氷の工場　氷ばさみ　氷水　氷屋さん　ぶっかき氷　魔法瓶

水　井戸水　水道水　鉄管ビール　水は飲むな　やかんの水

湯　大鍋の湯　鉄瓶　銅壺(どうこ)　長火鉢　魔法瓶

飲み物　カルピス　カルピスもどき　クリームソーダ　コーラ　ジュースの素　純喫茶　瓶入りジュース　麦茶　ヤクルト　ラムネ

牛乳　牛乳　牛乳配達　牛乳瓶　牛乳瓶のフタあけ　コーヒー牛乳　氷牛乳　三角パックの牛乳　二センチの牛乳　パン券

酒　梅酒　キセル　酒屋さん　酒飲み　もっきり

たばこ　一服　煙管(きせる)　煙管の掃除　辞書で巻煙草　新生　仁丹　煙草盆　煙草屋さん　電車の灰皿　ろう紙

衣

洋服　アッパッパ　おそろいの服　開襟シャツ　既製服　チャック　Tシャツ　出来合い　手作りの服　ふだん着　ムームー

背広　あつらえのシャツ　織りネーム　くるみボタン　月賦　人体　背広　背広の裏返し　背広の似合う人　チョッキ　手縫い

テーラー　でんぷんのり　ボタンホール　洋服仕立業
古着　お下がり　お古(ふる)　着回す
着物　お腰　元日の朝　着物　呉服屋さん　三尺帯　正絹(しょうけん)　足袋　めいせん　**手入れ**　洗い張り　伸子(しんし)　染物屋さん　張り板　ベンジン　**しまう**　あとじまい　衣桁(いこう)　えもん掛け　畳(たとう)紙　乱れ箱
上着　うわっぱり　丹前(たんぜん)　茶羽織　ちゃんちゃんこ　ねんねこ　法被(はっぴ)　半纏(はんてん)　綿入(わたい)れ
スカート　ギャザースカート　ジャンパースカート　スカートの裾　タイトスカート　吊りスカート　ナイロンのワンピース　プリーツスカート　フレアスカート　ミニスカート　ワンピース
ズボン　ジーンズ　ハイカラ　パンタロン　マンボズボン　もんぺ
パンツ　ズロース　ズロースで泳ぐ　はみパン　パンツ一丁　パンティ　ふんどし
下着　おおみそかの枕元　こたつで保温　シミーズ　シミちょろ　ステテコ　問屋さん　ブラジャー　ペチコート　メリヤス
靴下　ガーターベルト　絹の靴下　靴下止め　靴下のつぎあて　ストッキング　足袋(たび)　ナイロンの靴下　パンスト

裁縫●

裁縫道具　お針箱　型紙　生地屋(きじや)さん　鯨尺(くじらじゃく)　裁縫箱の中身　裁(た)ち台　裁ち台の再利用　チャコ　直線裁ち　ぬき糸箱　針仕事　針箱　針坊主　ボタン屋さん　ラシャばさみ
ミシン　足踏みミシン　足踏みミシンの仕組み　へその緒　ミシン積立　ミシンの分解　ミシンの行方　嫁入り道具

つくろい物　かけはぎ　つぎあて　つくろい物　ほぐし糸
寸法直し　肩揚げ　腰揚げ　丈(たけ)伸ばし　つんつるてん
ひも　おぶい紐　ゴム紐　さなだ紐　なんでも屋さん　輪ゴム
レース　電話機カバー　よそゆき　レース　レース編み
布地　生地屋さん　キャラコ　コールテン　さらし　純毛　人絹　はぎれ　ビロード　フランネル　水玉模様　メリヤス　ヤール
毛糸　編み物　オンス　毛糸の編み棒　毛糸のパンツ　毛糸の巻き取り　セーターを編み直す　手編みのセーター　手編みのマフラー　とっくりセーター　ビーハイブの毛糸
手芸　アップリケ　お手玉作り　御殿鞠(ごてんまり)　刺繍　機(はた)織り機　ビーズ刺繍　リリアン　レース編み
えり巻　角巻(かくまき)　キツネのえり巻　手編みのマフラー
袋もの　唐草模様の風呂敷　信玄袋　ぞうり袋　物差し袋
帽子　アノラック　お地蔵さん　海水帽　カンカン帽　かんじき　懸賞　ソフト帽　パナマ帽　ふくちゃん　吹雪の夜　ベレー帽　帽子　真綿(まわた)　ミニ機関車　麦わら帽子

寝具●

寝る　こわい夢　地震の備え　寝癖　寝相　寝坊　寝る時間　昼寝の時間　枕を並べて
昼寝　打ち水　健康優良児　扇風機　茶の間　昼寝　昼寝の時間　広縁　文庫蔵
寝巻　丹前(たんぜん)　寝巻　パジャマ
ベッド　寝台　造り付けベッド　二段ベッド　夜行寝台車
布団　麻縄ブランコ　かいまき　ざぶとん　ふかふか布団　ふとんで遊ぶ　ふとんの打ち直し　ふとん屋さん　ふとんをかぶる

真綿(まわた)　毛布　綿(わた)　綿ぼこり

わらぶとん　お弁当のない子　都会と農村　わらぶとん

住

田の字型の民家　ごんぜん　大黒柱　田の字型の家　回り廊下　図面→p60、61、115、304

団地　団地　団地見学　団地で七輪　団地の階段　団地の間取り　ニュータウン　日当たり良好　遊園地　ラジオ体操　図面→p325

長屋　井戸端　教員宿舎　共同風呂　長屋　長屋の裏庭　ネズミの運動会　路地の音　図面→p232

官舎　官舎　共同風呂　図面→p164、165、325

洋館　天文台　一間(ひとま)洋館　洋館

蔵　蔵　しょうゆ造り　文庫蔵(ぶんこぐら)

小さい家　十五坪の家　十坪(とつぼ)の貸家　図面→p231

増改築　家の修理　解体　下屋(げや)を出す　古材　引き家　風呂場の増築　物置　安普請(やすぶしん)　屋根のふき替え

間取り　板の間　隠居部屋　押入れ　こわい所　ごんぜん　三畳間　茶の間　長押(なげし)　中の間　部屋の名　四畳半

玄関●

玄関　あがりがまち　あがり端　玄関の床下　玄関はあけっぱなし　玄関をよじのぼる　敷居が高い　ナグリ板　表札

土間(どま)　三和土(たたき)　土間

通り土間　通り土間　通り庭　図面→p284

長靴　雨の日のお迎え　くり拾い　黒土　ゴム長　スコップ　水たまりで遊ぶ　床上浸水　雪かき　雪合戦

靴　あつらえ靴　運動靴　エレベーター　靴磨き　靴屋さん　地下足袋　ズック洗い　長靴　ハイヒール

下駄　赤い鼻緒(はなお)　お転婆　下駄　下駄で天気占い　下駄屋さん　コウモリ　つっかけ　つまがわ　二の字　鼻緒をすげる　ぽっくり　ぽっくりさん

戸締まり　あけっぱなし　かんぬき　戸締まり　泥棒　ねじしまり錠

家の外まわり●

縁側　雨だれ　縁側　縁側の穴　縁の下　お客さん　煙管(きせる)　十五夜飾り　しゅろのはえたたき　籐椅子　道具見せ　泥だんご　ぬれ縁　ひいばあちゃん　広縁　廻り廊下

縁台　縁台　縁台将棋　土曜の夜　ばんこ　満天の星

雨戸がない　雨じまいが悪い　雨戸がない　吹雪の夜

雨戸をしめる　雨戸に釘を打つ　雨戸をしめる　お医者さんごっこ　子供の手伝い　台風が来る　戸締まり

煙突　煙突掃除　煙突掃除屋さん　集合煙突　銅壺(どうこ)

屋根　天井板　波板　屋根うら　屋根ふきの職人さん　わらわらの匂い　わらぶき屋根の家

ベランダ　お日様の匂い　団地で七輪　ベランダ

階段　井戸端会議　団地の階段　箱階段　秘密の階段

窓　ガタピシ窓　地窓　ステンドグラス　すりガラス　高窓　出窓

明かり取り　雨漏り　文庫蔵(ぶんこぐら)

家の中●

建具(たてぐ)　建具屋さん　建具を払う　ぬかぶくろ

住

寸法　一間（いっけん）　一尺（いっしゃく）　一寸（いっすん）　田舎
間（いなかま）　鯨尺（くじらじゃく）　寸（すん）　建具の寸法
戸　網戸　大戸（おおど）　玄関はあけっぱなし　格子の引き戸
簾戸（すど）　戸板　引き戸が二つ
障子　障子紙　障子の開け閉め　障子の生活　障子の張り替え
ふのり
ふすま　鴨居（かもい）　すきま風　箱階段　ふすま
すだれ　すだれ　夏の室礼（しつらい）　夏のしつらえ
たたみ　粗板（あらいた）　畳表　畳のへこみ　畳干し　畳屋さん
押入れ　押入れ　長もち　秘密の階段　落書き
机　お下がりの机　机　デコラのテーブル　入学式　文机
タンス　桐のタンス　地袋（じぶくろ）　整理ダンス　玉虫　タン
スの秘密　茶ダンス　茶箱　長もち　洋服ダンス　和ダンス
蚊帳　蚊帳　蚊帳で遊ぶ　蚊帳の感触　蚊帳をたたむ　蛍の光
飾り　十五夜飾り　竹の花瓶　剥製（はくせい）　ペナント

●台所

台所　あげぶた　上の台所　お勝手　勝手口　だいどこ　台所
ダイニングキッチン　ダイニングテーブル　Pタイル　水屋
かまど　くど　こうじん様　渋うちわ　ドラム缶のかまど　火
吹竹　へっつい
ごはんをたく　お米の研ぎ方　かまどでごはん炊き　幸せの甘
い匂い　電気釜　天井の米粒　羽釜（はがま）　文化鍋
コンロ　オーブン　ガスコンロ　暮しの手帖　七輪（しちりん）
石油コンロ　祖母　亭主関白
台所用品　脚付きまな板　かつおぶし削り器　さじ　すりこぎ
すりばち　せいろ　台所用品　布巾　包丁　ほうろく　むし器
戸棚　蝿帳（はいちょう）　蝿よけ　水屋（みずや）
容器　一升瓶（いっしょうびん）　一升ます　一斗缶（いっとかん）
米樽（こめだる）　しょうゆ缶　ドロップの缶
冷蔵庫　アイスボックス　氷の冷蔵庫　生もの　冷蔵庫
流し台　駅の流し　じんとぎ流し　ステンレスの流し　洗面台
流し場　洗い桶（おけ）　桶（おけ）と箍（たが）　亀の子たわし
皿洗い　砥石（といし）　へちまたわし　みがき粉

●水

つるべ井戸　井戸さらい　井戸で冷やす　井戸の怪談話　井戸
のこだま　つるべ井戸　天然の冷蔵庫
ポンプ井戸　共同井戸　手こぎポンプ井戸　長屋の裏庭
井戸端　雨が降ってきましたよ～　井戸端　井戸端会議
井戸水　井戸水　金魚の水替え　亭主関白　鉄びん　同居人
通り土間　ぬれ手ぬぐいをかける　水遊び　もらい湯
水汲み　自家水道　裸の島　柄杓　ひのき風呂　水の便が悪い
水入れ　ヒヨコ　水筒　魔法瓶　水がめ
水道　家の修理　キー水栓　水道　水道管が凍る　水道水
金気（かなけ）　蛇口の袋　鉄管（てっかん）ビール

●庭

下水　吸い込み　水路　ドブさらい　ドブに落ちる
庭　植木屋さん　官舎の敷地　中庭　ながら置き場　庭の木戸
庭の苔　ひょうたん池　見越（みこ）しの松
塀　板塀　ちゃんちゃんこ　トタン板　ブロック塀　有刺鉄線
落ち葉　焚火　焚火用火鉢　つくて　焼き芋

小屋　漬物小屋　鶏小屋　豚小屋　波板　物置
棚　へちま水　干し棚　よしず棚

●暖房

あんか　電気あんか　白金（はっきん）かいろ　豆炭あんか
こたつ　一酸化炭素中毒　おこた　ゴジラ　こたつで保温　節分
祖父の死　掘りごたつ　掘りごたつの火加減　みかんつり
ストーブ　十能（じゅうのう）　スチーム暖房　石炭ストーブ
石油ストーブ　全館暖房　まきストーブ　もみがらストーブ
火鉢（ひばち）　あぶりだし　五徳（ごとく）　手焙（てあぶ）り
銅壺（どうこ）　長火鉢　火箸（ひばし）　火鉢　火鉢の縁（ふち）
湯たんぽ　陶器の湯たんぽ　フランネル　湯たんぽ
あたたまる　上がり湯　押しくらまんじゅう　洗面器のお湯
つくて　湯治（とうじ）　ねんねこ　ひなた水　枕を並べて

●灯と火

ランプ　アセチレンガス　キャンプ　石油ランプ　火屋（ほや）
電気　街路灯スイッチ　ゼットライト　停電　ヒューズがとぶ
電球　靴下のつぎあて　花電車　ヒヨコ　二股ソケット
炭　消し炭　粉炭（こなずみ）　炭　炭俵　炭火　炭屋さん
燃料　くず石炭　コークス　石炭庫　そだ　たどん　れんたん
薪（まき）　力仕事　亭主関白　薪　薪とわらの交換　薪割り
火　赤土　いろり端　熾火（おきび）　焚き付け　焚火　付木（つけ
ぎ）　徳用マッチ　火おこし　火かき棒　火種　灰　あく抜き
消し炭　灰　灰ならし　火消壺　火ばし　火ばち　わら

●道具と材料

工作　空き箱　牛乳瓶のフタ　組み立て式蓄音機　竹トンボ　竹
のへら　たこあげ　プラスチック　プラモデル　模型飛行機
道具　家の修理　金物屋さん　大工さんのすみつぼ　道具は共有
ナイフ　糸巻車　折りたたみナイフ　カッターナイフを研ぐ　小刀
（こがたな）　たこあげ　肥後守（ひごのかみ）
糊（のり）　ごはん粒の糊　洗濯糊　でんぷん糊　ふのり
セルロイド　セルロイドの下敷き　セルロイドのせっけん箱　セ
ルロイドのパフケース　セルロイドの筆箱
トタン　トタン板　トタン屋根　ながら置き場　バラック
コールタール　コールタール　宝物　ちゃんちゃんこ
竹　しのん棒　竹垣　竹かご屋さん　竹細工　竹の花瓶　竹の使
い道　竹のへら　竹の物差し　火吹竹
新聞紙　粗板　一銭洋食　大掃除　お茶殻　落とし紙　型紙
ぎょうざの日　ゴミ屋さん　新聞紙切り　新聞紙の使い道

清潔

ゴミ　川にゴミを捨てる　ゴミ箱　護美箱（ごみばこ）　ゴミは少な
かった　ゴミ屋さん　焼却炉　堆肥（たいひ）　厨芥（ちゅうかい）置
き場　チリンチリン　生ゴミ　庭でゴミを燃やす　噴霧器　ポ
リバケツ　ポリバケツのゴミ収集　夕ごはんまでの時間
廃品回収　くず屋さん　砂糖水　チリンチリン　廃品回収
掃除　姉さんかぶり　大掃除　お茶殻　煤竹　煤払い　雑巾色
雑巾がけ　掃除　タイルの掃除　たすき掛け　ぬか袋　ぬれ雑
巾　バケツ　はたき　ふき掃除　ほうき　ほっかむり
ハエ対策　ガラスの蝿取棒　しゅろの蝿叩き　蝿帳（はいちょう）
蝿取紙　蝿除（はえよけ）　蝿取りリボン　噴霧器

ネズミ捕り　猫いらず　ネズミ捕り　ネズミの仔

消毒　アルコール綿　クレゾール液　消毒液　消毒の車　樟脳（しょうのう）　ＤＤＴ　ノミ取り粉　病院のにおい　虫干し

トイレ●

おしっこ　おしっこ　お小水　おねしょ　おもらし　立ちしょん

トイレ　おまる　希塩酸　汽車便　ご不浄　水洗トイレ　外便所　トイレの呼び方　トイレボール　ハイタンク　はばかり　便器のフタ　便所煙突　洋便器　用を足す　列車のトイレ

くみとり便所　うじ虫　おつり　おつりの塔　おわい屋さん　学校のトイレ　くみとり便所　こえだめ　肥柄杓（こえびしゃく）　地窓（じまど）　しもごえ　バキュームカー　ポットン便所

トイレの紙　落とし紙　黒チリ　新聞紙の使い道　便所紙

洗う●

せっけん　紙せっけん　固形せっけん　シャボン　シャボン玉

手洗い　井戸端　手洗いじょうご　水瓶（みずがめ）

洗面器　雨もり　色水遊び　縁の下　洗面器のお湯　洗面台

歯みがき　駅の流し　川で洗う　歯みがき粉

洗濯　川へ洗濯に　洗濯　洗濯板　洗濯のり　ふんどし

洗濯機　オシメの洗濯　洗濯機置き場　手回し洗濯機　二槽式洗濯機　ローラー脱水式洗濯機

洗濯物　おむつ　集合煙突　二股（ふたまた）　物干し竿　物干し台

アイロン　アイロン　アイロン台　霧吹き　炭火アイロン　のしゴテ　火のし　湯のし

タオル　海で遊ぶ　乾布まさつ　タオル　脱衣所　日本髪　バスタオル　昼寝の時間　布巾　豆炭（まめたん）　水枕

手拭　姉さんかぶり　お正月のしつらえ　銭湯　手拭　手拭をかぶる　鼻緒（はなお）をすげる　ほっかむり

ぬれ手拭　からっ風　霧吹き　炭火アイロン　制服のしわ　ぬれ手拭で包む　ぬれ手拭を掛ける

風呂●

風呂　あがり湯　内風呂　お風呂の釜　共同風呂　ごえもん風呂　しょうぶ湯　同居人　ドラム缶のお風呂　残り湯　ひのき風呂　風呂焚き　風呂の焚き口　風呂場　むとうハップ　村の共同風呂　もてなし風呂　もらい風呂　もらい湯

銭湯（せんとう）　あかすり　女湯と男湯　カラン　毛剃り　ケロリン桶　コーヒー牛乳　しまい湯　しょうぶ湯　背中流しましょ　セルロイドのせっけん箱　銭湯代　銭湯での遊び　銭湯道具　銭湯の火事　銭湯のテレビ　バスタオル　番台　わんぱく

行水　かなだらい　行水（ぎょうずい）　金魚じょうろ　洗面台　たらい　長屋の裏庭　ひなた水　水遊び

行水のあと　汗知らず　金太郎の腹掛け　てんかふん　へちま水　シッカロール

働く

働く　家計の足し　月給取り　事務員さん　職業婦人　新聞少年　住み込み　遅刻の理由　付添さん

内職　てぼたん　内職　内職の下請け　母の生き方

手伝い　一人前　一家総出　お稲荷さん　お歳暮　お使い　お手伝い　子供の手伝い　米のゴミ取り　手ぬぐい　猫の手

夜なべ　荒神（こうじん）様　つくろい物　縄ない　ほうれんそう　まるき　夜なべ　むしろ織り

職人さん 鋳掛屋(いかけや)さん 植木屋さん かけはぎ屋さん 傘直し屋さん 鍛冶屋(かじや)さん 金靴屋(かなぐつや)さん 看板屋さん 竹かご屋さん 畳屋さん 建具屋さん 研(と)ぎ屋さん 時計屋さん 屋根ふきの職人さん らんま屋さん

大工さん かんなくず 子供部屋 人力(じんりき) 大工さん 力仕事 大工さんのすみつぼ 便利大工さん よしず棚

作業着 姉さんかぶり かっぽう着 脚絆(きゃはん) 地下足袋(じかたび) 事務員さんの服装 職人さんの前掛 たすき掛け ほっかむり 前掛(まえかけ) もんぺ

農作業 芋掘り おだがけ 落穂拾い お茶作り お茶摘み おとこしさんとおんなしさん 茎拾い 里芋を洗う サトウキビ 大根干し 田植え タケノコ タケノコ掘り 段々畑 麦踏み みかんの選果 みんな出ておいなあ!

農器具 足踏み脱穀機 かごろじ 唐箕(とうみ) はたおり機

蚕(かいこ) 糸繭(いとまい)商 お蚕さん 蚕棚(かいこだな) 蚕の世話 桑爪(くわづめ) 桑の葉 玉繭(たままゆ) 繭袋 養蚕の家

●家畜の世話

家畜 家畜の世話 ごめんなんしょ サイロ 厨芥(ちゅうかい)置き場 母の日 まきとわらの交換

糞(ふん) 雑貨屋さん しもごえ たいひ ツバメのお宿

ニワトリ 教室の鶏 鶏糞(けいふん) 隣の鶏 鶏小屋(とりごや) 鶏 鶏の世話 鶏をさばく 鶏をつぶす ヒヨコ

ウサギ アンゴラウサギ ウサギの世話

ウシ 牛 牛のお産 子牛 乳しぼり 乳しぼりのコツ

ウマ 馬喰(ばくろう) 馬糞(ばふん) 馬屋(まや)

ブタ 子豚 子豚のお散歩 豚小屋 豚を飼う

ヤギ 海に落ちる 子ヤギ ヤギのお産 ヤギの乳

買物

店 荒物屋さん 石屋さん 置屋さん 桶屋さん 金物屋さん 粉屋さん 呉服屋さん 雑貨屋さん 問屋さん ブリキ屋さん 八百屋さん よろずやさん

市場 一貫目(いっかんめ) 公設市場 やっちゃば

店先 あがり端 売り出し 店先のざる 店じまい 店の時間

行商人 お菓子屋さん おかず屋さん 押し売り お豆腐屋さん かつぎ屋さん 行商 行商列車 魚売り 魚売りのおばさん 納豆売り なんでも屋さん のり屋さん ぼてふり

配達 オート三輪 おかめうどん 岡持ち お米屋さん 牛乳配達 御用聞き 出前 てんやもの 配達 ヤクルト配達

荷物 しょいこ 大八車 チッキで送る 手押し車 てんびん棒 荷札 リヤカー リヤカーを引く

荷物入れ たわら トロ箱 みかん箱 柳行李 りんご箱

むしろ おおそうじ カマス 汽車食われ 氷の工場 氷屋さん つくて 戸板 むしろ織り 列車事故 わら

包装 空き箱 おがくず 折箱屋さん かごろじ 経木(きょうぎ) 新聞紙切り セロファン 竹の皮 へぎ もみがら

秤(はかり) 一貫目 上皿天秤 お歳暮 台秤 てんびん秤 なんでも屋さん 計り売り 分銅 目方(めかた) 匁(もんめ)

●金

買物 お通い帳 おまけ 買物かご 立ち話 米穀通帳

おこづかい　えびすこう　おこづかい　くじやさん　駄菓子屋さん　内職の下請け　謎のインク売り　レコード　**おこづかいをためて買う**　少女フレンド　よろずやさん　ラジカセ
金　一銭（いっせん）　おひねり　給料日　月賦（げっぷ）　上棟式　貯金箱　日掛け　百円札　レジ
十円　赤い水着　赤電話　おごのゴミ取り　おまる　カチカチ　牛乳瓶　十円　酢イカ　ニッキ　ニワトリ　番台　路面電車

町

町角　アドバルーン　お巡（まわ）りさん　区画整理　広告飛行機　商店街　商店街の日常　駐在さん　町内放送
町の音　オート三輪　牛乳配達　ジンタ　チャルメラ　チリンチリン　ちんどん屋さん　東京の音
道　赤土　アスファルト　あぜ道　ガソリンの匂い　簡易舗装　黒土　コールタール　国道十七号線　砂利道　砂ぼこり　土の道　道路掃除　土饅頭　舗装道路　三つ辻
路地　置屋さん　お使い　かんじょ　路地の音　わんわん横丁
火事　火事　金庫　自宅で葬儀　銭湯の火事　トタン板
火の用心　消防団　火の用心　拍子木の音　火の見やぐら

乗り物●

電車　アプト式　学割　汽車　国電　こだま　三等車　市電　省線　食堂車　新幹線　寝台車　玉電　チンチン電車　つばめ号　電車の灰皿　峠の釜めし　都電　乗り物の床　花電車　ひので号　夜行寝台車　列車のトイレ　路面電車
列車事故　汽車食（く）われ　列車事故
駅　あかずの踏切　駅で切符を切る　駅の伝言板　駅の流し　往復乗車券　改札のはさみ　切符の切りかす　やかんの水
バス　オーライオーライ　お切らせ願いま～す　車掌さんのかばん　はとバス　鼻高バス　鼻ぺちゃバス
自動車　オート三輪　ガソリンの匂い　三角窓　スバル　ダットサン　ドライブ　夏の渋滞　水たまりで遊ぶ　ミゼット
バイク　オートバイ　カブ号でお迎え　サイドカー
自転車　貸し自転車　三角乗り　自転車　自転車の二人乗り　自転車の練習　とっちゃん　ひょうたん池　遊園地
船　桟橋（さんばし）で見送り　水上小学校　青函連絡船　渡海船（とかいせん）　引揚船　船に住む　ぽんぽん船

時・通信●

時刻　サンマータイム　タイマー　時計屋さん　柱時計のネジ巻き　鳩時計　半ドン　昼のサイレン
農村の休日　稲刈り休み　お茶摘み休み　田植休み
暦　数え年　終戦記念日　旗日（はたび）　母の日　日めくり
電報　ウナ電　出張の宿　電報　電報とモールス信号
電話　赤電話　親子電話　壁掛け電話　黒電話　町内放送　電話機　電話機カバー　電話台　電話のダイヤル　電話連絡網
郵便　赤いポスト　こどもゆうびん　町の郵便局　呼出電話

天気

天気　影送り　下駄で天気占い　霜柱　つらら　つららを食べる　てるてる坊主　屋敷林　夕方の空　夕日　夕焼

お日様　朝日を拝む　おてんとう様　お日様の匂い　日当たり　ひなたぼっこ　ひなた水　ベランダ

日に干す　洗い張り　おだがけ　かごろじ　乾燥芋　伸子（しんし）　竹細工　大根干し　戸板　張り板　干し棚　物干し竿

星　家出　共同風呂　天文台　星を見る　満天の星

風　あけっぱなし　風通し　からっ風　自然換気　すきま風　すだれ　祖父母の部屋　建具を払う　中庭　夏の室礼（しつらい）

雪国　暑くて寒かった　アノラック　落とし板　かんじき　スコップ　つらら　つららを食べる　手甲（てっこう）　吹雪の夜　ボッコ手袋と指手袋　雪かき　雪囲い　**雪遊び**→p(7)

かさ　雨の日のお迎え　傘直し屋さん　こうもり傘　外便所　ドラム缶のお風呂　番傘（ばんがさ）

雨　雨落ち　雨乞い　雨じまい　雨じまいが悪い　雨だれ　雨だれの跡　雨もり　区画整理　土の道　軒下　水たまり

台風　雨戸に釘を打つ　サッシ窓　台風が来る　台風上陸　台風の後　木造校舎　床上浸水　ろうそく

かみなり　くわばらくわばら　停電

学校

先生　お買物ごっこ　先生　遅刻の理由　チョーク　朝礼　通信簿　はなかみ先生　ひいき　ＰＴＡ　安月給

学校　越境入学　学級委員　学級新聞　合唱　交換ノート　国旗掲揚　授業参観　掃除当番　卒業式　卒業文集　転校　転校生　入学式　残り当番　豆炭当番　わが生い立ちの記

ガリ版　学級新聞　ガリ版　鉄筆

校舎　お作法室　お小水　小使いさん　簀子（すのこ）　二部授業　百葉箱　プレハブ校舎　木造校舎　理科室　用務員さん

勉強　居候（いそうろう）　学生かばん　グループ学習　下宿のお兄さん　受験勉強　大家族　単語カード　同居人　豆炭

勉強部屋　書斎　電気あんか　広縁　勉強部屋

運動会　麻袋　運動会　運動会の景品　オーエス　組み立て体操　ゴザ　はだし足袋　水たまり　リヤカー

遠足　遠足　校庭キャンプ　潮干狩り　水筒　てるてる坊主

修学旅行　エレベーター　お米持参の修学旅行　こだま　ひので号　ペナント　ボストンバッグ　洋便器

制服　制服　制服のしわ　制服のリボン　セーラー服　寝押し

ランドセル　紺色のランドセル　ランドセル　ランドセル事件

体育　うさぎ跳び　器械運動　逆上がり　耐寒マラソン　跳び箱　マット運動　水を飲むな

体操着　ショートパンツ　トレパン　はみパン　ブルマー

筆記具●

筆箱　写し絵　鉛筆キャップ　鉛筆削り　セルロイドの筆箱　匂い付き消しゴム　筆箱の中身

文具　計算尺　そろばん　Ｔ定木　白墨　文房具　矢立て

万年筆　インキ止め式万年筆　インク消し　インク立て　インクの匂い　烏口（からすぐち）　吸取紙　ペン立て　万年筆

帳面　絵日記　家計簿　紙をとじる　こより　大学ノート

わら半紙　お小水（しょうすい）　学級新聞　てるてる坊主

紙　青焼き　カーボン紙　黒チリ　高級化粧紙　白い紙　せんか紙　千代紙　ちりがみ　鼻紙　半紙　方眼紙　ろう紙

目次

あ

あーそーぼ　学校から帰ると、直接友達の家に行って「あーそーぼ」と誘いました。断る時には「あーとーで」と言います。「あーとーで、ってうまい断り方ね」と関西から家に泊まりに来ていた叔母に言われました。　東・港区

挨拶《あいさつ》　挨拶については厳しく注意されました。お客さんが来ていると、ランドセルを置いて来るよりも挨拶が先。立ったまま挨拶するのは行儀が悪いとされ、必ず正座《せいざ》をして「こんにちは」。親戚の家におじゃまする時には、仏壇に手を合わせてから、家族に挨拶します。それが習慣になり、今も帰省《きせい》すると真っ先にお仏壇に向かって手を合わせています。　風祭・高萩市

アイス　少年は父の教《おし》え子《ご》で六年生くらいでした。手放した犬に、東京から一時間近くかけて会いに来ていたのです。ホームランという棒状のアイスを十本持ってきて、私に一本くれて、九本を犬に黙々とあげ続けました。自分は一本も食べずに。帰る時、犬をぎゅっと抱きしめると、犬も悟っていたのか、後を追うことも吠えることもありませんでした。　小暮・船橋市

アイスキャンデー屋さん〔箱は断熱材を詰めた二重構造〕　夏には、自転車の荷台に箱をくくりつけたアイスキャンデー屋さんが来ました。祖母が庭に出て、孫たちみなに買ってくれます。イチゴ・オレンジ・レモン・ミルク、どれにしようか真剣に悩みます。　越阪部・所沢市

アイスショー　小学二年生の時、アメリカから来た「ホリデー・オン・アイス」というショーを観《み》ました。実演のショーを観るのは初めてで、その煌《きら》びやかさに感激しました。プログラムを何度も見ていたら、友達に「いいなあ。一生の宝物になるわね」と言われました。　東・港区

アイスボックス〔クーラーボックス〕　氷屋《こおりや》さんから一貫《いっかん》とか、まとまった氷を買ってきてアイスボックスに入れ、そこに食料品を入れました。氷がとけて食料品が水びたしになる時もあり、夏の暑い時は長くはもちません。それでも重宝《ちょうほう》でした。　吉田・横浜市

アイロン　母は、炭火《すみび》アイロンとのしゴテを使い、電気アイロンが登場した当初は、小さな電気アイロン（ミゼットアイロン）と炭火ア

イロンを併用していました。昭和三十年代半ばに普通の大きさの電気アイロンを買ってからは、中学の制服に自分でアイロンをかけました。 越阪部・所沢市

アイロン台 平《たい》らな布張《ぬのば》りのアイロン台の他に、曲面用の饅頭《まんじゅう》と、袖が通せて肩などに当てられる細長い型のがあり、それに脚がついたのは「馬」と呼びました。焦《こ》げたり汚れ染《じ》みができると、上布《うわぬの》を張り替えて使いました。 越阪部・所沢市

青大将《あおだいしょう》 赤ん坊が生まれたばかりの冬、天井裏でネズミが騒ぎ始めました。ミルクの匂いのする赤ん坊がかじられた話もあり、おちおち眠れません。やがて静かになりました。春先、雨戸《あまど》をあけると軒先からアオダイショウが顔を出しました。蛇《へび》は家を守ってくれるとか、あの蛇はどこかで生き抜いているでしょうか。 越阪部・所沢市

青焼《あおや》き 図面の複写は青焼きでした。青焼き用の紙(感光紙で長く置いておくと感光して使えなくなる)に、トレーシングペーパーに鉛筆で書いた図面を載せてロールに送り込みます。少しずらしておくのがコツ。少し青みを帯びた白い紙に鉛筆の線が青く複写されて出てきます。薬液《やくえき》を使っているので、たくさんの枚数を焼くと頭が痛くなりました。 檜垣・呉市

赤いごはん わが家では毎月一日と十五日に「小豆《あずき》ごはん」を食べました。お赤飯《せきはん》ではなく、前の晩からふやかしておいた小豆を普通の米と一緒に炊《た》く〝小豆の炊き込みごはん〟です。ある時、近所や友達の家にはそんな習慣はないと知り、「どうしてうちは赤いごはんを食べるの?」と父に聞くと「虫《むし》下《くだ》しの効果があるんだ!」。胃腸が弱い父の自衛策だったのかもしれません。 浜田・神奈川県

赤い鼻緒《はなお》 小学校低学年の頃は、学校へ赤い下駄《げた》をはいて行きました。教室では赤い鼻緒《はなお》の草履《ぞうり》にはき替えました。 新見・前橋市

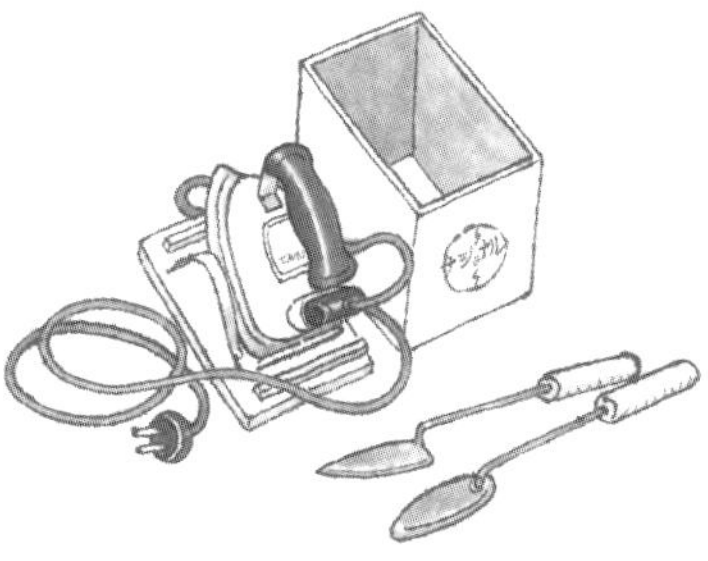

アイロンとのしゴテ

赤いバラ　明日は幼稚園の学芸会。赤いバラの花を、中指と頭につけて踊ります。きっとかわいくなると思って楽しみにして寝ました。ふわふわのバラの花は、柔らかいちり紙を重ね、細かくヒダに折り、真ん中を輪ゴムでとめてヒダを広げて一枚ずつはがし、縁《ふち》を赤く染めると出来上がり！　加部・田辺市

赤いハンカチ　遊びに出たら最後、なかなか帰ってこない私のことを、母は「てっぽんたまんごたる」(鉄砲玉のようだ)と言い、遠くからも見えるように、赤いハンカチを竿《さお》の先につけて、台所の窓から掲げました。「もう帰んなさい」の合図です。携帯電話のない時代の母の知恵でした。　矢賀部・八女市

赤い飯台《はんだい》　曽祖母《そうそぼ》と祖父母は離れの隠居《いんきょ》部屋で、両親と兄姉妹と私の親子六人は、狭い赤い漆塗《うるしぬり》の飯台で食べました。　説田・今治市

赤いポスト　ハガキや手紙を出すのは私の役目でした。歩いて五分のタバコ屋さんの前に赤いポストがあり、背が小さい頃は土台の上に乗って、やっとポストの口に入れられました。　東・港区

赤い頬《ほ》っぺ　群馬の空《から》っ風《かぜ》はすさまじく、冬は乾燥した肌が重なってヒビが入った真っ赤な頬《ほお》をしていました。　新見・前橋市

赤い水着　小学二年生の夏休みは毎日学校のプールに通いました。着替えもタオルも持たず、プール代の十円(公立学校でも有料)を握りしめ、裾《すそ》にフリルのついた赤い水着を着て、浮き輪を両手で抱えて商店街をかけぬけていきます。ある日、学校の直前で十円玉をなくして泣きべそをかいていたら、通りかかった大学生がくれました。おかげでその日も夕方まで目一杯泳いで、水着のまま走って帰りました。　小暮・船橋市

赤いりんご　果樹農家では選果の時、家の中にも庭(おもて)にも、りんごを並べました。まだ青いりんごに水をかけて太陽の光で強引に赤くするのです。ひっくり返し、お尻も赤くします。ホースでシャワーのように水をかけると、りんごが、うれしいうれしい！と言っているようで、私はこの仕事が大好きでした。　大平・長野県　↓P60図

アカギレとヒビ　冬でも外で遊ぶことが多く、血行も悪く、乾いてカサカサの手や足の指がシモヤケで赤くぷっくり腫《は》れます。痒《かゆ》くて痒くて掻《か》きたいのを我慢してい

るうちに、皮膚が裂けて(ヒビ)、膿《う》んでアカギレに。そうなるともう痛くて痒くて掻きむしりたい！　ワセリンや「ももの花」を塗って包帯で巻きます。グローブのような両手で春が来るのを待ち焦《こ》がれていました。　越阪部・所沢市

あかずの踏切《ふみきり》　家の前の県道を東に進むと国道六号線にぶつかり、そのまま直進すると〝あかずの大踏切〟があり、常磐線・東武野田線の貨物が通っていました。それつ、あいたと思うとすぐ閉まるので、走っていって遮断機《しゃだんき》をもぐったりまたいだりしました。リヤカーが線路に取り残されることもありました。　岡村・柏市

あかずの間《ま》　母の土佐の実家には不思議な部屋がありました。壁で塗りこめられた〝あかずの間〟で

す。昔そこで蚕《かいこ》を飼っていて、蚕が桑《くわ》の葉を食べる音が夜じゅうしていたそうです。まだ何か居そうでこわかった。　吉田・横浜市

垢《あか》すり　銭湯《せんとう》に行くのは二、三日に一回。垢すりをすると垢がいっぱい出て、そのあと石鹸《せっけん》でていねいに体を洗いました。周りの大人が体を洗う様子が面白くて、のぞき込んで見ていました。体は上から順に洗うものと、その時教えられました。　新見・前橋市

赤ちゃん　十歳の夏のある朝、めずらしく母たちの寝室の襖《ふすま》が閉まっていました。「おはよう」とあけると、赤ちゃんが母と寝ています。昨夜生まれたんだとびっくりしました。弟は顔がくしゃくしゃで赤紫色で、あんまりかわいくないなぁと思いました。臍《へそ》の緒《お》を

首に巻きつけていたので、命が危なかったそうです。　羽沢・佐野市

赤ちゃん　「あかちゃんなんかうまなかったらよかったのに」。これは私が五歳の時、日赤《にっせき》産院で弟が生まれ、寂しさのあまり入院中の母にあてて書いた手紙です。病院から帰ってきた弟は人形模様の布団にくるまれ、寝室の隅のベッドに寝

赤いポスト

かされていました。真っ赤で全然かわいくありません。東・港区

赤ちゃんコンクール［粉ミルク会社などが主催］ 母乳で私を育てた母も応募し、一等は逃したものの、「おなかをたたいておしっこを教えた」ということで二等賞になり、ベビー服をもらったそうです。でも、服はもう小さくて着られなかったとか。小暮・船橋市

赤《あか》チン 落ち葉《は》掃きの帰り、荷台の周りを板で囲って、粗朶《そだ》や落ち葉を山盛りに積んだ車のてっぺんに腹ばいになっていました。そのまま納屋に入庫したら、背中が梁《はり》で擦《す》れて皮がむけ、赤チンを塗りたくられました。泣く子も黙る赤チンです。泣きましたけど。越阪部・所沢市

赤土《あかつち》 母に叱《しか》られて泣きながら畑に行った朝、霜柱《しもばしら》が一面に立っていました。五㎝以上あるガラスのような霜の部分を折って、掘り起こされた関東ローム層の赤土と一緒に捏《こ》ね上げ、たくさんの小さなお皿や茶碗を作りました。父は黙って火を熾《おこ》し、私も黙ってその焚火で茶碗を焼きました。涙も干《ひ》からびて、頬《ほ》っぺたがゴワゴワしました。越阪部・所沢市

赤電話《あかでんわ》［公衆電話］ 小学校に上がる前、宮崎の祖父母に電話をかける時は、十円玉をたくさん入れた袋を持って、近所の煙草屋さんに行きました。十円玉がポトポト落ちる音を聞きながら、急いでお話しなくちゃ、と焦《あせ》りながらしゃべっていました。岩倉・沼津市

赤胴鈴之助《あかどうすずのすけ》『少年画報』の連載漫画。昭和32年にラジオ東京でドラマ化された］ 夕食の時間になると、ラジオから流れる主題歌を口ずさんでいました。両親のいない鈴之助が北辰一刀流《ほくしんいっとうりゅう》の道場に入門し、修業を積んで剣士に育って行く物語。当時十歳だった私は、同年齢の鈴之助に同志的な思いを抱《いだ》いて応援していました。菊池・新宿区

赤トンボ 稲刈りが終わる頃になると赤トンボが飛び交います。捕《つか》まえると胴体にひもをくくりつけ、ひもを持って飛ばせて遊んでいました。ひもを強くしばり過ぎると、頭や胴体が切れてしまってギョッとしました。風祭・高萩市

上《あ》がり框《がまち》 土間《どま》から部屋へは腰かけ程の段差があり、その下は引《ひ》き違《ちが》いの建具《たてぐ》が入った下足《げそく》入れ、その上にまた一段高い上がり框があります。矢賀部・八女市 ↓P115図

上《あ》がり端《はな》 店の上がり端(入口)の片隅には陶器の火鉢《ひばち》があり、鉄瓶《てつびん》で湯が沸き、お客に出すお茶菓子として、鍋《なべ》でおでんや煮豆などが炊《た》かれていました。夕飯のおかずにもなりました。 新見・前橋市 ↓P232

上《あ》がり湯《ゆ》 わが家の風呂《ふろ》桶《おけ》は木製の小判型でした。下からガスで焚《た》いていましたが、銅製の煙突が桶をつらぬいていて、煙突のすぐ周りが「上がり湯」です。体が浸《つ》かる湯とは別に仕切られていました。上がり湯は、風呂から上がる時に浴びました。高温なので風呂がぬるく感じる時は足《た》し湯《ゆ》としても使いました。うまくできてるなと思いました。 東・港区

空《あ》き地《ち》 学校から帰ると、日暮れまで外の空き地で遊んでいました。戦後は焼け跡の空き地が多く、瓦礫《がれき》や、焼けただれた金物やガラスがころがっていて、それが当たり前の光景でした。 大宇根・高松市

秋の虫 夏から秋にかけて、池の周りではたくさんの虫が鳴きます。スイッチョ、ガチャガチャ、ツユムシ、マツムシ、スズムシ、コオロギ。三角コオロギや、鳴かないけれどナナフシなどを見つけるとちょっと得意。虫籠《むしかご》に入れ、キュウリやスイカを食べさせました。 越阪部・所沢市

空《あ》き箱《ばこ》 紙の着せ替え人形に凝《こ》っていた頃、母がお人形さんの家具を作ってくれました。マッチ箱を組み合わせて応接セットの椅子を、サイコロキャラメルの四角い空き箱で食堂の椅子を(箱の蓋《ふた》を背もたれに)。座面《ざめん》には綿《わた》を端布《はぎれ》で包んで。空き箱やきれいな包装紙、端布は常時取り置きしていました。 加部・田辺市

悪態《あくたい》 「馬鹿、カバ、間抜《まぬ》け。お前の母さんでんべーそ(出臍《でべそ》)」「みっちゃん道々《みちみち》うんこして、紙がないから手で拭いて、もったいないからなめちゃった」。こんな悪態をついていました。 新見・前橋市

灰《あ》汁《く》抜《ぬ》き ごぼう・なす・れんこんなどは、切ったらすぐ水に晒《さら》すだけ。わらび・ぜんまいなどの山菜の渋苦味《しぶにがみ》は、茹《ゆ》でている鍋《なべ》にかまどの薪《まき》の下から、十能《じゅうのう》で灰をひとすくいして入れます。ジュジュッ。そのまま冷《さ》めるまでほっときます。朝採《あさど》りのわらびが艶《つや》やかな色合いで夕食に。「灰汁《あく》をとる」ということは、渋みやえぐみを全部とることではなく、うま味《み》を残すこと。「灰汁《あく》は灰汁《あく》でとる」と

母は言っていました。筍《たけのこ》の灰汁は米糠《こめぬか》でとり、川魚の灰汁はお茶でとりました。 竹岡・天童市

あけっぱなし 和室の二間《ふたま》は、六畳間が父母の寝室、八畳間が私たち兄弟姉妹の寝室でした。夏はすべての窓や戸を全開して、蚊帳《かや》を吊《つ》って寝ていました。道路に面した北側は壁でしたが、南から東へ涼しい風が通っていました。あけっぱなしで寝るなんて、今では考えられません。 羽沢・佐野市

揚《あ》げパン 給食は食べきれなくて、よくコッペパンを紙に包んで持ち帰っていました。でもお砂糖がまぶさった揚げパンだけは別。当時はケーキなんて特別な日に食べるものでしたから、甘くてコクのある揚げパンは、お菓子のように感じました。 菊池・新宿区

上《あ》げ蓋《ぶた》 台所にはコンクリートで囲われた床下収納《ゆかしたしゅうのう》があり、温度が比較的一定に保たれるため、お酒や糠味噌壺《ぬかみそつぼ》などを置いていました。床板《ゆかいた》のたてよこ八十㎝ほどの範囲が四、五枚の蓋《ふた》になっていて一枚ずつあけられます。朝晩、母が糠味噌をかきまぜる間は、あいたまま。そこへ弟とけんかした私が母に言いつけようと走ってきて、足をドボン! 東・港区

アサガオ 祖母の育てたアサガオが咲くと、一番いい花を押し花や種にして楽しんだあと、アサガオの花で色水《いろみず》を作り、器を並べて、かき氷《ごおり》ごっこをしました。 小渡・静岡市

朝ごはん 叔父が出張で東京に来た時に、わが家で撮ってくれた写真があります。私と弟と割烹着《かっぽうぎ》姿の母が、掘りごたつで朝ごはんを食べています。ごはんに生卵《なまたまご》、味噌汁と煮物、糠味噌漬《ぬかみそづけ》が定番でした。朝から卵を食べている写真を見て、叔母がすごくうらやましがったそうです。 東・港区

麻縄《あさなわ》ブランコ 家の脇に風除《かぜよ》けの樫《かし》の木が並んでいました。その間に丸太を渡し、太い麻縄でブランコを作ってもらいました。お尻の下に小さな座布団を入れて漕《こ》ぎます。立ち漕ぎの時は裸足《はだし》です。 越阪部・所沢市

朝日を拝《おが》む 仏壇、神棚、荒神様《こうじんさま》、氏神様《うじがみさま》にお供えをすると共に、太陽を拝むのが祖父の朝の日課でした。早起きした時、東に昇る朝日に向かって一緒に柏手《かしわで》を打って手を合わせると、背筋がシャキッと伸びました。 風祭・高萩市

麻袋《あさぶくろ》［ドンゴロス］ なにかと使われ

ていた麻袋です。運動会の障害物競走の一つに、この袋に入ってぴょんぴょん跳《と》んで行くというのがありました。　越阪部・所沢市

脚付《あしつ》き俎板《まないた》　俎板には下駄《げた》のような脚がついていて、のし餅《もち》を切る時は、そのまま板《いた》の間《ま》に置いて使いました。うちは流しの中に置いて使っていました。板の厚みが三㎝以上ある、幅も大きいものです。トントンと庖丁を使う音が響くと、朝ごはんの支度をする母の後ろ姿が浮かびます。私の目覚まし代わりでした。　越阪部・所沢市

足踏《あしぶ》みオルガン　足踏みオルガンは各教室にありました。私はピアノを習っていたのでクラス合唱で伴奏することが多かったのですが、鍵盤数の少ないオルガンで、いかにアレンジして弾《ひ》くか工夫しました。　岩倉・沼津市

足踏《あしぶ》み脱穀機《だっこくき》　米や麦、大豆や小豆などの実を茎からはずすために使っていました。あっという間に実がはずれます。いくつかはずれない頑固《がんこ》者の実があり、それを手で取るのは子供たちの役目でした。　風祭・高萩市

足踏《あしぶ》みミシン　広縁《ひろえん》の真ん中にでんと置かれたミシンで、祖母は家の女衆《おんなし》や親しい人用に、真っ白な割烹着《かっぽうぎ》や前掛《まえかけ》など、いろいろ縫っていました。孫のために手拭《てぬぐい》で金太郎の腹掛《はらがけ》、自分の着物をほどいてこたつの敷布団や布団皮《ふとんがわ》なども。長い直線縫いの時は、反対側から足踏み部分を手で思いっきり動かしてあげました。　小渡・静岡市

足踏《あしぶ》みミシンの仕組み　足踏み部分と車輪が革ベルトで連動してミシンの本体を動かす仕組みです。子供が手を巻き込まれたら危険なので、ふだんは革ベルトをはずしてあります。はめ込むにはコツがあり、はめられるようになって足の部分を手でこぐと、下糸《したいと》を巻きつける部分が回ったり、頭の部分の輪が回ったり。いとこと交代で動かして観察しました。足踏

足踏みミシン

みミシンは手足の加減で動きをコントロールできるので好きでした。祖母がよく分解掃除をしていたので今でも使えます。小渡・静岡市

足揉《あしも》み 「足を揉んでくれ」と言って父がうつぶせになると、父の足の裏に自分の足を乗せて足踏みします。「子供は揉む力が弱いので、体重をかける足踏みマッサージが丁度いい」と父は気持ちよさそうでした。新見・前橋市

アスファルト 畑の砂利道にロードローラーがやってきて、でこぼこ道にぎっしり砂利が撒《ま》かれて平《たい》らになると、めずらしがって踏みに行きました。タール臭《くさ》いアスファルトが敷かれ、雨が降ると道路からギラギラ光るものが流れて、汚ない感じでした。越阪部・所沢市

汗知《あせし》らず「てんかふん」行水《ぎょうずい》の湯の中に、あせもに効くという桃の葉っぱを入れたり、出た後は、イボが取れるという白い液（いちじくの葉の軸からとる）を塗られたり。「汗知らず」という白い粉も、首回り、腋《わき》の下、股《また》などにパンパンとはたき付けられました。新見・前橋市

アセチレンガス 神社の縁日《えんにち》に行くと、鳥居《とりい》のあたりからアセチレンガスの匂いが漂《ただよ》い始めます。ランプや焼き物の火に使われていたのだと思います。黄色いちらちらした光はどこか物悲しく、神社の森をいっそう暗く感じさせました。越阪部・所沢市

畦道《あぜみち》 春になると、土手や田圃《たんぼ》の畦道で芹《せり》やヨモギを摘《つ》んでいました。摘んだ芹の根やら枯れた葉や、からまったゴミを取るのも一仕事《ひとしごと》でした。新見・前橋市

遊びの終わり お母さんが「ごはんよー」と呼びに来た時が、遊びのおしまいです。大平・長野県

遊び場 店の中も道路も、毎日、家族のように出入りしている隣の洋品店も、隠れんぼや鬼ごっこをするには格好の遊び場でした。ままごと、けんけん、ボール投げ。白墨《はくぼく》でお絵《え》描《か》き。公園などはなくても、遊び場には事欠きませんでした。説田・今治市

あだ名 クラスの男の子にひそかにあだ名をつけて愉《たの》しんでいました。けっして言いません。「あかつきの出《で》っ歯《ぱ》」と。垢《あか》だらけの歯でした。新見・前橋市

暑くて寒かった 旭川は昔から豊富な木材を活《い》かした家具造りの町として有名です。盆地特有の気候

で、夏は蒸《む》し暑く三十度近くまで上がり、冬はマイナス二十度まで下がります。暑くて寒かったという記憶が、帰省時《きせいどき》に私に心の準備をさせます。島田・旭川市

アッパッパ［簡単服］ 暑い夏は風通りの良いアッパッパが人気で、作るのも簡単なので祖母は何枚も持っていました。出かけるたびにどれが良いか私に聞いてくるので「こっち」と適当に答えました。おしゃれな祖母でした。矢賀部・八女市

アップリケ 編み機で母が編んでくれたカーディガンには、アップリケの女の子がついていて、黄色い毛糸の三《み》つ編《あ》みのお下《さ》げが揺れていました。大事なカーディガンでした。西岡・浦和市

誂《あつら》え靴《ぐつ》 バイオリンの発表会に、女の子は皆きれいな衣装を着て髪にリボンをつけ、革靴で出演しました。子供用の革靴の既製品はあまりなかったのでしょう、母は私を銀座の靴屋に連れて行きました。足形はとりましたが、少し大きめに作って先に詰《つ》め物をして長くはいた記憶があります。色違いの革を使ったコンビネーションの靴でした。東・港区

誂《あつら》えのシャツ 既製品は首回りと袖丈《そでたけ》が合わないといって、叔父はワイシャツも誂えていました。袖口や襟《えり》が傷《いた》むと、残り布でまた作り直してもらったので、身体に合ったものを長く着ることができ、けっして高いだけではないと思いました。小渡・静岡市

後仕舞《あとじまい》 和服をよく着た祖母は、帰宅するとすぐ普段着《ふだんぎ》に着替え、小物と着物を乱《みだ》れ箱《ばこ》に入れ、ベンジンとガーゼで着物の襟足《えりあし》や裾《すそ》の汚れをさっと拭いてから衣紋《えもん》掛けに掛け、乱れ箱はタンスの上へ。またたく間《ま》に一連の片付けを終えて、ほっと一息ついてお茶を飲むのです。衣紋掛けの着物は夕食の片付けが終わってから、たたんでタンスに。祖母は後仕舞の達人《たつじん》でした。西岡・浦和市

アドバルーン 大型店がオープンする時は、屋上からアドバルーンがいくつも上がりました。まだ低層住宅が多く、かなり遠くからでも見えました。近くまで見に行こうと自転車をこぎ出すのですが、学区の外《はず》れまで行っても、もっと向こう側。がっかりして帰るのが常《つね》でした。越阪部・所沢市

兄が優先 新築の建売住宅に引っ越して、自分だけの部屋がもらえ

たのはうれしかったのですが、兄が洋室で私が和室。洋室が欲しかったのに。なんで、いつも私が犠牲なの？　岡部・浦和市

姉《あね》さんかぶり　姉さんかぶりに割《かっ》烹着《ぽうぎ》、それがお掃除の時の母の姿。襷《たすき》もかけていました。　吉田・横浜市

あのー　公衆トイレで見知らぬ女の人から「あのー」と声をかけられたら、生理用ナプキンをひとつあげました。自分が急に必要になった時も誰かがくれました。お互い様でした。　小暮・船橋市

アノラック　父の転勤で青森に越した小学四年生の冬。雪がちらつくようになった頃、父がアノラックを買ってきてくれました。頭からすぽっと被《かぶ》るタイプの綿製防水の上着でフード付き。雪の中これを着て学校に通いました。鼻水が凍《こお》り、口の上がシモヤケのように赤く腫《は》れます。母が編《あ》んでくれた目出《めだ》し帽《ぼう》で頭を包んでも、耳は冷たいまま。家に帰ると、薪《まき》ストーブの前で、体が溶けるまで座り込んでいました。　山本・青森市

アプト式鉄道　列車の停車時間は長く、十分近くありました。この間に電気機関車を列車の前後に連結させ、急勾配の碓氷峠《うすいとうげ》をガタンガタンと登るのです。新幹線の開通と共に、このアプト式鉄道と横川駅直売の「峠の釜《かま》めし」は姿を消しました。　林屋・世田谷区

油紙《あぶらがみ》　すり傷・切り傷には赤チンかヨーチンを塗りますが、傷がひどい時は、さらに黄色いリバノールガーゼの上に油紙を当てて包帯をしました。防水性があるので膿《う》んでも沁《し》みません。　越阪部・所沢市

あぶりだし　お正月、祖母の部屋の大きな火鉢《ひばち》に、孫の私たちはよく集まりました。お習字の半紙を火鉢の上にゆっくり、スーッとくぐらすと、絵や文字が浮かんできます。手品の種明《たねあ》かしと同じで、知らないと不思議で、何が出てくるか楽しみでした。　小渡・静岡市

アベック［男女の二人連れ］　京成電鉄の谷津《やつ》遊園には見事なバラ園がありました。夕方の閉園前の一時《ひととき》、サン＝サーンスの「白鳥」の音楽が流れ、バラの香《か》と共にひときわ甘い哀愁が漂《ただよ》います。若いアベックがゴザに座ってお弁当を食べさせ合っていました。箸《はし》でつまんで、あ～んと代わる代わる延々と続けています。気恥ずかしいようなうらやましいような。　小暮・船橋市

雨《あま》落《お》ち　雨の日に、縁側をあけ放

していても大丈夫。縁側《えんがわ》の外には人が歩ける通路があり、その先に縁石《えんせき》が並んでいます。そこから一段低くなっていました。藁葺《わらぶ》き屋根から落ちる雨は、低い方に滴《したた》り落ちるので、はね返りは来ません。越阪部・所沢市

雨乞《あまご》い　日照《ひで》りが続き、神社で雨乞いをすると聞きました。学校があるので行けません。どんなふうにするんだろう、空想をふくらませました。越阪部・所沢市

雨仕舞《あまじまい》　デパートの屋上遊園地に行くには、エレベーターで屋上階に上がり、さらに階段を数段昇《のぼ》り降《お》りしました。後年、建築設計をするようになって、これは雨仕舞のために必要な段差であったと気づきました。菊池・新宿区

雨仕舞《あまじまい》が悪い　二階の廊下とベランダの境の建具《たてぐ》は段差がなく、雨仕舞が非常に悪く、雨戸《あまど》が付いていないので、台風の時は大変でした。棚一つ吊《つ》ったことがない父が、雨に濡れながら外から板を打ち付けていました。頼もしく思い、釘の箱を持って父の後尻《あとじり》を付いていきました。中林・前橋市

甘食《あましょく》　家の近くには「煙草屋さん」と呼んでいた小さな雑貨店があり、そこで私が買ってもらえるパンは食パンか円錐形の甘食だけでした。甘食は甘くてお菓子のようでうれしかったです。岩倉・沼津市

雨垂《あまだ》れ　雨の日は外で遊べません。そんな時は縁側《えんがわ》で膝を抱えて雨垂れを見ていました。藁葺《わらぶ》き屋根の軒先から落ちる雨はきれいです。ぽっつり、ぽっつり、青や緑を映して、光りながら落ちていきました。越阪部・所沢市

雨垂《あまだ》れの跡《あと》　二軒長屋《にけんながや》には雨落《あまお》ちなどはなく、軒から落ちた雨が直接地面をうがって、ぽちぽちと砂に穴があきます。それを見ているのが好きでした。降り始めが特に面白いのです。小暮・船橋市

あまつかぜ～　お正月のかるたが百人一首に替わると、付録の解説を読んだり、絵札《えふだ》で坊主めくりをしたりしながら馴染《なじ》んでいきました。お気に入りの札だけは他人にとられまいと競ったりしている内にすっかり夢中に。読み手は父と母が交代で、毎日、飽きるまでくり返し遊びました。母の得意札《とくいふだ》は「天《あま》つ風《かぜ》雲の通《かよ》い路《じ》ふきとぢよ乙女《おとめ》のすがたしばしとどめむ《ん》」「あまつかぜ～」と父が上《かみ》の句を読むと、すかさず「はい！」。い

つもより数段甲高《かんだか》い声で母が札を取りました。浜田・神奈川県

雨戸《あまど》がない　少女小説に「雨戸を閉《し》めなさいと継母《ままはは》に言われた」とあり、「雨戸って何?」と祖母に聞くと、「板の戸だけれど、そんなもん閉めたら、雪の重みであかなくなるから意味がない」と言われました。竹岡・天童市

雨戸《あまど》に釘《くぎ》を打つ　昭和三十四年の伊勢湾台風当時、私は四歳。祖母は家中の雨戸に釘を打ち付けてひもでしばり、瓦《かわら》を針金でしばっていました。夜、目が覚めたら、押入れの赤黒い漆塗《うるしぬり》の長もちの中にノアの方舟《はこぶね》の如く、私と曾祖《そうそ》母《ぼ》、飼っていた犬と猫、つまり役に立たない家族が入れられていました。働き者で慌《あわ》て者の祖母は、雨戸のすきまからのぞいて水が近くまで来ていると大騒ぎしましたが、夜の強い雨で路面が黒く光って見えただけでした。木村・名古屋市

雨戸《あまど》のブランコ　一間《いっけん》の掃き出し窓に雨戸が二枚、戸袋《とぶくろ》がないので、あける時は二枚重ねあわせてドアのように開いて角《かど》の壁に納めます。その雨戸に足をかけて、水平ブランコのように行ったり来たり。何度も乗っているうちに、蝶《ちょう》番《つがい》がガタガタになってしまいました。矢賀部・八女市 ↓P115図

雨戸《あまど》を閉《し》める　雨戸を半分閉めるのは、亡くなった人の遺体が安置されている家です。だからふだん面倒で半分しかあけないというのはダメ。朝になると家中の雨戸をあけたものです。越阪部・所沢市

天邪鬼《あまのじゃく》　「あまのじゃくだね」とよく言われました。かわいい洋服をいただいても喜ばないから。レースやフリルがチクチクする感触がいや、なんて説明できません。学校で『瓜子《うりこ》姫《ひめ》と天邪鬼』の紙芝居を見て、私は鬼なの?と悲しくなりました。越阪部・所沢市

雨漏《あまも》り　板《いた》の間《ま》の天井にはガラスを嵌《は》めこんだ明《あ》かり取《と》り(トップライト)がありました。雨の日にはそこからポタポタと雨漏りがします。洗面器や盥《たらい》を並べて水の音楽会。雨音の違いを楽しんだものです。矢賀部・八女市 ↓P115図

網《あみ》カバー　大人は寝る前にカーラーで前髪と毛先を巻き、カーラーがはずれないように茶色の網カバーをかぶっていました。ある朝、いつもは素敵なお隣のお嫁さんがノーメイクで網カバーのまま洗濯物を干していました。見てはいけ

ないものを見てしまった気がしました。 木村・名古屋市

網戸《あみど》 縁側《えんがわ》には夏の間だけ網戸をたてました。家族全員が一つ蚊帳《かや》に入りきれなくなった頃からの習慣です。 越阪部・所沢市 ↓P304図

編《あ》み物《もの》 母は編み物が好きで、家族が着るものはほとんど編んでいました。ある日、家庭用編み機が届きました。ジージーと手を左右に動かし、時には編み棒で毛糸を掛け直して。多分、編み目模様を作っていたのでしょう。着られなくなった時はほどいて毛糸をお湯につけ、縮《ちぢ》れをとり、編み直します。そこで子供の出番です。両手を差し出し、母が毛糸を巻き付けるお手伝いです。新しい服ができる楽しみより、じっと同じ姿勢でいるのがつらく、両手は徐々に下降していきました。 田中・西宮市

雨が降ってきましたよ〜 団地では階段の下でお母さんたちがよく井戸端《いどばた》会議をしていました。急に雨が降ってくると「雨が降ってきましたよ〜」とどこかで声が聞こえ、急いで布団や洗濯物を取り込みました。 戸川・船橋市

飴玉《あめだま》 飴玉をもらうとみんなの顔がほころびます。時々小さい子が口からぽろりと落として、この世の末とばかりに泣きだすと、年長者が拾って自分の口にぽいっ。口の中でころがして唾《つば》をペッと吐きます。何度かくり返してきれいになると、泣く子の口に戻してあげます。近くに水がない時のやり方でした。 越阪部・所沢市

雨の日のお迎え 小学校に上がったばかりの頃、雨が降ると母が迎えに来てくれました。傘と長靴を持って昇降口で待っていてくれるのです。折り畳み傘はなかった時代で、土の道は長靴がないとぬかるみにはまったからだと思います。まさに童謡「雨ふり」の♪「雨雨ふれふれ母さんが、蛇《じゃ》の目《め》でお迎いうれしいな、ピッチピッチチャップチャップランランラン」と同じくうれしい思い出です。「蛇の目は蛇の目傘のこと」 吉田・武蔵野市

アメリカのTVドラマ 『ララミー牧場』、『うちのママは世界一』、『パパは何でも知っている』などたくさん放映されていました。年末にその年一年間のドラマの内容をすべて言えるほど強く影響されていました。 吉田・横浜市

あやとり 古毛糸を輪にして指ですくって橋や箒《ほうき》を作って遊びま

した。二人あやとりと一人あやとりがあり、最後は富士山や東京タワーを作ってしまう技《わざ》を持つ友人に、皆尊敬のまなざしを向けました。休み時間を待ちかねて遊びました。西岡・浦和市

洗《あら》い桶《おけ》　衛生面に神経質な母は、食器用と台布巾《だいふきん》用の桶を用意し、使い分けていました。加部・田辺市

粗板《あらいた》［畳の下の粗削りの板］　春になると、一斉にどこの家も大掃除です。畳を干し、新聞紙を敷き、DDT《ディーディーティー》を撒《ま》くのですが、店の二階から突然足がにょきっと出て、みんなで大笑い。壊れた粗板を姉が踏みはずしたのです。説田・今治市

洗《あら》い張《は》り　生涯着物で過ごした祖母は、時々、私を連れて近くの染《そめ》物屋《ものや》さんへ、ちょっとくたびれた着物をほどいて反物《たんもの》にして持っていきました。着物を洗い張り（洗濯）してもらうのです。染物屋さんの庭には洗い上がった反物が鯉《こい》幟《のぼり》のように等間隔で干してありました。布の端をはさんだ竹ひごのようなものがたわんで突っ張っています。洗い張りから戻った着物はシャキッと見違えるようでした。小渡・静岡市

荒物屋《あらものや》さん　商店街の外《はず》れにあった小さな店先には、竹箒《たけぼうき》ややかんや塵取《ちりと》りがぶら下がり、軍手《ぐんて》や鍋《なべ》が山積みに置いてあり、宝の山のようでした。どんなものでもここで探せば必ず手に入ると思いました。大型のホームセンターが出現する前の、なつかしい街の風景です。西岡・浦和市

アルコール綿《めん》　母は、外出時には石鹸箱《せっけんばこ》くらいの大きさの金属容器に、アルコールに浸《ひた》した脱脂綿《だっしめん》を入れて携帯していました。外でお弁当を食べる時には、いつもこれで手を拭かされました。遠足の時など他の子も同じものを持っていたので、母の潔癖症のせいではなく、その時代のものだったのかもしれません。東・港区

アルマイトのお弁当箱　小判型のアルミ製のお弁当箱です。私のは、くすんだ赤地で、蓋《ふた》に黄色いチューリップの絵。兄のは、アルマイト色に青いヨットの絵。兄の方がかっこいいなーと思っていました。越阪部・所沢市

アロエ　指先がパンパンに腫《は》れズキズキ痛みます。ひょうそです。近所のおばさんが集まり大騒ぎに。厚くて大きなアロエを頂きました。皮をはがして水分をたっぷり

含んだ半透明な部分に縦横にスジを入れるとその面と傷口が密着し浸透しやすくなります。テープと包帯でグルグル巻きにしておくと、数日で治りました。 田中・西宮市

餡子《あんこ》屋《や》さん 市役所のそばにありました。年末、母はきんとんと羊《よう》羹《かん》を作るために白餡《しろあん》を買います。年に一度の、おいしい漉餡《こしあん》がうれしくて、赤や緑の食紅《しょくべに》を使って羊羹に文様《もんよう》を付けるのも楽しくて、じっと母の手元を見つめていました。 越阪部・所沢市

アンゴラウサギ 百羽ぐらい飼っていました。長屋《ながや》の端に祖母の仕事場があり、祖母は膝に抱っこして毛を刈っていました。近くの工場に売るのです。ふわふわしたアンゴラウサギの毛は柔らかくて暖かくて手ざわりがいいので、学校から帰ると、その部屋で過ごしていました。 大平・長野県 ↓P60図

餡《あん》ころ餅《もち》 祖母が熱々の餅を餅取《もちと》り粉を付けながら上手に形をつけていきます。どんどんちぎって、もろぶたの蓋《ふた》に移し、あっという間に一杯になると床《とこ》の間《ま》のある部屋に運び、子供達が丸めて平餅《ひらもち》とします。この平餅にあんこを入れると餡ころ餅ができます。うまくしないと、裏から餡が流れ出てしまいます。 説田・今治市

アンネの日 生理が始まった頃はまだ生理用ナプキンが普及していなくて、カットした脱脂綿《だっしめん》で手当てしていました。それ用の生理帯《せいりたい》なるものを使ったのですが、もれを気にして体育は休まなくてはなりません。一年ほどして「アンネナプキン」が発売され、生理の憂《ゆう》鬱《うつ》が少し解消されました。「アンネの日」という言葉も生まれました。 東・港区

アンポッ反対 アパートの庭で子供たちが電車ごっこをしていました。普通の電車ごっこと同じですが、掛け声は「シュッシュポッポ」ではなくて、「アンポッはんたい、アンポッはんたい」。ポッにアク

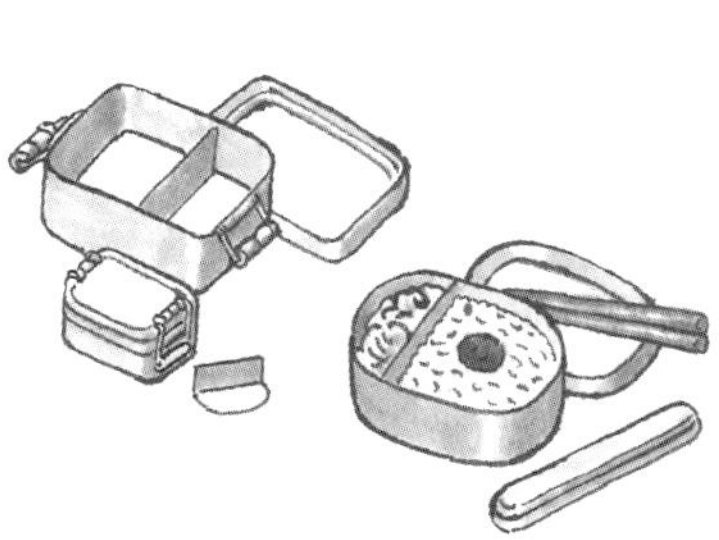

アルマイトのお弁当箱

セントを付けて元気に走り回っていました。 小暮・船橋市

い

いい按配《あんばい》ですね 幼い頃、近所の人にこう言っている母の声が聞こえると、意味はわからないものの、なぜかとても幸せな気分になりました。何度も聞くうちに、どうやら「いいお天気ですね」と言っているらしいとわかりました。 小暮・船橋市

家出 私の部屋には直接外に出られるドアがあり、よく家出をしました(おなかがすくとすぐ戻る)。いつものように家出をした時、緑の絨緞《じゅうたん》を敷き詰めたような芝生があるので、寝ころがってみたら全部、空! 地球をおんぶして宇宙に浮いているような、星の王子様気分で寝込んでしまいました。探しにきた祖母と妹は唖然《あぜん》。そこは納骨堂《のうこつどう》の前でした! 矢賀部・八女市

家の修理 玄関の上《あ》がり框《がまち》の下の引《ひ》き違《ちが》い戸《ど》には、祖父が家の修理に使っていた大工《だいく》道具や釘《くぎ》がしまってありました。農機具や小屋も祖父が修理していました。祖母の実家が水道業で、その手伝いの経験から水道管の修理もしていましたが、こればかりは直せないようで、時々蛇口《じゃぐち》からポタポタと水が漏《も》れていました。 風祭・高萩市

家の光 『家の光』(家の光協会)は昔ながらの農家の生活に新しい風を吹かせてくれた月刊誌です。毎月楽しみで、親より先に読んでいました。農協が扱っていて、農家のほとんどがとっていました。 越阪部・所沢市

鋳掛屋《いかけや》さん アルミの鍋底《なべぞこ》に穴があくと、母は鋳掛屋さんに持って行きました。たいてい雨の日に。鋳掛屋さんは寸胴《ずんどう》のネジみたいなものを穴にあてて金槌《かなづち》でたたいていきます。いつの間にかうす～く伸びてちゃんと穴をふさいでいます。これでまた美味しいけんちん汁が食べられます。 越阪部・所沢市

衣桁《いこう》［着物掛け］ 八畳の座敷は、夏は五人家族が一緒に蚊帳《かや》を吊《つ》って寝るのでタンス等は置けませんが、一時的に着物を掛けて置く衣桁は、一年中置いてありました。衣桁にシーツや着物を掛けて囲み、おうちごっこをしました。雨の日は特に楽しく、中で絵本を読んだり、トランプもしました。 林屋・世田谷区

石蹴《いしけ》り 道路で石を蹴っていろいろな遊びをしましたが、石にはこだわって、河原に探しに行きまし

た。丸くてすべすべして程よく厚みがある石を集め、遊びながら試しました。自分の足にぴったり合う石は宝物でした。小渡・静岡市

いじめっこ 人口流入の激しい地域で、私たち家族も流入組でした。中にえらく大人びた子がいて、無理難題をいって皆をいじめていました。後年、クラス会に来なかったので電話してみると、昔のことを言われたくないので行かないとのことでした。吉田・横浜市

石焼《いしや》き芋《いも》 ♪「いしや〜きいも〜」の声を聞くと、母にもらった百円玉を握りしめて飛び出します。リヤカーに積んだ釜《かま》の中のホカホカ芋は、どれも百円では買えずショック。焼芋って高級品なんだ！　おじさんに半分に切ってもらいました。甘くて美味しくて、家で作るふかし芋とは、ひと味もふた味も違いました。西岡・浦和市

石屋《いしや》さん 隣は石屋さんで、おじさんが一人で墓石に文字を彫《ほ》っていました。種類の違う石が立て掛けてあり、研磨《けんま》されていないゴツゴツした石と、ひんやりしたピカピカの石とは、別の世界のものに感じられました。岡村・柏市

いじわるばあさん 長谷川町子の漫画『いじわるばあさん』も大好きで、単行本を家族で愛読しました。年をとっても元気でさえあれば我流《がりゅう》で生きてもいいんだと教わりました。西岡・浦和市

偉《い》人《じん》伝《でん》 うちにはたくさんの偉人伝がありました。鮮明に記憶しているのはキュリー夫人です。努力の人に憧れました。野口英世は赤ちゃんの時のやけどの話と、死ぬ最期が印象的でした。あとは覚えていません。吉田・横浜市

泉屋《いずみや》のクッキー 高級品でした。よそからいただくと一日数枚だけおやつに出され、あとは缶にセロテープをきっちり貼り直して戸棚の高いところにしまわれます。母が留守の日、兄と協力して踏み台に乗り、クッキー缶を降ろして二人で夢中で食べ、セロテープを貼り直しておきました。数日後、お客さんの前で母が蓋《ふた》をあけたら、中は空《から》っぽ！　西岡・浦和市

居候《いそうろう》 夏休みや冬休みになると、田舎から高校生のいとこ達が泊まりに来ました。昼間は進学塾の講習会に出かけていませんが、夜になると本当は勉強をしたかったのかもしれませんが、私や妹とゲームやトランプをしたり本を読んでく

れたりしました。お兄さんができたみたいで、お休みが待ち遠しかったものです。菊池・新宿区

遺族《いぞく》の家　玄関に向かって右側の表札の上方に「遺族の家」と書かれたプレートがありました。わが家は商家なので、門柱に取り付けていました。福井・本荘市

板《いた》チョコ　小学生になったばかりの頃、毎日、母に指をたたかれながら、ひらがなの練習をしました。ノート一面書き終わると、明治のチョコレートを一枚、走って買いに行きました。小暮・船橋市

板《いた》の間《ま》　土間《どま》の上《あ》がり口《ぐち》の板の間は、時には近所の農家の人がお茶を飲んでいったり、母がうどん粉《こ》をこねて手打ちうどんを作ったりと、いろんなことに使われていました。糸井・太田市 ↓P61図

板塀《いたべい》　父お手製の板塀は焦《こ》げ茶色、防腐剤のコールタールの色です。定期的に塗り替えていましたが、あの独特の臭《にお》いは今も忘れられません。勝見・金沢市

イチジク浣腸《かんちょう》　(商)　ひどい便秘症で、しばしば桃色のイチジク浣腸のお世話になりました。浣腸すると、お腹《なか》がぐるぐる気持ち悪くて苦しくなるので、何とか避けようと泣いていやがる私に母はてこずったと思います。越阪部・所沢市

一人前《いちにんまえ》　うちは魚屋で、子供が手伝いをするのは当たり前でした。店番をしながら、干してある干物を猫に持っていかれないよう見張ったり、魚の目方《めかた》を量《はか》り、刺身用やてんぷら用におろしたり、と。時には失敗してぐちゃぐちゃにしてしまうこともありましたが、大人のやり方を見て覚え、十歳頃にはすでに一人前でした。岸・平塚市

一家総出《いっかそうで》　昔は時には結婚式を自宅で行ったので、その時にふるまうご馳走《ちそう》を「仕出《しだ》し」といって魚屋で引き受けることがありました。尾頭《おかしら》付き焼鯛《やきだい》を折箱《おりばこ》の左上に据《す》え、羊羹《ようかん》や蒲鉾《かまぼこ》を彩《いろど》りよく並び入れて折詰を完成させ、最後にセロファンをかぶせ、輪ゴムで留めます。子供たちが順に並び、手際《てぎわ》よくこなします。一家総出の仕事でした。岸・平塚市

一家団欒《いっかだんらん》　食事時は家族の大切な情報交換の場でした。テレビがまだない時代のせいか、会話がはずみ、やかましいほどでした。子供は競って話したがるので、母に「順番よ、ハイ、手を挙《あ》げて」と言われたものです。大宇根・高松市

一貫目《いっかんめ》［約三・七五kg］　竹細工職人の父が膠《にかわ》（竹の接着剤として使う）を仕入れに時々出かける市場では、いろいろめずらしいものを量《はか》り売《う》りしていました。干しエビや干し椎茸《しいたけ》、バター等、軽くて高価なものは匁《もんめ》（P303）、重いものは貫《かん》目《め》でした。冷蔵庫の氷も一貫目、二貫目で買いました。小渡・静岡市

一間《いっけん》［約一・八二m］　昔の家には押入れが幾つかあり、「二階の一間の押入れから○○持って来て」、「それは一間半の押入れに入っている」、「あそこのうちは間口《まぐち》が何《なん》間《けん》で奥行《おくゆ》きが何間だから何坪《なんつぼ》だ」とか、一間が大まかな大きさの目《め》安《やす》にされていました。木村・名古屋市

一酸化《いっさんか》炭素中毒　近所の家では掘りごたつに穴あき練炭《れんたん》を使っていました。ある時、その家で母とおばさんがこたつに入ってお茶を飲みながらおしゃべりしているのを、ついていった私がこたつに半分もぐりながら聞いていたところ、だんだん意識が薄れてきました。びっくりした母が私を引っぱりだし、なんとか意識をとり戻したそうです。東・港区

一尺《いっしゃく》［約三〇・三cm］　子供の頃は曽《そ》祖母《そぼ》がいて、子供の浴衣《ゆかた》をつくるのを楽しみにしてくれていました。「一年で大きくなったね。ゆきが何尺何寸、丈《たけ》が何尺何寸にのびた」と、夏が近づくと、まっすぐ立たされて竹の物差しで計《はか》られました。木村・名古屋市

一升瓶《いっしょうびん》［約一・八リットル］　父の晩《ばん》酌《しゃく》のお酒が切れると、妹とお使いに行きました。一升瓶を風呂敷に包んで。落とすと割れそうなので抱きかかえて持ちます。暗い夜道を妹は私のスカートをつかんで歩きました。越阪部・所沢市

一升枡《いっしょうます》　農家では麦や豆を量《はか》るのに枡は必需品です。一斗枡《いっとます》、一升《いっしょう》枡《ます》、五合枡《ごごうます》、一合枡《いちごうます》がありました。使い込んで角は丸くなり、木は飴色《あめいろ》になって艶《つや》やかでした。一升枡と一合枡は台所で米を量るのに毎日使いました。越阪部・所沢市

一寸《いっすん》［約三・〇三cm］　竹細工職人だった父の作るお盆は、直径八寸《はっすん》とか九寸《きゅうすん》と呼び、販売していた竹ひごも、長さ九寸とか尺一寸《しゃくいっすん》などと呼んでいました。小渡・静岡市

一銭《いっせん》［百銭が一円］　幼い頃、近所の駄菓子屋《だがしや》さんでは端数が何十銭という単位がありました。おつりをいっぱいもらった気になりましたが、いつのまにか一円に切りあが

ってしまいました。ピースの空《あ》き缶《かん》いっぱいの一銭硬貨は十円にもならなくてがっかり。　小渡・静岡市

一銭洋食《いっせんようしょく》　お好み焼きの一種で、おやつによく作ってもらいました。薄いうどん粉(小麦粉)を鉄板に広げ、長ネギのみじん切りと鰹《かつ》節《ぶし》をのせて、焼きあがる寸前にジュッと醤油《しょうゆ》をたらします。クレープのように折りたたんで熱々を新聞紙に包んでもらってほおばると、印刷インクの匂いと混じって美味しかったそうです。子供の頃、駄菓子屋《だがしや》の店先で食べたと母が言っていました。元はソース味だったので「洋食」という名がついたとか。　西岡・浦和市

一反木綿《いったんもめん》　おんぶ紐《ひも》には一反木綿(さらし)が使われていました。真ん中を広げて赤ん坊のお尻を包み込みます。使い込んださらしは柔らかく、少し黄ばんでいました。　越阪部・所沢市

一張羅《いっちょうら》［たった一枚の晴れ着］　愛媛県伯方島《はかたじま》から船と電車を乗り継いで一泊旅行に出かけた時、母と叔母はハイヒールに流行のお団子《だんご》頭《あたま》、服は誂《あつら》えの一張羅、子供達の服もよそゆきでした。　説田・今治市

一斗缶《いっとかん》［十八リットル缶］　蜂蜜《はちみつ》や黒砂糖はブリキの一斗缶に入っていました。固まった蜂蜜や黒砂糖をスプーンですくって食べるのですが、隠れて食べる味は一味違いました。　矢賀部・八女市

一服《いっぷく》　お茶を一服、煙草を一服する休み時間のことです。祖父は煙管《きせる》でした。刻《きざ》み煙草を詰めてマッチで火を寄せると、たて続けにスパスパして火をつけ、大きく吸って吐く息で煙の輪を作ってくれました。　越阪部・所沢市

いづめっこ［わらで編んだ籠《かご》］　まだ歩けない子供を中に寝かせ、周りには貴重品やお昼の弁当のおにぎり等を入れます。親の顔が見え、声が聞こえるところに置くと、子供は安心します。近くにいるので、おっぱいもすぐあげられます。　竹岡・天童市

いつもお腹《なか》をすかしていた　外でお腹がすくと、山栗やさつま芋の皮を歯でむき、生のままかじりました。ある時、さつま芋と思ってかじると…ペッペッ、ダリアの根でした。　越阪部・所沢市

井《い》戸《ど》浚《さら》い　井戸の壁が崩れたり底に小石がたまったりすると、井戸屋さんを頼んで井戸浚いをしてもらいました。家の近辺は深井戸《ふかいど》で、

井戸屋さんも不安がり、降りる前にろうそくを下げて空気の様子を確かめてから綱で降りてゆきました。越阪部・所沢市

井戸で冷やす　夏には茹《ゆ》でたうどんや野菜、おやつなどを籠《かご》に入れて井戸に吊り下げます。ひんやりと水滴をつけたスイカはご馳走《ちそう》でした。越阪部・所沢市

井戸の怪談話　母の実家は農家で、家の内と外に井戸がありました。外井戸《そといど》は桶《おけ》で汲《く》み上げて柄杓《ひしゃく》で打ち水したりしていました。外井戸は落ちたら危険なので、年寄が怪談話を聞かせて子供を近寄らせないようにしたそうです。小渡・静岡市

井戸のこだま　家には井戸が二つありました。庭のは手漕《こ》ぎポンプで汲《く》み上げる井戸、台所と蔵《くら》の間にあるのは釣瓶《つるべ》で汲み上げる井戸。ここは危ないから近寄ってはだめと言われたけれど、のぞきこんでは声のこだまを楽しんだり、吸い込まれそうな不思議な思いを何回もしました。今井・横浜市

井戸端《いどばた》　四軒長屋《よんけんながや》で使う井戸端は雨の降った翌日は順番待ちです。米を研《と》ぎ、野菜や茶わんを洗い、洗濯する手許《てもと》を見るのが楽しみでした。それぞれやり方が違っていました。米粒のついた釜《かま》を洗っていたら「米は大事だから捨てないで食べなさい」と言われ、菜《な》を洗っていたら「深いバケツで振り洗いするといい」と。洗濯桶で母が手洗いする時、私が手漕《こ》ぎポンプを押して水を出してあげると、すすぎ洗いができます。「娘さんがいていいね」とうらやましがられました。新見・前橋市

井戸端《いどばた》会議　団地には十世帯に一つの共用階段があり、同じ階段同士では、特によくご近所づきあいがありました。階段の下ではお母さんたちが井戸端会議をしていました。戸川・船橋市

糸繭商《いとまいしょう》　父の仕事は繭・副蚕糸《ふくさんし》。通称は糸繭商。製糸会社と養蚕家の

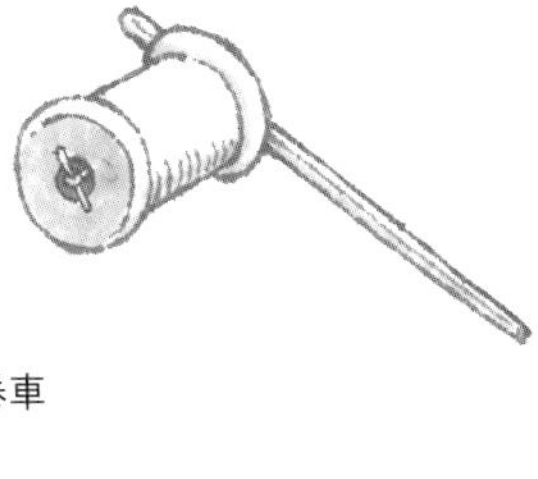

糸巻車

仲買いで商事会社でした。十畳の応接間の壁に繭や糸の見本棚がありました。中林・前橋市

糸巻車《いとまきぐるま》　ミシン用の糸巻でつくる玩具《おもちゃ》。ナイフで溝を彫《ほ》り込み、滑《すべ》りにくくしてから穴に輪ゴムを数本まとめて通し、片側は直径より短い割箸《わりばし》を通して固定し、もう片方は長めの割箸をハンドルにしてゴムをよじるとカタコトと動きだします。越阪部・所沢市

井戸水《いどみず》　わが家の井戸は、てこの原理を利用して汲《く》み上げる手漕《てこ》ぎ井戸でした。漕ぎ方を手加減すると水道の蛇口《じゃぐち》から出る水のように細くなるので、母に喜ばれました。地面の下の水の層から汲み上げるので砂も混じってきます。水の出口に手拭《てぬぐい》で作った袋をかぶせて、砂がたまると取り替えました。井戸水は夏はひんやり冷たく、冬は柔らかな冷たさです。飲み水にする時は必ず沸騰させ、湯ざましにして飲みました。小渡・静岡市

糸ミミズ　雨上がりに近所のドブ川をのぞくと、澄んだ流れの底にピンク色の糸ミミズがそよいでいました。棒に空《あ》き缶《かん》をくくり付けて川底をさらい、急いで持ち帰って庭の池の金魚の餌にしました。太い糸ミミズは苦手でしたが、糸ミミズを箸《はし》でつまむのは平気でした。西岡・浦和市

田舎間《いなかま》　一間《いっけん》は六尺《ろくしゃく》です。九州の田舎の家では一間が六尺三寸《さんずん》のところもあり、わが家は一間が六尺五寸でした。四畳半でも広く感じたのはこの違いもあったのでしょう。矢賀部・八女市

犬の餌《えさ》　うちの犬は飼い主に似て漬物《つけもの》が大好物でした。餌の下の方に隠しても嗅《か》ぎ分けてほおばっていました。ある日満腹だったのか食べずに穴を掘って隠していました。それを掘り起こして食べているところは目撃したことがありません。矢賀部・八女市

犬の遠吠え《とおぼ》　野犬《やけん》に牙《きば》をむかれるとこわかったものです。夜になると犬の遠吠えも聞こえ、寂しさがつのりました。新見・前橋市

稲刈り休み　青森の農村では子供は働き手でした。十月には、紙袋をもって田圃《たんぼ》で「イナゴ捕《と》り」をし、学校が休みになる稲刈り休みも一週間ありました。山本・青森市

芋版《いもばん》　冬休みが近づくと「そろそろ年賀状を考えなさい」と母に催促され、クリスマスが終わると、さてとばかりに、さつま芋を彫《ほ》っ

て、芋版で翌年の干支《えと》を摺《す》りました。昔の年賀状は絵に力を入れていました。文字はもちろん一枚一枚手書きでした。木村・名古屋市

芋掘《いもほ》り　こんもり盛《も》り土《ど》の長い畝《うね》から、まず葉の根元を切り離し、めくります。それから芋づる式に掘り上げて残ったのを拾います。力仕事なので、子供の手伝いは「拾《ひろ》い」くらい。脇で蔓《つる》を一本ちぎり、皮一枚残して五㎜くらい折り少し引っ張る、次は反対側に折って引く、繰り返していくと先端に葉が一枚ついたネックレスになりました。越阪部・所沢市

色鉛筆　「きいちのぬりえ」は画面いっぱいの構図で塗《ぬ》りがいがあります。十二色の色鉛筆をめいっぱい使って塗って、洋服に柄《がら》を作ったりしていました。松本・北区

色水遊《いろみず》び　色とりどりの花やミョウガ、ユキノシタ、ヤマゴボウなどを洗面器の水の中でくちゅくちゅ揉《も》み出すと、きれいな色水ができます。空《あ》き缶《かん》や空《あ》き瓶《びん》を並べて、赤・黄色・緑とそろう頃には手は奇妙な色に！　越阪部・所沢市

囲炉裏端《いろりばた》　母の里の山形の家で私が一番好きな場所は囲炉裏端でした。煮炊《にた》きすると煙《けむ》くて、いぶされるような匂いがしましたが、薪《まき》のはぜる音と炎と、あの熱さが今でも大好きです。岡村・柏市

インキ止め式万年筆《まんねんひつ》　茶系のまだら模様に金色のクリップが付いています。ペン先が付いている首軸をはずしてスポイトなどでインクを直接補充する構造です。使う時は尻軸を回転させ、少し緩《ゆる》め、インクをペンの芯《しん》に行き渡らせて書き始めます。母が実家から持ち帰った祖父の持ち物で、使い方がわからず、インクまみれになって何日も格闘しました。田中・西宮市

隠居部屋《いんきょべや》　家族は一番多い時で曽《そう》祖母《そぼ》、祖父母、両親、兄姉妹と私の九人でした。寝室は両親と私と妹が一緒、兄と姉が子供部屋を、曽祖母と祖父母が隠居部屋を使っていました。説田・今治市

インクの匂い　インクが好きで、匂いも好きでした。万年筆は高くて買えないので、木の軸とペン先一箱を買って、日記を書いたりしていました。後年、憧れのモンブランのブルーブラックのインクを買いました。越阪部・所沢市

インドりんご　風邪で熱を出して学校を休んだ時だけ買ってもらえるので、病気になるのが楽しみで

した。ふだん食べるりんごと違って、滑《なめ》らかな甘さで、蝋《ろう》のように鈍《にぶ》く光った赤と黄緑色でいかにも高価に見えました。 加部・田辺市

う

初卵《ういらん》 鶏が初めて産んだ卵を初卵と言います。小さ目で少し色の濃い初卵を、臨月の人に届けました。お産が軽くなりますようにと。卵は病気見舞いにもしました。 越阪部・所沢市

植木屋さん 官舎に引っ越してすぐ、トラックに積んだ植木を売りに来ました。門を入った所に紅葉《もみじ》、玄関前にツゲとコデマリ、庭にはツツジやツワブキ。両親は勧められるままに買い入れたようです。植木が定位置に納まって、家らしくなりました。 菊池・新宿区

上《うえ》**の台所** 寄り合いの時は大勢の人が集まって台所仕事をします。野菜を切ったりする下ごしらえは板《いた》の間《ま》、洗ったり煮たりは土間《どま》、最後の盛《も》りつけは板の間です。土間が「下の台所」とすると板の間は「上の台所」。上の台所は行事や餅《もち》つきの時に大活躍しました。 矢賀部・八女市

上野動物園 庭のヒマワリの種をどっさり持って行くと、上野動物園、ただで入れてくれたよねー。 渡会・目黒区

浮《う》**き輪**《わ》 ゴムの素材でゴム臭《くさ》く、空気を吹き込むのが大変で顎《あご》が痛くなりました。吹き込み口は金属の味がしました。 浜田・神奈川県

ウサギ跳《と》**び** 中学生になると部活があり、毎日スポーツができるとワクワクしました。バレー部では、まず準備体操がウサギ跳び、パスをアンダーで取ると罰としてウサギ跳び(オーバーパスが主流のため)、サーブをダブるとウサギ跳び、ということでコートを何周もさせられた苦い思い出があります。 小渡・静岡市

ウサギの世話 ウサギに餌のクローバーの葉をあげる手伝いもしました。ウサギ小屋の扉をあけると一斉に顔を出し、勢いあまって巣から落ちる元気のいいのを捕《つか》まえて戻すのですが、子供の力では一番上の段には持ち上げられないので、いつも下の段に入れました。 大平・長野県

牛 牛小屋にはいつも三、四頭の乳牛を飼っていました。収入源なので、牛は子供より大事にされている感じでした。 大平・長野県 ↓P60図

氏神様《うじがみさま》［土地の人々を守る神］ 敷地の中に小さな祠《ほこら》があり、氏神様

が祀《まつ》られていました。榊《さかき》の水を替え、お水とごはんをお供えするのは祖父の毎朝の日課でした。幼い頃は「うちがみさま(家神様)」だと思いこんでいました。風祭・高槻市

牛のお産《さん》　牛は難産《なんざん》です。産気《さんけ》づくと近くに住む獣医さんを兄が呼びに行きます。母が鋳物《いもの》ストーブに籾殻《もみがら》をくべて大きな釜《かま》にお湯を沸かし、準備をします。出産は夜中になる時もありました。子供も起きていることが許されたので、ワクワクして待ちます。子牛の足が見え、するりと出てきた瞬間や、よろよろと立ち上がろうとする姿が今でも蘇《よみがえ》ってきます。子牛は売られるまで祖父が大事に世話をしました。糸井・太田市 ↓P61図

蛆虫《うじむし》　ポットン便所の和便器《わべんき》からは下の便所の甕《かめ》が見えます。便も尿も丸見えです。時々うごめく物も。多分、蛆虫だったのでしょう。矢賀部・八女市

歌声喫茶《うたごえきっさ》　高校生の頃、ワンゲルのハイキングの帰りに新宿の「灯(ともしび)」という店に何度か行きました。速いテンポのアコーディオンの伴奏に合わせて歌いました。山に行く時には小さな歌集を必ず持って行きます。みんな合唱が大好きでした。芳村・浦和市

内風呂《うちぶろ》　なじみの銭湯《せんとう》が火事になり、とうとう母の決断で内風呂を設けました。脱衣室はなく、仕切りはカーテンです。FRPの浴槽にタイル張り、自動で追《お》い焚《だ》きはできませんから、冷《さ》めるとまた沸かすことになります。わが家には段ボールや木箱等、燃やす物はたくさんありました。説田・今治市

打《う》ち水《みず》　夏休みの昼下がり、昼寝から覚める頃、母が玄関先に水を撒《ま》いています。熱せられた土が水の刺激で発するあの匂い、一時《いっとき》、涼しげな風が六畳の地窓《じまど》から入って来ます。菊池・新宿区

宇宙の話　小学校の理科で、宇宙は無限だと教わり、果てが無い、果てが無いと一晩中考えて頭がく

打ち水

らくらしました。小暮・船橋市

うちわ　お中元の季節になると、あちこちのお店から団扇《うちわ》をいただきました。竹の骨に紙張りでいろんな絵柄があり、気に入ったのを自分専用にしようと妹と取り合いに。竹筒を節《ふし》の所で斜めに切った長い団扇差《うちわさ》しが、夏の間、柱に掛かっていました。越阪部・所沢市

写《うつ》し絵《え》　ふにゃりとした透明のシートに描かれた絵が台紙に貼り付いていて、水で濡らすと浮き上がってはがれます。それを下敷きや筆箱《ふでばこ》に貼りました。今でいうシールです。越阪部・所沢市

うつぼ　祖父はうつぼという道具を手作りして、ドジョウや川海老などを捕《と》っていました。一度入ると出られない仕掛けになっていて、雨が降る夜などに水路に仕掛けておくと、翌朝にはドジョウがたくさん入っています。生きているまま火に掛けられ調理されるのがかわいそうだなと思い、食欲はわきませんでした。風祭・高萩市

腕《うで》を組《く》む　親と手をつないで歩いた記憶がありません。友達がお母さんと腕を組んで、ぶら下がるように甘えて歩いていたりすると、うらやましくて、後ろ姿をいつまでも見送っていました。小暮・船橋市

うどん　朝昼晩三食うどんという日もありました。冬は煮込み。「ひもかわ」と野菜をいっしょに煮込んだものを熱々で。残った物は翌朝は固まっていますが、温めるとくたくたになり、味も染《し》みています。「また煮込み！」と文句を言っていましたが、毎日同じ物を食べ続けているうちに、好きになっていきました。新見・前橋市

鰻《うなぎ》　わが家は弟が喘息《ぜんそく》もちで、祖母、叔母、母と肋膜《ろくまく》や結核《けっかく》などを患《わずら》ったので、栄養にはとても気をつかっていました。夏の季節は母の実家から夏バテしないようにと生きている鰻が届き、父がさばいていました。小渡・静岡市

ウナ電《でん》［至急電報］　町の郵便局の窓口で「ウナでお願い」と申し込むと、電話で「朝日のア、いろはのイ」というように「通話表」にもとづいて電報電話局に内容を伝えてくれました。「ウナ」は至急を意味するurgentの「ur」を欧文モールス符号で打つと、和文モールスでは「ウナ」と読めることから「ウナ電」と言われていました。電報電話局は夜中でも受け付けて、夜間でも配達していました。

町の郵便局(↓P287)は電報電話局の取り次ぎ役でした。菊池・新宿区

乳母車《うばぐるま》［バギー］　四輪の台車に籐《とう》で編《あ》んだ籠《かご》がのっている乳母車は農家の必需品でした。幌《ほろ》も付いていて寝かせられるし、籠が深いので赤ん坊がつかまり立ちしても落ちることなく、畑の脇に留めておけば親の顔も見えるので、結構一人遊びしていました。越阪部・所沢市

生《う》**みたての卵**　庭の角《すみ》には鶏小屋《とりごや》があって、毎朝、生みたての卵を取りに行かされました。私はニワトリが大嫌いで、とてもいやでしたが、卵かけごはんは格別の味でした。羽沢・佐野市

海釣《うみづ》**り**　父と母は夜明け前から、よく海釣りに行っていました。戦利品の魚をおろしたり、カニを大鍋《おおなべ》で茹《ゆ》でたり気楽にできたのは、台所が土間《どま》だったからです。蟹が大嫌いな私は知らずに冷蔵庫をあけて「キャーッ！」加部・田辺市

海で遊ぶ　家のすぐ前は海でした。潮《しお》が引くとタオルと小さなバケツを持って岩場に行き、フグや鰯《いわし》の仔《こ》をタオルで取って水たまりに集め、帰りには逃がしてやりました。蜷《にな》をバケツ一杯とって帰り、茹《ゆ》でて、針でくるっと取っておやつにしました。潮干狩《しおひが》りの時期には、泥んこになって貝を掘って持ち帰りました。説田・今治市

海に落ちる　トイレが池の横にあった頃は、隣のヤギが板塀の壊れた所から「メーメー」と顔を出して鳴くので、夜はこわくて行きづらいものでした。子供は昼間は道路の側溝や海際《うみぎわ》で済ませていました。時に海に落ちたりする子もいました。説田・今治市

海酸漿《うみほおずき》　盆踊りの縁日《えんにち》で買いました。しぼんだヨーヨーのゴムみたいで、ゴワゴワしているのを水に浸《つ》けて柔らかくします。ブギュブギュ音は出るのですが、それだけのことでした。越阪部・所沢市

梅酒《うめしゅ》　毎年、庭の梅の実がたくさん採《と》れて、父が梅酒を作っていまし

うちわ

た。　岡部・浦和市

梅《うめ》チュッパ　タケノコの皮をむくのは子供の役目でした。真ん中の柔らかい皮に梅干をはさんで、チュパチュパ吸いました。美味しかった！　皮が、梅干でだんだん赤くなるのを見せ合いながら、兄弟や友達と楽しみました。　林屋・世田谷区

梅干《うめぼし》と砂糖　うちで漬《つ》ける梅干は、しょっぱくて酸《す》っぱいものでした。祖父は、甘いものがない頃のおやつだと言って、お茶請《ちゃう》けとして梅干に砂糖をかけて美味しそうに食べていました。まねして食べてみましたが、美味しいとは思いませんでした。　風祭・高萩市

売り出し　店の売り出しの時には、りんごの歌を流しながら、りんごを山盛《やまも》りにしたりりんご箱を車に載せ、従業員全員でオート三輪《さんりん》を連《つら》ねました。　説田・今治市

上皿天秤《うわざらてんびん》　おやつを平等に分けることは、兄と私にとって重要な事でした。一本のバナナを上皿天秤で計《はか》って分けた時のこと。まず皮ごと半分に切って天秤の両側の皿にのせ、さらに細かく切って天秤がぴったりつりあうと、二人とも大満足。ヘタの付いていた方が中身は少ない！　と気づいたのは、ずっと後のことでした。　西岡・浦和市

うわっぱり　［茶羽織・ジャンパーなどの上着のこと］

運動会　小学校の運動会は村を挙《あ》げての一大イベントでした。その日は朝早くからゴザを持って場所取りをします。部落ごとにテントの場所が決まっているのですが、一番前をとれたことがありません。早い人はいったい何時頃行っていたのでしょう？　矢賀部・八女市

運動会の景品《けいひん》　秋の運動会には翌年小学校に上がる子たちの徒競走があります。大勢が団子になって十mほど走るとノートがもらえました。ノート目当てに張りきる子もいれば、緊張して泣く子もいました。　越阪部・所沢市

運動靴　ふだん、家では下駄《げた》でしたが、通学は運動靴でする決まりで、小学校入学の時初めて運動靴を買ってもらいました。女の子は赤い運動靴が普通でしたが、母は白を買いました。赤はあかぬけないと言って。皆と違うことはすごくいやでした。　東・港区

え

映画館　すぐ近所の街道沿いに映画館がありました。夏休みには、「証城寺《しょうじょうじ》の狸囃《たぬきばや》子《し》」をジャズ風にアレンジした曲

が、この映画館からうちまで毎日聞こえていましたが、大音響に誰もクレームをつけたりしないおおらかな時代でした。この映画館で観《み》た恐竜時代の映画の中に、地割《じわ》れの場面があり、それが頭から離れず、その後長い間何度も恐怖感を味わいました。芳村・浦和市

映画のお伴《とも》 ひんやり光る銀の皿の上にぽっこり盛《も》られたアイスクリーム。この濃厚な味が楽しみでした。映画の帰りに姉がおごってくれるのです。祖母と行く三本立ての映画は、恐竜に人が食《く》われるシーンなどこわくていやでしたが、出口で待っている石焼き芋が楽しみでお伴しました。小暮・船橋市

映画のポスター 市内には日活、大映、東映、国際と映画館が四ケ所ありました。学校の帰りにポスターを眺め、帰宅すると「映画さ、見にえがねが？」と家の者を誘います。店の仕事を早めに切り上げる口実ができるので断る相手はいません。時代劇が好きな叔母には美空ひばりの『雪之丞《ゆきのじょう》変化《へんげ》』や市川雷蔵《らいぞう》の『眠り狂四郎』など大映ものを勧めました。福井・本荘市

絵《え》描《か》き歌 ♪「まるこさんにてるこさん、三角定規は十円で、六月六日参観日、スカートはいて襞《ひだ》寄せて、棒が二本に豆二つ」。これは何になるのかって？ 女の子です。越阪部・所沢市

駅で切符を切る 改札を通る時は、木枠の囲いの中にいる駅員さんに切符を渡すと、一枚ずつパンチしてくれます。混雑した時の小刻みな鋏《はさみ》の早技《はやわざ》！ 電車ごっこでは、順番に車掌さんになってパンチしました。みんな車掌さんになりたがるのです。西岡・浦和市

駅の伝言板《でんごんばん》 駅には書き込み用の黒板がありました。待ち合わせをしながら他人の伝言を読んだものです。「○ちゃん、大好き」なんてのもありました。林屋・世田谷区

駅の流し 周遊券を使って普通列車で延々と長旅をしました。朝東

運動会

京を発《た》って、乗り継ぎながら九州の鳥栖に着いたのは翌日。顔は汗と埃《ほこり》でどろどろ。蒸気機関車の時代は、煤《すす》もついて真っ黒になったことでしょう。ホームには乗客が顔を洗った人研《じんと》ぎ流《なが》しが残っていました。古びてシミがにじんだ鏡の前で、洗顔し、歯磨きしてさっぱりしました。　越阪部・所沢市

越境入学《えっきょうにゅうがく》　小学校は生徒の三分の一が他の地域から通ってくる学校でした。平日は家に帰って習い事、土曜日は友達の家でお昼をご馳走《ちそう》になり、一緒に遊んで電車を乗り継いで帰る生活でした。今ほど交通網が発達していなくて、遅延する事が多く、遅刻しても「混んでました」の説明で済みました。通学の大変さも当時は当たり前に受け入れていました。地元の友達を持ったことがないので、人が「地元の友達がね…」と話すのを聞くたびに羨《うらや》ましく思います。　松本・北区

エッチ　学年一の暴《あば》れん坊が含み笑いをしながら「エッチ、エッチ」と言うのです。意味が分かりませんが、女子に向かって言うので、きっとろくな事ないなと不愉快でした。後年、スケベのこととわかりました。そんなこと、恥ずかしくて言えません。　新見・前橋市

絵日記《えにっき》　夕ごはんを食べたあと、公民館へ映画を観《み》に行きました。覚えているのは、勇敢な鯨《くじら》捕りを称《たた》える捕鯨船《ほげいせん》の映画。私も弟も夏休みだったので、絵日記に大きく描きました。弟の絵は銛《もり》で鯨を突き刺す場面で、派手に血が飛び散っていました。鯨肉を食べるたびに思い出します。　吉田・横浜市

絵具箱《えのぐばこ》　中学生になったお祝いにと木製の立派な絵具箱と色鉛筆の豪華なセットが送られてきました。誰がくれたのか何度聞いても母が教えてくれないので、ひょっとすると私の秘密の生家から？なんて想像しました。父にはいつも「お前は橋の下から拾ってきた」と言われていましたので。　小暮・船橋市

恵比寿講《えびすこう》　恵比寿講の日には尾頭《おかしら》付《つ》きとぬっぺ汁《じる》とお赤飯《せきはん》。神棚から恵比寿様、大黒様《だいこくさま》をテーブルの上におろし、鯛《たい》や果物を供え、算盤《そろばん》や財布も並べ、今年の感謝と来年の商売繁盛を願いました。子供達も小さなお財布を供え、「おこづかいがたまりますように」と手を合わせました。　中林・前橋市

恵比寿様《えびすさま》　十一月半ば過ぎ、恵比寿講が近づくと、父は神棚から大《だい》

黒様《こくさま》と恵比寿様をおろし、一年の埃《ほこり》を払い、お客さんからよく見える位置に飾ります。そして心ばかりのお礼を込めて、お客さんにみかんを配りました。岸・平塚市

衣《え》紋掛《もんか》け「ハンガーのこと」 今のように肩のカーブがついていなくて、ほぼまっすぐな木に金具《かなぐ》がついているような作りです。女性は撫《な》で肩《がた》の方がいい(着物が似合う)とされていたので、いかり肩《がた》の人に「衣紋掛け」とあだ名をつけて、着物が似合わなくて残念ね、と思っていました。檜垣・呉市

襟掛《えりか》け餅《もち》 丸めた餅を数《かぞ》え年《どし》と同じ数だけ藤蔓《ふじつる》に通し、首からさげる習わしがありました。藤は丈夫で長く伸びることから、子供の無病息災を願うものだそうです。お餅が重かったこと、セーターやはんてん(半纏)にお餅の粉がついて真っ白になったことを覚えています。風祭・高萩市

エレキギター 二階の六畳の和室(私の部屋)は、放課後の新聞同好会のたまり場でした。男の子はエレキギターをもってきて弾《ひ》くようになりました。もちろん、防音装置などありません。ついに、母に怒られて、ベランダ伝《づた》いに一斉にかけおりていったのが最後になりました。田中・西宮市

エレベーター 修学旅行前に「東京に行ったらエレベーターに乗ることがあるが、靴は脱がないように。二度と靴と会えなくなる!」と先生に言われました。日本橋三越デパートに行って、乗る時には緊張しました。竹岡・天童市

縁側《えんがわ》 縁側は近所の人が立ち寄って世間話をしたり、農作業の合間の休憩にお茶を飲むところでした。かんぴょうをむいたりする農作業もしました。松井・島根県

縁側《えんがわ》 ひんやりした板にぺたーっと寝ころんで絵を描いたり、板の溝にビー玉をころがしたり、冬は日向《ひなた》ぼっこでみかんを食べながらおしゃべりしたり。南から西へ矩《かね》

縁側

折《おり》の縁側は子供の居場所でした。
越阪部・所沢市 ↓P304図

縁側《えんがわ》の穴　母方の祖母の家の縁側には床板の節《ふし》のところに穴があいていて、そこからのぞくと地面が見えました。家の中なのに地面が見えるのが新鮮で、小さい頃よくのぞいていました。　岩倉・沼津市

演芸場　幼い時、屋外演芸場の売店にお菓子を買いに行きました。席に戻ろうとしたら、立ち見の大人が山のようにそびえ、祖母の待つ席が見えません。さっきまでガラガラだったのに。その場で泣き続けていたら、血眼《ちまなこ》の祖母が小走《こばし》りに通りかかりました。思わず大声で「おばあさん！」　小暮・船橋市

遠足　仕事で忙しい母も、運動会と遠足の時は、巻き寿司、貝殻型のゆで卵、蛸《たこ》ウィンナー、弁当箱半分のみかん入り寒天デザートを作ってくれました。　説田・今治市

縁台《えんだい》　畳一帖《たたみいちじょう》くらいの木の縁台がありました。豆や野菜を干したり、天気の良い季節は子供たちの遊び台になったりしました。隣の籠屋《かごや》さんには竹の縁台があり、お茶飲みや夕涼《ゆうすず》みに使われていました。
越阪部・所沢市

縁台将棋《えんだいしょうぎ》　官舎は木造二階建ての長屋《ながや》のような所でした。夏は夕食が済むと、男の人が団扇《うちわ》を持って縁台に集まり、将棋を楽しみます。官舎の半数は単身赴任の人で、家にテレビもない時代ですから、将棋は娯楽でした。周りに二、三人が夕涼《ゆうすず》みを兼ねて座り、あれこれと口で参加し、時折り歓声を上げます。浴衣《ゆかた》の人もいましたが、たいていはシャツとステテコでした。子供たちもうろちょろして遊んでいました。　檜垣・呉市

煙突掃除《えんとつそうじ》　子供の頃は、どこの家にも、長いワイヤーの先にブラシがついた煙突掃除用具がありました。煙突の一部をはずして、突っ込んで煤《すす》を落とすのです。　葛西・青森市

煙突掃除屋《えんとつそうじや》さん　暮《く》れになると煙突掃除屋さんがやってきました。お風呂は薪《まき》で沸かし、かまども煙突がついていたので掃除をしてもらうと燃え方が見違えるようにきれいになりました。煤《すす》が一杯出て、煙突掃除屋さんの顔は真っ黒になっていました。　小渡・静岡市

縁《えん》の下《した》　夏になると縁の下にスイカがごろごろしていました。市場には出しにくい、甘さの足りないスイカを農家がリヤカーで売りに来るのです。お風呂にぽちゃんと落

として冷やすのは私の役目。一個の四分の一ずつを洗面器に入れてもらって外でかぶりつきます。よその家では一切れずつ上品に並んで出て来ました。スイカって切って食べるものなんだ！　小暮・船橋市

鉛筆キャップ　ちびた鉛筆には、五㎝くらいのキャップを付け、伸び縮みするキャップも愛用して使い続けました。　新見・前橋市

鉛筆削《けず》り　鉛筆を穴に差し込んでハンドルを回すと、芯《しん》の匂《にお》いと木の匂いがつんと鼻をつきます。芯が柔らかいと折れて詰まって、さあ大変。取り出すには机に取り付けたネジをはずし、本体を後ろからたたきます。その時、透明な削りかすケースを押さえていないと、机の上に散乱して大変なことに。小学一年生には、なかなかやっかいなことでした。　田中・名古屋市

閻魔様《えんまさま》　嘘つきは閻魔様に舌を抜かれるよ、と祖母によく言われました。盆踊りの晩、肝試《きもだめ》しのように閻魔堂へ行き、扉の網の間から息を詰めて覗《のぞ》くと、赤黒い閻魔が金色に光る眼を見開いています。思わず誓いました。「嘘は言いません！」　越阪部・所沢市

お

美味《おい》しいりんご　りんごは、高い枝先に生《な》っているのが美味しいのです。栽培農家なので幼い頃から知っていました。背丈《せたけ》の倍もある重い三脚を小刻みに動かして狙《ねら》ったりんごを取ります。ズボンで力をこめてきゅっきゅっとふくと、顔が映るぐらいピカピカに光ります。一番赤くふくらんで輝いている部分をがぶり！　ぴしっと音をたてて甘酸《あまず》っぱい汁がはじけ、太陽の味がして、身も心も満たされました。　大平・長野県

お医者さんごっこ　小学校低学年の頃、ちょっとませた女の子がいました。親が留守の時に「今日はうちでお医者さんごっこをするから内緒で来て」と言われ、何度か集まったことがあります。昼なのに雨戸《あまど》を閉めて遊びましたが、何

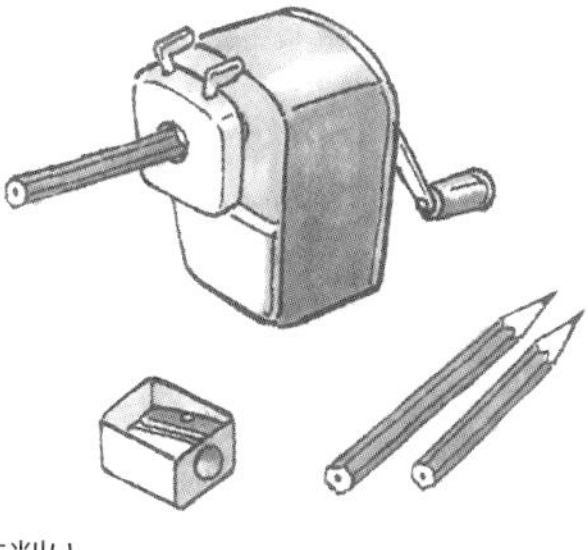

鉛筆削り

をしたのかは、よく覚えていません。何か親には言えない悪いことをしたんだということだけ、覚えています。　東・港区

お稲荷《いなり》さん　暗くうっそうとした庭の奥に、お稲荷さんがありました。正月の朝昼晩三回、お供《そな》えを上げに行くのは子供の役目でした。本当はきちんとお祈りしてこないといけないのですが、こわくて、お供えを上げると一目散《いちもくさん》に走って戻りました。　羽沢・佐野市

お祝いの日　母は、鯛《たい》の握り寿司と、卵焼き・かんぴょう・赤いデンブ・椎茸《しいたけ》の甘煮《あまに》・ほうれん草の入った太巻きを作ってくれました。母の手の温《ぬく》もりが残っていてうれしいものでした。　加部・田辺市

往診《おうしん》　祖父は長年の仕事で膝に水が溜《た》まり、近所の医師に往診してもらっていました。水抜きが終わる頃、先生にお酒を一杯さしあげるのですが、湯呑《ゆのみ》に入れて持っていきました。周囲にはお茶を飲んでいるように見えたことでしょう。往診は、わが家がいつもその日の最後でした。　福井・本荘市

お移《うつ》り　［物をもらった時、その容器に入れて返すお礼。半紙、マッチなどのちょっとした品物］

往復乗車券　都電の往復切符は、名刺半分ほどの大きさでした。右から四分の一にミシン目があり、その右側に「ゆき」、左側四分の三には「かえり」と書かれていました。不思議に思い父に尋《たず》ねると、「帰りの切符が大きくないと、なくすからネ」。　菊池・新宿区

オーエス　運動会では、握ることもできないほど太い麻の綱に必死でしがみつき、掛け声はなぜか、みんなオーエス！　オーエス！　オーで息を吸い、エスで吐き出して足を踏ん張り、体重を乗せて後ろに倒れます。初めは互角、しばらくすると突如、どちらかが腰を浮かし崩れるのです。　越阪部・所沢市

大掃除《おおそうじ》　年末には隣近所で同じ日に大掃除をしました。庭に敷いた筵《むしろ》の上に畳を二枚ずつ逆V字型に立て掛け、たたいて埃《ほこり》をとります。天井や壁の煤《すす》を払い、障子《しょうじ》は張替えのために大きな小判型の桶《おけ》で水洗いします。床の粗板《あらいた》をはずし、床下を掃いて石灰《せっかい》を撒《ま》き、粗板を戻したら新しい新聞紙を敷きました。畳を戻し、拭き掃除をし、素通しになった障子を戻します。紙を張るのは翌日です。神棚《かみだな》のろうそく立てを磨《みが》いたり、朝から晩

まで掃除をしました。　越阪部・所沢市

大戸《おおと》　家の入口は、夜になると大戸という大きな建具《たてぐ》を閉めます。その戸には小さな戸があり、夜の出入りの時は、それを使いました。　矢賀部・八女市

オート三輪《さんりん》　車というよりはオートバイに近い感じで、バタバタとエンジン音がうるさい乗物でした。窓もガラスではなく、ビニールやプラスチック製のものもありました。小回りが利《き》くので、主に商品の配達などに使われていました。　檜垣・呉市

オートバイ　忘れ物をした私は急いで取りに帰り、家から走って飛び出したら、いつも通るオートバイとぶつかってしまいました。悪かったのは私なのに、その日以来その人は家の前を通らなくなりました。　矢賀部・八女市

オートミール　九州の祖父母宅への帰省で寝台列車に乗った時、食堂車で初めてオートミールを食べました。外国の食事をイメージしてわくわくしていたのですが、食べてみたら甘いばかりでひどく不味《まず》くてがっかりでした。　岩倉・沼津市

大鍋《おおなべ》**の湯**　食事の支度前に母が大鍋で湯を沸かし始めると、あっ、父が山菜採りに行ったんだなとわかりました。父が戻るとすぐに茹《ゆ》でられて、新鮮なおひたしが食卓に並びました。　竹岡・天童市

オーブン　中学生の時、母にねだってガスコンロの上に置いて使うオーブンを買ってもらいました。うれしくて毎週末友達とあれこれ試しました。『長くつ下のピッピ』さながら、壁に投げつけても割れないくらい固くて毛だらけの生姜《しょうが》クッキーとか。家族は「材料がいいから美味しいよ」と付き合ってくれました。　越阪部・所沢市

大晦日《おおみそか》　大晦日も夕方を迎え、吹きさらしの店(魚屋)の明《あ》かりに家族の疲れた顔が映しだされると、ようやく今年も終わりです。母は五人の子供それぞれに新しい下着

オート三輪

や足袋《たび》や下駄《げた》を買いそろえ、夜遅くには、美容院で日本髪を結《ゆ》ってもらった姉が帰ってきて、私や妹に自慢げに髪を見せびらかします。 岸・平塚市

大晦日《おおみそか》のお払《はら》い 年末、神社から氏子《うじこ》の家に御幣《ごへい》が配られて、神棚《かみだな》に上がっています。晦日の晩に家族を集め、父がおごそかに皆の頭上を払います。厄《やく》を払い、よい年が迎えられますように。御幣は玄関先の地面に刺しておきます。 越阪部・所沢市

大晦日《おおみそか》の枕元《まくらもと》 母が用意してくれた新しい下着と靴下を枕元に置いて寝ました。お正月は、今よりもずっと非日常の空気がただよっていた気がします。明日起きたら、あれをしてこれをしてと、心地よい緊張でなかなか寝付けませんでした。 木村・名古屋市

オーライオーライ バスの車掌さんは、交差点を曲がる時や狭い道を通過する時には、ドアの横の窓をあけて巻き込みに注意しながら「オーライ、オーライ」。降りるお客さんがいると運転手に声をかけ、済むと「発車オーライ！」。駐車場に入る時には後ろにまわって「オーライ、オーライ」。私たちも乗り物ごっごで「オーライ、オーライ」。 菊池・新宿区

お母《かあ》ちゃんはどこ 家にはいつも誰かしら居たので、寂しかったり困ったりしたことはないのですが、帰ると必ず「おかーちゃんは？」と聞いていました。居たからと言ってどうということはないのですが。自分が親になり、息子に同じ言葉をもらうと、やっぱりいい感じです。 岡村・柏市

お蚕《かいこ》さん 春には蚕を飼っていて、繭《まゆ》になる頃になると屋根裏にあげていました。土間《どま》から直接屋根裏に行く階段があり、虫の苦手な私はいやでいやでたまりませんでしたが、蚕の世話をしました。働くため、収入を得るために必要な物のほうが、人より優先されていたように思います。 糸井・太田市

お買物ごっこ 小学二年生の授業で「お買物ごっこ」をしました。教室の廊下側の壁の下半分は引《ひ》き違《ちが》い戸《ど》で、ふだんは通りぬけ禁止ですが、そこをくぐり戸のようにあけて「お客」は「店」に出入りします。教室中に開かれた店には、それぞれ工夫して紙で作った品物が並び（図画工作）、お金のやりとりや値段の交渉も（算数）。女の先

生はニコニコと見て回り、お店を冷《ひ》やかしたり。教室中が異空間になりました。小暮・船橋市

おかき　幼稚園の頃は、家に火鉢《ひばち》がありました。灰に差した五徳《ごとく》の上に網を置き、お砂糖や豆の入ったのし餅《もち》をスライスして並べます。つきっ切りで火箸《ひばし》で何度もひっくり返し、焦《こ》げ目《め》がついてふくらんだら出来上がりです。冬のおやつの定番でした。加部・田辺市

おが屑《くず》　おが屑は、鋸《のこぎり》で木をひいた時に出る木の屑です。父の実家は醤油醸造業《しょうゆじょうぞうぎょう》で、蔵の倉庫には、燃料として使うおが屑が山のように積んでありました。柔らかい感触が気持ちがよくて、滑《すべ》り降《お》りたり穴を掘ったりして遊んで叱《しか》られました。終戦後しばらくは石炭がなく、燃料になるものはなんでも使いました。大宇根・高松市

お菓子屋さん　定期的に来る行商《ぎょうしょう》のおばさんは、大きな風呂敷に腰から頭の上まで菓子箱を積み上げて背負って来ます。祖母が「ねじり揚げ」「金魚せんべい」「ごかぼ」「ゼリービーンズ」などブリキの缶ごと買い、孫たちの掌《て》に少しずつ載せてくれました。越阪部・所沢市

おかず屋さん　朝、自転車にリヤカーを付けて、チリン、チリンとハンドベルを鳴らしながらおかず屋さんがやって来ました。昆布や海苔やあさりの佃煮や煮豆、きんぴら等をよく買いました。ある日、自転車が車にぶつかって、こぼれた黒や赤のおかずが混ざって道にごちゃごちゃに。余りのショックで、その後しばらくの間食事ができませんでした。新見・前橋市

お勝手《かって》　台所を「おかって」と呼んでいました。「今おかってをやってるから」と料理や皿洗いなどの台所仕事のことも「おかって」と言っていました。西岡・浦和市

お河童《かっぱ》　お河童頭は女の子のショートボブ。松島トモ子や小鳩くるみが耳の上までのパーマネントをかけて、後ろは刈り上げの髪型を流行《はや》らせると、近所の子供たちもいっとき、一斉《いっせい》にまねたものです。島田・旭川市

おかめうどん　私は体が弱くて、すぐ熱を出す子でした。食の進まない時に「何が食べたい？」と聞かれると「おかめうどん」。出前のおかめうどんだけは食べられるのです。今でも風邪を引いて寝込むと食べたくなります。福井・本荘市

岡持《おかも》ち［出前用の桶《おけ》］ 店が忙しい時は近くの中華そば屋に注文すると、岡持ちで中華そばが届きます。岡持ちは上に取っ手が付いて脇に扉が付いています。あける時にその扉を上に上げると下側からはずれるけんどん式の建具《たてぐ》で、見ていると不思議で、触わってみたい衝動にかられました。福井・本荘市

お通《かよ》い帳《ちょう》 「三月十五日 豆腐一丁十円 佐藤商店」。月日・品名・金額・店名を記した書きつけ帳です。子供がよくこれを持ってお使いをしました。父の月給日には、母がこのお通い帳を元に、一軒一軒支払いをして回ります。お菓子もこれで買えるといいなあと思いましたが、お菓子屋さんには「自分のおこづかいで買いなさい」と諭《さと》されました。竹岡・天童市

熾火《おきび》 底の平《たい》らな蔓《つる》付きの鉄鍋《てつなべ》を焙烙鍋《ほうろくなべ》と呼んでいました。祖父が囲炉裏《いろり》の熾火(薪《まき》が燃え尽きて赤くなったもの)で、ゆっくりゆっくり霰《あられ》や豆を炒《い》ってくれました。祖父の気長さがとってもよい炒り具合になります。越阪部・所沢市

お客さん 学校から帰ると、いつもお客さんが居ました。たいていは祖父のお茶飲み仲間です。祖父は飽きると狸寝入りするので、お客さんが帰らないと、私がお相手をしました。両親にほめられた記憶はあまりないのですが、お客さんには色々ほめてもらえるので、うれしかったです。お客さんは玄関ではなく、濡れ縁から茶の間に直接上がっていました。風祭・高萩市

お客さんを煽《あお》ぐ 夏場のお客さんは、玄関の板《いた》の間《ま》に座蒲団をしいて腰掛け、母が団扇《うちわ》でお客さんをゆっくり煽ぎながら世間話をしていました。小暮・船橋市

置屋《おきや》さん 家の裏木戸をあけると、細い路地《ろじ》と井戸がありました。姉の話では、その奥に、よく絵本を読んでくれたお姉さん(芸者さん)のいる置屋さんがあったとか。前橋市内で糸繭《いとまい》商人の三代目として生まれた父には、恰好の住み場所のようでした。中林・前橋市

お灸《きゅう》 祖母は鍛冶職《かじしょく》の息子達が疲れたと言うと、体のツボに藻草《もぐさ》をのせ、線香の火種《ひだね》で燃やして治療していました。藻草の量が多くなるとだんだん熱くなるようで「あっちっち」と大騒ぎに。新見・前橋市

お灸《きゅう》をすえる 背中の腰のあたりに熱いお灸をすえられました。二度とそんな悪さをしてはいけない

と教える「懲《こ》らしめ」だったのでしょう。私には母に押さえつけられた恐怖とお灸の痛みしか残っていなくて、教育効果があったかどうかは疑問です。 大宇根・高松市

お切らせ願いま〜す 市内の路面電車やバスに乗ると、黒い革のショルダーバッグを首に下げた車掌さんが「お切らせ願いま〜す」と回ってきて、切符にはさみで穴をあけたり、はさんで印をつけたり、四角く切り取ったりしました。 小渡・静岡市

お配《くば》り お祝い事があると、ご近所に赤飯《せきはん》を重箱に詰めてお届けしました。頂いた方は、重箱を返す時に、中に、半紙に包んだササゲか小豆を一握り入れました。こういうお届けを「おくばり」と呼んでいました。 越阪部・所沢市

お化粧 オシロイバナの黒い種を割ると、中に薄皮に包まれて白い塊があります。それを掌《て》に載せて唾《つば》で溶いて、ねっとりした絵具のようにしたら、人差し指で鼻頭から縦にスーッと塗りつけます。お稚児《ちご》祭りの装いでする、お化粧のまねでした。 越阪部・所沢市

桶《おけ》と箍《たが》 台所用、風呂用、農作業用と、いろいろな桶がありました。芋洗い用の深い桶やニンジン洗い用の楕円の大きな桶は、乾燥すると箍がはずれ、ザアザア漏れで使い物にならないので、使う数日前から何回も水張りをしました。箍とは桶の回りについている竹や太い針金でできた輪《わ》っかのことです。 越阪部・所沢市

桶屋《おけや》さん 父の生家は醤油《しょうゆ》醸造《じょうぞう》業《ぎょう》でした。桶屋さんも住んでいて、樽《たる》や桶を作っていました。竹や板材などの材料がそろうので、夏休みの工作の宿題はよくそこで作らせてもらいました。 大宇根・高松市

おこうこ 漬物の呼び名です。母は「おしんこ(お新香)」、伯母は「おこうこ(お香香《こうこ》)」と呼びました。お新香よりお香香の方が上品な感じがしました。 越阪部・所沢市

お焦《こ》げ ごはんはガス台でお釜《かま》で炊《た》いていました。火と水加減次第でお焦げができると、そこだけ特別によそい、ちょっとお醤油《しょうゆ》をかけてほおばります。香《こう》ばしくて歯ごたえがあり、白いごはんのおまけのような特別な楽しみがありました。 田中・西宮市

お子様ランチ 生まれて初めてデパートの食堂で叔母とお子様ランチを食べました。とても緊張して

しまい、ナイフやフォーク、スプーンをどのように使ったか覚えていません。「あまり音を立てずに静かにね」と言われたことだけ覚えています。その後、家庭科で「洋食の食べ方」という授業がありましたが、やっぱりお箸《はし》の方がいいなあと思いました。小渡・静岡市

お腰《こし》　寒い冬は、母はスカートの下にウエストにゴムを入れた赤い毛糸のお腰(腰巻)を付けていました。幼い私はそれを胸から下にはいて、裾《すそ》をひきずりながらしずしず歩き、一人でお姫様ごっこ。郵便配達の人が玄関をあけた時、その姿で出て行って大笑いされたそうです。加部・田辺市

おこた「こたつのこと」　祖母と母は言葉に「お」をつけることが多く、「おこた、お着物、おやかん、おうどん」などと言っていました。檜垣・呉市

おこづかい　私は計画的な使い方ができない子で、毎月のおこづかいはすぐに消えていました。小学生の頃、友達と駄菓子屋《だがしや》に行った時など、みんながいつもおこづかいを持っているのが不思議でした。貯金箱に少しは小銭が入っていたので、買《か》い食《ぐ》いさせないために財布を持たせないという親の配慮があったのかもしれません。西岡・浦和市

おごのゴミ取り　おご(海藻)を満載したリヤカーがやって来ると、アパートのおばさん達が出てきて作業を始めます。もしゃもしゃのおごの中から、小さな石とか貝殻を取り除くのです。小学一年生の私も、洗面器いっぱいのおごを膝に抱《かか》えておばさん達の車座にまじり、一人前の顔してうれしそう。漁師のおばさんが、お駄賃《だちん》に十円くれました。小暮・船橋市

お好《この》み焼《や》き　官舎では子供同士、お互いの家に上がりこんで遊びました。地方出身の親が多く、おやつや食事にも郷土色があふれています。大阪出身の卓ちゃんの家ではお好み焼き。ドクロとかネコとか好きな形に作り放題で、よく卓ちゃんのお母さんに「食べ物を粗末にしてはあきまへん」と叱《しか》られました。杉山・小平市

おこぼさん「おせったい」　おこぼさんに行った祖母が、紙にくるんだお菓子をもらってきました。子供には何のことやらさっぱりわかりませんでしたが、今でも生姜煎《しょうがせん》餅《べい》を食べると、おこぼさんの味が

します。 矢賀部・八女市

お米持参の修学旅行　修学旅行や林間学校の時は、手拭《てぬぐい》で作った袋にお米を入れて持って行きました。旅館が用意した箱に各自持参した米をざざーっと入れるのですが、白い米の他に、黄色っぽい米や黒っぽい米など、色の違うのが混じっているのが不思議でした。 新見・前橋市

お米の研《と》ぎ方《かた》　農作業は祖父と両親でやっていたので、子供も、できることは手伝うのが当たり前でした。私の日課は土間《どま》を掃き、お米を研いでおくことです。お米をこぼさず、使う水はできるだけ少なく、という研ぎ方は祖父に教わりました。 糸井・太田市

お米屋《こめや》さん　お米屋のお兄さんが定期的にお米を運んで来て、ブリキの米櫃《こめびつ》に移してくれました。ある日、こぼれた米粒を掃いて捨てようとした母を見て「米粒を大事にしないと、お母さんのように交通事故にあうよ」と私に言いました。お正月には、のし餅《もち》や丸餅《まるもち》、お鏡餅《かがみもち》も運んでくれました。木村・名古屋市

おこわ［餅米《もちごめ》］　お餅つきの時に活躍するのが蒸籠《せいろ》です。餅米を蒸《む》して臼《うす》に移す前のおこわを、お皿に取り、醬油《しょうゆ》をたらして食べました。こんなに美味しいのに、なぜふだんはおこわを食べないのだろうと不思議でした。 矢賀部・八女市

お下《さ》がり　兄のお下がりは明らかに男物とわかるので、がっかりでした。見かねた親戚のおばさんが女の子のお下がりをたくさん送ってくれました。女の子の服ってなんてかわいいんだろうと感動しました。 西岡・浦和市

お下《さ》がりの机　私の机は父が学生時代から使っていたお下がりでした。無垢《むく》の木でできたどっしりとした机で大好きでした。身《み》の丈《たけ》にあった良い物を大切に使うというのが、わが家《や》流《りゅう》でした。 田中・西宮市

お下《さ》げ髪《がみ》　学校に行くようになってから髪を伸ばし、毎朝三つ編みにして、黒いゴムで結《ゆ》わえました。 越阪部・所沢市

お作《さ》法《ほう》室《しつ》　高校の別棟にお作法室がありました。畳敷きの広い部屋で、和室での立《た》ち居振《いふ》る舞《ま》いを習う所です。茶道部や華道部が使っていました。 越阪部・所沢市

お産婆《さんば》さん［助産師さんの昔の呼び名］　お向かいのおばさんは妹を取り上げてくれたお産婆さんでし

た。面倒見のいい人で、祖母と母が赤ん坊の私を一人置いたまま畑へ行くと、泣いている私を心配して何度も見に来てくれたそうです。いつの間にか泣きやんでいたとか。優しいご近所に見守られた安心な子供時代でした。 矢賀部・八女市

おじいちゃん子 敬老の日に幼稚園に祖父母が招かれました。皆、祖母ばかりでしたが、うちは祖母が早くに亡くなったので祖父が来てくれました。竹馬《たけうま》、缶《かん》ぽっくり、ベーゴマなどを教えてもらって、みんなに羨ましがられ、私も少し鼻が高くなりました。 風祭・高萩市

押入れ《おしい》 ホタルが大量発生した夏、捕《つか》まえて来て、押入れの中で光らせて眺めていました。翌朝、何匹か死んでいるのを見つけて、生きているホタルは早々に逃がしてやりました。 風祭・高萩市

押し売り 押し売りやお乞食《こじき》さんがたまに来ました。傷痍《しょうい》軍人さんだったり、身寄りをなくした方だったり、まだ戦争の影が消えていなかったからでしょう、大人たちの対応はどこか優しげに見えました。 越阪部・所沢市

押し売りの言葉 「「おらぁ刑務所を出てきたばっかりなんだ。ゴムひも、ボタン、せっけん、歯ブラシ、針に糸、どれか買ってもらいたい！」」

押しくらまんじゅう 体育の授業が始まる前に押しくらまんじゅうをして体をあたためました。仲の良い数人で集まっていると、いつしか人数が増えてみんなで暖をとっていました。とても寒いのに、半袖短パンでいる子が多かったのは不思議でした。 風祭・高萩市

お地蔵《じぞう》さん 道角にもお寺にも、地蔵尊《じぞうそん》がありました。赤いよだれ掛けをして、時には小さな帽子をかぶり、一人だったり並んでいたり。衣装は古びると取り替えられて、供え物は庭にあるような季節の花。大事にしてくれる誰かが、いつもいるのです。 越阪部・所沢市

お七夜《しちや》参《まい》り 生まれて七日目に赤ちゃんにおむつをして、屋敷神《やしきがみ》、井戸神《いどがみ》、便所神《べんじょがみ》にお参りします。お世話になりますという挨拶です。便所近くには、胞衣《えな》(胎盤)を埋めたはずです。 越阪部・所沢市

おしっこ スカートをめくり上げパンツをおろし、しゃがんでよーいドン！ 庭の植物めがけ、妹とおしっこの飛ばしっこです。気持ち良かった！ 祖母が着物の裾《すそ》を

はしょり、立ったまま小便器に後ろ向きになって用《よう》を足《た》しているところを目撃し、私も試したことがあります。矢賀部・八女市

おしのぎ

冠婚葬祭の時など軽食に手打ちうどんを作りました。「おしのぎ」と呼んでいました。待ち時間に、食べたい人が食べたいだけ食べます。越阪部・所沢市

押《お》し花《ばな》

夏休みの自由研究の一つでした。窓先や中庭に祖母が育てた自慢の赤や紫、白や斑入《ふい》りの大輪のアサガオが咲くと、新聞にはさんで本を載せ、押し花を作りました。大きくきれいに咲いたアサガオの種は、紙に包んで六寸《ろくすん》(紫)と書いて箱にしまい、ほめてくれた人にあげていました。小渡・静岡市

オシメの洗濯

弟のオシメはずいぶん洗濯させられました。洗濯機は外の流しの隣に置いてあり、ローラーの間に洗濯物を入れ、ハンドルを回して絞《しぼ》るタイプの洗濯機です。オシメはまず隣の外流しで下洗いをして、それから洗濯機に入れました。この下洗いが、結構大変でした。羽沢・佐野市

お習字

習い事の主流はオルガン、ピアノ、お習字でした。ピアノは練習嫌いで落ちこぼれましたが、お習字は母の影響で続けて、趣味となりました。年賀状は小学一年生から、ずっと筆です。説田・今治市

お正月のしつらえ

玄関の前室《ぜんしつ》に金屏風《きんびょうぶ》を立て、経机《きょうづくえ》のような机が置かれます。机の上には盆、横には瀬戸《せと》焼《やき》の手あぶり火鉢《ひばち》、そしてハレ用の座布団が用意されました。新年の挨拶に来る人は必ず年賀の手拭《てぬぐい》を持って来るので、三が日の終わる頃には、盆の上に山ができました。毎年、新年の獅子《しし》舞《まい》や、傘回しの芸人さんたちが芸を見せてくれたのもこの場所でした。中林・前橋市

お正月の食べ物

お正月の食べ物は決まっています。数《かず》の子《こ》におなます、黒豆、座るだけの鰯《いわし》(お腹《なか》を合わせて二匹)、年に一度しか

押しくらまんじゅう

使わないお椀《わん》には、するめと昆布で出汁《だし》をとったお雑煮(悪いことはするめ〜、よろこぶ)、そして栗の枝でつくったお箸《はし》(やりくり上手になるように)。それぞれに意味がありました。 矢賀部・八女市

お小水《しょうすい》 小学校では木造校舎の二階の階段の先に売店があり、鉛筆、消しゴム、ノート、わら半紙など小さな文具を扱っていました。その日は、私ともう一人の生徒が当番でしたが、最後の精算が合いません。その内に私はおしっこがしたくなりました。トイレは一階で遠く、もう我慢できません。とうとう校舎のてっぺんの小部屋で…。お小水はどんどん床に染み込んでどこかへ行き、私はさっぱりしました。 新見・前橋市

お醤油《しょうゆ》貸して 隣家に間借《まが》りしていた若夫婦は赤ちゃんと三人暮らし。毎日夕方になると「お醤油《しょうゆ》貸してー」「お味噌貸してー」と奥さんが台所に来ていました。うちは大家族なのでまとめて買ってあります。来やすいようにと、垣根に戸もつけてありました。 小暮・船橋市

お寿司《すし》 父はいつも帰りが遅いので、会わずに寝る時がほとんどでした。たまたま私が起きている時に、ご機嫌な様子でお寿司のお土産を持って帰って来ると、うれしくて母と一緒に頂きました。関西は押し寿司があり、彩《いろど》りがきれいでどれを食べようかと迷ってしまいます。そんな私を見て、父もうれしそうでした。 田中・西宮市

お酢《す》と洗髪《せんぱつ》 洗髪の後は、洗面器に数滴、お酢を垂らして、そのお湯でゆすいでいました。シャンプーで洗ったあとは、髪がギシギシするからです。リンスが発売されると浴室からお酢は消えましたが、最初の頃は母が使ったリンス液を捨てずに、私が二度目を頭に掛けていました。「もったいない」と慎《つつ》ましく生きるのが当たり前の時代でした。 加部・田辺市

お歳暮《せいぼ》 年の瀬はかき入れ時です。子供達も総動員でお手伝い。白砂糖のばら売りをスコップで一キロ箱に詰め、秤《はかり》に載せてちゃんと入っているか見ます。そして、母に熨斗《のし》に名前を墨でかいてもらい、包装します。なかなかうまくいきませんが、お客さんに「えらいね」とほめられるのがうれしくて手伝っていました。 説田・今治市

お赤飯《せきはん》を炊《た》く 「今日はお赤飯よ」。夕食時、母が家族を前にして言い

ました。習わしで、初潮《しょちょう》を迎えたお祝いにお赤飯を炊くことは聞いていましたが、あえてそれを家族に知られるのがいやな反抗期でもありました。その日はケネディ大統領が銃弾に倒れた日だったので忘れられません。岸・平塚市

御節《おせち》　年末、かなり早くに大根の柚子巻《ゆずまき》が糸で連ねて軒に吊《つ》られます。本番は暮れの三日くらい。餡《あん》を煮つめ、羊羹《ようかん》やきんとん、昆布巻き、煮凝《にこご》り、卵寄せ、黒豆、なます、田作《たづく》り…。コンロや火鉢《ひばち》、子供の手も総動員です。お味見役がうれしい日でした。越阪部・所沢市

お膳立《ぜんだ》てして　夕食のお膳立ては子供の仕事でした。「お膳立てして」と言われると、広げた宿題や漫画などを片付けて、台拭きでテーブルを拭き、箸立《はした》ての箸を並べました。西岡・浦和市

お膳《ぜん》を出して　茶の間は食事の場であり、寝る場所でした。台所から「お膳を出して」という母の声が聞こえると、私がタンスの脇の隙間《すきま》に立てかけてあるちゃぶ台を転《ころ》がしながら出して、たたんである脚を立てます。食卓の出来上がりです。脚がぶつからず丸いので、座る人数に制約がありません。直径七十五㎝高さが二十六㎝ほどのちゃぶ台を家族五人で使っていました。新見・前橋市　参考↓P185絵

お膳《ぜん》を拭《ふ》いて　「お膳を出して」と母に言われると、ちゃぶ台の脚を開いて畳に据《す》え、台拭きできれいにその上を拭きました。その後、食卓が椅子とテーブルになったら、「お膳を拭いて」に変わりました。うちでは今でも拭いてもらう時だけ、テーブルを「お膳」と呼んでいます。芳村・浦和市

お供《そな》え餅《もち》　台所の土間《どま》で餅つきをしました。ついた餅は、「お供え」と、正月に食べる「のし餅」にされます。羽沢・佐野市

お揃《そろ》いの服　ワンピース、コート、セーター、私と妹の服は母が二人分の布地を買って仕立ててくれました。サイズは違っても形は同じ。近所のおばさん達には「いつもお揃いで仲良しね」と言われたものです。私よりおしゃれだった妹は「お姉ちゃんと同じにしてね」と母に頼んでいたようです。菊池・新宿区

おだがけ　稲の天日干《てんぴぼ》しのことです。稲を刈ると乾燥させるために細い丸太を組んでおだがけを作り、そこに稲を干します。おだがけに縄を掛けて、即席のブランコ

を作ってもらい、手伝いの合間に遊んでいました。風祭・高萩市

オタマジャクシ 庭に父が作った小さな池がありました。田圃《たんぼ》から蛙《かえる》の卵を手ですくって持ち帰り、入れてみました。毎日見ていたらオタマジャクシになって小さな蛙がたくさん生まれました。と思ったらすぐにいなくなってしまったので、隣りの家の大きな池に行ってしまったに違いないと家族で話し合いました。芳村・浦和市

お団子《だんご》 団子を作るのは、繭玉《まゆだま》祭りとお月見の時です。捏《こ》ね鉢《ばち》に粉を入れ、熱湯で捏ねます。これは熱くて母にしかできません。丸めてから蒸《む》して、お供えはそのまま盛り上げますが、食べる分は竹串に四個刺して炭火で焼きます。生《き》醤油《じょうゆ》を二回付け焼きする、香《こう》ばしい団子です。越阪部・所沢市

お誕生日会 互いに招き招かれるお誕生日会が流行《はや》りました。誰と誰を呼ぶか、何人のお誕生日会に呼ばれたか等、今思うとくだらないのですが、結構な関心事でした。人気のある子のお誕生日会に呼ばれるのは、ちょっとしたステータスでした。木村・名古屋市

落穂拾《おちぼひろ》い 稲刈りあとの田圃《たんぼ》で、知らない人が子連れで何かを拾っていました。不思議に思って見ていましたが、後年、ミレーの絵を見て気がつきました。落穂拾いだったのです。矢賀部・八女市

お茶殻《ちゃがら》 箒《ほうき》で掃くのが掃除ですが、掃けば埃《ほこり》がたつので、お茶殻をとっておき、半乾きのまま撒《ま》いて、お茶殻に埃を吸わせるのです。お茶殻がないときは新聞紙を濡らして、ちぎって撒きました。お手伝いのつもりで新聞紙をびっしょり濡らして畳にまいたら「畳が乾かないでしょう」と叱《しか》られました。吉田・横浜市

お茶作り 新茶の時期には新芽を摘んで手づくりのお茶を楽しみました。大きな鍋で炒《い》って、熱いうちにゴザの上で手で揉《も》みます。なるべく細くなるように揉むのですが、難しく、大きめのお茶が出来上がります。矢賀部・八女市

お茶摘《ちゃつ》み 新芽が萌え出るのと競争で葉を摘みます。お茶摘みさんも小学生も女衆《おんなし》さんも男衆《おとこし》さんも総出です。集められた葉を広げ・蒸《む》し・揉《も》み、加工して行く時の生茶《なまちゃ》の乾燥していく香《こう》ばしい、初夏を封《ふう》じ込めたような匂いは私の記憶に染《し》みついています。越阪部・所沢市

お茶摘《ちゃつ》み休《やす》み　狭山茶の産地で、学校にはお茶摘み休みがありました。子供も小学生から摘むからです。近所の茶摘みおばさんたちの社交場ともなる茶畑で、噂話や辛口批評、嫁姑の愚痴やちょっとHな話まで、わからないなりに耳に入れました。越阪部・所沢市

お中元《ちゅうげん》　お中元として配る団扇《うちわ》を注文するときには、見本を畳一面に並べて、みんなで絵柄の品定めをしました。裏側に店の名前と電話番号を載せます。来たお客さんに喜んでもらうことは、商店としてはうれしいことでした。欲しいという人には、何本でもあげていました。福井・本荘市

お使い　近所のアパートの女の子は、いつも暗くなってからお使いに出されていました。ある晩、「お豆腐を買いに行っておつりを落とした。お母さんに叱《しか》られる」と、うちの前の路地《ろじ》で泣いていました。家中で出て探しましたが見つかりません。兄が、お母さんには言わないでこれ持っていきなと五円玉を渡して一件落着。小暮・船橋市

お月見　中庭に面した広縁《ひろえん》が、お月見の場所でした。足踏みミシンの上に布をかけ、母が作ったお団子を三方《さんぽう》の上にピラミッドのように置き、隣に栗を供え、ススキを飾ります。やがて、大きな満月が見られました。小渡・静岡市

おっぱいパン　［甘食《あましょく》のこと］

おつり　大雨が降って水が入ると、汲《く》み取《と》り便所の便槽がいっぱいになり、大便が落ちた時、反動で水が飛んできてお尻につきます。これを「おつり」と呼んでいました。おつりが来そうな時は、お尻を持ちあげます。新見・前橋市

おつりの塔《とう》　冬の汲《く》み取《と》り便所は尋常ではない寒さでした。大便や小便があっという間に凍《こお》って、積みあがって塔に！　そのままでは用が足《た》せないので、お尻の近くまである塔におしっこをかけると、冷たい「おつり」が飛んで来ます。金槌《かなづち》に長い取っ手をつけたもので、時々塔の上部を破壊しました。凍っているので臭《くさ》くはありませんが、春になると溶けてきつく臭《にお》いました。山本・青森市

お出かけ　七五三や入学式、お出かけの時には、必ずと言っていいほど門の前で記念撮影をしました。母は着物、兄は革靴に蝶ネクタイ、私もひらひらの靴下や赤いバッグなどを持って、お出かけモー

ド全開です。　岡部・浦和市

おでき　ナスの糠漬《ぬかづけ》が大好きで、食べ過ぎて、おできが次々に十数個できました。足にできたおできに家具の角が当たると、飛び上がるほど痛い。お尻にできた時は、お尻を傾けたり浮かせたりしていましたが、友達に話すのが恥ずかしくて、学校では痛みを我慢して座っていました。　加部・田辺市

お手玉《てだま》　数珠玉《じゅずだま》の入ったお手玉を片手で二、三個操ったり、五、六個を歌を歌いながら投げては下で横に移動したりと、祖母は魔法使いかと思うくらい上手にやっていました。　矢賀部・八女市

お手玉唄《てだまうた》　♪「おさらい～お手載せ～おつかみ～」。五個のお手玉を卓の上で寄せたり、ばらしたり、上に投げたり。手のひら、甲に順繰りに載せたり、歌いながら真剣に練習しました。　林屋・世田谷区

お手玉作《てだまづく》り　布製で五個セット。古い着物の端布《はぎれ》などを利用した母と祖母の手作りです。座布団型と俵《たわら》型があり、祖母のは手の込んだ座布団型で素敵でした。野原で採った数珠玉《じゅずだま》を中に入れてもらいました。　林屋・世田谷区

お手伝い　台所の床は土間《どま》でした。東側の隣家が迫っていたので、台所はいつもうす暗くて寒く、今さらながら母の苦労が思いやられ、涙が出ます。そんな不便な生活でも、子供たちは年齢に応じてできることを手伝うのは当然と思っていたので、小学生の頃は遊びから帰ってくると、いつも母のそばで何か手伝っていました。もちろん、いやな時もありましたが、たいていは楽しかった。　浜田・神奈川県

お手伝いさん　鉄工所経営とか質屋さんとかの羽振《はぶ》りのいい家には、住み込みのお手伝いさんがいました。家事を手伝いながらお嫁に行くまで居るといった感じです。中学を出たばかりのお姉さんで一緒に遊んでくれました。「こらっ、○○○、お母さんに言いつけるからね」と、やんちゃをすると、その家の子でも、呼び捨てで叱《しか》られていました。　木村・名古屋市

お天道様《てんとうさま》　駄々《だだ》をこねたり泣きべそをかいたりすると、「お天道様が見ているよ」とか、「お天道様に笑われるよ」と言われました。いつも空にあるお天道様に見られていると思うと、悪いことをしてはいけないなと子供ながらに思ったものです。　風祭・高萩市

お転婆《てんば》　活発な女の子のことです。私もよくこう言われました。野原をかけまわり、昆虫採集に熱中し、木に登り、男の子に交じってチャンバラごっこ。しかも、学校へ行く時以外はよく下駄《げた》をはいていたので下駄のまま。そういえば『お転婆三人姉妹』という映画もありました。　東・港区

弟の葬儀《そうぎ》　弟の葬儀は自宅の官舎で行ないました。六畳の和室に祭壇を作り、参列者は庭で焼香をしました。わずか五歳で交通事故に遭《あ》い亡くなったので、幼稚園の同級生をはじめ大勢の人が葬儀にみえ、出棺の時には、門から道へとずらっと参列者が並んで見送ってくれました。　杉山・小平市

お豆腐屋《とうふや》さん　夕方、「豆腐売りが来ると、鍋やボウルをもって出て、呼び止めて買いました。「豆腐、焼き豆腐、白滝、こんにゃくも売っていました。鈍い銅色をした真鍮《しんちゅう》製のラッパは「宮本ラッパ」というそうです。音色はトッフィーともトーフィーとも聞こえました。　林屋・世田谷区

男衆《おとこし》さんと女衆《おんなし》さん　男衆さんの食事は、土間《どま》の食卓や箱膳《はこぜん》に用意しておき、区切りのよいところで食べていた気がします。男衆さんは交代制の徹夜の工場作業です。集められたお茶の葉を広げ・蒸《む》し・揉《も》み、加工して行きます。女衆さんは朝暗いうちから五升《ごしょう》の米を研《と》ぎ、お茶摘みさんががんばれるように炊《た》き出しをし、自らも摘みました。　越阪部・所沢市

男の子は　私が育った家では、祖母や父は「男の子は大学を出てサラリーマンになればよい」というのが口癖でした。後年、私は息子が小学生の時に「男の子も家事すべてをやれるように」と育てました。残念ながら中学生になると、「工業は男の子、家庭科は女の子」なんて言ってやらなくなってしまいました。　小渡・静岡市

落《お》とし板《いた》　雪の季節、けんどん式

お手玉

の板を腰高《こしだか》まではめました。雪は断熱材、風除《かぜよ》けになります。竹岡・天童市

落《お》とし紙《がみ》［便所で使う紙］　厚手で少々硬い落とし紙がありました。古新聞を切って使っている家もありました。林屋・世田谷区

お年越《としこ》し料理　おせち料理は「お年越し料理」で、大晦日《おおみそか》の夜、晴れ着を着て食べました。今年一年ありがとうございましたと年神《としがみ》さまにお礼をする意味だそうです。つくりおきの煮しめやなますなど、部屋続きの物置に置いた料理が凍《こお》ったのを、小鍋《こなべ》にとってとかして食べました。葛西・青森市

お年玉　正月には、祖父母の家でいとこたちと一緒に、靴下やノートや玩具の包みをもらいました。一人ずつ「年賀」と書かれた熨斗《のし》紙《がみ》に包んであり、大人っぽい感じがしてうれしかった！　現金は、入っていたとしても、少額だった気がします。西岡・浦和市

お屠蘇《とそ》　正月は、一年に一度だけ、子供もお酒を飲ませてもらえる機会でした。みりんと清酒半々の中に屠蘇散《とそさん》を入れた甘い味が大好きでした。西岡・浦和市

お泊《と》まり　ある日、親戚のおばあちゃんの家に姉と一緒に泊まりに行きました。自宅から目と鼻の先なのに、夜になったら急に淋しくなり泣き出してしまいました。結局、私だけ泊まらずに、お菓子だけをもらい、畦道《あぜみち》を歩いて帰ってきました。風祭・高萩市

お富《とみ》さん　「お富さん」は一年じゅう街中のスピーカーから流れていました。この曲は年末から正月にかけて似合っているなと感じたものです。「からたち日記」や「南国土佐を後にして」などもよく歌いました。パチンコ屋には、景気づけの軍艦マーチが流れていました。新見・前橋市

同じ年頃の子　団地の一番素晴らしい点は、やはり友達です。新築時に一斉に入居するため、同じような年代の子供たちが本当にたくさんいました。戸川・船橋市

お納戸《なんど》　祖母の家の西北に「納戸部屋」と呼ぶところがありました。入口に板戸、廊下側にも板戸があるだけで、壁で囲われた部屋です。昼間は布団が寄せて積み上げてありました。なんでこんなに暗いのか不思議でしたが、後年、あれは大家族の中の〝夫婦の寝室〟だったとわかりました。越阪部・所沢市

おにぎり　農繁期のお茶菓子は、おしんことおにぎりでした。醤油《しょうゆ》を入れて炊《た》いたごはん、味噌をつけて焼いたのとか、みんな二、三個食べました。越阪部・所沢市

鬼《おに》ごっこ　♪「鬼ごっこするもの、この指止まれ！」。材木置き場では、原木の上で鬼ごっこやチャンバラに興じました。今井・横浜市

お人形さん　幼稚園の頃、片手に抱いてどこへでも連れて歩いた布製のお人形は、手も足も綿が詰められて柔らかく、顔の周りはフリルやギャザーのついた広いボンネットがヒマワリのようにおおって、あごの下で大きなリボンで結んでありました。話しかけたり、布団で一緒に寝たりする、大事なお友達でした。「ミルク飲み人形」を買ってもらうまでは。加部・田辺市

お姉さん　「晩ごはんがうどんの日は夜中に腹が減ってつらかったなぁ」と一番下の兄が言うのを聞いて、昔、夜中に台所でゴソゴソして母に叱《しか》られていた兄の姿を思い出しました。お腹《なか》がすいた、と素直に言えない雰囲気があったのでしょう。きょうだい八人のうち私と弟を除く上六人は、引き揚げ後すぐ亡くなった叔母の子で、一番下の兄と姉はおしめの頃から私の母が育てたのですが、上六人は、母のことをずっと「お姉さん」と呼んでいました。小暮・船橋市

おねしょ　いい気持ちで寝ていると、よくおねしょをしました。夜中に母がご不浄《ふじょう》(トイレ)に連れていってくれた日は大丈夫なのですが。おねしょをして叱《しか》られたことはありません。吉田・横浜市

おばあちゃん　小さい子の面倒は上の子がみます。背中の子がお漏《も》らしをすると、背負う子も泣きながら祖母のところに行って、始末してもらいました。祖母だけはいつも家にいて、すべての人の相手をしました。越阪部・所沢市

お墓で走らない　「お墓でころんだら、足を置いて帰らなくちゃい

お人形さん

けないのだから、走ったらダメだよ」と言われ、こわくて、墓参りの時は比較的おとなしくしていました。 風祭・高萩市

お化《ば》け映画 家の階段は二階に行ってからでないと電気がつかないので、夜はこわくて一人ではあがれませんでした。そんなこわがりなのに、夏になると姉たちや親戚の子たちと、四谷怪談、牡丹灯籠《ぼたんどうろう》、番町皿屋敷《ばんちょうさらやしき》などの定番の「お化け映画三本立て」を観《み》に行っていました。 中林・前橋市

おはじき ぺたんこで透き通ったガラス玉に、一刷毛《ひとはけ》の美しい彩《いろど》りが付いています。二個のおはじきの間にすーっと指を通して(線で仕切るように)一つをはじき、もう一つの方にあたればもらえるのですが、姉には必ず負けました。姉は小指の爪を長く伸ばしているので、どんなすきまもすーっと。ずるい！ 小暮・船橋市

お払《はら》い 小学校入学前の子供たちは、神社でお払いと安全祈願をしてもらい、記念に硯《すずり》を頂きました。 越阪部・所沢市

お針箱《はりばこ》 お針箱は上部が長手《ながて》半分蓋《ふた》になっていて、針刺しと物入れ、右端を押すと、くけ台の柱が回転して出てきます。後ろ側に少しの空洞があって、横から物差しを差し込めます。下は大小の五つの引出しで、糸やボタン、その他の裁縫道具を入れておきます。色とりどりの糸や様々なボタンを取り出して眺めるだけでも楽しく、お針箱は大人になったら持ちたい道具の一つでした。 越阪部・所沢市

帯開《おびあ》け 生まれて三週間目に、赤ちゃんを連れて、神社に帯開けのお詣《まい》りをします。白い繻子《しゅす》の着物を着せて。いとこのは紺色で、鷹《たか》の絵柄が金糸銀糸《きんしぎんし》で華やかに刺繍《ししゅう》されていました。やっぱり長男はちゃんとしてもらえるんだな、と子供心に少しひがむ私。 越阪部・所沢市

お日様《ひさま》の匂い 二階の屋根は、軒先までつづくベランダで、小波《こなみ》の石綿《せきめん》スレートでした。ここに上がると遠くまで見えて気持ちが良く、晴れた日には布団が干してあり、お日様の匂いがいっぱいでした。よくその布団に寝ころんでは、叱《しか》られたものです。 中林・前橋市

お櫃《ひつ》 かまどで炊《た》いたごはんは木製のお櫃に移し、白い木綿の布をかけて、木の蓋《ふた》をして母の隣に置かれます。食事の頃にはちょうど湯気が引いて、美味しいごはんに

なっています。お櫃は、木が丸く継《つ》いであり、その作りの細《こま》やかさに感心しました。小渡・静岡市

お櫃《ひつ》の保温 炊《た》いたごはんはお櫃に移し、冬はお櫃ごとこたつに入れたり、毛布でぐるぐる巻きにしたりしていました。越阪部・所沢市

お雛《ひな》様《さま》 雛人形は、祖父が選んでくれたお顔で、私のお気に入りでした。箱から出してお顔にかかる紙のおおいをはずします。お内裏《だいり》様《さま》に冠をかぶせ、官女様に三方《さんぽう》を、大臣には刀を差し弓を持たせ、こうして飾りつけするのが楽しみでした。赤白緑のお餅《もち》をついて、菱《ひし》形《がた》に切って重ねます。端は細かく切って霰《あられ》にし、雛霰《ひなあられ》と一緒に供えました。越阪部・所沢市

おひねり 半紙を半折りにして小銭を入れ、くるりとひねったおひねりを、祖母は袂《たもと》から出して、配達の人などをねぎらっていました。神社の賽銭箱《さいせんばこ》におひねりを投げる人もいました。上棟式《じょうとうしき》の時なども、屋根からおひねりが投げられました。越阪部・所沢市

お姫様《ひめさま》ごっこ 押入《おしい》れから祖母の着物を引き出して、打ち掛けにして姉とお姫様ごっこをしました。中林・前橋市

おぶい紐《ひも》 父は家で仕事をしていたせいか、家の掃除や料理もしていました。子供(私の弟)をおぶい紐で背中にくくって外に出かけていくこともありました。新見・前橋市

オブラート 母は粉薬《こなぐすり》を飲むのが大の苦手で、子供の頃からオブラートでくるんで飲み込んでいたそうです。私や妹はそのまま飲めましたが。薬が飲みやすくなっていたのか、母がわがままだったのか？ 矢賀部・八女市

お古《ふる》 「いつもお姉ちゃんのお下《さ》がりばっかり！」と妹は不満げでしたが、実はお下がりではなくて、母は私と妹と同じ布で、サイズとデザインを変えたのを作っていたのです。後年、私が娘に着せたコートは、れっきとした私のお古で

おぶい紐

したが、丈夫で、三十年経《た》っていても使えました。ベビー布団の皮は、私の幼い時の着物をほどいた絹布《けんぷ》で作りました。七五三の着物も、私のお古でした。　矢賀部・八女市

お風呂　小学四年生の時、昨日まで父と一緒にお風呂に入っていたのに、突然「入りたくない」と宣言しました。父は何も言いませんでした。　田中・西宮市

お風呂の釜《かま》　公団では浴槽の横に釜があり、マッチで火をつける時ボワッとこわい音がしました。炎の横でお湯を使うので、火が消えてしまわないか、はらはらでした。西宮の一軒家では、風呂釜は外壁の外に付いていました。壁一枚隔てただけですが、少し安心して漬《つ》かっていられました。　田中・西宮市

お弁当がない子　小学四年生の時、父の転勤で青森に引っ越し、都会と農村の生活の差に驚きました。お昼ごはんは、ほとんどの生徒が家に帰って食べていました。家の食事はお粥《かゆ》なので、弁当箱に入れて持って来られないのです。　山本・青森市

お弁当の交換　前の席の男の子がよく、白いごはんに味噌がのっているだけのお弁当を蓋《ふた》で隠して食べていました。おかずをあげると言ったら断られそうなので、「取りかえっこしない？」と言ってみました。お味噌だけのお弁当は、けっこう美味しかった！　小暮・船橋市

お弁当箱　幼稚園に持っていくお弁当箱はアルミ製と決まっていました。冬には、お弁当箱ごとストーブで温めて食べるためです。餅《もち》網《あみ》のような網の上に置いて温めていました。汁気《しるけ》が多いとこぼれて大変でした。　風祭・高萩市

おまけ　計《はか》りの目盛りを見ながらいつも「おまけ」をしてくれるおばさんがいました。　新見・前橋市

お混《ま》じり　のどを痛めたり、お腹《なか》をこわした時の病後食は、重湯《おもゆ》から始まり、次に柔らかな米粒が少し入ったお混じりに。それがお粥《かゆ》になる頃には退屈して、あれこれわがままな注文を付けると、親も心配がとけているので「いいかげんにしなさい！」　越阪部・所沢市

お祭りのヒヨコ　屋台《やたい》で、色とりどりに染められたヒヨコが売られていました。うちで買った無着色のヒヨコはおとなしい白色レグホンになりましたが、友達の家のカラーヒヨコは凶暴な軍鶏《しゃも》になり、友達は追いかけられて、逃げ回っ

ていました。岩倉・沼津市

おままごと 古くなったゴザを地面に敷くと、四畳半の茶の間の出来上がり。皆お母さん役が大好きで、次はお父さん役。人気《にんき》がないのは泣いているだけで出番がない赤ちゃん役です。行ってらっしゃいと手を振って会社にお出かけするお父さんを見送る誇らし気なお母さん役など、いかにもサラリーマン家庭の子が多い新興住宅地のおままごと遊びでした。西岡・浦和市

おまる 病人や年寄り用の琺瑯《ほうろう》びきの簡易便器です。形が少し傾斜していて、お尻の下に差し込みやすくなっています。祖母のおまるを持ってトイレに捨てにいくと、一回十円もらえました。祖母も気兼ねが減り、子供もお得《とく》気分になる方法でした。竹岡・天童市

お巡《まわ》りさん 駐在所のお巡りさんは、街の中をよく巡回していました。丸顔でめがねを掛けたお巡りさんは友達のお父さんで、私の家でお茶を飲んでいたこともありました。ある日両親が大げんかを始めた時、私は仲裁をお願いしたのです。新見・前橋市

おみおつけ お味噌汁のこと。ふだんは「おみおつけ」、とか「おつゆ」と言っていました。越阪部・所沢市

おみそ 官舎の私道で、よくゴム跳《と》びをしました。小学校低学年の子が多く、二、三歳年上の子がリードして遊びます。時々まだ小学校に上がっていない子が交じると、「おみそ」としてゴム跳びのひもの高さを低くしてもらっていました。いろんな年齢の子が一緒に遊ぶ時の知恵でした。東・港区

おみやげみっつ 帰り道、一緒に遊んでバイバイをしたお友達の後ろ姿を追いかけて肩をたたき、「おみやげみっつ。またあしたっ！」と叫んで、お友達のお返し(肩をたたく)を振り切るように、走って帰りました。武藤・武蔵野市

おむつ 母は風呂場に盥《たらい》を置いておむつを洗っていました。冬は外に干したおむつがバリバリに凍《こお》るので、ストーブがある洋間《ようま》にロープを張り渡して掛け並べ、とかして乾かしたので大変だったとよく聞かされました。乱暴に扱うと、凍った洗濯物はパキッと裂けてしまうので、変な形に凍ったままの洗濯物が洋間にぶらさがっていました。葛西・青森市

おめかし 家族で外出の日は朝から大忙しです。父は車の手入れや

柴犬の餌やり、母は飲み物やお弁当の用意とおめかし、そして弟の着替えの準備です。私は家族全員の靴磨きです。いつもは母がやってくれるので、さあ大変。父の靴は大きくて重くて、靴の中で私の手が泳いでいました。田中・西宮市

お餅《もち》　年末に搗《つ》いたお餅は、お供《そな》えとのし餅にしたあと、あんころ餅や黄粉《きなこ》餅《もち》、辛味《からみ》餅《もち》にして家族みんなで食べました。これが一番の楽しみで、口から出そうになるくらい食べました。私の家では元旦は餅を食べてはいけない決まりで、今食べておかないと、二日までお預《あず》けだからです。羽沢・佐野市

お漏《も》らし　三歳ちがいの兄とは仲が良く、二段ベッドの上下でよくおしゃべりしました。夜、ベッドにもぐりこんでから、「さっき、お漏らししちゃったこと、ママに黙ってくれてありがとう」と兄にこっそり話しかけたのは、昨日のことのようです。岡部・浦和市

親子電話　隣とその隣の家で、親子電話でした。親戚でもない家同士でです。うちには電話がなかったので、隣にかかってくると、窓から「電話だよ〜」と呼んでもらいました。越阪部・所沢市

おやすみなさい　姉は父の言いつけを一から十まで守り、寝る時は枕元に翌朝の着替えをたたんでそろえ、父母には両手をついて「おやすみなさい」と挨拶していました。福井・本荘市

織《お》りネーム　両親は、刑務所を出所する前の保護観察期間の人たちを預かって、洋服の仕立ての仕事を手伝ってもらっていました。中にはとても器用な人もいて、織りネーム(背広の裏側に付ける名前)まで作っていました。母の幼友《おさなとも》達《だち》の聾者《ろうしゃ》の女性もいて、母は手前勝手な手話で会話していました。子供の私たちも、見よう見まねの手話で話しました。新見・前橋市

折箱屋《おりばこや》さん　魚屋の仕出《しだ》しは「ハレ」に注文を受けることが多く、焼き鯛《だい》や蒲鉾《かまぼこ》や羊羹《ようかん》を詰め合わせた折詰が定番でした。注文があると、近所の折箱屋さんにお使いに行かされます。「折箱ください」と戸をあけると、土間《どま》から一段上がった板《いた》の間《ま》の棚には、いろいろな大きさの折箱が天井までぎっしり積んであります。棚の後ろの作業場からは、折箱の四方を留める機械をテンポよく踏む足音が聞こえてきました。岸・平塚市

オリンピック音頭《おんど》 私の町は鈍行しか止まらないので、小学生の私は乗り換え駅で不満げな顔で鈍行を待っていたようです。そんな私を見て、目の前の急行電車の中から、ピッカピカの顔のおじさんがにっこり！ 誰？ 数年後、翌年はオリンピックという年になって、オリンピック音頭を歌っている三波春夫さんだとわかりました。盆踊りではこの曲でにぎやかに踊り、運動会では五人ずつ、五色の輪を持って踊りました。小暮・船橋市

オルゴール 廊下続きで行ける祖父の家は数寄屋《すきや》風《ふう》の造りで、八畳の客間の奥に三畳ほどの洋間《ようま》がありました。窓にはレースのカーテンがつき、籐椅子《とういす》や金色のガラスの置時計が置かれ、めったに子供は入れません。オルゴールはその部屋で大事に、うやうやしく扱われていました。きれいな木彫りの箱の蓋《ふた》をあけて、祖母が美しい音色を聴かせてくれました。ショパンの別れの曲だと知ったのは後年のことです。西岡・浦和市

おわい屋さん［汲取屋《くみとりや》さん］ リヤカーに肥溜桶《こえだめおけ》を積んで、各家の便所の外にある汲取口《くみとりぐち》から柄杓《ひしゃく》で汚物を汲《く》み上げます。汚物が特殊な甘酸《あまず》っぱい匂いのする時は、家族の誰かに糖尿病の心配があるのではと伝えていたそうです。汲取方式がバキュームカーで吸い込む方法に変わると、汲み取っている時は、周辺が臭《くさ》くて困りました。新見・前橋市

オンス 毛糸玉の単位はオンスです。何オンスとか一《ひと》カセとか一玉《ひとたま》で買っていました。小渡・静岡市

女の子なんだから 中学の頃、ちょうど面白いテレビを見ていた時、父に「女の子なんだからお母さんの手伝いをしろ」と言われて泣いて抗議したことがあります。なぜ弟は手伝わなくていいのか。男女同権と言われて育ったのに理不尽《ふじん》だと思いました。東・港区

女湯《おんなゆ》と男湯《おとこゆ》 銭湯《せんとう》に行くと、十歳頃までは父と一緒の時は男湯に入りました。男湯と女湯の仕切り壁は高さ一・七ｍほど。上は抜けているので「おかあさーん、もう出るよー」と声をかけたり、石鹸《せっけん》等のやり取りをしたり、浪花節《なにわぶし》のうなりも聞こえてきました。隅の戸からは「さんたさん」と呼ばれる背中流しの人が男湯と女湯を行き来していました。新見・前橋市

長野県下伊那郡市田《いちだ》村●広い敷地と田の字型の民家・昭和40年頃

竹やぶの下には竪穴が掘ってあり、スイカや野菜が置いてあって天然の冷蔵庫代わりでした。冷んやりとして夏場は好きな場所でした。

川から水を引き込んだ水場でほとんどの洗い物をしました。顔も洗ったし歯もみがきました。

秋になると、ここで「すがら」（蜂）を飼い、巣を大きく育てた後、その蜂の子を取って甘辛く煮て食べました。

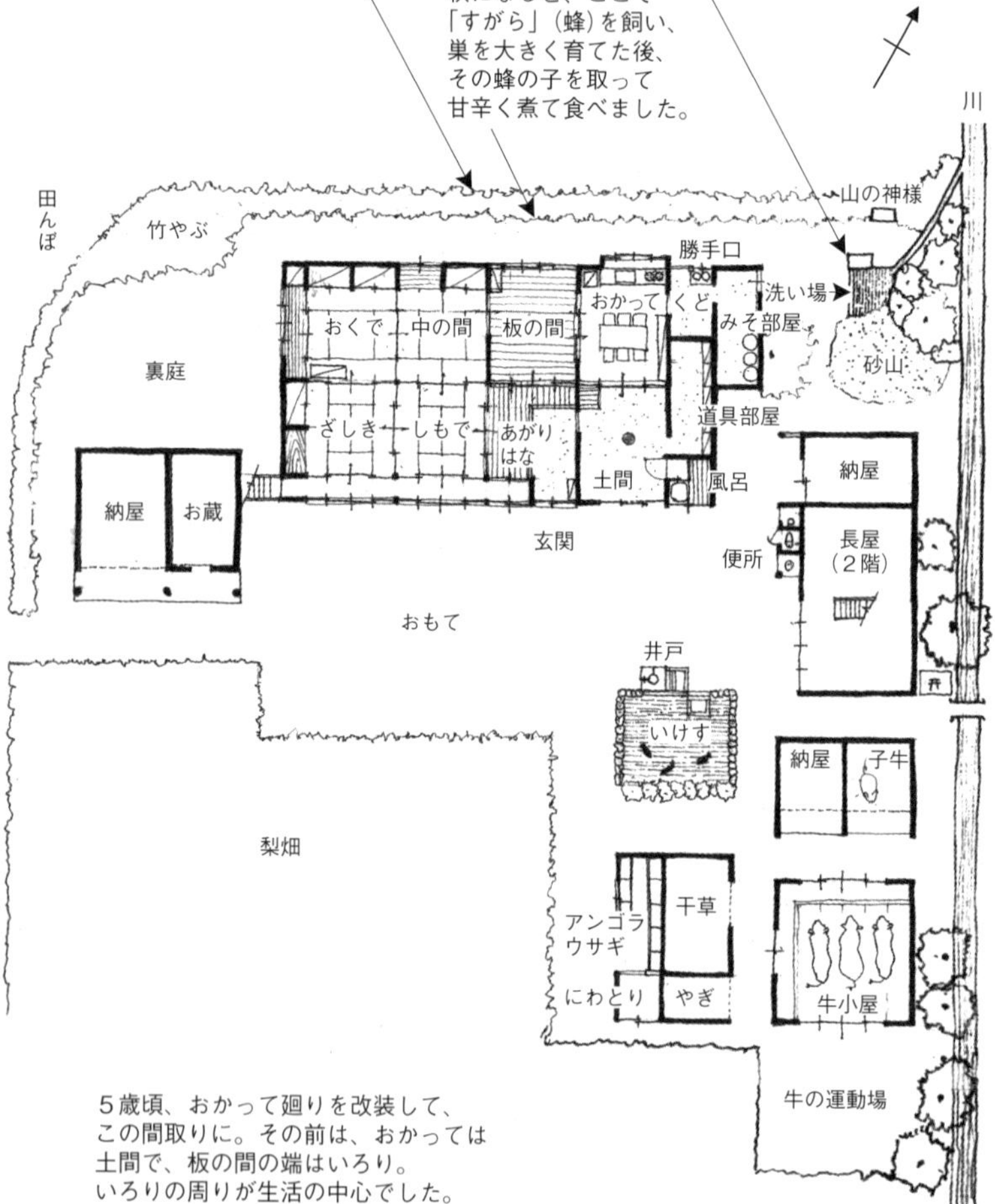

５歳頃、おかって廻りを改装して、この間取りに。その前は、おかっては土間で、板の間の端はいろり。いろりの周りが生活の中心でした。土間の横の道具部屋は昔、馬がいたので馬屋（まや）と言ってました。

『アルバムの家』（三省堂）より

群馬県新田郡●祖父の代からの藁葺《わらぶ》き屋根の田の字型の民家

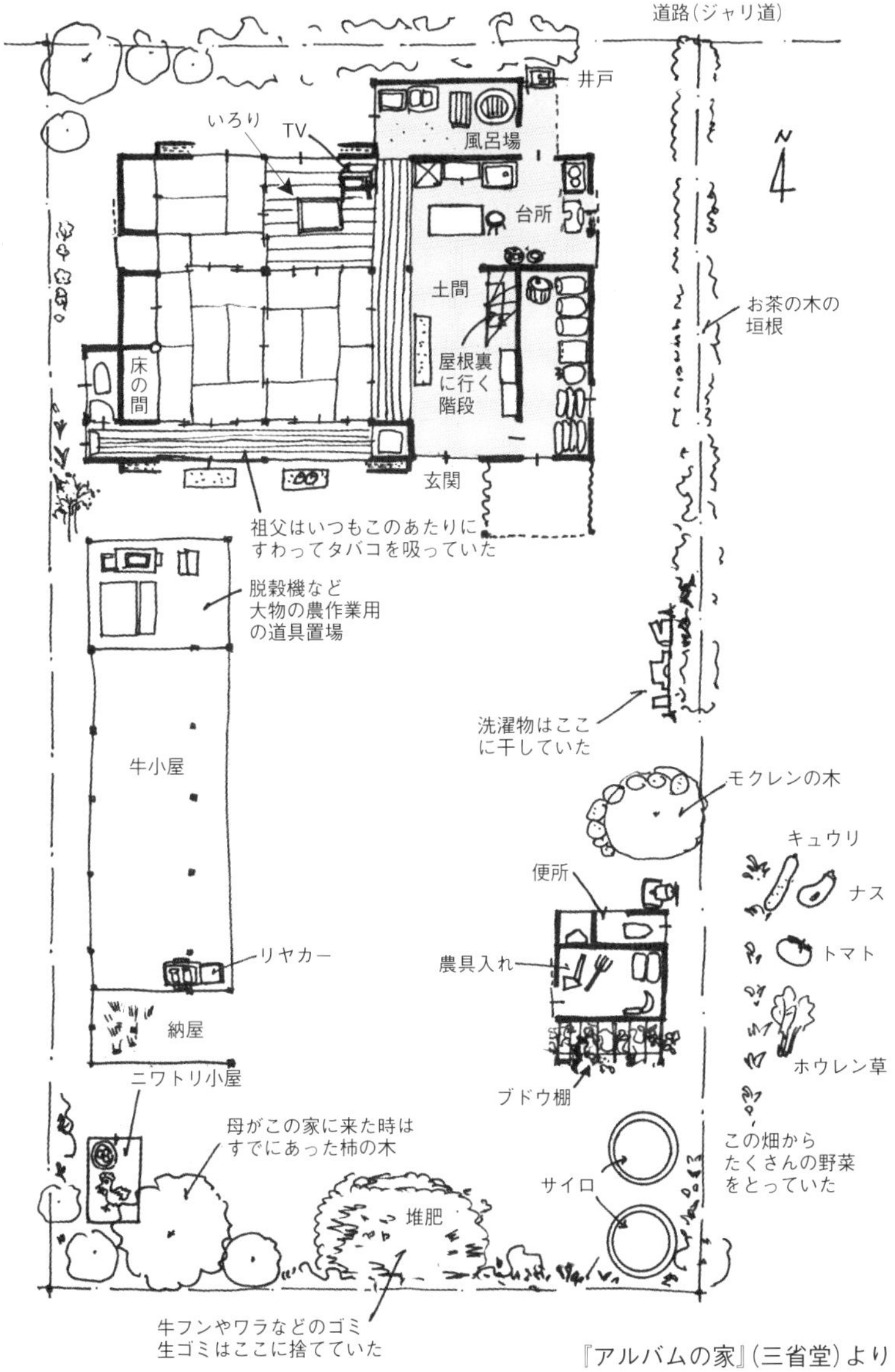

『アルバムの家』（三省堂）より

か

ガーゼ　母は清潔に暮らすことに神経を使っていました。ガーゼは四角に切り、煮沸《しゃふつ》消毒した小さなガラス瓶《びん》に入れて、オキシドールやヨードチンキと一緒に常備。ガーゼで作るマスクも、家族の顔や用途に合わせて厚さも変えていました。小渡・静岡市

ガーターベルト　母はお出かけの時だけストッキングをはきました。伝線しやすいので最後に身につけます。スカートを腿《もも》のあたりまでまくり上げて、ガーターベルトのクリップ式留め具をパチンと留めます。あまり見てはいけない気がしていました。越阪部・所沢市

カーボン紙《し》　父は領収書など控えを必要とする時に、カーボン紙を敷いていました。私は版画をつくるようになって、下書きの絵の下に敷いて絵を写しました。版画を刷る時も、色ごとに敷いて部分を写し取り、多少ずれても自分では大満足でした。小渡・静岡市

開襟《かいきん》シャツ　父が立《た》ち襟《えり》のワイシャツに代えて、日常的に着るようになったのが、襟回《えりまわ》りの楽な開襟シャツでした。白とか薄い灰色とか地味な色でした。越阪部・所沢市

蚕棚《かいこだな》　母の里は養蚕農家でした。繭《まゆ》の時期には家中の畳を上げて、蚕棚(いわば蚕のベッド)を組みます。蔵がいっとき家族の避難場所になったり、ふだんと違うしつらえは楽しかった！　越阪部・所沢市

蚕《かいこ》の世話　おじに頼んで、菓子箱に蚕を預かりました。さわるとひんやり冷たくて、本当は蚕は苦手でしたが、繭《まゆ》になるまで世話をしてみたかったのです。大変な勢いで桑の葉を食べます。小さくて真っ黒い糞《ふん》のそうじもして、結構大変な作業でしたが、ある日突然、桑の葉を食べなくなり、身体全体が透き通ってきて繭になりました。きれいに全員が繭になった箱を届けると、おじは「久子ちゃん、よく世話したネェ」と三十円を私の手に握らせてくれました。大サービスです。鈴木・松阪市

海水帽《かいすいぼう》　姉妹三人で海辺で撮った写真では、三人ともお揃《そろ》いの水玉模様の海水帽をかぶっています。伸びのない素材で、顎《あご》の下でひもで結びました。浜田・神奈川県

海水浴　父(教員)は海が大好きで、夏休みには毎日、近所中の子を引き連れて、歩いて十分の海に行っていました。ある日の帰り、総勢十数人のうち「一人居ない！」と

大騒ぎに。家に電話もない時代なので連絡もつきません。死んでおわびなどと言いながらトボトボ帰り着くと、その子が自分ちで遊んでる！　海に飽《あ》きたので服を置いたまま裸で帰ったとか。以後、父は二度と海に行きませんでした。東京湾は埋め立てが進み、海も遠くなりました。　小暮・船橋市

解体《かいたい》　わが家の解体の様子を、向かいの駐車場に建てた仮住まいのプレハブの二階から見ました。分《ぶん》別《べつ》しながら器用に動く重機《じゅうき》に感心して、露《あら》わになる家の中を、あの柱が、あの部屋がと感慨深く眺めました。　岡村・柏市

回虫《かいちゅう》　私たち子供がトイレの中から「お母ちゃーん！」と泣き叫ぶと、母は必ず割箸《わりばし》を持ってトイレにやってきました。それはお尻にぶら下がった回虫を割箸ではさんで引き抜くためなのです。滑《すべ》らないので、割箸はとても良い道具でした。　渡会・目黒区

海浜履《かいひんば》き　［ビーチサンダル］

掻巻《かいまき》　母の実家に泊まりに行くと、おばさんが、冬はかいまき布団をかけてくれます。肩まですっぽり包まれるようで、安心して眠りました。　越阪部・所沢市

買物籠《かいものかご》　買物に行く時、母は買物籠を持っていきました。私はカラフルな子供用の小さいのを持っていて、お買物ごっこに使っていました。　岩倉・沼津市

回覧板《かいらんばん》　母が回し読みしていた分厚い主婦雑誌と一緒に、回覧板を届けます。お向いは勝手口《かってぐち》と書かれた戸口のある大きな家で、奥からかすかに昼メロの音が聞こえるだけで玄関はひっそり。その静けさに憧れました。　小暮・船橋市

街路灯《がいろとう》スイッチ　木製の電柱には、琺瑯《ほうろう》の笠をかぶった電球が設置され、夜道を照らしています。小学三年生の頃、祖母に言われて、真っ白な陶器製の街路灯スイッチを点《つ》けに行きました。夕暮れ時に家

街路灯

の前の電信柱のスイッチを入れて電気を点《つ》け、夜が明けると消す、それが町内会のお当番の役割でした。武藤・武蔵野市

蛙《かえる》の解剖《かいぼう》 小学校の理科の授業に蛙の解剖がありました。前日近所で捕まえて持って行き、ホルマリンで眠らせ解剖するのですが、途中で逃げ出すのもいて大騒ぎでした。越阪部・所沢市

蛙《かえる》の卵 毎年春になると、学校のそばの田圃《たんぼ》で蛙の卵を見つけて遊びました。蛙の卵は二種類あり、透明な球状ゼリーの中にひとつずつ黒い点が入っているのと、長くつながった太いひも状ゼリーの中に黒い粒々が連なって入っているのとです。はじめは手でぶよぶよをさわり、少し大きくなるとオタマジャクシになるまで毎日見に行きました。芳村・浦和市

カガミッチョ トカゲのこと。青やピンクに光るトカゲを時々つかみ損ねて、しっぽを残して逃げられたものです。越阪部・所沢市

かき氷《ごおり》 大きい鍋をもって買いに行きました。シロップをかけて氷が減ると、おじさんがその上にかき氷をおまけしてくれます。おばさんだと、だめ。きょうだいで順番に買いに行きました。お鍋の蓋《ふた》をして、溶けないうちにと、両手で抱《かか》えて汗だくで走って帰りました。今井・横浜市

かき氷《ごおり》の器《うつわ》 お総菜屋《そうざいや》さんが夏の一か月だけ、かき氷屋さんをしていました。お持ち帰りはお鍋に入れてもらうのですが、どうしても、あの器で食べたくて店で食べました。朝顔の花びらのように縁《ふち》が白と水色で染められた脚付きのガラスの器です。越阪部・所沢市

かき氷屋《ごおりや》さん 駄菓子屋《だがしや》さんの店先に青い鋳物《いもの》製のかき氷器がどんと置かれると、夏です。右側のハンドルを回すと、歯車で氷の塊が回転し、雪のような氷がシャカシャカ降り注ぐのを左手に持った朝顔型のガラスの器に受け、右に左に器を傾けて上手に山盛りに。その様子を見守りながら、おばちゃん、たくさん入れてね〜。小暮・船橋市

書《か》き初《ぞ》め お正月二日は、父と同じ職人で書道家の大叔父が来て書初めが始まります。その美しさに感動しました。私の書き初めは、叔母が「力を入れて、抜いて、勢いよく跳《は》ねて、息を止めて、筆を止める」とリードしてくれるので、自分の作品ではないように感じて

いました。小渡・静岡市

鍵付《かぎつき》日記帳 プラスチックのケースに入った花模様の布張りの小さな錠付《じょうつき》の日記帳に、自分だけの秘密を書いていました。友達との交換日記も鍵付でした。岩倉・沼津市

鍵《かぎ》っ子 昼間、両親は野良《のら》仕事に出てしまい、家に帰っても誰もいません。歩いて五分で行ける父の実家(本家の祖母の家)でいとこたちと過ごしました。藁葺《わらぶ》き屋根の大きな家で、一日中囲炉裏《いろり》に火がありました。越阪部・所沢市

学生かばん 黒い革のを使っていました。教科書をたくさんつめてパンパンにふくらんだかばんは「豚かばん」と呼ばれ、ダサいとされていたので、下部の角を縫いつけてペタンコにし、入りきらない教材は別のバッグに入れて通学していました。岩倉・沼津市

角巻《かくまき》 母と行った映画の帰りに、屋《や》台《たい》のラーメンを食べるのが楽しみでした。帰りは母の角巻の中に入れてもらい、雪の中を帰りました。角巻は毛布のような布地の大判のショールで、後ろから見ると蓑虫《みのむし》のような格好です。色はカラシ色。後年、母はその角巻を半分にして、ひざ掛けにリフォームしてくれました。福井・本荘市

隠《かく》れボス 「新庄組《しんしょうぐみ》出てこい!」いつも先生に目を付けられ、事あるごとに注意を受けました。新庄は地域の名前です。そこの仲良し五人組が、きまって何かをやらかしていたのです。修学旅行の前にも職員室に呼び出され「お前達が悪さをしでかさないか心配」と言われました。何も悪いことはしていないのに、ただ楽しくしているだけなのに! 反論できないままでした。矢賀部・八女市

隠《かく》れんぼ 倉庫の塀越しには、横板張りで塗装のはげかかっている大正ロマン風な古い二階建て木造アパートがひっそりと建っていました。アパートの間取りは凹凸が多く、隠れんぼには最適でした。

学生かばん

夕暮れになると怪しい空気に囲まれ、江戸川乱歩の本の雰囲気でした。中林・前橋市

学割《がくわり》 中学生の頃は、夏休みや冬休みになると、学校に申請して学割をもらい、それで切符を買って東京の叔母の家に遊びに行きました。お相撲さんや外人さんとすれ違うなんて、田舎では経験できません。小渡・静岡市

家計《かけい》の足《た》し 近所の竹屋さんのおばさんは病気でした。おじさんが亡くなった後、その息子達はまだ小さくて小中学生。朝早くから納豆売りをして家計の足しにしていたようです。他の兄弟は新聞配達もしていました。新見・前橋市

家計簿《かけいぼ》 母は付録の家計簿が欲しくて、年に一度だけ婦人誌を買いました。台所に置いてあって、私もお惣菜《そうざい》などを買うと「食費」の欄に記入しました。越阪部・所沢市

影送《かげお》り 雲のない晴れた日に影をじぃーっと見つめ、空に目をやると自分の影が空に映るという遊びです。本を読んでその遊びを知ってから、地面と空を何度も交互に見て遊びました。風祭・高萩市

陰膳《かげぜん》［そこに居ない人に供える食事］ 故郷を離れた時、母が手紙で「陰膳をしてます」と書いてきました。毎日思ってもらえていると知って、うれしくて、ホームシックになりました。竹岡・天童市

崖《がけ》で遊ぶ 家の前には駆《か》けおりられるくらいの崖があり、その下は原っぱでした。崖の途中の少し平《たい》らな竹やぶを家に見立てて、ままごとをしました。崖は滑《すべ》り台《だい》にも山登りの場にもなり、子供の遊びに無限の可能性を与えてくれました。東・港区

かけはぎ ウールの冬服に小さな穴。お気に入りの服に限って虫に食《く》われる恨めしさです。クリーニング屋さんに持って行くと「かけはぎ屋さんに出しましょうね」。戻ってきた服は穴の影も形もありません。神業《かみわざ》です。もうダメかと思った「かぎ裂《ざ》き」も見事に直してもらいました。越阪部・所沢市

影踏《かげふ》み 近所の友達と影踏みをして遊びました。同《おな》い年には本気で、小さい子には加減して、ワーワーキャアキャア、うるさかったことと思います。越阪部・所沢市

かごろじ［竹で編んだ大きな四角い薄手のざる］ 庭一杯にかごろじを並べます。ふかしたサツマイモを五ミリぐらいの厚さに切って並べ

て天日《てんぴ》(太陽)で干すのです。大人の目を盗んでは、ちょこちょこつまみ食《ぐ》いをしました。まだ乾ききっていない柔らかな黄色の芋の味は最高でした。 大平・長野県

傘《かさ》直《なお》し屋《や》さん 金属の骨の傘は、折れたり曲がったりしたら傘直し屋さんに直してもらいました。傘直し屋さんは「今日は○○の前で店を出していますから」と声をかけて回ってきました。壊れた傘を持って行くと、夕方にはきれいに直って届きました。 小渡・静岡市

火事 小学生になったばかりの頃、大晦日《おおみそか》にすぐ裏の銭湯《せんとう》が火事になり、二階にいたおじいさんが亡くなりました。銭湯には大勢の客がいて、皆、裸同然で逃げ出したそうです。私は寝入りばなで起きられず、母に背負われて逃げました。途中で目を覚ましたら、父がレジのお金を風呂敷にぶちまけていました。幸い、蔵《くら》があったおかげで、わが家への類焼はまぬがれました。元旦に見た焼け跡の光景は忘れられません。 今井・横浜市

貸し自転車 自転車は官舎内の私道で練習しました。当時は子供用などなく、小さめの大人用自転車を、貸し自転車屋さんから借りて練習しました。乗れるようになってからは、官舎の敷地の中をグルグル乗りまわしました。小学二年生の頃です。 東・港区

貸しピアノ 誕生日の間近、母が「喜ぶものを買ってあげたわよ」と言うので期待していましたが、いよいよその日、学校から帰ると待っていたのはオルガンでした。がっかりする私を、母は貸しピアノに連れて行ってくれました。個室で一時間いくらとかいうシステムでした。 吉田・横浜市

貸《かし》本《ほん》屋《や》さん 借りた本を返し忘れて、貸本屋さんが家まで延滞金を取りに来ました。お金はないし、親に事情を話したら叱《しか》られるし、というので隠れていました。ごめんなさい。 小暮・船橋市

鍛《か》冶《じ》屋《や》さん 母の実家は鍛冶屋でした。仕事は午前四時の火《ひ》熾《おこ》しから始まります。鉄を溶かして農機具や工具をつくる仕事場では、絶えず火を使い、熱い危険な物を扱いますが、子供や犬猫にも事故はありませんでした。金敷《かなしき》にハンマーでトンテンチンテンカンとたたいていましたが、昭和四十年代にはベルトハンマーが入り、一日中大きな音をたてて機械が廻るよう

になって、皆、大声で話をしたものです。包丁や鉈《なた》、鍬《くわ》、桑爪《くわづめ》、桑こき、鉋《かんな》、鶴嘴《つるはし》などの鉄の刃に、棒屋《ぼうや》さんが作った柄《え》をすげて売っていました。刃物の交換や修繕、研《と》ぎ師《し》もしていました。支払いができない客は、米や野菜を持ってきました。新見・前橋市

柏《かしわ》の葉　五月のお節句にはまだ柏の葉は芽吹《めぶ》きません。前年に摘んで糸で綴《と》じて吊《つ》るして干してあった葉を水に浸《ひた》して柔らかくし、おまんじゅうを包んで蒸《む》します。とたんに葉の匂いが立ちのぼり、柏《かしわ》餅《もち》になります。越阪部・所沢市

柏餅《かしわもち》　旧暦の五月五日になると、庭にある柏の葉を使って柏餅を作ります。うるち米ともち米を粉に挽《ひ》いたものを、練《ね》って丸く平《たい》らにし、餡《あん》を入れ、柏の葉に包んで蒸《ふ》かして作ります。子供たちも柏の葉を洗ったり餡を詰めるのを手伝います。餡は小豆だけでなく、自家製の味噌をそのまま入れたものもあり、甘い餡としょっぱい味噌を交互に食べました。市販のもののように滑《なめ》らかな舌触りではないのですが、これでないと柏餅を食べた気になりません。風祭・高萩市

ガスコンロ　昭和二十六年頃、青山の官舎では、既に都市ガスが引かれていて、ガスで台所のコンロや風呂を沸かしました。その前まで暮らしていた四谷の家はヒチリン（七輪《しちりん》のなまり）でした。東・港区

ガス風呂　風呂は、廊下伝いの祖父母の家のを使わせてもらっていました。水を張ってガスの火をつけるお手伝いをしましたが、うまくつかないことがあり、何度目かに火をつけたらボンッと大きな音がしてびっくり。鏡を見たら睫毛《まつげ》がなくなっていて、こわいより大笑いしました。西岡・浦和市

風通《かぜとお》し　窓はいつもあけ放たれていました。掃《は》き出《だ》し窓から入った風が床面を流れ、高窓《たかまど》から通り抜けていきます。越阪部・所沢市

数《かぞ》え年《どし》「昭和二十五年以前の年齢の数え方」　十二月三十日生まれのおじさんは、生まれた時は一歳、数え年では二日後に二歳になることになります。それでは不憫《ふびん》だと、一月二日生まれにして届けたそうです。竹岡・天童市

家族ごっこ　大小の大きさや深さがちょうどお皿やお茶碗、湯呑《ゆの》み茶碗の大きさになる竹を紙の上に配膳し、家族ごっこをしました。周りで大人がくすくす笑っていまし

た。 小渡・静岡市

ガソリンの匂《にお》い 車を持っている家など滅多になく、自家用車はお金持ちの象徴で、ガソリンの匂いもカッコよく感じました。雨があがると、車の通った後の水たまりに、ガソリンが浮いて虹色に光ってきれいでした。 西岡・浦和市

肩揚《かたあ》げ 着物を肩でタックして縫い留め、袖丈《そでたけ》を短くすることです。子供は小さいうちは肩揚げや腰揚げをしました。 越阪部・所沢市

カタカタ ［歩行練習の遊具。子供が押して歩くと、ウサギや犬の人形が動いてカタカタ音がする］

カタカナの名前 祖父は武(タケ)、祖母も「タケ」なので、祖母のことは「ウメちゃん」と呼んでいました。周りには、ソウ、カメ、ハナ等、カタカナの名が多く、叔母はトメコ。子沢山《こだくさん》はこれでストップの意味で名付けられたとこぼしていました。 新見・前橋市

型紙《かたがみ》 母は洋裁を習ったことがあり、細かく書き込んだノートを二冊持っていました。服を作る時はそれを参考に、ハトロン紙《し》に型紙をおこします。一回しか使わない子供服用は、新聞紙に赤鉛筆で書いていました。 越阪部・所沢市

片栗粉《かたくりこ》のおやつ 冬は薪《まき》ストーブにかかったお湯でおやつを作りました。少しの水で溶いた片栗粉に砂糖をたっぷり入れ、熱湯で手早くかき混ぜれば完成。いったん白くなったのが透明に変わる瞬間が好きでした。 福井・本荘市

肩車《かたぐるま》 花火大会に行きました。大人たちの中に埋もれて何も見えません。父が肩車をしてくれてやっと見られました。大きな花火に感動！ 背の小さい父が大きく思えました。 矢賀部・八女市

肩叩《かたたた》き券《けん》 幼い頃、両親へのプレゼントは必ず肩叩き券でした。紙に「かたたたきけん」と書いて絵も描きました。のちの「かたもみけん」や「おてつだいけん」なども含めて、プレゼントした券はほ

カタカタ

歩行器

とんど使われず、母が大事にしまっていたものを大きくなってから見せてもらい、なつかしく感じました。岩倉・沼津市

ガタピシ窓 窓は建て付けの悪い木製のガラス戸でした。風の強い冬の日はガタピシ音を立てます。たいていは格子《こうし》で仕切られた小さなガラスがはまっていて、外の景色がゆがんで見えました。風の音も隙間風《すきまかぜ》も、ガラス越しのゆがんだ風景も、アルミサッシが普及してまたたく間に消えてしまいました。西岡・浦和市

カチカチ 「カチカチ」という音が聞こえると弟は飛び出して行きました。拍子木《ひょうしぎ》を鳴らして紙芝居屋《かみしばいや》さんが回って来たからです。ちょっとした街角で紙芝居が始まります。十円で水飴《みずあめ》やぺろぺろ飴を買って、なめながら紙芝居を見るのですが、外でお菓子を食べることは衛生上よくないと言われて私はあまり行けませんでした。小渡・静岡市

家畜《かちく》の世話 うちは農家でヤギや豚、ニワトリを飼っていました。ニワトリの餌にする貝殻をすりつぶしたり、菜《な》っ葉《ぱ》をバケツ一杯刻んだり、気が向いた時は熱心に手伝いました。家畜はかわいいところもありましたが、おかげで泊まりの家族旅行は一度も経験がありません。越阪部・所沢市

カチューシャ 新宿の「カチューシャ」という歌声喫茶によく行きました。皆で歌集を見て歌います。ロシア民謡や反戦の歌が多かったように思います。今でも『カチューシャ愛唱歌集全四巻』は大事に持っています。山本・府中市

鰹《かつお》のたたき 鰹のたたきを作るのは祖父の仕事でした。母の土佐の実家に夏休みに帰ると、朝早く魚市場に行って祖父が鰹を選びます。孫の私もついていきます。帰ったら広い庭で藁《わら》を燃やして鰹をあぶり、たたきにします。これ以上美味しいたたきは食べたことがありません。吉田・横浜市

鰹節削《かつおぶしけず》り器《き》 出汁《だし》は鰹節をかいてとるのですが、「削る向きが逆」と毎回母に叱《しか》られました。そばも茹《ゆ》であがり、さあ食べようという時、玄関ががらっとあいて叔母親子が。あぁ、また最初からやり直しです。小暮・船橋市

担《かつ》ぎ屋《や》さん 「行商人《ぎょうしょうにん》さんのこと」

学級委員 男の子が級長、女の子が副級長の時代、担任の先生の「票の多い方が級長でしょう」の言葉

で級長をやらされ、何かあるたびに代表で前に出たり、発表したりするのがいやでした。成績よりも人気投票だったのかもしれません。今でも前に出るのが苦手です。矢賀部・八女市

学級新聞　ろう紙《がみ》の升目《ますめ》に鉄筆《てっぴつ》でカリカリ書くのが好きで、よく引き受けて放課後の教室で作りました。版《はん》ができると、職員室の謄写《とうしゃ》版《ばん》にセットし、ローラーに黒いインクをべったりつけてころがします。ザラザラのわら半紙にちょうど良い加減で出るように、ていねいに刷《す》りました。越阪部・所沢市

学校のトイレ　もちろん汲み取《くと》り式でした。いくつか並んでいる女子用は、入口は別々でも下の便槽はつながっているので、風が吹くと冷気もさーっと通りぬけ、半端でない冷たさ。簀子板《すのこいた》の音もカーンと冷たく響きます。冬はお尻につらい季節でした。小暮・船橋市

合唱　先生が合唱祭の伴奏者を募集した時、つい手を挙げてしまいました。以前からピアノを習いたいと思っていたので母に話すと、即席練習を頼んでくれました。ピアノの先生の家で左手だけで弾《ひ》いてごらんと言われて三十分、次は右手だけと三十分。では両手で。弾けました！　翌日はクラスで本番です。「二小節の前奏のあとですよ」と説明したのに、私が弾き始めたとたん、全員がすぐ歌い始めてしまったのです。大声で元気に歌うので、伴奏とのズレに誰も気づきませんでした。小暮・船橋市

カッターナイフを研《と》ぐ　祖父が小刀と同じようにカッターナイフの刃を研いで使っていました。刃を折って使うものだと知ったのはだいぶ後のことです。風祭・高萩市

勝手口《かってぐち》　台所の勝手口には御用聞《ごようき》きが来ていました。行商《ぎょうしょう》の人たちもいました。「○○さんの家で子猫が生まれたらしいよ」などの会話を聞くのも楽しみでした。私が小学校に入った頃、勝手口は冷蔵庫置き場になりました。東・港区

割烹着《かっぽうぎ》　母は着物を着た時いつも割烹着をつけていました。作業しやすいように袖口にゴムが入っています。よそでお手伝いをする時の必需品でした。福井・本荘市

カッポン　空《あ》き缶《かん》を逆さにしてひもを通し、足を乗せてひもを片方ずつ引っぱりあげながら歩く手作りの玩具です。歩くとカッポン、カッポンと音がしました。竹馬《たけうま》に

まだ乗れない小さい子用でした。うちにはプラスチック製の既製品がありました。岩倉・沼津市

家庭麻雀《マージャン》 掘りごたつの上の盤をひっくりかえすと、緑のフェルト盤が現れます。両親と兄と私の四人の手で、ジャラジャラとパイを混ぜて始まりです。麻雀が少しずつ分かるようになると面白くて、トランプには見向きもせず、お正月休みは深夜まで家族でフィーバーしていました。加部・田辺市

家庭用かき氷器《ごおりき》 冷凍庫で作った氷をかき氷器にセットしてハンドルを回すと、刃が回転してシャリシャリと薄く削られた氷が出来上がります。ガラスの器に山盛りにして、素早くシロップをかけます。カルピス、小豆餡《あずきあん》と蜂蜜《はちみつ》、蜂蜜とレモン…。田中・西宮市

金靴屋《かなぐつや》さん 馬のひずめを守る蹄《てい》鉄《てつ》を作っている店もありました。馬車をひく馬や、薪《まき》や炭を背負う荷馬《にば》、田畑の耕作用の馬の蹄鉄です。新見・前橋市

金盥《かなだらい》［金属のたらい］ 裏庭には共同井戸場があって、四軒《よんけん》で使っていました。夏になるとバケツや金盥を家から持ち出して水をくみ、日向《ひなた》に並べてぬるま湯にします。木の盥《たらい》に移し、湯や水を足《た》して湯加減をととのえ、裸になって体を洗いました。新見・前橋市

金物屋《かなものや》さん 液体を瓶《びん》や口の狭い容器に移したりする漏斗《ろうと》は、醤《しょう》油《ゆ》や油、液体の量《はか》り売りの時に使っていました。やかんや鉄瓶《てつびん》、琺《ほう》瑯《ろう》の白い洗面器、金盥《かなだらい》、ジョウロ、小刀《こがたな》の金属の部分や鋸《のこぎり》、鏝《こて》等。台所の道具類はほとんど金物屋さんで買いました。小渡・静岡市

鐘《かね》の鳴《な》る丘《おか》［昭和22年7月から25年12月まで放送された菊田一夫原作のNHKのラジオドラマ］ 夕方になると茶の間で母が夕食を作る音を聞きながら、放送が始まるのを待っていました。復員兵士《ふくいんへいし》が戦災孤児の居場所づくりに奔走し、苦境の中でも明日に向かって進んでいく子供達の姿に勇気をもらった番組です。私は三歳、でもよく覚えています。菊池・横浜市

カブ号でお迎え 幼稚園の送迎はお母さんたち数人の交代で、行きはバス、帰りは歩き（三十分）でした。歩きで迎えに来るお母さんと自転車で迎えにくるお母さんといて、歩きだと、かばんを運んでもらえないので少しがっかり。私の母は時々、カブ号（ミニバイク）

で迎えに来ることがあり、後ろに誰が乗るかをめぐって、じゃんけん大会に。子供たちの小さな楽しみでした。 風祭・高萩市

壁《かべ》掛《か》け電話 廊下の柱に掛かっていました。見かけは四角でダイヤルは無し。左横にぶら下がっているのが受話器、まん中のラッパのような黒い筒が送話器、その上の金属のお碗を伏せたような二つの目玉が、局からの呼び出しベルです。使い方は、まず受話器を耳に当て、ラッパに向かって「松沢の９０５番です。渋川の○○番お願いします」と話し、いったん切ります。ベルが鳴ったら、受話器を取ると「渋川につなぎました」と交換手の声が聞こえ、続いて相手が出て「もし、も～し！」。大声で話しました。 林屋・世田谷区

かまくら作り 冬は雪が深く積もり、スキー、スケート、かまくらと遊びには事欠きません。屋根からの落雪や、除雪で積み上げた固く締《し》まった雪でかまくらを作りました。スコップで掘るのは結構な力仕事で、今思うと鋸《のこぎり》で切り出しブロックのように積み上げればよかったと思います。 島田・旭川市

カマス 畳一枚くらいの大きさの筵《むしろ》を、半折りにして、両脇を閉じた袋をカマスといいます。肥料はこのカマスに入れて売られていました。穀物を入れたりもしました。くたびれてきたら、土を入れて土嚢《どのう》にしました。 越阪部・所沢市

かまどでごはん炊《た》き 「はじめチヨロチョロなかパッパ赤子《あかご》泣いても蓋《ふた》取るな」と唱えながら祖母とかまどでご飯炊きをしました。火加減が難しく、ちょっと油断すると焦《こ》がしてしまいます。 矢賀部・八女市

紙《かみ》芝居《しばい》屋《や》さん 紙芝居屋さんの駄《だ》菓子《がし》は衛生的でないという理由から親に禁止されていた私は、紙芝居屋さんが来ると、こっそり見に行ったり、時にはついて行って迷子になってしまったこともありました。 今井・横浜市

カッポン

紙石鹸《かみせっけん》　うすっぺらくて数枚綴《つづ》り。大きさはマッチ箱くらい。ピンクや黄緑があり、きれいなので、使うことより、もっぱら溜《た》める方に気が向いていました。好きな女の子にあげるのです。加部・和歌山市

神棚《かみだな》　暮れの神棚には、スルメ、昆布、ミカン、繭玉《まゆだま》のようなものの他、縁起を担いだ食べ物が吊《つ》るされ、にぎやかでした。中林・前橋市

紙の着《き》せ替《か》え人形　少女雑誌の付録によく、厚紙の着せ替え人形がついていました。普段着《ふだんぎ》からドレスやバレリーナの衣装まで、女の子が憧れる服がいろいろ。切り抜いた人形と着せ替え服は、お菓子の缶に入れて集めていました。岩倉・沼津市

紙風船《かみふうせん》　季節の変わり目には富山の薬売りがやってきます。親たちが必要なものを買うと、次は子供たちの番。立方体の紙風船のおまけをくれました。クシュッとした柔らかな感触は、大切に扱わないと友達と長く遊べません。お互いに声をかけながら、暗くなるまで空に円を描きました。田中・西宮市

紙を綴《と》じる　工務店では、請負契約書を閉じる際には千枚通《せんまいどお》し（キリ）で穴をあけ、そこに紙縒《こよ》りを刺していました。一見弱そうにみえますが、案外丈夫。紙を紙で閉じるわけなので相性もよく、閉じた上から和紙でくるんで「ふのり」で糊《のり》づけしました。保存上も合理的なものでした。福井・本荘市

髪《かみ》を結《ゆ》う　幼い頃は母が毎日髪を結わえてくれました。ぎゅっとひっつめるので、目まで引っ張られるようでした。小学三年生頃からは、大きな鏡を前に、自分で毎日三十分ほど髪結いの時間。いつも気に入りませんでした。新見・前橋市

亀《かめ》の子束子《こたわし》㊔　井戸端にはいつも洗《あら》い桶《おけ》と亀の子たわし、磨《みが》き粉と石鹸《せっけん》がありました。かまどでごはんが炊《た》けると、お櫃《ひつ》に移して、すぐに羽釜《はがま》を洗います。中の焦《こ》げも、外側の煤《すす》も、亀の子たわしに磨き

紙風船

粉をつけて、ごしごしこすらないと落ちません。最後に手もごしごし。 越阪部・所沢市

鴨居《かもい》〔襖《ふすま》や障子《しょうじ》を動かす溝《みぞ》の呼び名は下が敷居《しきい》で上が鴨居〕 生家の鴨居の下端は五尺《ごしゃく》八寸《はっすん》なので、背が六尺《ろくしゃく》の叔父は、いつも鴨居に頭をぶつけていました。 小渡・静岡市

蚊帳《かや》 夏の夜は蚊が入ってくるので蚊帳を吊《つ》りました。蚊帳は蒸《む》すので、つい足などを蚊帳の外に出すと、あっというまに食《く》われてしまいます。蚊帳を吊っている最中に雷がおちて感電死したというこわい話も聞きました。 吉田・横浜市

蚊帳《かや》で遊ぶ うちの蚊帳は緑色で赤い縁《ふち》のついた六畳用でした。長押《なげし》掛《か》けにひもを六ヶ所かけます。少しゆるめに吊《つ》ると、中に寝ころがって足を蹴り上げてちょうど届く高さになります。兄妹《きょうだい》で蚊帳の天井を蹴っては、揺らして遊びました。上にボールやお手玉《てだま》を乗せて蹴りだす遊びもしました。 越阪部・所沢市

蚊帳《かや》の感触 麻の蚊帳の感触は独特で、忘れられません。真新しい蚊帳はシャキッとした手応《てごた》えのある肌触りですが、少し使い込むと何とも柔らかい優美なものに変わります。 鈴木・松阪市

蚊帳《かや》をたたむ 夏休みの朝、ラジオ体操から帰ってくると「さっさと蚊帳をたたんで朝の涼しいうちに勉強しなさい」と厳しく言われました。この蚊帳なるもの、子供が一人で片付けるには少々骨の折れるものでした。最初は兄と片方ずつ持ってそろえてたたんでいましたが、ふざけて遊んでしまったり、兄がいなくなったり。やがて壁の吊り手にうまく引っ掛けて、一人でもきれいにたためるように上達しました。 鈴木・松阪市

カラーテレビ カラーテレビを買った家に見せてもらいに行きました。テレビの値段を聞いたら二十万円、びっくりしました。もったいぶって、なかなかつけてくれま

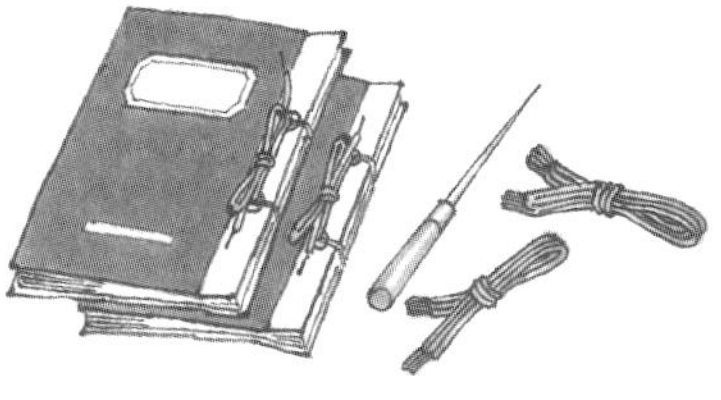

紙をとじるのに使う千枚通しとひも

せんでした。竹岡・天童市

唐草模様《からくさもよう》の風呂敷《ふろしき》　広げると畳二枚ほどの大きさな風呂敷で表面も裏面も同じ柄《がら》。布団など、まとめた荷物を包んで背中に背負《せお》い、前で結びます。昔はどの家にもあり、物を盗んでいく泥棒にも重宝されたということで「泥棒風呂敷」とも呼ばれました。福井・本荘市

烏口《からすぐち》　烏口は砥石《といし》で研《と》いで、墨入《すみい》れをしました。線一本引くにも緊張したものです。武藤・武蔵野市

ガラスの蝿取棒《はえとりぼう》　一mほどの細長いガラス管です。夜、父が子供達の寝ている四畳半にやってきて、天井に上端のロート部分を押し付けます。すると、天井に張り付いていたハエがスルスルと下端の球まで落ちてくるのです。何か美しい工芸品を見るように、布団の中でみとれていました。西岡・浦和市

空《から》っ風《かぜ》　群馬の空っ風はすさまじく、利根川の橋を渡る時、横風《よこかぜ》で自転車ごと飛ばされそうに。冬の校庭は風が吹くと固まった粘土質の上の砂利だけが波のように移動して波紋ができます。砂粒が飛んで顔にたたきつけ、痛くて目もあけられません。冬の夜道は濡れた手拭《てぬぐ》いが凍《こお》って棒のようになりました。新見・前橋市

カラン　初めて銭湯《せんとう》に行った時のことです。当時は、お湯と水の色分けの表示がなかったので、カラン(蛇口《じゃぐち》)をどのように扱ってよいものかわかりません。周りを見渡し、真似するように栓を強く押してみました。勢いよくお湯が出ましたが、水と湯加減を調整するのが大変でした。小渡・静岡市

刈《か》り上《あ》げ　頭にさわられるのが大嫌いでした。床屋《とこや》さんに行くと、ギャーギャー泣きわめくので、親も床屋さんも閉口して、短く刈り上げてしまうことにしたそうです。ワカメちゃんカットどころではなく、見た目は男の子。その頃の写真を見て「これは私じゃない」と次々とアルバムからはがしたことがあります。小暮・船橋市

刈《か》り上《あ》げ餅《もち》　旧暦の十月十日には秋の収穫を祝って餅つきをします。普通のお餅の他に、うるち米と大豆や近くの海で採った青海苔《あおのり》を入れた豆餅《まめもち》もつきました。手伝いながら、味見と称して豆餅をつまみ食《ぐ》いしました。風祭・高萩市

ガリ版《ばん》　学級新聞や修学旅行の文集もガリ版(謄写版《とうしゃばん》)で印刷しました。ろう引きの原紙は、鉄筆《てっぴつ》で筆

圧も強くガリガリと書かないと、印刷したとき字が薄れてしまいます。インクをローラーに塗り付け馴染《なじ》ませ、試し刷りをしてインクの出具合を見ながら印刷しましたが、手が汚れました。放課後、先生のお手伝いをしている感じが楽しかったのです。小渡・静岡市

かるた 昭和二十年代は「犬棒《いぬぼう》かるた」。私が知っていることわざはこのかるたで覚えたものです。三十年代になると「サザエさんかるた」や「都道府県かるた」など種類も豊富に。高校生の頃は「百人一首」。大人になっても数多くの和歌を諳《そら》んじているのは、百人一首のおかげです。林屋・世田谷区

カルピス㊔ お盆迎えで本家に集まると、白い冷たいカルピスが出ました。ふだんは麦茶なので、子供たちは大喜び。越阪部・所沢市

カルピスもどき 脱脂粉乳にクエン酸の粉末を入れるとカルピスのような飲物になりました。母は安上がりなおやつを一生懸命工夫してくれてたんですね。西岡・浦和市

カルメ焼《やき》［カルメラ］ 冬になると祖母はカルメを作ってくれました。銅製の平《ひら》たい丸型の小鍋に、ザラメと水を入れて煮詰め、泡立ってきたら箸《はし》に重曹《じゅうそう》を少し付けてかき混ぜると、プーッとふくらんでカルメができました。サクサクして美味しかった。新見・前橋市

川遊び 夏休みの川遊びは楽しみの一つでした。「気温が三十度を越したら行ってよかよ」と母に言われて、毎日、温度計を眺めていました(当時はひと夏に数日しか三十度を越える日がなかったのです)。矢賀部・八女市

川で洗う 川から水を引き込んだ水場《みずば》で、ほとんどの洗い物をしました。顔も洗ったし、歯もみがきました。大平・長野県 ↓P60図

川で泳ぐ ちょっと大きな川になると、ガラスの破片などがあり、足をケガしたこともあるので運動靴をはいて泳いでいました。もっと大きな利根川へは、おばさんに連れられて泳ぎに行きましたが、川幅が広すぎて深すぎて、こわがって泣いたものです。新見・前橋市

川にゴミを捨てる 家の近くに放水路があり、橋の上から皆ここにゴミを捨てていました。ナスやトマトなどの野菜屑《やさいくず》ならまだしも、猫や犬の死骸も一緒に流れてきて、川岸の木に引っかかっていました。新見・前橋市

川へ洗濯に　田舎で過ごす夏休みは、いとこ達と川に行く時はいつもお婆さんと一緒です。お婆さんは洗濯しながら瓶《びん》から口《くち》のみでお酒を飲んでいました。新見・前橋市

簡易舗装《かんいほそう》　家の南側前面の県道は、砂利道でした。その後、簡易舗装になり、でこぼこがなくなり、歩きやすくなりました。砂利道の時はリヤカーや時々馬が荷車をひいていることもありました。簡易舗装は、ごく一般的な舗装です。現在の舗装工事のように、交通量などを考慮しての舗装はされていませんでした。岡村・柏市

カンカン帽《ぼう》　「男性用の麦わら帽子。上が平《たい》らで硬く、たたくと音がする」

寒行《かんぎょう》　寒さが一段ときびしい頃のこと、あたりがすっかり暗くなり、明《あ》かりに吸い寄せられるように遠くから太鼓を打ち鳴らす音が近づくと、店の前が急ににぎやかになりました。和尚さんと檀家《だんか》の人たちが、寒行と称して家々を回ってきたのです。「寒さの中をよう来てくださった」と母は甘酒を出してねぎらい、いっとき言葉を交わすと、白装束の一団は次の檀家をめざして去って行きました。岸・平塚市

缶蹴《かんけ》り　坂のまん中あたりに空《あ》き缶《かん》を置いて蹴ります。鬼が缶を元に戻すのが大変なように、できるだけ遠くまで蹴ってから隠れます。ところが坂なので、缶はコロコロころがって、アスファルト道路へ。車に跳ねられては大変。親達に見つかれば大目玉でした。そのうち缶は坂の上に向かって蹴るようになりました。菊池・新宿区

かんじき　祖父が雪深い所にごちそうの雉《きじ》を捕りに行くというので、一緒に行きたいと言ったら、一晩で子供用のかんじきを編んでくれました。山の中のふかふかの雪でも歩けます。祖父の家から帰ると、雉の羽を帽子にさし、見せびらかしました。竹岡・天童市

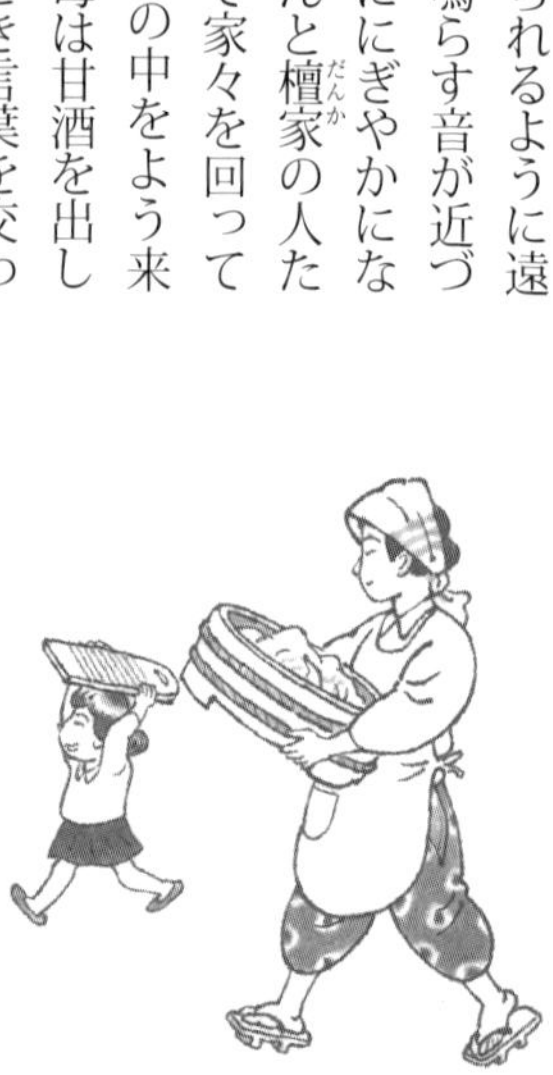
川へ洗濯に

元日《がんじつ》の朝 四人の娘に晴れ着を着せようと母は大忙しでした。子供たちは足袋《たび》をはき、お腰《こし》をつけ、肌襦袢《はだじゅばん》を着て、母が着物を着せてくれるのを待ちます。時には京都で買い求めたぽっくりをはかせてもらいました。岸・平塚市

官舎《かんしゃ》 青山の官舎は、四畳半の茶の間、六畳の寝室、廊下を少し広くしたような洋室、三畳の書斎に台所と浴室とトイレの簡素な家でした。その前に住んでいた四谷の家の部材を運んで建てたと両親から聞きました。暖房も掘りごたつだけでした。東・港区 ↓P164図

官舎《かんしゃ》の敷地《しきち》 官舎は建物に比べて敷地にはゆとりがあったおかげで、庭には春のツツジから始まり、アジサイ、コスモス、菊、水仙と一年中花が咲いていました。特に隣家との敷地境界にあったケヤキの木は大きな存在でした。私は、居間の窓のそばに寝ころんでは、飽きることなくぼーっとその木を眺めていました。杉山・小平市

閑所《かんじょ》 路地《ろじ》のことを「かんじょ(閑所)」と言っていました。一間《いっけん》ほどの狭い裏道です。閑所は車が通らないので子供が遊ぶには良いのですが、静かな分、また行き止まりになっているところも多く、治安の心配がありました。木村・名古屋市

乾燥芋《かんそういも》 蒸《ふ》かした芋を、卵をスライスするのと同じ要領でピアノ線でスライスして均等の厚みにし、庭に腰ほどの高さの台を組んで、芋を並べて干します。完全に乾燥すると、白い粉を噴《ふ》いて固くなり、長く保存がききますが、蒸かしてか、少し乾燥し始めたくらいが美味しいので、ついつい、手伝いながら、つまみ食《ぐ》いをしていました。風祭・高萩市

カンダハー スキー板は竹スキー、カンダハー、金具付と成長に応じて替えてゆくものでした。長く愛用したカンダハーは靴の踵《かかと》が浮くので、本来は歩くスキー用ですが、ジャンプも回転もこれ一本で

ソフト帽

カンカン帽

やってしまいます。エッジがなく、横向きにも滑《すべ》る原始的なものでした。金具付きは踵を固定し、エッジ付き。ちょっと大人びた気分で滑りました。　島田・旭川市

寒天《かんてん》のデザート　友達が来るお誕生日やクリスマスには、真ん中に缶詰のみかんの実を入れた紅白の寒天のデザートが付きました。夏休みのおやつにもしばしば登場。冷たく甘酸《あまず》っぱい寒天が喉もとをスルリと通ると、この頃を思い出します。　加部・田辺市

鉋屑《かんなくず》　四軒長屋《よんけんながや》の右隣は建具屋《たてぐや》さんでした。仕事場はいつもあいていて、おじさんが愉《たの》しそうに木を削っているそばに行き、鉋から出てくる、くるくる巻いた鉋くずや木っ端《こっぱ》で手遊びをしました。おじさんは煙管《きせる》にたばこを詰め、残り火で火をつけて美味しそうに吸っていました。邪魔するなとかよそに行け、と言われたことはありません。　新見・前橋市

閂《かんぬき》　便所の入り口は木のドアで桟《さん》があり、そのうちの一本が横にスライドして鍵がかかる「かんぬき」でした。　矢賀部・八女市

看板屋《かんばんや》さん　母方の実家は看板屋で、一階の作業場はペンキの匂いがしました。中学校の部活で、チームメイトのゼッケンを描いてもらったのですが、とても評判が良く、私も自慢でした。　風祭・高萩市

乾布摩擦《かんぷまさつ》　幼稚園の頃、たたんだ着替えとタオルを枕元に置いておき、朝起きた時に裸になってタオルで全身をこすりました。体が丈夫になるということでやっていましたが、寒くて面倒ですぐやめてしまいました。　岩倉・沼津市

き

キー水栓《すいせん》　市の共同水汲《みずく》み場《ば》では水栓の頭が抜き取れるキー型になっていて、班長さんの家に置いてありました。井戸水が細る渇水期には、その鍵を借りてリヤカーに水桶《みずおけ》を乗せて水汲みに行きました。　越阪部・所沢市

きいちのぬりえ［独特のタッチで少女たちの夢や憧れの風俗を描いた蔦《つた》谷《や》喜《き》一《いち》の作品］　ぬり絵に没頭していました。「傘屋のえっちゃんの店」から買って来て、その日のうちにワンセットをぬり上げてまた買いに行くという毎日でした。ハガキの二倍くらいの大きさの薄紙に印刷されていて、確か八枚一組五円でした。　菊池・新宿区

希塩酸《きえんさん》　小便器やキンカクシ（汲《く》み取り用和便器）に白い膜が付くと、

母は希塩酸を使って、長柄《ながえ》のブラシでこすりました。シュワシュワしたひどい臭《にお》いがします。塩酸は危険なので子供は遠ざけられました。越阪部・所沢市

器械運動 小学校では跳び箱・マット・鉄棒の三種目の器械運動大会がありました。三人の先生が五点ずつ合計十五点満点で評価します。私は、跳び箱は跳べたり跳べなかったり不安定で、マットは苦手でしたが、鉄棒は好きでした。もともと体育は苦手なのに自己最高得点十四点を獲得できた時はうれしかったです。岩倉・沼津市

汽車 母の里は山形でした。毎年夏休みになると、上野から汽車に乗り込みました。煙を吐きながら走る蒸気機関車です。郡山駅ではいつ発車するかとドキドキしながら、お弁当とお茶を車窓から買います。トンネルを通過する時には乗り合わせた乗客全員で、「せーの」とタイミングをはかって窓を閉めます。タイミングが合わないと顔が煤《すす》だらけになってしまうのでスリル満点でした。母は、いまだに新幹線を「汽車」と表現することがあります。松本・北区

汽車食《く》われ 汽車に人がひかれることを、こう言っていました。近くの踏切では接触・巻き込まれ・飛び込み等事故がたくさんあり、近所のおばさんが汽車に飛び込んだ時は、板の上に載せられ、筵《むしろ》が掛けられて、枕が血に染まっていました。新見・前橋市

きしゃご［おはじき］ じゃんけんに一番勝った人が長靴の踵《かかと》で雪を固め、穴を作ります。先ず一人十個ずつ出します。じゃんけんで勝った順番で全部のおはじきを穴に投げ、入った分だけもらえます。下手が多いと何回も順番が回ってきます。竹岡・天童市

生《き》地《じ》屋《や》さん 季節の変わり目にはスーツやワンピース、ブラウスを母が作ってくれました。二人でスタイルブックを見て形を決め、生

きいちのぬりえ

地屋さんに行きます。意見が合わない事もしばしば、結局、私の好きな生地に決定。母が亡くなって既製品を着るしかなくなった時は、どうやって服を選んでいいのか戸惑いました。加部・田辺市

汽車のお弁当　夏休みに母の実家に行く時、汽車で食べるお弁当は母の手作りのおにぎりと糠漬《ぬかづけ》に牛肉の大和煮の缶詰、駅で買った冷凍みかんに決まっていました。大阪からの帰りのお弁当は、おにぎりに必ず奈良漬がついていました。奈良漬を食べるたびに子供の頃の夏休みを思い出します。東・港区

汽車便《きしゃべん》　わが家のトイレは、入るとタイル張りの床が途中から三十cmほど高くなっていて、上がった床に和式便器がついていました。男子用の小便器を設けずにすむ男女兼用のトイレとして登場したものです。汽車のトイレでまず採用されたので「汽車便」と呼ばれたそうです。西岡・浦和市

キスシーン　テレビを家族みんなで見ている時、キスシーンやラブシーンがあると、目をそらしたり、関係ない話をしたり…興味津々なのに、見ていなかったふり。そんな時代でした。矢賀部・八女市

既製服《きせいふく》　既成のプリーツスカートは魅力的でした。フレアースカートにプリーツが付いた感じで、バイヤス使いのプリーツの線が座っても崩れず、歩くだけで優雅な感じです。私の服を作ってくれていた叔母は、洋服を誂《あつら》える時代はもう終わるだろうと話していました。小渡・静岡市

煙管《きせる》　祖父はお酒が好きで、そばにはいつも日本酒の一升瓶《いっしょうびん》がありました。食後は煙管に火をつけ、縁側《えんがわ》に座って美味しそうに煙草をふかしていた姿を思い出します。糸井・太田市　↓P61図

煙管《きせる》の掃除　祖父は煙管を愛用していつも帯にはさんでいました。煙管の掃除には紙縒《こよ》りが必要です。高級化粧紙を縦に裂いて指につばをつけて親指と人さし指でねじってつくり、一本ずつ煙管の穴にさし込むのですが、途中で折れ曲がってしまうことも。うまく通ると手応《てごた》えがちがいます。何度も繰り返して、ニコチンの色がだんだん薄くなれば終了。福井・本荘市

狐《きつね》の襟巻《えりまき》　田畑には害獣駆除のための罠《わな》を仕掛けていました。狸《たぬき》は剝製《はくせい》に、狐《きつね》は襟巻になって帰ってきました。狐の襟巻の出番は

少なかったのですが、時々タンスから出して遊びました。風祭・高萩市

切符の切りかす　改札口で駅員さんがリズミカルな音をたてて乗車券(切符)にハサミを入れています。改札用のハサミは先端がアルファベットや記号を思わせる形をしていました。切符が厚紙でできていた頃は改札口の小判型のブースの中は切符の小さな切りかすでいっぱい。「それちょうだい」と言ったら駅員さんがたくさんくれたので大事に握って帰りました。家では、あっという間にゴミ箱に捨てられてしまいました。菊池・新宿区

きぬかつぎ　おやつは畑で採《と》れた茹《ゆ》でたての里芋《さといも》がザルに大盛りです。孫芋は小さくて、お尻の皮をつまんで押すと、上からちゅるりと飛び出し、先っぽにお醤油《しょうゆ》をちょいとつけて、はふはふ食べます。ねっとり甘くて美味しくて、絹の上で少し焦《こ》がすと皮がパリッとします。お料理雑誌では、お味噌とゴマをのせて「きぬかつぎ」という名で深い小鉢に並んでいました。越阪部・所沢市

絹の靴下　母のタンスの小引出しに、宝物のように大事に入っていました。父が東京に出張した時のお土産です。履《は》かれることはなかったのでは？　矢賀部・八女市

木登り　近所の公園で一人で木に登って下の通りを眺めていたら、誰一人気がつかないのが面白くて、それ以来、長い時間木の上に座っていました。西岡・浦和市

着《き》回《まわ》す　祖母が着道楽《きどうらく》で目利《めき》きだったおかげで、祖母が選んだお宮参りの着物などは、孫やひ孫の四人で着回すことができました。祖母の着物は、私が作務衣《さむえ》として仕事着にしています。小渡・静岡市

君の名は　[菊田一夫原作のラジオドラマ]　官舎には共同浴場があり、『君の名は』や『氷点』(旭川が舞台)の放送前後はラッシュでした。洗い場の水栓にたどり着けないので、湯船の湯を汲《く》んで洗っていました。釜焚《かまた》きのおじさんは湯船の追《お》い焚《だ》きに大《おお》わらわで、燃料のコークスをガンガンくべて、時々「湯加減どうだぁ？」と通用口から叫んでいました。島田・旭川市

着物　幼い頃はお正月など、着物をよく着ました。四《よ》つ身《み》の着物は一反《いったん》で私と妹の二人分が採れるので、お揃《そろ》いです。黄八丈《きはちじょう》のような色柄《いろがら》のウールの着物がお気に入りで数年着続け、その後二人分を

併せて一枚の半纏《はんてん》に仕立て直してまた着ました。越阪部・所沢市

ギャザースカート　筒状に縫ってゴムひもを入れただけのギャザースカートは、縫うのが簡単だったらしく、いろんな木綿のプリント生地《きじ》で母に作ってもらいました。駅の近くの安い生地屋さんには、巻いた木綿のプリント生地がうず高く積んであり、見るだけで楽しかった！　西岡・浦和市

脚絆《きゃはん》　土起こしなどの畑仕事をする時は、動きやすいように、祖父や父は地下足袋《じかたび》の上からすねまできっちり脚絆を巻きました。カーキ色の木綿の布で、片側にひもがついていました。越阪部・所沢市

キャラコ　木綿のすべすべした白い布のことです。エプロンや袋、掛布団のカバーなどにしました。シーツはもう少し粗《あら》い、天竺木綿《てんじくもめん》でした。越阪部・所沢市

キャラメル　父のお土産はグリコのアーモンドキャラメルでした。一粒で二度美味しい、がキャッチフレーズの。矢賀部・八女市

キャンプ　キャンピングカーを借りて戸隠高原へ行きました。テントを張っての自炊生活。夜、真っ暗闇の中で、小さなランプ一つで、ちょっとこわいような楽しい語らいの時間。子供の記憶に残るのは、自然や家族と触れ合う、こんなささやかな出来事なのではないでしょうか。岡部・浦和市

給食　山形は給食の開始が早かった県です。最初は、アルマイトの器に脱脂《だっし》ミルクだけでした。放課後に給食室に行くと、固まった脱脂ミルクをもらえます。甘くないミルクケーキのようなものですが美味しくかじりました。竹岡・天童市

給食がない　市のどの学校にも給食がなく、お昼はいったん帰宅して家で食べました。兄も私も午前中の出来事を両親に聞いてもらおうと忙しくしゃべりまくるので「女の子なんだから、ゆっくり話さなあかん」と父によく注意され

給食

ました。食後は急いで時間割をそろえ、再登校です。加部・田辺市

給食の布巾《ふきん》 小学校の給食には、トレイに敷く布巾と口ふき用の布巾が毎日必要でした。まだキャラクターグッズなどなかった時代、母が晒《さらし》にうさこちゃんの刺繍《ししゅう》をして持たせてくれた布巾は私の宝物となり、使わなくなったあとも処分せず、大事に持っていました。岩倉・沼津市

給食袋 布製の巾着《きんちゃく》袋で、母が作ってくれました。小学三年生くらいまでは、この袋に、大中二枚のアルマイトのお皿とお椀を入れてランドセルの脇にぶらさげ、毎日持ち帰って洗い、翌日持っていきました。東・港区

給食を届ける 脚気《かっけ》でよく休む男の子に給食のパンを届けた後、気になってのぞくと、小さい妹や弟たちとお母さんとの夕食は、菓子パンだけでした。これでは栄養が偏るし割高だから、食パンにバターと野菜やハムを買った方がいいのにと家で話すと、母は「バターを買っておく余裕がないうちでは、仕方ないんだよ」。小暮・船橋市

牛肉 おじが獣医だったので、時々ケガで殺してしまった牛の肉を、どっさり持ってきてくれました。おいしいお肉だと言われても、うちの家族は牛肉はあまり食べませんでした。大平・長野県

牛乳 お風呂は、台所と茶の間の間にあり、台所側の小窓《こまど》から母に牛乳をもらいました。お風呂に入りながら飲む牛乳は特別おいしく、台所仕事をする母とたわいもない話をしたり、その背中を見ていました。羽沢・佐野市

牛乳配達 ギーという自転車の音と、瓶《びん》と瓶がぶつかり合う音と共に、毎朝、牛乳配達のおじさんがやって来ました。門の外に取り付けた木製の牛乳受けにコトンと入れて、前の日の空《あ》き瓶《びん》を回収していきます。時々、おじさんが牛乳が入った箱を何段も重ねて力強く

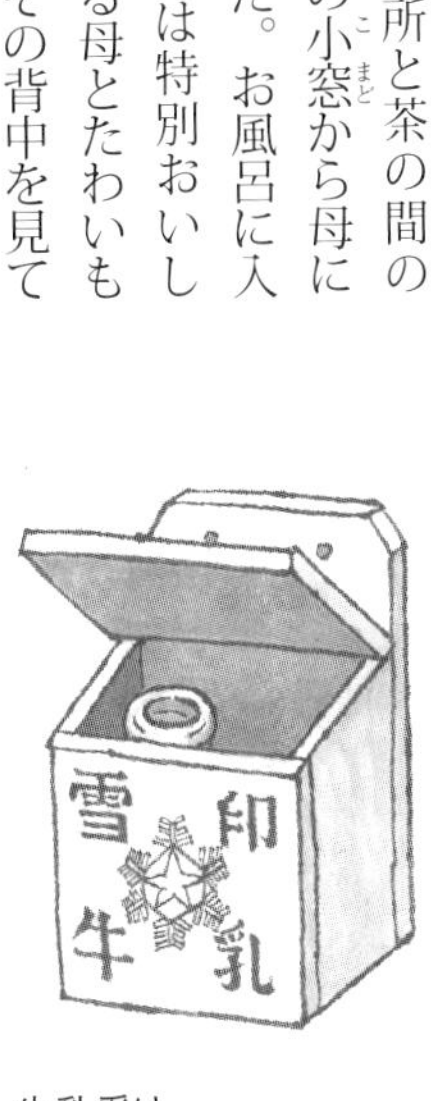

牛乳受け

牛乳瓶のふたあけ

ペダルをこぐ所を道で見かけ「何軒回るのかなぁ」と感心して見ていました。　田中・西宮市

牛乳瓶　牛乳は一本二十円、瓶《びん》を返すと十円。空《あ》き瓶《びん》を見つけると売りに行きました。　竹岡・天童市

牛乳瓶の蓋開《ふたあ》け　毎朝配達される瓶の牛乳は、太い針がついた蓋《ふた》開《あ》けを刺してあけていました。この蓋開けには、針先を保護するプラスチック製の丸い輪もついていました。あけた蓋はとっておいて、片面を黒く塗ってオセロゲームで遊んだり、工作に使ったりしました。　岩倉・沼津市

教育映画　小学校の時、学年で列を組んで映画を観《み》に行きました。ディズニー映画『砂漠は生きている』では雨季に一斉に花が咲く画像に歓声をあげ、『路傍の石』では鉄橋にぶら下がる吾一の悲しみを知り、『マナスルに立つ』では、なぜあんな危険なことをするんだろう。やめておけばいいのにと、小心者の私は思いました。　新見・前橋市

教員宿舎　父が赴任した尾花沢の小学校では、そばに三軒長屋の宿舎があり、右が校長・真ん中が教師(私の父)・左が小使《こづか》いさんの家でした。役職差別は皆無、みんな平等です。宿直室のお風呂も、入る順番は交代で対等。最後に入る仕舞風呂《しまいぶろ》は宿直の先生でした。　竹岡・天童市

経木《きょうぎ》　お肉屋さんでフライを買うと、経木のへりをピッと裂いてヒモを作り、経木の上に揚がったカツやメンチをずり落ちないよう向きを変えながら並べてくれます。経木の細ヒモは、今にもほどけて折れてしまいそう。揚げたてのフライは熱くて、落としちゃ大変と急いで帰りました。　菊池・新宿区

餃子《ぎょうざ》の日　練ったうどん粉《こ》を母が手回しの機械にかけて伸ばし、生《き》地《じ》が新聞紙の上に広げられると、さぁ、私と弟の出番です。片端からお茶筒の蓋《ふた》で生地を丸くぬいていきます。水餃子の日は二間《ふたま》一杯に新聞紙を広げ、手も足も粉だらけになりました。　小暮・船橋市

教室で立たされる　忘れ物や授業中のおしゃべりが重なると、立たされました。立たされるのはほとんどが男子です。黒板に「今週立たされた人」の一覧があり、参観に来た母に見つかり、「他はみんな男の子じゃないの！」という叱《しか》られ方をしました。　西岡・浦和市

教室の鶏《にわとり》　教室で真っ白なニワト

リを飼っていました。よく慣れていて、皆が代わりばんこに抱っこしてもおとなしく、教室を出たり入ったり自由に動き回っていました。六年生になると、ニワトリは五年生のクラスに付属すると言われ、お別れしました。西岡・浦和市

行商《ぎょうしょう》 小学生の頃、千葉のおばさんが、畑で取れた野菜や果物の入った籠《かご》を背負って来ていました。パンツのゴムひもなどを売りに来る人もいました。上野・大田区

行商列車《ぎょうしょうれっしゃ》 先頭に大きく「荷」という文字を掲げた列車は、千葉と東京を結んだ京成電鉄の行商専用列車です。一般の乗客は乗れません。数十キロの荷を担《かつ》ぐ行商のおばさんたちが乗り込み、豪快に談笑しながら、荷を交換したり、おかずを分け合ったりしている姿がホームから見えました。大きなお弁当箱に白いごはんがぎっしり。ドカ弁です。おばさんたちの活力の元はこれなんだ！ 小暮・船橋市

行水《ぎょうずい》 冷房のない時代には、夏の家事は重労働だったことでしょう。母は盥《たらい》で行水をしていました。サワラの垣根の向こうに御用聞きのお兄ちゃんが通ったらしく、「あら、見られたかしら」などと言いながら汗を洗い流していました。吉田・武蔵野市

鏡台《きょうだい》 幼い頃、母と同じ寝室で寝ていました。先に起きた母は身支度を整え、鏡台の前に座って化粧を済ませると、襟元を合わせてから、鏡を必ず布で拭いてカバーを下ろします。そんな母を布団の中から見ていました。芳村・浦和市

きょうだい 三人きょうだいは家の中ではけんかばかりしているのに、外では、姉ちゃんの私が泣かされると下の二人も泣き出し、妹や弟が泣かされると、私が二人をかばいました。新見・前橋市

兄弟げんか《きょうだいげんか》 おやつの時間になると、釣瓶《つるべ》井戸で冷やしたスイカを引き上げて皆で食べました。あまり冷えていないと文句をいって兄

行水

弟げんかが始まると、昔は祖父が怒って庭石にスイカをたたきつけて割ってしまったものだという話を父がして、私たちをいさめました。　吉田・武蔵野市

姉妹《きょうだい》げんか　三歳ちがいの妹は、何をやっても私に勝てず悔しかったのか、腕に噛みついてきたことがあります。歯形を付けられ血がにじみ、あまりの痛さに泣き出し、それ以来、妹には逆らわないようにしました。　矢賀部・八女市

姉妹《きょうだい》げんか　二つ上の姉には、口げんかや手を出したぐらいでは敵《かな》いません。一回たたいたら二倍三倍の強さで返ってきます。そこで最後の手段とばかりにガブッと腕に噛みつき、初めてけんかで勝ちました。　風祭・高萩市

鏡台《きょうだい》のカバー　畳の部屋に鏡台が置いてありました。鏡の前に手乗りインコを置くと、インコは自分の姿にびっくりしますが、そこですかさず布製のカバーをかけると必死で登りだすのが面白くて、よく遊びました。　岩倉・沼津市

蟯虫《ぎょうちゅう》検査　セロファンを剝《は》がし、粘着面のある紙を朝起きた時にお尻に付着させ、提出しました。学校で見せられた標本(あるいは写真)で、お腹《なか》の中にいろんな寄生虫がいると知り驚きました。サナダムシがお腹の中で成長すると腸を食べてしまうと聞いて、ちゃんと検査しなくてはと思ったものでした。　上野・川崎市

共同井戸　隣家と共同で使う屋根付きの井戸で、母が魚をおろしたり洗濯したり、隣のおばさんがうどんを何回も水に晒《さら》したり、お米を研《と》いだり。私は井戸汲《く》みの手伝いをしながら見ているだけでしたが、一人暮らしを始めた時、魚をおろすことができたのでびっくり。小学生の頃見ていた手順が頭に入っていたのです。　浜田・神奈川県

共同風呂　終戦から三年後、父が中学校の教師の職を得て教員住宅に移り、私が生まれました。東西に逆転した同じ間取《まど》りの二軒長屋《にけんながや》で、風呂も井戸も二軒に一つでした。風呂は五右衛門《ごえもん》で真ん中にあり、風呂場とそれぞれの家は板《いた》の間《ま》でつながっていました。子供たちの歌声や、数を数える声など筒抜けでにぎやかでした。交替で入りましたが、六人家族の私の家の方が騒がしかったことは確かです。　鈴木・松阪市　↓P165図

きょうの料理　祖母はＮＨＫのテ

レビ番組『きょうの料理』を見てレパートリーを増やし、いろいろ(オムレッツの大判焼きとか)作ってくれました。 説田・今治市

桐《きり》のタンス　庭の奥まった所にザクロの木と屋敷稲荷《やしきいなり》がありました。その脇に姉と私のためにと桐の木が植えられました。結婚する時に持たせるタンスをつくるためでしたが、その後、引っ越したので実現しませんでした。 中林・前橋市

霧《きり》吹《ふ》き　スチームアイロンがまだない時代は、布に湿り気を与えてからアイロンをかけました。木綿物は直接全体に霧吹きでシュッシュと。ウールとか絹などは固く絞《しぼ》った濡れ手拭《てぬぐい》を当て、その上から。じゅわっと蒸気が立って手拭がアイロン型に乾くのが面白い。 越阪部・所沢市

金魚《きんぎょ》じょうろ　お風呂には赤い金魚のブリキの玩具がありました。家族で海水浴へ行った時のセピア色の写真の中でも、父に抱かれた幼い私が手に持っています。 田中・名古屋市

金魚のお墓　ある日、飼っていた金魚が浮かんでいました。そっとすくって木の根元にお墓を作ってあげました。翌日掘り起こして変化を確かめましたが一日では骨になっていませんでした。 矢賀部・八女市

金魚の糞《ふん》　わが家は大所帯で母も心労がたたり病弱でした。末っ子の私は母が心配で、買い物でも、回覧板置きでも、いつも母にくっついて行くので「金魚の糞ね」と言われていました。 中林・前橋市

金魚の水替《みずか》え　金魚の水替えも私の仕事でした。金盥《かなだらい》に井戸水をため、半日くらい置いてから使いました。 小渡・静岡市

金魚屋さん　♪「きんぎょ〜え、きんぎょ〜〜」。リヤカーに水槽を十個ほど積んで、高級魚から安い金魚まで、多種類の金魚を売りに来ました。見るだけでも楽しかった。金魚を買うと、水草《みずくさ》はおまけにくれました。 林屋・世田谷区

金魚じょうろ

金庫　商売で大事なものを入れてある手提げ金庫は、火事の時は忘れずに持って逃げることになっていました。福井・本荘市

近所のお医者さん　ちょっと熱が高いと、母は往診を頼みました。お医者さんは必ず聴診器を胸と背中にあて、さらに寝かせてお腹《なか》をさすって、何しろ触診をよくしてくれました。時には、喉《のど》、耳も診《み》て、たまに脚気《かっけ》検査の木槌《きづち》で膝をポン！　林屋・世田谷区

近所のお爺《じい》さん　いたずら好きの私はキャラメルの空《あ》き箱に小石を入れ、道路に落としておきました。近所のおじいちゃんが拾うのを、友達と隠れて見て楽しむのです。矢賀部・八女市

近所のお婆《ばあ》さん　よく里芋《さといも》をふかしてくれました。お醤油《しょうゆ》をちょっと垂らして食べます。美味しいこと。お雛様《ひなさま》の整理をしたとかで、土のお雛様をひとついただきました。立《た》ち雛《びな》です。まだ自分のお雛様をもっていなかった頃なので、うれしくて大事にしていました。吉田・武蔵野市

金太郎の腹掛《はらが》け　夏は、子供はパンツ一枚で、祖母の作った金太郎の腹掛けをつけました。半割の竹を斜めにして、そうめん流しのように上から水をかけ、プラスチックのアヒルや金魚などを盥《たらい》に流して遊びました。小渡・静岡市

く

空襲《くうしゅう》　昭和二十年、母は出産のために茅ケ崎の実家に里帰りしていました。その間に横浜のわが家は空襲で焼失。私が産まれて一か月後のことでした。今井・横浜市

区画整理　区画整理の対象になった私の家では、どこを陣取るかの話し合いに時間がかかりました。「区画整理なんて市の儲《もう》けになるばかりで、ちっとも良いことない」と大人達は言っていました。良かったことは、大雨の時いつも床下・床上浸水していた家は、それ以降被害が無くなったことです。街は歩道が付き、街路樹も植えられてきれいになりましたが、代わりに、子供の遊び場や職人の家が無くなっていきました。新見・前橋市

釘差《くぎさ》し　遊びです。数人で順番に五寸釘《ごすんくぎ》を地面に投げ、突き立てます。自分の打った点を線で結んでいき、互いの線が交差しないよう輪を描きながら少しずつ縮めていき、線を横切ったり、通り抜けられなくなったら負け。地面にぐさ

りと突き刺さる手応《てごた》えが気持ち良かった！　越阪部・所沢市

茎拾《くきひろ》い　六月の梅雨時、本家の座敷にずらりと机が並べられ、茎拾いがありました。出来上がったお茶からゴミや茎を拾い分ける手仕事で、女の仕事でした。建具《たてぐ》が取り払われた軒先で、雨だれがカーテンになっていた景色が目に焼き付いています。越阪部・所沢市

草で遊ぶ　オオバコの茎を絡《から》ませて引き合う草相撲《くさずもう》、オオバコの葉を引きちぎり、葉脈が何本残るかで占った今日の吉凶《きっきょう》、スズメノテッポウで草笛《くさぶえ》、ジャノヒゲやアオキの実の芯はコンクリートに投げるとわずかに弾《はず》んで。カラスビシャクに土を詰めたり、ナンテンの軸をきつく腕に押し付けて痕《あと》をつける注射、ヤツデの実を爪で輪切りにして切り口がきれいだとうれしかったり。越阪部・所沢市

草を編む　篠竹《しのだけ》の芽先だけ集めて亀や草履《ぞうり》を編みました。麦わらは放射状に並べて折り返しながら籠《かご》を編みます。メヒシバは穂先を結んで傘にして開いたり閉じたり。カラスムギは穂を広げてツバメ。シロツメクサを花冠《はなかんむり》に編んで、家に凱旋しました。越阪部・所沢市

くじやさん　近所にこう呼ばれていたお店がありました。一回数十円でくじを引くと景品（駄菓子《だがし》やグッズ）がもらえるので、小学生がたむろしていました。ある日、どうしても欲しい景品があった私は、おこづかいを使い果たすまでくじを引き続け、はずれの同じ景品をたくさん持ち帰り、母にとがめられると「だって一生懸命やったんだもん！」と反論して、さらに叱《しか》られました。岩倉・沼津市

鯨尺《くじらじゃく》［和裁《わさい》で使われる寸法《すんぽう》。一尺が約三十八cm］　洋裁をしていた叔母はセンチメートルのメジャーを使っていましたが、布を買うときはヤールでした。そのため片側にセンチ、もう一つの側に尺の印がある竹の物差しを使っていました。何寸何分《なんすんなんぶ》の話になると、和裁をよくする祖母の話は鯨尺でした。母はよく「それは鯨《くじら》ですか？」と祖母に確認していました。小渡・静岡市

屑石炭《くずせきたん》　祖父は戦争から帰ってから炭鉱で働いていました。炭坑から石炭のクズをもらってきて、七《しち》輪《りん》の燃料に使っていました。七輪に火をつける時は、新聞紙と松などの木に最初に火をつけて消し炭《けずみ》を入れ、それから石炭をくべます。

石炭は重いので、うまくバランスを取りながらくべないといけません。風祭・高萩市

屑屋《くずや》さん 官舎には、時々屑屋さんが来て、小さくなって色褪《あ》せた子供服などを買っていきました。重さは天秤秤《てんびんばかり》で量《はか》っていました。手拭《てぬぐい》の姉さんかぶりにもんぺをはいて、母より少し年上の女性でしたが、鼻筋の通った面長な顔立ちで、上品で美しい人だと思いました。なんでこの人がこの仕事を？と不思議でした。いつも、母と少し話をしてから帰っていきました。檜垣・呉市

くたくた「手に持って底を押すと犬がへにゃりと倒れ込む玩具。手を放すとしゃきっと元に戻る。プラスチック製で駄菓子屋で買えた」

果物屋さん 果物だけを扱っている店は珍しく、そこのおじさんは、「夏のスイカとメロンで儲《もう》けないと食《く》っていけなかった。桃はすぐ傷《いた》むし味が薄かったりするので、砂糖煮にして売っていた。当時の保健所はうるさくなかった」と話してくれました。新見・前橋市

口止《くちど》め料 四人の異母兄のうち一番下の兄は六歳上で、いたずらで近所の餓鬼大将《がきだいしょう》。親の留守にこたつで甘酒を作ったり、縁《えん》の下《した》や押入れを探るのも得意。「母ちゃんには言うなよ」が口癖で、私の手に大きな梅のシロップ漬《づけ》を載せてくれました。小暮・船橋市

口紅 母のお化粧の最後は、小指の先で口紅をとり、上唇に塗ります。それから上下の唇を擦《す》り合わせ、息を止めてパッ。今日のお母さんの出来上がり。新見・前橋市

靴下止《くつしたど》め スカートに厚手の肌色の長靴下《ながくつした》と毛糸のパンツ、それが冬の女の子の定番でした。長靴下は腿《もも》まで引き上げて靴下止めで押さえます。真っ赤なフリルのついた靴下止めを母にせがんで買ってもらい、ヨレヨレになってもずっと使っていました。長靴下はずり下がって足首のあたりでシワになるのがいやでした。西岡・浦和市

靴下のつぎあて 靴下のかかとの中に電球の球を入れて当て布を付けて縫い込みました。新見・前橋市

グッピー 兄が飼っていた熱帯魚の水槽には、グッピーやネオンテトラ、エンゼルフィッシュなどいろいろ居ました。産卵するとどんどん増えます。眺めていて楽しいきれいな色でした。魚が病気になると、赤チンを少し垂らして治し

ていました。岡村・柏市

靴磨《くつみが》き 田舎で靴磨きの話を聞き、上京した時わざわざ上野に見に行きました。靴を磨いてもらう人が腰かけるちょっと高めの椅子が、改札の横のところに十人分並んでいました。東京は靴を磨くだけでお金になる、すごい所だと思いました。竹岡・天童市

靴屋《くつや》さん 四軒長屋《よんけんながや》の左隣は靴屋さんで、いつもトンカチの音がしていました。高校入学時、初めて注文の革靴を作ってもらいました。それまで運動靴ばかりだったので、新品の靴は足が型にはめられたように堅く、きつく感じました。新見・前橋市

くど おくどさん。かまどのことです。土間《どま》にはくどがあり、芋をふかしたり、もち米をふかす時に使っていました。くどの前に腰かけて火を燃すのは楽しいお手伝いの一つでした。矢賀部・八女市 ↓P115

組み立て式蓄音機《ちくおんき》 雑誌『ボーイズライフ』(小学館)のボール紙製の付録に熱中して、男の子のうちで夕方までかかって組み立てました。付属の赤い半透明のソノシートをかけると、確かに何か音が出ました。でも、しょぼかった。西岡・浦和市

組み立て体操 秋の運動会の季節になると、八畳の座敷で組み立て体操の練習が始まります。一番チビの私はいつも上に乗せられました。鈴木・松阪市

汲《く》み取《と》り便所《べんじょ》 便槽はコンクリートで、受けの浅いところから傾斜して深いところに滑《すべ》り落ちるようになっていました。深い方の横に汲取口《くみとりぐち》があって、柄《え》の長い肥柄杓《こえびしゃく》ですくって、桶に入れて運びます。越阪部・所沢市

汲《く》み取《と》り屋様《やさま》 「お母ちゃん、汲み取り屋さんが来たよー」と言うと、母が血相を変えて怒り「汲み取り屋様がお見えになったでしょう」と言うのです。なぜ母が怒ったのかわかりました。父の糖尿病

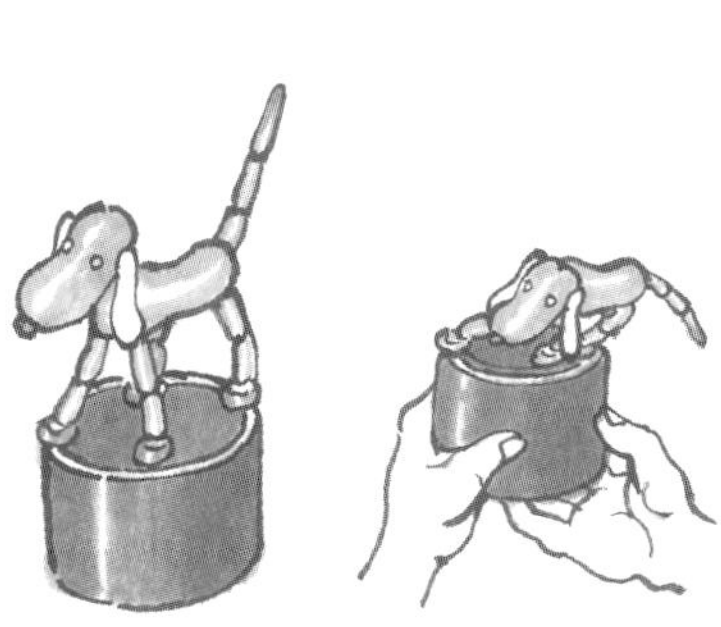

くたくた

を見つけてくれたのは汲み取り屋様だったのです。「お嬢さま、健康にご成長、おめでとうございます」と言われた時は、姉の初潮《しょちょう》だったそうです。　渡会・目黒区

蔵《くら》　戦後のまだ材料も不足していた時代に再建されたわが家は、店（呉服店）の他には和室が二つ、台所とお手伝いさん用の小部屋、汲《く》み取《と》りの大小便所のみでしたが、蔵があることで不自由を感じずに済みました。　今井・横浜市

暮《くら》しの手帖《てちょう》　夫の母は元教師、働く女性で、『暮しの手帖』の愛読者でした。義母から引き継いだ雑誌は捨てがたく、創刊号から七号までを手元に残しました。義母が雑誌を参考にして誂《あつら》えた台所を初めて見た時は感動しました。キッチンはステンレス一体型の百八十センチ幅で三口《みつくち》コンロ、流し下の収納は引《ひ》き違《ちが》い戸《ど》でした。『暮しの手帖』は一体型キッチンを早々と提案し、昭和四十年代には普及させていたのです。　竹岡・天童市

蔵《くら》に閉《と》じ込められる　悪さをしたり言うことをきかなかったりすると、蔵に閉じ込められました。農家だったわが家の蔵には宝物などあろうはずはなく、お米が貯蔵してありました。重い土の扉を閉めると中は真っ暗ですが、大声で泣き叫んだ割にはこわかった記憶はなく、反省はしてなかったと思います。　大平・長野県

鞍馬天狗《くらまてんぐ》　小学生の頃の最大の娯楽は映画でした。家族で映画館に出かけ、二本立てや三本立てを観《み》ると、帰る頃には日が暮れていました。お目当ては時代劇。鞍馬天狗や銭形平次《ぜにがたへいじ》。クライマックスで白馬に跨《また》がった鞍馬天狗が画面いっぱいに大写しされると、観客から拍手がおこります。「待ってました！」のかけ声も。私も「早く助けて！」と願いながらハラハラして観ていました。　菊池・新宿区

クリームソーダ　山形のデパートの食堂で五十円でした。グリーンのソーダとアイスクリーム。泡がプクプク浮いて、夢のような飲み物だと思いました。でも、おなかをこわしました。　竹岡・天童市

グリコのおまけ　ちゃんと車輪が動くミニカーや扉が開く食器棚など、グリコのおまけは小さいながらよく作られていて、おまけを楽しみにキャラメルを買ってもらいました。　西岡・浦和市

クリスマス会　植木鉢の大きなモ

ミの木に銀モールや鈴、母お手製のサンタのお人形などの飾りつけをしました。器楽クラブの友達と先生を呼んでのクリスマス会です。ゲームをして、罰ゲームに顔に墨で○や×を書きます。母が作る海苔巻、鯛の握り寿司、ミカンの入った寒天を皆で食べるのも楽しみでした。加部・田辺市

クリスマスケーキ　小学生の頃、クリスマスの夜は、ほろ酔いのおじさんたちがキラキラ光る三角帽子をかぶって、ジングルベルが鳴る町を闊歩していました。親戚の叔父さんが三角帽子をかぶって、アイスクリームの上にバタークリームのついたクリスマスケーキを届けてくれました。木村・名古屋市

栗《くり》拾《ひろ》い　長靴をはいてイガを踏みつけて押さえ、栗の実をほじりだします。両側にぷっくりふくれたのがあって、真ん中は押されて平たい実です。火箸《ひばし》のような道具もありましたが、素手で「イタタ」と言いながら拾い集めるのも面白くて、競って籠《かご》に入れました。イガは寄せておき、乾燥してから燃やしました。越阪部・所沢市

グループ学習　小学生の頃、放課後に五、六人で各人の家庭に順番に集まり、遊びながら勉強しました。八畳間で大きな座卓を出してお菓子を食べながら宿題を教え合いました。浜田・神奈川県

くるみボタン　ボタンキットを共布で包んで作っていました。新見・前橋市

クレゾール液　学校のトイレには手を消毒するクレゾール液が洗面器に入れてありました。掃除当番でクレゾール液を作っていて、はねた液が誤って目に入った時は、すぐ眼医者に連れていかれました。東・港区

グローブ　ある日父が左利きの私用のグローブとバットを買って来てくれました。女の子だからだめと言わずに、私が欲しいものを買ってきてくれたのです。これは本当にうれしかった！　これで鬼に金棒。近所の男の子と野球に興じました。吉田・横浜市

黒砂糖作り　刈り取ったサトウキビを機械で搾《しぼ》って黒砂糖をつくります。祖母の家には搾り機があって、たっぷりの黒砂糖ができます。出来たての真っ黒な黒砂糖はどろっとしていて格別の味でした。矢賀部・八女市

黒《くろ》チリ　子供の頃、今のようなト

イレットペーパーはありません。最初は新聞紙を切ったもの、次には「黒チリ」を使いました。新聞紙を再生したもので、色は濃い灰色、所々に活字が残っていました。用《よう》を足《た》しながらその活字を読んだりしたものです。東・港区

黒《くろ》土《つち》　春、雪が解けて黒土が見えた時のうれしさは忘れられません。雪国では重く冷たいゴム長靴からの解放のサインなのです。一番早く黒土が表れたのは、共同浴場のコークスの燃えカス置き場の周りでした。でも、コークスの燃えカスは溶岩のように尖《とが》っていて、ころぶと痛く、せっかくの黒土が見えていてもここでは遊びませんでした。島田・旭川市

黒《くろ》電話《でんわ》　電話はどこの家でも玄関や食卓の近くに置かれていたので、内緒話は難しく、友達とのおしゃべりは暗号めいた話し方になりました。越阪部・所沢市

黒《くろ》豆《まめ》　お正月になると、母が鍋に一杯黒豆を煮ます。食べ過ぎて毎年お腹《なか》をこわしました。祖父の家の黒豆には赤いちょうろぎ(ちょろぎ)が入っていました。食べると長生きできるとか。吉田・横浜市

桑《くわ》爪《づめ》　母の実家の鍛冶屋《かじや》で作って売っていました。桑の葉を摘むのに爪を痛めないように人差し指に付けるもので、右利き、左利きや指の太さなどの違いで選ぶことができました。新見・前橋市

桑《くわ》の葉《は》　小学一年生の夏休み、父の実家に預けられました。群馬の養蚕農家で二階は全部蚕棚《かいこだな》です。真っ白な蚕の上に桑の葉を置くと一面が緑色に。と次の瞬間、シュワシュワシュワッと音がして白い波が押し寄せるように一面真っ白に。猛烈な速さで片端から蚕が桑を食べ尽くしたのです。それっと、また桑の葉を摘みに走ります。蚕の旺盛な食欲と競争で、日に何度も桑畑を往復しました。最初は気味が悪かった蚕も可愛く見えてきて、夏の一番楽しい思い出になりました。小暮・船橋市

くわばらくわばら　雷《かみなり》が鳴る時は、蚊帳《かや》の中で「くわばらくわばら」と唱えて、雷鳴《らいめい》がやむのを待ちました。祖母は麻の帷子《かたびら》を着るともっと効くと言っていました。麻は絶縁性が高いからだそうです。矢賀部・八女市

群馬交響楽団　二年に一度、小学生のための移動音楽教室として来て、公民館で演奏してくれました。

楽器の紹介から始まってトルコ行進曲、ヨハンシュトラウスのワルツ、喜びの歌、新世界、ショパンの別れの曲等、とてもとても素敵な時間でした。音楽室にある肖像画でベートーベン、シューベルト、モーツァルト、ドボルザークは顔なじみでした。 新見・前橋市

け

計算尺《けいさんじゃく》［目盛りを合わすだけで、掛け算や割り算ができる不思議なものさし］ 父の書斎の引出しに入っていました。真っ白な地がきれいで、真ん中の部分が動くことや、透明に赤い線が入っている部分も興味を引きました。後に高校の数学でロガリズム（対数）なるものを教わり、原理がわかってからは、発明した人に尊敬の念を抱いています。 東・港区

毛糸の編《あ》み棒《ぼう》 父が竹細工で使う竹ひごは、毛糸の編み棒としても人気がありました。母は父が作った編み棒を飴色《あめいろ》になるまで大切にして、生涯使っていました。近所の人に頼まれると、祖母が束の中から一本そっと抜いてあげました。 小渡・静岡市

毛糸のパンツ 母はよく編み物をしていました。ひもの付いたミトンの手袋、モヘヤの白いセーター、サーモンピンクのミニスカートなど。小さくなって着られなくなると、ほどいて変身です。毛糸のパンツになるのが毛糸の最後のお役目でした。 田中・西宮市

毛糸の巻き取り 毛糸を編み直すときは湯通《ゆどお》しして、袖の分とか身《み》頃《ごろ》の分とかに分けて竹竿《たけざお》に干しました。夜になると母は「ちょっと両手を貸して」といって一カセの長さに私の手を広げ、どのように編み直すか話しながら巻き取って毛糸玉を作りました。私が微妙に手首を曲げるとスムースに毛糸がはずれるので、ほめられたものです。 小渡・静岡市

鯨肉《げいにく》 学校給食で初めて鯨肉を食べました。赤い肉で少し筋《すじ》っぽく噛《か》みにくいところもありました

毛糸の巻き取り

が、味噌焼きや竜田《たった》揚《あ》げは好きでしたから、家でも作ってもらいました。缶詰の鯨肉は汁がプルンと固まって、熱々ごはんに乗せると溶けました。　越阪部・所沢市

鶏糞《けいふん》　「あんたは鳥籠《とりかご》の前に座らせておくと一日中おとなしく見ている赤んぼだった。小鳥が子守をしてくれたんだよ」と母。隣の家はニワトリを飼っていたので、庭に干してある鶏糞が風で飛んできて、私の顔は小鳥の糞と鶏糞で真っ白になっていたそうです。　小暮・船橋市

ケーキ　当時は、お誕生日とクリスマスにしかお目にかかれませんでした。　岡部・浦和市

ケガ　木《こ》っ端《ぱ》で遊んでいた私は、斧《おの》で木を割りはじめました。ケガするよ！と祖母。アッと私。手を滑《すべ》らせて左手の人差し指の第二関節あたりを切ってしまいました。すぐに右手で握りしめて止血、少し骨が見えていた気がしますが、医者にもいかずじまいで、今も傷痕が残っています。　矢賀部・八女市

毛皮　引出しをあけたら、見覚えのない毛皮が入っていました。閉めた直後、脳離に浮かんだ残像は尻尾のようなもの…あわててもう一度あけると何もない！　いろんな小動物が同居している時代でした。ネズミもあわてて逃げたのでしょう。　矢賀部・八女市

消《け》し炭《ずみ》　冬の間、炭火は灰に埋めて、翌朝のために火種《ひだね》として残して置きます。完全に消したい時は、火消壺《ひけしつぼ》に取り、蓋《ふた》をします。消し炭はすぐに火がつくので、火熾《ひおこ》しに欠かせません。　越阪部・所沢市

下宿《げしゅく》のお兄さん　子供が巣立って使われていない二階や離れの空《あ》き部屋を多少改装して下宿屋をしているうちがよくありました。近所の知りあいの家に下宿しているお兄さんが医学部の学生で優秀だから勉強を教えてもらいなさいと言われ、友人と一緒に下宿先で「家庭教師」をしてもらっていました。　木村・名古屋市

下宿《げしゅく》のお姉さん　住んでいた家(社宅)が広く、兄が東京の大学に行って部屋があいたので、女子高生の下宿を頼まれました。交通の便が悪い市町村からは、田辺市の高校までの通学は困難なためです。女子高生は優しくておとなしいお姉さんでした。部屋は二階の六畳の和室です。隣の部屋とは襖《ふすま》で仕切られただけで、個室のようなプライバシーはありません。私

は塾の宿題を教えてもらうという口実で毎晩お姉さんの部屋に行き、部活の話を聞いてもらったり、高校の話を根掘り葉掘り聞いたり。お姉さんの勉強の邪魔をして母に叱《しか》られました。 加部・田辺市

毛《け》剃《ぞ》り 毛深いのがコンプレックスで、友達のすべすべした肌を羨ましく思っていました。後年、銭《せん》湯《とう》でお婆さんが脛毛《すねげ》を剃っているのを見て、な〜んだ、みんな剃ってたんだ。今まで知らなかったことがショックでした。 小暮・船橋市

下駄《げた》 玄関先の大中小の下駄は、鼻《はな》緒《お》の色で持ち主が決まっていました。ちょっと出るのに鼻緒の太い大きな下駄を突っかけると父が「俺のをはくな」。下駄は好きでした。素足が気持ちよく、かかとが自由だからです。小学校も下駄で通いました。雨や雪の時も足袋《たび》で下駄を突っかけ、水がしみてベチョベチョになっても遊びまわっていました。 新見・前橋市

下駄《げた》で天気占い ♪「あ〜したてんきにな〜れ」と歌いながら足をぽーんと蹴って、はいている下駄を飛ばします。地面に落ちた下駄が表向きなら明日は「晴れ」。裏返ったなら「雨」。横向きだったら「雪」でした。 新見・前橋市

下駄《げた》屋《や》さん 石けりをすると下駄の歯が欠けたり折れたりします。下駄屋さんには替え歯があり、古いのをコンコンとはずして、新しいのを付けてくれます。「お金もかかるのだから、あまり蹴ったりしてはいけないよ」と小言《こごと》も言われます。鼻緒《はなお》を替えるのはうれしかった！ 竹岡・天童市

血液型検査 幼稚園で血液型検査がありました。全員並んで順番に耳たぶから採血したのですが、血を見た男の子がいきなりばったんと倒れてしまいました。 岩倉・沼津市

月給取り 「月給で生活する人のこと。教師や公務員、会社員など」

月賦《げっぷ》 既製品の背広などない時代、仕立てた背広一着の値段はサラリ

下駄で天気占い

ーマンの給料の一か月分に当たり、月々二千円の月賦が喜ばれました。店にお金を持参する人もいましたが、ほとんどの人は父が集金に行きました。「今日も取れなかった。もう半年もたまっている」と嘆きながらも懲《こ》りずに月賦を続けたのは、度々の訪問で親しさが増し、注文が続いたことと、家族ぐるみの付き合いができたからでしょう。 新見・前橋市

下屋《げや》を出す 両親が「げやをだす」と話していた時は何のことかわかりませんでした。うちには風呂場がなく、外で傘をさして風呂に入った記憶があります。やがて屋根ができて傘をささずに入れるようになり、「下屋を出す」の意味がやっとわかりました。 小暮・船橋市

ゲレンデ 冬は雪が深く積もり、スキー、スケート、かまくら作りと遊びには事欠きません。特にスキー。家の周辺の凸凹《でこぼこ》はどこでもゲレンデになります。物置の屋根から滑《すべ》り降《お》りたり、忠別川の堤防にジャンプ台を作り、飛距離を競いあったりしました。 島田・旭川市

ケロリン桶《おけ》 ［銭湯《せんとう》で使う黄色いプラスチックの洗い桶《おけ》］

玄関の床下 玄関から台所までは土間《どま》になっていて、部屋とは段差があり、ふだんはく靴は、その床下にしまいました。 糸井・太田市

玄関はあけっぱなし 玄関の両開きの引き戸は、冬以外は日中、あけっぱなしでした。鍵は夜間と留守の時だけ。出入り口は決められていて、玄関は家の主人である父と客、勝手《かって》口《ぐち》は家族と近所の人と御用聞き。玄関では「ごめんください」、勝手口では「こんちわ～」「まいど～」。 林屋・世田谷区

玄関をよじのぼる 母の実家は養蚕農家でした。玄関の床が高く（五十七㎝）、よじのぼるように上《あ》がり框《がまち》を通過しました。靴をはく時は、はだしで跳び降ります。土を硬くたたきしめた土間《どま》は柔らかい感触で、跳びおりても素足をやさしく受けとめてくれました。たくさん出入りしたチビたちの中で、この床から落ちてケガをした子はいません。 鈴木・松阪市

健康優良児 父の子育て方針は、健康第一。勉強しなさいと言われたことがありません。校庭や神社の境内で遊び、夏休みは朝から泳ぎに出かけ、夜は七時頃寝る、昼食後、昼寝をしてまた遊びに。休日は父と海や川へ泳ぎに行ったり

魚を釣ったり。静岡一の〝健康優良児〟でした。小渡・静岡市

懸賞《けんしょう》　少女雑誌『りぼん』の懸賞に応募し続け、ついに二等が当たりました。造花のついた夏の帽子で、白いナイロン糸で固く編んだものです。通学にはおしゃれすぎるので、お出かけの時やおけいこの時にかぶりました。加部・田辺市

検便《けんべん》　木の葉を敷いて便を乗せたマッチ箱を、包装紙で包んでひもで結び、手で持てるように輪《わ》っかにして、片手でブラブラぶら下げて登校しました。加部・田辺市

検便《けんべん》　便を少量マッチ箱に入れ、マッチ箱の上側に白い紙を貼り、◯年◯組と名前を書いて学校へ持って行きました。隣の席の男子は、私の箱をスライドして見てしまいました。新見・前橋市

こ

碁石《ごいし》　お父さんが税務署に勤めていた友達の家は、床《とこ》の間《ま》に分厚《ぶあつ》い碁盤が置いてありました。内緒で碁盤を下ろし、二人で碁石を並べて遊びました。福井・本荘市

鯉《こい》**の甘露煮**《かんろに》　信州では、祝《いわ》い膳《ぜん》に鯉の甘露煮を出す習慣があります。お祝い事があると、祖父は鯉を自分でさばきました。鯉は庭の池からすくってすぐさばくので、男の強い力で押さえつけないと、逃げ出してしまいます。胴体を八切れぐらいに切った後でも、口をぱくぱくさせていましたし、身はしばらくの間ひくひく動いていました。大平・長野県

鯉幟《こいのぼり》　五月になると、父は隣の家の庭を借り、実家の山から切り出した木材を柱に鯉幟を揚《あ》げました。戦争から無事に帰ったとはいえ気が荒く、愛情表現が下手な父が一人息子の成長を願い、精一杯の気持ちを込めて揚げた鯉幟だったように思います。岸・平塚市

ご隠居《いんきょ》**さん**　長火鉢《ながひばち》を抱《かか》え、煙管《きせる》で煙草をふかしていた祖母は「ご隠居さん」と呼ばれていたそうです。戦争ですべてを失い、子供も戦死。病気療養していた母の代わりに、私の授業参観や遠足に来てくれました。「ご隠居さんだったけどよくやっている」と叔母が言っていました。小渡・静岡市

公園　「公園にあるのはブランコ、鉄棒、滑《すべ》り台《だい》、砂場というありふれたものでしたが、友達が何人か集まると、いつの間にかいろんな遊びが始まります。砂場では大規模な土木工事、ブランコでは跳び降

りごっこ、公園の境界の七十㎝くらいのブロック塀の上を歩いたり、鬼ごっこをして駆けまわったり。 戸川・船橋市

公園で映画会 夏には公園で映画会がありました。風が吹くと、幕が揺れて映画はよく見えなくなります。蚊にも刺されます。背の高い人が前にいると見えません。もちろん見えなくても楽しくて、顔を右に向けたり左へ向けたり、必死で観《み》ました。 吉田・武蔵野市

交換日記 小学四年生の時、クラスの仲良し四人組で交換日記をしました。大学ノートに「プレスリー素敵！」とか「○○君好き」とか精一杯の背伸びを書き込んで回覧します。夜九時就寝が決まりの私には見られないテレビ番組の内容も知ることができました。雑誌の切り抜きを貼ったり漫画も描いたり。秘密の交換ノートが四冊目になった頃、友達のお母さんに見つかって全部没収！ 小暮・船橋市

交換ノート 小学生の時、担任とクラス全員が毎週、ノートを交換しました。男子からイジメられる辛《つら》さを書くと、先生は「都会から転校して来て上品で大きな声も出せないからや。ここは漁師町だから和歌山市とは違うんや」。先生の言葉は解決にはなりませんでしたが、分かってもらえた安心感はありました。 加部・田辺市

高級化粧紙 香水の香りがほんのり入った紙。この紙で祖父の煙管《きせる》のそうじに使う紙縒《こより》をつくりました。 福井・本荘市

広告飛行機 飛行機から広告ビラを投げたり、宣伝放送が聞こえたりしていました。 新見・前橋市

子牛 子牛が生まれる時は一大事です。家族のただならぬ緊張感に、私もいつもよりおとなしくして、夜中であろうと早朝であろうと、進んで手伝いました。メスが産まれればみんな喜ぶし(高く売れるから)、オスだとがっかりするので、私は子牛が生まれる瞬間、目をつむって手を合わせ「メスが出てきますように」と神様に祈っていました。 大平・長野県

麹《こうじ》 生家は江戸時代から続く醤油《しょうゆ》醸造蔵《じょうぞうぐら》でした。兄が家業を引き継ぐにあたり、建て替えを計画しましたが、建て替えると従来から棲みついている麹菌《こうじきん》が居なくなってしまい、従来の味の醤油造りができなくなるとわかり、必要最小限の改修にとどめたそうです。

江戸時代から生き続けている麹菌の先祖も、ほっとしたことでしょう。大宇根・高松市

格子《こうし》の引《ひ》き戸《ど》　親戚の家の玄関の戸は、細い縦格子に磨《す》りガラスの木製引き分け戸でした。今思うと高級な造りですが、当時は新しく建つ家の玄関がどこも片開き戸でそれをハイカラに感じ、和風の手の込んだ建具《たてぐ》職人の仕事を古臭く感じてしまいました。西岡・浦和市

荒神様《こうじんさま》［かまどの神様］　正月には、荒神様、お便所《べんじょ》の神様、勝手口《かってぐち》などにも、注連縄《しめなわ》を輪の形にして飾りました。わが家にはかまど（＝へっつい）はなくコンロでしたが、父は「荒神様へ」と言いながら飾りました。正月飾りは一夜《いちや》飾《かざ》りを嫌い、準備は師走の三十日中に終える習《なら》わしのため、父は夜《よ》なべして注連縄づくりをしていました。岸・平塚市

公設市場《こうせついちば》　小学生の頃まで公設市場が近くにありました。ひと通りのお店がそろい、特に乾物を扱う店は、たくさんの種類の味噌や鰹《かつお》節《ぶし》や花鰹《はながつお》の樽《たる》が並んで量《はか》り売りしてくれるので、祖母がよく買いに行っていました。木村・名古屋市

校庭キャンプ　二人一組で小《こ》ぶりなテントを張る実習をしたり、三十人も泊まれるような大きなテントを借り出したりして、校庭中がテントでいっぱいになりました。夜には火を囲んでキャンプファイヤーを、朝には飯盒炊爨《はんごうすいさん》をしました。杉山・小平市

こうばし［はったいこ。大麦の粉］　かたい葉っぱをスプーン代わりにして、笑わないようにそーっと食べるのですが、きまって誰かが笑わすのでバフッと噴《ふ》いてしまいます。散らかすので外で食べるように言われました。矢賀部・八女市

コウモリ　夕方薄闇の頃、コウモリが飛び始めます。♪「コウモリコウモリ飛んで来い、ゾウリ欲しけりゃ飛んで来い」と歌いながら下駄《げた》を思いっきり空に蹴り飛ばしました。コウモリは動くものを追って飛ぶのです。越阪部・所沢市

こうもり傘《がさ》［布の色がコウモリの羽のように黒いので蝙蝠傘《こうもりがさ》］　番傘《ばんがさ》と比べると布のこうもり傘は軽く、取っ手もついているので、持ち歩くようになりました。風に煽《あお》られるとおちょこになったりするのが面白く、水たまりでは傘で水をすくって遊びました。新見・前橋市

膏薬《こうやく》　寒い冬にはアカギレが切れ

て痛かゆいのです。膏薬《こうやく》を貼ってもらうのですが、はがすとまた切れてしまいます。乾燥肌だったのでしょう。 矢賀部・八女市

肥溜《こえだめ》 以前は肥溜だった所が雨水溜になり、槽が二つに仕切られていました。仕切りは幅十㎝くらいで、そこを渡るのが大きい子の証《あか》しになっていました。真似をした小さい子が落ちるのを、大きい子がエプロンのひもをつかんで助けたものです。 越阪部・所沢市

肥溜《こえだめ》**に落ちる** 昔は外用として、カメを土中に埋めただけのトイレがあり、肥溜とも言っていました。わが家で飼っていた美犬メリーさんが産んだ子犬は、よちよち歩きでまだよく目も見えなかったのでしょう。落ちてしまったのです。悲しい出来事でした。 矢賀部・八女市

肥柄杓《こえびしゃく》 ［糞尿汲み取り用の柄《え》の長い柄杓］

五右衛門風呂《ごえもんぶろ》 父方の祖母の家は五右衛門風呂でした。そーっと板に足を乗せて、板を沈めながらお湯に沈みます。浴槽の壁に触れると熱いので、真ん中でじっとうずくまるようにしゃがんで入っていました。壁はずっと石だと思っていましたが、実際は鋳鉄《いもの》製だったようです。 岩倉・沼津市

コークス ［石炭を高温で乾留《かんりゅう》して得られる燃料。火力が強い］

コーヒー牛乳 近くに数軒の銭湯《せんとう》があり、家にお風呂ができるまでは、その日の気分で母が選んで行きました。文字通り裸の付き合いです。湯船で世間話に興じる母につきあって、ゆでだこになりました。結婚して東京に移ってからはアパートのあまりに小さな風呂がいやで、銭湯通いを再開。風呂上がりのコーヒー牛乳、フルーツ牛乳は変わらず置いてありました。 木村・名古屋市

コーラ 中学生の頃、学校の文化祭で初めて飲んだコーラは薬臭《くすりくさ》くて、今まで経験したことのない味でした。飲んだとたんに肩が凝《こ》ってきました。 東・港区

氷牛乳《こおりぎゅうにゅう》 やりくり上手な母だったのでほとんど外食はしませんでしたが、夏になるとよく近所の甘味屋に連れて行ってくれました。ビールの小ジョッキのような柄《え》の付いたガラスの器にかき氷がこんもりと盛り上がっています。まずストローで氷混じりの甘い牛乳を飲み、次に柄の長いスプーンですくって食べます。たいていは薄暗

くなってから。浴衣《ゆかた》を着ていったこともありました。芳村・浦和市

氷の工場　うちの店(商店)の裏通りは砂利道でした。製氷工場のトラックが出入りするので、オレンジ色の排水が道に流れ、アンモニア臭《しゅう》がしていました。子供は工場には近寄れませんが、近所で顔見知りなので中を見せてもらったことがあります。大型プールのような水槽がありました。筵《むしろ》の上で大型鋸《のこぎり》で切った氷は、大型ばさみではさんでトラックに積まれ、ゴムのおおいをして運ばれていきました。福井・本荘市

氷の冷蔵庫［内側はステンレス張り。間に石綿やおがくずの断熱材。上段に氷、下段に食べ物を入れる］勝手《かって》口《ぐち》に置かれていたのは、後ろから水がポタポタ垂れる氷の冷蔵庫です。氷屋さんが毎日来て、キラキラ氷の粒を飛ばしながら氷を切るのを見るのが楽しみでした。東・港区

氷ばさみ　家を預かる祖母が暑がりだったせいか、早くに氷の冷蔵庫を入れました。毎朝、自転車に連結した長いリヤカーに筵《むしろ》をしいて四角い大きな氷をのせた氷屋さんが来て、シャカシャカと大きな鋸《のこぎり》で氷を切り(これが私にとっての夏の音でした)、大きな黒い氷ばさみで運び込んでくれるのを見るのが好きでした。葛西・青森市

氷水《こおりみず》　オレンジ色の粉末をスプーンですくってコップに入れて水を注ぎ、ぐるぐるかき回し、おやつの時間や何かの集まりで、よく飲みました。氷水で作った粉末ジュースは貴重品でした。菊池・新宿区

氷屋《こおりや》さん　氷は筵《むしろ》で包んで、鉋屑《かんなくず》の中に保管して売りました。説田・今治市

コールタール　砂利道しかなかったのに、ある時道路の舗装が始まりました。その現場で黒く光っていた物体に魅了され、木《こ》っ端《ぱ》の先にこすりつけて持って帰り、床《とこ》の間《ま》の掛け軸の裏に隠しました。それが、いつのまにか消えたのです。

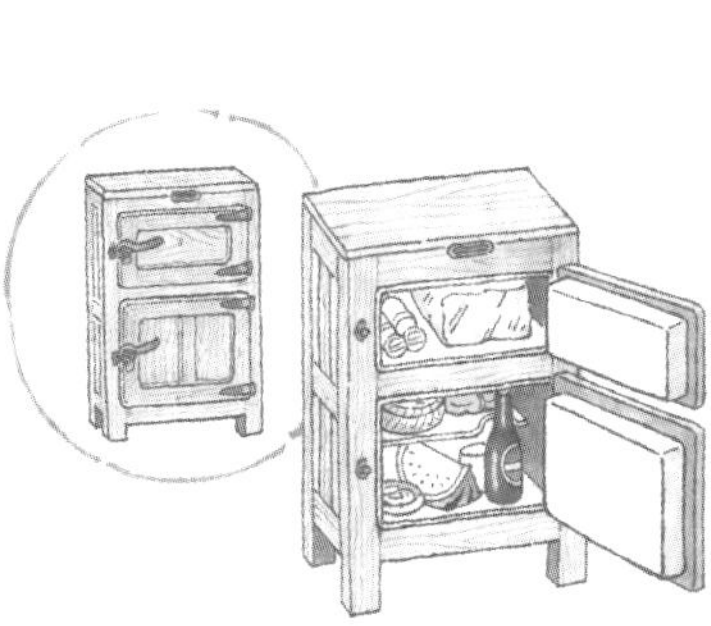

氷の冷蔵庫

大人の会話から宝物はコールタールだとわかり、掛け軸と床を汚してしまったのではないかと罪悪感にかられました。矢賀部・八女市

コールテン［コーデュロイ］　冬のズボンはあたたかい細畝《ほそうね》のコールテンでした。撫でるとビロードのような手触りですが、喜んでいるのもつかの間、膝やお尻がすれて糸が抜け、ガーゼのような透けた布だけになってしまいます。そこだけスースーして心細いものになりました。越阪部・所沢市

小刀《こがたな》　竹細工職人だった父は小刀の柄《え》の部分は竹を二つに割《さ》いてはさみ、木綿の端布《はぎれ》でセロテープのように斜めに巻いて、あたりを柔らかくして使っていました。時々布をはずし、砥石《といし》で研いで布を新しく替えると新品になりました。後年、母の遺品として私のところに下がってきました。小渡・静岡市

コガネムシが居る　上京して「うちのアパートにコガネムシが居るのよ」と友達に言ったら「どんなの？　それってゴキブリよ」と。当時は山形には居なかったので知りませんでした。その後冷蔵庫が普及すると、排熱で越冬できるようになり、今では、居ます。竹岡・天童市

国電《こくでん》［国鉄電車の略称］　戦後しばらくは省線《しょうせん》と国鉄の両方の呼び名が混在していたように思います。親に連れられて名古屋の親類に行く時は、横浜駅でシウマイ弁当を買ってもらうのが恒例でした。でもすぐには食べられません。大船駅を過ぎるとやっとお弁当タイム。幼い私は大船を境に省線と国鉄が接していると思っていました。すべての路線が国鉄と理解したのは、ストライキや賃上げの報道で「国鉄」の言葉を見聞きするようになってからでした。菊池・新宿区

国道《こくどう》十七号線　東京から新潟まで行く道路で、当時の道幅は三間《さんげん》ぐらいでした（約五・五ｍ）。道路の普請《ふしん》も悪く、水たまりや部分的に砂利の所もありました。新潟地震（昭和三十九年）の際、生活援助の移送が上空でも自衛隊車でも行われ、その時は振動とほこりで大変でした。新見・前橋市

固形石鹸《こけいせっけん》　石鹸は、今と違い固形石鹸だけでした。洗濯も体洗いも髪洗いも皆同じ石鹸を使い、濡れると石鹸は溶けるので水抜き穴のある石鹸箱に入れて持ち歩いていました。神田川という歌に「小さな石鹸」という歌詞がありますが、

小さくなると新しい石鹸にくっつけて最後まで使いきりました。新見・前橋市

ゴザ　運動会の日、両親は、丸めたゴザと座布団を抱え、海苔巻きやお稲荷《いなり》さんの入ったお弁当を持って学校にやってきました。お昼になると家族が来ていない友達も一緒に校庭でゴザに丸座になって食べました。踏み潰《つぶ》されたごはん粒があちこちにつきました。ゴザは、ままごと、お花見、夏の夜の映画会等、外で過ごす時に活躍しました。新見・前橋市

古材《こざい》　東京オリンピック直後の高度成長期、近所ではいつもどこかで家が新築されていました。藁葺《わらぶ》き屋根の家を壊したとき、祖父は「これはまだ使うから」と言って古材を新しい家の材料の足《た》しにしたそうです。古材があちこちに使われ、ローコスト住宅になりました。「建主　糸井権三郎」と書かれた棟木《むなぎ》を、屋根裏で見つけたこともありました。糸井・太田市

腰揚《こしあ》**げ**　着物の腰の部分を縫い縮めて丈《たけ》(長さ)を短くすること。子供は体格が変わりますが、五歳〜十歳くらいまでは同じ着物を着て、肩揚げや腰揚げで寸法を調節しました。十歳頃には腰揚げをとっても、つんつるてん。でも大人の着物はまだ大きすぎる、中途半端な年頃でした。越阪部・所沢市

孤児院《こじいん》**の子**　幼い頃、よく祖母の家に泊まりに行き、一人で座敷に寝かされました。ある朝、目がさめると庭を掃く音が。祖母が以前に孤児院をしていた縁《えん》で、東京から孤児院の子供たちが泊まりがけで海水浴に来ていたのです。寝坊した私は決まりが悪くて柱の陰から、みんなのてきぱきした働きぶりを見ていました。小暮・船橋市

ゴジラ　祖母の家にテレビが入って間もなく映画の『ゴジラ』を観《み》ました。掘りごたつの中にもぐって、こたつ布団の縁《ふち》から首だけ出して。ズシンズシンとゴジラの登場が予想できる場面になると、こわくて首をひっこめ、兄や年上のいとこたちが平気で見ているので、すごいと驚きました。越阪部・所沢市

ご精《せい》**が出ますね**　草取りや農作業の人に「ご精が出ますね」とか「おかせぎですね」と声を掛けました。越阪部・所沢市

こたつで保温　こたつは便利でした。風呂に入る前には下着を入れておいたり、お櫃《ひつ》をそのまま入れ

てごはんを温めたり。ある日、友達の家のこたつに入って足を伸ばしたら変な感じ。なんと味噌汁《みそしる》の鍋が入っていました。そういえば、こたつと言うより「おこた」と言っていました。新見・前橋市

こだま　高校の修学旅行は「こだま」に乗りました。専用車両なのでみんなくつろいで食べたり飲んだりトランプをしたり。遊びながら行けたのも、静かで揺れが少なかったからだと思います。それまでの窮屈なガッタン列車とは違って、快適でした。越阪部・所沢市

小使《こづか》いさん［用務員さん］　小学校には小使い室があり、やや歳《とし》のいったおじさんがいました。三畳《さんじょう》くらいの畳と一段下がった板張りのスペースに、いろいろな道具類が置いてありました。林屋・世田谷区

国旗掲揚《こっきけいよう》　小学校では、月曜の朝はグラウンドに出て朝礼がありました。国旗掲揚で歌う君が代の意味が分からず、ぼんやりと見上げていた気がします。風祭・高萩市

こっくりさん　紙に神社のマークと「はい」「いいえ」の文字などを記入し、五円玉に三人で人差し指を乗せ、こっくりさんを呼んで質問をすると、五円玉が動いて答えを示してくれます。質問は誰が誰を好きか、などでした。気味が悪くて私は見ているだけのことが多かったのですが、絶対三人のうちの誰かが動かしてる！と思っていました。岩倉・沼津市

コッペパン　給食はコッペパンに脱脂粉乳《だっしふんにゅう》。小食だったのか美味しくなかったのか、脱脂粉乳は残し、コッペパンもランドセルに入れて持ち帰りました。コッペパンもマーガリンもぺったんこになっていました。矢賀部・八女市

御殿鞠《ごてんまり》　ボール状にした鞠に、リリアンで刺繍《ししゅう》した飾り物です。器用な叔母が作っていて、もらいました。福井・本荘市

五徳《ごとく》［脚《あし》のついた円形の鉄台］　みかんの産地なので、毎日よくみかんを食べました。冬は焼きみかん。火鉢《ひばち》の五徳の上に丸い網を置いて温めるのです。皮がもっこりとむけ、湯気がフワーと。一粒ずつ大事に白い筋《すじ》をとり、つるつるにしてパクッ。寒い日にはより美味しいのです。加部・田辺市

言葉を掛《か》ける　通りがかりに、よく大人が掛ける決まり言葉がありました。天気に関するものが多く「いい按配《あんばい》ですね」「いいお湿《しめ》り

で」「今日は冷《ひ》えんね」。仕事中の人には「ご精《せい》が出ますね」。よそゆきを着た人には「お出かけですか?」など。越阪部・所沢市

子供ができたら大変 近所の玉川上水で太宰治が入水《じゅすい》した時、相手が奥さんでなく、子供もいたことに母は興奮していました。私は、結婚しなくても人を好きになるだけで子供ができると知ってショックを受け、好きな書生《しょせい》さんと目を合わせないようにしました。子供ができたら大変と思って! 吉田・武蔵野市

子供の手伝い ［掃除、井戸の水汲《く》み、洗濯、毛糸の巻き取り、回覧板を届ける、子守さん、煙突掃除、お使い、雨戸《あまど》をしめる、風呂焚《た》き、米のゴミ取り、七輪《しちりん》の火《ひ》熾《おこ》し、薪割《まきわ》り、肩叩《かたたた》き、靴磨《くつみが》き…。農家や商店の子は家業の手伝いもありました］

子供部屋 二階に兄と私の部屋、一階に姉の部屋ができた時はうれしくて、目一杯こもっていました。母は大工《だいく》仕事が好きで、兄に男手を頼ることもなく、夜中に一人で店のショーケースの配置替えをしていたこともありました。父亡きあと、自分の采配《さいはい》で子供部屋を増築したことは、母の自信にもつながったと思います。福井・本荘市

こどもゆうびん 小学校のこども会主催でした。画用紙で作ったハガキを年末に学校の廊下のポストに投函し、正月に地域の子供が配達します。官製ハガキにならい、赤いスタンプで「こどもゆうびん印」もありました。届いたハガキの裏面は無地で少し皺《しわ》になっていたので、早速、薪《まき》ストーブであぶって(あぶり出し)、文面と絵を見ることができました。福井・本荘市

粉炭《こなずみ》 炭を折ったり切ったりした時に出る粉炭は、熾《おこ》し始めの時に上にかけると早く火が点《つ》きました。越阪部・所沢市

粉屋《こなや》さん 放水路の水を引き込んで大きな水車を回して粉を挽《ひ》き、おじさんが粉だらけでうどんを作っていました。遊び場にしていた広場にうどんが干されると、風景が一変しました。新見・前橋市

この指止《と》まれ 休み時間に校庭でドッジボールや隠れんぼ、鬼ごっこなどをする時は、誰かが大声で「この指止まれ」と叫びました。誰でもその場にいる遊びたい子が集まって来ました。あの子は入れない、なんてこともなく、おおらかな遊び方でした。西岡・浦和市

ごはん粒《つぶ》の糊《のり》　冷やごはんは折り紙や工作の糊としても使いました。封筒の封を貼るのに、ごはん粒を指でベチョッと伸ばして糊にしました。西岡・浦和市

ごはん粒《つぶ》の魔法　母がやっていた墨汁《ぼくじゅう》のシミを取る方法です。平《たい》らな台にタオルを敷き、シミのついたブラウスを広げます。冷やごはんをひとつまみ、シミに乗せて裏ごしする要領でへらで押しつぶします。すると、墨がごはん粒に混ざって布の裏側から落ちていき、墨はすっかり消えていました！　石鹸《せっけん》で洗うとシミが広がり、かえって取れなくなるそうです。西岡・浦和市

ごはんの時間　朝ごはんと夕ごはんは、必ず家族六人全員で三畳の茶の間で食べました。六畳間や台所との仕切りの障子《しょうじ》があけ放されていたので、狭苦しさは感じませんでした。母の作る大皿のてんこ盛《も》り料理に、我先にと箸《はし》をのばし、にぎやかに食べました。羽沢・佐野市

ごはんよ！　隣家との境は簡単な竹垣だけなので、子供たちの様子は家の中からでも分かります。前の家のおばさんが「もうごはんよ！」と声を掛けると、みんな一斉に帰りました。菊池・新宿区

ごはんを食べたくない　幼い頃、遅れていってこう宣言すると、ちゃぶ台を囲んでいた家族が一斉に私を見ます。どうしたの？　どこか悪いの？　ごはんを食べたくないなんて、よっぽどのことだろうと。その時初めて、家族は私が何か不満を抱えていることに気付くのです。大家族の中での精一杯の自己主張でした。小暮・船橋市

ごはんをよそで　食糧難で誰しも空腹でした。みんな助け合って生きていて、助け合うのが当たり前という時代でした。よその家にもぐりこんで、ごはんを食べたり、お兄さん、お姉さんたちに遊んでもらいました。大宇根・高松市

呉服屋《ごふくや》さん　着道楽《きどうらく》の祖母は家に呉服屋さんを呼んで反物《たんもの》を並べ、身体にかけて好きな反物を選ぶとご満悦でした。迷った時は、両方買うからと言って値踏みするのも得意でした。小渡・静岡市

ご不浄《ふじょう》［トイレのこと］　年配のお客さんに「ご不浄をお借りできますか」と聞かれました。小暮・船橋市

子豚《こぶた》　いつも二頭の子豚を育てていました。小さいうちに肉屋さんが来て「キンヌキ（去勢）」します。

切る時は片足を持ってぶら下げるのでキィキィ泣き騒ぎますが、赤チンを塗って小屋に戻すとすぐ静かになります。越阪部・所沢市

子豚《こぶた》のお散歩　近所に豚を飼う農家がありました。細い竹のムチを持ったおじさんに連れられて、一匹の子豚が町内を一回りしていました。おじさんとバケツで生ゴミを集めていたのです。子豚がゆっくり歩く姿はほほえましく、お散歩のように見えました。福井・本荘市

ゴブラン織《お》り　テレビやミシンにはゴブラン織りの専用のカバーがかかっていました。ピアノや鏡台にも。電話の式台《しきだい》もゴブラン織りでした。今では織物の方が高そう。木村・名古屋市

コボちゃん［読売新聞連載の植田まさしの四コマ漫画］　父がストーブにあたりながら新聞を読んでいる端をぺらっとめくり、コボちゃんを読むのが冬の朝の楽しみでした。父とお互いに感想を言い合ったり、コミュニケーションに一役買ってくれていました。風祭・高萩市

ゴミ箱　社宅の敷地の坂には大きなコンクリート製のゴミ箱があり、そこに四軒分のゴミを集めていました。コンクリートの箱の正面が木製の上げ下げ式の蓋《ふた》で、ゴミはそこから回収していました。雨の進入を防ぐ蓋も、上部についていました。菊池・新宿区

護美箱《ごみばこ》　定期的なゴミの回収などない当時、街中には「護美箱」と書かれた木の小屋付の黒い箱が置かれ、隣には「防火用水」と書かれた赤いバケツがあり、水が入っていました。これらの処理は誰がしたのでしょうか。新見・前橋市

ゴミは少なかった　家で出るゴミは、煮炊《にた》きの燃料になっていました。野菜屑《くず》や魚の骨や貝殻などの生ゴミも、細かく刻んで鶏の餌《えさ》に混ぜていたので、ゴミはとても少なかったのです。風祭・高萩市

ゴミ屋さん　不用品の回収です。家に定期的に廻ってきて、古新聞、

ゴミ箱

古着類、雑貨などをリヤカーに積んで持って行ってくれました。各家庭で決まった馴染《なじ》みのゴミ屋さんがいました。 林屋・世田谷区

ゴム草履《ぞうり》 小学生の頃は夏が近づくと毎週と言って良いほど、知り合いや親戚と一緒に車に分乗して近くの海に行きました。父親と知り合いのおじさんは、暑くなった砂浜を裸足《はだし》で歩いて水虫退治です。私たち子供は、ゴム草履(今のビーチサンダル)をはいて、岩場に隠れている小さな蟹や巻貝を探します。ゴム草履《ぞうり》は水に濡れると滑《すべ》るので、足を滑らせてよく擦《す》り傷《きず》ができました。 木村・名古屋市

ゴム跳《と》び 白い布で覆《おお》われたゴムひもの両端をじゃんけんで負けた二人が持ち、膝・腰・肩・頭と、ひもの高さを上げてゆき、低い位置ではくぐったり跳び越えたり、高い位置では回転しながら後ろ足でひっかけたり、パンツにスカートの裾をはさみ込んで横転してゴムにひっかけたり、さらには二人一組で大きい子が小さい子の腰を支え、脚を放り上げてゴムにひっかけたり。 島田・旭川市

ゴム長《なが》 雨上がりにゴムの長靴をはいて水たまりに入っていたら、近所のおばさんに「こんな曇りの日に水たまりで遊んだら風邪をひくわよ」と言われて、「でも晴れた日には水たまりがないでしょ」と私。小憎《こにく》らしい子でした。 東・港区

ゴム紐《ひも》 パジャマやパンツのゴムが伸びきると、ピン留めに通した新しいゴムを、通し穴から入れて交換しました。 新見・前橋市

米樽《こめだる》 土間《どま》には大きな米樽が二つ置いてありました。梯子《はしご》をつかってその中に入ったら、米がひんやりと足の指を刺激して気持ちが良かった！ 妹は泣くと「米樽に入れるよ！」と言われ、とてもこわかったそうです。 矢賀部・八女市

米のゴミ取り 昭和三十年代前半、夕食後の日課がありました。

ゴム跳び

ちゃぶ台に包装紙を裏返して広げ、翌朝炊《た》く分の米を紙の上にあけて作業が始まります。おしゃべりしたりラジオを聴いたりしながら、夕食の後片付けの終わった母も加わって、二十分ほどていねいに米のゴミや虫を取り除きます。食べている最中に「ジャリ！」とか「ん？」とかに見舞われないように。不満も言わずに続けた子供時代でした。浜田・神奈川県

米《こめ》櫃《びつ》［ブリキのお米入れ］

ごめんなんしょ　私の生まれた信州では雪はあまり降らず、気候は比較的穏やかでした。ほとんどの家が農家で、敷地内には農作業ができる広い庭や、川から水を引きこんだ水場《みずば》や、納屋《なや》や長屋《ながや》やお蔵《くら》、家畜小屋などがありました。母屋《おもや》の周りは畑で、塀なんてありませんから、近所の人も「ごめんなんしょ」と声をかけて庭を横切っていました。大平・長野県 ↓P60図

子《こ》守《もり》さん　父は九人きょうだい、母は七人きょうだいで、私には五十二人のいとこがいます。小学生になると、遊ぶ時もいとこの誰かを背にくくりつけられ、子守さんが当たり前でした。越阪部・所沢市

子《こ》ヤギ　子ヤギはいたずらです。家の中に駆け込んでポロポロ糞《ふん》をしました。角《つの》の生え始めは、柱や私たちのお腹《なか》など何にでも、ぐりぐり頭を押し付けます。庭の穴蔵に落ちた時は、モッコに乗せて吊《つ》り上げました。越阪部・所沢市

御《ご》用《よう》聞《き》き［得意先に注文を聞いて回る人］　勝手《かって》口《ぐち》には酒屋さんやクリーニング屋さんが「ちわー」と言って毎日のようにやって来ました。魚屋さんもパン屋さんも氷屋さんも、母とよく世間話をしていました。ザリガニが逃げた話をしたら、クリーニング屋さんが一匹持ってきてくれました。東・港区

紙《こ》縒《よ》り　薄い和紙を細長く切ったり裂いたりして、ひも状にしたものを親指と人差し指でねじって作りました。祖母がつくった紙縒りはひものように強く、私が作ったものは少しよれよれ。互いに引っ

子守さん

かけ合って、切れるまで引っ張って遊びました。紙縒りはとても丈夫で、紙などを綴《と》じるときに使っていました。 小渡・静岡市

こらー よく祖父に「こらー」と怒られてびくびくしたものです。大切な菊の葉を一枚、弟が落としてしまった時とか、玄関が暗いので電気をつけたら怒られたり。近所のおうちでごはんをご馳走になって帰った時も。 吉田・横浜市

こわい所 増築した二階への鉄砲階段を上がると廊下で、続く八畳の和室と床の間《とこのま》に押入れ、一間《いっけん》の床の間には動物の剝製《はくせい》があり、気味が悪く近寄りたくない場所でした。 岸・平塚市

こわい話 小学生の頃、夏休みになると、いとこのお姉さんが知らない歌(労働歌、原爆の歌など)を教えてくれてみんなで歌ったり、布団にもぐりながらこわ〜い話をしてくれたりしました。布団を耳にあて、こわいところは聞かないようにしながら、子供だけで寝るのが楽しみでした。 中林・前橋市

こわい夢 夜中にこわい夢を見て目を覚ました時は、布団の中から「お母さん、こわい夢をみたよ」と言うと、「大丈夫だから寝なさい」。それだけで安心してまた眠りました。 小暮・船橋市

紺色《こんいろ》のランドセル ランドセルの定番は男子が黒、女子が赤でした。一人だけ紺色のランドセルの女の子がいました。マミーナの服が似合うおしゃれで大人っぽい子でした。家に遊びに行くと、キッチンダイニングとリビングがピアノで仕切られ、すべての部屋がフローリングでした。 田中・西宮市

ごんぜん お座敷の前の部屋をごんぜん(御前)と言い、そこにテレビが置かれていました。近所の人がテレビを見に来ると、土間《どま》から上がって四畳の間とごんぜんの畳一枚目くらいを指して「ここまで！」と妹は言っていたそうです。後年、妹は傲慢《ごうまん》だったな〜と反省気味に思い返していました。 矢賀部・八女市

こんにゃく玉《だま》 →P115図 戦後、物のない時代に、父は軍隊で知り合った戦友と協力して、秋田のりんごを貨車で東京に送り、帰りには、田舎では手に入りにくい物を買ってきて地元で売るという商売をしていました。その資金でこんにゃく玉を作って販売したら、食料のない時代なので飛ぶように売れたそうで

す。福井・本荘市

コンパクト　「テクマクマヤコン、テクマクマヤコン、バレリーナになあれ！」プラスチック製の桃色コンパクトに向かって、呼びかけました。小学生の頃はテレビアニメ『ひみつのアッコちゃん』が大人気！　両親から「バレエはお金がかかるからピアノにしなさい」と言われ、バレエを習うことが叶《かな》わなかった私も、アッコちゃんになりきって魔法の精《せい》にお願いしました。杉山・小平市

金平糖《こんぺいとう》　はしかで学校を休んでいた時、祖母からお見舞いに金平糖が届きました。いろいろな色があり、小さな粒にとげとげがいっぱいついていて、なんてかわいらしいお菓子なんだろうと思いました。初めて食べました。東・港区

福岡県八女市●明治時代に建てられた平屋の木造住宅

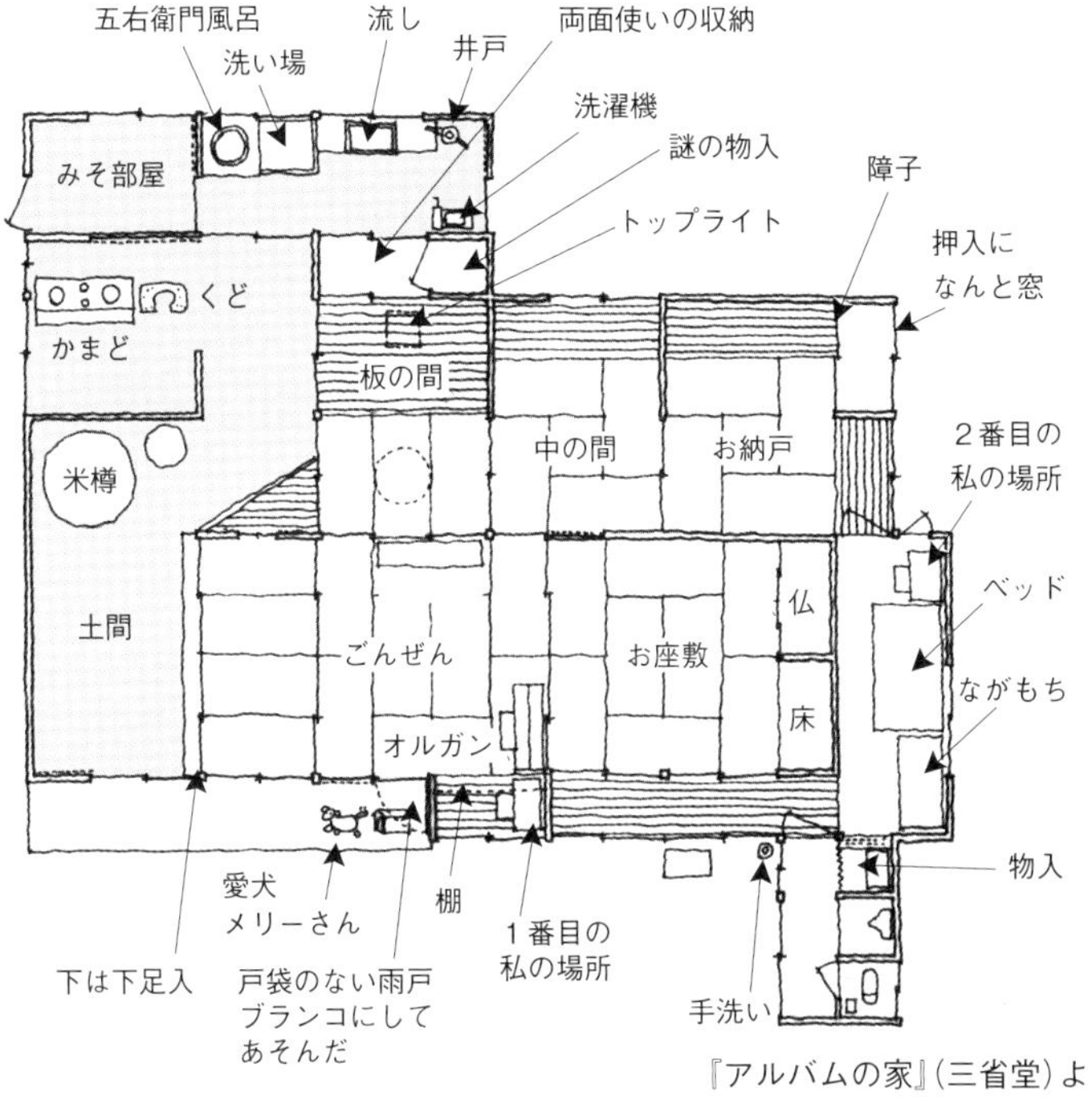

『アルバムの家』（三省堂）より

さ

サーカス　原っぱでは、サーカスが見世物《みせもの》小屋とセットでテントを張っていました。「越後獅子《えちごじし》の唄」や「美しき天然」の曲が流れていました。「言うこと聞かないとサーカスにやるよ。毎日酢を飲ませられるよ」が子供への親の脅《おど》し文句でした。竹岡・天童市

サイコロキャラメル(商)　［サイコロ模様の紙箱に入ったキャラメル］

サイドカー［横に一輪の側車をつけたオートバイ］　基地のアメリカ兵がサイドカー付きのスクーターでうちに来ていましたが、サイドカーは、車高が低くて危険な感じがしました。吉田・武蔵野市

裁縫箱の中身　［握《にぎ》り鋏《ばさみ》、裁《た》ち鋏《ばさみ》、へら、目立《めたて》、簡易くけ台、チャコ、チャコペーパー、チャコローラー、小さい竹の物差《ものさし》、巻尺《まきじゃく》、針山《はりやま》、銀紙に包んだ針、針通し、革の指貫《ゆびぬき》、金物の指貫、頭が花形のまち針、余ったボタン、フェルト、スナップ、ホック、ゴムひも、ゴム通し、安全ピン、太いくけ針、糸（木綿糸・しつけ糸・絹糸・刺繍《ししゅう》糸）］

サイロ　乳牛を飼っていたので、庭にコンクリートでできたサイロが二つありました。夏に中が空っぽになったので入ってみたら、けっこう深く、こわくなってすぐに出ました。糸井・太田市　↓P61図

逆上《さかあ》がり　体育のテストにもあるので、みんな一生懸命練習しました。家でも二本の樫《かし》の木に竹を渡してくくり付け、掌《て》の皮がむけるまで練習しました。できるようになると足をかけた逆立ちや、回転に挑《いど》みました。越阪部・所沢市

魚売りのおばさん　朝になると「魚はいらんかの。きょうは、ええギザミにホゴがあるで。何をおろすかの」となじみの行商のキミちゃんの声が聞こえてきて、ああ、今日もおかずは魚かとがっかりしました。説田・今治市

魚釣りごっこ　中庭に白墨《はくぼく》で池を描き、さかな図鑑を見て描いた紙の魚を一杯作って、口先に安全ピンを付けます。細い竹竿《たけざお》の先に磁石をぶら下げた糸を取り付け、いとこや近所の子供たちと魚釣りごっこをしました。小渡・静岡市

魚屋さん　魚好きの祖母のひいきの店は人気で、夕方には客でごった返していました。大きな木の樽《たる》の上に分厚い俎板《まないた》が乗り、脇のホースから水がじゃぶじゃぶ流れています。ねじり鉢巻きに前掛《まえかけ》の威勢のいいあんちゃん達の包丁さば

きを、うっとり眺めました。前掛にゴム長のおばちゃんが新聞紙に包んで、はいよーと客に渡していました。西岡・浦和市

魚屋のおばさん　呉市郊外に住んでいた頃、夕方になると、魚屋のおばさんがリヤカーに魚を積んで来ました。水で洗いながら皮をはぎ、その場でさばいてお刺身にしたり、焼き魚用、煮魚用に内臓を取ったりカットしたり、てきぱきと作るおばさんの手元を私は飽きずに見ていました。おかっぱ頭で下駄《げた》をはいて、たぶんパンツ丸出しで。檜垣・呉市

坂道広場　社宅の敷地はアスファルトの通りより高く、奥にあったわが家までは砂利敷きのゆるい坂になっていました。ちょっとした広場の感じで、近所の子供たちの遊び場でした。四、五人集まるとよく「缶蹴《かんけ》り」や「だるまさんがころんだ」をしました。菊池・新宿区

酒屋さん　酒屋のお兄さんはいつも藍染《あいぞめ》の長い前掛《まえかけ》をかけていました。瓶《びん》のほこりも前掛でふきとります。一升瓶《いっしょうびん》のお酒や醤油《しょうゆ》、砂糖や塩もお届けしてくれます。力持ちで、私たちをひょいと抱き上げ、空に放り上げたりしました。越阪部・所沢市

座棺《ざかん》　祖父は土葬《どそう》でした。村の人たちの手で、凍《こお》った地面に深い穴が掘ってありました。丸い桶《おけ》のような座棺(膝を抱えた形で収める)を穴に降ろして、土をかけようとした瞬間、誰かが「顔はどっち向きだ?」と聞いたのです。確認のため蓋《ふた》をあけたところ、祖父が私の方を見ていたのでびっくり。結局、座棺を引き上げて向きを直し、祖父は無事に埋葬されました。新見・前橋市

サクマ式ドロップス(商)　ドロップスの缶をよく振って逆さにして、見ないようにして掌《てのひら》に一つのせます。好きな味のが出たら当たり!　はっか(薄荷)味が好きでした。東・港区

サイコロキャラメル

酒飲み　母と祖父は囲炉裏端《いろりばた》でお酒を飲みながら、よく楽しそうに話していました。盛《も》り上がってくると、祖父と母の兄が、スコップを裏返して三味線に見立て、灰均《はいなら》しを撥《ばち》にしてリズムをとって民謡を歌うのです。そんな雰囲気が好きでした。福井・本荘市

サザエさん　朝日新聞に連載されていた長谷川町子さんの漫画『サザエさん』が大好きで、毎日読んだのをきっかけに大人の新聞に親しみました。漫画が載《の》っている社会面から読むのが習慣になりましたが、後年、就職した時、上司のおじさんに、新聞は一面から二面三面と読んでいくもんだよと教えられてびっくり。西岡・浦和市

笹舟《ささぶね》　笹の葉で舟を作り、川に流して競走させて遊びます。作り方が下手だと、流れている途中で舟が壊《こわ》れてしまうことがありました。熊笹《くまざさ》という大きな笹を見つけた時は、花なども乗せて流して遊びました。風祭・高萩市

匙《さじ》［スプーン］　匙を使う前は、木のお杓文字《しゃもじ》か瀬戸物《せともの》の蓮華《れんげ》を使っていました。金属の匙を買ったのは、家でカレーライスを作って食べるようになった頃だと思います。越阪部・所沢市

座敷《ざしき》　家の奥の、客用の部屋を座敷と呼んでいました。そこは静かにする部屋です。でんぐり返しやお相撲はしてはいけませんでした。越阪部・所沢市

雑貨屋《ざっかや》さん　幌《ほろ》をかけた荷車《にぐるま》にはいろいろなものが積まれていて、風鈴も下がっていました。馬は尻尾をパシンパシンと左右に振って歩きます。馬糞《ばふん》を入れる袋（歩きながらするので腹の下にぶらさげる）も、くくりつけてありました。越阪部・所沢市

サッカリン　たくあんを漬ける時、大根や塩と一緒に樽《たる》の中に、セロファンの袋に入った黄色っぽい粉を入れました。サッカリンと言って、甘くなるものだそうです。越阪部・所沢市

サッシ窓　昭和三十四年、伊勢湾台風が直撃。強風のためサッシが弓なりになり、はずれて家の中へ吹っ飛んで来そうな状態です。「窓ガラスが割れたら大変だわ！」。母がサッシをはずし、畳を上げて壁に立て掛け、大きなビニールシートを敷き、窓はあけっぱなしに。四歳の私は合羽《かっぱ》と長靴姿で立ちつくし、ただただ台風が通りすぎる

のを見ていました。揺れるろうそくの炎を、家族で肩寄せ合って見つめているうちに寝入ってしまい、翌日からりと晴れた青空を、不思議に思いながらいつまでも見上げていました。 田中・名古屋市

砂《さ》鉄《てつ》集《あつ》め 歩いて二、三分の公園の砂場で、砂鉄集めに熱中しました。U字型の磁石を砂の中に突っ込むと、真っ黒な粒が磁石に付きます。黒くて光る微粒子はとてもきれいで、容器に入れて大事にしていました。 西岡・浦和市

里《さと》芋《いも》を洗《あら》う 大きな桶《おけ》に、採《と》れたての里芋と水を入れ、「ざっくり棒」と呼ばれる、松の木が三股《さんまた》に枝分かれした棒を使い、ジャッカジャッカとかき混ぜ、泥を落とします。力仕事ですが、ただかき混ぜているだけなのに、あっという間にきれいになりました。小さな里芋は湯《ゆ》がいて食べます。皮をつるっとむいて味噌をつけて食べました。 風祭・高萩市

サトウキビ 家で栽培していました。竹のような硬い皮を歯でむき、芯《しん》をかじります。甘い汁が出て味が無くなると、ペッと吐きだします。 矢賀部・八女市

砂糖水 昭和二十六年頃、青山の官舎の敷地には独身寮もあり、寮のまかないのおばさんがおこづかい稼ぎに鉄屑拾《てつくずひろ》いをしていました。舗装されていない官舎内の道で、釘や缶のかけらなどを拾います。手伝うと喜ばれ、お駄賃《だちん》代わりに砂糖水を飲ませてもらいました。当時は甘いお菓子やジュースが手に入りにくく、とてもうれしかった。 東・港区

真田《さなだ》紐《ひも》 ［太い木綿糸で平《ひら》たく編んだ組紐《くみひも》。柳行李《やなぎごうり》や振り分け荷物、布団等をしばるのに使った］

座《ざ》布《ぶ》団《とん》 遅刻の常習犯だった私は、立たされたり座らされたり。ある時冷たい廊下に座らされていたら、友達が座布団を貸してくれました。ありがたかったのですが、男子に交じって一人だけ座布団に座った姿は姫《ひめ》？ 矢賀部・八女市

皿洗い 父は家事ができて、よく動くまめな人でした。家の手伝いは息子も娘も平等にという両親の考えで、中学生の頃は夕飯の皿洗いは兄と私の仕事でした。さっさと洗える私が洗剤をつけて洗い、すすいで拭《ふ》くのが兄。洗いながら兄とあれこれおしゃべりした時間を、なつかしく思い出します。 西岡・浦和市

晒《さらし》　タンスの中には、いつも晒が一反《いったん》入っていました。布巾や手拭《てぬぐい》、着物の襟下《えりした》、掛布団の縁カバー、おぶい紐やけがをした時の三角巾や包帯代わりと、いろいろに変身し、役に立ちます。　越阪部・所沢市

サラダ　生野菜をばりばり食べる習慣がわが家に入ってきたのは、脳卒中から回復した祖父が、厳しい食事制限を受けていた頃でした。お酒と甘いものが大好きだった祖父が朝食には、祖母の作った大皿いっぱいのレタスとキャベツのサラダを黙々と食べていました。いつもたっぷりマヨネーズをかけていたので、体に良かったのかどうか疑問ですが、よく歩き、元気にすごし、九十三歳で大往生しました。　西岡・浦和市

ザラメ　二ミリ角《かく》くらいの薄茶色のザラメ砂糖。匙《さじ》ですくって口に入れると、じゃりじゃりした歯ごたえがよく、飴《あめ》のようにつまみ食《ぐ》いしました。母は梅酒づくりに使っていました。　越阪部・所沢市

ザリガニ［エビガニ］　官舎の隣にあった根津美術館の敷地内の小川でよくザリガニ釣りをしました。ある時大きいのが雄雌一匹ずつ釣れたので、家で飼うことにしてバケツに入れて風呂場に置いておいたら、翌朝二匹ともいない！　排水口から逃げたようです。すごく残念で、ずっと泣き言を言って母を困らせました。　東・港区

さん　子供は、商店や働く人には必ず「八百屋さん」「魚屋さん」と親しみをこめて呼んでいました。もともと大人がそう呼ばせたのでしょうが、「○○さん」と呼ぶことによって、自然と、その職業に対する尊敬の気持ちが持てたのではないかと思います。　小暮・船橋市

三《さん》**角**《かく》**乗**《の》**り**　自転車の練習は大人用の男自転車で始めたので、三角乗りです。小学三年生の頃、国道をスイスイ乗っている私を見て、親はこれなら大丈夫と思ったようで、風邪で休んだ妹を翌日学校まで乗せていくことになりました。婦人乗りの自転車の後ろに妹を乗せ、途中バランスを崩して田植えが終わったばかりの水田に落ちたり、小川に自転車ごと落ちたりと、四回ぐらい転倒して学校に着いた時には髪まで泥だらけ。でも、妹の風邪はぶり返しませんでした。　新見・前橋市

三《さん》**角**《かく》**パックの牛乳**　給食は瓶《びん》牛乳でしたが、行事の時に配られたの

は紙製の三角形のパックに入った牛乳でした。 岩倉・沼津市

三角《さんかく》ベース 団地の広場は芝生ではなく、原っぱでした。家族と近所の子供たちで三角ベースの草野球をしました。母もヒットを打って走りました。 吉田・横浜市

三角窓《さんかくまど》 スバル360に乗って家族で出かけました。運転席と助手席には回転する三角窓が付いていて、エアコンがなくても走れば十分涼しかった。三角窓の近くに口を寄せて、「あ〜〜、あ〜〜」と風で震《ふる》える音を面白がっていました。窓をあけて走るのはあたりまえで、母は髪型が崩れないように頭にスカーフをつけていました。 木村・名古屋市

三尺帯《さんじゃくおび》 「帯解《おびと》き」は七歳のお祝いです。小さい時は着物に縫い付けてあるひもを締めるだけでした。七歳くらいになると、帯を結ぶようになります。帯といっても、柔らかな三尺帯で、蝶々《ちょうちょ》結びにしました。「さんじゃく」と言えなくて「しゃんじゃく」と言っていました。 越阪部・所沢市

三尺《さんじゃく》の壁《かべ》 どこにいても親の視線が通る家でした。和室の境の三尺の壁が、唯一台所にいる母の眼から隠れられる場所でした。叱《しか》られると壁にもたれて座り、スカートに顔をうずめて泣いていました。大切な壁でした。 加部・和歌山市

三畳間《さんじょうま》 両親の友人や叔父が来た時は、三畳の和室でちゃぶ台を出して酒宴です。私と兄はマツタケを七輪《しちりん》であぶり、酢醤油《すじょうゆ》で香りを楽しんで、高価なものとは知らずにほおばりました。 加部・田辺市

サンタさん 幼い頃、卓上《たくじょう》ピアノが欲しいとサンタさんに頼んだのに、朝起きたら枕元にあったのは手の平に乗る小さな赤いピアノ。鍵盤は描《か》かれているだけで音は出ません。それとおミカンが一つ。しょんぼりです。子供ながらに家計が苦しいのを感じました。 加部・田辺市

三角乗り

サンタさんの手紙　クリスマスイブに兄がサンタさんにお礼をあげたいと言って「お菓子をどうぞ」という意味の手紙を英語で父に代筆してもらい、クッキーと一緒に枕元に置きました。翌朝、プレゼントの横に封筒を発見！　父に見せると重々しく「これはドイツ語だ」。父はドイツ語が少しできました。英語の手紙の返事がドイツ語と聞いて確信しました。サンタさんはいる！　西岡・浦和市

サンタさんの手紙　クリスマスの日に、三人姉妹の姉と妹にサンタさんから手紙が届きました。まん中の私には遅れて届いたので確信しました。サンタさんはいない！　風祭・高萩市

サンドイッチ　小学校の調理実習で、初めてサンドイッチを食べました。食パンの耳を切り落とし、厚さ五㎜のふわふわのパンにハムとキュウリとマヨネーズだったと思います。一人分はパン二切れで、すぐに口の中でなくなってしまい、付け合わせのパセリも初めての味で、塩をふって茎までも味わいました。その後、パン屋で三斤《きん》の食パンを買って、自宅でも挑戦。刺身包丁をガスであぶり、サンドイッチの他に厚切りトーストも楽しみました。福井・本荘市

三等車《さんとうしゃ》　ホームにいると、髪を赤く染めたおばさんに「どいて！　私二等車の切符持っているんだから」と言われました。三等車は木の堅い椅子で薄い布ですが、二等車はグリーンのビロードの椅子。どんな人が乗るのだろう、一等はどんなに素晴らしいんだろう、と想像しました。竹岡・天童市

桟橋《さんばし》で見送り　島で結婚式があると、新婚旅行に行く二人を桟橋から見送りました。色とりどりの紙テープが投げられ、「瀬戸の花嫁」などの祝いの音楽が高らかにかけられ、汽笛を鳴らしながら船が内海を一周し、テープが切れるまで見送りました。橋ができる前までの島の風物でした。説田・今治市

サンマータイム　「サマータイム」。夏だけ時計を一時間進める制度。昭和23年に実施。寝不足と労働強化になるとの反発で廃止された」

し

幸せの甘い匂い　羽釜《はがま》に蒸籠《せいろ》をのせて蒸《ふ》かした赤飯《せきはん》の匂いが、私の記憶に残る幸せの甘い匂いです。私の故郷では、金《きん》時豆《ときまめ》を甘く煮てからもち米に混ぜ込むので、赤飯の匂いが甘くなる

のです。葛西・青森市

ジーンズ　中学から高校の頃、アメリカで一九五〇年代に流行した青春小説の翻訳本を読んでいました。ハイスクールが舞台で、同世代の暮らしぶりや恋の行方に自分を投影させながら読みました。たびたび出て来たのが「ジーンズ」という言葉。スマートで洒落た感じがしました。菊池・新宿区

シェー　［赤塚不二夫の漫画『おそ松くん』のキャラクター「イヤミ」の発したギャグ］

ジェットコースター　初めてジェットコースターに乗って興奮してきゃーきゃー。これがとんだトラブルで、止まるはずのところを行き過ぎて二周してくれて、儲《もう》けものでした。説田・今治市

潮干狩《しおひが》り　有明海の潮干狩りは船で遠くへ行きます。潮が満ちてくるとまた船で戻るのですが、その時胸まで海に浸《つ》かりながら歩いて戻る人がいました。子供心にとても心配でした。矢賀部・八女市

潮干狩《しおひが》り　小学二年生の春の遠足は稲毛海岸への潮干狩りでしたが、はしかにかかり行けなくなりました。その夜、担任の女の先生が自分でとったアサリを全部持って見舞いに来てくれました。私が遠足をとても楽しみにしていたのを知っていたからです。小暮・船橋市

自家水道《じかすいどう》　井戸の近くにドラム缶を使った高架貯水《こうかちょすい》タンクがあり、タンクから台所と風呂へパイプがつながっていて、先端に蛇口《じゃぐち》が取り付けてありました。落差で水を出す仕組みです。タンクに水を汲《く》み上げるのは、子供には大変な仕事でした。越阪部・所沢市

地下足袋《じかたび》　農作業の途中で地下足袋のまま入れるようにと、トイレは外にありました。糸井・太田市

敷居《しきい》が高い　玄関は引き違い戸で、敷居は土台の石と合わせて二十五㎝にもなる高さ。ぴょんとまたいで家に入りました。幼児なら一度敷居の上に座ってから降りる

シェー

高さです。越阪部・所沢市

敷藁《しきわら》 押切《おしきり》で短く切り、家畜の寝床に敷き、汚れると糞尿《ふんにょう》ごとすくって堆肥《たいひ》にしました。越阪部・所沢市

獅子舞《ししまい》 お正月には二人組の獅子舞がやってきました。玄関で家族が順番に頭を差し出すと(噛《か》みつかれそうで恐る恐る、泣かないように)獅子頭《ししがしら》がパクリと咥《くわ》えます。笛のお囃子《はやし》で少し舞い、厄払《やくばら》いを終えると、ご祝儀を受け取り、次の家に。越阪部・所沢市

刺繍《ししゅう》 叔母と一緒にデパートや手芸屋さんで企画される教室に通うのが楽しみでした。レース編み、フランス刺繍、スウェーデン刺繍、クロス刺繍など、今でもきれいに残っています。小渡・静岡市

刺繍《ししゅう》のついたアルバム 厚手の表紙に、動物や言葉が刺繍されたアルバムを、結婚や出産、入学などの人生の節目に贈ることが、ひとつの習慣のようでした。戌年《いぬどし》の私は、誕生祝いに犬の絵のアルバムをいただきました。赤いリボンをつけた茶色い垂れ耳の犬で、ディズニー映画に出てくるような目がぱっちりとした女の子(メス犬)でした。杉山・小平市

辞書で巻煙草《まきたばこ》 父は一升瓶《いっしょうびん》を離さず、煙草もすごかった。私は小学生の頃、煙草の吸殻を拾ってばらし、英語の辞書の紙で巻煙草をつくる手伝いをしました。父はよく「単語を覚えてから巻くんだぞ」と言っていました。渡会・目黒区

辞書を引く 家にあった分厚い辞書で、性に関する言葉を引いては学校でみんなに教えていました。精子や卵子の絵を描いたり、隠微《いんび》な言葉を知ったかぶりしたり。聞いていた友達も興味津津《しんしん》、でも、本当の意味は分かっていなかったと思います。矢賀部・八女市

地震の備え 夜は風呂敷に着替えを包んで枕元に置いて寝ました。母が人に自慢をするので続けていたのですが、地震や火事が本当にこわかったのです! 吉田・横浜市

自然換気 便所は汲《く》み取《と》り式で家の外ですから通風はよく、換気扇は不要でした。夏は快適でしたが冬は寒かった! 福井・本荘市

地蔵講《じぞうこう》 子供の健康と成長を願って、常会《じょうかい》のお母さんと小さな子供たちが集《つど》う集まりです。輪になって長い数珠《じゅず》をぐるぐる廻して、最後にその数珠で背中をぐいぐいと撫でられるのが痛かった。常会とは、自治会や町内会のようなも

ののことです。　風祭・高萩市

自宅で結婚式　昔は自宅での結婚式も結構ありました。父の知り合いの息子さんは、病気で寝たきりの父親に晴れ姿を見せたいと自宅で結婚式をあげました。私は三三九度のお酒のお運び役で駆《か》り出されました。　木村・名古屋市

自宅で葬儀　隠居部屋の火事で亡くなった祖父と曾祖母《そうそぼ》の葬儀は、自宅で行われました。二階の六畳二間《ふたま》で、親戚、部落の人たちが中心になりました。お膳《ぜん》は家で作るので、台所が威力を発揮してくれて、ありがたかったと母から聞いています。　説田・今治市

七五三《しちごさん》参《まい》り　七歳になると神社にお参りします。母が縫った新しい洋服を着て、赤飯《せきはん》やミカン箱を自転車の荷台にくくりつけて歩いて行きます。道々おめでとうと声をかけられると、ミカンやお重《じゅう》の赤飯《せきはん》を、その人の掌《て》にお祝い分けします。神社にはナンテンの葉を重ねた上に赤飯を乗せて供えました。　越阪部・所沢市

七《しち》並《なら》べ　幼い頃はよく家族でトランプをしましたが、子供に勝ちを譲らない家族でした。父はズルをしてでも勝とうとし、兄姉たちも絶対に容赦しません。七並べで出せる札が無くて詰まった時の、あの絶望感。泣きべそかいても負けは負け。ドボン！　小暮・船橋市

七輪《しちりん》　珪藻土《けいそうど》のコンロで、炭や豆《まめ》炭《たん》・炭団《たどん》・練炭《れんたん》などを入れて使います。昔はどこの家にもあり、プロパンガスが普及したあとも、煮物や焼き物、お正月の準備には七厘が活躍しました。下の小窓《こまど》で空気の量を調節して火加減を見るのですが、それを知らずにあけっぱなしにして、練炭を無駄使いしてしまいました。　矢賀部・八女市

しつけ　汁椀《しるわん》とごはん茶碗を置く位置(右左)、水にお湯を足《た》してはいけない、新しいものは夜におろしてはいけない、着物の合わせが逆、箸《はし》と箸で食べ物を受け渡す挟《はさ》み箸《ばし》など、「それでは仏様《ほとけさま》になっちゃうよ」などと母から口うるさく注意されました。　風祭・高萩市

市電《しでん》　家のそばに停留所があり、お出かけはいつも市電でした。潮干狩りや海水浴、映画やデパート、国鉄の駅に行くのも。車両は一両だけで、車掌さんが、大きな黒いがま口のようなバッグを首から下げ、穴のあく鋏《はさみ》で切符をパンチしていました。往復切符の帰りの

分を落としてしまい、母に怒られたこともあります。車掌さんの鋏《はさみ》捌《さば》きと軽快な音に憧れて、電車ごっこでは皆が車掌さんになりたがりました。今井・横浜市

自転車　団地では、誰かが自転車を買ってもらうと、皆で交代で乗りました。自転車が数台あれば、たくさんの子が遊べるのです。ある日、子供用のを買ってもらえない友達が大人の自転車を持ち出してきました。それがかえって羨ましくて、皆で必死で乗る練習をしました。吉田・横浜市

自転車の二人乗り　舗装されていない道を二人乗りで荷台に乗るとお尻が痛くなるので、座布団を敷いて乗ります。それでも砂利道を走ると、お尻が痛くなりました。風祭・高萩市

児童文学全集　留守番で家にいる日は、棚の上の方にある世界児童文学全集を読みました。『豚飼い王子』とか『ばらいろの雲』など、その後お目にかかったことのないような不思議な話がたくさん入っていました。友達の家にも別の全集がありましたが、厚くて重い本だったので貸し借りなどはなく、もっぱら自分の家のを読んでいました。西岡・浦和市

篠《しの》ん棒《ぼう》　選局はダイヤル式ではなく、チャンネルごとに押しボタンがついたテレビでした。リモコンがなかったので、一番近くに座っている人が、篠ん棒(篠竹)でうまくねらいを定めてチャンネルを押していました。冬場にこたつから出ずにチャンネルを回す横着から生まれた知恵です。風祭・高萩市

死人花《しびとばな》　曼珠沙華《まんじゅしゃげ》、彼岸花《ひがんばな》とも言います。葉もなくいきなり茎が伸びて火花のような朱《あか》い花が咲くのを、彼岸のものとみて名付けたのでしょう。墓の土《ど》饅頭《まんじゅう》のわきに咲いていると、亡くなった人からの便《たよ》りのような気がしました。越阪部・所沢市

渋団扇《しぶうちわ》　団扇の中でもひときわ大きく、茶色に柿渋《かきしぶ》が塗られたもの。分厚く丈夫で、少々の力では風が起こせません。子供の手には余る代物《しろもの》でしたが、餅《もち》つきの時などには大人の手の内で活躍しました。越阪部・所沢市

渋柿《しぶがき》おじさん　ＮＨＫテレビの人形劇『チロリン村とくるみの木』に夢中でした。優しいが怒るとこわい渋柿おじさんが寝込み、お見舞いに行ったピーナッツのピー子

ちゃんがおでこを舐《な》めると甘い！　大変、渋柿が甘くなり始めているわ！　私もどん底気分に。看病の甲斐あり元気になったおじさんのおでこをピー子ちゃんが舐めると、渋くなってる！　私もどんなに安心したことか。　西岡・浦和市

地《じ》袋《ぶくろ》　茶の間の地袋は、子供が腰掛けるのに丁度よい高さでした。あまり具合がいいので、私も妹も何度注意されても、父の目を盗んで座っていました。とうとう天板《てんばん》がたわんで、戸が動かなくなりました。　勝見・金沢市

シベリアケーキ　カステラに羊羹《ようかん》をはさんだケーキです。贈答に使われました。　越阪部・所沢市

シベリア抑留《よくりゅう》　シベリアに抑留されていた父は昭和二十四年に日本に還《かえ》ってきました。家に帰って来た時は幽霊かと思われたそうです。そして祖父の遺言により、私の母と結婚したのです。　矢賀部・八女市

終《しま》い湯《ゆ》　夜は、隣の銭湯《せんとう》に毎日通っていました。九時過ぎに行くと終い湯で少々垢《あか》が浮いたりしていましたが、こんなものだと気にしませんでした。銭湯は近所のおなじみさんの集まる社交場であり、おしゃべりに花を咲かせるのが母の楽しみでした。　説田・今治市

島倉千代子の歌　島では、夕方五時になると、映画館から流行の音楽や、その夜興行する映画の音楽が流れてきて、時間を知らせてくれました。美空ひばりの「柔」、島倉千代子の「恋しているんだもん」、こまどり姉妹の「ソーラン渡り鳥」、石原裕次郎の「嵐を呼ぶ男」、守屋《もりや》浩の「僕は泣いちっち」、井沢八郎の「あゝ上野駅」、舟木一夫の「高校三年生」…。映画館は大人のデートの場所で、最大の娯楽場でした。　説田・今治市

地《じ》窓《まど》　便所は汲《く》み取《と》り式で、地窓からは気持ちよい風が入りますが、あいていると外から見られそうで、便器の蓋《ふた》を立て掛けて塞《ふさ》いだりしました。　越阪部・所沢市

シミーズ「スリップ」　夏の暑い日、お出かけした帰り道で見かけた久留米文化センターの噴水池では、みんな涼しそうに水浴びをしていました。水着の用意が無かった私と妹は、シミーズ姿でその中にジャボーン！　帰り道どうしたかは覚えていません。　矢賀部・八女市

シミちょろ　シミーズはワンピース状の下着で、長さの調節はできません。スカートの丈《たけ》はブラウス

をたくし込んだりするので長さが前と後ろで合ってなかったり、まちまちでした。スカートの下からシミーズの裾《すそ》レースが見えることは、大変恥ずべきことで、おしゃれが台無しなので気を付けました。西岡・浦和市

事務員さん 事務所付きの社宅に住んでいたので、若い女性の事務員さんが居ました。町でも評判の美人のYさんはおしゃれで、ある日の退社時、事務服を脱ぐと、華やかな黄色の花柄ワンピース。ギャザースカートのウエストがキュッと引き締まって、スタイルブックから出てきたよう。私もこんな服を着たいなぁ。母の手づくりの服で育って『ミセス』を毎月見ていた私は、洋服に格別の興味がありました。加部・田辺市

事務員さんの服装 ［チョッキ、ズボン吊《つり》、腕ぬき、指サック、革のスリッパ、折り返しズボン］

注《し》連《め》縄《なわ》 暮れ近くなると、父が注連縄を作りました。私が半紙で紙《し》垂《で》を作り、縄の間にはさみ込みます。神棚に張ると、半紙の白が映《は》えて、空気が清められた気がしました。越阪部・所沢市

下《しも》肥《ごえ》 汲《く》み取《と》られたうんちは、肥《こえ》溜《だめ》に発酵するまで置かれ、畑にまいて野菜の肥《こ》やしにしました。新見・前橋市

霜《しも》柱《ばしら》 家の周りには畑がたくさんあり、道路も砂利道でした。縁に生《は》えた草には冬になると霜柱が立つので、小学校への行き帰り、わざわざその上を歩いてつぶしました。ふわっと沈む感じと、しゃりしゃりという音を聞くのが好きで、今でもたまに公園で見つけると、うれしくなって霜柱の上を歩きます。芳村・浦和市

シモヤケ 冬場は足にシモヤケができて、少し暖かくなるとかゆくて仕方ありません。霜の降りた日に足を霜にこすりつけると治ると言われ、冷たい霜にこすりつけましたが、かゆさは和《やわ》らぐものの完治はせず。迷信だったのかもしれません。矢賀部・八女市

ジャー ガス釜《がま》でお米を炊《た》いたら、炊いたごはんを保温するためジャーに移し替えます。長時間、保温したままにすると端の方が黄色く固くなってしまうので、一定の時間が過ぎると取り出します。冷やごはんは、焼きおにぎりにして食べるのが楽しみでした。風祭・高萩市

ジャガイモの千《せん》切《ぎ》り 隣のお母

さんが時々、ジャガイモの千切りを油で揚げて、お酢をかけたおやつをご馳走してくれました。これが絶品《ぜっぴん》でした。今で言う〝フライドポテト〟です。 岡部・浦和市

ジャガイモの茹《ゆ》で汁《じる》 夕ごはんまで間《ま》がある時に、母が飲ませてくれました。ちょっと塩を入れていただくのですが、あんなに美味しいスープには、その後出会っていません。 吉田・武蔵野市

蛇口《じゃぐち》の袋 どこの家も金気《かなけ》(水にとけた鉄の味)を取るために、蛇口にさらしの袋をつけていました。赤茶けたのが取り替えられずに付いたままだと、あのうちはだらしないとか大人が言っていました。 竹岡・天童市

車《しゃ》掌《しょう》さんの鞄《かばん》 路線バスの車掌さんは、黒い鞄《かばん》を肩にかけて、揺れる車内で切符を販売していました。売上金、切符の束と穴あけ用の鋏《はさみ》が入った黒い鞄はがま口型で、小さな丸いボタンを押すとワンタッチで口がぱっと開きます。一瞬見える切符の束(いろいろな色があって魅力的)、憧れの穴あけ用の鋏。鞄を閉める時のチャッという音も大好きでした。 菊池・新宿区

写《しゃ》真《しん》館《かん》 七五三の記念写真は街の写真館で撮りました。華やかで仰々しく、その空気に緊張しました。大きな黒い布で覆《おお》われた三脚のカメラの中に写真館のおじさんが入ってシャッターを押すと、パッシッと音をたてて光が出ます。それが火のようでこわいと泣いたそうです。しばらくいやがって泣いた後の写真が残りました。髪は濡れ、腫《は》れぼったい目をした、気の小さい意気地《いくじ》なしの私がそこにいました。 新見・前橋市

シャボン 明治生まれの祖父は、石《せっ》鹼《けん》のことをシャボンと言っていました。お風呂で体を洗う時はゴシゴシこするのではなく、シャボンをつけてしばらく置いてからお湯で流すのがよいのだとか。物理的な力ではなく、シャボンの持つ化

事務員さん

学の力で洗うのだそうです。よくわからないまま真似して体を洗いました。 西岡・浦和市

シャボン玉 ♪「シャボン玉とんだ屋根までとんだ」夏は庭先でシャボン玉大会です。セルロイド製のストローや、先端が螺旋《らせん》状の針金を、台所洗剤や洗濯石鹸を水に溶かした液に付けて吹きます。濃度によってシャボン玉の出来が違うので、濃度を変えて何度も挑戦。玉の大きさを競ったり、一回吹いたあと何回重ねられるかなどを競いました。シャボン玉は青空に向かってフワフワと漂い、パッと消えました。 田中・西宮市

砂利道《じゃりみち》 バスの走る県道は舗装されていましたが、市道は砂利道が多く、初めてバイクに乗ってブレーキをかけた時、横滑《よこすべ》りしながら「こわっ！」と思いました。自転車もリヤカーも低速だったんですね。 越阪部・所沢市

ジャンパースカート 女の子のスカートは吊《つ》りスカートが多かったのですが、遊んでいると、しょっちゅうずり落ちます。スカートにチョッキが付いたようなジャンパースカートはずり落ちず、ブラウスがはみ出す心配もなく、お腹《なか》も締め付けられず、安心して動ける便利服でした。 越阪部・所沢市

シャンプー 髪を洗う時、当時はシャワーがなく、指で耳に栓をして頭からお湯をザアーと掛けられるので、シャンプーは大嫌いでした。 中林・前橋市

十円 「かあちゃん、ただいま。十円ちょうだい」「さて今日はどの店に行く？」。結局、五円でくじを買い、もう五円でイカを買い、しゃぶりながら神社でじゃんけんをして遊ぶことに。 説田・今治市

ジュークボックス［コインを入れて聴きたい曲のボタンを押すと、機械がレコードをピックアップして曲を流す仕組み］学生の頃北陸に旅行し、友人と行った店のジュークボックスは曲数が少なく、繰り返し「シェリーに口づけ」をかけ、ひたすらステップを踏みました。 越阪部・所沢市

祝言《しゅうげん》**をあげる** 祝言の時は、まず婿が迎えに来て、ぶち抜かれた続《つづ》き間《ま》で軽い宴があります。蔵から持ち出された箱膳《はこぜん》に絵皿やお椀が並べられ、ご馳走が盛られました。それから婚家に行って結婚式をします。買って間もない車で移動しました。 越阪部・所沢市

集合煙突《しゅうごうえんとつ》　石炭ストーブの煙突の熱は貯湯タンクを温め、洗濯物を乾かし、廃熱利用されて外壁の集合煙突に抜けていきます。季節の変わり目にはストーブの交換、煙突掃除におおわらわです。子供も半人前に働きました。サンタさんはこの集合煙突から入ってくると信じていたので、煤《すす》だらけの細い煙突をどうやって通り抜けるのか見てみたいと思っていました。島田・旭川市

十五坪《じゅうごつぼ》の家［戦後の資材不足のため昭和23年には15坪以上の住宅建設が禁止になった］　戦後まもなく、目黒の元競馬場の跡地に父母が建てた家は小さな家でした。私が小学一年生の時です。敷地は百五十坪ありましたので、敷地のはしにちょこんと建てた形です。家は間口《まぐち》三間奥行《さんけんおくゆ》き五間《ごけん》の十五坪ほどでした。渡会・目黒区　↓P231図

十五坪《じゅうごつぼ》の家　父は終戦の翌年の七月、船で紀伊白浜に着き、ようやく一兵士の生活から解放されました。戦前、魚屋に奉公した経験を生かし、昭和二十五年に三十坪ほどの土地を求め、十五坪ほどの家で魚屋を始めました。木材は実家の農家の裏山の木を譲ってもらい、店と八畳の和室、三帖《さんじょう》の板《いた》の間《ま》と小さな台所の建築を近くの大工《だいく》さんに頼みました。岸・平塚市

十五夜飾《じゅうごやかざ》り　九月の十五夜には、十五夜飾りをしました。縁側《えんがわ》にススキを十五本活《い》け、唐箕《とうみ》の上に秋の果物や野菜、穀類を盛《も》ります。団子を皿に十五個山盛りにし、脇に一升瓶《いっしょうびん》の酒。お供えする草花は雑木林に摘みに出かけます。野菊、女郎花《おみなえし》、桔梗《ききょう》、ススキ。母が好きだという吾亦紅《われもこう》は、喜んでもらいたくて、必ず探しだしました。越阪部・所沢市

十姉妹《じゅうしまつ》　慣れて手のひらに乗ってくるような鳥を飼っている家もありましたが、母は普通に籠《かご》で飼っていました。卵を産んでどんどん増え、籠が二つになりました。鳥の餌はふーっと吹いて殻を飛ばします。死んだ鳥は庭にお墓を作って埋めました。吉田・横浜市

ジュースの素《もと》　カルピスは高級品で、夏の飲み物といえば家では麦茶でしたので、安価な粉末ジュースは魅力でした。「炭酸ジュースの素」という、粉のまま舐《な》めると舌の上でジュワッと溶けるのもありました。舌が真っ赤になる濃い色のジュースは、やがて発売禁止

になり、魅力半減の薄い色ばかりになりました。西岡・浦和市

終戦記念日　小学生の頃、母と弟と国電浅草橋の駅前から都電に乗って三越の食堂に行くのが楽しみでした。ちょうど十二時頃、食堂にいると、館内放送が「今日は終戦記念日です。亡くなった方々を悼《いた》んで、これから黙禱《もくとう》します」と伝え、大人たちが一斉に頭を垂れました。小暮・船橋市

十能《じゅうのう》［熾《おこ》した炭を運ぶ小さなスコップ］父の事務所には、だるまストーブがあり、その脇に石炭を入れる台形のバケツと十能が置いてありました。少女雑誌や本を読みながら、ストーブの小窓から揺れる炎を見て、火が弱くなると十能で石炭をくべるのが私の役目でした。加部・田辺市

授業参観　小学校の授業参観日は、いつもはもんぺ姿で農作業をしている母が和服姿です。母の好みの着物(茄子紺《なすこん》に色紙文様)が目の隅に入ったら、私は姿勢を正して真っすぐ黒板を見つめて、いい子になりました。越阪部・所沢市

受験勉強　三姉妹は玄関脇の二畳間で受験勉強をしました。個室などは望むべくもなく、各自の机が持てるだけで良しとして高校受験、大学受験と、この部屋で過ごしました。狭いのでまさに「籠《こ》もる」という感じでした。玄関の土《ど》間《ま》から冷気が伝わってきて、冬場は足下に豆炭行火《まめたんあんか》が欠かせませんでした。浜田・神奈川県

数珠玉《じゅずだま》　田圃《たんぼ》の縁《へり》の道端にはたくさんの数珠玉が生えていました。グレーに色づいてきたら採ってきて、真ん中の筋《すじ》を抜いて、糸を通して、ネックレスにして遊びました。岩倉・沼津市

しゅっしゅぽっぽ　縄跳びの縄を二本つなげて輪にして数人の子が入って走る電車ごっこです。先頭は運転手さん、しんがりは車掌さん。「出発進行！」と声をかけると、みんなで「しゅっしゅ、ぽっぽ、しゅっしゅ、ぽっぽ」と言いながら走りました。越阪部・所沢市

出張の宿《やど》　両親とも関西の出身でした。東京に住んでいたので、関西の叔父やいとこが仕事で東京に出張する時は、たいていうちに泊まりました。ビジネスホテルも電話もメールもない時代です。いつ来るかは電報で知らせが来ました。母は大変だったと思いますが、私はお土産がうれしかった！

東・港区

種痘《しゅとう》の痕《あと》 種痘は天然痘《てんねんとう》の予防接種です。腕に一センチほどの痕が残りました。 越阪部・所沢市

授乳《じゅにゅう》 若いお母さんたちのおっぱいは美しく、赤ちゃんが大きな口で吸いついているのを横から眺めました。授乳する母親のピンクがさした頬と、おっぱいに安らぎを感じました。私のぺったんこのおっぱいもあんなに大きくなるのかしら？ 子供の私は少し不安になりました。 山本・府中市

棕櫚《しゅろ》の蝿叩《はえたた》き プラスチック製の蝿叩きも出回っていましたが、祖父は手作りのものを使っていました。庭の棕櫚の葉を棕櫚縄で編み込んだもので、既製のものよりも、しなりが良く捕獲率抜群！ 棕櫚縄を綯《な》う祖父の姿は小気味《こきみ》よく、縁側《えんがわ》でいつも隣に座って眺めていました。 風祭・高萩市

純喫茶《じゅんきっさ》 山形のランブルという店はコーヒー一杯六十円、クラシック音楽をかけていました。店の人に「リクエストなさいますか」と聞かれ、飲み物の名かとかんちがいした私は「いいえ、頼みません！」とあわてて言いました。十回通うとコーヒー券がもらえました。 竹岡・天童市

純毛《じゅんもう》 ［毛だけを原料とした糸。またその糸で織った毛織物］

背負子《しょいこ》 ［荷物をくくりつけて背負《せお》う運搬具］

傷痍軍人《しょういぐんじん》 白衣を着て松葉杖をついたり、包帯をまいたりした男の人が、繁華街の街頭に立っていました。見かけるたびに、母が私に「ニセモノだよ」とささやくので、私もそう思い込んでいました。後年、その人たちは日本軍に徴兵された元兵士で、戦後なんの補償も軍人恩給も受けられなくて世間に訴えている人たちだと知りました。 小暮・船橋市

焼夷弾《しょういだん》 昭和二十年の空襲で高松の市街地は丸焼けになり、私の生家もあとかたもなく消失しまし

背負子（しょいこ）

た。六十発もの焼夷弾が落ちたとのことです。私たち家族は、妹が生まれるので、引田に移っていて無事でした。　大宇根・高松市

唱歌《しょうか》　手をつないで歩く時、魚屋さんごっこをする時、そこにはいつも唱歌がありました。母や兄弟姉妹、遊び友達が歌い始め、それに唱和しているうちに覚えました。家では二段の大きなハモニカを兄と代わりばんこに吹いて伴奏をしました。　越阪部・所沢市

焼却炉　学校には焼却炉があり、教室のゴミは、たいていそこで燃やしていました。焼却炉にゴミを捨てにいくのは、掃除当番の中でも楽しみな作業でした。　風祭・高萩市

正絹《しょうけん》［本物の絹糸。絹百%］　よく反《たん》物《もの》を売りに行商人が来ました。着物好きな祖母は、その反物が正絹かウールかを、端を燃やして匂《にお》いや燃え方で確かめていました。といっても、端だけ正絹の場合があるとも話していました。　小渡・静岡市

障子《しょうじ》紙《がみ》　小麦粉かお米をゆるく煮てつくった糊《のり》を小さ目の洗面器に入れて、幅十cmほどの糊刷毛《のりはけ》で、障子の桟《さん》に糊付けします。幅二十五～二十八cmほどの巻紙《まきがみ》(半紙判・美濃判)を剃刀《かみそり》の刃でカットしました。　越阪部・所沢市

障子《しょうじ》の開《あ》け閉《し》め　店には表通りから裏通りに抜ける通《とお》り土間《どま》がありました。近所の人も外気も通りぬけるので、冬は寒くて、通り土間に面した障子は、あけたらすぐに閉めるようにうるさく言われていました。人の目線より寒さ対策が優先でした。　福井・本荘市　↓P284図

障子《しょうじ》の生活　家はほとんどの間仕《まじ》切《き》りが障子でした。紙だから当然破けます。母は桜の花に切った障子紙を貼っていました。暮れには障子をはずして洗い、朝から糊《のり》を作り、紙を切ったり、端を持つのを手伝ったりして、お正月を迎えました。子供の頃は障子を負担に感じましたが、今は障子明かりを美しく感じます。　小渡・静岡市

障子《しょうじ》の張《は》り替《か》え　ふだんは穴をあけたりしたら叱《しか》られる障子を、びりびりと思いっきり引きさいたあと、水洗いして逆さに立てかけ、桟《さん》が乾いてから障子紙を張りました。紙の間にほこりが入らないように下から上に張り重ねていきます。　新見・前橋市

少女雑誌の付録　月刊誌『りぼん』や『なかよし』は付録が豪華でした。正月や誕生日などの特別な時

にしか買ってもらえないので、本屋の店先で目を皿のようにして付録のラインナップを見比べたものです。ようやく決断したものの、たくさん付録がついてる方はちゃっちいおまけばかりでがっかり。ある時、古本屋で付録だけ売っているのを発見！　母にすがるように頼んで買ってもらった時は夢のようでした。私には付録の方がお宝でした。西岡・浦和市

少女小説　小学校の図書室当番になり、本を読みあさりました。吉《よし》屋《や》信子《のぶこ》、佐《さ》藤紅緑《とうこうろく》、尾《お》崎翠《ざきみどり》などの少女小説は、私にとって逃避の世界でした。大家族で家父長の権限や男女差別が強い封建的な世界とは違う居場所があるのかもしれないと夢見て。越阪部・所沢市

少女フレンド　一日十円のおこづかいを五十円貯《た》めて『週刊少女フレンド』を買いました。その頃は、顔の三分の一が目で、瞳の中に星が一杯の女の子の絵を夢中で描いていました。楳図《うめず》かずおの「へび少女」の顔も。上野・川崎市

少女漫画　私の憧れは、少女雑誌に連載されていた高橋真琴《まこと》の漫画でした。バラの花が紙面にちりばめられていて、お城のような家に美しい令嬢が住んでいて白血病を患《わずら》っているという設定でした。松本・北区

省線《しょうせん》〔国鉄電車の昔の略称→参考P106国電〕　家から一番近い駅まで歩いて二十分はかかるので、省線電車に乗るのは、田舎や遠くに出かける時だけでした。濃い焦《こ》げ茶色の電車がお堀に沿って走ってくるとワクワクしました。ドアが開くと正面の摑《つか》まり棒にダッシュ。棒に摑まって体を倒して、遠心力でぐるんと半回転すると、何とも気持ちが良かった！　菊池・新宿区

商店街　周辺は「伯《は》方町《かたちょう》銀座」という商店街でした。洋品店、旅館、銭湯《せんとう》、おもちゃ屋、駄菓子屋《だがしや》、肉屋、鍛冶屋《かじや》、写真館、布団屋《ふとんや》、あんこ屋、時計店、八百屋、床屋《とこや》、

焼却炉

お好み焼屋、豆腐屋《とうふや》、パチンコ屋、船具屋《ふなぐや》、醤油屋《しょうゆや》と建ち並び、活気づいていました。説田・今治市

商店街の日常　私が学校に行く時間にはどの店もあいていて、しまうのは私が寝た後でした。土日も同じです。家族一緒に食事ができるのは朝だけ。朝食を大事にする習慣は、わが家にも引き継がれています。今井・横浜市

上棟式《じょうとうしき》　上棟式（建前《たてまえ》）は一種の地域イベントでした。どこからともなく噂を嗅《か》ぎつけ、袋を持って近所の皆が集まってきます。五色の旗と破魔矢《はまや》に見立てた竹を屋根に掲げるので、それを目印に集まったのだと思います。紅白の餅《もち》とおひねりや駄菓子《だがし》などが撒《ま》かれ、母たちは餅《もち》を拾い、子供たちはお菓子やおひねりを拾いました。おひねりは通常五円ですが、十円や時には五十円が入っていると、宝くじに大当たりしたような喜びがありました。風祭・高萩市

消毒液　クレゾール液は水で薄めると白くなりました。便所の手洗《ちょうず》鉢《ばち》の液を毎日替えるのは私の仕事です。冬には薄氷が張り、割らずに抜き取れたら今日は良い日と思いました。越阪部・所沢市

聖徳太子〔昭和33年発行の一万円札のこと。肖像画が聖徳太子〕　一万円札なんて、ふだんは全く見ることがありません。ある日、父が家族を集め「こんなお金を見る機会は今しかないから」と紙に包んだ束を持たせてくれました。畑が学校用地にとられた代償です。私にはお金がうれしいのか、畑がなくなって困ることになったのか、わかりませんでした。越阪部・所沢市

消毒の車　社宅の周辺には、ときどき白い煙をもうもうと吐く車が来ました。まわりが田圃《たんぼ》だったので、殺虫剤散布の車だったのだと思います。車の音がすると、あわてて窓を閉めて、家の中でびくびくしていました。岩倉・沼津市

少年雑誌　弟が近所の友達と相談して、毎月別々の少年誌をとっていました。発売日になると誰かの家に集まって、皆で（私も）回し読みします。『少年』、『少年倶楽部』、『少年画報』など。次第に付録が増え、三十五付録とか信じられない数でした。吉田・横浜市

樟脳《しょうのう》　衣替《ころもが》えの時は、柳行李《やなぎごうり》を押入れから出し、風を通しました。洋服を入れ終わると、防虫剤の用意です。透明の青や緑のセロファ

ンの袋の中に、白くて平たい丸い樟脳が二個入っていました。袋の角を斜めにハサミで切ると鼻にツンと来る刺激臭が部屋中に広がり、もうイヤ〜。 田中・西宮市

常備薬《じょうびやく》 家庭薬の定番は、腹痛に正露丸《せいろがん》、切り傷・すり傷に赤チン、殺菌消毒にヨードチンキ、歯痛に根治水《こんちすい》、便秘に毒掃丸《どくそうがん》でした。 新見・前橋市

菖蒲《しょうぶ》湯《ゆ》 旧暦の五月になると、神棚・氏神様《うじがみさま》・玄関の上に、菖蒲の葉とよもぎの葉を飾り、四日と五日には、菖蒲の葉とよもぎの葉をお風呂に入れて入ります。男の子は頭に菖蒲の葉を巻き、女の子は頭にかんざしのように挿《さ》して魔除《まよ》けにするのですが、チクチクしたのと葉っぱの匂いが忘れられません。 風祭・高萩市

消防団《しょうぼうだん》 父は時々「訓練」と称して出かけて行き、お酒を飲んで帰って来ました。ぼや騒ぎも多く、どんな火事だったか家族に事細かに話してくれるのですが、自慢話のようでした。 新見・前橋市

醤油《しょうゆ》缶《かん》 醤油は一斗缶《いっとかん》に入っていました。缶切りで穴をあけて漏斗《じょうご》で一升瓶《いっしょうびん》に移して使います。カラになった缶は中の蓋《ふた》を切り落とし、蓋《ふた》つきの容器として使いました。 越阪部・所沢市

醤油《しょうゆ》造《づく》り 父の実家は江戸時代から続く醤油造りの家で、醸造蔵《じょうぞうぐら》の中は、材料(大豆)をしまう蔵から、麹室《こうじむろ》、仕込んだ「もろみ(醪)」の樽《たる》を一年くらい寝かせておく蔵などがあり、もろみをしぼって醤油をつくり、瓶詰めにして出荷するまでの設備がそろっていました。 大宇根・高松市

ショートケーキ クリスマスと誕生日くらいしかお目にかかれない貴重なものでした。食べ方にも性格が表れます。私はカステラから食べ始め、最後においしいクリームの部分を。弟はクリームとイチゴを最初に食べ、最後に平凡なカステラを。一番下の弟は無頓着に全体を一度に。母も父も大笑いでした。 吉田・横浜市

ショートパンツ 中学の体育は紺のショートパンツでした。班長の女の子が、みんなの前で私のズロースがショートパンツの裾《すそ》からはみ出ていてみっともないと指摘し、「こういう三角のパンツを買うんだよ」と自分のをつまんで見せました。 小暮・船橋市

女学生愛唱歌集 高校生の姉が

購読していた月刊雑誌『女学生の友』の付録です。流行歌からロシア民謡、寮歌《りょうか》や軍歌《ぐんか》まで掲載され、歌詞のほか譜面もありました。学校帰りに海辺を散歩しながら「夜霧の彼方に〜」や「雪のシラカバ並木〜」とか歌いました。男子は軍歌を口ずさんでいました。「おまえと俺とは同期の桜〜」で歌い出す予科練《よかれん》の歌など、反抗期の中学生には魅力的だったのかもしれません。　浜田・神奈川県

職業婦人　東京に転校したばかりの中学三年生の時、級友に「私、職業婦人になるんだ!」と宣言したら反応は「ふ〜ん」だけでした。活発でテキパキした母は専業主婦では飽き足らず、「師範学校をやめなきゃよかった」が口癖で、「仕事がしたい、したい」と言っては毎回、父に反対されていました。私も職業婦人に憧れて、心に誓いました。働くために何か技術を身に付けよう!　加部・小金井市

食堂車　新幹線に乗ると座席を確保し、すぐ食堂車へ。コップの水もゆらゆら、体も揺れながらカレーライスやサンドイッチをほおばる楽しさ。富士山が見えたら、もう少しで到着です。　田中・西宮市

職人さんの前掛《まえかけ》　男の作業用の前掛は厚手の藍染《あいぞめ》で、丈《たけ》は膝下まであり、ひもは藍と茶の縞模様がほとんどで、丈夫なものでした。木箱のささくれがあると、端折《はしょ》ってミトン代わりに。重いものを担ぐ時は、裾《すそ》を肩に端折り上げてクッション代わりに。小刀を使う竹屋さんの膝をおおい、牛蒡屋《ごぼうや》さんの洗《あら》い桶《おけ》の水が撥《は》ねるのも除《よ》けました。家業がわかるような絵や文字が入る誂《あつら》え品《ひん》は、ご挨拶に顧客《とくい》先に配られました。　越阪部・所沢市

食糧難　戦後は食糧難で、誰しも空腹でした。家の庭は全部畑にして、桃、柿、いちじく、いちご、野菜を植えました。いちごの季節は、学校から帰ると畑に直行しました。　大宇根・高松市

書斎《しょさい》　家の中で一番気に入っていた場所は、玄関の隣の三畳《さんじょう》の書斎です。広くとった窓台が机代わりでした。早く大人になって、書斎で本を読んだり勉強したりしたいと憧れました。　東・港区

書生《しょせい》さん　「実家に帰るので連れていってあげるよ」と下宿していた学生さん(書生さん)に言われ、母がよいよと言ったのでついて行きました。柿の木のある農家で、優

しくしてもらいました。その夜、書生さんとの外出を許した母を、父がひどく怒りました。私は楽しかったので複雑な気持ちでした。吉田・武蔵野市

所帯《しょたい》を持つ 結婚は「所帯を持つ」とか「身を固める」とか言われていました。鍋釜《なべかま》一つ布団一組、十坪の借家で質素なスタートをする人が多かったと思います。お嫁さんは見ていて眩《まぶ》しい笑顔でした。越阪部・所沢市

女中《じょちゅう》さんと書生《しょせい》さん 祖父母の時代は、特別裕福ではない家にも、住み込みの女中さんと書生さんがいました。どちらにもあまり高いお給金は支払っていなくて、祖父母の家も、田舎の親戚に頼まれて預かったと言っていました。いわゆる行儀見習いです。東京に出てみたいという若い人の希望もあったのかもしれません。女中さんの仕事は幅広く、炊事・洗濯・掃除・買い物・子守りなど。書生さんの仕事は、庭仕事や大工《だいく》仕事でした。吉田・武蔵野市

初潮《しょちょう》 生理について何も知らない小学六年の七月七日に初潮がありました。うち(洋服仕立業)の職人のお姉さんが、私のパンツの汚れに気づきました。私は肛門から出血したのだとばかり思っていました。お姉さんは、お尻には三つ穴があって、おしっこと便と血の出る穴だと教えてくれました。新見・前橋市

虱《しらみ》検査 学校で先生が髪の毛をさわって、虱の有無を調べ、白い粉末のＤＤＴ《ディーディーティー》という農薬を振りかけました。伝染するからと、全員の頭に真っ白になるほど。咳き込むこともありました。家では新聞紙を広げて櫛《くし》でとかすとパラパラと虱が落ち、爪でつぶしたものです。福井・本荘市

白い紙 小学生の頃は、藁半紙《わらばんし》が紙のすべて、と言ってもよいくらい当たり前の紙でした。全国模擬試験のような特別なテストの時には、真っ白な紙にプリントされた問題用紙が配られ、用紙からして特別なので緊張したものです。図工で使ったカラーペーパーがまたまた特別で、輝いて見えました。松本・北区

白黒テレビ うちは東京オリンピックの頃はまだ白黒テレビでした。チャスラフスカや東洋の魔女が活躍する姿や、『ザ・ガードマン』や『奥さまは魔女』を家族そ

ろって楽しみました。ケネディ大統領の暗殺（宇宙中継が始まった初日のニュース）を知ったのも、白黒テレビでした。木村・名古屋市

白酒《しろざけ》 三月は白酒を作りました。蒸《む》した麹《こうじ》と米を混ぜ、容器に入れて布団のようなものでくるみ、掘りごたつの中に入れておきます。幾日置いたか記憶は定かではありませんが、白くサラッとした美味しい飲み物でした。中林・前橋市

新幹線 東京オリンピックの時、私は十歳でした。新幹線が初めて運行したので乗ってみようということになり、両親とこだまに乗って名古屋から静岡まで行き、それだけで帰ってきました。木村・名古屋市

人絹《じんけん》［レーヨン］ 正絹《しょうけん》にこだわっていた祖母は着物の裏地も正絹が主でしたが、叔母は洋服の裏地はレーヨンで仕立てていました。色も豊富で安く、すべりが良いので、着た感触もすらっとして着やせする感じです。小渡・静岡市

信玄袋《しんげんぶくろ》 祖母がいつも持っていたのが、二本のひもで口を締《し》める信玄袋でした。地味な縮緬《ちりめん》の袋を、小さな体の前で両手で握るように持つのでした。越阪部・所沢市

しんこ細工《ざいく》 ［しんこ（米粉《こめこ》）を餅《もち》状にして鳥や花の形に彩色。蜜《みつ》をかけて縁日《えんにち》で売られた］

伸子《しんし》 両端に針がついた竹製の細い棒。布の長手《ながて》両端を張《は》り板《いた》に嚙《か》ませ、張り渡した布の幅がそろうよう、伸子を一定の間隔にたるませて打ちます。伸子は染物屋《そめものや》さんや洗《あら》い張《は》り屋さんで使われていました。家では洗い張りの短いのを伸子で外に干したのが、吹き流しのように風に揺れていました。越阪部・所沢市

神社の祭 母の里の村では、部落の若い衆によって仮設小屋が作られ、村の人々が順番に歌い、踊る仕組みでした。マイクを握る司会の人が出番の人を紹介して「では、張り切ってどうぞ！」。参加者は張り切って歌い、見物人も期待をこめて拍手しました。田植えや稲刈りを共同で行い、順番にやっていたとかで、幼い私にも、農家の結束の強さが伝わってきました。福井・本荘市

新生《しんせい》 戦後に誕生した両切りの紙巻煙草です。父はカートン（十箱）で買っていました。越阪部・所沢市

ジンタ 父は絵を描くのが好きで、店先に貼った絵には「チンチンドンドン、チンドンドン、チリチキ

チッチキ、チンドンドン」と書いてありました。ちんどん屋さんの奏《かな》でるジンタです。　新見・前橋市

寝台《しんだい》　兄の部屋には進駐軍の払い下げの鉄パイプ製のスプリングベッドがあり、友達のたまり場になっていました。　福井・本荘市

人体《じんたい》　うちは洋服の仕立屋でした。マネキン人形には顔があって髪の毛もありますが、店先の人体には頭や顔がありません。首から上は円錐形のキャップがかぶせてあるだけ。着ている洋服は、しつけ糸で縫われた仮縫いのものです。男とも女ともつかず何とも不気味でした。　新見・前橋市

身体検査　幼稚園の冬の身体検査の時です。もちろん男女一緒。白い長靴下を赤いフリルの付いたゴムバンドで留めます。どうしてもパンツと長靴下の間があき、素肌が見えます。なんとなく恥ずかしいので、長袖のシャツの下を引っ張り隠します。卒業写真のアルバムには不安げにカメラを見ている私がいます。前だけ引っ張って後ろは白い毛糸のパンツが写っています。　田中・名古屋市

寝台車　年の暮れ、東京の大学に行った兄が、帰省するはずの時刻になっても帰りません。母が送金した寝台急行列車代が飲み代に化け、朝八時東京発の急行列車「六甲」に変更したからです。六甲は大阪に十六時頃着。和歌山を経て紀勢本線に乗り継ぎ、紀伊田辺に兄が着いたのは夜九時近く。十三時間の長旅でした。汽車代はビルのトイレ掃除をして捻出したそうです。　加部・田辺市

仁丹《じんたん》　煙草を吸う男の人は、よく仁丹をポケットに入れていました。独特の生薬臭《しょうやくくさ》さがあるのになぜか私は好きで一粒もらっては口の中でころがしました。　越阪部・所沢市

進駐軍《しんちゅうぐん》　終戦後の横浜にはアメリカ兵がたくさんいました。外国人を見たことがない田舎育ちの母が、ある日、黒人兵士と電車に乗

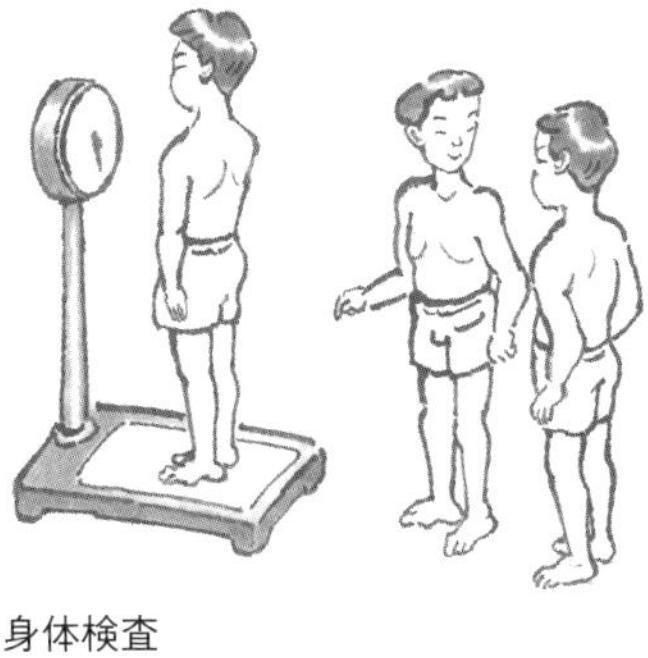

身体検査

り合わせました。両手を差し伸べてきたので、抱いている赤ん坊(私)を取られるのではないかと必死で隠したそうです。あとで思い返すと、その兵士にも故国に赤ん坊が居て、抱かせてもらいたかったのではないかと話していました。菊池・横浜市

人研《じんと》ぎ流し［セメントに大理石《だいりせき》や蛇《じゃ》紋岩《もんがん》などの種石と顔料を練り混ぜて塗り、グラインダーでなめらかに研いだ流し台］ 流し場は人研ぎ流しでできていて、瀬戸物《せともの》が割れないように簀子《すのこ》が敷いてありました。福井・本荘市

新年会 〈父が独立して建築事務所を始めてからは、下請け業者さんたちの新年会を家でするのが恒例でした。ちょうど松が取れるあたりです。料理上手の祖母が料理をつくるのですが、お運びやお酒のお酌《しゃく》をさせられるのがいやでした。葛西・青森市

シンバルモンキー 玩具《おもちゃ》屋のおじさんがお猿の背中のぜんまいを巻くと、やかましくシンバルをたたきました。越阪部・所沢市

新聞紙切り 魚屋では新聞紙が包装紙の代わりでした。その新聞紙を切るのも子供のお手伝いです。新聞紙を開き、何枚か重ね、はさみを使わず手だけで二つや四つに切り、切った束に鉄製の鉤《かぎ》をひっかけ、品物の大小により使い分けます。時には手伝いを忘れ、新聞記事に目を通すこともありました。当時の新聞紙はガサガサした手触りで厚みがあり、終わる頃には指がインクで真っ黒になりました。岸・平塚市

新聞少年

新聞紙の使い道 よくもんでトイレの落とし紙や鼻紙に。鼻をかむと新聞のインクが付いてタヌキになりました。保温性もあるので温めた鍋を包んでおいたり、焼き芋やコロッケなどの包み紙に。お弁当箱も新聞紙に包んで学校に持って行き、そのままストーブの上の網にのせて温めました。湿気も吸

ってくれるので濡れた靴の中に丸めて入れておいたり、習字の下書きや洋服の型紙にも使いました。新見・前橋市

新聞少年　[家計の足《た》しに新聞配達をしていた少年たち。山田太郎の歌「新聞少年」に歌われた]

じんましん　夏休みの海水浴の夜、夕飯に大好物のマグロの刺身が出ました。食べ終わってすぐ身体中が真っ赤に。十円玉ほどの大きさの蕁麻疹《じんましん》が出たのです。すぐに近くの医院で、静脈注射のお世話になりました。福井・本荘市

深夜放送　中学一年生の夏休みが終わる頃、トランジスタラジオを聴きながら徹夜でたまった宿題をしました。曲の間のパーソナリティーの話やリスナーの葉書を聴いて以来、深夜放送を聴くようになりました。上野・大田区

人力《じんりき》　家を建てるにも、ほとんどが人力でした。大工《だいく》さんと鳶《とび》さんの采配《さいはい》で親戚や近所の男の人たちが力を合わせます。一面の柱梁《ちゅうりょう》が地面で組まれ、ロープをかけて上で引っ張り、横でも引っ張り、立ち上げました。足場もないところで梁《はり》の上に立ち、木槌《きづち》をふるう姿に心が震《ふる》えました。越阪部・所沢市

す

酢《す》イカ　小学一年生の頃、近所の子と連れだって駄菓《だが》子《し》屋《や》に行きました。皆、五円か十円を持っていました。お金のない子は我慢するという子供ルールを受け入れ、真っ赤な酢イカを友達が美味しそうにしゃぶるのを、帰りの道々ながめました。大きくなってから真っ赤な酢イカを買って食べましたが、ちっとも美味しくない！　西岡・浦和市

スイカ　夏休み、土佐の四万十川の先に嫁《とつ》いでいた叔母の家に行くと、帰りにスイカを二つずつ持たせてくれました。自転車の前と後ろにしばりつけると河原の砂利で倒れそうになりましたが、倒れるわけにはいきません。いとこたちと皆でよろよろしながら夜道の河原を帰りました。吉田・横浜市

スイカの種飛ばし　南側の広縁《ひろえん》で夏はスイカを食べながら種飛ばしをしました。羽沢・佐野市

スイカは裸で　スイカを食べる時は裸にさせられ、板《いた》の間《ま》でべとべとになりながらかぶりつきました。矢賀部・八女市

水銀体温計　体温計はガラス製でした。細くて折れてしまうのではないかとハラハラしながら脇には

さんで、待つこと十分。測り終えると振って水銀の位置を元に戻すのですが、滑《すべ》って床に落とすと、ガラスが割れて水銀がコロコロと飛び散り、母が「毒だから息を止めて」と大変な騒ぎに。中の水銀が途切れて使えなくなることもありました。　田中・西宮市

吸《す》い込《こ》み　まだ下水道がなかった頃、台所排水は外の吸い込みという穴につながっていました。自然に地面に浸透させるのですが、数年すると詰まるので、また新たに掘り直しました。　越阪部・所沢市

水上《すいじょう》小学校　［東京都月島にあった水上生活者の子の寄宿学校。週末は巡回船で父母の船に戻る］

水洗トイレ　昭和三十年頃、住んでいた社宅はすでに水洗トイレで、都市ガスでした。　菊池・新宿区

水筒《すいとう》　運動会や親子遠足の時、水筒は必需品でした。最初はアルマイトの楕円形で口が細くてじかに飲む形。その後、肩掛け用の革紐《かわひも》が付いた、注ぎ口にコルクの栓がある水筒になって、急に大きく重くなりました。中がガラス製なのでちょっとぶつけるとガチャン。持って行くたびに割っていた気がします。友達の水筒は人気のキャラクターのイラスト付きでした。キャップの蓋《ふた》に磁石が付いている水筒もありました。　田中・西宮市

水道　幼い頃、水は井戸から手押しポンプで汲《く》んで台所に運び、かめに溜《た》め、柄杓《ひしゃく》で汲みながら使っていました。その後、水道が引かれ、コンクリート製流しで水を受けるようになり、数年後、固定式蛇口《じゃぐち》から左右に動く蛇口に替わり、使い勝手が格段と上がりました。　岸・平塚市

水道管《すいどうかん》が凍《こお》る　冬になる前に、地上に露出している水道管に藁《わら》を巻き、麻袋でおおってひもでしばります。家の中も凍るくらいですから、そのままだと中で凍って水が膨張し、管が割れて水が噴《ふ》き出します。当時、止水栓《しすいせん》は地中深くに

水筒とリュック

あり、締めるには道具が必要ですが、それは班長さんの家にしかないのです。借りに走る間、水浸《みずびた》しになります。 越阪部・所沢市

水道水《すいどうすい》 水道から出てくる水を飲むことができる。これは大変素晴らしいことです。子供の時に蛇口《じゃぐち》に口をつけて飲んだ水は、冷たくて美味しかった！ 山本・府中市

吸取紙《すいとりがみ》 ［インクで書いた時に手早く乾燥させる文房具］

すいとん 小麦粉を水で柔らかく混ぜたものをポトリポトリと落とし、浮き上がってくる頃合いにほうれん草と醤油《しょうゆ》を入れます。寒い時にふうふうしながら食べました。 越阪部・所沢市

水路 塀と塀の間に細い水路があり、そのきわを落ちないように辿《たど》ると駅までの近道でした。よその家の庭を見ながら友達と探検しました。 西岡・浦和市

末《すえ》っ子《こ》 私は末っ子で、母の割烹着《かっぽうぎ》にしがみついているような子でした。小学校低学年の頃は、襖《ふすま》のすきまから、母の仕事が早く終わらないかとじっと見つめていました。高学年になると、母が机に座って帳簿《ちょうぼ》をつけている時を見計らって話しかけました。母が座っている時はチャンスだったからです。 福井・本荘市

スカートの裾《すそ》 ゴム跳びや縄跳びをするときは、スカートの裾をパンツのゴムに巻き込んでブルマーのようにして遊んでいました。 新見・前橋市

姿見《すがたみ》［鏡台のこと］ 幼い頃、鏡の前で一人遊びをしていたそうです。鏡の中のもう一人の私と会話でもしているかのように。 矢賀部・八女市

スキー遠足 小学校では「スキーの日」がありました。月一回、スキー板を担ぎ、おにぎりを風呂敷に包んで腰に巻き、一時間ほど歩いてスキー場に着くと、スキーをはいて山に登ります。慣れないうちは斜面に蟹歩き、慣れるとVの字に垂直に登りながら地形や危険

吸取紙とペン立て

箇所をチェックして滑《すべ》り降《お》りるのです。三十分かけて登って三分で滑り降りるのであっけなく、近所の物置の屋根から滑る方が何倍も楽しめます。親元を離れ学生になってから、当たり前のようにリフトに乗るようになり、滑ることをたっぷり満喫しました。島田・旭川市

梳《す》き櫛《ぐし》 年配の女性には、まだ髷《まげ》のような結《ゆ》い方が残っていました。柘植《つげ》でできた梳き櫛や、髪の乱れを整えるために髪に刺しておける簪《かんざし》のような櫛があります。越阪部・所沢市

すきま風《かぜ》 私の家は水道工事の店でした。解体した材料で建て増し建て増しした平屋の店舗併用住宅で、人が集まる掘りごたつの部屋には、いつもすきま風が入る場所があり、部屋に出入りする人は、「最新式自然換気完備だ!」と言いながら、閉めた襖《ふすま》に座布団をあてがったものです。岡村・柏市

すき焼き 日曜の夜は必ず、すき焼きでした。父は五時頃から晩酌を始め、夕ごはんになって私たちも鍋の周りに集まりますが、その頃には牛肉はほとんどありません。たまにありつけても切れっぱしでした。牛肉は高いので、母はたぶん家族全員が満足する量の肉は買わなかったのだと思います。でも白滝やネギや焼き豆腐は、肉の味がして美味しかった。吉田・横浜市

スケート場 スケートが上手くなりたくて友達と時々行きましたが、一番行きたい冬休みには、「テストに滑《すべ》るからダメ」と言われ、今思うとおかしな理由で行けず、もっぱら春休みの楽しみでした。木村・名古屋市

スコップ 赤い木の柄《え》がついた鉄製のスコップは先端が直線で、雪をすくうのに適しています。凍《こお》った雪もザクザクと崩すことができました。北陸の沿岸部に降る雪は水分の多いぼた雪で、道に三十㎝ほど積もった雪を、スコップでひとすくいして雪の捨て場の水路ま

姿見

で運ぶのですが、だんだん重さがこたえてきます。軍手はびしょびしょで指はかじかみ、積もった雪が何かの拍子に長靴の上端から入り込んで靴下を濡らします。雪かきは重労働でした。　勝見・金沢市

双《すご》六《ろく》　昭和二十年代の双六は、出発から終点までさいころの数に合わせてただ進むだけの単純なもので、「東海道五十三次」などをお正月に家族で楽しみました。昭和四十三年発売のアメリカ発祥の双六「人生ゲーム」は人生波乱万丈！大人気でした。　林屋・世田谷区

煤《すす》竹《たけ》　囲炉裏《いろり》の上は煙が通り抜けるように、天井は竹で粗く組まれています。百年も燻《いぶ》され続けると竹は天然の美しい飴色《あめいろ》になり、工芸品として価値が出ます。この煤竹は家を解体する時に竹屋さんがもらい受け、太めのは花器に、細めのはのれん掛けにしたり。たいがいは細く裂いて竹細工に編み直します。　越阪部・所沢市

煤《すす》払《はら》い　年末恒例の大掃除は家族総出です。畳をあげ、表《おもて》に二枚ずつ立てかけて、家の中は長い竹《たけ》竿《ざお》の先に笹をくくりつけたものでポンポンたたいて煤を払います。　矢賀部・八女市

簾《すだれ》　家を整理していたら、竹細工職人だった父が昔使っていた簾を見つけました。竹の節《ふし》を上手に使った簾で、軒先に吊《つ》るしたら、鳥の群れが飛んでいる絵だとわかりました。建具《たてぐ》にはめ込み、残りは、俳句を楽しんでいた母のために、短冊を飾る台紙にしてあげました。　小渡・静岡市

スチーム暖房　いとこが入院した病院はスチーム暖房でした。廊下の片側に放熱器が触れないくらいの熱をもって連なり、時々プシューっとどこかで蒸気が漏れて流れました。　越阪部・所沢市

ズック洗い　運動靴や上履《うわば》きは自分で洗います。バケツに水を張り、石鹸《せっけん》とたわしでごしごし！　妹は川で洗ったそうです。　矢賀部・八女市

ステテコ

ステテコ［ゆったり幅で汗をかいても脚にまといつかない］　夏場は、父はステテコをはいていました。白いクレープの上下です。父のこの姿は絶対友人に見られたくないと思っていました。おじいさんになってからは、母が買ってきた甚平《じんべい》を着せられていました。母も、父にステテコでうろうろされたくなかったのでしょう。西岡・浦和市

ステレオ　十代の頃、一番欲しいものがステレオでした。チューナー・アンプ・ターンテーブルの三～四段重ね、スピーカーは床置き型でけっこう場所を取りましたが、アルバイトをがんばって買いました！　越阪部・所沢市

ステンドグラス　冬の朝、窓には天然のステンドグラスがはめ込まれていました。勾玉《まがたま》模様に花模様、サイケデリック模様、一つとして同じ模様はありません。うすい窓ガラスに発生した結露が織《お》り成《な》す造形美です。室内が暖まると融けてしまいます。窓の内側に幅広の透明なビニールが貼られるようになると、この造形美も見られなくなりました。島田・旭川市

ステンレスの流《なが》し　小学校入学前、台所の土《ど》間《ま》が板張りになり、ステンレスの台所セットが組みこまれました。継《つ》ぎ目《め》のないステンレスの流しは、主婦の憧れでした。説田・今治市

簾《す》戸《ど》　廊下続きで行ける祖父の家では、夏になると座敷の縁側《えんがわ》の障子が簾戸に取り替えられました。はずした障子は簾戸がしまってあった物置に。手間がかかりますが祖母の代まではよくやっていました。夏らしいさっぱりした室内に、日陰の湿った地面から、いい風が流れて来ます。祖父丹精の庭が夏の光に美しく透《す》けて見えました。西岡・浦和市

ストッキング　破れやすく高価でした。ＯＬ《オーエル》と呼ばれていたお姉さんたちが「お給料が消えてしまうわ。ストッキングのために働いているようなもんだわ」と電車の中でこぼすのを聞いて、大変だと思った私。会社で不織布《ふしょくふ》の研究をしていた兄に聞くと、「いくらでも丈夫に作れるけど、それでは商売にならないんだよ」と言われて、さらにショックでした。小暮・船橋市

砂《すな》遊《あそ》び　植木屋さんが作ってくれた砂場で妹とよく遊びました。砂場を掘るついでにまわりの地面を掘ると、空襲の跡《あと》を思わせる瀬《せ》戸《と》

物《もの》の破片や、焼け焦げたクズのようなものがたくさん出てきました。菊池・新宿区

砂埃《すなぼこり》 群馬の空《から》っ風《かぜ》はすさまじく、すきま風と砂埃が入ってくるので、家の中はあらゆるところに新聞紙がかぶせてありました。新見・前橋市

簀子《すのこ》 学校の昇降口、下駄《げた》箱の前に簀子板が置いてあるのは、校庭の砂を教室に持ち込ませないようにするためでしょう。履《は》き替えたとき、上履《うわば》きに砂がついても、簀子の上を歩くうちに落ちてしまいます。越阪部・所沢市

スバル㊔ わが家で初めて買った車は、月賦で手に入れたスバル360でした。週末ごとに行き先を相談し、車に乗って一家四人で出かけました。乗り心地はソフトでしたが、当時は舗装道路がほとんどなかったので、揺られると消化が良くておなかがすくと言って、母は年がら年中お菓子を食べていました。菊池・新宿区

スピッツ 犬の中ではスピッツが人気でした。秋田犬や柴犬が交ざった雑種ばかりの時代、散歩している純白のかわいい姿は目を引きました。わが家の食器棚にも、ふわふわした細い脚のスピッツの人形が飾ってありました。西岡・浦和市

滑《すべ》り台《だい》 わが家はみかんの選果業でした。秋になると、母と祖母は残業食のうどんをかまどの湯を沸かして作ります。選果場には滑り台(二階で選果したみかんを下に降ろす昇降機)があり、格好の遊び場でした。みかんは狭い道をトラックで何度も往復して運び出し、船に積んで、尾道、今治方面に送っていました。説田・今治市

炭《すみ》 普段使《ふだんづか》いの安い栗《くり》の炭は、たたき合わせるとぐずっと割れ、火箸《ひばし》でも簡単に崩せました。火を熾《おこ》すと爆《は》ぜ飛びます。炭は楢《なら》が一番上等です。良い炭は固いので鋸《のこぎり》で切りました。叩き合わせるとカ～ンと澄んだ音がします。竹岡・天童市

住《す》み込《こ》み 一日にバスが数本しかなく、車も普及してない時代は、静岡市内の職場まで通いきれない田舎の若者や、東北や北陸地方の出稼ぎの人も、働き口として住み込みという形で仕事に就く人がいました。工場やお店、職人の世界でも、通《かよ》い(通勤)と住み込みの人がいました。小渡・静岡市

炭俵《すみだわら》 炭は俵に詰められていました。俵の片側の蓋《ふた》をはずし、俵を

立てたままの状態で上から順に取って使います。残り物をそのまま置くとネズミが入り込み、冬になって使う時、おしっこ臭《くさ》くて大変でした。 越阪部・所沢市

隅《すみ》っこ 四畳半に置かれたピアノの北側に、子供がすわれるほどの空間があり、その隅っこが幼い頃の私のお気に入りの場所でした。父が作ってくれた壁際の棚に玩具を並べました。 戸川・船橋市

炭火《すみび》 赤くかんかんに熾《お》きた炭は、オレンジ色の中に力を秘めて、かざした掌《て》を芯《しん》まで温めてくれます。静《しず》かに熱を放ち続け、やがて表面から鎮まっていきます。黒から赤へ黄色へ、そして灰色からふわふわの白い灰になるまで、その美しい変化を飽かず見つめる木枯らしの一日がありました。 越阪部・所沢市

炭火《すみび》アイロン 母は主に農閑期の冬に縫い物をしました。火鉢《ひばち》の炭を火箸《ひばし》で砕いて、アイロンの蓋《ふた》をあけてつまみ入れます。火のついた炭を畳の部屋で割り砕くなんて、子供がしたら大目玉ですが、母はガシガシ割り、そのたび火花が飛びました。濡《ぬ》れ手拭《てぬぐい》を当てた布に母がアイロンをかけると、ジュワッと蒸気が立ち、そばにいる私の心もあったまります。 越阪部・所沢市

炭屋《すみや》さん 炭屋さんはちょくちょくやって来て、炭小屋（物置）のストックを確認しながら、備長炭《びんちょうたん》、練炭《れんたん》などを置いていってくれました。備長炭は室内用で火鉢《ひばち》やこたつに。練炭は屋外（屋根付きスペース）の七輪《しちりん》用で煮豆、サンマ焼きなどに。 林屋・世田谷区

相撲中継 テレビがうちにやってきたのは、昭和34年、皇太子ご成婚の時でした。近所では比較的早く入ったので、いろんな人が見にきたそうですが、プロレスと大相撲中継にかじりついている祖母の姿しか私には記憶がありません。ごひいきはもちろん、力道山と郷土出身の若乃花でした。 葛西・青森市

磨《す》りガラス 風呂や便所の窓は、片面を微細な砂利で荒らした磨りガラスで、脂手でさわると、そこだけ透《す》けた感じに跡がついて困りました。でも、ほんのり明るくて、いい感じ！ 越阪部・所沢市

すりこ木《ぎ》 うちのすりこ木はごつごつした山椒《さんしょ》の枝そのものです。先は丸く持ち手の所は削《そ》いであり、吊るし紐《ひも》がつけてあります。胡麻《ごま》をする時はすり鉢《ばち》の縁《ふち》を押さ

える役をしますが、美味しそうな香りに、スプーン一杯いつもお味見をねだりました。越阪部・所沢市

すり鉢《ばち》　すり鉢でするコツは、すりこ木《ぎ》の頭に片手を載せて下に抑え込むようにし、一方の手はすりこ木の高さ半分あたりを持って回し、すりつぶします。大きなすり鉢とすりこ木で、祖母に胡麻和《ごまあ》えやくるみ餅も作ってもらいました。柳川・長野県

ズロース　ウエストと裾《すそ》にゴムが入った大きなズロースに襞《ひだ》スカートの裾をはさみ込むとブルマーのようになり、ゴム跳びや川の浅瀬に入るには都合のよい下着でした。時々母にゴムをとり替えてもらいました。小渡・静岡市

ズロースで泳ぐ　水に入るのが好きで「一日一回だけ」と母に言われながら、水田に水を引くための用水路で泳ぎました。ズロース一枚で「フジヤマのトビウオ」と呼ばれた古橋選手になりきって泳いでいました。時々農薬散布のため「遊泳禁止」の赤紙が篠竹《しのだけ》の先につけられて田圃《たんぼ》に差してありました。新見・前橋市

寸《すん》［一寸＝約三㎝］　父は竹細工職人でした。竹ひご、竹の皮、お盆や鳥籠《とりかご》の仕上がり寸法や材料の長さを「寸」で話していました。障子紙のサイズも寸でした。小渡・静岡市

せ

青函連絡船《せいかんれんらくせん》　学生時代、帰省（東京‐旭川）は二十四時間かかりました。急行で青森に着くと、ホームはもうマラソン大会のよう。寝場所確保のためです。二等室は水面より下の畳敷きの大部屋ですが、体を伸ばしてゆっくり寝られる四時間は貴重です。乗り物酔いの私には寝る事が最善と、大部屋の中央、進行方向に並行に寝場所を確保します。縁《はし》は揺れが大きいからです。三年も過ぎると船旅を楽しむ余裕もでき、寝場所がなければデッキで、時には風呂場に迷い込み、揺れる浴槽の湯に一人プカプカ浮いていたこと

背比べ

も。　島田・旭川市

背《せい》比《くら》べ　母の実家で、従妹《いとこ》たちと背比べをしました。決まった柱を背に立ち、叔母に測ってもらいました。一人は同い年でしたが背が高く、もう一人は一歳年下でしたが追いつかれそうで、いつもくやしい思いをしました。東・港区

正座《せいざ》　姉妹《きょうだい》げんかをすると、そろって正座をさせられました。反省の色が見えるまで二時間でも三時間でも。台所から目が届いたからか、場所は決まって仏間《ぶつま》(祖父の寝室兼用)でした。反省するよりも足が痺《しび》れるのが先でした。おかげで正座は得意です。風祭・高萩市

制服《せいふく》　つっぱりが流行《はや》り、女子の制服は上を短くスカートは長くするのがかっこいいとされていました。長いスカートを作るほどの勇気のなかった私は、背の高い先輩から譲り受けたスカートを、裾上げせずそのまま着ていました。岩倉・沼津市

制服《せいふく》のしわ　中学校の制服は襞《ひだ》の多いスカートでした。ブラシで埃《ほこり》を落とし、丁寧にたたんで紙にはさみ、その上に布団を敷きます。毎晩自分の体重でしわを伸ばすのです。週末だけていねいに手入れをし、濡れ手拭《てぬぐい》を当ててアイロンをかけました。三年生になる頃には、スカートはてかてかに光っていました。越阪部・所沢市

制服《せいふく》のリボン　憧れて入った高校の制服はスーツに大きなナイロンの紺のリボンでした。きれいに結べず、友人と結びっこしたものです。制服で街を歩く時は母校の名に恥じないようにとよく校長先生から訓示がありました。小渡・静岡市

整理《せいり》整頓《せいとん》　父は本当にきれい好きで、いつも箒《ほうき》と塵取《ちりと》りをもっていました。整理整頓がモットーで従業員の人たちにもうるさかったようです。父に二階の部屋の掃除を頼まれたのに私がやらなかった時は、「出ていけ」と机の引出しを全部外へ放り出され、大泣きして謝りました。説田・今治市

整理《せいり》ダンス　茶の間に小さな整理ダンスがありました。下の引出しには子供の衣類、半紙や手拭《てぬぐい》、雑貨など、上の小さい引出しには大事な書きものなど。そしてタンスの上は仏壇代わりの場所でした。母はここに、戦死した兄や早くに亡くなった親の写真を飾り、毎朝夕お線香をあげ、お供えをしていました。越阪部・所沢市

生理用品《せいり》　生理用ナプキンが登場する前は自分で作っていました。カットされた脱脂綿《だっしめん》を買ってきて、厚さ一センチほどずつ小分けして、ちり紙に包みます。妹が時々「忘れた」と言って教室に訪ねてくるので、男子生徒に分からないように、みんなから集めて妹に渡しました。新見・前橋市

蒸籠《せいろ》　豆ごはんの他におはぎや草餅や大福餅まで、祖母は蒸籠でふかして作ってくれました。祖母の分厚いてのひらから、魔法のように団子や白玉《しらたま》がくり出してくるのを、目を見張って見ていました。葛西・青森市

セーターを編《あ》**み直**《なお》**す**　小さくなったり、袖口や肘《ひじ》が擦《す》り切れたセーターは、ほぐして編み直しました。糸巻機でカセにしてから洗い、干し、蒸気にあてて伸ばしてふっくらさせ、再び玉に巻きます。腕だけ毛糸を足《た》して縞模様にしたり、全部編み直す時は二枚のセーターの糸を合わせたり新しい糸を足したりすると、見違えるような新品に。自分が成長したごほうびのように感じました。越阪部・所沢市

セーラー服　ウールの白いセーラー服を叔母が作ってくれました。中学校の制服は紺のスーツでしたが、夏休みまでは自由だったので、白いセーラー服を着て登校しました。目立ちすぎるので、染物屋《そめものや》さんで紺色に染めてもらいました。小渡・静岡市

石炭庫《せきたんこ》　石炭を積んだ軽《けい》トラが石炭庫に横付けされ、堰板《せきいた》を嵩上《かさあげ》しながら荷台の石炭が直接投入されます。2LKの広さの官舎に対し一畳の広さで一冬分保管されます。ストーブを使う時には、勝手《かって》口《ぐち》からバケツに小出しにされ、堰板も一段ずつはずされていきます。島田・旭川市　↓P325図

石炭《せきたん》**ストーブ**　北海道では石炭ストーブが日常でした。蓋《ふた》をあけて火種《ひだね》の熾《おき》の上に石炭をくべ、前面の吸気口で火力を調整します。火

石炭ストーブ

を熾《おこ》すことも寝る前の火種の確保も知らずに暮らしていた私は、小学生の頃、帰宅してストーブに石炭を入れても火がつかないので、アノラックのままふるえていました。母が帰宅し、ストーブが音を立てて燃え始めた時の安堵感！　島田・旭川市

石油《せきゆ》コンロ　母の実家の台所には、くどがあり、母は七輪《しちりん》と石油こんろで炊事《すいじ》をしていました。こんろを消した時の臭《にお》いが強烈に記憶に残っています。　鈴木・松阪市

石油《せきゆ》ストーブ　冬は石油ストーブが欠かせません。適度な火力なので、煮込む料理などにも使われていました。寒くて足を近づけすぎると、靴下が焦《こ》げそうになりました。　風祭・高萩市

石油《せきゆ》ランプ　いつも囲炉裏《いろり》のそばに石油ランプがありました。雪が降って停電すると、石油ランプの周りにみんなが集まります。火屋《ほや》（ガラスの囲い）は祖父が毎日大事に掃除しました。　竹岡・天童市

節句《せっく》の食べ物　お正月のお雑煮から始まり、稽古始まりのお汁粉《しるこ》、七草粥《ななくさがゆ》、十五日の小豆粥《あずきがゆ》、二月は豆まきで鰯《いわし》とけんちん汁。三月はお雛様《ひなさま》でおばあちゃん手づくりの白酒《しろざけ》、雛《ひな》あられ、五目寿司《ごもくずし》。五月の節句も五目寿司。お彼岸のおはぎ。十五夜のお飾り、恵比寿《えびす》講《こう》のお頭付《かしらつ》きとぬっぺ汁（大根、ニンジン、こんにゃくはサイコロ切りでサトイモも入って醤油《しょうゆ》味のおすまし汁）。そして毎月一日はお赤飯《せきはん》。誰かの誕生日は鰻《うなぎ》の出前と決まっていました。　中林・前橋市

石鹼水《せっけんすい》　石鹼水を飲んでしまい、親に背負われて医者に行ったことがあります。　岡村・柏市

ゼットライト　ゼットライトは斬新で、机の板をはさんでセットすると、そこだけ進化したように見えました。手元を照らしてくれるので、家族の迷惑にならず夜遅くまで本を読めましたし、急ぐときは書いたインクのギリギリ近くまで寄せて、電球の熱で乾かしもしました。　越阪部・所沢市

節分《せつぶん》　大豆を焙烙《ほうろく》で炒《い》って枡《ます》に入れ神棚に供えてあります。炭火《すみび》ごたつの炉端で父が「サチコの弱虫や（焼）～け～ろ」「チイコの泣き虫じ～りじ～り」とか唱えながら目《め》刺《ざし》を焼きます。四方に向けて「鬼は～外」、神棚の前で「福は～内」と声を張り上げて豆を撒《ま》いた後、ヒイラギの枝で目を貫いたイワシ

の頭を家の四方の地面に突き立てました。越阪部・所沢市

節《せつ》分《ぶん》の夜 節分の夜は近所の子供たちが集まり、電気を消して父が「鬼は～外、福は～内」と声に出して、豆、お菓子、みかん、おひねり等を撒きます。「キャー、ワー、痛い」と声が飛びかい、体がぶつかり、とにかく大騒ぎです。パッと電気がつくと、子供たちの額に汗がにじんで気が抜けたように静かになりました。小渡・静岡市

背《せ》中《なか》流しましょ 自宅にお風呂がない家が多く、銭湯《せんとう》に行っていました。刺青《いれずみ》の人やお腹《なか》に手術の痕《あと》がある人も見かけました。熱湯《あつゆ》好《ず》きなおじいさんがいると、浴槽に水を差すとき注意されました。女《おんな》湯《ゆ》では、親しい人どうしで「背中流しましょ」と流し合っていました。広い風呂場で遊んだりおしゃべりしたり、銭湯は老若男女の社交の場でした。新見・前橋市

セピア色 アルバムの写真は、大半がセピア色でした。よく読んだ『小公子』の本も、文字や挿絵がセピア色。時を超えたようなその色が好きでした。越阪部・所沢市

背《せ》広《びろ》［スーツ］ 布地が決まると、新しい布の伸縮を抑えるため、裏庭の物干《ものほ》し竿《ざお》に掛けて、口で霧吹《きりふ》きをします。少し布が縮むのでしっかりアイロンを掛け直し、裁《た》ち台《だい》の上に布を平《たい》らにおいて、しつけ糸でしつけをします。縫い方もいろいろ変えます。なみ縫い、返し縫い、まつり、千鳥がけ、穴かがり等。粗く縫う時は長い針、細かく縫う時は短い針と使い分けます。店で注文を受けてから一着仕立てるには一週間から十日ほどかかりました。新見・前橋市

背《せ》広《びろ》の裏返《うらがえ》し 誂《あつら》えた背広上下の値段はサラリーマンの給料の一ヶ月分という時代、着古した背広は作り直していました。まず洋服を一針ずつほどいて解体します。芯《しん》や裏地をバラバラに。表地はアイロンで伸ばして一から縫い直しです。寸法を変更することも。肩幅やアームホール（腕の付け根）はあまり変えられませんが、胸回りや胴回りは若干修正できました。新見・前橋市

背《せ》広《びろ》の似《に》合《あ》う人 親しいお客さんが店（洋服仕立屋）に来るとうれしくて、高校生の私が生意気にも布選びやデザインの相談相手に。お客さんが完成した背広を着て、襟から腹にかけての線や胸の厚み

がきれいに出ていると、いいなぁと思いました。新見・前橋市

背《せ》守《まも》り　友人が編んだニットシャツには、襟《えり》ぐりの後ろに小さな飾りが付いていました。昭和の初期の頃まで見られた「背守り」という魔《ま》除《よけ》の飾りで、子供が無事に育つようにとの願いを込めたお守りだそうです。檜垣・呉市

セミ捕《と》り　長い竹の先端にやわらかい枝で輪をつくり、それにクモの巣を一杯巻き付けます。それでセミをとるのですが、長い竿《さお》を振り回すのは容易なことではありません。それよりも手で取る方が早かった。矢賀部・八女市

セルロイドの下敷《したじ》き　服の上から腋《わき》の下でセルロイドの下敷きをこすって頭上にかざすと髪の毛が立ちます。新見・前橋市

セルロイドの石《せっ》鹼《けん》箱《ばこ》　小学生の時、夏の野外授業がありました。始めてのお泊まりで用意するものがたくさんありました。一番美しくて心惹《ひ》かれるもの、それは淡いピンク、黄緑、ブルーなどの色がぼかしで入ったセルロイド製の小さな石鹼箱です。家でも、洗面所の棚に置いて眺めながら手を洗っていました。田中・西宮市

セルロイドのパフケース　鏡台の引出しに赤とベージュの市松《いちまつ》模様のパフケースがあり、とても素敵に思えて、大人になったら私もと、ときどき手に取ってみていました。越阪部・所沢市

セルロイドの筆箱《ふでばこ》　セルロイドの筆箱は色とりどりで美しいのですが華奢《きゃしゃ》で割れやすく、蓋《ふた》がはずれるとランドセルの中で中身がバラバラになるので、ゴムバンドで留めていました。走ったりすると鉛筆がしゃがしゃ鳴って芯《しん》が折れることも。筆箱の底に布やちり紙、消しゴム三つなど入れていました。越阪部・所沢市

セロファン　図画の時間に色セロファンで工作をしました。ステンドグラス風や色眼鏡《いろめがね》など。うちでは赤や青のセロファンで懐中電灯をおおい、暗くなってからあごの下にあてて「お化《ば》け〜。」越阪部・所沢市

世《せ》話《わ》焼《や》き　いとこや叔父叔母達とよく一緒に遊びに出掛けました。遠くの親戚も定期的に挨拶を兼ねてやってきて、食事をしたり、物のやり取りをしたり、就職の世話や結婚の世話等助け合っていました。血縁同志の距離が今よりずっと近かった。父の会社の若い人が

挨拶回りや相談でよく来ていたし、学校の先生の家にも母によく連れて行かれました。 木村・名古屋市

仙花紙《せんかし》 [古紙から作る粗悪な紙]

全館暖房《ぜんかんだんぼう》 暖房はストーブが茶の間に一台。これで全館暖房です。春と秋は薪《まき》ストーブ、冬は石炭ストーブを使っていました。一帖ほどもある石炭庫と集合煙突は、北海道での生活には欠かせないものでした。 島田・旭川市 ↓P325図

線香花火《せんこうはなび》 そおっと持っていないと、花火が光る前にぽとっと火薬の玉が落ちてしまい、ああ残念！になるので、火をつけたら手を動かさないようにじっとがまん。あれ、つかなかったかな？と思った頃、チカチカッと菊の花びらのように光りはじめ、わあーきれいと思ったら、ポトンと落ちておしまい。幼い時、膝に落ちてヤケドをした痕《あと》が残っています。 小暮・船橋市

先生 小学校入学の年の正月に、突然父を亡くした私は、一、二年の担任の女の先生にはいつもぐずってばかり。アルバムには、三頭身ともいえるような大きな頭で首をすくめて写っています。いじけた生活を変えるきっかけは、三、四年の担任の小野崎先生との出会いでした。遠足の写真では、あぐらをかいて陽気にくつろいだ先生に私が寄りかかって大笑いしています。一年生の頃と比べると急激な変化です。正月には友達と二人で、列車で三十分もかかる先生の自宅に遊びに行きました。三人で写した写真は、今も大事にとってあります。 福井・本荘市

戦争孤児《せんそうこじ》 昭和三十年頃、上野公園に花見に行きました。珍しく母と二人だけの外出で心がはずみ、さあ、家で作ってきた海苔巻きを食べましょうと折詰を開いたとたん、少年の手がにゅっと突き出されました。母が二、三個あげるとむしゃむしゃっと口に入れてまた手がにゅっと。反射的に母は折詰ごとあげてしまいました。少年は

セミ捕り

地べたにあぐらをかき、険しい目でこちらを睨《にら》みながらむしゃむしゃ。母に「おまえは菓子パンでも買っておいで」と言われて売店に向かいながら、私はその子に申し訳ないような爆発的な幸福感を感じていました。小暮・船橋市

戦争《せんそう》の話　父はシベリア抑留の経験がありましたが、娘の私たちにはあまり戦争の話をしませんでした。ところが進学のため私たちが家を出たあと、近所の一世代後の子供達には色々話して聞かせたそうです。時間が父の口を軽くしたのでしょうか？　もっと一杯聞いておけばよかった。矢賀部・八女市

戦争未亡人《せんそうみぼうじん》　忙しい母の代わりに何でも器用な叔母から、毛糸の編み方からレース編み、アフガン編みなどを教わりました。夏休みの宿題や算数、工作の宿題も。父の妹にあたる叔母は戦時中、軍人の元に嫁《とつ》ぎ、戦争未亡人となり、私の姉と同じ年の一人息子も亡くし、実家に帰っていたのでした。毎年、お盆には、叔母のお伴で墓参りに行きました。福井・本荘市

喘息《ぜんそく》　春と秋の季節の変わり目には必ず熱を出し、天井がぐるぐる回ったり落ちてきたり、こわかったものです。ぜんそくの発作が起きると、丸めた布団《ふとん》に身体を預けヒューヒューと息をしていました。背中をさすってくれる母の手の温《ぬく》もりだけが薬でした。今井・横浜市

洗濯《せんたく》　母は盥《たらい》に洗濯板《せんたくいた》を立ててお風呂場で洗濯をしていました。午前中一杯かかったので、かまってほしい弟がよく入口のところで「まーも」（＝ママ）といってせがんでいました。ハンカチはガラス戸にぴたっと貼って乾かしました。吉田・横浜市

洗濯板《せんたくいた》［溝《みぞ》をつけた木の板。縦60㎝横30㎝厚さ1㎝ほど］ゴム手袋がない時代、洗濯は子供には酷《こく》でした。何枚か洗うと指の甲がすり減ってきます。洗濯板を使うともっとすり減ってあかむけになるので、溝が減った古い洗濯板を使いました。洗う時は洗濯液が流れないように溝を上向きにして、すすぎ時は、すすぎ水が流れやすいように溝を下向きにするのだそうです。こんな工夫があったことを後年、「昭和のくらし博物館」で知りました。新見・前橋市

洗濯糊《せんたくのり》　お釜《かま》に水を入れて底のごはん粒《つぶ》がはがれたのを水ごと甕《かめ》に

移します。一日分溜《た》まったら、さらし木綿の袋に入れて絞《しぼ》ると、とろりとした半透明の澱粉糊《でんぷんのり》の出来上がり。母は液体の洗濯糊が出回るようになっても、シーツや浴衣《ゆかた》はこれが一番パリッと仕上がると言っていました。西岡・浦和市

洗濯機《せんたくき》置き場　家を改築してようやく洗濯機が家の中に入りました。それまでは外にあったので、使うたびに浴室の扉をあけ、排水を浴室の床に流していたのです。それでも、洗濯機は母にとっては「結婚して一番うれしかった」という便利な物でした。岡部・浦和市

銭湯《せんとう》での遊び　石鹸箱《せっけんばこ》の蓋《ふた》に手拭《てぬぐい》をかぶせ、箱に息を吹きかけると泡が出ます。手拭に石鹸を付けると、もっとブクブク出るのですが「湯を汚すな」と叱《しか》られたものです。新見・前橋市

銭湯道具《せんとうどうぐ》　銭湯へは洗面器と手拭《てぬぐい》を持って行きました。洗面器の中には石鹸《せっけん》、ヘチマ、足をこする軽《かる》石《いし》、布製の垢《あか》すり、ブラシ、糠袋《ぬかぶくろ》、化粧落としなどを入れて。これらの洗面具は、料金を払って預けている人もいました。入浴後は、手拭をぎゅっときつく絞って体をふきました。新見・前橋市

銭湯《せんとう》の火事　隣の銭湯から出火して、洋品店とわが家が延焼しました。日頃はもの静かな祖母が大声で「早《はよ》う消しておくれ、何とかしておくれ」とふるえながら叫んでいました。誰かが倉庫から品物を盗んでいくのも見ました。島の人はみんないい人と思っていたので、ショックでした。説田・今治市

銭湯《せんとう》のテレビ　脱衣場の男風呂《おとこぶろ》と女風呂《おんなぶろ》の境の上にテレビがありました。ご近所さんと、プロレスの力道山や東京オリンピックのバレーボール、東洋の魔女チームを応援しました。説田・今治市

扇風機《せんぷうき》　夏休み、祖母の家の北の板《いた》の間《ま》に首ふり扇風機をつけて、小さい従弟《いとこ》たちが昼寝をします。寝付いてしまうと、小学生の私た

たらいで洗濯

ちは羽根の前で「あ〜〜」「ブワオ〜オ」と声をふるわせて遊びます。スカートをかぶせるように立って、くるくる踊ったりもしました。祖母は笑って団扇《うちわ》で煽《あお》ぎ続けます。越阪部・所沢市

洗面器《せんめんき》のお湯 湯沸かし器がまだない頃、冬の朝、母はやかんいっぱいにお湯を沸かします。もちろん朝食のためですが、他には洗面器にお湯を張るためです。起きた時そのお湯に手をつけます。凍《こご》えた手が、じいーんと温まっていきます。歯磨きの時もそのお湯で口をゆすぎました。田中・西宮市

洗面台《せんめんだい》 官舎には洗面台がなく、洗面や歯磨きは台所の流しでしました。母の実家は使用人もいる大家族で細長いタイル貼りの洗面台があり、二歳の弟は夏場、よくそこに洗面器を置いて水遊びをしていました。東・港区

そ

雑木林《ぞうきばやし》 近所には雑木林がたくさんありました。小さな花がたくさん咲いて、スミレや百合、竜胆《りんどう》を摘みました。山栗《やまぐり》や茱萸《ぐみ》、食べられる木の実もたくさんあります。つがいの雉《きじ》がいて、啄木鳥《きつつき》はやかましい音を立てていました。越阪部・所沢市

雑巾色《ぞうきんいろ》 濡れ雑巾がきらいでした。生乾《なまがわ》きのまま何度も使うので、雑巾色をしています。食卓を拭く台《だい》拭《ふ》きも。小学校でも雑巾色の雑巾がバケツに引っかかっていました。今は、全自動洗濯機で二度洗いし、漂白、消毒をしているので真っ白です。芳村・浦和市

雑巾《ぞうきん》がけ 年初めには学校へ新しい雑巾を二枚持参しました。雑巾がけの仕方も教わりました。「雑巾は、バケツの中ですすいで、バケツの中で絞《しぼ》って、さらにその雑巾で手を拭いてから拭き掃除をすると水が飛ばないので、バケツの周りが濡れないで済みます」と。こんなこと今では学校で教えないのでしょうね。新見・前橋市

掃除《そうじ》 父はきれい好きでした。ガラス戸の桟《さん》までも父が毎日拭き掃除をして、家の中はこざっぱりしていました。仕事場と寝る所が一緒なので、布や綿屑《わたくず》、針一本落ちていても困るからでした。枕から針がたくさん出てきたことがありました。幼い私が枕に針を刺していたとか。以来、針の管理をしっかりしたそうです。新見・前橋市

葬式《そうしき》 葬儀屋が今ほどなく、葬式は町内会が進行しました。長老さ

んたちが寺の手配から設《しつら》え・席次・挨拶依頼・役割分担などを討議して決め、台所方《だいどころかた》は婦人たちが仕出《しだ》し屋《や》の手配から惣菜《そうざい》作りまで、大鍋を持ち寄って分担しました。越阪部・所沢市

葬式《そうしき》の料理　田舎の親戚の葬式で決まって出される食べ物があります。村のお母さん達が作る精進料理で、桑の木豆に、こんにゃく、豆腐、牛蒡《ごぼう》、人参、油揚等が入っていて、薄甘いあんかけで黒の蓋《ふた》付き椀で供されます。とても美味しいのですが、葬式でしか食べられないのが残念！　新見・前橋市

掃除当番《そうじとうばん》　小学六年生になると、校長室の掃除当番になります。私の班には小使《こづか》いさんの息子がいて「緊急の時、そのベルを押すんだよ」と教えてくれました。途端に私はベルを押してしまい、小使いさんが青くなって飛んで来ました。新見・前橋市

そうめん　夏は釜《かま》のそばで枝豆の枝を取り、そうめんをゆでる脇で菜箸《さいばし》ですくってゆで加減を計《はか》り、ついでに味見をしました。祖母がおやつ代わりにくれた、釜揚げそうめんに砂糖をかけて赤紫蘇《あかじそ》をからめた味は絶品でした。福井・本荘市

草履袋《ぞうりぶくろ》　［上履《うわば》きを入れる袋］

ソース煎餅《せんべい》　近所の食料品店にはソース煎餅が置いてあり、風船ガムと並んで心惹《ひ》かれる商品でした。おつかいのお駄賃《だちん》に買ってもらえた時は、一枚ずつたっぷりソースを塗ったのを数枚重ねて食べました。駄菓子屋《だがしや》のは梅ジャム付きもありましたが、食料品店のはソース煎餅のみで透明なセロファンに包まれていました。西岡・浦和市

ソース焼きそば　たっぷりのキャベツに細く刻んだ紅《べに》ショウガと青のりがかかったソース焼きそば。これに絶対欠かせないのは、ふかしたジャガイモがごろっと入っていること。新見・前橋市

即席《そくせき》カレー　母はカレーが好きで、ルーから自分で作ってよく食べさ

草履（ぞうり）袋

せてくれました。初めて「ボンカレー」（商）という即席カレーが発売された時、みんなで食べてみましたが、母の作ったカレーとは似ても似つかない味でした。でも、それなりに美味しくて、昼ごはんに何もない時などは食べていました。母は今でも「ボンカレー」が大好きです。東・港区

即席《そくせき》ラーメン 発売時、新し物好きな父が買ってきました。「お湯をいれて三分」銀紙をかぶせて待ちました。美味しくないといったら叱《しか》られました。母も時々買ってきました。ただし必ず鍋で煮ます。栄養が偏るからといって野菜をたくさん入れ、タンメンみたいにしてしまうのが、私も弟も不満でした。ジャンクフードと同じで、体に悪そうなところがよいのが即席ラーメンなので。吉田・横浜市

粗朶《そだ》 粗朶は雑木林の手入れのとき集めた細い枝のことです。くくって束にしてありました。かまど、風呂《ふろ》焚《た》き、囲炉裏《いろり》の焚き始めに粗朶を燃やし、それから太い薪《まき》に火を移します。粗朶木《そだぎ》の上に枯れ落ち葉を乗せて薪を乗せるのが一番早く燃えました。越阪部・所沢市

卒業式 小学六年生の冬、急性腎炎で入院していた私に、母はどうしても卒業式の答辞を読ませたくて、病院の廊下で練習させました。卒業式の当日は病院の許可をもらって学校へ。無事に読み終わって控室に戻ったら、教室がぐるぐる回り始め、めまいで倒れてしまいました。小暮・船橋市

卒業文集 小学校の卒業文集に、将来何になりたいかを書きました。男の子は飛行機のパイロットとか宇宙飛行士とか夢のようなことを書く子が多かったのですが、女の子は「さいか屋(地元のデパートの名)の店員」と、やけにリアルでした。吉田・横浜市

外便所《そとべんじょ》 汲《く》み取《と》り式の便所が外に一つしかなくて、おくでの部屋で寝ていた私は、夜トイレに起きた時は靴をはいて、雨降りには傘もさして行かなければなりませんでした。不便な生活ですが、便所というものはそういう所だと思って育ちました。大平・長野県 ↓P60図

ソノシート 子供雑誌や絵本の付録として薄いレコード状のソノシートがよくついていました。プレイヤーで再生すると物語や音楽が流れ、気に入ったものは音がゆがむほど何度も聴きました。岩倉・沼津市

ソフト麺《めん》 一度に全部スープに入れてしまうと冷《さ》めてしまうので、袋の上から半分や四分の一に切って少しずつ入れて食べるよう、最初の給食で教わりました。男の子は豪快に一袋そのまま器に入れてしまって、スープをこぼしたり、麺をうまくほぐせなかったりしていました。 風祭・高萩市

祖父の死 祖父の家に急ぐ途中、弟がお線香の匂いがすると言うので気のせいだと思いましたが、実際その時間に祖父は亡くなっていました。遺体はひんやりしていてこわくてすぐに手を離しました。いつも祖父が座っていたお茶の間の掘りごたつを見て涙が出ました。枕にしていた四角い一斗缶《いっとかん》を見てまた涙が出ました。 吉田・武蔵野市

祖父母の部屋 母屋《おもや》には叔父夫婦といとこ四人の一家が住み、私の居場所は、祖父母のいる小さい風通しの良い平屋建《ひらやだ》ての離れでした。私は祖父母の愛情をあり余るほど受けていたので、一人で泊まる寂しさは感じたことがありません。朝起きると、祖母が梅干入りのお茶を、祖父のために用意していました。 今井・横浜市

祖母 祖母は、流しとガスコンロ一口《ひとくち》と七輪《しちりん》だけで、宴会の料理をつくっていました。 葛西・青森市

祖母の決まりごと 週末は父母の元で、週日は祖母の元で過ごすという生活でした。祖母は元女学校の教師で、家には決まりがありました。朝はまず便所の掃除と雑巾がけ。これをしないと朝ごはんは食べられません。欲しいものがあっても、本当に必要だと祖母が判断しないと買ってもらえません。祖母にはブレがなく、子供なりに納得して従っていました。祖母が大好きでした。 大宇根・高松市

染物屋《そめものや》さん 祖母は、この着物はまだ着られるから地味な色に染め直そうと、若い頃の着物や帯を染物屋さんに出していました。浴衣《ゆかた》などの普段着《ふだんぎ》は、自分で洗《あら》い張《は》りをして仕立て直していました。 木村・名古屋市

それいゆ 戦後、画家の中原淳一が創刊した少女雑誌『それいゆ』は十代後半向き、『ジュニアそれいゆ』は十代前半向きでした。瞳の大きなイラストに魅せられ、中学生の私も、誌上の美しいファッション、暮らし方、インテリア、小説などに夢中になりました。多感な少女達にいろんな夢を抱かせ

てくれました。 林屋・世田谷区

算《そろ》盤《ばん》 月末には集金に廻り、金額を帳簿に記載し、集計します。「では、ご破《は》算《さん》で願いましまして～は、○○円也、○○円也…」と読み上げ算を三度行い、二度合った数字を採用。珠算四級の私は算盤で、一級の姉は暗算で行い、速さでは姉にかないませんでした。 福井・本荘市

算《そろ》盤《ばん》塾《じゅく》 読み上げ算の「願いましまして～は」から始まり、「○円な～り、○円な～り」といって、「加えまして～は」と続きます。回答を言うと「ご名算《めいさん》!」。また、「ご破《は》算《さん》で願いましまして～は」と続きます。そのリズムが好きでした。暗算は架空の算盤を指で動かして計算するもので、頭で考える暗算とはまるで違います。掛け算も難なくできました。 新見・前橋市

港区青山●根津美術館の隣りの官舎

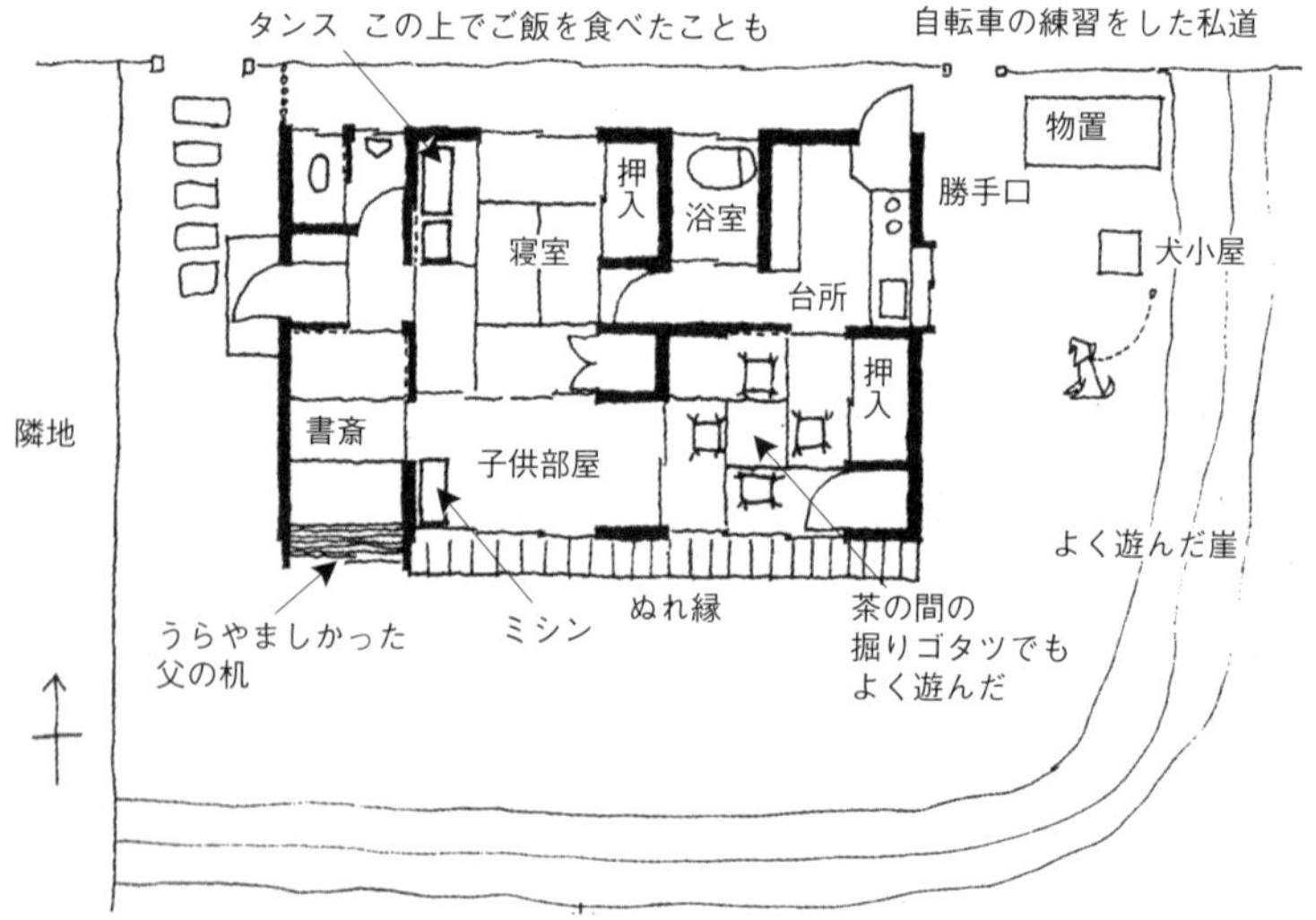

『アルバムの家』(三省堂)より

三重県阪南郡●共同風呂のある2軒長屋の教員住宅

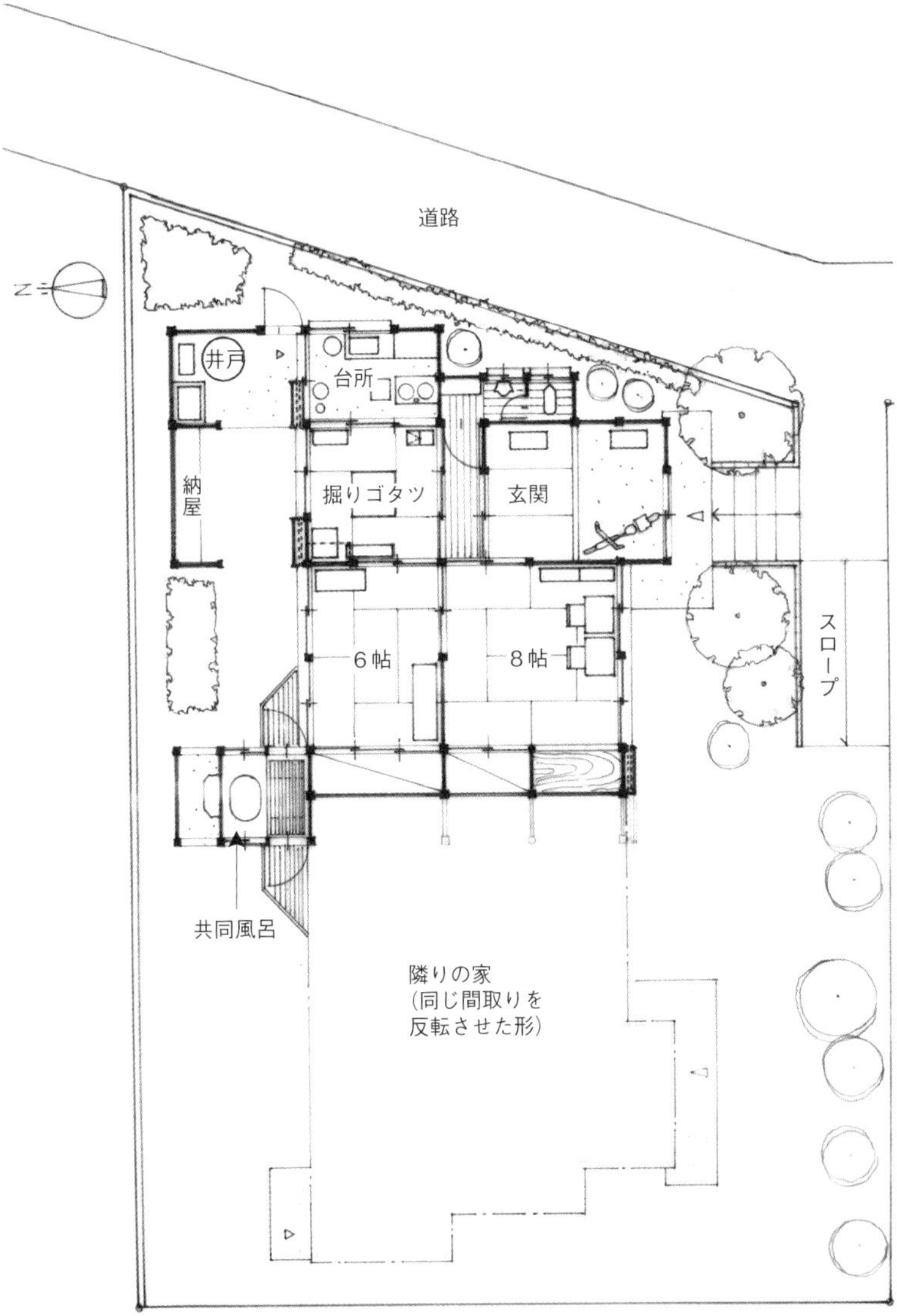

『アルバムの家』(三省堂)より

た

ターザンごっこ　ターザン映画は人気でした。ターザンが連れているチンパンジーのチータもかわいくて皆話題にしていました。父は酔っぱらうとターザンのまねをして、カーテンを持って「あああー」。私はチータのまねなんて恥ずかしくてできませんでした。吉田・横浜市

大学芋《だいがくいも》　ふだんのおやつは蒸《ふ》かし芋でしたから、揚げて飴《あめ》をからめた乱切りの大学芋はご馳走でした。香《こう》ばしく糸を引く飴に黒ごまがまぶされて、いくらでも食べられます。高校生になってから、お店で商品として売られているのを見てびっくり。越阪部・所沢市

大学ノート　中学まではB判の罫《けい》の太いノートに2Bの鉛筆で大きな字を書いていました。高校生になって一回り大きい大学ノートを手にした時は、この細かい罫に難しいことをびっしり書き込む時が来るのかしらと、不安と期待の目で眺めました。越阪部・所沢市

大家族《だいかぞく》　家族は下宿人も含めて全部で九人でした。この人数で家は十五坪、部屋は六畳三室なので、両親と妹が一室、祖母と私と姉が一室、兄二人と下宿生が一室で夜中まで勉強し、枕を並べて寝ました。朝はトイレが大変でしたし、一斉に起きて布団をたたまなければ、朝ごはんを食べる場所もありませんでした。渡会・目黒区　↓P231図

耐寒《たいかん》マラソン　毎年冬になると、小学校でマラソン大会がありました。校庭を何周かするだけなので、せいぜい一、二キロですが、すぐに息苦しくなるのでいやでいやでたまりませんでした。毎年冬になるのが憂鬱《ゆううつ》でした。ジョギングを楽しむ人の気持ちは今でもわかりません。芳村・浦和市

大工《だいく》さん　村の大工さんは地域のお医者様と同じです。上棟式《じょうとうしき》を無事に終えると、建て主から熨斗《のし》を付けた柱材が贈られ、木遣《きや》り唄《うた》を歌いながら担いで、行列して大工の棟梁《とうりょう》の家までお送りします。これを「かど送り」と言いました。棟梁とは鳶《とび》・左官《さかん》・大工の親方のことです。越阪部・所沢市

大工《だいく》さんの墨壺《すみつぼ》　［墨の入った壺から引き出した糸を木材の表面に張ってぴんとはじくと、墨が落ちて直線が引ける仕組み］

大黒様《だいこくさま》　茶の間の鴨居《かもい》の上に吊《つ》った棚に、黒光りした恵比寿《えびす》大黒像《だいこくぞう》がありました。毎月のお朔日《ついたち》には

供《そな》え物《もの》をします。年末の恵比須講《えびすこう》には恵比寿大黒の掛け軸と共に床《とこ》の間《ま》に移され、お膳《ぜん》に尾頭付《おかしらつ》きの魚とてんこ盛《も》りの小豆ごはん、けんちん汁(具《ぐ》も山盛りで油揚げ乗せ)を供えました。越阪部・所沢市

大黒柱《だいこくばしら》 母の実家である茅ケ崎の家は、日本の民家の典型のような広い土間《どま》のある田《た》の字型《じがた》の家でした。黒い大黒柱は、抱えきれないくらい太いものとして小学生の私の腕に記憶されています。今井・横浜市

大根干《だいこんほ》し 冬になると、沢庵《たくあん》用の大根を収穫し、軒先に吊《つ》るします。私の家では、軒先に吊るすのは夜と雨の日だけ。お天気が良い日は、家の脇を流れる川の橋の欄干《らんかん》に干しました。川の上は風が常に流れているので、乾燥させるのにちょうど良かったのでしょう。朝夕、一輪車に載せて欄干まで運ぶのを手伝いました。風祭・高萩市

だいどこ[台所] 母は十二人きょうだいの三番目、実家にはお盆、お正月を中心に、事あるごとにたくさんの人が集まっていました。食事時になると、くど(かまど)のある「東だいどこ」は子供たちでいっぱいでした。祖母とおばたちは、土間《どま》をくるくると動き回って働いていました。鈴木・松阪市

台所 昭和二十年代のわが家の台所兼食堂は六畳で、床は縁甲板張《えんこうばんば》り(フローリング)、設備はガスコンロ二個、人研《じんと》ぎ流し、調理台、氷の冷蔵庫、小さな湯沸かし器(お湯で食器を洗える)、食卓でした。食卓は小さくて、六人家族の朝食は台所で交代制、夕食は茶の間の掘りごたつで全員でとりました。林屋・世田谷区

台所用品 戦後、何もない時代の台所用品や道具類は、竹細工職人の父が竹で作りました。竹で編んだザル、柄杓《ひしゃく》、スプーン、籠《かご》、物《もの》干し竿《ざお》、梯子《はしご》、節《ふし》を抜いて造った樋《とい》等。竹製品はよく干さないとカビが生えました。小渡・静岡市

タイトスカート 母は家でもタ

大工さんの墨壺(すみつぼ)

イトスカートをはいていました。弟を妊娠している時も、タイトスカートのホックを外《はず》して、上から割烹着《かっぽうぎ》を着て過ごしていたようです。私にとってタイトスカートとハイヒールは大人の印。憧れでした。中学校に入って最初の裁縫の時間に縫ったのも、タイトスカートです。東・港区

ダイニングキッチン　昭和三十年代、「寝食分離《しんしょくぶんり》」の生活改善策として登場したのが、ダイニングキッチンです。それまでは、茶の間のちゃぶ台で食事をして、ちゃぶ台を片づけて布団を敷いて寝る、というのが庶民の生活でした。それに対して、キッチンを少し広くして(六畳)、食卓に椅子で食事をしましょうという呼びかけです。当初は食卓を持たない(買えない)世帯も多く、定着したのは四十年代以降でしょうか。食卓はデコラ、椅子はビニール貼りが多く見られました。林屋・世田谷区

ダイニングテーブル　ある日、スチール製のモダンなダイニングテーブルが部屋のまん中に陣取りました。部屋がぱっと明るくなった感じがして、新しい生活が始まるんだな〜と胸をふくらませました。他に食器棚、洗濯機や冷蔵庫も置かなくてはなりませんから「使い勝手も悪く、狭かったわ」と母は言いますが、子供の私は狭いなんて感じたことはありませんでした。田中・名古屋市

↓P325図

大《だい》の字《じ》になる　原っぱを思い切り走って、仰向けにひっくりかえる。大の字になって空を見る。ひたすら青い空。雲がぐんぐん昇る。夏の空。吉田・横浜市

台秤《だいばかり》　お店では食料品を目方《めかた》で売っていました。匁《もんめ》が単位の頃です。台秤はお皿の上に肉などをのせて錘《おもり》を少しずつ移動して測ります。薬屋さんでも小型の台秤で粉薬《こなぐすり》を調合していました。東・港区

大八車《だいはちぐるま》［木製の二輪の人力運搬車。都市部ではゴミ収集に活躍した。関西では、「べか車という」］小さなものはリヤカー、それより大きな材木や麦俵《むぎだわら》を運ぶ時は大八車の出番です。花嫁道具や棺桶《かんおけ》を運ぶこともありました。越阪部・所沢市

堆肥《たいひ》　生ゴミの他、牛の糞《ふん》や藁屑《わらくず》などのゴミは庭の隅に捨てて、堆肥にしていました。糸井・太田市

台風が来る　台風がやってくると、父は用心して外から雨戸《あまど》を板で打ちつけ、いよいよ暴風雨で家

が吹き飛ばされそうになると、子供たちに雨戸の内側を押さえるよう指図しました。ふだんは三姉妹でけんかばかりでしたが、自分が家族のために役立つのがうれしく、家族の一体感を感じました。翌朝、太陽が顔を出した時の安堵感を思い出します。岸・平塚市

台風上陸　南紀は台風の銀座通り。台風上陸の知らせで休校になり、男は金釘《かなくぎ》で窓に板を打ちつけ、女は缶詰やろうそくを買いに走り、子供は教科書・文具をランドセルに詰め、町中が急に騒がしくなります。私の家は地主からの借家で堅牢《けんろう》でしたが、台風が直撃すると、きしんでゆさゆさ揺れます。電気が消え、雨音がたたきつける中、一本のろうそくを家族で囲んで、消え入りそうな揺れる炎に緊張が走る、このスリルと缶詰の食事は探険のようでした。加部・田辺市

台風の後　台風が去り、床下浸水の水が引き始めた頃、両親と十分ほど歩いて海を見に行きます。道路はゴミが散乱し、路肩にはまだ茶色の汚れた水が。海は大シケで防波堤にぶつかる波が竜のように舞い上がります。繰り返す海の怒りをただただ親子で眺めている、これが台風一過《たいふういっか》のいつもの締めくくりでした。加部・田辺市

大変な子　開店祝いや安売りの時、大きな看板を背負ったちんどん屋さんが回ってきました。三、四歳の頃、着物を着て父の下駄《げた》をはいてついていき、迷子になったことがあります。祖母や母、叔母たちは「あなたは大変な子だったのよ」とよく言いますが、交番から知らせがあるまで、家族は私が迷子になったことに気が付かなかったようです。小渡・静岡市

タイマー　私は父母と祖母と叔母夫婦、弟という人手の多い家で育ちました。後年、核家族で子育てしながら自宅で設計の仕事を始めた頃は大変でした。お風呂の水をあふれさせ、お湯はかけたまま忘れるということが続き、苦肉の策で、タイマーを首にさげて仕事をすることにしました。ガスのスイッチも煮物も洗濯機の水張りもタイマーが頼りです。そのうち、あれ？　今鳴ったのは何のタイマー？
小渡・静岡市

タイルの掃除《そうじ》　タイル貼りの風呂には簀子《すのこ》板《いた》の代わりにタイルを貼ったコンクリートの床板が乗っていて、すきまから熱い湯が昇って

きます。風呂の立上り部分も白と鶯色《うぐいすいろ》の二色のモダンなモザイクタイル貼りです。重い床板をあげて立て掛け、下の鋳物《いもの》の釜《かま》まで、亀の子たわしでゴシゴシ洗うのは大変でしたが、お気に入りのタイルなので大事に掃除しました。越阪部・所沢市

田植え　農繁期にはいろんな人が手伝いに来ます。その中に交じって一緒に田植えもしました。幼いながらも大人に負けまいと競って、どうすれば早くできるか工夫しました。大人は絣《かすり》のもんぺに麦わら帽子、私はスカートをパンツのゴムにはさみこんで、はだしでした！矢賀部・八女市

田植え休み　農繁期には学校が三日ほど休みになり、家族総出で田植えや稲刈りをします。昼のサイレンが鳴ると、母が作ったおにぎりを田圃《たんぼ》の土手に広げ、家族全員で食べました。周りを見ると、どの家もみんな同じようにしていました。糸井・太田市

駄菓子屋《だがしや》さん　道路に面して店(呉服店《ごふくてん》)があり、奥が住まいでした。宿題もせずに遊びに行くためには、店にお客さんが来ている時をねらって出て、ついでにおこづかいもせびります。十円玉を握りしめ、二軒先の駄菓子屋でお菓子や玩具のくじを買ったり、ガラスのストローに入った赤や青のゼリーを一息ですするのが大好きでした。友達と過ごした至福のひとときです。今井・横浜市

高窓《たかまど》　便所は汲《く》み取《と》り式で回り廊下から突き出た所にあり、格子《こうし》のついた引《ひ》き違《ちが》いの高窓がありました。子供の目線より高いので、しゃがんでいると隠れんぼしているみたいでした。越阪部・所沢市

宝物《たからもの》置き場　鴨居《かもい》の上の棚が、私の宝物置き場でした。中身はおはじき、ビー玉、鉄腕アトムシール。矢賀部・八女市

焚《た》き付《つ》け［最初に燃やす紙くずや小枝］お風呂を沸かす時やごはんを炊《た》く時は、薪《まき》を使っていました。焚き付けには新聞紙や杉の枯れ枝、うまくつかない時は台所中が煙だらけとなり、目に沁みて大変でした。糸井・太田市

焚火《たきび》　通学班の班長が兄の時は、うちの庭に集合です。冬の寒い朝は父が落ち葉で焚火をしてくれました。鶏小屋《とりごや》から羽根を拾ってきて煙に投げ、どこまで昇るか競争しました。渦を巻くように高く舞い

上がります。　越阪部・所沢市

焚火用火鉢《たきびようひばち》　直径七十cm深さ二十cmくらいの黒い素焼きで、両側にこぶのような持ち手がついていました。多分、あとで灰を使うので、火鉢で焚火をしたのだと思います。　越阪部・所沢市

卓上《たくじょう》**ピアノ**　父が最初に買ってくれた贈り物が卓上ピアノでした。半音の黒い鍵盤付きで、童謡を歌いながら音を探して弾《ひ》きました。　小渡・静岡市

竹馬《たけうま》　男の子たちは竹馬を作ります。竹の節《ふし》の所を二本の角材ではさみ、針金で足載せをくくり付けますが、年長の子は高い位置につけ、台の上から飛び乗ります。竹馬は、静止は難しく、前へ前へ進み続けるか、同じ所で回り続けるかです。　越阪部・所沢市

竹垣《たけがき》　幼い頃の写真は背景が竹垣です。七五三の写真も日本髪を結った祖母たちの写真も。竹細工職人の父は、竹は取って使わないと竹藪《たけやぶ》になってしまうと言って、良い竹を求めて岐阜まで出かけていました。その後、外国産が出回りましたが、竹は育った場所が大切だと言っていました。　小渡・静岡市

竹籠屋《たけかごや》**さん**　隣の家は竹籠屋さんでした。長さをそろえて筒切りされた竹を、割り、裂き、削り、細い材にしてから編みます。小さなザルから大きな籠まで。運動会で使う大玉《おおたま》ころがしの玉や、ダルマ運びのダルマの骨も竹で作られていました。　越阪部・所沢市

竹細工《たけざいく》　竹の皮は黒く染めたり、煮て赤くしたり、日に干したりしていろいろな色を楽しめました。特に竹の皮は、いろいろな幅の糸のようなテープとなって、六角形の模様を編み込んだお盆や、コースターなどの平《たい》らな部分を作って楽しめました。竹細工職人の父に教わった母のささやかな楽しみでした。今では高価な工芸品となり手が出ません。　小渡・静岡市

竹スキー　竹を割り、靴先のカー

焚火

ブを火であぶって曲げたスキー板です。スキー板は竹スキー、カンダハー、金具付と成長に応じて替えてゆくものでした。島田・旭川市

竹スケート 姉は三十㎝くらいの竹スケートをランドセルに差して登校していました。馬そりが来ると、一時停止したすきに後ろにつかまり、竹スケートに乗っていくのです。危険だからと禁止されていたのですが、活発な姉はお構いなしでした。福井・本荘市

竹で遊ぶ 父は竹細工職人で、家には材料の余りがたくさんあり、いろいろ作って遊びました。通《とお》り土間《どま》の真ん中の空《あ》き地で竹馬《たけうま》、竹の節《ふし》の部分を器にしたままごと、細い部分の余りを刀にしてチャンバラ(危ないと怒られた)、竹ひごで紙飛行機、竹ひごの余りは端に色を塗って、くじ引きとしても楽しみました。小渡・静岡市

竹トンボ コンロや火鉢《ひばち》の火で竹をあぶって捩《ね》じり、柄《え》と羽根のバランスを調整します。隣の家が竹屋さんで、竹の端材をもらって作りました。肥後守《ひごのかみ》(ナイフ)で削るのですが、竹は繊維が通っているので斜めに切るのは難しく、うまくできませんでした。越阪部・所沢市

竹の花瓶《かびん》 父は竹細工職人でした。材料の残りをあげると、近所の人は一輪挿《いちりんざ》しの花瓶にして床《とこ》の間《ま》や壁の飾りにしていました。大きな竹の節《ふし》から節を横に使い、生け花も。特にお正月は、松竹梅の一つとして花瓶や花器に使うと、風情がありました。小渡・静岡市

竹の皮 買い物は私の役目でした。豚コマや湿気のあるものを買うと、お店の人が竹の皮で包んでくれました。それを竹の皮を細長く切ったひもでクルリと巻いて片手で持ち上げて「の」の字に一回転。ひもの余りを結び目の下に差し込んでいっちょあがりです。母は皮を洗って軒先に干し、遠足や運動会でたくさんのおにぎりを持って行く時に再利用していました。おにぎりを食べる頃には、竹の皮が少し湿って、懐かしい竹の香りがしました。菊池・新宿区

筍《たけのこ》 母の実家の庭には納屋《なや》や馬小屋もあり、筍の採れる竹山《たけやま》に続いていました。今井・横浜市

筍《たけのこ》の皮に梅干《うめぼし》 筍《たけのこ》の季節になると、あちこちからお裾分《すそわ》けが来ました。皮は、おやつの材料になります。梅干をギュッとはさみ、それを吸うように舐《な》めると、梅干だ

けを食べるのとはまた違った味わいになるのです。筍を灰汁《あく》抜きするへっついの火の番をしながら舐めました。少しずつ食べるせいか、いつもの梅干より美味しく感じます。風祭・高萩市

筍《たけのこ》掘《ほ》り 山へ女の子数人で筍掘りに行きました。道具は近所の人から借り、大きい筍を一杯抱え、家族に喜んでもらえると思って持ち帰ったら「こんな大きいのをとってきて!」。筍は土から頭がチョンと出たところを掘るのだと知り、がっくり。矢賀部・八女市

竹の使い道 さんざん使った竹は、お風呂の薪《まき》にしたり、炭や消し炭《けずみ》にしました。消臭剤にもなるので、下駄箱《げたばこ》や縁《えん》の下《した》にも入れました。デッサンの下書きにも、コンテ代わりに使いました。竹の端材で菜《さい》箸《ばし》や杓文字《しゃもじ》も作りました。節《ふし》を抜いた竹を、汲《く》み上《あ》げ井戸のポンプからお風呂場まで渡して水を通し入れました。小渡・静岡市

丈《たけ》伸《の》ばし 中学生の頃は、グングン伸びます。大きめの制服を買っても丈は足りなくなります。袖口は解いて、見えない所で布を足《た》し、ぎりぎりまで伸ばして着ました。越阪部・所沢市

竹の箆《へら》 幅一cm長さ二十cmくらいの薄い竹の両端を、竹トンボのように削って作ります。里芋《さといも》の子をはずしたり、余計な皮をこそげたりするのにちょうどよく、腰籠《こしかご》にいつも結んであって、泥落としなどにも重宝しました。越阪部・所沢市

竹の物差《ものさ》し 父は洋服仕立ての仕事で竹の三十cm差《ざ》しを使っていました。後年、私が建築の仕事をするようになって、幅を半分に割り、薄く削って再利用しました。よくしなり、手になじんで使いやすかったのです。新見・前橋市

凧揚《たこあ》げ 祖父に教わりながら、竹ひごをナイフで削《そ》いで凧を作りました。稲刈り後の近所の田圃《たんぼ》が、凧揚げをするのに格好の場でした。風祭・高萩市

竹スキー

タコの吸出《すいだ》し 蛤《はまぐり》の貝殻に入った「タコの吸出し」は常備薬でした。貝の蓋《ふた》をあけ、どぎつい緑色の軟《なん》膏《こう》をヘラでとって、オデキに塗り、ガーゼと絆創膏《ばんそうこう》を貼ります。数日すると患部が熟し、黄色い膿《うみ》と芯《しん》が取れ、痛みが無くなります。それまでの辛抱です。 加部・田辺市

襷掛《たすきが》け 母はふだんの作業着は洋装でしたが、年末年始は和服が多く、襷掛け姿でてきぱきと用事をこなしていました。ひもの先を右肩先に当てるや、体の後ろにくるっと回して8の字を書いて結べば、背中はばってんに。じゃまな両の袂《たもと》は押さえられて、楽に身動きできます。 越阪部・所沢市

尋《たず》ね人《びと》の時間［昭和21年～37年まで放送されたNHKのラジオ番組の通称。復員兵、引揚者、シベリア抑留者などの安否情報を伝えた］ 戦後十年以上経《た》っているのに未だ帰らず、行方不明になっている家族や親戚、友人の情報を少しでも欲しいと、毎日決まった時間に放送していました。この放送を聞くたびに母は、空襲で焼夷弾《しょういだん》が隣の家の玄関に落ちたこと、戦後の食糧難で農家に買い出しに行ったこと、嫁入りの時の着物や帯や腕時計はお米やカボチャ、サツマイモに全部化けてしまったことなどを話しだすのです。遊びに来ていた友達も熱心に聞いていました。自分の家では聞いたことがないようでした。 浜田・神奈川県

尋《たず》ね人《びと》の時間 「尋ね人の時間です」というアナウンサーの声で始まり、寄せられた手紙をアナウンサーが読みあげます。淡々と、人の名前や地名、年月日等が告げられ「ご存知の方は日本放送協会の『尋ね人』の係へご連絡ください」という声が流れます。毎日この放送を聞いていると、戦争を知らない小学生だった私も「戦争」というものが何を残したかを思い、暗い気持ちになりました。「ハルピン、ラバウル、チチハル」等という、聞いたこともない地名も覚えました。 菊池・新宿区

三和土《たたき》 台所は三和土でした。石灰《せっかい》を混ぜた土を締《し》め固めてあります。茶殻《ちゃがら》を撒《ま》いたり、軽く水を打って埃《ほこり》を抑えてから、箒《ほうき》で掃いていました。毎日掃くうちに擦《こす》られて混ぜムラが削られ、デコボコしてきて、薄い草履《ぞうり》で歩くと足裏マッサージに。 越阪部・所沢市

畳表《たたみおもて》 畳を表替《おもてが》えした時に出る古

い畳表はもらえます。おままごとのゴザにしたり、冬の霜のぬかるみに敷いて歩きやすくしたりしました。ずっと敷いておくとイグサだけが朽《く》ちて土に還《かえ》り、糸が地表に残ります。つまずかないように集めて捨てました。越阪部・所沢市

畳《たたみ》のへこみ　窓側の畳が、ぽっこりと丸くへこんでいます。左端が二番目の兄、右端が三番目の兄が座っていた跡《あと》だと指さして、母は異母兄たちの勤勉ぶりを幼い私に聞かせました。机はりんご箱だったと。そんなに長時間正座していたなんて、気の毒！小暮・船橋市

畳干《たたみほ》し　暮れの天気が良い日は、大掃除でした。家具を移動し、畳をあげて中庭に新聞紙を敷いて畳を二枚ずつ合わせるように立て掛けて干し、たたいて埃《ほこり》をとります。隣近所からも畳をたたく音がして、大人はみんな忙しいから外で遊ぶように言われました。家に帰った時は、清々《すがすが》しい感じがしました。小渡・静岡市

畳屋《たたみや》さん　畳屋さんが家に来て庭に筵《むしろ》とゴザを敷いて台を据《す》えます。畳を運び出すと包丁でバリバリと縁《へり》の糸を切ってはがします。新しい畳表《たたみおもて》の長い方を目《め》立《たて》で押さえて片側を縫い、反対側を引っ張って畳床《たたみどこ》に合わせて切り取って縫います。たるまないように木の板でバンバンとたたいて均《なら》します。両側は板を当てて大きな包丁で切り、口でブッと霧を吹いて縁を当て、皮をつけた掌《て》で大きな太い針を押し込み、肘《ひじ》で突っ張って引き抜き、一針一針、固く厚い畳が縫われます。越阪部・所沢市

立《た》ちしょん　父は毎朝起きると、寝巻《ねまき》のまま庭に出て、つくて(堆《たい》肥《ひ》を作るところ)に向かって、空を見上げながら気持ちよさそうにしていました。越阪部・所沢市

裁《た》ち台《だい》　和裁で布を裁断するときの台です。母のは高さ十八㎝、上には印《しるし》付けのヘラの跡《あと》がたくさん残っています。越阪部・所沢市

裁《た》ち台《だい》の再利用　長く使った洋服の裁ち台は針の穴だらけでしたが、柳の無垢板《むくいた》でしたので、鉋《かんな》をかけてきれいにしてテーブル板として使いました。深い針穴は残ったまま。新見・前橋市

立《た》ち話《ばなし》　母たちは買物籠《かいものかご》を提げて出て知り合いに会うと、道端で一時間近く話し込むことも度々でした。待ち飽きて「早くぅ～」と親のスカートを引っ張っている子を

よく見かけました。私もそんな一人でした。小暮・船橋市

脱衣所《だついじょ》　風呂場に脱衣所はなく、小さい頃は六畳間で裸になり、お風呂からあがると、母がバスタオルを持って待っていて拭いてくれました。叔母さんや祖母の家にも脱衣所がないので、不思議には思いませんでしたが、十歳の頃は、茶の間との境の障子を閉めて脱ぎ着しました。中学生になる頃は、ちょっと困りました。障子の一部がガラスでしたので。羽沢・佐野市

だっこちゃん　若い女性が腕につけて銀座を歩く姿をテレビで見てびっくり。流行の先端の証《あかし》しでした。ビニール製の人形にしては高いとぼやきつつ、どこの親も買う羽目に。見る角度によって目があいたり閉じたりウインクして見えるのが本物で、ウインクした目が描いてあるだけのは偽物《にせもの》。さんざんせがんで買ってもらった本物も、数ヶ月後には空気も抜けてよれよれに。西岡・浦和市

脱脂粉乳《だっしふんにゅう》　終戦直後から十年ほどは、小学校の給食はコッペパンと野菜の煮物に脱脂粉乳でした。脱脂粉乳はアメリカ進駐軍から子供たちの栄養不足を補うミルクとして配給されたもので「まずい、くさい、粉っぽい」などと皆いやがっていました。飲まないと先生に叱《しか》られるし、席を立たせてもらえなくて昼休みの遊び時間がなくなるので、目をつぶって、鼻をつまんで、息を止めて一気に喉《のど》に流し込んだものです。林屋・世田谷区

脱脂粉乳《だっしふんにゅう》　給食を残すことは大変いけないことで、脱脂粉乳を大嫌いという子も苦労して飲んでいました。ところが私はなぜかこの味が好き。先生のいないすきに、頼まれて皆の分を飲んであげて喜ばれていました。西岡・浦和市

脱脂綿《だっしめん》　結婚するまで看護婦だった母は、清潔に暮らすことに神経を使っていました。脱脂綿は切ってガラスの瓶に入れ、ガラスの吸《す》い飲みの湯ざましで水を染みこませて、祖母や家族、近所の職人さんたちの目のゴミなどを取ってあげていました。小渡・静岡市

ダットサン(商)　働き者のダットサンの荷台に大きな籠《かご》を積んで(子供も積まれて)、雑木林に落ち葉掃きに行きます。それを「くずはき」と呼んでいました。熊手《くまで》でかき集めた落ち葉を籠に入れるたび、子供たちは三人くらい籠に入

って跳《は》ね飛んで、踏み固めます。 越阪部・所沢市

建具《たてぐ》の寸法《すんぽう》 建具屋さんは、出かけていって建具の寸法取り（幅、高さ、厚さ）をしてから、板戸や障子《しょうじ》を作っていました。その建具に明かりがほしい時には、ガラスを入れました。障子はロールの障子紙に合わせて、桟《さん》の間隔などを決めていました。 新見・前橋市

建具屋《たてぐや》さん 仕事場には何種類ものカンナとノミが並べられていて、おじさん一人で引き戸や障子《しょうじ》戸《ど》を作っていました。ヒノキ板にカンナをかけると、毛羽《けば》立った肌合いがすべすべし、カンナからはするすると薄い紙のような屑《くず》が巻かれるように出てきて、良い香りがしました。建具屋さんと私の家は長屋《ながや》で壁一枚の間仕切りです。よく働くおじさんと父は職人同士、競争のようにして働いていました。 新見・前橋市

建具《たてぐ》を払《はら》う 田《た》の字《じ》型《がた》の家は、部屋が障子と襖《ふすま》だけで仕切られています。すべてを取り払うと大きな空間になるので、法事や何かで親戚が集まった時は、とても便利でした。 糸井・太田市 ↓P61図

畳紙《たとうし》 タンスの引出しには、畳紙に包まれて和服や帯が入っていました。柔らかなひもで結び、大事にしまってあります。着物や帯は、風呂敷や大判の敷紙の上にていねいに取り出され、床にじかには置かないものでした。 越阪部・所沢市

炭団《たどん》 ［木炭や石炭の粉末を固めたボール状の燃料］

七夕飾《たなばたかざ》り 八月七日に七夕飾りをしました。三メートルくらいの竹を伐《き》ってきて、玄関前の榊《さかき》にくくりつけました。飾りは短冊《たんざく》・紙のチェーン・紙テープを折り返したバネ、桜紙の花などを数日前から作りためて、開くと立体の球や瓢《ひょう》簞《たん》になる飾り物などと共に、満艦《まんかん》飾《しょく》に吊《つ》りました。供え物は唐箕《とうみ》に夏の野菜と茹《ゆ》で饅頭《まんじゅう》でした。 越阪部・所沢市

だっこちゃん

七夕《たなばた》祭《まつ》り　道産子《どさんこ》の七夕は八月七日。竹がない北海道の七夕飾りは柳の枝に短冊《たんざく》です。♪「ろーそく出せ、出せよ。出さないとカッチャクぞ、おまけに引っ掻《か》くぞ」と歌いながら、肩揚《かたあ》げした浴衣《ゆかた》に下《げ》駄《た》をはき、ろうそくを灯《とも》した提灯《ちょうちん》を持って近所の家々を回ると、小袋にお菓子を用意して待っていてくれます。昨今のハロウィンを見ると思い出します。　島田・旭川市

タニシ　祖父は、川や田圃《たんぼ》でタニシをとってきます。叔母がそれを味噌煮《みそに》にして、晩酌のおつまみにしました。　越阪部・所沢市

谷間《たにま》の百合《ゆり》　中学一年生の時、教育実習に来た大学生が私の本を見て驚き、「こんなませた本を読むの？」と聞きました。それはバルザックの『谷間の百合』。内容は知らずに買った初めての文庫本でした。書店の棚にあって一番薄くて安かったのです。　小暮・船橋市

種で遊ぶ　一番面白いのはホウセンカの種。少し固く、ぶつけるとはじけるのが「バクダン」としてよかった。お茶の実は大きくて、ぶつけ合ったり、たくさん集めて枕にしたり。エゴの実はお手玉に。オシロイバナは芯《しん》の白い粉を鼻筋に塗ってお稚児《ちご》さんごっこ。杉は紙鉄砲《かみでっぽう》の弾《たま》に。投げっこしたオナモミの実は、セーターにくっつくと大変でした。　越阪部・所沢市

田《た》の字《じ》型《がた》の家　母の実家は、海や田畑にも近く、鰻《うなぎ》の養殖などもしていた農家で、母の姉（私には伯母）が農家を継ぎました。八畳～十畳の部屋が田の字に並び、真ん中の柱は大黒柱《だいこくばしら》でした。一方は広いかまどのある土間《どま》、片側は野良仕事から戻って腰かけて一休みする式台《しきだい》のような板、小上《こあ》がりに畳でした。奥の畳部屋には仏壇や神棚があり、北側は廊下で、外からも使える便所がありました。敷地には外用の汲《く》み取《と》り便所があり、糞尿《ふんにょう》は肥料にも使いました。　小渡・静岡市

煙草盆《たばこぼん》　↓P60、61、115、304図　父の煙草盆は、十八cm角くらいで桑の木の箱でした。中に飴色《あめいろ》の釉薬《ゆうやく》がかかった寸胴《ずんどう》の陶器があり、灰が七分目くらいの高さまで入っています。横に紙煙草と、マッチが入っていました。父は撫でるように磨《みが》いて大切にしていました。　越阪部・所沢市

煙草屋《たばこや》さん　親戚の家は煙草屋さんでした。店は部屋の一部が出窓《でまど》のような作りで、ガラス棚に煙草

とライター、地袋《じぶくろ》に商品が置かれ、その後ろの座蒲団におばあさんが座っていました。出窓の外には赤電話が置かれ、品物は出窓の小さいガラス戸をあけてやりとりします。毎朝出勤途中に一つ買う人、まとめてカートン買いする人、それぞれですが、顔見知りになると「おや。その服新調《しんちょう》かい」などと朝の挨拶を交《か》わします。道を尋ねに来る人も多いので、地図も置いてありました。越阪部・所沢市

足袋《たび》　夏は素足《すあし》ですから、足袋を履《は》くのは冬だけ。男の子は紺色、女の子はえんじ色のビロード。裏ネルの暖かい足袋は、下駄《げた》や草履《ぞうり》が滑《すべ》らず履けます。妹は火鉢《ひばち》で温めたのを母に履かせてもらいました。でも子供はどんどん成長するので、サイズに融通の利く靴下に代わっていきました。越阪部・所沢市

食べ物でけんかしない　食べ物のことで姉妹《きょうだい》げんかが始まると、ふだん温厚な祖父に声を荒らげて叱《しか》られます。おやつなどはけんかにならないよう、慎重に均等分けしていました。風祭・高萩市

卵かけごはん　ふだんの食事は野菜がほとんどでした。ニワトリも飼っていたので、毎朝卵が何個あるか、兄より先に見に行きます。取って来た卵を母に渡すと、時々もらえました。卵かけごはんは何よりのご馳走でした。糸井・太田市

卵は高かった　幼い頃、母について市場に行きました。私に栄養をつけるため卵を買ってくれるのです。当時は卵は高かったのでしょう、毎日一個ずつ買って大事に持ち帰りました。東・港区

卵焼き　母の卵焼きは回りが少し焦《こ》げていて、よそと違うなあと思っていました。母の実家である土佐の田舎へ行ったら、祖母も同じような卵焼きを焼くのです。私も同じような卵焼きを焼いています。吉田・横浜市

卵をお遣《つか》い物に　母や祖母や叔母が大病で入院したり、実家で養生《ようじょう》

煙草盆

したりしていた時に、お見舞いに卵を持っていきました。籾殻《もみがら》をつめて卵をきれいに並べた箱を風呂敷に包み、割れないようにそおっと大事に運んで扱ったので、卵は気も心も価格もお見舞いにぴったりでした。 小渡・静岡市

卵を買う 木箱に籾殻《もみがら》をつめた中に卵が並んでいて、一個売りでした。高価ですから買うのは二つくらいです。お土産にもされて、その時は五個くらいです。新聞紙で筒状に包まれていました。 竹岡・天童市

玉電《たまでん》 「東急玉川線、車体の形から愛称は、芋虫《いもむし》、ペコちゃん」

玉繭《たままゆ》 玉繭とは蚕《かいこ》が繭《まゆ》を作るときに隣の繭とくっついて一つになってしまったものです。そのままでは機械にかけられないので、お湯で茹《ゆ》でながら(湯《ゆ》がいて)割箸《わりばし》ですくって巻き取りました。継《つ》ぎ目《め》がでこぼことした節織《ふしおり》の布になったそうです。 越阪部・所沢市

玉虫《たまむし》 虹色に光る玉虫を見つけると、一生懸命追いかけました。素手で捕まえて竹の虫籠《むしかご》で飼うのですが、数日で死んでしまいます。母にあげると大事そうに紙で包んで、タンスの引出しに入れました。防虫のためとは知らず、「きれいな虫だから、きれいな着物を守ってくれる」とばかり思っていました。 越阪部・所沢市

盥《たらい》 盥は直径約七十cm、深さ約三十cmの木製の大きな桶《おけ》です。わが家では、夏休み、午前中から日当たりのよい庭に盥に水を張っておいて、夕方、泥んこで帰宅すると、ぬるま湯になった盥で水浴びをしてから家に入りました。弟は裸になって入り、私と妹は手足の泥だけを落として。そのあとで室内のお風呂に入るのです。 林屋・世田谷区

だるまさんがころんだ 高さ二m近い板塀に向かって「だるまさんがころんだ」と鬼が唱《とな》える間に鬼に近づいてタッチします。鬼が振り向いた時にちょっとでも動いたらダメ。片足を上げたまま体を硬直させてまばたきもしません。でも、これも坂道広場では、坂と砂利が災《わざわ》いしてピタッと止まれません。振り返った時に目にした、みんなの真剣な顔を思い出すと、今でもニヤリとしてしまいます。 菊池・新宿区

誰も居ない家 家族が多いので、小学生の頃、家に帰って誰も居ないとほっとしました。 小暮・船橋市

俵《たわら》　麦などを出荷するのに俵を使いました。俵と、桟俵《さんだわら》(藁《わら》で編んだ丸い蓋《ふた》)は買います。俵を立てて詰め込み、蓋をして閉じます。中身を検査する時には手鉤《てかぎ》で横をこじあけていました。　越阪部・所沢市

探検ごっこ　土日や夏休みは、山川海のある引田で、魚やカニを捕《と》ったり、道の無い山に入って探検ごっこをしたりして自然の中で遊んでいました。　大宇根・高松市

男女同権　小学校に入学したのは新憲法が公布されて間もない頃でした。担任の女の先生はしょっちゅう「男女同権」「男女平等」と言い、遠足に行く時も男の子と女の子が並んで歩きました。男の子に理不尽《りふじん》なことを言われた時は、私も「男女同権よ」と言い返したものです。　東・港区

タンスの上　六畳の寝室に置かれたタンスの上は、寝台車のような雰囲気でした。食欲がわかない時など、汽車に乗っている気分でこのタンスの上でごはんを食べました。食の細い私のために母が考えたアイデアでした。　東・港区

タンスの秘密　桐《きり》のタンスの一番上の引き戸は子供の手の届かない大人の秘密の場所でした。引き戸に手が届くようになった頃、あけるとメンス(生理)用の脱脂綿《だっしめん》が入っていました。もっと背が高くなった頃、さらに奥に春本が入っているのを見つけて、両親が留守の時そっと見ました。　吉田・横浜市

丹前《たんぜん》　冬の風呂上がり、父は浴衣《ゆかた》の寝巻《ねまき》の上に綿《わた》入りの丹前を着ていました。黒っぽい地に縦縞《たてじま》で、かかとまでの丈《たけ》があり、替え襟の黒い布が縫い付けてあります。丹前は「どてら」とも呼びました。袖口から手を入れて、冷たい手を温めてもらいました。　越阪部・所沢市

男尊女卑《だんそんじょひ》　明治生まれの祖父と昭和ひとケタの父が支配する、古い考え方の家で育ちました。「女はどうせ家を出てゆくし、金を稼《かせ》がないからムダなだけ」というようなことをよく言われ、家庭は全然楽しいところではありませんでした。　松崎・千葉市

段々畑《だんだんばたけ》　父の転勤で、和歌山から汽車で紀伊半島を南下すること三時間、みかんの段々畑を左手に、青海原の黒潮を右手に見ながら、海辺の小さな商業・漁業の町に着いたのは、小学二年生の三学期でした。　加部・田辺市

団地《だんち》　美智子妃殿下が団地を視察

されました。団地のバルコニーから手を振る映像を、下駄屋《げたや》さんの白黒テレビで見ました。団地は高級なところでした。竹岡・天童市

団地見学 2DKの団地に引っ越すと、めずらしがってクラス中の子が遊びに来ました。玄関から入り、2DKを見て回り、ベランダから出ます。クラス全員が出たり入ったり。その頃、団地は「ハイカラ」でした。吉田・横浜市

団地で七輪《しちりん》 団地に引っ越したばかりの頃、朝、木ぎれを拾いに行かされました。ガス代の節約のためにベランダで火を熾《おこ》し、七輪に文化釜《ぶんかがま》をかけてごはんを炊《た》いて味噌汁を作ります。焼き魚も同じく七輪で焼きました。今考えると近所迷惑ですが、皆がやっていたので、誰もとがめる人はいませんでした。吉田・横浜市

団地の階段 団地の建物は平行に並んでいるためにビル風もあり、かなりの強風でした。もちろんエレベーターはありません。階段は降りるにつれてうす暗くなり、壁に大きな蛾《が》がとまっていたりすると少々こわかったものです。子供の私には三階までの階段は何の不都合もなく、降りる時には二、三段ずつ飛び降りていました。母は幼い私と弟を乳母車《うばぐるま》に乗せたまま抱えて三階まで上がったこともあるそうです。戸川・船橋市

団地の間取《まど》り 六畳二間《ふたま》、四畳半、食堂、台所という当時の団地の一般的な3DKの間取りで、広さは五十五平方m、父母と私と弟二人の五人家族には少々窮屈でした。友達の家は異なる住み方をしていました。隣りの階段の姉妹の家はいつも整っていて、乱雑な私の家と違い、部屋の空気からしてしんと静まりかえっていました。間取りは全く同じなのにこの違いは面白いなぁと感じました。戸川・船橋市

田圃《たんぼ》のスケート場 家の周りは田圃です。冬になると水を張って凍《こお》らせてスケート場にしてくれる人がいました。下駄《げた》の裏に刃がついた下駄スケートを、ひもで足にしっかりくくりつけて滑《すべ》りました。近くの小さい川も凍り、そこでも橋から橋までの間を滑っていました。中学生になるとスケート靴をはきました。柳川・長野県

タンポポの水車《すいしゃ》 山や野原にある木の実や葉っぱ、花や木など、すべてが遊び道具でした。タンポポは、茎を割《さ》くと外側にくるっと丸

まります。それを水車のようにして、田圃《たんぼ》の水口《みずぐち》(水路から水を引くところ)に仕掛けて遊びました。　風祭・高萩市

ち

地域で育つ　「お庭お借りしま〜す」と鬼ごっこに使わせてもらったり、挨拶をおろそかにすると叱《しか》ってくれるおじさんがいたり、子供たちは近所の大人に育てられました。　風祭・高萩市

チェリング　色とりどりの小さいプラスチック製の輪《わ》っかです。女の子はほぼ必ず持っていました。つないでネックレスにしたり、お手玉のようなゲームをしたりして遊びました。　岩倉・沼津市

力仕事　トラックからドサッと落とされた端材《はざい》を、燃えやすいように薪割《まきわ》りするのは母の仕事でした。父は大工《だいく》仕事や力仕事はしないのです。母はそんな父の優男《やさおとこ》ぶりが気に入って結婚したのですからしょうがありません。結局、煙突掃除や屋根の雪下ろしまで引き受けるはめになってしまったようです。　葛西・青森市

地球ゴマ　父が買ってきてくれました。コマは細いひもの上をくるくる回りながら渡るのですが、斜めになりながらも落ちないのが不思議でした。　矢賀部・八女市

蓄音機《ちくおんき》　昭和三十二年、五歳の時、おじさんが手回し式の蓄音機を買ってきてくれて、生まれて初めてレコードを聴きました。レコード盤がクルクル回るのを、きょうだいでじっと見ている写真が残っています。　柳川・長野県

遅刻の理由　中学校では、よく遅刻する女の子がいました。教室の入り口にもじもじと立ち、担任に叱《しか》られていました。家計の足《た》しに納豆を売ってから来るという噂《うわさ》でした。理由をなぜ言わないのか、先生も知っているはずなのにと、じれったく感じました。毎回叱るのが先生の愛情だったのか、黙って堪《た》えるのが彼女のプライドだったのでしょうか。　小暮・船橋市

地球ゴマ

乳《ちち》搾《しぼ》り　一日は乳搾りから始まります。搾乳機《さくにゅうき》で搾ったお乳をアルミの容器に入れて、近くの集配所にリヤカーで運ぶのが兄たちの日課でした。昼の農作業は祖父と両親でやっていましたが、子供も、できることは手伝うのが当たり前でした。糸井・太田市

乳《ちち》搾《しぼ》りのコツ　家でヤギを飼っていた経験では、小指から薬指、中指と順番に少し引っ張りながらまげていくのがコツです。上手にできるとジャーッと乳が出てきます。乳の味はよく覚えていませんが、乳搾りの感触は生々しく覚えています。矢賀部・八女市

チッキで送る　中学二年生の冬、初めて一人で寝台特急に乗って、宮崎県の祖母の家に行きました。前日に、着替えを詰めた箱を最寄《もより》駅《えき》に持っていき、チッキで送りました。箱は到着駅で受け取ります。預かり証はとても薄い紙でした。岩倉・沼津市

チャコ　布地に印をつけるのに使う小さなクレヨンみたいなもの。白、ピンク、水色などがありました。先を細くするときは剃刀《かみそり》で削っていました。新見・前橋市

茶《ちゃ》ダンス　廊下続きの祖父母の家には、こたつ脇の茶ダンスに、いつもお菓子がありました。小学校から帰ると、「ただいま」を言いに祖父母の部屋に行きました。このお菓子目当てに。西岡・浦和市

チャック［ジッパー］　ズボンの前から白い物が見えると「社会の窓があいてるよ」と言われ、あわてて閉めて下着をかむことも。おしゃべりな人には「口《くち》チャック！」と注意しました。新見・前橋市

茶《ちゃ》の間《ま》　茶の間の掘りごたつには夏冬限らず家族が集まっていました。子煩悩《こぼんのう》な父に算数の宿題を見てもらったり、麻雀を教わったのもここ。冬、足を突っ込んでこたつ掛けに身を丸めての昼寝が気持ちが良かった。加部・田辺市

茶羽織《ちゃばおり》　普通の羽織より身丈《みたけ》が短く、袂《たもと》が丸めてあって家事がしやすい上着でした。越阪部・所沢市

茶箱《ちゃばこ》　父の実家がお茶屋なので、家には真新しい茶箱が積まれていました。古くなったお下《さ》がりは洋服や雑物入れに使われます。蔵《くら》の中の茶箱には、シミだらけの和綴じ本や、節句人形がどっさりしまわれていました。越阪部・所沢市

ちゃぶ台《だい》　掘りごたつがしまわれると、ちゃぶ台になって、すっき

りさわやかな部屋になります。欅《けやき》のちゃぶ台は食事が済むと脚を折ってたたみ、転《ころ》がして茶ダンスの脇に立てかけました。越阪部・所沢市

ちゃぶ台《だい》の不思議 「昭和のくらし博物館」で五十年ぶりに目にしたちゃぶ台の小ささに驚きました。うちは大家族でした。合わせて八人分のごはん茶碗と味噌汁椀と銘々の皿と漬物。それらがどうやって並んだのか不思議です。うちは「おかずは平等」だったので、幼い私もカレイの煮つけ一匹を皿で食べて最後にお湯をかけて煮汁を飲んでいました。ごはん茶碗は手に持ったまま食べていたのでしょうか？ お茶は最後にごはん茶碗に注いでもらって飲んでいたので湯呑《ゆのみ》茶碗を置くスペースは不要でしたが。小暮・船橋市

ちゃぶ台《だい》の真ん中 大家族のわが家では「いただきます」と唱えたあと、さっと箸《はし》がまん中の漬物にのびました。一番下の兄が白菜の柔らかい葉の部分をつまむと、母がきっときつい目を向けます。後年、母が「ある日、お父さんが真ん中の柔らかい葉をごっそり持っていくのを見て長年の疑いが晴れた。お行儀が悪いのはお父さんだった。他の人を疑って可哀そうなことをした」と言うのです。小暮・船橋市

ちゃぶ台《だい》をひっくり返す どこのうちでも、父親はそうやって怒りを表すものだとばかり思っていました。食事時は避けようと父も自覚していたのか、いつも食後、お茶の時でした。年に数回の恒例なので、家族はうすうす気配を察し、さっとよけて人的被害はありません。急須《きゅうす》だけが一年中セロテープでつなげられて満身創痍《まんしんそうい》でした。小暮・船橋市

チャルメラ 冬の夜、時々チャルメラを吹いてラーメン屋さんが来ました。中学生の私は丼《どんぶり》を持って買いに行きました。小学生の弟

ちゃぶ台

はチャルメラの音がこわいと、出てこようとしませんでした。東・港区

ちゃんちゃんこ　祖母が作ってくれた綿《わた》入れの赤いちゃんちゃんこがうれしくて、叔父さんに写真を撮ってもらいました。黒い塀をバックにしたらきっと映《は》えると思ったのに、背中には、べっとりとコールタールのお土産がついてしまいました。新見・前橋市

チャンネル争い　テレビが初めて来た日は、子供も深夜まで起きているのを許されて、家族全員で真剣に放送終了まで見て、ふーっとため息をつきながら寝たのを覚えています。その頃、日曜日の夕方は私の大好きな『ポパイ』とプロレス中継がかちあい、数からすると父や兄たちが優勢ですが、時間を計って半分ずつ見ることに。見たい気持ちはお互いによ～くわかるからです。小暮・船橋市

チャンネルを回す　フランク永井の歌う「有楽町で逢いましょう」が流れると、あの低音に魅了された私は、すぐテレビの前にかぶりつきました。ヒット曲はどのチャンネルでも流れていたので、チャンネルを回すために行ったり来たり大変でした。田中・西宮市

チャンバラ　家は宿場跡の近くで、街中とはいえ遊べる川が流れ、原っぱもあり、材木置き場では、原木の上で鬼ごっこやチャンバラに興じました。今井・横浜市

チャンバラ映画　お正月には、家族五人で東映のチャンバラ映画を観《み》に行くのが恒例でした。父の自転車の前に弟、後ろに妹、母の自転車の後ろに私が乗せられて映画館に向かいます。市川右太衛門、長谷川一夫、大川橋蔵、中村錦之助、みんなファンでした。館内では、木の箱をベルトで前に抱えたおじさんがお菓子を売り歩いていました。観客は夢中になると「やれやれ～、やっちまえ～」「アッ！危ない」等と声を掛けていました。帰りにカレーうどんを食べるのも楽しみでした。新見・前橋市

厨芥《ちゅうかい》置き場　コの字型に低く囲われたオープンな厨芥置き場がありました。臭《くさ》いし虫はわくし、苦情が出たのか、すぐになくなりました。多分飲食業の残飯《ざんぱん》を家畜の飼料に仲介する場だったのでしょう。越阪部・所沢市

駐在《ちゅうざい》さん　「倉庫についたら○○○ぬぐんだよ」。若い男が私の肩に手を回して押さえ、私は弟の手を

ぎゅっと握っていました。駄菓子《だがし》屋《や》さんに行った帰りをねらわれたのです。あいにく通行人が居ません。人気《ひとけ》のない住宅街にさしかかった時、スキを見て逃げだし弟の手を引いて走りました。夜、帰宅した父と交番へ。「昨日から帰って来ない女の子もいるんですよ」。駐在さんの呑気《のんき》な口ぶりに父も私もあきれました。その子は無事に帰宅したのでしょうか。小暮・船橋市

注射器　先生がガラスのアンプルの注射液をハート形のやすりでぐるっと傷をつけ、ポンと折ります。泣かずに我慢すると、使用済みの注射器の筒(針は無し)をお土産にもらえました。それでお医者さんごっこをしました。越阪部・所沢市

ちょうだいな　ちょっと歌うような調子で、「ちょうだいな」と言いながら駄菓子屋《だがしや》さんに入ります。「おばちゃん、また来たよ」という挨拶代わりです。「くださいな」と言う子もいました。小暮・船橋市

町内放送　小学校で、男子はソフトボール、女子はポートボールの町内会対抗の大会があり、私の住んでいたニュータウンでは週に何日か下校後に町内放送で呼びかけて集まり、空き地で練習していました。強い子は放送で名指しで呼び出されていました。岩倉・沼津市

朝礼《ちょうれい》　朝礼は苦手でした。とりわけ夏休みの登校日は、夏負けでぼうっとしている上に日差しがぎらぎら、校長先生の話は長い。意識がうすれて倒れかかる瞬間、男の先生が走って来るのがスローモーション画像のように見えます。おんぶされて教室に向かう時の恥ずかしさ！小暮・船橋市

チョーク　授業中にいたずらやおしゃべりをしていると、先生がチョークを投げてきます。青筋を立てて怒ることも。なんであんなに怒るのか不思議でした。新見・前橋市

千代紙《ちよがみ》　様々な柄《がら》の千代紙を集め、友達と交換してコレクションを増

チャンバラ

やしていました。千代紙で何かを折ったり作ったりするのではなく、集めることが目的で持っていた気がします。　岩倉・沼津市

貯金箱《ちょきんばこ》　弟は毎日のように紙芝居《かみしばい》に行っていました。ある日、出会い頭《がしら》にぶつかると、チャリンと五十円玉が落ちました。弟が持っているはずがない大金です。私の貯金箱のだとすぐわかり、大げんかになりました。私はけちで、お年玉も使わずに貯金していて、いつか狭い土地を買って細長いビルを建て、人に貸してお金もうけをするんだと広言していました。　吉田・横浜市

直線裁ち《ちょくせんだ》　誰もが作れる服として直線裁ちの洋服がありました。ダーツとかは入らず、ゆったりまとうものです。　越阪部・所沢市

チョッキ［ベスト］　ワイシャツと背《せ》広《びろ》の間に着る、袖《そで》なしの丈《たけ》の短い胴着《どうぎ》のことです。前面だけ背広の共布で作り、背面は裏地のみ。背広とチョッキとズボンで「三つ組《みつぐ》みのスーツ」と言います。ネクタイを着けると格好良く決まりますが、背広を脱いでチョッキに腕《うで》カバーをして働いている姿は中途半端。私だったら裏表全部背広の共布で作るのに。　新見・前橋市

塵紙《ちりがみ》　白いふわふわしたのと、灰色のゴワゴワしたのがありました。今のティッシュペーパーを広げたくらいの大きさで、その大きさで重ね、たばねて売っていました。家では竹でできた塵箱《ちりばこ》に入れて使っていました。　越阪部・所沢市

チリンチリン　東京都のゴミ回収車の愛称。生ゴミの収集は不定期で、大八車《だいはちぐるま》を曳《ひ》いて回る作業員が鈴を鳴らして合図すると、家庭では「チリンチリンが来た」とゴミをもって飛び出しました。　東・港区

チリンチリン　「チリンチリン、くずや〜おはらいっ」。屑屋《くずや》さんのおじいさんが声をかけながら、うちの前の舗装していない道でリヤカーを引いていました。「くず」(今の粗大ゴミのようなもの)を出すと、わずかな小銭をもらったようです。　武藤・武蔵野市

チンチン電車　［路面電車(都電・市電)をこう呼んでいた］

ちんどん屋さん　ちんどん屋さんが来ると、遊びをやめて一斉に駆け寄り、クラリネットや鳴り物の太鼓や鉦《かね》に浮かれてついてまわり、もう帰りなさいと言われたものです。着物や白塗りのドーラン

やメイキャップ、かつら等珍しくて見入りました。ちんどん屋さんごっこもしました。　新見・前橋市

つ

通信簿《つうしんぼ》　通信簿の数字は1とか2でした。行動の欄には、いつも「協調性がない」というところに○印がありました。姉は「あんたは、大器晩成だから！」と慰めてくれましたが…。　福井・本荘市

つぎあて　ズボンの膝がすり切れたり薄くなったら、裏から力布《ちからぬの》を貼り付けてミシンで細かく縫い込むと丈夫になりますが、異常にごわつき、それが恥ずかしかったものです。　新見・前橋市

付添《つきそい》さん［病室に寝泊まりして病人の身の回りの世話をする人］　骨折で入院した病院は自炊《じすい》でした。私の食事は母がお弁当を運んでくれましたが、長く入院されている方は付添さんを頼み、付添さんは廊下の七輪《しちりん》で調理をしていました。　越阪部・所沢市

机　小学三年生の時、妹と対面して使える机と椅子を作ってもらいました。大人サイズで足は床につかず、首近くまで机が来ます。それでもうれしくてうれしくて、あちこちに移動して自分のコーナーを作っていました。妹は、ちゃぶ台の方が良かったのか、あまり使いませんでした。　新見・前橋市

土筆《つくし》　後輩の男の子に「やかべさんにやる！」と新聞紙にくるんだたくさんの土筆をもらいました。どうしたものかと悩んだあげく、押し花にしました。　矢賀部・八女市

つくて　初冬に雑木林の落ち葉を掃き集め、堆肥《たいひ》にするためにまとめてある囲いです。発酵熱でほかほかと温かいので、筵《むしろ》を敷いてその上で遊びました。　越阪部・所沢市

造《つく》り付《つ》けベッド　妹と共同の子供部屋に二段ベッドが造り付けてありました。一間幅《いっけんはば》で畳がピッタリと落とし込まれていて、そこに布団を敷いて寝ました。大工《だいく》さんの手による頑丈な造りで、ぶら下が

つぎあて

ったり、よじ登ったり飛び降りたり。友達が来ると、いつも遊び場になりました。 勝見・金沢市

繕《つくろ》い物《もの》 その頃の生活は手作りが中心でした。布団はもちろん、セーター、服、食べ物(煮豆など)と、母は忙しそうでした。ズボンの膝やセーターの肘《ひじ》がすり切れると継《つ》ぎ布を当て、靴下の穴をかがり、それらの繕いを母は夜《よ》なべ仕事にしていました。 岸・平塚市

付木《つけぎ》 幅のある経木《きょうぎ》の先に硫黄《いおう》がついていて、切り裂いて使います。風呂釜の石炭下に粗朶《そだ》を敷いて、竈《かまど》の火を付木に移し、着火しました。 竹岡・天童市

告《つ》げ口《ぐち》 小学三年生の時、父の転勤で転校しました。転校後まもなく、机の中にラブレターをみつけ、こんなことをするのは悪いことだと思った私は、そのラブレターを持って職員室へ行き、先生に言いつけました。出した男の子は先生に呼び出されたようです。かわいそうなことをしました。 東・港区

漬《つけ》物《もの》 秋になるとニシン漬《づけ》、沢庵《たくあん》、粕漬《かすづけ》、べったら漬《づけ》、飯鮨《いいずし》などの漬物や、キノコ類の保存食の準備に祖父母は忙しそうでした。子供には苦手な漬物も、父はこれさえあれば他には何もなくてもよいと。今では父の口癖が引き継がれるほど私も漬物好きになりましたが、漬け方は何一つ引き継いでいません。暖かい関東では保存ができないからです。 島田・旭川市

漬《つけ》物《もの》石《いし》 旅行先で河原などに手頃な大きさの石があると、母が「漬物石にちょうどいいわ」と言いました。拾って帰ることはありませんでしたが、今でも良い形の石をみると漬物石になりそう、なんて思ってしまいます。 風祭・高萩市

漬《つけ》物《もの》小《ご》屋《や》 漬物小屋に行って薄氷を割って漬物を取り出すのは子供の仕事でした。戻ると母が用意してくれたボールのお湯に、手を浸《ひた》してあたためました。 竹岡・天童市

漬《つけ》物《もの》樽《だる》 冬の漬物の準備は父の仕事でした。沢庵漬《たくあんづけ》は大根を洗って干して、糠床《ぬかどこ》にいろいろな物を入れて漬けました。白菜《はくさい》、しゃくし菜《な》も樽一杯に。 新見・前橋市

土の道 舗装されていない道が多く、大雨の登下校時は水たまりができて大変でした。走ってころんで、石に肘《ひじ》を打ち付けた傷跡《きずあと》は今も残っています。 岩倉・沼津市

つっかけ 夕ごはんは掘りごたつのある茶の間でテレビを見ながら

食べました。食べ始めてからマヨネーズがない、醤油《しょうゆ》を忘れたといっては、いちいち、つっかけをはき、ダイドコ(台所)に向かって通《とお》り土間《どま》を突っ走ります。じゃんけんで兄とパシリ役を決めるのですが、よく負けました。真冬の土間は寒くていやでした。加部・田辺市

つばめ号 毎年夏休みになると東京から大阪までつばめ号に乗って西宮の母の実家に行きました。車体はたしか緑色で、先頭につばめが飛んでいるマークがついていました。蒸気機関車の頃は、トンネル通過時に窓を閉めていても、その夜お風呂に入ると鼻や耳の中が真っ黒でした。全線電化され、東京―大阪間八時間をきった時、大人たちはずいぶん速くなったと喜んでいました。東・港区

ツバメのお宿《やど》 祖母の家に毎年ツバメが巣をつくりました。縁側《えんがわ》はあけっぱなし、餌を運ぶツバメがひっきりなしに行き来して糞《ふん》をするので畳は取り除かれ、粗板《あらいた》の上には新聞紙が敷かれ、ツバメ専用の部屋に。雛《ひな》は黄色いくちばしを大きくあけて一日中ピーピー鳴いています。祖母も家族も近所の人も皆、温かくツバメの親子を見守っていました。羽沢・佐野市

壺《つぼ》焼《や》き芋《いも》 冬になるとお婆さんの店では、大きな壺の中に炭とコークスを入れて燃やし、中にぶら下げて焼いたサツマイモを売っていました。焼けるのを待つ人や、新聞紙にくるまれた芋をほくほく食べる人で、店先は活気づいていました。新見・前橋市

爪革《つまがわ》 着物で出かける時は、天気によって履物《はきもの》を替えます。雨の時は傘をさしても前方が濡れるし、雪の時も爪先が冷たくて歩けないので、「爪革」という下駄《げた》の先端をおおうカバーを付けました。ゴムひもを下駄の二本足の間にはさんで装着するのですが、そのゴムひもも、目立たないように工夫されていました。福井・本荘市

ツユクサ 夏の朝、原っぱにはたくさんのツユクサが咲いていました。青いすずやかな花。どこにでもある花だけれど、さわやかで大好きでした。でも雑草刈りでは無惨にも刈り捨てられてしまう。あんなにきれいなのに！吉田・横浜市

氷柱《つらら》 厳寒期、軒先には三十㎝を超す氷柱ができました。剣に見立てて葉っぱや地面に突き刺したり、チャンバラごっこをしたり。

すぐに折れて溶けてしまう、はかなくてきれいな玩具でした。学校まで氷柱を蹴りながら行くのも冬の遊びの一つでした。　越阪部・所沢市

氷柱《つらら》を食べる　冬になると、向かいの山肌から染み出ている水が凍《こお》り、氷柱ができました。シモヤケになると分かってはいても、手に持って誰が一番最初に溶かすことができるか競ったり、寒いのにアイスと称して食べたりしました。　風祭・高萩市

つりこじょうけ　夏は、つりこじょうけ(飯籠《めしかご》)に布巾を敷いて、残ったごはんを入れ、風通しのいい所にぶら下げて保存しました。　矢賀部・八女市

吊《つ》りスカート　小学校低学年の時、厚手の布地で濃い鶯色《うぐいすいろ》の吊りスカートを母に作ってもらいました。はくのが楽しみでした。子供服の既製品がまだ普及していない時代でした。　上野・川崎市

釣瓶《つるべ》井戸　[滑車を使ってロープに結んだ桶《おけ》(=釣瓶)を上げ下げして水を汲《く》む井戸]

連れて行きなさい　そーっと家から出ようとしても、必ず気配を察して弟がわーっと泣きだし、続いて母が「連れて行きなさい!」。仕方ない。「弟も一緒だけどいい?」と聞くと、仲良し四人組は「いいわよ」。弟のアルバムは、お姉さんたち(私の同級生)と遊んだ写真ばかりになりました。　小暮・船橋市

つんつるてん　身長が伸びて、つぎあてズボンがつんつるてんになり、下から股引《ももひき》の裾《すそ》が出てもはいていました。足元は穴があいた足袋《たび》に下駄《げた》。こんな格好で妹と日向《ひな》ぼっこしている写真が残っています。満面の笑顔です。　新見・前橋市

て

手《て》焙《あぶ》り　うちには小型の山水染付の手焙り火鉢《ひばち》がありました。家の中でも息が白くなる寒さです。母は縫物の手を時々休めて、火鉢にかざし、指をこすります。　越阪部・所沢市

手《て》編《あ》みのセーター　母に色と柄《がら》の希望を出して、編みあがるのを楽しみに待っていました。自分で編むようになったのは高校生の頃からです。アラン編みとかに凝《こ》りました。　越阪部・所沢市

手《て》編《あ》みのマフラー　好きな男子へのクリスマスプレゼントは、手編みのマフラーが流行《はや》りでした。母に編み方を教わりながら緑色のマフラーを編みました。が、誰にあげたのでしょう?　思い出せない

のが残念です。　岸・平塚市

手《て》洗《あら》いじょうご［トイレタンク。手洗いカランとも］　下部に付いている棒を手で押し上げると栓が開き（この装置をカランという）、手先を洗う程度の水が出る仕組み。　福井・本荘市

手《て》洗《あら》いじょうご　母方の田舎ではトイレが離《はな》れにありました。「大丈夫よ。一人で行ってらっしゃい」と言われて大人用の下駄《げた》をつっかけ恐る恐る向かいます。手洗い器は陶器製で大人の高さにぶら下げられています。背伸びをして手を上げ、ブラブラ動く手洗い器の先端の棒をやっとの思いで押すと…冷たい水が手先から寝巻《ねまき》の中にスーっと伝わります。　田中・西宮市

T《ティー》シャツ　初めてTシャツを着た日は、こんな下着のまま外へ出ていいのかしらとドキドキしました。三十年後、娘は初めてタンクトップで歩いた日、同じくドキドキしたそうです。　小暮・船橋市

T定木《ティーじょうぎ》　自宅の洋間の窓際で、製図板に向かっている父を撮った写真には、その頃出回り始めたドラフターが写っています。父は懐かしいT定木とエンピツでも図面を引いていました。　葛西・青森市

DDT《ディーディーティー》［殺虫剤］　五月になると、どこの家も大掃除です。畳を上げて、庭や道路に逆V字型に立て掛けて虫干《むしぼ》しをしました。乾いた畳をたたくと埃《ほこり》がたくさん出ます。取り込む前に荒床《あらゆか》に新聞紙を敷き、上にDDT《ディーディーティー》をまきます。畳の大きさは一枚一枚違うので、裏側と荒床に番号を付けておき、元の位置に戻しました。　新見・前橋市

亭主関白《ていしゅかんぱく》　保守的で亭主関白な父は「薪《まき》で炊《た》いたごはん」を望み、母は朝食も夕食もそれを用意したのです。夕食時は子供たちも手伝うこともありましたが、母は毎朝五時に起きて、六時過ぎには出勤する父の朝食の支度をしていました。水道もなく井戸で水を汲《く》み、煮炊《にた》きは石油コンロでした。　浜田・

手洗いじょうご

神奈川県

ディズニーのテレビ番組　「子供は八時就寝」がわが家の決まりでした。妹と二人で母と祖母に土下《どげ》座《ざ》してお願いして、隔週で金曜日の八時からのディズニーの番組を見せてもらいました。確か四つの国に分かれていて、一番のお気に入りはアニメが見られる「ファンタジーの国」でした。夢のようなきれいな色で、かわいい女の子や動物が物語をつむいでいくのをうっとりと見ていました。葛西・青森市

停電《ていでん》　夏の夕方はよく雷《かみなり》が鳴りました。ラジオに雑音が入ると、それが雷と停電の予告です。雷が落ちると、アスファルトの道にたたきつけられるような音がして、蚊《か》帳《や》に入って身を強《こわ》ばらせていました。停電になると、ろうそくをつけて灯《あか》りにしました。ろうそく立てがない時は、皿にろうを垂らし、その上に立てます。そのうちに照明がパッとつき、ラジオも鳴って平和が戻りました。新見・前橋市

手打《てう》ちうどん　群馬では、冠婚葬祭にうどんは欠かせません。田舎では、おばさんが手打ちうどんにしてくれました。新見・前橋市

手打《てう》ちそば　蕎麦《そば》の実を粉屋さんに持って行き、製粉してもらって家でそばを打ちます。手打ちそばの耳の部分があると当たりを引いたようで、ねらって食べていました。風祭・高萩市

テーブルうさぎ　「縁日《えんにち》で売っていたミニうさぎ。実は普通のうさぎで、やがて大きく育つ」

テーラー　銀行員だった叔父の趣味は、テーラーで洋服を仕立てることでした。背が高く手足も長かったので、既製品が合わなかったのです。布や形を選んで、仮縫いをして出来上がる背広は、一針一針手をかけた高価なものでした。余り布は大事に保存し、少しの傷《いた》みは、かけはぎ屋に出して長く着ていました。小渡・静岡市

手《て》押《お》し車《ぐるま》　毎朝、魚売りのおばさんが、瀬戸内で獲《と》れたばかりの新鮮な魚を手押し車に積んで売りに来ていました。大宇根・高松市

出《で》来《き》合《あ》い　「既製服のこと」

手《て》漕《こ》ぎポンプ井戸　庭の井戸は手漕ぎポンプでした。ぶら下がるように全体重をかけてポンプをこぎ、祖母が顔を洗ったり洗濯をしたりする時、水を出してあげました。子供の手でも役に立つことがうれしかった！　今井・横浜市

デコラのテーブル 茶の間がダイニングキッチンに代わった時に、ちゃぶ台は、デコラのテーブルに代わりました。拭きやすいし、シミにならないのは母にはうれしいことでした。でも、木目《もくめ》調《ちょう》はやめてほしかった。越阪部・所沢市

鉄管《てっかん》ビール 金気《かなけ》を取るため、手《て》拭《ぬぐい》や木綿で作った袋を水道の蛇《じゃ》口《ぐち》に着けて水を漉《こ》しました。袋は鉄管の錆《さび》で茶色になり、砂利が入っていることも。水道水を飲むことを「鉄管ビールでも飲むか」と言っていました。新見・前橋市

手作りアイス 兄が空《あ》き缶《かん》に雪を入れ、砂糖、卵、牛乳を入れて攪《かく》拌《はん》します。缶を雪に埋めるとだんだん凍《こお》っていき、ざくざくしたアイスクリームができます。目を輝かせて見入《みい》りました。福井・本荘市

手作り飴《あめ》 アルミのお盆を裏返して油をひき、割箸《わりばし》を並べ、鍋で熱々に溶かした砂糖液をお盆に流します。固まらないうちに干しぶどうの目を二つ置いて出来上がり。冷《さ》めたらパリンとはがして、割箸を持ってキャンディーのようになめました。母の作る素朴な味のお菓子でした。西岡・浦和市

手作りのぬり絵 ぬり絵は帳面《ちょうめん》綴《と》じのを買ってもらいました。すぐぬり終わってしまうので、広告の裏の白い紙に、まねて絵を描きました。縦《たて》ロールの巻毛にティアラ、睫毛《まつげ》の長い大きな目、レースやリボンたっぷりのドレス、リボンのついた靴まで、何回もお姫様を描くうちに変化もつけられるようになり、妹は喜んでぬりました。越阪部・所沢市

手作りの服 妹と弟と私の服は、母が作ってくれました。襟はセーラーカラーに、袖《そで》はちょうちん袖に、スカートはフレアーにと、注文を出しました。新見・前橋市

手作り調味料 お味噌や醤油《しょうゆ》などの調味料は地域自家製のもので、それぞれの農家が自分の家でとれた材料を持ち寄って、共同で作っ

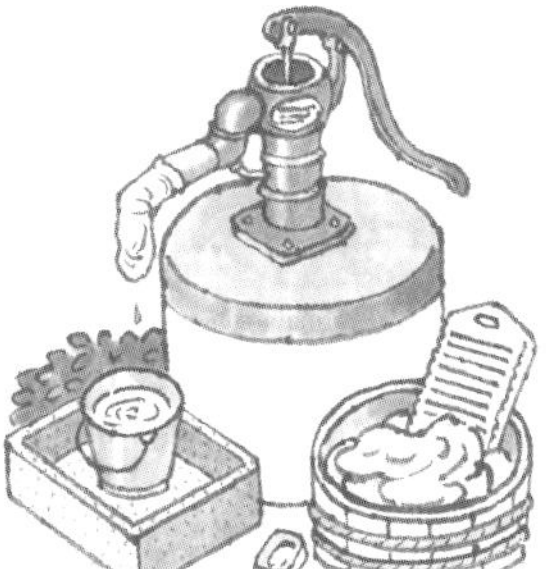
手漕(てこ)ぎポンプ

ていました。糸井・太田市

手作りマヨネーズ　すり鉢《ばち》に卵の黄身《きみ》だけを入れて祖母がすりこ木《ぎ》で摺《す》り、そこへ私がお玉《たま》に入った油を少しずつ垂らします。祖母が最後の仕上げをすると、マヨネーズを入れた美味しいおかずができました。柳川・長野県

手《てっ》甲《こう》　雪道で長靴をはいて、手袋代わりの手甲をつけて、大好きなお隣りのケンちゃんと並んで写真を撮りました。葛西・青森市

鉄《てつ》鍋《なべ》餃子《ぎょうざ》　幼い時に父に連れられて鉄鍋餃子を食べに行きました。鉄板の餃子はアッチアチでとても美味しかった。その味にもう一度会いたいのですが、どこへ行けば会えるのやら。矢賀部・八女市

鉄《てつ》瓶《びん》　店先には陶器の火鉢《ひばち》があり、中で鉄瓶の湯がたぎっていました。鉄瓶には井戸水の中のミネラルやカルシウムが固まって白い湯《ゆ》垢《あか》がたくさん付いていました。それが水を美味《うま》くするといって、けっして洗い落としたりしませんでした。新見・前橋市

鉄《てつ》棒《ぼう》　鉄棒が大好きでした。鉄棒の空中(連続)逆上《さかあ》がりや前回り、卵回り(足を抱え込んで前や後ろに回る)、スカート回り(鉄棒にスカートを巻きつけるので冷静に考えるとかなり恥ずかしい)など。五歳の時には鉄棒から落ちて前歯を折ったにもかかわらず、何が楽しかったのか、毎日ぐるぐる回ったり飛び降りたりしていました。戸川・船橋市

鉄《てつ》腕《わん》アトムシール　マーブルチョコのおまけの鉄腕アトムシールは私の宝物で、大事に箱にしまったままで使わずじまいでした。矢賀部・八女市

手《て》縫《ぬ》い　背広《せびろ》の仕立てにも手縫いの部分があります。襟先や胸ポケットにステッチを入れて温《ぬく》もりを縫い込んだり、ボタンホールの穴かがりやボタン付けも手縫いでした。袖口《そでぐち》には切羽《せっぱ》という飾りだけのボタンが付いていますが、注文によってはボタンをはずすと袖口が開くような仕立て方もあり、ネームも手縫いしていました。新見・前橋市

手《て》拭《ぬぐい》　十二月になると、正月に配る手拭の準備が始まります。店(魚屋)の名と、姉が考案したイカの絵が染められた反物《たんもの》が呉服屋《ごふくや》さんから届くと、鋏《はさみ》で手拭の長さに切り、一枚一枚たたんで熨《の》斗《し》紙《がみ》でおおい、糊《のり》で裏を留めました。岸・平塚市

手《て》拭《ぬぐい》をかぶる　母は台所でごはんの支度をする時には、割烹着《かっぽうぎ》を着て必ず髪を手拭で隠していました。髪の毛が食べ物に混じらないように。　芳村・浦和市

手《て》乗《の》りインコ　手乗りにするには、一日何度も自分の手で雛《ひな》に餌をやる必要があります。学校に連れていき、机の中に隠して授業中も餌をやりました。お腹《なか》がすくと一斉にピヨピヨ鳴きだすので気が気ではありません。インコを数匹肩に乗せて歩くと、人に注目されて、ちょっといい気分！　小暮・船橋市

デパートの屋上遊園地　デパートの屋上には、たいてい遊園地がありました。中でも浅草松屋の屋上遊園地は環境が最高でした。浅草寺、隅田川、東武の鉄道橋や駒形橋、対岸にあったアサヒビールの吾妻橋工場などが一体になって、巨大なひとつながりのイメージの中に存在していました。　菊池・新宿区

デパートの大食堂　遠出《とおで》の買い物は、電車一本で行ける東京駅の大丸デパートに行きました。上の階の大食堂で、お子様ランチとソフトクリームを食べるのが楽しみでした。　西岡・浦和市

手《て》牡《ぼ》丹《たん》　祖母は一時《いっとき》、てぼたん（線《せん》香《こう》花火）作りの内職をしていました。薄い紙の上に火薬を置き、紙《こ》縒《よ》りを縒《よ》る要領で巻いていくのです。あの切《せつ》ない線香花火がこうやってできるのかと、興味深く眺めていました。　矢賀部・八女市

出《で》窓《まど》　東京で設計の勉強をして故郷に帰った父が、精一杯の新しいデザインを試みたのが玄関脇の洋《よう》間《ま》でした。コーナーに丸柱を見せて、当時としてはハイカラな出窓をつくったり、壁面の造り付け収納を色分けしたり、母や祖母の目にはびっくりするような変わったデザインでした。　葛西・青森市

手《て》間《ま》ひま　当時の台所はかまどが二つに七輪《しちりん》が一つ、流しと氷の冷蔵庫に配膳台。何を作るにも時間

てるてる坊主

と手間がかかります。そんな効率の悪い中で、大勢の客をもてなし、家族の食事を作っていた母に敬意を表します。 中林・前橋市

手回し洗濯機　ハンドルを手で回すと、ばたんと洗濯物をたたいて汚れを落とす仕組みです。すぐに壊《こわ》れてしまったらしく、ハンドルもなくなって中庭に放置されていました。 吉田・横浜市

てるてる坊主《ぼうず》　わら半紙《ばんし》のプリントの裏や習字用の和紙に、脱脂綿《だっしめん》を包んでタコ糸でしばり、目と口を書いて作りました。たいてい遠足の前の晩は、いくつも軒にぶら下げていました。 西岡・浦和市

テレビ　田辺市では、テレビはNHKと民間テレビ局を合体した四国放送局の二つのチャンネルだけでした。四国放送で好きだった番組は、「長男バド、長女ベティ、末っ子キャシィー」のフレーズで始まる『パパは何でも知っている』。もちろん白黒。憧れのアメリカでした。 加部・田辺市

テレビアンテナ　テレビを買った家の屋上にはアンテナが立ちます。弟たち悪《わる》ガキ集団は、アンテナからテレビのある家を特定し、玄関のブザーを押して「テレビ見せてください」と言って上がり込み、しばらく皆で見ると長居はせずに次の家に。迷惑をかけた家には、あとで母がおわびに行きました。わが家にテレビがやって来た日、弟は大声ではしゃいでいました。 吉田・横浜市

テレビがやってきた　昭和三十四年四月十日、わが家もテレビを購入しました。私の中学受験が無事終わったことと、皇太子のご成婚のパレードを見るために買うことになったのです。テレビはパレードの直前に届けられました。テレビ放映に間に合うか、ハラハラして待っていました。 菊池・新宿区

テレビと座席　テレビが来て問題になったのは、家族の座る場所です。まず、テレビのよく見える位置に父と母が陣取りました。以前は父は神棚の前、母は台所近くの席でした。私と妹はテレビを斜めに見る位置に。そのせいか二人とも、がちゃ目になりましたが、気にせずせっせとテレビを見ていました。 菊池・新宿区

テレビの置き場所　テレビの登場で掘りごたつはじゃまになりました。畳半分もある櫓《やぐら》が四畳半の茶の間の真ん中にデ～ンと頑張

っていては、テレビを置く場所がありません。当時のテレビはブラウン管が大きく、しかもテレビ台付きでとてもかさばる代物《しろもの》でした。そこで、程良い場所に動かせる電気ごたつの採用ということになったわけです。菊池・新宿区

テレビの砂嵐《すなあらし》　夜十一時頃に放送が終了すると、画面はパッと赤青黄の三原色の派手な縦筋になりました。ある日、夜中に目が覚めてテレビをつけたら、見たことのないグレーのチリチリした画面が現れました。よく友達の話の中で「砂漠の砂嵐みたい」という言葉が出て、私には意味不明でしたが、初めて遭遇したのです。西岡・浦和市

貂《てん》　黄金色した丸い目のすばしっこい奴《やつ》。一度鶏小屋《とりごや》近くで見かけました。母はウサギを飼っていた時、貂にやられたと恨んでいました。越阪部・所沢市

てんかふん　赤ん坊のいる家にはいつも天瓜粉《てんかふん》が出ていて、おむつ換えのたびにはたかれていました。子供たちは夏の風呂上がりに、首の回り・腋《わき》の下・膝の後ろなどに柔らかなパフでまんべんなくまぶされました。母がカラスウリの根から自作したこともあります。越阪部・所沢市

電気行火《あんか》　勉強机は廊下に置いてあったので、冬は極寒でした。狭いので石油ストーブを置くこともできず、そこで活躍したのが電気行火です。ある時、腰まですっぽりと袋状になった電気行火のお下がりをいとこからもらいました。こたつに入っているような暖かさで良いのですが、その分眠気が襲ってきて、勉強ははかどりませんでした。風祭・高萩市

電気釜《でんきがま》　母は電気釜を買いたいと言って祖母に叱《しか》られていました。電気にごはんを炊《た》いてもらうなんて手抜きだというわけです。母は小学校の教員でしたが、同僚の先生たちには電気釜は行き渡っていて、先生たちから便利さを聞かさ

テレビ

れていたようです。家事の負担を少しでも軽くしたい母は、がんばって祖母を説得し、結局わが家にも電気釜が来ました。葛西・青森市

転校　小学五年生の時、算数の抜群にできる剽軽《ひょうきん》な同級生がいて、よく二人でふざけ合いました。寒い冬の朝、彼女のお母さんが汲《く》み取《と》り便所で倒れて急逝。彼女と妹はすぐ親戚に引き取られることになりました。転校の日、校舎の二階から見送った時、寂しい笑顔を返してきた姿が忘れられません。その後、転々と住所が変わり、手紙も届かなくなりました。もらった手紙は今もとってあります。小暮・船橋市

転校生　転校はいつも突然です。新しいクラスでは、まず女の子の仲良しグループが話しかけてきます。次は一人で話しかけてくる子。そして男の子が二言三言《ふたことみこと》話して走り去っていきます。いつも始まりはこんな感じでした。自分では気づかずについたイントネーションの違いや方言があるらしく、私が教科書を読み上げると、クスクス小さな笑い声が。田中・西宮市

電車ごっこ　休日の朝に限って早く目が覚めるので、親が起きてくるまで、兄と、ベッドに布団をおりたたんで電車のシートを作り、電車ごっこをするのも週末の楽しみでした。岡部・浦和市

電車の灰皿《はいざら》　電車の四人掛け窓の下に、平《ひら》たい箱状の灰皿がついていました。蓋《ふた》が回転して、灰を箱の中に落とす仕組みでしたが、吸《す》殻《がら》や紙に包んだガムが引っかかっていたりして汚いし、出っ張っているのでぶつかることもあって、子供には邪魔な存在でした。岩倉・沼津市

天井板《てんじょういた》　大正時代に建てられた家は竿縁で、桟《さん》の上に板をずらして乗せていく羽重ねという天井でした。春先の風の強い時など、反《そ》った板《いた》の間《ま》から屋根裏の土埃《つちぼこり》が落ちて畳がざらつきます。お化けか蛇か座敷童《ざしきわらし》か？　お話の信憑性が上がります。もしかしたら居るかも？　越阪部・所沢市

天井《てんじょう》の米粒《こめつぶ》　わが家は古めかしいアルミ鋳物《いもの》の圧力釜でごはんを炊《た》いていました。ある日、天井に茶色い米粒がたくさん貼り付いているのに気がつき、不思議に思いました。圧力釜の錘《おもり》を忘れて火にかけたら、沸騰した米粒が噴《ふ》き出し、一つ残らず天井に貼り付いて

大笑いしたそうです。話を聞いてこわくなり、電気釜に替わった時はほっとしました。西岡・浦和市

伝書鳩《でんしょばと》　中学生の兄が飼っていました。孔雀のように虹色の鶏冠《とさか》がある鳩や、栗色《くりいろ》、カラス色など珍しい鳩の交換をしたり、白と黒の鳩を交配したり。鳩小屋から二十羽を飛ばした時が壮観でした。口笛を吹くと戻ってきます。朝寝坊の兄のお腹《なか》をつついて空腹を伝えます。「自分になつくのが、かわいかったなぁ」と兄は言っていましたが、私は全く関心がなく、母も兄の熱中ぶりをぼやいていました。加部・田辺市

デンスケ㊔　ソニーのラジカセの愛称です。黒くて四角、ミリタリー無線機に見えるくらいごっついけれど、音がいいとか扱いやすいとか、とにかくみんながデンスケでした。越阪部・所沢市

天然色《てんねんしょく》　［カラー映画のこと］

天然《てんねん》**の美**　家には二段の大きいハモニカがあり、兄妹で代わりばんこに吹きました。学校で習うような童謡唱歌が多いのですが、夕方、「天然の美」などを奏《かな》でると大人の気分でした。越阪部・所沢市

天然《てんねん》**の冷蔵庫**　庭の竹藪《たけやぶ》の下には深さ三mほどの竪穴《たてあな》が掘ってあり、スイカや野菜が置いてありました。ひんやりとして夏場は好きな場所でした。大平・長野県　↓P60図

天秤秤《てんびんばかり》　行商人《ぎょうしょうにん》さんが天秤秤を持って売りに来ました。海の物、山の物等をもって定期的に来る人と、今日は最後だからと寄る人がいました。祖母との会話の後、秤《はかり》の片方のお皿に商品を載せ、片方に分銅《ふんどう》をつけてバランスを取ります。大きく傾いてわかめなどを買うと、得《とく》したような気分になりました。小渡・静岡市

天秤棒《てんびんぼう》　［二mほどの細い棒。両端に荷を下げて肩でかつぐ］

でんぷん糊《のり》　洋服の芯《しん》材を作ったり、布と布との接着など、接着剤はすべてでんぷん糊でした。自然

天秤秤（てんびんばかり）

素材で安全。小麦粉を水に溶いて熱を加えて作ります。新見・前橋市

電報　「〇〇キトクスグカエレ」とか「〇〇ジ〇〇フン〇〇エキムカエタノム」等、男子学生は「カネナシスグオクレ」等、電話が普及していなかった頃や長距離電話の料金がとても高かった頃、切羽詰まった時は電報でした。私はよく「〇〇ヒカエル」(〇日に帰る)と知らせました。小渡・静岡市

電報とモールス信号　戦時中、台湾で通信兵だった父は、取引先に電報を送る時、必ず、指で机をたたきながら「トンツーツー・トンツーツー」と言いながら打っていました。「あさひのア、うえののウ、いろはのイ、だんらく。タバコのタ…」。夜中に尾道から貨車にのせてみかんを大阪、東京方面に送るため、貨車名、みかんの数量など、取引先の市場の人が不在のため、電報で送っていたようです。説田・今治市

天文台《てんもんだい》　一間《ひとま》洋館《ようかん》のある祖父の家の二階には天文台があり、機嫌がよいと祖父が星を見せてくれました。土星等は見つけやすく、緑色のガラスを通して太陽の黒点も見えました。吉田・武蔵野市

店屋物《てんやもの》　外食は年に数回の頃、急な来客の時はそば屋の出前をとり「店屋物ですが」と言って出しました。子供もお相伴《しょうばん》にあずかれて夢のようだと思いました。お客さんが来るとお土産はもらえるし、ご馳走が食べられるので、あれこれ手伝わされても大歓迎でした。西岡・浦和市

電話機カバー　黒電話《くろでんわ》のデザインはどこも同じなので、市販の電話機カバーをかけて、好みを演出していました。うちのは安物のプリントで、しばらくすると薄汚れてきて、あんまりかっこいいものではないなと思いました。お金持ちの友人の家は、高級なレース付きカバーでした。西岡・浦和市

電話台　電話機は玄関の電話台に置かれていたので、近所の人も気軽に電話を借りられました。名簿などで電話番号の後ろに「(呼)」とあるのは、近所の家の呼び出し電話の番号でした。西岡・浦和市

電話のダイヤル　黒電話のダイヤルを回す穴には右から左へ順に1から9、最後は0と数字がついていました。プッシュボタン式の電話しか知らない世代は、この穴に指を入れて押してみたりするそ

うですが、押すのではなく回すのです。9や0などを回す時は、ダイヤルを回して戻るのを待つのに時間がかかります。子供が電話を掛けることは滅多にありませんでしたが、たまに掛ける時は、どの番号まで回したか忘れて、また最初からやり直しでした。風祭・高萩市

電話連絡網《れんらくもう》 学校からの連絡は、担任が各班の一人に電話を掛け、そのあと、班ごとにリレー形式で回しました。家の脇を流れる川が氾濫《はんらん》して明日は休みだと思っていたのに、「通常通り登校してください」と連絡がきた時は、がっかりしました。風祭・高萩市

と

砥石《といし》 砥石は農機具を研《と》ぐので、外の水道の所に置いてあります。ザラザラでこぼこの粗砥《あらと》、ほぼ羊羹型《ようかんがた》の灰色の中砥《なかと》、白茶色のすべらかな仕上げ用の砥石は真ん中がくぼんでいました。台所の包丁も、父がここに座りこんで研ぎました。越阪部・所沢市

戸板《といた》 物置に古い板戸が取り置いてあり、干し物の台になりました。土の湿気を吸わないように、みかん箱などの上に水平に置いて、筵《むしろ》を敷き、豆や野菜を干します。越阪部・所沢市

トイレ貸して 隠れんぼや鬼ごっこで、人の家の塀や庭を通ることもしょっちゅう。遊びの途中でおしっこがしたくなったら、「おばちゃーん、トイレ貸してー」とよその家に声をかけます。子供のいない家へもお邪魔したり、団地では、家々の家族構成やペットの名まで、皆、お互いに知っていました。勝見・金沢市

トイレに落ちる どうして落ちたのかまったく覚えていません。気がつくと便器の縁《ふち》につかまって、おかあさ〜んと叫んでいました。何回か叫んでいると、母が助けに来てくれました。私が小さかったからなのか、汲《く》み取ったばかりだったからなのかはわかりませんが、幸いにも○○にまみれずに済

電話台

みました。羽沢・佐野市

トイレの呼び方 ［便所《べんじょ》、外便所《そとべんじょ》、ポットン便所(汲《く》み取《と》り便所)、雪隠《せっちん》、はばかり、ご不浄《ふじょう》、厠《かわや》、外厠《そとかわや》、後架《こうか》、総後架《そうこうか》(＝公衆便所)］

トイレボール 汲《く》み取《と》り式トイレは臭《にお》いが悩みでした。ピンクやブルーの球状のナフタリンをプラスチック製の網に入れたトイレボールは、消臭と防虫を兼ねて、どこの家のトイレにもぶら下がっていました。成分が揮発すると玉はだんだん小さくなり、最後はプラスチックの網と透明な包み紙だけになって、かさかさ揺れていました。西岡・浦和市

籐椅子《とういす》 夏になると縁側《えんがわ》のガラス戸をあけ放ち、籐椅子に寝そべって少女雑誌を読みました。少し大きくなったら新聞も。冷たい麦茶と蚊取線香を置いて、ときどき団扇《うちわ》を使いながら。夏の極楽でした。芳村・浦和市

陶器《とうき》の湯《ゆ》たんぽ 冬になると、石油ストーブにかけていたやかんのお湯を湯たんぽに入れ、布団をあたためていました。寝る少し前に入れるのと、布団の真ん中辺りに置くのがミソです。布団に入った時にズズズッと足で押し下げると体も足もポカポカでよく眠れます。湯たんぽの形がかまぼこ型なので、足の裏に丁度良い具合に接します。蓋《ふた》も陶器製なので、寝相が悪いと湯が洩れて、皮膚が水ぶくれになって大変でした。風祭・高萩市

東京の一等地《いっとうち》 港区青山の家は平屋建ての同じような家が二十棟くらい建ち並ぶ官舎群の一つで、都心とはいえ車も入らず、子供にとっては天国でした。隣は根津美術館の庭園で、池や小川もあり、深山幽谷《ゆうこく》のように思えました。ザリガニをとったり水遊びをしたり、川に木の枝で橋をかけて遊んだりしました。東・港区

東京の音 昭和三十年代、国電《こくでん》に乗って船橋から東京に向かうと、線路脇の風景は、ある時は一面のバラック、ある時は黒い畳を干したような海苔畑《のりばた》でした。隅田川を越えると、地の底から響いてくるようなゴーッという音が聞こえてきます。あぁ東京に来たんだと緊張しました。小暮・船橋市

東京のお土産《みやげ》 東京に出張した父のお土産は、虹色の貝が埋め込まれた木彫りのオルゴールでした。底のネジを回すと、透き通るような音。曲は「白鳥の湖」でした。

学校から帰ると、よく一人で聴き入りました。ああ、これが東京なんだな〜と。結婚するまで宝石箱として使いました。加部・田辺市

同居人《どうきょにん》 戦後、再建した高松の家は敷地が広かったので、元教師だった祖母の教え子や知り合いが、家族ぐるみで代わる代わる同居していました。井戸水で順番に洗濯し、五右衛門風呂《ごえもんぶろ》も順番に入りました。外科医の先生もいて、兄が花火をいたずらしてヤケドをした時や、私がネズミの尻尾をつかんで指をかまれた時などに応急手当をしてもらいました。勉強も教えてもらいました。大宇根・高松市

洞窟探検《どうくつたんけん》 数人の女の子で意気揚々と洞窟探検に出かけました。ところが、そこは想像していたものとはかけ離れていて、小さくて宝物もなく、鳥の羽が飛び散っていて不気味だったので、二度と行きませんでした。矢賀部・八女市

道具は共有 父は竹細工職人で、通《とお》り土間《どま》の真ん中に道具小屋があり、近所の人がちょっと貸してと借りに来ました。自転車や竹の残り物も重宝されていました。祖母は、板金屋《ばんきんや》さんには穴のあいた鍋を直してもらい、障子《しょうじ》の桟《さん》の補修部材を手に入れ、左官屋《さかんや》さんには土間《どま》の補修のついでに、砥石《といし》で小刀の切れ味を良くしてもらったりしていました。道具はそれぞれの家にある必要もなく、みんなで使ってみんなが幸せになるという雰囲気でした。小渡・静岡市

道具見せ《どうぐみせ》 叔母が嫁《とつ》ぐ時、縁側《えんがわ》と座敷には一杯に嫁入り道具が並べられました。近所の方々にお披露《ひろ》目《め》します。育てあげた親には「よいお支度ができましたね」とねぎらい、嫁ぐ人には祝辞を伝える場でした。越阪部・所沢市

峠《とうげ》の釜《かま》めし 信越本線横川駅に到着すると、駅弁売りめざして乗客がホームにどっとこぼれます。駅弁売りが肩から掛けた黒塗りの函《はこ》にある「峠の釜めし」は瞬《また》く間に売り切れてしまいました。容器は益子焼で、再利用でごはんも炊《た》けるお釜型でした。列車が発車する際は、売り子たちが最敬礼して乗客と列車を見送ってくれました。林屋・世田谷区

銅壺《どうこ》 いわばゆっくり湯沸かし器。ストーブにはいつも煮豆やジャガイモの鍋がかかり、連結された銅壺には煙突が貫通し、煙の熱で湯を沸かしました。余熱利用です。

銅壺の湯は湯たんぽに詰められて布団をあたため、眠りを誘ってくれました。朝、ほど良く冷《さ》めた湯は洗顔に、そして拭き掃除にと使い回されました。　島田・旭川市

湯治《とうじ》　祖母たちに連れられて別府温泉に行ったことがあります。お米を持って長逗留《ながとうりゅう》です。温泉の記憶はないのに、ごはんを六杯お代わりした記憶はあります。他に食べるものが無かったのでしょうか？　矢賀部・八女市

唐茄子《とうなす》　［カボチャのこと］

唐箕《とうみ》　脱穀《だっこく》したモミと藁《わら》などをふるい分けるのに、木でできた唐箕という道具を使っていました。今でも現役です。　風祭・高萩市

道路掃除　夏休みは近所の子供達だけで早朝から道路掃除をするのが義務でした。　浜田・神奈川県

トースター　初めて買ったトースターは八枚切りの食パンを二枚並べて差し込み、焼き具合を五段階くらいに調整するもので、焼きあがるとピョンと跳《は》ね上がって出てきます。いろいろ変遷しましたが、わが家は今でもオリジナルに戻って両面焦《こ》げ目《め》を付けて食パンを焼いています。　小渡・静岡市

トースト　日曜日の昼食は紅茶とトースト二枚ずつと決まっていました。ガラスのポットでぐらぐら沸かす紅茶は今よりはるかに香り高く、七輪《しちりん》に網を乗せて焼くトーストは、黒い網目がついて香《こう》ばしい味でした。　小暮・船橋市

ドーナツ　メリケン粉《こ》（小麦粉）に卵と砂糖を少し、ふくらし粉も少し入れて捏《こ》ね、うどんのノシ台で薄くのばします。茶碗の口に粉を付けて型抜きし、真ん中はおちょこの底で抜きます。天ぷら鍋で、プクプクふくれていくといい匂い。ザルに紙を敷いて並べ、砂糖をふりかけると出来上がり。まずはまんまるから食べました。　越阪部・所沢市

通り土間《とおりどま》　家は町屋造《まちやづく》りで、敷地が北道路から南道路に抜けていたため「ちょっと通らせて」と通り土間を抜けて行く人がいました。塀がないので夏は道路側に簾《すだれ》をさげて朝顔を這《は》わせ、玄関はあけっぱなし、障子《しょうじ》ははずして御簾《みす》の衝立《ついたて》一つの生活です。親しい人は祖母がいる部屋まで通り土間をずんずん入ってきます。日照りが続くと近所の人が井戸水を汲《く》みに来たり、お風呂に入りに来る人も。人が来るたびに挨拶しなさいと言

われるのが嫌《いや》で、外で遊んでいました。小渡・静岡市　↓参考P284図

通《とお》り庭《にわ》　わが家は保険業の事務所を兼ねた社宅で、間口《まぐち》五間《ごけん》、奥行《おくゆ》き十間《じゅっけん》の町屋《まちや》造《づく》りでした。玄関は道路にすぐ取り付き、ポーチなどはなく、事務所から入って脇の通り土間を通って、奥の住まいへ。「にわ」と呼ぶこの通り土間(屋根付き)が奥まで突き抜けていました。加部・田辺市　↓参考P284図

渡海船《とかいせん》　島では渡海船を貸し切って、いくつかの部落が一緒に、今治市の唐子浜まで海水浴にいったり、瀬戸田の耕三寺(西日光)や尾道の千光寺に行ったりしました。説田・今治市

都会と農村　東京の団地は勤め人が多く、ボーナスが出るとデパートで食事をしたり、夏休みは海水浴や遊園地に行ったりしていました。父の転勤で引っ越した青森の農村では子供は働き手でした。初めて友達になった女の子の家は藁《わら》葺《ぶ》きで薄暗く、炉で薪《まき》を燃やしているので煙り臭く、夜は暖房がないので藁布団《わらぶとん》に家族皆でくっついて寝るとのこと。昭和三十年代はまだ、都会と農村では生活がかなり違っていたと思います。山本・府中市

土管《どかん》で遊ぶ　学校から帰ると、すぐに遊びに出かけました。家の前の道路で石蹴りやゴム段、すぐ近くのお寺の庭では木登り、鐘撞堂《かねつきどう》では綱渡りならぬ桁渡《けたわた》り。お堂への石段の欄干《らんかん》ではおすべり。雑木林では鬼ごっこや隠れんぼ。小学校の裏ではコンクリートの土管から土管へ飛んだりくぐったり。毎日暗くなるまで遊びました。芳村・浦和市

研《と》ぎ屋《や》さん　［刃物研ぎ］

徳用《とくよう》マッチ　台所や風呂の焚《た》き口《ぐち》には、大きなツバメの絵のついた徳用マッチが置いてありました。摺《す》り面が広いので、二、三本一緒の着火もできました。越阪部・所沢市

時計屋さん　祖父から父へと二代の時計屋でした。かつては家一軒

土管で遊ぶ

と同じ値段の時計もあったくらい時計は高価なものでしたが、今では千円も出せば精巧な腕時計が買える時代になりました。松崎・千葉市

床屋《とこや》さん　小学校に上がるまでは男の子は坊主頭、女の子はおかっぱさんでした。天気の良い日に祖母が首にガーゼと風呂敷を巻き付けて、床屋さんをしてくれました。首筋は少し剃刀《かみそり》で剃《そ》ります。洗面器のお湯に椿油を一滴たらして髪をすすいでくれました。越阪部・所沢市

床屋《とこや》さんの漫画　床屋さんへ行くといって出かけた弟が、「すいてたから」とすぐ帰ってきました。混んでいれば、順番待ちの間にたくさん漫画が読めるのだそうです。混んだ時をねらって、弟はまた出かけて行きました。吉田・横浜市

心太《ところてん》　ところてんは箸《はし》一本ですすって食べました。新見・前橋市

戸締《とじ》まり　留守に尋ねて来た近所の叔母が「玄関あいてたよ」と言ったそうです。母は閉めて出かけたはずなのに、おかしいなと思っていたら、叔母は玄関の「鍵があいていた」という意味で言ったとか。母は単純に玄関の「戸があいていた」と受け取っていました。外から閉める鍵がなかったことから生じた食《く》い違いです。長期旅行の際には、玄関の鍵を家の中から閉めて、濡《ぬ》れ縁《えん》のある茶の間から出て、最後に雨戸《あまど》を釘で打ち付けて出かけました。木製の雨戸だからできた技です。風祭・高萩市

ドジョウ炒《いた》め　私が多少病弱だったこともあり、祖母は生きたドジョウを買って来て、卵とじにして私に食べさせました。中華鍋で炒める時に「南無阿弥陀仏《なむあみだぶつ》、南無阿弥陀仏」と手を合わせながら料理するのです。おかしい半面、祖母の愛情を感じて鼻をつまんで食べました。木村・名古屋市

ドジョウ捕《と》り　梅雨の頃、雨が降ると祖父は田圃《たんぼ》に簗《やな》を仕掛けに行きました。ドジョウが捕《と》れると樽《たる》に真水を入れて、その中で泥を吐かせます。ドジョウをつかんで遊ぶのはこの時でした。叔母は鍋に酒とドジョウを入れ、酔わせてから火にかけます。暴れるのを蓋《ふた》で押さえているのがいやだと言っていました。卵とじや味噌汁にもしました。越阪部・所沢市

土葬《どそう》　墓参りに行った時、長四角の穴が掘られていました。大人が当番で掘ると聞きました。墓の前に棺が二列並ぶくらいの空《あ》き地があ

り、前回どちらに、いつどのくらいの深さで埋めたかを配慮し、掘る位置と深さが決められます。土葬してこんもり盛られた土饅頭《どまんじゅう》は、やがてへこんでいきますが、盛り上がりがあるうちは踏んではいけないと言われました。土葬の墓には燐光《りんこう》(人魂《ひとだま》)が見られたそうです。越阪部・所沢市

トタン板《いた》 ある朝、「火事だー」の大声に飛び起きると窓一面に真っ赤な炎! 服を着て鞄《かばん》を持って逃げました。北側の住宅でプロパンガスのボンベが爆発したのです。大勢の人。空には火の粉。でも、わが家は無事でした。屋根からかけた天水《てんすい》の水とトタン板の塀《へい》が延焼を食《く》い止《と》めたのです。母は「塀を替えなくて良かったね~」。加部・田辺市

トタン屋根 石炭をガンガンくべた室内は暑く、熱は断熱材のないトタン屋根に伝わり、融けた雪は太い氷柱《つらら》となって何本も垂れ下がりました。特に集合煙突の周りは氷柱の柵《さく》に囲まれているようでした。島田・旭川市

とっくりセーター［タートルネック］ 母はとっくりセーターが好きで、手編みのものもあったと思います。小学生の頃はよく着せられました。お転婆《てんば》の私は、いつも走り回っているので、暑くてたまらず、首のところを引っ張って伸ばしてしまうので、母は嘆いていたようです。東・港区

とっちゃん 小学校に入る年の一月。いつもなら小正月《こしょうがつ》にはそろって母の実家に行くのですが、姉と私がはしかにかかって寝こんでいたので、とっちゃん(父)が一人で年始の挨拶に行きました。夕方から雪の中を自転車で三十分くらいかかって訪れ、夜遅く酔っぱらって帰宅。新聞を読むために腹ばいになり、母がお茶を用意して戻った時には虫の息だったそうです。心臓麻痺《まひ》でした。「さっきまで楽しく酒を飲んでいたのに信じ

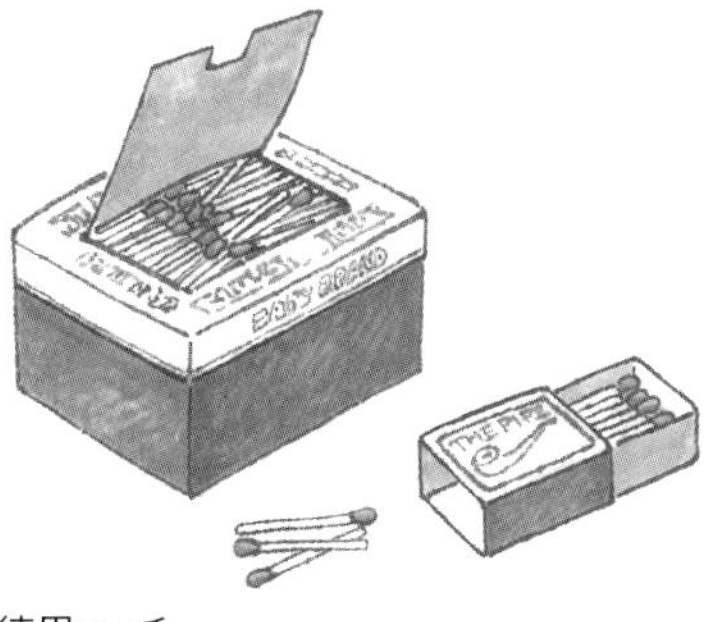

徳用マッチ

られない」と母の実家が言うほど突然のことでした。 福井・本荘市

十《と》坪《つぼ》の貸家《かしや》 学校の先生や公務員などが退職後に退職金で建てる小さな貸家です。広さ四間《よんけん》×二《に》間半《けんはん》に、玄関と六畳と四畳半、台所、浴室、トイレがあります。たいてい数軒ずつ並んで建っていました。 越阪部・所沢市

土《ど》手《て》 桜の季節、従姉妹《いとこ》たちとお弁当を持って貯水池に行き、土手を登る競争をしたりして遊びました。桜は眺めたのでしょうか？ 越阪部・所沢市

都《と》電《でん》 最寄《もよ》りの都電の停留場は牛込柳町。ここは地形的に谷間で、東京都のスモッグ情報が出る頃は最悪値を記録していました。運転手さんは真鍮《しんちゅう》色の楕円形の筒の上に付いたハンドルを切り替えながら、急な上り坂を登っていきます。帰りは急な下り坂、ブレーキを掛けながらの運転です。時々安全確認のため吊《つ》り紐《ひも》を引いて「チンチン」と鳴らす音が楽しかった。 菊池・新宿区

どどめ 桑《くわ》の実のことです。「食べるな」と言われていたのに隠れて食べて、口が紫色になっているのに「あたい食べてないもん」とうそぶいていました。今は六月になると、桑の実採りをしてジャムにしています。 新見・前橋市

隣のお姉さん 二軒長屋の裏庭には台所の流しとは別に、共用のひょろ長い流しがありました。お米の研《と》ぎ方は、そこで隣のお姉さんに教わりました。目の大きなきれいな人でした。 小暮・船橋市

隣のニワトリ 卵は貴重品でした。ある日「お隣のニワトリがうちで卵を産んでます」と女中さんが報告すると、祖父は「うちの縁《えん》の下で産んだのだから、法律的にうちのものだ」と宣言し、頂いてしまったそうです。 吉田・武蔵野市

跳《と》び箱《ばこ》 一回だけ、体育のテストの時に覚悟を決めたら跳べました。ふだんはお尻が台の角にぶつかるイメージが先行して跳べません。クラスの中で跳べないのは私ともう一人だけ。その子は家でみかん箱を並べて涙ぐましい練習をしていました。ある日、母が実は自分も跳べなかったと人にこっそり話すのを聞いて、な～んだ遺伝なんだ。 小暮・船橋市

ドブ浚《さら》い 道の両側にはドブがあり、人が出入りするところにだけコンクリートの蓋《ふた》がかけてありまし

た。梅雨が上がった頃に近所中でドブ浚いをし、浚った泥は所々に積み上げ、そこから雑草が芽を出していました。きれいになった後のドブには糸ミミズが姿を現し、水に揺れていました。古村・大田区

ドブに落ちる 蓋《ふた》のないドブ川が学校のそばに流れていました。小学二年生の時、何の弾《はず》みかドブに落ち、先生が家まで自転車で送ってくれました。濡れたパンツが気持ち悪かった！ 吉田・武蔵野市

土間《どま》 台所が土間だと都合がよいのです。農繁期には土足のまま昼ごはんの支度をし、そのままそこで食べることができました。泥のついた野菜も気にせず扱うことができました。羽沢・佐野市 ↓P60、61、115、232、284、304図

トマト トマトは、土間《どま》の洗い桶《おけ》に入れて水で冷やし、おやつとしてもかじりました。甘くて美味しかった。転校先でお砂糖を掛けて食べる子を見て、びっくり。加部・田辺市

トマト回り 小学三年生の頃、休み時間は鉄棒が楽しみでした。膝を抱えてぐるぐる回る「トマト回り」が流行《はや》っていて、連続して回れる回数を競いました。私は最高七十回以上の記録を出して一時期トップでしたが、百回というツワモノが現れて、記録更新は断念しました。岩倉・沼津市

土饅頭《どまんじゅう》 叔父が亡くなり、土葬《どそう》で丸い木桶《きおけ》に座らせて弔《とむら》ったそうです。裏山の墓地に大きな土饅頭ができていましたが、翌夏の初盆に訪れた際には、すっかり平らになっていました。平らになってから墓石を立てるのだそうです。恐ろしいような、人はいずれ土に還《かえ》るという安堵感のような、奇妙な感慨を受けました。松井・島根県

富山の薬売り〔配置薬、置き薬。薬箱を家庭に常備する販売方法〕 春と秋の年に二回、薬箱を藍色の大風呂敷に包んで背中にしょい、胸元の結び目を両手で支えてやってきました。各家の縁側《えんがわ》で年寄り相手にしゃべりこんでいたような…。熊《くま》の胆《い》、○○丹《たん》、○○丸《がん》とかあり、使用した薬代だけ支払いをします。おまけの紙風船が楽しみでした。林屋・世田谷区

土曜の夜 土曜日は半ドンで日曜は休み。一番ゆっくりできるのが土曜の夜でした。ある夏の夜、縁《えん》台《だい》で将棋をさす人、おしゃべりを楽しむ人がいる中で、大人が二人、

海でひと泳ぎしていました。官舎の目の前は海でした。その場の勢いで服を脱いだのでしょう。一人は白いふんどしです。父はふんどしを締めなかった人なので、珍しく眺めました。檜垣・呉市

ドライブ 親戚からもらった中古の車は赤のパブリカで、しょっちゅうエンストしていました。しばらくして、黄色のスバルR2に買い換えました。大衆車として当時、一世を風靡《ふうび》した車です。高速道路もほとんどなく、砂利道があたり前でしたが、よく家族でドライブに出かけました。岡部・浦和市

ドラム缶《かん》のかまど 勝手《かって》口《ぐち》の裏に簡易的な屋根をかけてへっつい(かまど)が置かれていました。ドラム缶を半分に切って焚《た》き口《ぐち》を設けただけの簡単なものですが、煮る・蒸《ふ》かすなどの調理にはもってこい。トウモロコシやジャガイモ、里芋《さといも》、うどんやそばを茹《ゆ》でたり、もち米や柏餅《かしわもち》を蒸《ふ》かしたり。風祭・高萩市

ドラム缶《かん》のお風呂 幼い頃、傘をさしてお風呂に入った記憶があると母に言うと、確かに台所の外にドラム缶を置いて風呂にしていたとのこと。燃料は知り合いの材木屋さんからおが屑《くず》をもらったり、祖母が海岸で流れ木を拾ってきてくれるので干して使ったとか。ドラム缶のお風呂は快適でなかったけれど、近所のおじさんが流し台で体を洗っているのを見て、それよりはずっとましだと思ったと母は言うのです。あの頃がなつかしいね、とぽつりと言いました。小暮・船橋市

トランプ お正月は、父が買ってきたバナナを景品にトランプで遊びます。バナナはふだんは口にすることが出来ないほど高級品。一等は四本、二等は三本と決め、「七並べ」や「神経衰弱」で白熱の争奪戦でした。加部・田辺市

鳥《とり》籠《かご》 兄が十姉妹《じゅうしまつ》を十羽ほど飼っていました。縁側《えんがわ》から手の届く壁に、一面に網を張った箱を取り付け、中には横木と巣を付けます。横の小さな扉から餌《えさ》や水を取り替えます。餌のアワやヒエが周りに飛び散り、それを食べに雀が集まります。越阪部・所沢市

鶏《とり》小《ご》屋《や》 小屋の南側に鶏小屋がありました。毎朝卵を取りに行くのですが、生《う》みたては生温かくて、鳥の羽や糞《ふん》が付いていることもありました。矢賀部・八女市

取《と》りたての野菜 敷地のすぐ隣の畑で野菜を作っていたので「○○取ってきてくれる?」と母に言われて取ってくると、母が土間《どま》で葉をおとし、研《と》ぎ出《だ》しの流しで泥を洗って、すぐ調理するという生活でした。 糸井・太田市

鳥《とり》もち ［粘着物質。長い竹の先につけてセミなどを捕る］

トレパン 冬の体育は白い木綿のトレパンでした。太めを気にする女の子にとって、伸縮性のないトレパンはいかにも不格好で、呪《のろ》わしい代物《しろもの》でした。 小暮・船橋市

泥《どろ》だんご 濡《ぬ》れ縁《えん》の下は幼稚園の頃一心に作った泥だんごの置き場でした。細かい砂をかけてピカピカに磨《みが》いて、大切に保管したものです。 東・港区

ドロップの缶《かん》 飴《あめ》を一つか二つもらうだけでも大喜びの時代に、缶入りのサクマのドロップスは量の多さで群を抜く、魅力的なお菓子でした。小さな蓋《ふた》をあけて、あといくつ残っているか、何度ものぞきました。 西岡・浦和市

トロ箱《ばこ》 魚売りさんが自転車に古い木製のトロ箱を二、三段、タイヤのチューブでくくりつけてやってきました。牡蛎《かき》はその場で身を出してくれます。なんでも新鮮な時代でした。 矢賀部・八女市

泥棒 何回も泥棒に入られました。初めは深夜。釜《かま》に残っていたごはんまでも無くなっていて、裏庭には多量の大便の上に桶《おけ》で蓋《ふた》がしてありました。これはおまじないで、逃げるまで便が温かければ捕《つか》まらないと聞きました。よく盗まれたのは店先にかけてある反物《たんもの》で、捕まった泥棒の自白で初めて判《わか》ったこともありました。 新見・前橋市

泥面子《どろめんこ》 畑を耕している時に土の中から見つかると、私がもらいました。小さな素焼きの面で、人の顔・オカメ・ヒョットコ・鬼・天狗《てんぐ》など色々な顔があります。友達と交換して集めました。昔、江戸の市街のゴミを近郊に運んで肥料にしたので、そこに混ざっていたとか。 越阪部・所沢市

泥《どろ》んこ遊び 小学校低学年の頃は庭の土を掘ったりこねたりして山や川を作り、水を流して遊んでいました。家庭訪問で来た先生に、「まさこちゃんでも泥んこ遊びをするの?」と不思議がられて、なんでそう言われるのか驚いたことがあります。四月生まれでお姉さん役の私は、家の中で本を読んで

いる読書家だと思われていたようです。矢賀部・八女市

トンカツの日　母に頼まれてお肉屋さんに行くと、揚げ物コーナーには行列ができていました。たっぷりのラードでジュージューと揚げるトンカツ。いい匂いです。当時は今のように肉や魚を毎日食べることがないので、月に一度のご馳走でした。どこの家もこの日は奮発してトンカツを買いました。多分「父の月給日」だったのでしょう。菊池・新宿区

団栗《どんぐり》　庭の樫《かし》の木に団栗がたくさんなります。バケツに拾って豚の餌《えさ》にしました。飽きると、団栗の帽子を指先にはめて、妹と指人形遊びをしました。越阪部・所沢市

どんど焼《や》き屋《や》　冬になると、粉屋《こなや》のお嫁さんが子供相手に「どんど焼き屋」をしてくれました。具《ぐ》の入っていないお好み焼きのようなもので、小麦粉を水で溶いた物を鉄板の上で焼きます。練《ね》ってグチャグチャにして食べたり、お煎餅《せんべい》のように薄くのばしたり、愉《たの》しかった！　新見・前橋市

トンボ捕《と》り　男の子達は四十㎝くらいの糸の両側に小石を結びつけ、トンボの方に投げ上げます。虫と思って寄ってきたトンボの翅《はね》に糸がからまり、トンボは落下。つかまえるのが面白いだけで、飼うわけではありません。翅が破れたりして可哀そうでした。越阪部・所沢市

問屋《とんや》さん　大家族を抱えた母は、家族中の服を縫い(学生服やコートも)、セーターを編み、下着類は年に二回、浅草橋の問屋でまとめて買っていました。「しろうとさんお断り」の店にも構わず入って値切るので、恥ずかしくて外で待っていました。「では中取《なかと》って」という母の声が聞こえてくると、交渉成立です。小暮・船橋市

な

内職《ないしょく》の下請《したう》け　七歳上の異母姉は、中学生の頃には、刺繍《ししゅう》やアップリケの内職でおこづかいを稼《かせ》いでいました。私も姉の下請けで、子供用のバレエ服にスパンコールのキラキラした星を一つずつ縫いつけました。根気が要《い》ります。「納期に間に合わないと家族中で手伝う羽目になって大変だった」と母は言いますが、私は楽しかった！　小暮・船橋市

ナイロンの靴下　弟が生まれる時、私たちのお世話のために母の妹(私には叔母)が土佐から手伝いに来ていました。母と弟も無事に退院し、叔母が帰る日、「ねえちゃん靴下はかせて」。母はしぶしぶ貸しました。伝線《でんせん》してしまいました。世話になった妹に怒るに怒れず、母は苦虫をかみつぶしたような顔をしていました。　吉田・武蔵野市

ナイロンのワンピース　少女雑誌では、小鳩《こばと》くるみや松島トモ子がバレエを踊り、きれいなナイロンのワンピースを着ていました。クラスの何人かの子が買ってもらっていて、私もねだったのですがダメ。小学校高学年になって、母が安いのを見つけたので買ってあげると言った時には、もう欲しくはありませんでした。　吉田・横浜市

中庭　中庭は二階との接点でした。上から母が「ごはんよ～」。下から私が「おかあちゃーん、もうワンピースできた～?」。田辺の夏は連日三十度を越す猛暑です。夏の昼食は風通しのいい中庭の泉水《せんすい》脇で、鳥の鳴き声を聞きながら、饐《す》えかけたごはんを水漬《みずづ》けにして食べました。　加部・田辺市

長《なが》人参《にんじん》　ニンジンは牛蒡《ごぼう》のように長いのがふつうでした。昭和四十年頃から現在の三寸《さんすん》人参に代わっていきました。頭が太いので、折れないように交互に筒状に束ねて出荷しました。　越阪部・所沢市

中《なか》の間《ま》　父母は「お納戸《なんど》」を寝室として使っていました。母のお産の日、私と祖母はお納戸の手前の「中の間」の障子《しょうじ》の陰で、妹の誕生を心待ちにしていました。　矢賀部・八女市

長《なが》火《ひ》鉢《ばち》［引出し付きの箱火鉢］　茶の間の長火鉢は便利なものでした。火鉢の中に銅壺《どうこ》が入れてあり、ここで湯を沸かしてお酒のお燗《かん》をしたり、五徳《ごとく》に鉄瓶《てつびん》をかけたり。いつでもお湯が足《た》り、お茶出しに不自由はありません。時にはコトコト、甘酒や煮豆の鍋《なべ》が五徳にのりました。　中林・前橋市

仲間《なかま》外《はず》れ ある日、近所の女の子たちと鬼ごっこをして遊んでいるうちに、私一人を置き去りにして皆どっかへ行ってしまいました。なんで仲間外れにされたんだろうと訴えると、母は「ちーちゃんがピアノが上手だから、お友達が嫉妬して意地悪するの。気にすることないわよ」と言ってくれたのです。 岡部・浦和市

長《なが》もち［衣類や道具を入れる二mほどの長方形の箱］ 嫁入り道具のひとつで、どこの家にもあったものです。押入れの中にデンと座っていました。時々中の物を虫干しするので、カラになった時に入ってみました。棺桶《かんおけ》より一回り大きくて高さもあり、なかなか良い空間でした。 矢賀部・八女市

長屋《ながや》 私は平屋の二軒長屋で生まれました。田舎の広い家で育った母は長屋を苦《く》にして、同じ町の借地の一軒家に越しました。次に借地であることを苦《く》にして、同じ町で土地を探し二階建ての家を建てました。引っ越すたびに人気《ひとけ》が少なく淋しくなるので、私はいやでした。町の音や人声のする長屋の方が好きでした。 小暮・船橋市

長屋《ながや》の裏庭 長屋の裏庭は住まいの狭さを十分に補うシェアスペースでした。境界はなく、それぞれが適当に自分たちの領分としていたようです。物干し場があり、猫の額ぐらいの畑も作り、花を植え、夏には行水《ぎょうずい》も。晩秋には大根や白菜が干され、大きな樽漬《たるづけ》がつくられ、年末には餅つき。そんな裏庭の主役は手漕《てこ》ぎのポンプ井戸でした。 新見・前橋市 ↓P232図

なかよし 毎月発売になる少女雑誌『なかよし』を妹が、『りぼん』を私がとっていました。取り合いをしないようにそれぞれにとっていたのです。妹は『りぼん』の付録がいいな〜と思いながら『なかよし』の付録で満足していたそうです。友達もよく遊びに来て、熱心に読みふけっていました。私は風呂焚《ふろた》きをしながら漫画の世界に入り込んでいました。 矢賀部・八女市

ながら置き場 おだがけ(稲の天日《てんぴ》干し)用の丸太は、トタンの屋根を掛けた「ながら置き場」にしまってあるのですが、時々蛇や蜂などが寝床にするので、近づく時は注意が必要でした。 風祭・高萩市

ナグリ板《いた》 土間《どま》からお座敷に上がるところに二間幅《にけんはば》の式台《しきだい》がついていて、その板がでこぼこでした。

「ナグリっていうんだよ」と教えてもらいました。拳骨《げんこつ》で殴るのかと思って、痛そうだなと勘違いしました。 越阪部・所沢市

長押《なげし》 和室には長押がついていました。長押掛け（フック）で蚊帳《かや》を吊《つ》ったり洋服をかけたり額を支えたり。仏間《ぶつま》の長押には、先祖代々のじいちゃんばあちゃんの写真が掲げられていました。長押の入隅《いりすみ》に三角に板を渡し、棚にすることもありました。長押の溝《みぞ》がネズミの通り道になるのを防ぐために、杉の葉を置きました。 越阪部・所沢市

仲人《なこうど》さん お見合い結婚でも恋愛結婚でも仲人さんを立てるのが一般的でした。学校の先生とか会社の上司とかに頼むことが多かったと思います。結納や結婚式に立ち会い、その後、子供の出産・入学・成人などを見守ります。お礼と報告に、夏や年末年始のご挨拶に伺《うかが》うしきたりでした。 越阪部・所沢市

謎《なぞ》のインク売り 下校時、道端でおじさんがインクで書いた絵を、別の瓶《びん》の液でなぞると消えるという実演をしていました。帰宅後なけなしのおこづかいを握りしめて買いに行ったのですが、すぐに親にみつかって処分されてしまいました。どんなこわい薬が入ってるかわからないものを買ったりしてはダメだと。おそらく普通のインクと漂白剤か何かだったのでしょう。 岩倉・沼津市

納豆売り ♪「なっとなっと～なっと～」毎朝早く納豆だけを売りに来ました。経木《きょうぎ》を三角に折った中に納豆が包まれていて、買うと、その場でからしをヘラでしゃくって経木の中に入れてくれました。 林屋・世田谷区

納豆づくり 祖母はワラの中に茹《ゆ》でた大豆を入れ、発酵させて納豆を作っていました。できた時の白い豆の様子をよく覚えています。それを焼いたお餅《もち》にはさんで食べていました。祖母のつくった納豆は食べられたのに、市販の納豆は

長火鉢

好きではありませんでした。　矢賀部・八女市

夏の室礼《しつらい》［夏のしつらえと同じ］　夏になると建具《たてぐ》の大阪格子戸《おおさかこうしど》の小障子《しょうじ》をはずして風を入れ、のれんや座布団も冬物から夏物に代え、軒先に簾《すだれ》を下げました。　中林・前橋市

夏のしつらえ　毎年夏になると障《しょう》子《じ》と襖《ふすま》を全部はずしてタンスの後ろに隠し、かわりに簾《すだれ》をかけました。網戸はないので蚊取線香をたき、寝るのは家族全員で蚊帳《かや》の中。蚊帳を吊《つ》る時には、飛び込んで泳ぐまねをして邪魔をしたりしました。　芳村・浦和市

夏の渋滞　家族でよくドライブに出かけました。福島県の野口英世記念館に向かう途中、渋滞中に車の中で兄とけんかを始めて父に「降りろ！」とえらい剣幕で怒られたことがあります。当時は車にエアコンなんかありませんでしたから、夏の渋滞はきつかったですねぇ。　岡部・浦和市

夏祭り　近くの神社でお祭りが行われる八月一日の日は楽しみでした。お祭の前にお揃いの反物《たんもの》が配られ、母はそれで祭り用の浴衣《ゆかた》を縫い、神社の役をやっていた父はそれを着て山車《だし》の行列の世話に忙しそうでした。私はお揃《そろ》いの法被《はっぴ》を着てお化粧をしてもらい、近所の子供たちと一緒に紙花《かみばな》で飾られた山車を引き、はしゃいでいました。笛や太鼓の音が家の前の砂利道をゆっくりと過ぎていきました。　岸・平塚市

ナトコ映画［農村を中心に全国で上映された米軍の日本人向け教育映画。題材はアメリカの文化・風物から民主主義や国際問題まで多岐にわたる］　夏休みの夜、近所の家の防風木の間にロープを張って幕を張り、先生が映写機で映して子供たちに見せてくれました。　越阪部・所沢市

何して遊ぶ？　放課後は団地の原っぱに集合。男女十人くらい集まって順番に提案します。お風呂、ゴム段、鬼ごっこ、隠れんぼ。「お風呂」は一人が両手を広げてお風呂の形をつくり、そこに一人ずつ、周りにさわらないように入るのです。さわったらアウト。　吉田・横浜市

ナポリタン　ハムや玉ねぎ、ピーマンと一緒に炒《いた》めたケチャップ味の焼きうどんのようなものを、お箸《はし》ではなくフォークで食べるのが新鮮でした。祖母が新しもの好きな祖父のためによく作っていまし

た。西岡・浦和市

生《なま》ゴミ　生ゴミは庭木の肥料にしていました。父が庭の隅に穴を掘り生ゴミを入れて土をかぶせます。満杯になる頃には次の穴が掘ってあり、落ちないように気をつけました。柿やイチジク、梅、ブドウなど、どれもたわわに実りました。庭では実のなる木ばかりが元気でした。西岡・浦和市

生《なま》卵《たまご》　鶏小屋《とりごや》から生《う》みたての生温かい卵を取りだし、箸《はし》でつついて穴をあけ、そこに醤油《しょうゆ》をたらし、箸でまぜて生卵をすすりました。矢賀部・八女市

生《なま》もの　生ものは、その日のうちに調理して食べるのが原則でした。冷蔵庫は保存するというより冷やすためのものでした。保存する時は干物にするか塩漬けにするかです。大宇根・高松市

波《なみ》板《いた》　半透明の波板で造られた物置は、夏は西日に蒸《む》され大変な温度になります。その中で洗濯機を回しながら、汗をかきかきマンガ本を読んでいました。勝見・金沢市

ナメクジ　うちの風呂場は床も壁もセメントモルタルで、ひんやりジメジメ、時々、壁を這《は》っているナメクジに塩をかけて退治しました。廊下続きの祖父の家にタイル張りの風通しのいい風呂場ができて、そこで風呂に入れるようになると、うちのジメジメ風呂場は風呂桶をはずして洗濯機置き場になりましたが、ナメクジは健在でした。西岡・浦和市

なりきり健《けん》さん　昭和四十年代後半、東映の映画館から出てくる若者達はコートの襟を立て、両手をポケットに突っ込み、肩で風を切って歩き出すのでした。高倉健になり切って映画の余韻に浸《ひた》っていたのでしょう。スキーバスでも『仁義なき戦い』など鶴田浩二や高倉健の任侠《にんきょう》映画を流していました。疲れているはずの帰りのバスでも、結構みな釘付けで見ていました。浜田・神奈川県

縄《なわ》跳《と》び　縄跳びの二重跳びなど、競い合っているうちに、アッという間に私も何回でもできるようになりました。戸川・船橋市

縄《なわ》綯《な》い　農閑期の仕事の一つ。足踏み式機械の漏斗《ろうと》状の二つの口に藁《わら》を交互に差し込んで、ペダルを踏むと捻《ね》じれて縄になります。草がひもになる(形が変わる)のが楽しく、家の助けにもなる満足感もあり、黙々と綯いました。こういう

仕事は大好きでした。　越阪部・所沢市

何《なん》でも屋《や》さん　三輪《さんりん》トラックで来る何でも屋さんは、吊《つ》り下げタイプの秤《はかり》を使っていました。商品を載せると、おじさんはまだ針が止まらないうちに「はぁい、○○グラムだから○○円」と言うので、「まだ止まってないよ」と言うと「振れ幅で中心がわかるんだよ。おまけしといたよ、毎度おおきに」と日焼けした笑顔がかえってきました。　田中・西宮市

に

匂《にお》い付《つ》き消しゴム　私は甘い匂いのバナナ型の消しゴムを持っていました。使うにはもったいないし、消しづらかったので、コレクションとして。男の子の間ではスーパーカー消しゴムが流行《はや》っていました。　岩倉・沼津市

二眼《にがん》レフカメラ　久々の休日、父は皮のケース付きの縦型二眼レフカメラを肩にかけ、お出かけです。手早くフィルムをセットし数回手で巻き、フィルムが空回《からまわ》りしていない事を確かめます。上部の蓋《ふた》を開き、中をのぞきピントを微調節。父の手順をそばで見ているとどんどん気持ちが高まります。いざシャッターチャンス。少し長いジーという音に緊張し、最初の頃、何故か私の写真は黒目が上に向いている顔ばかりでした。　田中・西宮市

肉の値段　牛、馬、豚…安い物の順です。牛馬は働く役目を終えたものだから安いのです。豚は働かないし、食べるためだけに育てるから高価になります。　竹岡・天童市

肉屋さんのコロッケ　畑の向こうに新しくできた肉屋さんのコロッケは安くておいしい、という情報を近所の子から得て、放課後はるばる買いに行きました。店の前は行列でした。一個五円のを四個買って一個は帰る道々、お腹《なか》におさまってしまいました。熱々であんなにおいしいコロッケには、その後お目にかかっていない気がします。　西岡・浦和市

二十《にじゅっ》世紀《せいき》梨《なし》　昭和三十九年、果樹農家だった私たち家族は、部屋中に二十世紀梨を並べた中で、東京オリンピックの開会式を見ていました。床《とこ》の間《ま》に置かれたテレビには足が付いていて、ブラウン管の前には房の付いた布のカバーがかかっていました。東京オリンピックの記憶は、いつも二十世紀梨の光景と一緒です。　大平・長野県

ニシン漬《づけ》　漬物は住まいと別棟の物置に四斗樽《よんとだる》で並んでいました。

ニシン漬は身《み》欠《がき》ニシン、ぶつ切りの大根、彩《いろど》りに千切《せんぎ》り人参《にんじん》が塩《しお》麹漬《こうじづけ》になっていて、重石《おもし》で水が上がってきます。水が凍《こお》ると食べ頃で、氷をかき分けて丼《どんぶり》によそい、氷が暖かい家の中に持ち込むと、氷が解けて発酵した香りが漂います。樽の底が見え始めると酸味のある味わいに変わり、春到来です。島田・旭川市

偽《にせ》のラブレター　いたずら好きで夢想家だった私達は、ラブレターを書いていては楽しんでいました。相手は誰でも良かったのですが。ある時、真《ま》に受けた先輩がやってきました。それを隠れて見ていたのです。矢賀部・八女市

ニセンチの牛乳　母は大家族の中で「いいから、あんたたちがお食べ」と言っていつも控えめでしたが牛乳だけは別。四才下の弟の授乳中、お乳の出が悪いからと言って自分だけ毎日牛乳を飲んでいました。残り二㎝になると私にくれる約束なので、お預けの犬のように座って、ごくごくと飲む母の喉《のど》元《もと》を見ていました。小暮・船橋市

二《に》槽《そう》式《しき》洗《せん》濯《たっ》機《き》　父は洗濯が大変だろうと言って、手回しローラーの絞《しぼ》り器が付いた洗濯機を、テレビより早く、まだお風呂が上《あ》がり湯《ゆ》付き小判型の木製だった頃に買ってくれました。その後、二階を増築した時に二槽式洗濯機に。母は「全自動はいや」と言ってずいぶん長い間この洗濯機を使っていましたが、全自動に替えたら「便利で楽ね」と洗濯機を撫でていました。芳村・浦和市

二《に》槽《そう》式《しき》洗《せん》濯《たっ》機《き》　汚れが少ない物の順に同じ水を使って、洗濯、脱水、すすぎを行います。最初はお風呂の残り湯を使うので、洗い水も幾分か温かいのですが、すすぎから脱水にかける時は冷水に手を入れなければなりません。母が手が離せない時に、ちょっとお願いと頼まれるのですが、冬場は手が凍《こお》りそうになり、その後はストーブに直行です。風祭・高萩市

二段ベッド　憧れの二段ベッドは姉妹で使うのですが、ふたりとも上がよくて、交代で使っていました。矢賀部・八女市

ニッキ　どぎつい赤や緑に着色した紙で、はっか(薄荷)味の清涼感のある甘さ。衛生面を心配する母に禁止されていましたが、幼稚園の頃、駄《だ》菓《が》子《し》屋《や》さんでこっそり十円で買い、食べて帰ると「ニッキを

食べたやろ?」」。否定しても母は「舌が赤いヨ!」　加部・田辺市

日光写真《にっこうしゃしん》　たまに買ってもらえる学習雑誌の付録はどれも楽しみでした。中でも日光写真は大人っぽくて、カメラが高級品でさわらせてもらえない頃、写真というだけで魅力的でした。漫画の主人公が描いてある薄紙を紙製の組み立てた箱にセットし、縁側《えんがわ》に出して、皆で遊びながら待ちます。待ちどおしくてのぞくと、白かった写真紙にぼんやり何かが写っていました。　西岡・浦和市

二《に》の字《じ》　雪の朝、新聞を取りに行くのに靴下が濡れないように下駄《げた》をはきました。「二の字二の字の下駄のあと」と唱えるように歩きました。　越阪部・所沢市

二《に》部《ぶ》授業　人口が急増し、児童もどんどん増えるのに小学校の建設が追いつかず、二部授業が行われていました。同じ敷地に二つの小学校の看板があり、時間帯を分けて教室を使います。午前と午後とか。天気の良い日は校庭で遊んで待っていればよいのですが、雨が降ると渡り廊下で待つことになり、雨が吹き込んできたりして大変でした。　吉田・横浜市

荷《に》札《ふだ》　叔母や叔父、私、弟と次々と東京へ出たため、夏休み、冬休み、春休み、里帰り、出産といつも荷物が行き交《か》っていました。段ボールの箱を麻縄《あさなわ》でしばり、細い針金の付いた荷札をつけ、チッキで送ったり郵送したり。段ボールは貴重で何回も使い回し、荷札は筆で宛名を書きました。　小渡・静岡市

日《に》本《ほん》髪《がみ》　大晦日《おおみそか》に姉は近所のパーマ屋さんで日本髪を結《ゆ》いました。妹や私が結《ゆ》う桃割《ももわれ》(まげの中に鹿《か》の子絞《こしぼ》りの布を飾り、桃のように見える)と違い、本格的な日本髪の高島田《たかしまだ》です。眠る時は茶筒にタオルを巻き、その上に頭を乗せるのですが、首が痛く、肩は凝《こ》り、布団は肩まで掛けられず、とても寒かったといいます。　岸・平塚市

荷物を預《あず》かる　家で商売(洋服の仕立)をしていたので、荷物を預かることも多く、時には美味しいお裾分《すそわ》けも。両親は私たち三人の子がいたので、よその子まで預かることもありました。　新見・前橋市

入学式　「正子ちゃん、こっちこっち」一年二組の教室に入ると、幼稚園から一緒のお団子屋の男の子が私の手を引いて席に導いてくれました。机は木製で二人掛け。私

の側には五㎝ほどの穴が。なんでわざわざ穴の方を私に?とは思いましたが、彼は得意気にニコニコしているので、この机でいいと思うことにしました。なかなか味のある机で、穴から消しゴムを落としたりして遊びました。小暮・船橋市

ニュータウン　父は転勤族でした。高度経済成長期のサラリーマンとして自宅を購入する時期が「ニュータウン」の開発が盛んだった頃とちょうど重なり、自宅用に買った土地も山のふもとを開発した「○○ニュータウン」という名でした。入居者の家族には子供も多く、夏祭りやお楽しみ会などの催しもよく行なわれました。ニュータウンと名乗るには小規模でしたが、その分みんな顔見知りで、近所づきあいも多かった気がします。岩倉・沼津市

庭でゴミを燃やす　生ゴミは収集してもらいましたが、紙ゴミは庭で燃やしていました。燃えるのを見ていると、とても楽しかったので、ある時、近所の子供たちと子供だけで葉っぱやゴミを燃やして遊び、親たちに見つかってひどく叱《しか》られました。東・港区

鶏《にわとり》　冬は地面が雪におおわれ、放し飼いだった鶏の食べ物がなくなります。夏に草を刈って干し草にしておき、冬になるとお湯でもどして、小屋に入れた鶏に食べさせました。放し飼いをしている時には、好きなところに卵を産みます。その卵を見つけてくると、母がごほうびに一個十円で買ってくれました。竹岡・天童市

鶏《にわとり》の世話　鶏を二羽飼っていました。毎日の餌《えさ》やりは子供達の仕事でした。浜田・神奈川県

鶏《にわとり》の卵　祖父は鶏もさばきました。鶏のお腹の中には卵が順番に並んでいます。殻が薄く付きかけているものから、だんだん黄身《きみ》だけのものになっていきます。そばでじっと見ていると祖父は「これが明日産む卵、これがあさって産

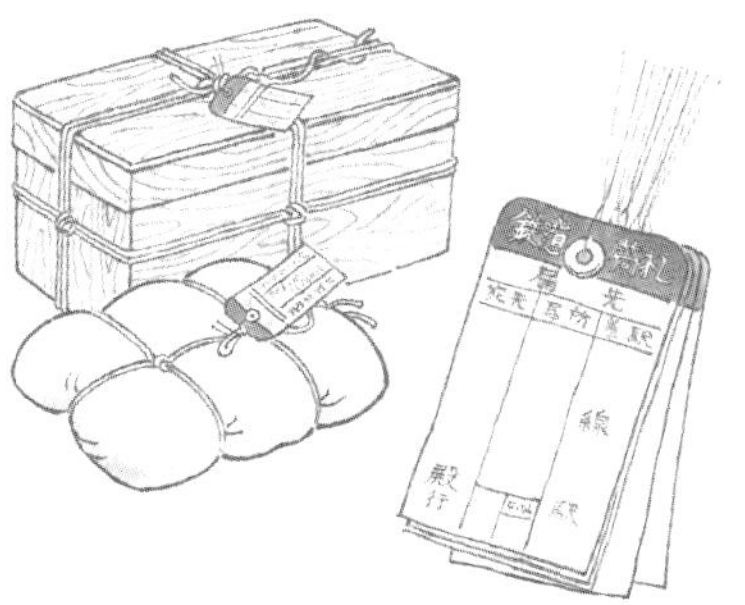

荷札

む卵、これが筋《すじ》で、木の枝に乗って足を曲げると指が自然に枝をつかむから絶対落ちないんだ」と教えてくれました。大平・長野県

鶏《にわとり》をさばく　祖父は早くに妻を亡くし、明治生まれの男にしては珍しく料理をしました。飼っていた鶏を絞《し》めて包丁できれいにさばくのを見たことがあります。不思議と残酷だとかいやだとは思いませんでした。糸井・太田市

鶏《にわとり》をつぶす　酉年《とりどし》生まれの父は「共食《ともぐ》いはしない」と言って、鶏をつぶすのは祖母の役目でした。私は横でお手伝い。父も母も殺生《せっしょう》が苦手だったのでしょう。明治の女は強し！　矢賀部・八女市

庭の木戸《きど》　隣家との境の生垣には小さいくぐり戸がついていて、自由に出入りしました。隠れんぼの時など、よその庭は絶好の隠れ場所でした。隣家が干した梅干を毎日つまみ食《ぐ》いした時は、さすがに苦情が来て、母が謝りに行きました。西岡・浦和市

庭の苔《こけ》　日の当たらない庭は、植えたわけでもないのに、一面苔むしていました。私は緑の芝生に憧れていましたが、父は苔を自慢していました。勝見・金沢市

人形の服　母は器用な人で、人形の着物や洋服、セーターを作ってくれました。私もミシンを覚えて、ぬり絵をヒントに人形の服を作るのが面白くなり没頭しました。叔母が洋裁をしていたのでレースやラメ入りなど、きれいな端布《はぎれ》に不自由しませんでした。やがて興味は電池で動く玩具の家電に移り、人形用の洗濯機でハンカチを洗い、厨房《ちゅうぼう》セットでホットケーキを焼きました。中林・前橋市

任侠《にんきょう》もの　義理や人情の話が好きな父は、本では山本周五郎、テレビでは大岡越前や水戸黄門を好んで観《み》ていました。晩酌をしながら掘りごたつでくつろぐそばで、おつまみのお裾分《すそわ》けをねらって一緒に観《み》ました。越阪部・所沢市

人形焼《にんぎょうや》き　父がよく買ってきてくれました。人形の格好をしているのがうれしかった。後年、長男を産んだ時に父がまた買ってきてくれました。私が昔一番喜んだお土産だからと言って。吉田・横浜市

ぬ

ぬいぐるみ　幼い頃、灰色の大きな熊のぬいぐるみがお気に入りでした。誕生日か何か特別な時に買ってもらったもので、おままごとでは相手役、外出

時にはお友達として連れ歩いたようで、外でずるずるひきずって歩いている写真が残っています。岩倉・沼津市

糠床《ぬかどこ》　「美味しいぬかみそを作るには糠床が良くなければだめ」が母の口癖でした。手をかけてやらないと、すぐに表面にうっすらと白いカビが出ます。糠味噌壺《ぬかみそつぼ》は風通しの良い台所の床下収納に置いて、毎日一度はかき混ぜていました。母が留守の時は頼まれるのですが、あの独特な臭《にお》いがたまりません。じっと息をしないでかき混ぜました。菊池・新宿区

糠床《ぬかどこ》**の水取り**　母は毎日、糠床を朝晩かき混ぜていました。野菜から出る水分でだんだん水っぽくなると、水取りの道具を糠床に沈めて水分を取っていました。最初は陶器製の筒型で上部に穴が開いたもの、その後プラスチック製のもので。水取りも糠床をかき混ぜる行為も、泥遊びのようで、やりたくて仕方がなかったのですが、中学生になるまではやらせてくれませんでした。東・港区

糠袋《ぬかぶくろ》　ネルの布地二枚重ねで縫って、糠がこぼれないようにします。使っているうちに袋ごと油じみてきて、柱や建具《たてぐ》を磨《みが》きました。うちの縁側《えんがわ》はすきまだらけで土埃《つちぼこり》が多く、糠袋の出番はありませんでした。越阪部・所沢市

糠味噌《ぬかみそ》　食卓には必ず糠漬《ぬかづけ》のお皿がありました。夏には、朝、キュウリに塩をまぶして糠味噌壺《ぬかみそつぼ》に入れておくと、夕食には美味しい浅漬の出来上がり。ナス、ニンジン、キャベツの他、野菜の余りが出た時も入れました。漬《つ》かり過ぎて酸《す》っぱくなったら細かく刻んで、ゴマや鰹節《かつおぶし》と混ぜて「覚弥《かくや》」にすれば立派な一品に。菊池・新宿区

ぬき糸箱《いとばこ》　明治生まれの祖母は、布団の打ち直し、着物の洗い張りなども自分でしていました。その際に出る長い糸を箱に溜《た》めて、お手玉《てだま》や小物を縫うのに使っていました。泉屋のクッキーの箱をあけると色とりどりの糸が一杯！　虹のようでした。林屋・世田谷区

ぬた餅《もち》　夏のお盆のご馳走は、枝豆で作るずんだ餅、この牡丹餅《ぼたもち》をぬた餅と言いました。年の数まで食べていいといわれて、八歳の時八つ食べて、苦しくて動けなくなりました。竹岡・天童市

濡《ぬ》**れ縁**《えん》［雨《あま》ざらしの縁側《えんがわ》］　官舎には同じ年頃の子供がたくさんいて、

学校から帰るとランドセルを濡れ縁に放り投げて、チャンバラごっこやままごとをしてよく遊びました。遊びに夢中で帰るのが遅くなり、母にしめだされて泣いたのも濡れ縁です。東・港区

濡《ぬ》れ雑巾《ぞうきん》 毎日妹と雑巾に手を乗せ、よーいドンで縁側《えんがわ》を拭きました。母がバケツで濯《すす》いでくれます。最後に、絞った濡れ雑巾は根《ね》がらみに掛けておきます。これでいつも足を拭《ふ》いてから部屋に上がりました。越阪部・所沢市

濡れ手拭《てぬぐい》で包む 出汁《だし》は私が削った鰹節《かつおぶし》と煮干しでした。削りにくくなると、父が鉋《かんな》を見るように目を片目にして金槌《かなづち》で軽く刃を調整してくれます。削る時の力加減でさらに薄く削れると祖母にほめられました。削って粉のようになった時は、祖母が鰹節を濡れ手拭で包むと一晩でしっとりとして、良い加減になりました。小渡・静岡市

濡《ぬ》れ手《て》拭《ぬぐい》を掛ける 井戸は手漕《てこ》ぎのポンプ井戸でした。漕いでいると夏はどんどん水が冷たくなるので、その水でしぼった濡れ手拭をスイカに掛けて冷やしました(気化熱を利用)。冷蔵庫が普及する前の生活の知恵です。小渡・静岡市

ね

寝押《ねお》し 中学時代、制服の襞《ひだ》スカートの扱いは面倒でした。雨で濡れると襞がとれてしまうのですが、アイロンを掛けるほど几帳面ではないので、寝押しです。敷布団の下にスカートを置き、襞を一本ずつ整えてから、そーっと布団を敷き、普通に寝るだけ。寝相が悪くて布団がずれたりすると、そのまま襞の状態に表れます。この面倒な行為は高校卒業まで続きました。男の子もズボンの寝押しをしていたとは、知りませんでした。浜田・神奈川県

寝癖《ねぐせ》 寝起きの頭は、鳥の巣のようにこごって髪の毛がとかせません。どうにも格好がつかないので一つにまとめて結《ゆ》わえていました。新見・前橋市

ネグリジェ ナイロンのぺろぺろしたネグリジェは、なんとも身にそぐわなくて、以来肌につけるものは綿《めん》だけになりました。矢賀部・八女市

猫いらず 人が間違えて食べたりしないように、米粒をショッキングピンクに染めた毒薬を紙に包んで仕掛けました。ネズミが食べると明るいところに出て死ぬと聞いていましたが、本当かどうか。死んだネズミを飼い猫が食べないか

気がかりでした。越阪部・所沢市

猫じゃらし　どこにでも生えている猫じゃらし。友達にこちょこちょ。「いやあーいやあー」。楽しいひと時。たまに道路などで見つけると懐かしい気持ちで一杯になります。吉田・横浜市

猫背《ねこぜ》　背がどんどん伸びるのが嫌で、肩をつぼめていました。手足も長く手長猿と言われるのが嫌でした。堂々としていなさいと注意されても高校生になるまで猫背は直りませんでした。吉田・横浜市

猫の集会　一人暮らしの祖母の家には、映画『魔女の宅急便』(スタジオジブリ)に出てくるジジのような賢い黒猫がいました。私が泊まった夜、近所の猫達と集会を始めたのです。祖母は慣れているのか知らん顔で寝ています。私は跳《と》び交《か》う猫や闇に光る眼がこわくてこわくて、それ以来、猫が苦手です。矢賀部・八女市

猫の手　店が一番忙しいのが、お中元、お歳暮の時期です。猫の手も借りたい状態になると、私も配達を手伝いました。必ず裏に廻って勝手口《かってぐち》から「お酒、持ってきましたー」と大声を出しました。立派な門構えの家でも、勝手口《かってぐち》には猫の皿がころがっていたりしました。帰りは、あいた袋に空《あ》きビンを入れて戻りました。福井・本荘市

猫の練炭中毒《れんたんちゅうどく》　練炭ごたつは一日中温かいので猫がよく入っていました。こたつの中で寝ていた猫が、時々ふらふらと出てきます。一酸化炭素中毒でしょう。越阪部・所沢市

猫踏んじゃった　足踏みオルガンの前に座ると、皆なぜか「猫踏んじゃった」を弾《ひ》いてましたね。新見・前橋市

猫まんま　残りごはんにお鰹《かか》を混ぜた「猫まんま」、残りご飯にお味噌汁をかけた「イヌ飯《めし》」、昔のペットの食事は栄養が偏っていました。私もよく食べましたけど。木村・名古屋市

猫を飼う　一時期、米にネズミの被害が出ると言ってネコを飼っていました。従業員のおばさんがネズミを手づかみで捕《と》らえたので「おそろしくないん？　おばさんすごいねぇ」。おばさんがネズミを海に流しに行った姿を忘れられません。説田・今治市

ねじしまり錠《じょう》　玄関の引《ひ》き違《ちが》い戸も縁側《えんがわ》の四枚引き違いガラス戸も、鍵はみんなネジで締める内錠《うちじょう》でした。唯一台所の勝手口《かってぐち》のドア

がシリンダー錠で(その前は南京錠)、みんながお出かけの時は玄関から靴を持ってきて、ここから出ました。越阪部・所沢市

ネズミが出る 三畳《さんじょう》の部屋を自分の部屋にしたいと宣言すると「ネズミが出るし、寒いさかい、あかん」と母に一蹴《いっしゅう》されました。あきらめきれずその部屋に座り込み、ネズミが出るという天井をにらんでいました。加部・田辺市

ネズミ捕《と》り ドーム型の籠《かご》の中央に餌を吊るす部分があり、ネズミが食《く》いつくと入り口が閉じる仕掛けです。天井からも進入でき、「入れるが出られない」工夫で一度に二匹以上捕獲できました。捕《と》らえたネズミは籠ごと池や溝に沈めて水死させました。保健所へ持って行くとキャラメルがもらえました。新見・前橋市

ネズミの運動会 四軒長屋の屋根裏では、ネズミの運動会はいつものこと。まわりが粉屋に米屋のせいか、ある時私の寝床にネズミが入り、大騒ぎになって隣から猫を二、三日借りてきたこともありました。新見・前橋市 ↓P232図

ネズミの仔《こ》 父が物置でネズミの巣を見つけ、両手で包むようにして連れてきました。五匹ほど、目も開《あ》かない丸裸の桃色の仔がふにゃふにゃと動いています。かわいいような気持ち悪いような。黙っていると、どこかに連れて行きました。誰もそのことには触れません。越阪部・所沢市

寝相《ねぞう》 姉は布団に直立姿勢のまま横になって、朝めざめた時もそのままの格好でした。寝相の悪い私は感心して見入ったものです。福井・本荘市

寝坊《ねぼう》 祖母が毎朝、私を起こしにきました。階段に腰掛けたまま私の名前を呼び、起きないと布団を少しずつ引っぱるので、寒くてようやく私は目を覚ますのです。高齢の祖母にいつまでも心配をかけてしまいました。福井・本荘市

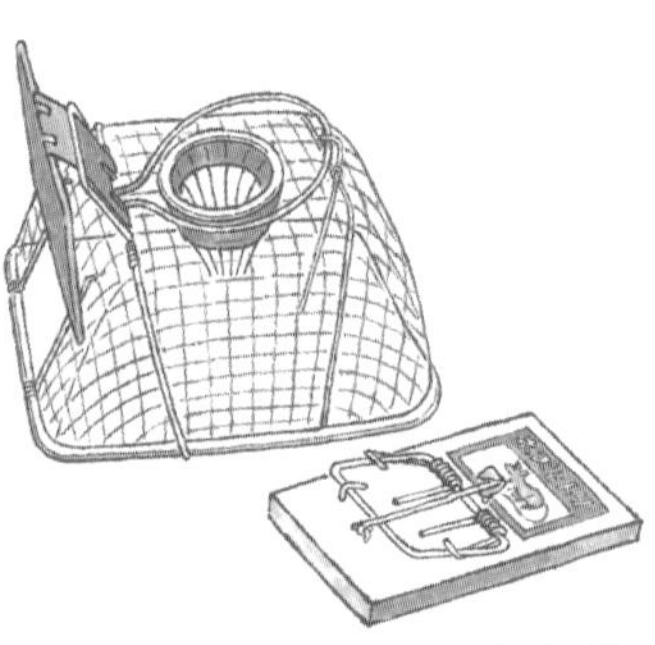

ネズミ捕り

寝巻《ねまき》 幼い頃はネルの寝巻を着て祖母と寝ていました。冷たい足を祖母の太ももの間に入れて温めてもらいながら。 矢賀部・八女市

寝る時間 小学校卒業まで就寝時間はきっかり八時でした。土曜の夜だけ、八時以降もテレビを見ることが許され、『8時だョ!全員集合』『キイハンター』をドキドキしながら見ていました。親のしつけは厳しかったけれどメリハリがあったので、日常の中に小さな楽しみがたくさんあったと思います。 岡部・浦和市

ねんねこ 寒い時は子供をおぶった上から、綿入《わたい》りのねんねこ半纏《ばんてん》を着ました。身頃《みごろ》がゆったりとしていて、ひもで締《し》めます。衿が汚れやすいので、白や黒の掛《か》け襟《えり》をしました。お兄さん、お父さん、お爺さんでも、恥ずかしがらずにねんねこを着て子供をおぶいます。赤ん坊があったかいのが一番。 越阪部・所沢市

の

軒下《のきした》 どこの家も軒が深かった時代、道路際まで建っている家の軒下では皆、平気で雨宿《あまやど》りしていました。窓の中にはよその一家の生活があったのに、お互い気にするでもなく、他人の家の軒先に悪ガキばかりか大人もたむろしていました。 西岡・浦和市

残りごはん 汗かいたごはんや少し臭《にお》いのするごはんは、水で洗って小麦粉を加えて練り込み、お団子にして油で焼き、砂糖醤油《さとうじょうゆ》を付けて食べました。素朴な美味しさで、今でも作っています。 新見・前橋市

残り当番 ちくわの天ぷら(磯辺《いそべ》揚《あ》げ)が食べられなくて残り当番や掃除当番をさせられました。時々隣の男の子にあげました。「あれは大好物だったのでうれしかった」と大人になって話してくれました。 新見・前橋市

残り湯 家にはシャワーなどはないので、夏でも風呂桶《ふろおけ》に湯を沸かし、夏休みにはその残り湯をたらいに入れて弟とよく水遊びをしました。 東・港区

のし紙《がみ》 ちょっとしたやりとりにも、のし紙を付けました。紅白の水引《みずひき》が印刷されていました。そこに「寸志」「内祝い」「御礼」など墨で書きました。硯箱《すずりばこ》はいつでも使えるように、茶の間の棚に置いてありました。 越阪部・所沢市

のしゴテ「アイロンの一種」 首が長く、先端は平たく細くなっていて、火鉢《ひばち》の火で熱して使いました。縫

い物の途中折り目を付けたり、縫《ぬ》い代《しろ》を開いたり、ちょっと使《づか》いに重宝です。越阪部・所沢市

のし餅《もち》　土間《どま》の籾殻《もみがら》ストーブと、かまどの両方から蒸《む》し上がる米が男衆《おとこし》さんの手で次々餅につき上がり、女衆《おなごし》さんの手でのされたり、お供《そな》え餅に丸められます。暮れの餅つきでは、座敷中にのし餅が並びました。越阪部・所沢市

のぞき　母と弟と三人で入浴中に「のぞき」にあいました。母が驚いて隣の家に報告に行ったのを覚えています。東・港区

喉《のど》シロップ　小さい頃よく風邪を引き、茶色のガラス瓶に入った喉用のシロップ液は欠かせませんでした。お医者さんが脱脂綿《だっしめん》に茶色い薬を付け「はい、口をあけて」と言って喉の奥に入れたかと思うと素早くぐるりと回す、あれはオエッとなり気持ち悪かったけれど、喉シロップはちょっと甘くて好きでした。田中・西宮市

野辺送《のべおく》り　祖父は白装束で北向きに横たわり、鎌《かま》が足下に置かれていました。わらじとか三途《さんず》の川の渡し賃とか旅支度を整え、家から行列を作って墓に行きます。花輪、提灯《ちょうちん》、位牌《いはい》、遺影、棺桶《かんおけ》と並んで行きました。棺桶は大八車《だいはちぐるま》に載せて、寺まで行列しました。孫たちも手をつなぎ合って、ぞろぞろと続きました。越阪部・所沢市

ノミとり粉《こ》　［ＤＤＴ《ディーディーティー》の粉末。円形のブリキの容器の蓋《ふた》を押すと、薄茶色の粉が飛び出す］

海《の》苔《り》弁《べん》　お弁当の定番。弁当箱にごはんを半分入れ、醤油《しょうゆ》をつけた海苔をびっしり敷いたら、またごはん、また海苔と二段にします。気張るときは砂糖醤油《さとうじょうゆ》で味を付けたおかか(鰹節)を加えます。蓋《ふた》をあけると、海苔がその裏に全部貼りついていたことも。越阪部・所沢市

乗り物の床《ゆか》　バスや電車や汽車の床は、板張りでした。油を浸み込ませているらしく、塗ったばかりの時に乗ると、掃除されてきれいなのですが、油の臭《にお》いが鼻につき、いやでした。加部・和歌山市

海苔屋《のりや》さん　海苔屋のおばちゃんが月に一回程度、小さな体に大きな風呂敷を背負ってやってきました。昆布などの乾物もありましたが、私の家で決まって買うのは板海《いたの》苔《り》でした。おまけとして刻《きざ》み海苔か海苔がたくさん入ったふりかけをもらうのが楽しみで、どちらにするか迷いました。風祭・高槻市

目黒区●150 坪の敷地の北の端に建てられた15坪の家に9人暮らし

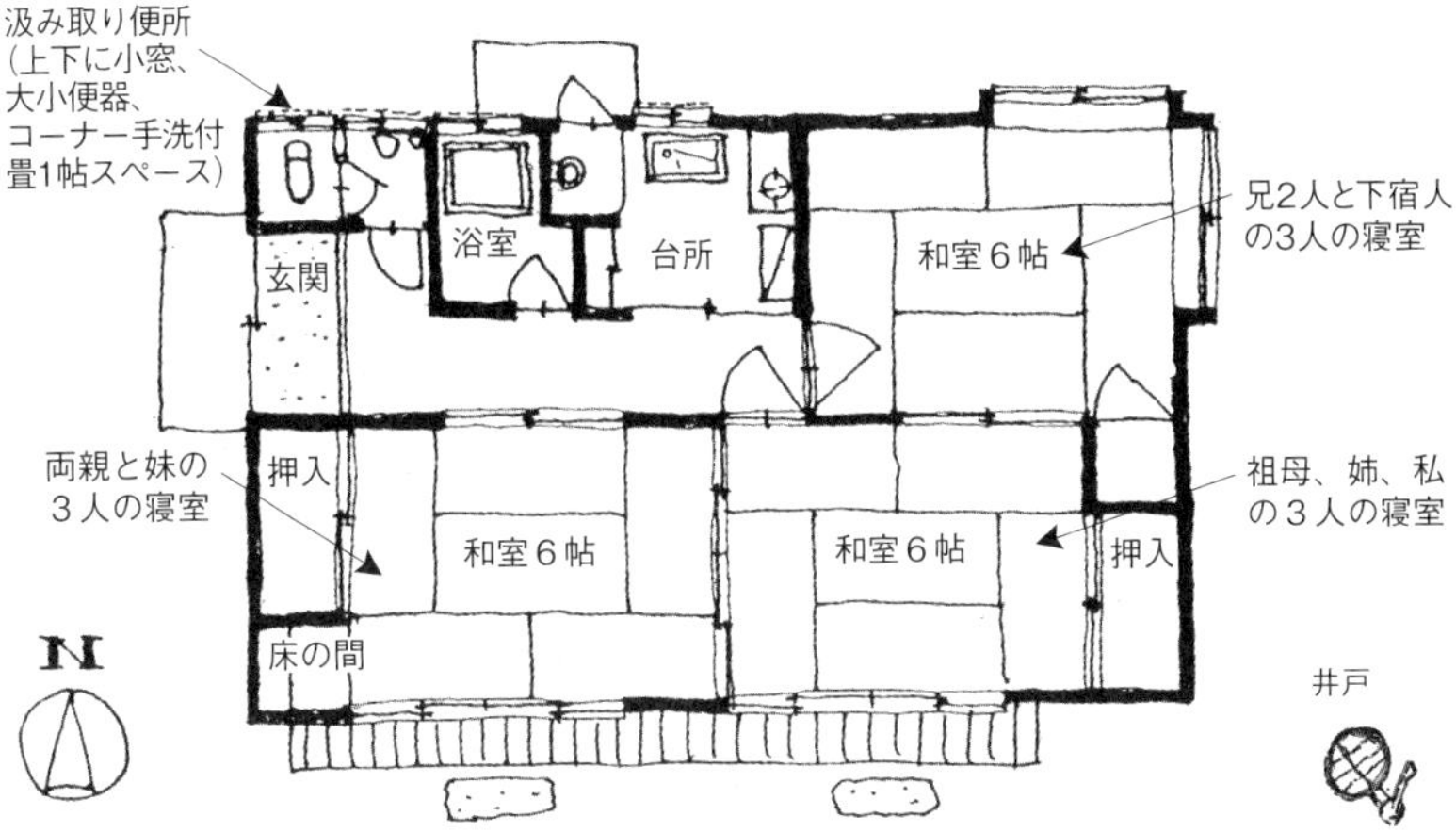

敷地は畑にして、大根、トマト、トウモロコシ、ひまわりなどを植えてトイレの排泄物を肥料にしていましたが、何年かして母は「うちも肥え汲み屋さんにお願いできるほど、お金持ちになった」と喜んでいました。

浦和市●４帖半２間の小さな家・昭和34年～40年

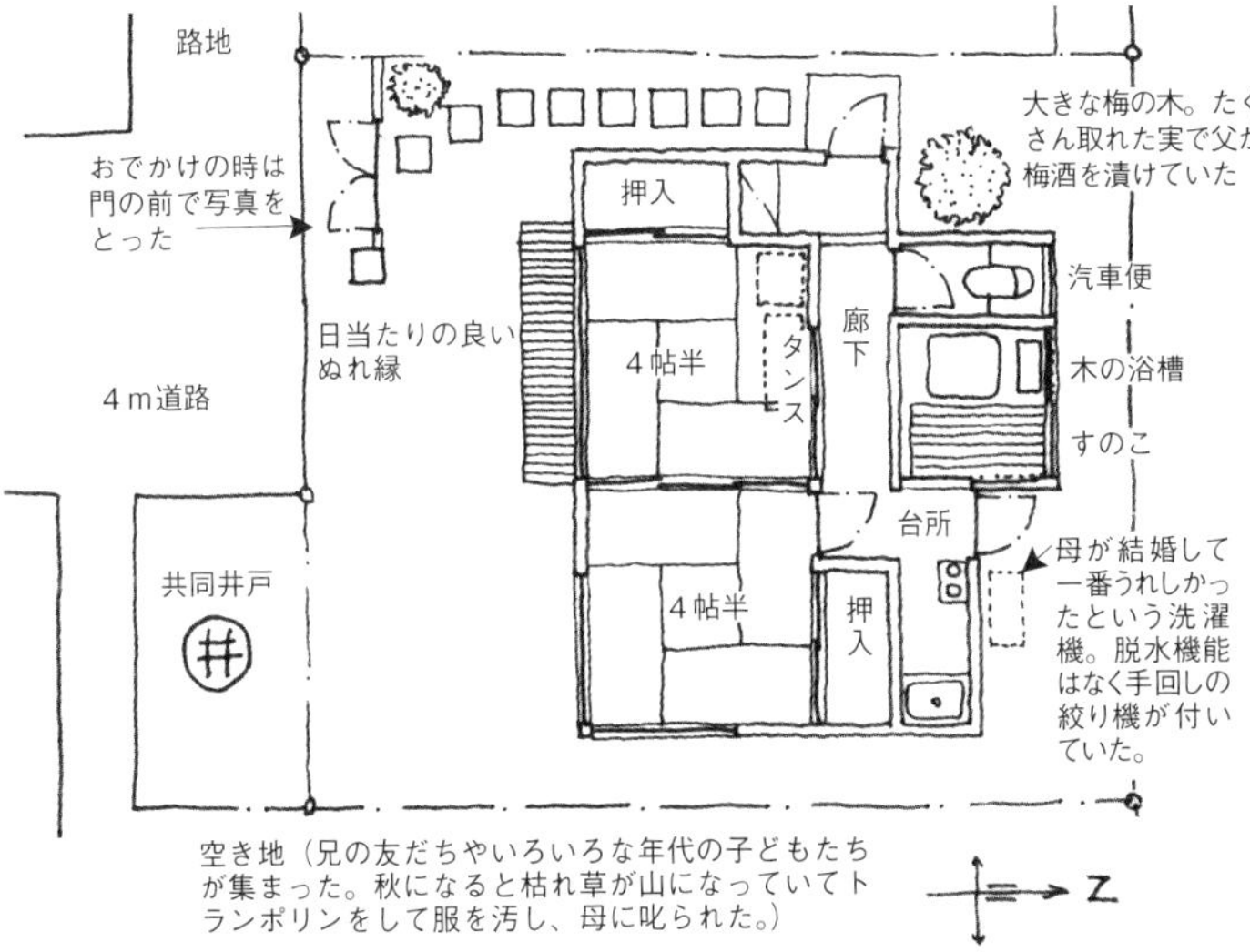

空き地（兄の友だちやいろいろな年代の子どもたちが集まった。秋になると枯れ草が山になっていてトランポリンをして服を汚し、母に叱られた。）

『アルバムの家』（三省堂）より

前橋市●4軒長屋の洋服仕立て屋の家と生活空間

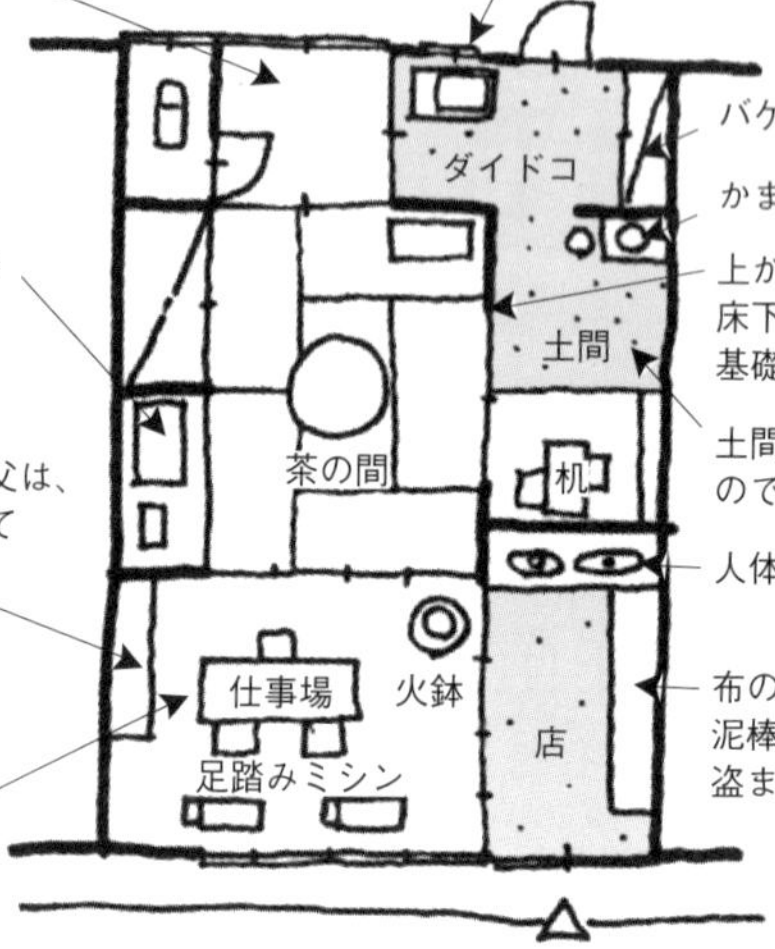

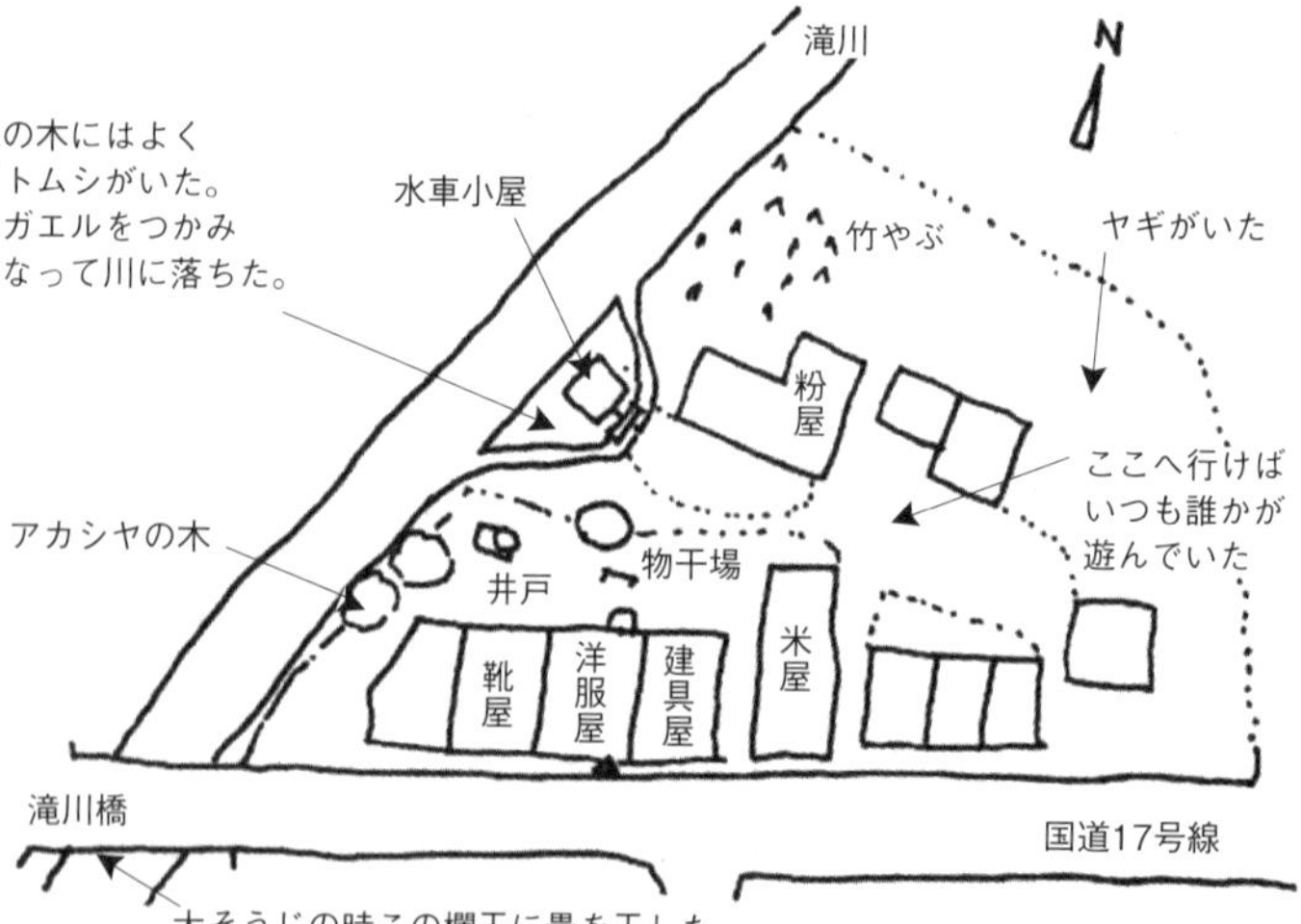

『アルバムの家』（三省堂）より

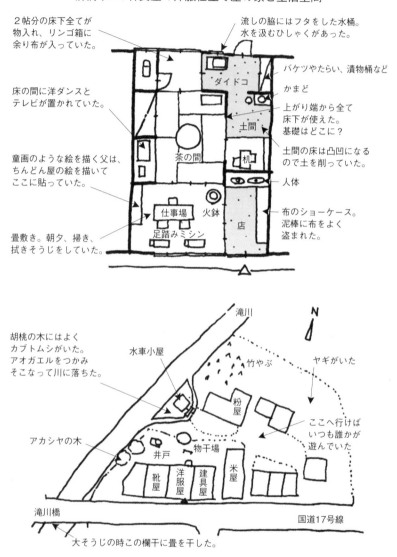

は

バービー人形㊥ 小学校低学年の頃、買ってもらいました。金髪、アイシャドーとアイライナーの目、胸がとんがってウエストがくびれ、腕と脚が曲がる人形です。着せ替えの服をねだると、母が紺色に小さな花柄の木綿の布で浴衣《ゆかた》を縫ってくれました。黄色い布地で帯も。上野・川崎市

パーマ 母にくっついて美容院に行き、顔の両サイドだけパーマをかけました。お店の人に「松島トモ子ちゃんみたい」と言われ、有頂天に。加部・和歌山市

パーマ屋さん［美容院］ 母は年に二回くらいパーマをかけに行きました。時間がかかるし、パーマ屋さんは薬臭《くすりくさ》いし、ついては行きません。セットすると、見違えるようです。リラックスした感じでにこにこして帰ってきます。父兄参観日の前など、セットだけに行くこともありました。越阪部・所沢市

灰《はい》 灰瓶《はいがめ》は火の用心《ようじん》で建物から離して土中に埋め込んであります。灰瓶に集めた灰は畑の肥料（カリ肥料）にします。藁《わら》の灰だけは別にしておき、灰汁《あく》抜《ぬ》きや洗い物に使いました。越阪部・所沢市

バイオリン教室 父の同僚の娘さんたちが習っているというので、私も三歳からバイオリン教室に通わされました。家でクラシック音楽など聴いたこともなかったので全然なじめず、それでも中学まではいやいや続けていました。東・港区

ハイカラ 母が通っていた料理教室の女性が、細いマンボズボンをはいてスクーターで通って来たので、ハイカラと皆が噂《うわさ》しました。吉田・横浜市

配達《はいたつ》 父が御用聞きで注文をとってくると、配達は子供の役目です。近くの事業所や病院の通用口は顔で通ります。仕舞屋《しもたや》の勝手口《かってぐち》からは、表の玄関とは別の飾らない暮らしが見えました。岸・平塚市

ハイタンク 居酒屋のトイレは汽《き》車便《しゃべん》で、壁の上方に水洗用ハイタンクがあり、鎖を引くと水が流れます。酔って火照《ほて》った手に鎖は冷たく、管からザバーンと流れ落ちてくる水も、タンクにジャバジャバ溜《た》まる水音も興ざめでした。越阪部・所沢市

蝿帳《はいちょう》 風通しをよくし、ハエが入らないように金網や紗《しゃ》を張った小さな戸棚です。残った食品等を入れました。新見・前橋市

はいっと～ こんな声をかけて、ど

この人も、玄関の三和土《たたき》から入ってきました。どこもかしこもあけっぱなしの勝手知ったる他人の家、留守でも「待っていれば、すぐ帰ってくるよ」と隣家の人が声をかけてくれました。岡村・柏市

灰《はい》ならし　火鉢《ひばち》や囲炉裏《いろり》には灰ならしがありました。金属の薄平板で先端が波型と平《たい》らのとがありました。一日の終わり、または炭入れ前にゴミを取り、平らにならします。すると五徳《ごとく》や火箸《ひばし》の置きどころも気になるから不思議。越阪部・所沢市

ハイヒール　玄関に小さな下駄箱《げたばこ》があり、母のハイヒールをそっと取り出して履《は》いてみたりしていました。岡部・浦和市

廃品回収　家に廃品回収に来てくれる屑屋《くずや》さんは、天秤《てんびん》ばかりを使っていました。棒の片方に新聞紙の束を吊《つ》るし、もう片方の錘《おもり》を少しずつ移動し、つりあったところをみつけて重さを測ります。原理がわかって見ていると、とても楽しくなりました。東・港区

蝿《はえ》取《とり》紙《がみ》　二枚合わせの紙を引きはがすと、粘着性の蝿取紙になります。お櫃《ひつ》や蝿帳《はいちょう》の上に置いておくと、全面真っ黒になるほど。もうハエが着くところがないというくらいになったら、新聞紙に包んで燃やします。越阪部・所沢市

蝿《はえ》取《と》りリボン　紙筒の上端の糸をひっぱると、粘着液が塗られた細い油紙が螺旋《らせん》状にのびてきます。部屋にぶら下げた蝿取りリボンには、ハエ同様、頭の髪の毛もひっついたものです。新見・前橋市

蝿除《はえよ》け　傘のように開いてテーブルの上の食品にかぶせ、ハエがたからないようにする「蝿よけ」も使いました。新見・前橋市

歯が抜けたら　乳歯が抜けると、上の歯は床下に、下の歯は屋根に向かって投げました。「良い歯(永久歯)が生えますように」と言いながら。新見・前橋市

歯が抜ける　乳歯が揺れて抜けそうになると、大人たちがこぞって抜いてあげるから口を開《あ》けてみろと言います。いとこは自分の歯に糸を巻き、糸の端をこたつの足に結んでおいて、後ろにバタンと倒れて抜いていました。私はこわくて、油断すると歯を抜かれそうになるので、ぎゅっと口をつぐんでいました。抜けた歯は「おれの歯、先生《は》えろ。鬼の歯、後生《は》えろ。」と言いながら、上の歯は縁《えん》の下へ、

下の歯は屋根の上に投げました。　風祭・高萩市

羽釜《はがま》［ごはん炊《た》き専用の鍔《つば》付きの釜］　土星の輪（羽）がついたような形の釜です。輪の部分が引っかかりになって、かまどや石油コンロの上の穴にすっぽり入ります。ごはんがふくらんで、水蒸気が分厚く重たい板の蓋《ふた》を噴《ふ》きあげるほどになったら、火を弱めるために薪《まき》を引く（＝薪を取り出す）のですが、ボーッとしていると、噴かせて釜をべとべとにしました。　越阪部・所沢

墓参り　お彼岸やお盆の時、近くの親戚は本家《ほんけ》に集まってから、そろって墓参りに行きました。庭の花を摘み、線香の束や手桶《ておけ》をもち、畑中を歩いて行きます。戻ると直《なお》会《らい》（＝お供えをおろして飲食する）です。大人は酒宴、子供はおはぎや饅頭《まんじゅう》を食べながら遊びに興じました。　越阪部・所沢市

量《はか》り売り　味噌、醤油《しょうゆ》、塩、酒、お菓子等、必要な量だけ買うことができました。　新見・前橋市

バキュームカー　汲《く》み取《と》りトイレの頃は、バキュームカーが各戸をまわって汚物を集めていました。弟は臭《くさ》いのと音のせいで、バキュームカーと収集員をとてもこわがっていました。母はそれを利用して「そんなことするとバキュームカーが来るよ」と脅《おど》しました。ひどい偏見です。　東・港区

端《は》布《ぎれ》　母をまねて、大事な「ミルク飲み人形ルミちゃん」や青い目がパチクリ動くカール人形のユリちゃんの服をミシンでつくりました。母の洋裁の端布もたくさんあり、どれを使うか選ぶのが楽しみでした。　加部・田辺市

白菜漬《はくさいづけ》　晴れた日、白菜を洗って、根元に少し包丁目を入れ、後は手で引き裂き四分したのを半日ほど干します。一抱えほどの樽《たる》に唐辛子・みかんの皮・柚子皮の千切りなどをはさみ込み、たくさんの塩を振りながらぎゅうぎゅうに詰め、木の置き蓋《ぶた》をして、大きな漬

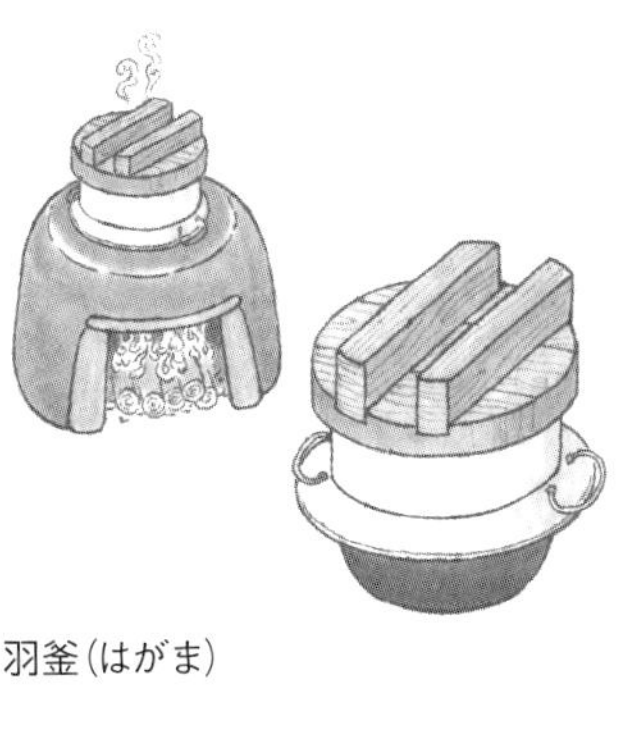

羽釜（はがま）

物石を乗せます。私は軽く水が上がったくらいの浅漬《あさづけ》が好き、母は酸《す》っぱくなったくらいの古漬《ふるづけ》が好き、毎日どんぶり一杯の白菜漬が食卓に上がりました。越阪部・所沢市

剥製《はくせい》 うちにはタンスの上に雉《きじ》の剥製が、お金持ちの友達の家には玄関に毛皮や鹿の頭がありました。気持ち悪くて、いい趣味ではないなと思っていました。あの義眼もこわかった。木村・名古屋市

白地図《はくちず》 夏休みにノート一冊分の白地図を塗るという退屈な宿題があり、塗るのが好きという友達に色鉛筆とおこづかいを渡して頼みました。学校に提出する前日、上がったものを見て自分で塗ればよかったと後悔しました。小暮・船橋市

白墨《はくぼく》 学校の黒板は板目がわかるくらいのでこぼこ黒板で、いつも周りは白墨の粉だらけでした。一時間授業が終わると、当番が板書《ばんしょ》を消して、黒板拭きを両手に持ってぶつけ合い、パンパンはたきます。目をつむり息を止め、顔をそむけて。ちびた白墨で校庭にケンケンパの丸や、ボール遊びのコートを描きました。越阪部・所沢市

馬喰《ばくろう》 牛や馬を飼って農作業に駆り出す農家のために、牛馬を売買した商人です。新見・前橋市

バケツ 松林の中に秘密基地を作り、ターザンごっこをしていて、枝にロープでくくりつけたバケツから兄が落ちて大騒ぎしたことがあります。岡村・柏市

羽子板《はごいた》 お正月、舞姫や役者姿の人型に綿を詰めた大きな羽子板を床の間《とこのま》に飾りました。遊び用は小さく、表に当世風女の子の絵、裏には花などが書かれていて、これで羽根を打ち合いました。ムクロジの実に、鶏の羽根をたわめて追《お》い羽根《ばね》を作りましたが、これはまっすぐに恐ろしい速さで飛びました。越阪部・所沢市

箱階段《はこかいだん》 母の実家には、畳の上に置かれた箱状の階段がありました。昇り降りは急傾斜で、特に最上段の踏み面の奥行《おくゆ》きが小さいので、二階の襖《ふすま》が閉まっていると足がはみ出しそうでこわい気がしました。平屋を二階にしたのは、菩提寺に集まったたくさんの僧侶の宿泊場所を確保するためと伝え聞いています。箱階段も苦肉の策だったのでしょう。鈴木・松阪市

箱膳《はこぜん》 母の実家では、食器戸棚から自分の箱膳を取り出し、決まった席で食事をしていました。箸《はし》、

ごはん茶碗、味噌汁茶碗、皿と漬《つけ》物《もの》用小皿が伏せて載っていました。茶碗はごはん用も味噌汁用も同じものでした。食事の最後に白《さ》湯《ゆ》を入れ、すべての食器を漬物で洗い、飲み込みます。これで食器洗いという家事が合理化されていました。箱膳はそれぞれが元の食器戸棚に戻します。福井・本荘市

箱庭《はこにわ》　夏休みの自由課題の楽しみは箱庭づくりでした。到来物《とうらいもの》(頂き物)の空《あ》き箱(当時は貴重でした)に海水浴で拾った貝殻、角が丸くなった宝石のようなガラス玉、富士五湖めぐりで集めた火山岩や河原で集めた白や黒の石、サラサラの砂などをためておいて夢中で作った記憶があります。小渡・静岡市

はしか　「由美子は外で遊ぶのが好きで、はしかにかかった時も、熱が出て真っ赤になりながら虫取り網を持って走り回っていて、気づくのが遅れたのよ」。母はよくこう言っていました。東・港区

はじき豆　夕方、『ちろりん村とくるみの木』や『ひょっこりひょうたん島』が始まると、隣の古川洋品店の店先に座って、おじさんのくれる「はじき豆」を食べながら見るのが日課でした。わが家のテレビは隠居部屋の祖父専用でした。説田・今治市

橋の下　近所の小川には柵がありません。数人で橋の下にもぐり、枯れ枝を流したり小石を投げたり、隠れてする遊びは楽しかった！　越阪部・所沢市

橋の下から拾ってきた　悪いことをすると、こう言って親に脅《おど》されました。私はまったく信じていませんでしたが、二つ下の弟には効いたようで、日がたってからも「ねえねえ、ぼくって本当に橋の下で拾われたの？」と私に聞いてきました。親も罪なことをしたものです。吉田・横浜市

箸《はし》のしつけ　箸の持ち方を母から厳しくしつけられたおかげで、器用に使えるようになりました。箸の使い方で最も注意されたのは、箸と箸で食べ物を受け渡す挟《はさ》み箸《ばし》。風祭・高萩市

パジャマ　冬のパジャマはいつも起毛綿《きもうめん》ネルの生地《きじ》で母が縫ってくれました。夏はしじら織りとかクレープ地でした。越阪部・所沢市

芭蕉煎餅《ばしょうせんべい》　黒ごま入りで乾燥した薄いせんべいで、保存がききます。もち焼き網にのせ、木べらで両面伸ばしながらふくれるまで炭火《すみび》で

焼くと香《こう》ばしい香りがしました。今では秋田で見かけなくなり、別の名で酒田市で土産用に販売されています。福井・本荘市

柱時計のネジ巻き　四畳半《よじょうはん》の茶の間の柱時計には二ケ所ネジ穴がありました。踏み台に載《の》ればようやく手が届くようになった私は、ねじ巻きできるのがうれしくて、夕方になるとジーコジーコと巻きます。ネジがゆるんでくると、時報がボヨ～～ンと間延びして鳴りました。越阪部・所沢市

柱に子供をくくる　長～いおぶいひもは、時に子供をつなぐひもになりました。親の姿が見える位置の柱などにくくって、遊ばせるのです。竹岡・天童市

バスケット　籐《とう》で編んだ私のバスケットには貝殻や万華鏡《まんげきょう》や虫眼鏡など、弟のバスケットには双眼鏡や駒《こま》など、いとこが帰省する時持っていたバスケットにはミニカーや電車、ウルトラマン、怪獣などが入っていました。大人と一緒に出掛ける時は、よそゆきの服を着てバスケットにハンカチと鼻紙と財布等を入れて、帰りは駄菓子屋《だがしや》さんでは買えないお菓子を買ってもらって入れました。小渡・静岡市

バスタオル　物心のつく頃からバスタオルを使っていたので、たまにお風呂屋さんやプールへ行く時も持参していました。小さなタオル一枚ですべて済ませられるということに気づいた今では、髪を洗った時でも、小さなタオル一枚です。芳村・浦和市

バタークリーム　誕生日などに買ってもらえるケーキには、バラの形をしたバタークリームがのっていました。見るとわくわくしたけれど、甘すぎてあまり好きではありませんでした。岩倉・沼津市

機織《はたお》り機《き》　祖母は糸を紡ぎ、機織り機で布を織っていました。私も面白がってやらせてもらいました。手と足を上手に使ってカッタンコットン、リズミカルに動かすと布ができてきます。祖母の織った布はまだ残っていますが、機織り機は小学校に寄付してしまいました。矢賀部・八女市

裸《はだか》の島《しま》　年に一、二度あった小学校の映画会で印象に残ったのは『裸の島』(新藤兼人監督)。瀬戸内海の小島が舞台で、身寄りのない子供の生活が淡々と描かれます。日課は水運びですが、島は坂道ばかりで、家につく頃には水が減って叱《しか》

られます。見終わって重たい気分になりました。見渡す限り平らな田圃《たんぼ》が続く平野しか見たことがない私には、衝撃でした。水道がない生活や働く子供の姿も。福井・本荘市

ハタキ 掃除用具は箒《ほうき》とハタキでした。ハタキの布がボロボロになると、母は用済みになった着物の裏地を割《さ》いて束ねたり、伝線《でんせん》して使えなくなったストッキング(これは埃《ほこり》がよく取れるとお気に入りでした)を束ねたりしていました。田中・西宮市

はたけ 冬、外遊びで黒く日焼けした顔に白いまだら模様を付けた子がたくさんいました。手や足にも出る「はたけ」という皮膚病で、カサカサしています。うつると言われました。私のほっぺたにもできて、ワセリンを塗られました。越阪部・所沢市

畑の香水 通学路には田圃《たんぼ》が広がっています。春、田植え前になると、田畑に牛糞《ぎゅうふん》などの肥《こや》しがまかれます。春の心地よい気候の中に、ほのかに、そして時折、強烈に臭《にお》うことがありましたが、〝畑の香水〟と言って笑って過ごしました。風祭・高萩市

はだし ひと冬、上履《うわば》きをはかずに裸足《はだし》で過ごそうとクラスのやんちゃな男の子と相談したのですが、その子は親に怒られすぐに断念。でも私は挑戦しました。卒業アルバムの生徒会役員の頁には、素肌の大根足に来賓用のスリッパをはいた私が写っています。裸足ではみっともないと思った先生がはかせたようです。矢賀部・八女市

はだし足袋《たび》 運動会や陸上競技会では、真新しい白いはだし足袋をはいて走りました。それをはくと、シャキッとして速く走れる気がしました。選手だけがはいていた記憶があります。小渡・静岡市

旗日《はたび》［祝祭日］ 桐箱《きりばこ》にしまわれている国旗は絹の薄布で、黄ばんでいました。旗を結んだ竹棒の先端の穴に金色の玉を差し、玄関の柱の外側についている金具にたててました。越阪部・所沢市

バタヤ部落《ぶらく》 戦後まもなく、住宅街の公園や空き地に数家族単位で部落を形成し、ブリキやラワンベニヤ、ゴザなどで住居を作って人々が住んでいました。物乞《ものご》いや屑屋《くずや》さんをしていたようです。母は「戦争で焼け出された人たちよ」と言っていました。小学校のクラスにも、そこから通って来る子が

いました。林屋・世田谷区

八月の火鉢《ひばち》　小学四年生の夏、東京から青森の小学校に転校しました。八月の最後の週には二学期が始まっていて、母と挨拶に行くと校長室には大きな火鉢。まだ、八月なのに炭が入り、お湯がちんちんと沸いていました。教員室にも火鉢がありました。火鉢はその周りは暖かいのですが、部屋全体は温まりません。短いスカートに長袖のブラウスだけの私は寒くて震《ふる》えていました。山本・府中市

8時だヨ!全員集合　私が子供の頃はまだテレビがない時代で、就寝時間は八時でした。後年、結婚し子供を持つようになって、わが家では子供の就寝時間を八時と決めましたが、土曜日だけは特別に八時までに食事と入浴を済ませば『8時だヨ!全員集合』を見てよいということにしました。二人の子供は夕方からいそいそと食事も残さずきちんと食べ、自発的に入浴し、パジャマに着替え、テレビの前で笑いころげていました。林屋・世田谷区

蜂《はち》に刺《さ》される　雑木林などで遊んでいると、たいがい男の子が蜂に刺されました。小さな蜂の巣だと面白がって落とそうとするからです。傷におしっこをかけるといいよ、などと言い合いながらも女子は知らん顔です。越阪部・所沢市

蜂《はち》の子《こ》　木挽《こび》きの若い男の人が蜂の巣ごと持ってきて、食べる?と言いながら、口に放り込みました。気持ち悪いと思いながらも好奇心に勝てず、一つもらって食べました。白くて柔らかくて、噛《か》むとプチッと汁が出て、あわてて飲み込んだので味はわかりませんでした。越阪部・所沢市　↓関連P60図

蜂《はち》の巣《す》　母の実家の裏の家の小屋は土壁でした。無数の穴があいていて、棒でつついて遊んでいたら蜂の巣だとわかりました。黄土色の壁と蜂の穴がきれいで、今でも忘れられません。矢賀部・八女市

8《はち》ミリ　出始めの頃、運動会や夏の家族旅行などに父は重い8ミリカメラを持って行き撮影していました。晩ごはんの後で皆そろって映写機の映像を見た記憶もあります。貧乏なわが家でどうしてそんな高価な機材が買えたのか、不思議な気がします。西岡・浦和市

パチンコ　Y字の手ごろな太さの木の枝を見つけて、先にチューブゴムを結びます。杉玉《すぎだま》や新聞紙を

丸めて弾《たま》にしますが、小鳥など獲物を狙う時は小石を使います。狙い違えた失敗もあり、危険だと禁止されました。　越阪部・所沢市

はっかパイプ　縁日《えんにち》で買ったセルロイドの人形がついたはっかパイプは、吸い込むとはっか(薄荷)の香りがする不思議な玩具でした。香りがなくなった後はグラニュー糖を入れてもらって、時々吸い込んでなめながら、大事に首から下げて歩きました。　西岡・浦和市

白金懐炉《はっきんかいろ》(商)　携帯用の懐炉。金属の円盤状容器にベンジンを入れ、火を付けて蓋《ふた》をし、ビロードの袋に入れて父が釣りに行く時に使っていました。　岩倉・沼津市

八頭身《はっとうしん》　服飾デザイナーの叔母のデザイン画は、顔が小さく髪の毛が少しカールしてハイヒールをはいた八頭身でいつも素敵でした。お客さんのために描くスケッチ画は、まず人の軸を少し「く」の字に曲げ、線を八等分すると、一つが頭でした。叔母は自分が見た映画(洋画)のパンフレットをよく眺めていました。　小渡・静岡市

法被《はっぴ》［紺木綿の上衣で、背に定紋《じょうもん》や商標を入れ、襟に屋号や商店名を染めた］

初物《はつもの》　初物を食べた時、西を向いて笑うと福が来るのだそうです。初物を頂いた場合は、必ず神棚にあげてから、家族で少しずつ分けて食べ、西を向いてワッハッハと笑いました。おかしくもないのに笑うのが面白くて、結局、笑っていました。　風祭・高萩市

初雪《はつゆき》　北海道では冬の最中はアイスバーンか粉雪なので握れるような雪はありませんが、初雪は適度な湿り気があり、雪合戦に最適。初雪のワクワク感で雪まみれになって雪の玉をぶつけ合いました。長じるに従い、玉は大きく硬く握り締め、破壊力を競い合いました。　島田・旭川市

鳩時計《はとどけい》　木彫りの鳩時計が祖父の家の洋間《ようま》にありました。毎日、祖

パチンコ

父が錘《おもり》のついた鎖をガラガラとひっぱってゼンマイを巻いていました。毎時、扉の中から可愛い鳩が出てきてポッポと歌います。十二時だと十二回もポッポ、ポッポと。隣の部屋で寝ていた祖父母にはうるさくなかったのでしょうか。西岡・浦和市

はとバス 兄が結婚したばかりの頃、東京は初めてという奥さん（義姉）と兄と小学生の私と弟の四人で、はとバスで東京見物をしました。東京タワーや皇居などお決まりのコースをめぐって無事終了。帰宅のため電車を待っていたら、ホームで突然兄がかけだしたので、義姉がびっくりして後を追ってかけだし、私と弟も、置いて行かれては大変とかけだしました。兄に追いついたとたん、「バカ！トイレだ」。小暮・船橋市

花いちもんめ ♪「か〜ってうれしい花いちもんめ。あの子が欲しい、あの子じゃわからん、この子が欲しい、この子じゃわからん」。深く考えたりせず、楽しく遊びました。越阪部・所沢市

鼻緒《はなお》をすげる 下駄の鼻緒が切れたら、持ち歩いている手拭《てぬぐい》を切り裂いてすげました。新見・前橋市

鼻紙《はながみ》 京花紙は花びらのような柔らかい化粧紙で、鼻紙に使いました。林屋・世田谷区

はなかみ先生 抱えたセカンドバッグの中には、切りそろえた新聞紙が入っています。洟垂《はなた》れ小僧《こぞう》を見つけると「洟をかみなさい」と言って新聞紙を渡す名物おじさんがいました。私ももらったことがありますが、すらっとして、いい感じの人でした。竹岡・天童市

鼻高《はなたか》バス 中村メイコの歌♪「田舎のバスはおんぼろ車」で歌われている、犬の顔のように鼻が突き出た、いわゆるボンネット型バスです。菊池・新宿区

洟垂《はなた》らし クラスの中に、いつも洟をずるっと垂らしている子がいました。口につきそうに垂れると、ずずっと吸って戻します。でも時々上着の袖でぬぐうので、乾いたところがナメクジの這《は》った跡《あと》みたいにテカテカ光っていました。越阪部・所沢市

花電車《はなでんしゃ》 お祝いの時に出る花電車（テーマごとに絵が描かれ、造花や豆電球などで飾り立てたもの）の楽しさは忘れられません。夢の国の乗り物のように見えました。今井・横浜市

バナナ　私は喘息《ぜんそく》持ちで時々寝込んでいましたが、病気になるとバナナが食べられるのでうれしかった。木村・名古屋市

花のお姉さん　近所に空《あ》き地がなく女の子もいなくて、男の子と墓地で遊んでいました。墓石の上から飛び降りたり、卒塔婆《そとば》を引っこ抜いてチャンバラごっこをしたり。春と秋、墓参りの人がお供《そな》えの花を手向《たむ》ける頃になると、風のようにすーっとやってきて、お花を摘んですーっと去って行く女の人がいました。みんなで金縛《かなしば》りにあったように見とれていました。小暮・船橋市

花火《はなび》　街灯もあまりない時代、夜になると真っ暗です。花火をする日は、浴衣《ゆかた》を着ておしゃれをしました。でも兄が丸い輪《わ》っか型のネズミ花火に火をつけると、くるくる回りながらそこらじゅう飛び回って最後にはじけるので、悲鳴をあげて下駄《げた》をバタバタさせて逃げ回り大騒ぎに。蛇という名の、にゅるにゅると抜け殻のような灰の塊が伸びていく、薄気味悪い花火もありました。越阪部・所沢市

花火見物　夏はすぐ近くの川辺で花火大会があり、ごったがえします。花火が上がるたびにドドーンと音がして、地響きのようでした。その音をぬって、かき氷《ごおり》をかく電動のモーターの音と、氷のガリガリすれる音が交差してにぎやかでした。店の手伝いの駄賃《だちん》として何杯も食べたので、唇が紫になるほどでした。福井・本荘市

花火大会　八月十五日は町の花火大会です。増築した二階の窓や平屋の店の屋根の上の物干し台から身を乗り出すようにして遠くの花火見物をしました。岸・平塚市

花火のやぐら　毎年、夏祭りになると、母方の祖母の家の庭に、やぐらが組み立てられました。花火を打ち上げるやぐらです。家の二階から、すぐ目の前に花火を見ることができました。祭りの翌日は、

花いちもんめ

やぐらに登って眺めるのが楽しみでした。矢賀部・八女市

花びら占《うらな》い［花弁の多い花を「好き」「嫌い」と言いながら一枚ずつちぎり、最後にどちらが残るかで占う］

花《はな》札《ふだ》　毎年、お盆と正月は母の実家に行きました。そこで子供同士の遊びで花札を覚えました。家でも、正月にいとこが集まると、畳一畳《いちじょう》の大きさの掘りごたつに入ってトランプ、花札、百人一首などで笑いころげました。福井・本荘市

鼻《はな》ぺちゃバス　戦後のある時期、外見は現在のバスにそっくりなバスが走っていました。前から見ると鼻ぺちゃ顔の印象です。運転席の横が特等席でした。ある時、下町の運河沿いの狭い道を走るルートで、運良く特等席に座れて有頂天になっていたら、角を曲がる時に運河の水面に飛び出すように転回し、落ちる!と思ったことを覚えています。菊池・新宿区

パナマ帽《ぼう》　母方の祖父は西宮市で歯科医をしていました。毎年夏休みに行くと、京都や大阪のデパートに連れて行ってくれました。背が高く、口ひげをはやした立派な外見で、夏の普段着《ふだんぎ》は浴衣《ゆかた》でしたが、外出の時には白っぽい麻のスーツにパナマ帽をかぶり、ステッキを持って出かけるおしゃれなおじいさんでした。東・港区

花《はな》やしき［浅草の遊園地］　街中の建物に囲まれた空間に、巧みに飛行船タワーや高いレールの上を周回する乗り物(いちおうジェットコースター)を配置して、お化け屋敷もあったと思います。最大の特徴は入場料が無料だったこと。遊具やアトラクションごとにチケットを払うので、地元育ちの私の伴侶にとっては、他人《ひと》がこわがったり楽しむ様子をタダで楽しめる場所だったそうです。菊池・新宿区

花嫁《はなよめ》さん　叔父が結婚したのは私が五歳の頃、子供は遠巻きに眺めることしか許されません。角隠《つのかく》しをつけた花嫁が家に入る時、たいまつの火をまたぐのを、着物が燃えたらどうしようとハラハラして見ていました。実家を出る時に、花嫁が飯茶碗《めしぢゃわん》を落として割るのは二度と戻らないという覚悟、火をまたぐのは苦労を越える覚悟を表すのだと聞きました。越阪部・所沢市

離《はな》れ　私たち親子の住まいは離れでした。昼は母屋《おもや》で過ごし、夜、寝るために離れに行くのですが、

真っ暗でこわくて、すぐ近くなのに遠く感じました。いつも父や祖母に「見ていてね」とお願いして、走って行きました。小渡・静岡市

花《は》輪《なわ》 献花の花輪は造花でした。直径七十㎝くらいのリース型で、下に三本の長い足がついていて高さ二mくらい、忌《き》中《ちゅう》の家の玄関わきに並べられます。多いと垣根に沿って延びていきます。葬儀の時は担《かつ》いで寺まで行列で持って行きました。越阪部・所沢市

羽《は》根《ね》つき 羽《は》子《ご》板《いた》には少女の顔が描かれていました。羽根の下についている黒い玉はムクロジの種です。二種類あり、丸羽はクルクル回ってゆっくり飛び、追《お》羽《い》根《ばね》はスピードがあるので中学生以上、大人が楽しみました。負けると墨で顔に○や×を書かれ、それがまた大笑いの種に。お正月には羽根つきの音が町のあちこちで響いていました。林屋・世田谷区

はばかり［トイレ］ 明治中頃生まれの祖母の友人が遊びに来ると、「はばかりを貸してください」と言っていました。林屋・世田谷区

母の生き方 家をみがき、掃除をして、みんなの食事を作り、わずかに残された自分の時間は内職（竹《たけ》細《ざい》工《く》職人の父の手伝いで覚えた竹の編み細工）をして、ひたすら他人のために時間を使っていた母の生き方に、私はよく「お母さんのようにはなりたくない」と反発していました。小渡・静岡市

母の手作り 当時はどこの家でも、衣・食の分野はほとんど母の手作りでした。セーターはすべて母が編み、洋服もお手製。夏のワンピースは母が一晩でミシンを使って縫い上げ、そのデザインと布の選び方が私には楽しみで、気に入っていました。鈴木・松阪市

母の日 農業は生き物相手で待ったがききません。みんな全力を尽くしました。大人も子供も自分にできることを精一杯して、助け合わなくてはなりません。両親は働き疲れて、家には寝に帰るだけ。五月は誕生祝いも母の日もありませんでした。越阪部・所沢市

馬《ば》糞《ふん》 国道十七号に面していた自宅前は交通量が多く、当時は、リヤカーを引く自転車や荷馬車も行き交《か》っていました。馬の糞害がひどく、父は道路をよく掃除していました。新見・前橋市

歯《は》磨《みが》き粉《こ》 丸くて平《ひら》べったい缶に、緑色のペパーミント味の粉が入っ

ていました（ペンギンの絵がついていたかも）。蓋《ふた》をあけて少し濡らした歯ブラシでちょいとつけると、勢いで粉が周りに飛び散ります。越阪部・所沢市

はみパン　体操着はブルマーでした。ちょっと動くと下着がはみ出すので、「はみパン」と呼んでいました。「ホワイトライン」と呼ぶ子もいましたが、「はみパンしてるよ」って言われた方が断然恥ずかしい気がしました。藤本・横浜市

ハモニカ　ハモニカは楽譜なしでもメロディーが出せ、歌謡曲なども吹いていました。音符を知らなくても吹けたのは、音と穴の位置がなんとなく分かったからです。自分でも不思議。新見・前橋市

バラック「木材やトタンでつくった小屋」　父に連れられて美術館に行った帰りです。いつもと道が違います。父が私に見せようとしたのはバラックの建ち並ぶ裏通りでした。きれいな表通りとのギャップに茫然《ぼうぜん》！　その時の光景がはっきりと記憶に残っています。矢賀部・八女市

原《はら》っぱ　中学生の頃は、友達とのおしゃべりが楽しくて、背よりも高い枯れ草の原っぱに寝ころんで、日向ぼっこしながら過ごしました。風が頭の上を過ぎていきました。越阪部・所沢市

張《は》り板《いた》　着物や布団の皮を洗って干す時に使う板です。布が傷《いた》まないよう丸面がとってあります。横幅はちょうど反物《たんもの》の幅で、着丈《きたけ》を板の裏に折り返し、両面とも空気を抜きながらゆがみが出ないよう注意深く、掌《て》でぴったり貼り付け、乾かします。乾いた布を板からパリッとはがすのが好きで「やらせて、やらせて！」と大喜びで手伝いました。家で洗うのは浴衣《ゆかた》とか子供物、布団皮《ふとんがわ》等でした。絹などの和服は洗《あら》い張《は》り屋《や》さんに出しました。越阪部・所沢市

バリカン　男の子の頭はバリカンで刈られました。二枚の刃をスライドさせて切る形なので、ときどき髪がはさまって「イテッ」と口をとがらせます。越阪部・所沢市

針仕事《はりしごと》　祖母は四六時中、玄関先で何かの針仕事をしていました。洋服一枚たとえ下着でも、座布団カバーだのハタキだの雑巾だのにして、ボロボロになるまで生地《きじ》を使っていました。松崎・千葉市

針箱《はりばこ》　針箱にはいろいろな糸がありました。しつけ糸、穴糸、カタ

ン糸、絹糸。私が好きなのは色のきれいな日本刺繍《ししゅう》の糸です。洋服や学校の手提げ袋に、アップリケや刺繍をしてもらうのが楽しみでした。越阪部・所沢市

針坊主《はりぼうず》［針山《はりやま》、針刺《はりさし》］ 針坊主は切った髪の毛を中に入れて作りました。縫うときは針の滑《すべ》りを良くするために、よく、頭に針を滑らせて針に頭髪の脂《あぶら》をつけていました。新見・前橋市

バレエ教室 遊び仲間と工場のような建物の高窓をのぞいたら、私と同じ年くらいの子が白いタイツで踊っていました。夢の世界だと思っていた「松島トモ子ちゃん」がたくさん居たのです。急いで家に帰り私も習いたいと親に訴えましたが「商人の子が習うものではない」。確かに下町で習っている子はいませんでした。それから五十年余り、母の一周忌が終わりほっと一息入れた時、向かいのビルに「オープン バレエ教室」の張り紙。突然「バレエを習いたい！」と思ったことを思い出したのです。気分はすっかり子供に戻ってレッスンを続け、トーシューズもはけるようになりました。今井・横浜市

ハレの日 お出かけの時には、きりっとして「今日はお出かけ！」と、いつもより、いい子の自分を演じていた記憶があります。洋服はすべて母の手作り。押入れが一《いっ》間《けん》しかないのに、お出かけの洋服もちゃんとあったんですね。ふだんの暮らしは貧しくても、現代の子供より、ハレとケの楽しみ方を知っていたように思います。岡部・浦和市

ハワイ土産《みやげ》 「トリスを飲んでハワイへ行こう」というコマーシャルがはやっていた頃、ハワイは憧れの地でした。中学生の頃、父がアメリカ視察旅行の帰りにハワイに寄りました。おみやげは生のパイナップル。缶詰しか知らなかったので、あまりの酸《す》っぱさにびっくりしました。東・港区

ハレの日

番傘《ばんがさ》 竹を組み合わせて骨を造り、糸でつなげて油紙《あぶらがみ》を張ったもので、開閉するための工夫は見事です。うちにも数本ありましたが、傘先の糸がきれるとだんだん紙が縦に破けていき、骨がくずれて使えなくなりました。旅館の名入りの置き傘が壁に吊《つ》るしてあったのを思い出します。二人で一つの傘に入ることを相合傘《あいあいがさ》と言い、落書《らくが》きによくそのマークが見られました。 新見・前橋市

蛮《ばん》カラ ［ハイカラをもじった語。服装や言動が粗野で荒々しいこと］

パン券 幼稚園にお弁当を持参できない日は、あらかじめ買ってあるパン券・牛乳券を先生に渡すと、昼には紙袋に入ったパンと牛乳がもらえました。券は色画用紙で作った綴《つづ》りで一枚ずつ切り取って使いました。 岩倉・沼津市

ばんこ 一帖《いちじょう》ほどの大きさの縁台《えんだい》です。どうして「ばんこ」というのかわからなかったのですが、後年、ポルトガル語からきていると知りビックリ！ 矢賀部・八女市

半紙《はんし》 誰かが亡くなると、近所の人の手で神棚の注連縄《しめなわ》に半紙が下げられ、四十九日の間、神棚が閉ざされました。 越阪部・所沢市

パンスト パンティーストッキングが登場して、吊《つ》ったり留めたりしなくてもよくなりましたが、下半身がつるんとした感じで、なんとなく恥ずかしい気がしました。伝線《でんせん》した時、片足分だけ取り替えれば済むストッキングと比べて不経済でした。 越阪部・所沢市

飯台《はんだい》 ごはんは飯台で食べました。畳一畳《いちじょう》ほどの天板《てんばん》に三十五㎝くらいの脚が付き、引出しが両側に四個ずつ。席は決まっていて自分の前の引出しから自分の食器を出します。食後は茶碗に白湯《さゆ》を入れて箸《はし》を洗い、茶碗をゆっくり回して中を洗い、お湯は飲んで口の中もきれいにして、食器は引出しに。取り皿に残ったおかずも引出しに入れておき、次のごはんの時のお

蛮（ばん）カラ

かずにします。引出しは年に何回か洗って天日《てんぴ》(太陽)に干しました。ダイニングキッチンになっても、大工《だいく》さんに脚を付けてもらって使いました。引出しに祖父は茶碗を、祖母は入れ歯を、私はノートや筆入れを入れて、飯台で宿題をしました。大平・長野県 ↓P249図

番台《ばんだい》「銭湯《せんとう》の入り口の高い台。ここで入浴料を支払う。昭和三十一年の東京では大人十五円・中人十二円・小人六円。洗髪は別料金で十円。松の内や節分には客が祝儀を渡した」

バンダナ 首や頭に巻いたり、腰に付けたり、大判のものは物を包むのにも便利でした。ジーンズとセットで、元気の象徴のような小物でした。越阪部・所沢市

パンタロン「フランス語でズボン」
小学校低学年の頃に流行《はや》っていたのが、裾《すそ》が広がったデザインのズボン、パンタロンでした。当時の写真を見ると、母も私もはいています。岩倉・沼津市

パンツ一丁《いっちょう》 四歳の夏、パンツ一丁で玩具《おもちゃ》の電話機を分解している写真があります。両親は女の子なのだからという躾《しつけ》をしていたはずなのに、どうしてこんな写真を残したのか謎です。東・港区

パンティ 「パンティが見えそうな格好はやめなさい。もう少しそのスカート長くならんかね」。祖母の年齢に近い叔母によく言われました。「ズロース」も気になりましたが「パンティ」という言葉も響きがエロティックで気になりました。私としては「パンツ」と言ってほしかった。木村・名古屋市

半纏《はんてん》 冬の必需品です。綿入《わたい》りは当然でした。私の半纏には両側にポケットが付いていたのがうれしかった。福井・本荘市

半《はん》ドン 土曜日は学校も事業所も午前中だけでした。「今日は土曜で半ドンだから、お父さんが帰ってきたら行こう」と、よく親戚のうちに遊びに行きました。親戚が

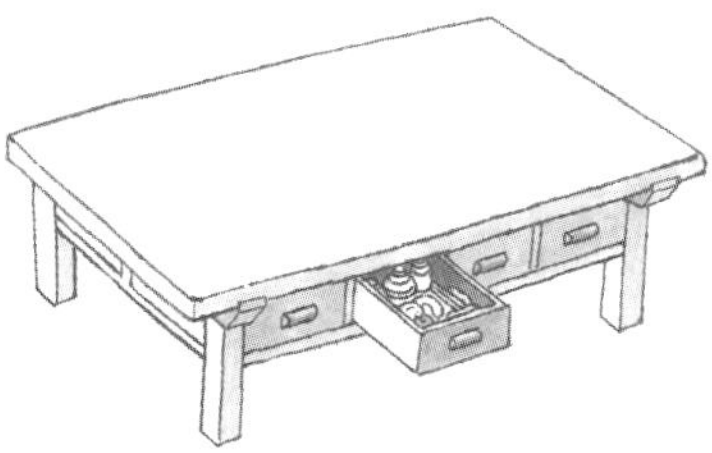
飯台

集まって、一緒にごはんをつくって食べ、坊主めくりや神経衰弱、しりとりや連想ゲームをして遊びました。大人達は経済談義や世情の話に夜遅くまで花を咲かせていました。木村・名古屋市

パンの耳 母が作ってくれたパンの耳のおやつが大好きでした。サンドイッチを作ったあとに、余ったパンの耳を油で揚げて味塩をかけたシンプルなお菓子です。お砂糖をかける人もいたようですが、子供の頃から辛党《からとう》だった私は、塩好みでした。杉山・小平市

バンビ 学校から帰ると、二つ下の弟がめそめそしています。母に聞くと、ディズニー映画の『バンビ』を観《み》に行ったら、バンビがかわいそうといってずっと泣いているとか。ふーん。吉田・横浜市

半分こ 妹と半分こする時には、いろんな手口《てぐち》でごまかしていました。二つのコップにジュースを注ぎ、少ない方を少し持ち上げ、ジュースのラインを合わせて「はい、おんなじ！」矢賀部・八女市

ひ

日当《ひあ》たり 朝鮮戦争の特需景気は社会全体に経済復興をもたらしたのでしょう。引揚者住宅に居た友達は郊外の新居に移っていき、古い住宅は建て替えられていきました。わが家は、南側の家が総二階に建て替えられて、それまで申し分のない日当たりを享受していたのが、日中薄暗い家になってしまいました。菊池・新宿区

日当《ひあ》たり良好《りょうこう》 団地は鉄筋コンクリート造で住み心地は建物の中央あたりの三階だったこともあり、快適でした。間取りも東西に長いので日当たり良好でした。戸川・船橋市

ピアノが届く 中古の足踏みオルガンを買ってもらいましたが、ピアノとちがい、強くたたいても音の強弱は関係なく、音を伸ばすペタルもありません。不足を感じ、週に一度、ヤマハの貸《かし》ピアノに通いました。数年後、ピアノが突然届きました。父が好きな煙草をやめてお金をためて買ってくれたのです。加部・田辺市

ピアノのお稽古《けいこ》 何か芸を身につけさせたいとの思いで母が買ってくれたピアノは高価で(父の年収ぐらい)、近所で持っている家はなく、母の自慢でした。この日から「毎日ピアノのお稽古三時間！」の日々が始まりました。学校の宿題はしなくても、ピアノのお稽古

は絶対。練習をサボって布団タタキでたたかれたことも。まだ四歳でしたし、好きで始めたわけではないので「なんで私だけ友達と遊べないの?」と悲しい気持ちで一杯になる時と、先生にほめられてうれしい時と心は揺れていました。岡部・浦和市

ピアノの発表会　最低限の家財道具しか持たない狭い官舎暮らしには不釣り合いなピアノがありました。田舎の祖母に仕送りをしている生活の中で両親ががんばって買ったもので、大切に四帖半の父の書斎に置かれていました。でも私はピアノはあまり好きではありませんでした。最初の発表会に音を一ヶ所まちがえて母にきびしく叱《しか》られたので、それからの発表会は緊張したからです。杉山・小平市

ひいき　当時はきょうだいの居る子が多く、同じ先生が姉と妹を担任することもよくありました。小学三年生の時、俳優の佐藤慶に似た先生が担任になると「先生がお姉ちゃんのいる子ばかりをひいきするので学校へ行きたくない」と登校拒否。先生の気をひきたかったのだと思います。先生が家に様子を見に来た時、きまりが悪くて隠れていました。小暮・船橋市

ビーズ刺繍《ししゅう》　幼稚園の頃、服は母が手作りしてくれました。子供服は何着も買えるほど安くはなかったからです。お出かけ用の紺色ワンピースには胸元に色とりどりのビーズで花模様の刺繍もあり、私のお気に入りでした。岩倉・沼津市

P《ピー》タイル　板張りの床をPタイル(プラスチック系のタイル)にリフォームしたあとも、そこに座布団を敷いて、座卓に座って食べていました。しつらえは洋風なのに、生活は和風…おかしな光景でした。矢賀部・八女市

ビー玉《だま》　[ガラス玉。「ビー」はビードロ(ガラスの古称)の略]

PTA《ピーティーエー》　家は小学校のすぐ近くでした。放課後、家に着くとなにや

ビー玉

ら賑《にぎ》やかなどんちゃん騒ぎの音がします。外はまだ明るいのにと思いながら玄関をあけると、教頭先生やＰＴＡのお母さんたちが酒宴の真っ最中でした。小暮・船橋市

ひいばあちゃん 「あんたはひぃばあちゃんにかわいがってもらったんだよ」。母にそう言われても、私にはボケて縁側《えんがわ》の陽《ひ》だまりに座っている曽祖母《そうそぼ》の姿しか記憶にありません。赤ん坊の私をおぶったまま迷子になり、疲れ果てて交番に保護された大事件もあったそうです。小さい頃、祖母が意地悪な言葉で曽祖母を邪慳《じゃけん》にするのを目撃して悲しくなりました。今思うと、元気な頃は〝きつい姑《しゅうとめ》〟だったらしい曽祖母を、祖母は黙々と一人で介護していたわけです。西岡・浦和市

ビーハイブの毛糸 編み機で母がセーターを編んでくれました。たまに母が「日本橋の越前屋で買ってきたビーハイブの毛糸で編んだのよ」と言う時は、言外に誇らしさが含まれているのを感じました。芳村・浦和市

ひぃふぅみぃ おはじきを数える時は、にぃしぃろのやのとぉ(二四六の八の十)とか、ちゅーちゅーたこかいな、ひぃふぅみぃよぅいつむぅなぁやのこのとぉ(一二三四五六七八九十)と数えました。越阪部・所沢市

火《ひ》熾《おこ》し 冬の朝はいつも火熾しの中で炭が真っ赤に熾《おこ》っているのをうれしく眺めていました。火熾しは底が網になった金属製の片手鍋《かたてなべ》で、炭団《たどん》や炭を入れてガスコンロにかけ、火を熾すのに使いました。使い終わったら、一回り大きくて底が木製の片手鍋のような専用のカバーにおさめ、土間《どま》やタイルの上に置いて冷《さ》まします。西岡・浦和市

火《ひ》掻《か》き棒《ぼう》 先端が鉤《かぎ》になっている鉄の棒です。かまどの薪《まき》の火を弱めたい時に、これで引っ掻きます。燃え盛る火を突き崩すのはちょっと爽快。越阪部・所沢市

日《ひ》掛《が》け ［無担保の互助会組織］ 商店街では毎月交代で掛け金を集めていました。絵馬《えま》のような板に会の名前がずらっと書かれていて、集金当番の店は各店から毎日千円ずつ集め、会計さんの店に届けるのです。集金は子供の仕事でした。各々の店に行って「ひがけです…」というと「どこの子?」と言われて小さい声で答えます。集計してもお金が合わない時は、

一店一店確認しながら二回も廻りました。福井・本荘市

引《ひ》き揚《あ》げ　終戦の翌年、私が五歳のときに家族八人で中国からＬＳＴ《エルエスティー》という上陸用舟艇で機雷《きらい》を避けながら四日かかって長崎県佐世保市に引き揚げてきました。渡会・目黒区

引《ひき》揚《あげ》者《しゃ》　満州から、父の妹の夫の姉が、頭を丸坊主にして男の服をきて家族と引き揚げてきた時は本当にびっくりして、初めは誰なのかわからなかったそうです。作業小屋風な建物に、布団を敷き詰めて寝ていた様子が、かすかに記憶に残っています。わが家がまだ木造の平屋で、祖父母と父母と子供三人という大所帯で生活していた狭い家に来たので、引き揚げてきた人も気苦労があったと思います。福井・本荘市

引《ひき》揚《あげ》者《しゃ》用住宅　近所には、戦火をまぬがれた家々や戦後に建てられた安普請《やすぶしん》の家が建ち並んでいました。戦時中の厩舎《きゅうしゃ》を改造した引揚者用の住宅もありました。同級生がそこに住んでいて、一度遊びにいきました。廊下をはさんで引揚家族の部屋が並んでいました。部屋はガランとして広く感じましたが、電球の明かりは暗く感じました。菊池・新宿区

引《ひき》揚《あげ》船《せん》　昭和二十四年、シベリアに抑留されていた父が引揚船に乗せられて着いたのは新潟県の舞鶴港《まいづるこう》でした。「二度と日本の土を踏めると思っていなかった」という父が二十八歳の時に降り立った舞鶴の地に、家族みんなで一度行こうと相談していましたが、行けずにいるうちに父は他界。後年、私は旅行で立ち寄った際に、舞鶴引揚記念館や舞鶴港を眺めて感慨にふけりました。矢賀部・八女市

ひきつけ　幼い頃、遊びに来た祖母が帰る時、「一人で泊《と》まるぅ！」と駄々《だだ》をこねて汽車に乗り祖母宅へ。初めてのお泊まりで頑張りすぎたのか、夜中にひきつけをおこし、祖母があわてて割箸《わりばし》を口にくわえさせ、お医者さんを呼んだそうです。加部・田辺市

引《ひ》き戸《ど》が二つ　母の実家には馬小屋がありました。馬をきれいに洗った後や野良仕事から帰るとお風呂場に直行し、身体をきれいにしてから部屋に入ります。入る前と入った後と別にするため、風呂にもトイレにも、引き戸が二ヶ所ありました。福井・本荘市

引《ひ》き家《や》 ある日学校から帰ると家が道路に対して斜めに動いていて、びっくりしました。区画整理に伴う引き家だったのです。百五十坪あった敷地が斜めに半分とられてしまい、店(呉服店《ごふくてん》)の部分はその時から道路に合わせて三角形になりました。 今井・横浜市

火《ひ》消《けし》壺《つぼ》 台所の土間《どま》に置いてある火消壺はツヤ消しの黒でした。地味ながら、撫《な》で肩《がた》で蓋《ふた》のつまみが扁平丸、かわいらしくて好きでした。寝る前に火鉢《ひばち》やこたつの燃えさしの炭が多すぎる時は、用心のため、この火消壺に入れました。消し炭はまた使います。 越阪部・所沢市

肥《ひ》後守《ごのかみ》 小学校に入って間もなく、父が肥後守を譲ってくれました。これからは毎日これで鉛筆を削りなさいと。古めかしいものだなと思いました。 東・港区

柄《ひ》杓《しゃく》 台所の水がめの柄杓は金色アルミ、井戸端《いどばた》には木の桶《おけ》みたいなもの、畑の肥料用は銀色の厚めのアルミで柄《え》が取れたもの、汲《く》み取《と》り便所用は厚手のアルミで長柄《ながえ》(肥柄杓《こえびしゃく》)。持ち手はみんな木の丸棒でした。神社の手水《ちょうず》には竹の柄杓がありました。 越阪部・所沢市

火《ひ》種《だね》 ごはんは釜《かま》で炊《た》いていたので、火種を風呂釜から運びました。火種は、翌朝、すぐに火を熾《おこ》せるように、灰を軽くかぶせておくといったテクニックも大切なことでした。 福井・本荘市

ひっぱたく タタタッと走ってきてパシッ。母にたたかれてから、はて、何かいけないことした？ お醤油《しょうゆ》をこぼしただけでパシッということもあるので食事時も緊張しました。「子供がたくさんいて、言い聞かせている暇はなかった」と母は言いますが嘘。後年、私が大学生の頃も飛んできました。長姉に「姉さんはたたかれなかったでしょ」と聞くと「毎日よ。ほんと素早かったよね」。 小暮・船橋市

人《ひと》さらい 桑《くわ》の木が大きくなると人が隠れるくらいになるので、「桑畑に入るな。人さらいがいるから」と言われました。 新見・前橋市

一《ひと》間《ま》洋《よう》館《かん》 ［日本家屋に一間だけ洋間がついている住宅］ 祖父母の家には玄関先に、当時ハイカラと言われた一間の洋間がありました。新宿の百人町に住んでいた祖父母家族が関東大震災のこわさを体験して越してきたのは、私の父が九歳の時でした。祖父が再婚して十畳間の座敷で身内だけの披露宴をし

た時、結婚行進曲を弾《ひ》いてくれたのは、この家の洋間に下宿していた音大の女子学生でした。天文台もあり、池もあって素敵な家でした。吉田・武蔵野市

人寄《ひとよ》せ　床《とこ》の間《ま》付きの十畳と八畳の続き部屋は、結婚式や初市《はついち》や人寄せなどの宴会が行われる華やかな場でした。廊下をはさんだ六畳二間《ふたま》は、大きなお鍋と七輪《しちりん》を運び入れて、お酒の燗番《かんばん》や仕出《しだ》し料理を整える場所に早変わり。白い割《かっ》烹着《ぽうぎ》姿の母がお手伝いの人たちに采配《さいはい》を振るい、小学生の姉と私もお手伝いです。広めの廊下で日舞《にちぶ》のお披露目《ひろめ》もして宴を盛り上げます。飲めや歌えやの大騒ぎで、今思うと近所迷惑なことでした。中林・前橋市

一人遊び　一人でいるほうが好きでした。茶畑にすわり込んで、枯れた切り落とし枝を爪楊枝《つまようじ》くらいの大きさにして地面に刺して、根方のくぼみに陣囲《じんがこ》いを作ります。それから中央に屋敷や小屋や井戸やらを配置して、延々と広大な領地を描きました。越阪部・所沢市

一人歩き　「はなわまで、こども一枚！」電車で数駅離れた祖母の家によく行きました。より遠い駅の眼医者さんは「よく来たね～」といつもチョコをくれました。四歳の子の一人歩きを誰も気にしない時代でした。小暮・船橋市

日向《ひなた》ぼっこ　南側の広縁《ひろえん》は、冬はガラス越しに入る日がポカポカと暖かいので、日向ぼっこをしながら隣の八畳間で内職をしている母と話をしたり、本を読んだりしました。羽沢・佐野市

日向水《ひなたみず》　夏には貯《た》め水《みず》を盥《たらい》や幾つかのバケツに入れて天日《てんぴ》（＝太陽）で温め、ぬるいときには足《た》し湯《ゆ》をして行水《ぎょうずい》をしました。新見・前橋市

雛箱《ひなばこ》　雛人形の入った大きな箱（雛箱）を出し、雛を飾りました。お内裏様《だいりさま》とお雛様《ひなさま》、三人官女を飾る社《やしろ》も組み立てるのですが、雛を飾ることより、社の組み立ての方

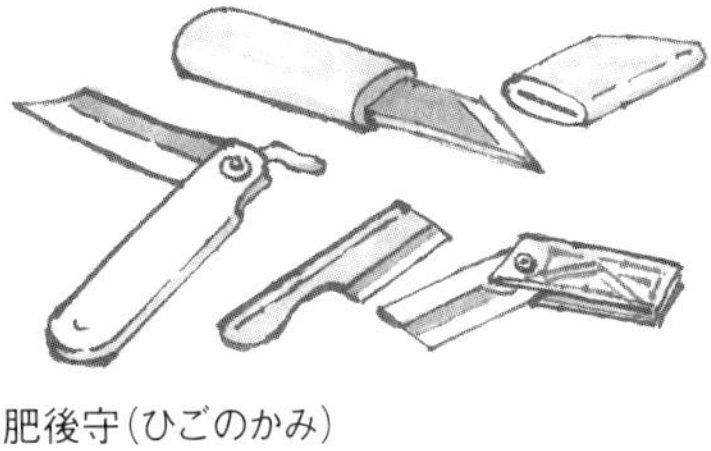

肥後守（ひごのかみ）

が楽しかった。　矢賀部・八女市

檜風呂《ひのきぶろ》　楕円形の檜風呂に井戸から水を汲《く》み上げ、薪《まき》で沸かします。煙突と風呂釜の掃除も、子供の仕事でした。私が中学生の頃から石炭で沸かすようになったのですが、「石炭だとお湯が肌にキツイ！」と父に不評でした。風呂桶は通路を兼ねた土間《どま》に設置されていたので、廊下から一度土間に降り、それから少し高めの洗い台に乗ることになります。廊下からじかに入れる暖かい浴室が欲しいと思ったものです。　浜田・神奈川県

火《ひ》**のし**　着物や洋服を縫った仕上げに使いました。炭を入れて、丸みのある底を撫でるようにそっと布に当てると、縫っている間にできたたるみや縫い目のしわが伸び、ピッとします。　越阪部・所沢市

ひので号　［修学旅行専用列車。昭和34年に第一号が出発］

火《ひ》**の見**《み》**櫓**《やぐら》　小学校のそばに、火の見櫓がありました。怪しい煙や火の手を見つけた時は、梯子《はしご》を昇って半鐘《はんしょう》を鳴らし、火事だぁと叫んで知らせます。ジャンジャンジャンと鳴る半鐘で消防団が駆けつけます。　越阪部・所沢市

火《ひ》**の用心**《ようじん》　年の暮れ、夕飯が済んだ頃、父は厚着をし、手袋に襟巻《えりまき》の防寒をして、近所の人と組んで、当番の火の用心回りに行きます。ひもでつなげた樫《かし》の拍子木《ひょうしぎ》を首から掛けて、カッチンカッチン、「火のよ～～じん、さっしゃりませ～」と言って町内を回りました。　越阪部・所沢市

火箸《ひばし》　炭をはさむ真鍮《しんちゅう》の火箸は、頭のところが輪でつながっています。つないでないと倒れたとき火《ひ》鉢《ばち》の灰に埋まってしまい、とりにくくなるからです。火箸をうっかり倒すと灰がバフッと舞い上がり、塵取《ちりと》りを取りに走ることになります。いろりには、落ち葉や粗《そ》朶《だ》をはさめるように長めの鉄の火箸が幾組か端に寄せてありました。　越阪部・所沢市

火の用心と日めくり

火鉢《ひばち》［灰を入れ、そこに熾《おこ》した炭を入れた暖房器具］　冬は分厚い布団のかかった掘りごたつの脇に、いつも火鉢がありました。冬の夜、みかんを火鉢の網にのせて、少し焦げるぐらいまで焼いて皮をむいて食べました。　芳村・浦和市

火《ひ》**鉢**《ばち》**の縁**《ふち》　うちには一抱《ひとかか》えくらいの青色無地のナマコ火鉢と、黄土色で絵がくぼんでいる火鉢がありました。火鉢の縁は子供がお尻を乗せるのにちょうどよい高さで、ときどきちょっと腰かけて温《ぬく》もりました。　越阪部・所沢市

ヒバリの巣　麦刈りの季節、ちょうどヒバリが巣をかけるので、雛《ひな》が巣立つまで巣の周りは刈り残しておきました。株の根元に十㎝くらいの巣があって、ウズラの半分ほどの大きさの卵が五個くらい、少し青みがかったのもありました。卵は欲しいけれど私は我慢。男の子たちはよくとっていくので、腹が立ちました。　越阪部・所沢市

火《ひ》**吹竹**《ふきだけ》　竹竿《たけざお》の節《ふし》を二つ残して削り、節に穴をあけます。吹き口に近い方には大きな穴、遠い方には小さな穴。吹いた空気が狭い穴を通ることで強い風になって火種《ひだね》に当たり、吹く力の弱い子供でも火を熾《おこ》せます。昔はどこの家にもあり、炭を熾す時や、かまどで火を焚《た》く時に活躍しました。便利なものでした。　矢賀部・八女市

ビフテキ　デパートの食堂で、妹は覚えたてのビフテキを注文しました。ビフテキとはビーフステーキのことだよと得意げに説明する私。妹はそんなこと気にしないと肉をほおばっていました。　矢賀部・八女市

ひまわり　小学校で流行《はや》った遊びです。敵味方にわかれ、外側(ひまわりの花弁)が攻めるチームで一人が十周回れば勝ち。内側チームは必死で腕を引っぱったり押したり。休み時間では足りず、朝早く登校して始業前に遊びました。足が速い私は敵にいつも目をつけ

火鉢

られ引っ張られます。ジャンパーの袖がもぎ取られ、ひだスカートはほつれ、女の子とは思えない格好で家に帰りました。母は呆《あき》れていましたが、叱《しか》りませんでした。加部・田辺市

秘密基地　山間の田圃《たんぼ》へ行く道や雑木林は格好の遊び場でした。雑木林の奥に行くと、なぜか少し広いスペースが現れ、そこは、ふかふかの落ち葉。木の実や枝を拾い集めれば、遊具や玩具などなくても、すてきな遊び場となりました。藤蔓《ふじづる》のブランコは丈夫で大人が乗ってもへっちゃら。ブランコの他にも、ターザンごっこもしていました。風祭・高萩市

秘密の階段　母の実家は何代にもわたって住み継いでいる民家でした。隠れんぼをしていて押入れをあけたら、何年も使われていない埃《ほこり》だらけの裏階段を発見！　座敷の近くに内便所《うちべんじょ》を増築した時に、あら大変、階段を降りる時、仏壇を踏んでしまうわ、ご先祖様の頭の上を踏むなんてもってのほか、というわけで使用禁止にしたようです。鈴木・松阪市

日《ひ》めくり　朝、茶の間の日めくりカレンダーを父が一枚破ると、新しい一日の始まりです。父母は日めくりの記述を目安に暮らしていました。大安《たいあん》とあれば、旅行に行ったりお祝いの届け物をしたり、友引《ともびき》には「友をひくから結婚式は良いが病気見舞は行けない」とか、「今日は仏滅だからやめておこう」とか話していました。私は日めくりの片隅に書いてある教訓めいた言葉が好きでした。読むと元気が出ました。新見・前橋市

緋《ひ》毛氈《もうせん》　お雛様《ひなさま》を飾る段には、赤い布を敷きます。本当は厚手の毛織物なのでしょうが、うちのは木綿の布でした。それでも華やかで、温かな感じがします。赤い色は子供を守ってくれるそうです。越阪部・所沢市

百円札《ひゃくえんさつ》　赤茶色の百円札はポケットに入れても音がしないので、お使いの時に親に持たされました。帰りはおつりでジャラジャラするのですが。百円札一枚でいろんなものが買えました。西岡・浦和市

百人一首《ひゃくにんいっしゅ》　意味もわからないまま百人一首の札を取っていました。さらっと読むので気にもとめませんでしたが、「ハゲになれとは祈《いの》らぬものを」「まだ文《ふみ》も見ずかかあのきんたれ」「さしもさしたり

銀のかんざし」。まさに替え歌でした。　新見・前橋市

百葉箱《ひゃくようばこ》　二重の鎧戸《よろいど》で囲われた気象観測用の白い小屋型の木箱です。百葉箱係になって、毎日、気温や湿度や雨量を測りました。雨が降って一杯たまっていると、なぜかうれしかった。　矢賀部・八女市

冷《ひ》やごはん　「冷やごはんならあるけど食べる?」。電子レンジが来る前は、温めるのは蒸《む》し器《き》だったので一手間《ひとてま》かかります。時間がない時は冷やごはんをかき込んで出かけました。お湯をかけて一度湯を捨て、もう一度熱い湯をかけてお茶漬けにしました。　西岡・浦和市

百貨店《ひゃっかてん》　百貨店(デパート)に行くのがイベントの一つでした。日本橋の三越は正面玄関のライオン像もなくてはならないものですが、中央ホールに立つと、五階まで吹き抜けのガラス天井から光がホールに広がり、そこにいるだけで豊かな気持ちになれました。　菊池・新宿区

ヒューズがとぶ「ブレーカーが落ちる」　分電盤《ぶんでんばん》は白い陶器でできた遮断機《しゃだんき》で、蓋《ふた》をあけると、中にヒューズが二ヶ所ついていました。ヒューズは両側がレンチのような形で、端子《たんし》にネジではさんで留めてあります。電気を使いすぎてヒューズが切れると、交換しました。　越阪部・所沢市

病院の匂《にお》い　病室の入り口には、いつも白い琺瑯《ほうろう》の洗面器が置かれ、消毒液の石炭酸《せきたんさん》が入っていました。手の消毒用です。その匂いが〝病院の匂い〟でした。　新見・前橋市

表札《ひょうさつ》　玄関の引《ひ》き違《ちが》い戸《ど》の上に表札が掲げられていて、家族全員の名前が書かれていました。家族は増えたり減ったりするのに、どのようなタイミングで表札を掛け替えたのでしょう。　風祭・高萩市

拍子木《ひょうしぎ》の音　風呂は薪《まき》で沸かしていました。薪によっては火《ひ》の粉《こ》が出るので、風の強い冬の夜は、用心が必要です。火の用心の拍子木の音を聞きながら、早目に寝たのを思い出します。　小渡・静岡市

標準語《ひょうじゅんご》　住民の流入がほとんどない呉市の端の小さな村に東京から転入した私は、家では標準語、学校では方言の生活でした。テレビドラマなどない時代ですから、田舎では標準語が今のように認知されていません。方言でしゃべっても「気取っている」と言われました。特に、夏休みに母の東京の実家に一か月近く滞在してから戻っ

た時が大変でした。檜垣・呉市

ひょうそ　真夜中、韋駄天《いだてん》のように走る父の背中で泣きわめいていました。お医者さんは私の中指にちょんちょんと注射器を刺し、ピンセットでべりっと爪《つめ》をはがしました。バイキンが原因ということで、泥んこ遊びは禁止に。ナンテンの実の下で一日中無心に遊んだ私の至福の時間は永遠になくなってしまったのです。小暮・船橋市

ひょうたん池《いけ》　家の庭には祖父が作った瓢箪《ひょうたん》型の池がありました。池の橋にすわり、夏場は蚊に刺されながらも、足を池につけて涼みました。池は金魚や鯉《こい》を飼う以外の使い方もしていました。農具を洗ったり、椎茸《しいたけ》の原木《げんぼく》を水につけたり、捕《つか》まえた鮎《あゆ》やドジョウをしばらく生かしておく生簀《いけす》にしたり、自転車のタイヤを沈めてパンク箇所を見つけたりと。風祭・高萩市

ヒヨコ　狭い囲いに入れられたニワトリの雛《ひな》は、餌《えさ》をやると重なり合って競争で食べます。水入れはキノコ型で、気圧で水位が保たれる方式です。冬は囲いに毛布を掛けて百ワットの電球で暖房してやります。小さくふわふわの黄色いヒヨコはかわいくて、内緒で掌《て》に乗せました。越阪部・所沢市

ぴょんぴょんカエル　ポンプを押して空気を送ると、緑色のゴムのカエルがピョンピョン動きます。管《くだ》が抜けてこわれやすい玩具でした。西岡・浦和市

ヒル　用水路の柳のような枝葉がある所で友達とザリガニ捕《と》りをしました。流れに浸《つ》かっている足に違和感があり、見ると、ヒル（蛭）が葉っぱのように足に付いています。血を吸われた所に赤い小さな痕《あと》が残りました。上野・川崎市

昼寝の時間　小学校では、夏の暑い日は、昼食後、敷き布団にバスタオルを掛けて、体育館で昼寝をしました。始めの一、二分は眠気を誘う曲が流れ、目を覚ます時間には元気が出る音楽が流れます。

ぴょんぴょんカエル

後年、眠気を誘う曲の名が「マドンナの宝石」と分かり、懐かしく感じました。柳川・長野県

昼のサイレン 十二時になるとボオ～と低いうなり音が鳴ります。「お昼のポー」と呼んでいた、お昼ごはんの合図です。腹の虫も鳴きだします。みんな急いで家に帰りました。越阪部・所沢市

広縁《ひろえん》 南側の広縁は板張りの部屋くらいの大きさでした。冬は日向《ひなた》ぼっこ。夏はスイカを食べたりヨシズをかけて日陰を作り、広縁の冷たい板《いた》の間《ま》で昼寝をしました。秋にはお月見。小学校に入ると机が置かれ、私専用の勉強コーナーに。弟が小学校に入ると、やはり机が置かれました。羽沢・佐野市

ビロード 幼稚園のクリスマス会や誕生日会等、ハレの日の外出着は、臙脂《えんじ》色のビロードのワンピースでした。深みのある色と光沢の質感がうれしく、祖母はよく「馬《ま》子《ご》にも衣装だね」と言って、レースで編んだ襟を、叔母は共布で作ったバラの飾りを付けてくれました。小渡・静岡市

ピロピロ笛《ぶえ》 縁日《えんにち》でしか売っていない玩具を買ってもらうのは楽しみでした。ピロピロ笛は思い切り息を吹くと、金色の縞模様の筒状の紙がぴゅっと伸びて、ピーと音がする玩具です。西岡・浦和市

瓶《びん》入《い》りジュース 米屋《こめや》さんが届けてくれたプラッシー、酒屋さんで売っていたバヤリースやサイダーなどは高級品でした。母にくっついてお客に行った先で出されると、すごくうれしかったものです。高級なものは取っておいてお客さんに出すものでした。西岡・浦和市

びんた 姉が近くの寺の池に落ち、近所の子供が知らせてくれて助かった時、父は姉をひっぱたいたそうです。近所の皆に迷惑をかけたことが許せなかったのだと思います。福井・本荘市

ふ

風船《ふうせん》ガム まん丸のオレンジ色のガムが紙の箱に入

ピロピロ笛

っていました。みかんの味がしなくなったら、ふくらませる番です。誰よりも大きな風船にしようと皆必死。ふくらまし過ぎてパンとつぶれると鼻から口までひっついてはがすのが大変でした。西岡・浦和市

風船《ふうせん》ガム　小学校に上がる前、私が一人で買い物に行けたお店では、着色料等の少ないお菓子を勧めてくれたそうです。顔見知りの幼い子に、添加物入りのものを買わせないというおばさんの心遣いはありがたいのですが、そのためにオレンジ色の風船ガムは買えず、憧れでした。病院で注射をがまんした時だけ、ごほうびに母に買ってもらえる特別なもので、大切に食べました。岩倉・沼津市

夫婦《ふうふ》げんか　夫婦げんかが絶えない家でした。けんかを止めようとして泣きながら二人の間に入ったり、酒を飲んでころんで血だらけで帰宅した父を介抱したり、こんな家はいやだ、早く出たいと思っていましたが、両親はありのままを見せて生きる力をつけてくれました。母はいつも「女でも何か技術を身につけ、一人でもやっていけるようになりなさい」と言っていました。新見・前橋市

風鈴《ふうりん》　祖母は窓辺に椅子を置き、竹の柄《え》の団扇《うちわ》を片手に、簾《すだれ》の外にガラスや南部鉄の風鈴を吊《つ》るして涼しげな音を楽しんでいました。その音は近所からも聞こえ、夏らしい風情でした。郊外に小さな戸建てを新築した時、祖母から贈られた南部鉄の風鈴を出窓に吊るすと、近所から子供が受験だからやめてと言われ、田舎とは違うことを痛感しました。小渡・静岡市

プール開放日《かいほうび》　かんかん照りの夏休み、学校のプール開放日は友達に会いたくて行きました。いつもの正門ではなく、校庭側の通用門から入り、炎天下、砂ぼこりの校庭を汗だくで横切って。市営プールもスポーツクラブもない時代でした。西岡・浦和市

吹上げパイプ

フェルトマスコット　小学校高学年の頃、ある人形作家の作品が流行《はや》り、その作家の本を買ってきていくつも作りました。手芸屋さんで色とりどりのフェルトから必要な色を選んで買うのも、楽しみでした。一番のお気に入りは、赤い着物を着て綿飴《わたあめ》を持っている、おかっぱの女の子でした。岩倉・沼津市

フォークソング　若くして死去した兄は、フォークソンググループを結成し、海岸やみかんの倉庫を改造したコンサート会場で歌っていました。説田・今治市

ふかふか布団　叔母の縁談が決まると、呉服屋《ごふくや》さんがたくさんの反《たん》物《もの》を持って来て、座敷にあれこれ広げて華やかでした。花嫁道具が座敷に並べられ、雲のようにふかふかの布団はまぶしいようでした。日頃のせんべい布団とあまりに違うので、その上で飛び跳ねてみたくてたまりませんでした。越阪部・所沢市

吹上《ふきあ》げパイプ　吹くと玉が浮き上がる玩具。同じく先端を裂いた藁《わら》(空洞)を吹いて、ナンテンの実を浮かして遊びました。矢賀部・八女市

拭《ふ》き掃除《そうじ》　几帳面な父の音頭で、日曜の午前中は家族そろって拭き掃除です。二階の和室四室の畳二十六枚分と廊下、広縁《ひろえん》に雑巾をかけます。窓があけっぱなしのせいか畳は土埃《つちぼこり》だらけ。堅くしぼった雑巾を父に教わった通り、畳の目に沿わせてゴシゴシこすり、真っ黒になった雑巾をポンポン投げ落とすと、階下で待つ母がすすいでポンポン投げ返してきます。長さが四間《よんけん》ある廊下では競走です。父や兄とヨーイドン！陸上部の兄がいつも一番でした。加部・田辺市

布巾《ふきん》　台布巾《だいぶきん》や皿布巾《さらぶきん》は、さらし木綿の手拭《てぬぐい》を縫ったものでした。台布巾(台拭《だいふ》き)は洗ってもすぐ茶色くなり、台所の雰囲気をますますわびしくさせました。ハンカチより少し大きめのカラフルなハンドタオルが出回るようになったある

拭き掃除

日、友人の家でインクブルーのハンドタオルが台拭きとして使われているのを見て、すてきだなと思いました。　西岡・浦和市

フクちゃん［毎日新聞連載の横山隆一の四コマ漫画］　大学帽子をかぶり、かわいいエプロンをつけたフクちゃんは、私と年齢も近いし脛《すね》出《だ》しの下駄《げた》ばき姿も私と同じ。あたり構わず大泣きする姿に共感しながら、どう泣きやむのか気になりました。　越阪部・所沢市

福笑《ふくわら》い　新聞紙大の紙に書かれたおかめさんの面に、手拭《てぬぐい》で目隠しした子供が、眉、目、口、鼻を置いていく遊びです。置き場所によって変わる表情が面白くて、お正月にはこれだけでも長時間笑いころげました。　林屋・世田谷区

不幸《ふこう》の手紙　少女雑誌『りぼん』の懸賞に当たると住所と名前が掲載されます。それを見て全国から手紙が届きました。中には「不幸の手紙」もあり、「同じ内容の文を○日以内に十人に出さなければあなたは不幸になる」と書いてあります。小学校高学年だった私はその気になって友達十人を選びましたが、父に「出さなくても不幸になんかならない」と説得されて、出すのをやめました。　加部・田辺市

襖《ふすま》　叔父は抜群に絵が上手《うま》く、自分の部屋の襖《ふすま》に大きな躍動感ある馬の絵を描いていました。たまにしか入らないその部屋を見せてもらうと、馬が今にも襖から抜け出してきそうで、ドキドキしました。　風祭・高萩市

豚小屋《ぶたごや》　うちの隣に豚小屋があり、風呂場の窓をあけると臭《くさ》かったのですが、近所のおじさんは「豚はきれい好きなんだ」とよく言っていました。　福井・本荘市

二股《ふたまた》ソケット　生家は大正時代の建物で、各部屋の中央に一つだけ照明器具があり、そこに二股三股ソケットを付けて、一つをコンセントとして使っていました。アイロンを使うと照明が揺れて、光がゆらゆらするので、影絵《かげえ》遊びに動きが出ます。　越阪部・所沢市

豚《ぶた》を飼《か》う　豚は育つと肉屋さんが引き取りに来ました。肉は売って内臓だけもらいました。やわらかいモツ煮込みは美味しくて、たくさん食べました。　越阪部・所沢市

普段着《ふだんぎ》　どこまで普段着でよいのか、ＴＰＯ《ティーピーオー》に母はこだわっていました。エプロンを掛けているのが許されるのは家の中と庭まで

で、通りへ出る時は必ずはずす。近所の商店街に自転車で買い物に行く時は普段着、電車に乗ってデパートへ行く時はよそゆきの服か着物と。吉田・横浜市

ぶっかき氷《ごおり》 妹と弟は高熱を出すと、よくひきつけを起こしました。うちは貧乏で食べるためとか保存のための氷は買いませんでしたが、この時ばかりは母は氷を買ってきて千枚通し《せんまいどお》でガシガシたたいてぶっかき氷をつくり、赤茶色のゴム製の氷枕《こおりまくら》の中に入れ、水が漏れないように空気抜きをして口金を留め、タオルで巻いて子供の頭の下にあてがい、熱が下がるのを待ちました。新見・前橋市

文机《ふづくえ》 小学生の頃は、玄関上がりの三畳間に私の文机が置かれ、兄の机は廊下の突き当たり、妹はミシンが机代わりでした。机は単なる物置にすぎず、四畳半の掘りごたつか、好きなところに寝ころがって宿題を済ますと、ほとんど外で遊んでいました。越阪部・所沢市

仏壇《ぶつだん》 木の箱に白い紙を貼って、それを長いこと仏壇代わりにしていました。家を新築するとき、大工《だいく》さんに仏壇も作ってもらいました。新見・前橋市

仏壇《ぶつだん》にあげておく 大事な物は何でも仏壇にあげておきました。通信簿、お財布、印鑑、通帳、手紙。通信簿は、こそっと置いておくだけにしたかったのですが、ご先祖様のおじいちゃんに見せるには、先に両親に見せないと後で叱《しか》られます。岡村・柏市

仏壇《ぶつだん》に供《そな》える イチゴやスイカ、桃やブドウなど、季節の初物《はつもの》を食べる時は、「まずお供えしてから」と仏壇に持って行きました。親戚の家では神棚の下にお供えしていました。その習慣が染《し》みついていて、今でもわが家は神棚の下にお供えしています。木村・名古屋市

筆箱《ふでばこ》の中身 ［鉛筆削り、鉛筆、赤鉛筆、消しゴム、匂い付き消しゴム、物差し、鉛筆が差し込めるコ

二股ソケット

ンパス、直線定規、三角定規、分度器。折り畳みナイフ」

太《ふと》うどん　小学校の給食で、ソフト麺《めん》が手違いで調達できず、代わりにスーパーで売っているのと同じ太うどんが袋のまま出たときは衝撃でした。岩倉・沼津市

布《ふ》団《とん》で遊ぶ　夏の夜は、蚊帳《かや》をくぐって入り、並べて敷かれた布団の上にころがって遊ぶのが楽しみでした。朝、たたんで奥に積み上げられた布団の山に、跳び箱のようにとび乗っては崩し、よく叱《しか》られました。福井・本荘市

布《ふ》団《とん》の打ち直し　せんべい布団の綿《わた》の打ち直しを布団屋さんに頼むと、ふっくらして戻ってきます。八畳間を閉め切って布団皮《ふとんがわ》を裏返しに置き、綿を順番に重ね、包むように乗せていきます。新しい綿も足《た》します。打ち直し綿は生成《きな》り色で、足《た》し綿《わた》は真っ白です。布団皮を糸綴《いとと》じする頃には、部屋じゅう綿だらけ。顔も服も綿だらけの母と顔を見合わせて笑ってしまいます。舞い上がらないよう、そおっと手で掃き集めるまで、部屋はあけられません。越阪部・所沢市

布《ふ》団屋《とんや》さん　親戚の叔父夫婦は布団屋を営んでいました。各家庭から持ち込まれた古い布団の皮をはいで、綿《わた》を打ち直して新しい布団に仕上げます。綿をバラバラにほぐして機械に入れ、粉になった綿やカビ、ダニをふるい落とし、均質の厚さに整えて熱風で殺菌処理します。仕事場は綿だらけ、叔父さんの眉毛《まゆげ》の上にも綿が。私が結婚する時は良い綿で布団を作ってくれましたが、その時「良い布団は、打ち直しに出す時に綿を少し抜かれて別の綿を入れられることがあるから注意しろ」と言っていました。新見・前橋市

布《ふ》団《とん》をかぶる　木造の家は建て付けも悪く、外と室内の差があまりありません。冬はこたつからなかなか出られず、急いでお風呂に入ります。布団に入っても頭が寒いので布団をかぶって寝ていました。大人になってもその癖が取れなくて笑われました。田中・西宮市

ふなやき　現在のクレープ。年老いた父に何が食べたいと聞くと「ふなやき」。小麦粉を水で溶いたものを薄く円形に伸ばして焼き、蜂蜜《はちみつ》(黒糖)をつけて食べるのです。何もない時代のおやつだったのでしょう。矢賀部・八女市

船に住む　私の住んでいた島には

漁師はいませんでしたが、他の島には船に住む家族がいました。親が漁師をしていて、朝、漁に出ている間に子供は学校に行き、夕方になると漁の船が帰ってきて合流するのです。 説田・今治市

布海苔《ふのり》 ［障子張りに使った糊《のり》］

吹雪《ふぶき》の夜 夏の間は板《いた》の間《ま》の床に、冬は畳を敷きこみましたが、私の部屋は雨戸《あまど》がないので朝には枕元に粉雪が入ってくる恐れがあり、頭には帽子、襟元にはマフラーという日もありました。 福井・本荘市

父母の秘密 父は骨董《こっとう》集めが趣味でした。手に入れたものを私に見せて、「お母さんには内緒！」。母は呉服屋《ごふくや》さんが来るたびに反物《たんもの》をこっそり買って、「お父さんには内緒！」。お互いわかっていたのかも。 矢賀部・八女市

ブラジャー なかなか胸がふくらんできませんでした。同級生が身体検査や体育の着替えの時にブラジャーをしているのを見て、とても羨ましく思っていました。中学生になって初めて買ってもらったブラジャーは、前で留めるタイプでした。 東・港区

プラスチック プラスチックはセルロイドより偉《えら》い！と思わせる出来事は、プラモデルが出現したことでした。東京の下町には「レジン屋さん」と呼ばれるプラスチック工場（住宅兼工場）がたくさんあり、手拭《てぬぐい》鉢巻きのお兄さんがいろいろな形をカチャカチャンと作っていました。その頃のプラスチックは成形の精度が低かったのか、はみ出た縁《ふち》を姉さんかぶりのお母さんが鯛焼《たいや》きの縁を切る時のように削っていました。 菊池・新宿区

フラフープ㊔ 家族や社員も交えて通《とお》り土間《どま》で回せる回数を競いました。上手になるにつれて、腰から下に移動させながら回すのですが、膝《ひざ》のあたりで回すのは難しく、大人たちのフラフープが失速して落ちていくのをゲラゲラ笑って見ていました。陸上部の兄が一番上

フラフープ

手でした。 加部・田辺市

プラモデル 中学生の兄がよく、プラモデルを作っていました。飛行機、戦車、戦艦等。深緑色や銀色の細かいパーツがたくさんあって、さわらせてもらえません。セメダインが乾くまで押さえているとか、説明書の形と見比べるのが私の役でした。 越阪部・所沢市

ブランコ お転婆《てんば》の私は、ブランコに揺られているだけでは物足りず、立ち漕《こ》ぎをして最大の高さになった時に手を放してブランコから飛び降りていました。一度失敗して指にケガ…親にも言えずじまいでした。 矢賀部・八女市

フランネル 冬になると衣替《ころもが》えです。祖母の真白い足袋《たび》は裏側がフランネル(ネル)の足袋になり、暖かそう。腰巻もネルが内側についているものに替わり、肌襦袢《はだじゅばん》も同じように肌に触れる部分はネルになっていきます。私たちのパジャマも内側がネルになっていて柔らかく、布団の中の湯たんぽに載せてあると、温かい空気をいっぱい含んで最高に快適でした。 小渡・静岡市

プリーツスカート パーマネント加工のプリーツスカートを小学校へ着ていくと、なにやら男の子が集まって、こちらを見てくすくす笑っています。問い詰めると、椅子にかけるときプリーツが固いので不自然に折れ曲がるのだとわかりました。 芳村・浦和市

ブリキの玩具《おもちゃ》 オートバイにまたがったおじさんの背中に、蝶の羽のようにぜんまいのネジがついていました。ジーコジーコ回してそっと畳に置くと、カタカタと走りだします。畳の縁《ふち》で時々ひっくり返って。ブリキに原色の赤や青で彩色された独特の色合いや、おじさんのすました顔、これが一番のお気に入りでした。 小暮・船橋市

ブリキ屋さん ブリキ屋さんと呼んでいたのは、板金屋《ばんきんや》根屋《ねや》さんのようでした。大きな金切《かなき》り鋏《ばさみ》などの道具が並んでいました。 越阪部・所沢市

古漬《ふるづけ》 古くなった糠漬《ぬかづけ》は薄く切って水抜きして固くしぼり、すった根生姜《ねしょうが》をまぶします。古くなった白菜漬や沢庵《たくあん》漬も薄く切って水抜きしたものに唐辛子などを入れて油で炒《い》ります。現場の休憩時のお茶請けにこのような漬物が出ると、職人さん達は大喜びでした。 新見・前橋市

ブルマー プリーツのひだで、下

にゴムが入っていて、素材は伸びのない布でした。バレー部の練習は戸外でしたから、母は洗濯が大変だったと思います。ナイロンやジャージーになった頃には、ブルマーはひだがなくなり、バレー部の練習も体育館に。家には洗濯機も入ったので、母の負担は軽くなったと思います。小渡・静岡市

フレアスカート　フレアスカートを初めて着た時は、大人っぽくなった気がしました。特に全円のバイアス使いは、ぐるっと回った時フワッとスカートが舞い上がり、華やかな感じです。布はたくさん要《い》るし裾《すそ》をまつるのも大変と、叔母は嘆いていました。小渡・静岡市

プレハブ校舎　小学生の頃、急に生徒数が増え、一クラス五十人を超しても教室が足りなくなり、校庭にプレハブ校舎ができました。二部《にぶ》授業になるかもしれないとの噂《うわさ》でしたが、それは無く卒業しました。越阪部・所沢市

フレンチトースト　学校の帰りに寄り道するのが好きでした。転校してきた警察署の公子さんの家では、おやつが楽しみでした。初めてフレンチトーストを食べました。薪《まき》ストーブの上のフライパンから、いい香りが漂ってきて、まるで別世界でした。福井・本荘市

浮浪児《ふろうじ》　「よう、婆《ばあ》さん」。継《つ》ぎだらけの着物で籠《かご》を背負った男の子にポンと背をたたかれて、振り返った祖母は「おや、あんたか。久しぶりだね。元気だったかい?」。幼稚園児の私は、びっくりして離れて立ちました。浮浪児と祖母が仲好しだなんて通りがかりの人に知られたくない! そんな孫を祖母は面白がっていたのでしょうか。二人は私を無視してひとしきり世間話を続けました。小暮・船橋市

風呂敷《ふろしき》マント　「月光仮面《げっこうかめん》」の歌は、学校でも家でもお風呂でも、よく歌いました。友達の弟は、風呂敷を首に巻き、口も頭も風呂敷

風呂敷マント

でおおって歌いながら家中走り回ったり飛び降りたり。風呂敷はどこの家にもあったので、子供たちは月光仮面にも少年ジェットにも変幻自在でした。加部・田辺市

風呂焚き《ふろた》 家の風呂は五右衛門《ごえもん》でした。浴槽に水を八分目くらい張り、火をつけます。店で不要になった木箱やダンボールなどの廃材を、バールでたたいたり釘を抜いたりしながら火にくべます。風呂が沸いたあとも、熾火《おきび》が必ず少し残るようにしておきます。お湯が少なくなると、追加の薪をくべるからです。福井・本荘市

ブロック塀《べい》 社宅の塀は、見通しの悪いブロック塀で、道路に飛び出した近所の子が、車にぶつかりかけました。ペンキ作業が得意な近所のおじさんが、ブロック塀に「子どもとびだし注意」ときれいな文字で書いてくれて、私たちも車に注意するようになりました。岩倉・沼津市

風呂の焚き口《た》《ぐち》 家で唯一ひとりになれる場所が、風呂の焚き口でした。半帖《はんじょう》のスペースは漫画を見ながら物思うにはちょうど良かったようです。マッチ売りの少女のように、火を灯《とも》しながら夢を見ていたのです。矢賀部・八女市

風呂場 夏は風呂場の窓をあけ放ち、飛んでくる蚊を追いやりながら、冬は雪景色を眺めながら風呂に入りました。一日で一番くつろげ、一番のんびりと一人になれる空間でした。福井・本荘市

風呂場の増築 社宅には風呂場はなく、その頃は銭湯《せんとう》に行くのが普通でしたが、田舎育ちの母は、見知らぬ人同士が一緒に入る銭湯は不衛生だと言うので、風呂場が増築されました。菊池・新宿区

プロポーズ 祖母の家には通り土《どおりど》間《ま》があり、裏通りから表通りまで通り抜けられます。近所の男の子が入ってきて私を見るなり「俺はこん人と結婚する!」突然言われて困惑しました。イエスともノー

プロレスごっこ

とも聞かないままその男の子は通り過ぎて行きました。矢賀部・八女市

ブロマイド　子供の頃、ブロマイドが流行《はや》りました。後年、ある施《せ》主《しゅ》さんをたずねた時のことです。六十代の一人暮らしの女性の部屋には「加藤剛《かとうごう》ちゃん」の若い頃から今にいたるまでの写真が壁中に貼ってありました。私もファンですが、こんな熱心なファンもいるのかと驚くと同時に、嫉妬も覚えました。帰りに壁のブロマイドの中から加藤剛ちゃんの若い頃の写真を選んでカメラに収めました。新見・前橋市

プロレス中継　日頃は無口の父も、プロレス中継となると、まるで自分が試合をしているかのようにのめり込んで身ぶり手ぶり。テレビを観《み》ているより、そんな父を見て、みんなで面白がっていました。矢賀部・八女市

文化鍋《ぶんかなべ》［文化釜《ぶんかがま》とも］　四歳の時、青山の官舎に引っ越してガス台になったので、文化鍋でごはんを炊《た》くようになりました。台所から文化鍋の蓋《ふた》が蒸気で持ち上がるバタバタという音が聞こえると、もうじきごはんだなぁと思ったものです。ごはんの香りも漂ってきます。肉厚のアルミ製鋳物《いもの》で、縁《ふち》に返しがあり、噴いても汁が下に落ちてガスが消えたりする心配がありません。噴きこぼれた汁は、返しのところで薄い透明のパリパリの皮になってきれいでした。東・港区

文金高島田《ぶんきんたかしまだ》［婚礼の髪型］　叔父の結婚式の時、お嫁さんが文金高島田で背が高くなりすぎたので、叔父の座っている椅子に幾重にも折り重ねた座布団をのせて、記念写真を撮ったそうです。中林・前橋市

文庫蔵《ぶんこぐら》　わが家の間口《まぐち》三間《さんげん》奥行《おくゆ》き二間《にけん》の二階建てレンガ造りの文庫蔵は、空襲にも関東大震災にも奇跡的に生き延びた建物です。戦後の一時期は祖母たちが住み、建て替えの時は仮住まいとしても役立ちました。また、店(呉服店《ごふくてん》)の在

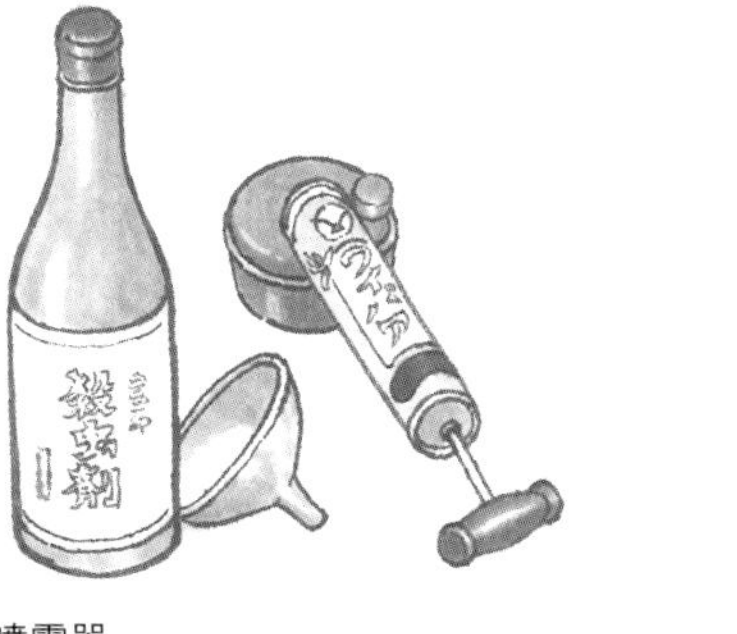

噴霧器

庫品置き場であり、食料品等の貯蔵庫であり、小さい時は叱《しか》られて閉じ込められた恐怖の場であり、私が年頃になった時は隠れ場にもなりました。夏の昼寝にも最適でした。明《あ》かり取《と》りの窓辺でよく本を読みました。今井・横浜市

文通《ぶんつう》 漫画本の文通欄に投稿しては、日本各地の人と文通を楽しんでいました。今も何人かの人とつながっています。矢賀部・八女市

分銅《ふんどう》 乾物屋《かんぶつや》では瓶《かめ》に山盛りの塩を貝殻ですくい、秤《はかり》で目方《めかた》を測っていました。目方で値段が決まります。秤の両サイドに小皿があり、片側の皿に塩を、反対側の皿に分銅《ふんどう》を載せて、水平になるまで、大小の分銅をいろいろ組み合わせます。その様子を見ているのは楽しいものでした。福井・本荘市

ふんどし 大正生まれの祖父は、ふんどしをはいていました。お風呂に入った時に自分で手洗いをして、風呂場に干していました。晩年まで、ふんどしをはき続けていました。風祭・高萩市

文房具 父の死後、母は店に雑貨や化粧品、学用品も置き、近くの中学校の注文に応じていました。新しい文房具が入荷すると私は早速、使ってみました。色鉛筆の増えた色数の金色とか銀色をそーっと試しました。福井・本荘市

噴霧器《ふんむき》 ゴミ箱には、ウジ虫が湧くといって、白い粉の殺虫剤(DDT《ディーディーティー》)を撒《ま》いていましたが、その後はスプレー式の殺虫剤を噴射していました。林屋・世田谷区

へ

ヘアバンド 中学生の頃は、ゴムのヘアバンドをして額の狭さをカバーしていました。適度なしめつけ感で頭も冴《さ》える気がして。その頃の少年雑誌の巻末広告には、ちょっと怪しげで魅力的な通販商品が並んでいました。頭の良くなるエジソンバンドとかいう商品は、銀色のヘアバンド風で、頭に巻きつけるとぼつぼつの突起が脳を刺激するとか。背が伸びるという商品では、首を引っ張る時に事故死した例が報道されていました。小暮・船橋市

米軍基地 高校生の夏休み(昭和四十年頃)、学校の紹介で横浜の米軍基地内の家庭でベビーシッターを経験しました。舗装された道路、青々とした芝生の庭、カラフルな色づかいの子供部屋、お母さんが冷凍品を解凍して焼いてくれたクッキー、お昼のポテトチップ

ス、すべてが驚きで、きわめ付きは水洗トイレでした。 岸・平塚市

米《べい》穀《こく》通帳《つうちょう》［食管制度の下で発行されていた米の配給を受けるための通帳］ 高校卒業後、横浜へ出てくるとき、母から小さな電気釜と一緒に米穀通帳を渡され、これがないとお米を買うことができないと言われました。東京に住んでいた叔母が、ごはんの炊《た》き方と二、三種類のおかずの作り方を教えてくれて、私の大学生活がスタートしました。 小渡・静岡市

ベーゴマ［鉄のコマに巻きつけたひもを一気に引いて台の上で回して遊ぶ］ 一升瓶《いっしょうびん》の蓋《ふた》にBB弾《ビービーだん》（男の子が持っていた鉄砲の玉）をつけて、ベーゴマのようにして遊ぶのが流行《はや》りました。学校帰りに一升瓶を見つけると、蓋をもらって帰りました。BB弾はなぜか道端に落ちていました。 風祭・高萩市

へぎ お店で買った食料品は木をうすく削った「へぎ」に包んだり、新聞紙で作った袋に入れて持ち帰ります。その他の入れ物としては、五合瓶《ごごうびん》やどんぶり、弁当箱を持参していました。 新見・前橋市

臍《へそ》の緒《お》 母はカタカタと毎晩遅くまで（というより遅くなってから）、家族の寝ている枕元でミシンを踏んでいました。ミシンはいわば母の城。引出しには何か大事なものがしまってあるらしく、留守にあけてみたら、私と弟の臍の緒でした。 小暮・船橋市

ペチコート 叔母が通《かよ》った東京の洋裁学校では、卒業制作はイブニングドレスでした。着る機会があるかしらと思うようなデザインでしたが、着て撮った卒業写真は華やかなものでした。その時スカートの下にはいたのがペチコートです。その後ペチコートは私のところに下がってきて、大学の社交ダンスの時に着た記憶があります。 小渡・静岡市

糸瓜水《へちますい》 夏休みの宿題で糸瓜の苗木を育てることになり、庭の葡萄《ぶどう》

ベーゴマ

棚《だな》に這《は》わせました。秋には立派な糸瓜がぶらぶら。茎を切って一升《いっしょう》瓶《びん》に突っ込んでおくと、糸瓜水がとれます。茎の先から光った透明な水がぽたぽた落ちる様は見ていて楽しいものでした。糸瓜水には保湿効果があり、プラスチックの小分けボトルに入れたのを母が化粧水にしていました。実は干して繊維を取り出し、垢《あか》すりに使いました。西岡・浦和市

糸瓜《へちま》たわし　垣根に蔓《つる》を這《は》わすと、大量の糸瓜が取れました。大きな盥《たらい》の水に浸《つ》けて果肉を腐らせると、ひどい臭《にお》いがします。それを洗い落とし、干すと、白いきれいな糸瓜たわしの出来上がりです。一本が五十㎝くらいあるので、四つくらいに切ってお風呂で体を洗うのに使います。初めはゴワゴワしていても、すぐにクタクタに。
越阪部・所沢市

へっこきおじさん　父の兄は自由におならを出せる人でした。囲炉《いろ》裏端《りばた》でお酒を飲みながら誰かが歌い出すと、おならでリズムを取っていました。口数の少ない静かな人ですが、お尻でものを言っていました。新見・前橋市

別珍《べっちん》［ビロードの異名］　洋服は母の手作りで、冬はフレアスカートでした。素材はフェルトや別珍。おしゃれな母は、洋裁の腕が問われるフレアスカートを着せたかったのかもしれません。私のお出かけスタイルは刺繍《ししゅう》入りの白いブラウスに黒の別珍のフレアスカート、白いタイツにエナメルの黒い靴でした。カメラを持った父の前で、はい、ポーズ。田中・西宮市

へっつい［かまど。目の細かい壁土で築いて漆喰《しっくい》で固めたもの］　父の実家は農家で、子供の頃よく遊びに行きました。土間《どま》にへっついといって鍋釜をかけて煮炊《にた》きする設備がありました。その周りをニワトリが歩き、朝ごはんの箱膳《はこぜん》には生《う》みたての卵が載り、わが家とは違う暮らしでした。岸・平塚市

ペナント［三角旗］　従兄《いとこ》の家の壁には、各地の地名やイラストが入った色とりどりのペナントが飾られていました。長押《なげし》にも地名の入った提灯《ちょうちん》が掛けられていて、この字は何て読む？なんてクイズにして遊んでいました。風祭・高萩市

部屋の名前　私の育った藁葺《わらぶ》きの家には部屋に名前がありました。床《とこ》の間《ま》付きの一番格が上の「お座《ざ》敷《しき》」、その前室《ぜんしつ》が「ごんぜん」、そ

して四帖《よじょう》の間《ま》、土間《どま》と続きます。それに並んで板《いた》の間《ま》、茶《ちゃ》の間《ま》、中《なか》の間《ま》、お納戸《なんど》、北側に台所と水まわり。便所は「お縁《えん》（縁側）」を通って南にはみ出した所にあります。部屋の呼び名は便利でした。
矢賀部・八女市 ↓P115図

ベランダ 一階の屋根は平らで、その上は広いベランダでした。手すりがなくて恐怖心に駆られながらも、軒先までいって遊んでいました。梅の時期にはたくさんの梅が、冬にはザルに広げた乾燥芋《かんそういも》が並びました。 中林・前橋市

ベルツ水《すい》 冬のアカギレ予防にと父は、ベルツ水という化粧水を手作りして、ボトルに小分けして洗面所や台所に置いていました。確かに手荒れにはよく効きました。後年、薬局の棚にベルツ水のボトルを発見！ グリセリンと水酸化カリウムと水を混ぜた化粧水で、考案者のベルツ博士が名前の由来とか。 西岡・浦和市

ベレー帽《ぼう》 小学校の遠足について来る写真屋さんは、ベレー帽をかぶっていました。漫画家の手塚治虫もベレー帽がトレードマーク。ベレー帽をかぶっている人は芸術家、というイメージは今でも広く浸透していますね。 東・港区

便器の蓋《ふた》 ポットン便所は、夜は下から何か出てきそうでこわくてしょうがありませんでした。便器は陶器で木の蓋《ふた》がついていました。持ち上げる時に下が見えるので、何かいたら…なんて想像してしまうのです。 羽沢・佐野市

勉強部屋 田舎の家には個室というものがありません。中学生になる頃には不満で、受験の年になると、勉強ができないと父母に文句を言って納屋の一部を勉強部屋に改装してもらいました。でも、私専用ではなく、夜は妹と寝る部屋、昼は弟と共同で使う勉強部屋でした。親たちが考えぬいた苦肉の策でした。 羽沢・佐野市

便所煙突《べんじょえんとつ》 ［汲《く》み取《と》り便所の外につけられた煙突で、先端に付いている風車が回転して便槽の臭気を排出する仕組み］

便所紙《べんじょがみ》 グレーのちょっと厚めのごわごわした紙が、トイレの便所紙でした。後年、似たような紙を見つけて、名刺用に使ってみたことがあります。 矢賀部・八女市

ベンジン［揮発油《きはつゆ》］ タンスの上の段にベンジンの瓶《びん》が入っていました。母は和服のお出かけから戻る

と、襟や袖口回りをベンジンで拭いて汚れを落とし、さぼしていました(風にあてる)。越阪部・所沢市

ペンパル[文通相手] ペンパルがいることは自慢でした。転校して、元の小学校の同級生と文通していました。思春期になり写真を送り合おうということになり、送ったら手紙が途絶えてえらく傷つきました。その子と今は年賀状のやり取りをしています。吉田・横浜市

ベンベラッコ 山芋の蔓《つる》の腋芽《わきめ》、「むかご」のことです。籠《かご》にたくさん採って帰ると、祖母が焙烙鍋《ほうろくなべ》で炒《い》ってくれます。熱々に醤油《しょうゆ》をジュッとかけて食べました。パリッとした皮にすこし苦みがありました。越阪部・所沢市

ペンペン草《ぐさ》 家の周りには空《あ》き地が一杯あり、四季折々、草花が風になびいていました。ナズナは茎を回してペンペンという音を出して遊び、シロツメグサ(クローバー)では花輪を作って頭に飾りました。紫色のツユクサも大好きでした。田中・西宮市

便利大工《べんりだいく》さん 棚を吊《つ》ったり床のギシギシするのを直すようなちょっとした修繕は近所の便利大工さんに頼みました。現役を引退したおじいちゃん大工さんで腕が良く、どこの家でも重宝がられていました。かつての地域には職人さんがゆっくり歳《とし》をとっていける場が用意されていました。西岡・浦和市

ほ

方眼紙《ほうがんし》 空《あ》いた菓子箱を並べて、ここは茶の間、ここは台所、ここは私の部屋と決めて、人形や道具を入れて遊んでいました。小学校の家庭科の時間に間取《まど》りの勉強があり、方眼紙を知りました。方眼紙と鉛筆さえあれば自由に間取りが書けます。部屋の大きさもわかりやすく、部屋の空想が現実味を帯び、住宅一軒思いのままにできます。方眼紙は親があきれるほど没頭した遊び道具になりました。中林・前橋市

箒《ほうき》 箒もろこしの穂先を六十㎝ほどで切り取り、足踏み式脱穀機《だっこくき》で実を飛ばします(落ちた実の山は熱をもち、肘まで腕を入れると熱く蒸されました)。干した穂先は箒屋さんに売られ、箒屋さんは竹の柄に針金で束ね、糸でかがって、最後に穂先を切りそろえます。座《ざ》敷箒《しきぼうき》・長柄箒《ながえぼうき》はどこの家にもあり、すり減ると土間箒《どまぼうき》に格下げでした。越阪部・所沢市

防空壕《ぼうくうごう》 新宿の牛込周辺はまだま

だ復興途上の時期で、鉄条網《てつじょうもう》が張りめぐらされた原っぱや防空壕が散在し、子供の遊び場になっていました。今は立派な建物が林立する東京女子医大病院の敷地にも防空壕のようなものがあって、男の子達と隊列を組んで探検に出かけたこともあります。菊池・新宿区

法事《ほうじ》 昔は法事が頻繁にあった気がします。故人それぞれに一周忌、三回忌、七回忌、十三回忌、二十三回忌、五十回忌と。親戚が集まり、仕出《しだ》しを取って食事をしながら、大人達は故人の話に花を咲かせました。そのつどお寺さんがお経を上げに来ていました。他にも命日や月命日には、お経を上げに来ていました。木村・名古屋市

奉納舞《ほうのうまい》 小学六年生の春休み、氏《うじ》子《こ》の中で長女の者が神社で浦安《うらやす》の舞《まい》をします。花簪《はなかんざし》を付け、薄い羽のような直垂《ひたたれ》と赤い袴《はかま》姿で、鈴を振り鳴らし謡い舞います。楽しみに練習していたのに、直前で骨折してふいになりました。惜しかったなぁ。越阪部・所沢市

ほうれん草《そう》まるき 冬の夜《よ》なべ、市場に出荷するほうれん草を束ねる仕事がありました。木の箱に釘を打って曲げた台の中央に縦に二本、釘にかけて横に七、八本の藁《わら》を置きます。上にほうれん草を並べ、横藁を折り返し縦藁をひねって結びます。最後に藁と根っこを切りそろえて出来上がり。父はきっちり束ねたので気をつけした兵隊さんみたいな固い一枚板になりました。お見事！ 越阪部・所沢市

焙烙《ほうろく》 素焼きで、注ぎ口のない急須《きゅうす》のような形です。家で採れた金胡《きんご》麻《ま》を炒《い》ると、香《こう》ばしい匂いで口に唾《つば》があふれました。越阪部・所沢市

ボーイズライフ(商) 男の子達と遊び回っていた小学生の頃、大人っぽくてちょっとエッチな記事のあるこの少年雑誌に釘付けでした。豪華な付録も魅力で、007が乗っている車の秘密兵器の図解など、感心しながらうっとりと眺めたものです。西岡・浦和市

酸漿《ほおずき》 盆棚《ぼんだな》に飾るほおずきは、女の子にとっては遊びの材料です。殻《から》を割《さ》いてひっくり返して持ち、指で実をもみほぐします。白い種が中でたくさん浮いてきたら袋の付け根を爪で押してちぎり、ピン留めで少しずつ中の種を掻《か》き出します。からっぽになった袋を洗い、唇にはさんでぶちぶち鳴らして遊びました。越阪部・所沢市

ポータブルレコードプレーヤー　高校生の兄はギターやプレーヤーを欲しがっていましたが、買ってもらえず、お年玉を貯《た》めて小さなポータブルレコードプレーヤーを買いました。初めて聴いた曲は舟木一夫の「高校三年生」。いつもけんかをする兄妹《きょうだい》でしたが、畳に置いたプレーヤーの前に二人ですわり、何度も聴き入りました。　加部・田辺市

頬《ほお》通《ど》し　茨城県北部にある大津港という港で、鰯《いわし》の水揚げがあると漁港のそばに嫁《とつ》いだ大叔母から電話があり、家族総出《そうで》でかけつけました。船から港へ水揚げされる際に、こぼれた鰯を拾うためです。大量に頂いてくるので干物にします。篠《しの》ん棒《ぼう》(篠竹《しのだけ》のこと)に鰯の頬を通して、干して乾燥させたものを焼いて食べました。　風祭・高萩市

ほぐし糸　洗《あら》い張《は》りや、古くなった衣類の仕立て直しの時など、糸は切らないようにていねいにほぐし、紙に巻き取りました。ちょっとした繕《つくろ》い物や、雑巾縫いなどはその糸を使います。　越阪部・所沢市

歩《ほ》行器《こうき》　一歳直前の頃の私が歩行器に乗っている写真が残っています。おもちゃ代わりに生のキュウリを一本持って、縁側《えんがわ》でうれしそうに笑っています。　東・港区

干《ほ》し棚《だな》　日当たりのよい中庭の干し棚に、木の桶《おけ》、火にかけてよい洗面器、白い琺瑯《ほうろう》の洗面器、梅干を干したりする竹で編んだざるなどを干しました。　小渡・静岡市

星を見る　小学校の目の検診の結果、メガネを買うことになりました。天気の良い夜は星座を見れば度は進まないし良くなると言われ、宵《よい》の明星《みょうじょう》、北斗七星《ほくとしちせい》、オリオン座、天《あま》の川《がわ》などを探しました。プラネタリウムに行くのも楽しみになりました。　小渡・静岡市

ボストンバッグ　小学校の修学旅行は、一泊のバス旅です。荷物はボストンバッグに詰めました。白いビニール製で、縁《ふち》が赤くトリミングされていて、ポケットが二つ、ファスナーで開け閉めします。初めての旅立ちに、わくわくしました。　越阪部・所沢市

舗《ほ》装《そう》道路　大きな道路は舗装されていましたが、脇道にはずれると舗装されていませんでした。ドブと泥んこの道を、はだし下駄《げた》ばきで、走り回っていました。家に上がる時は、足を雑巾で拭くのが義務でした。　山本・府中市

保存食 祖母は働き者で、一日中手仕事をしていました。保存食作り(乾燥芋、干柿、梅干等)は見ていても飽きず、おこぼれも楽しみでした。今井・横浜市

蛍《ほたる》 蛍はつぶすと臭《くさ》いので、浴衣《ゆかた》の袂《たもと》にそっと入れたり、蚊帳《かや》の中に放したりして楽しみました。今井・横浜市

蛍《ほたる》**の光**《ひかり》 夏の夜、部屋が蚊帳《かや》でおおわれると、蚊帳の中に蛍を放って遊びました。電気を消すと蛍が光り、幻想的です。矢賀部・八女市

ボタンホール 背広には左襟のみ又は両襟に穴があります。勲章の略綬《りゃくじゅ》やバッジ(社章や記章、花、ラペルピン)を挿す穴、フラワーホールです。背広の裏返しを希望するお客さんには、左襟についているボタンホールが左右逆になりますよと説明していました。新見・前橋市

ボタン屋さん 洋服に共布のボタンを付けたい時、母は小さく切った布を持ってボタン屋さんに行きました。大きさを選び、布を当てて工具でプレスしてもらい、くるみボタンの出来上がりです。越阪部・所沢市

墓地で遊ぶ 道路をはさんで家の前は広い墓地でした。幽霊が出そうでこわかったのですが、車が入れないので絶好の遊び場となり、そのうち平気になりました。夏はセミ、秋は鈴虫やバッタの宝庫で、夏休みの自由研究ではずいぶんお世話になりました。田中・西宮市

頬《ほっ》**かむり** 冬は寒いから耳をおおう手拭《てぬぐい》の頬かむり、春は土埃《つちぼこり》がひどいから目も口も守る深い頬かむり。越阪部・所沢市

ぽっくり ふだんは下駄《げた》や草履《ぞうり》ですが、正月の晴れ着の仕上げは、ぽっくりでした。高さは十cmほど、塗りの木製は妹や私用に、生地《きじ》のままの桐《きり》製で足のあたるところに薄い畳が敷いてあるのは姉たち用で、大人っぽく素敵でした。ぽっくりをはくと背が高くなるのがうれしく、また、舞妓《まいこ》さん気分にも

頬かむり

浸《ひた》っていました。 岸・平塚市

ぽっくりさん 幼児の下駄《げた》。歯がなくて一体で削り出されています。裏のくぼみに鈴がついていました。男の子は青色、女の子は赤色が多く、鼻緒《はなお》はビロード。少し小さくても踵《かかと》を浮かせてつっかけました。 越阪部・所沢市

ほっけんぎょう 無病息災を祈願して正月の飾りや藁《わら》などを燃やす行事。庭に三角錘になるように竹やら藁やら小枝を立てかけて燃やすのですが、その年の恵方《えほう》の方角に倒れれば豊作になるというので、倒れやすいように細工しました。 矢賀部・八女市

ボッコ手袋と指手袋 手袋も靴下もすべて手編みでした。普段使《ふだんづか》いのボッコ手袋(ミトン)は親指とその他の指に分かれるだけなので、編む手間は格段に少なく、暖かくて実用的でした。遊んだ後はストーブの柵に干しますが、バラけないよう同じ毛糸でひもも編んで結びました。五本指の指手袋はおしゃれ用ですが、すぐ指先が冷たくなります。おしゃれは寒くて辛《つら》いものでした。 島田・旭川市

坊《ぼっ》ちゃん刈《が》り 男の子のヘアスタイル。床屋《とこや》さんに行くのは大変なぜいたくで、たいていは母親が散髪していました。前髪は女の子同様ベリーショートの断髪《だんぱつ》、後髪はバリカンで頭のてっぺんまで刈り上げ。散髪回数を減らすためだと思います。坊ちゃん刈りのかわいかった弟も、今では天然のベリーショート。 島田・旭川市

ホットケーキ お菓子作りが好きで、ホットケーキはよく焼きました。小麦粉にベーキングパウダー、卵に牛乳、バターを使って。美味しい美味しいと食べる私に、母の一言。「よか材料ばいっぱい使えば誰だって美味しくできる。少ない材料でいかに美味しく作るかが問題たい!」 矢賀部・八女市

ポットン便所《べんじょ》 風通しをよくするために小さな窓が上下にありました。祖母に連れられて、お岩さんの映画を見て以来、夜、便所に行くのが怖くなりました。上の高窓《たかまど》からお岩さんの顔が、床すれすれの地窓《じまど》からは手が、ヌーッと出て来そうです。窓は絶対見ないようにして早々と用を足《た》し、渡り廊下を走りました。 加部・田辺市

ホッピング 青や赤のきれいな色の鉄パイプの下の方がバネになっていて、足を乗せて跳んで遊ぶ遊

具です。ハンドルを握り両足を乗せてピョンピョン跳ぶのですが、バランスが悪いとすぐ倒れてしまうので、なるべく長く跳べるように、休み時間に校庭でも練習しました。西岡・浦和市

棒《ぼ》手《て》振《ふり》 魚売りのおじさんが近くの港から週に一回、新鮮な魚と天《てん》秤《びん》棒《ぼう》を担いでバイクでやってきました。欲しい量を伝えると、外の流しで目方を量《はか》り、手際よくさばいてくれるので、おじさんの手元をじっと見ていました。風祭・高萩市

ポニーテール 幼稚園の頃は、髪の毛を伸ばして頭の後ろの高いところでひとつに結ぶポニーテールにしてもらっていました。私はこの髪型が気に入っていたのですが、小学校にあがって登校時間が早くなったのになかなか起きないからと、一年生の夏、思いきりばっさりショートにされました。木村・名古屋市

骨《ほね》休《やす》め 朝から雨。そんなとき父が「今日は骨休めしようや」と言いました。連日の畑仕事で骨が軋《きし》るほど働いている農家の休業日です。父は器具の手入れ、母は繕《つくろ》い物などして一日中二人とも家にいるので、子供の私にはそれだけでうれしい日でした。越阪部・所沢市

ポパイ テレビでよく観《み》たアメリカのアニメです。オリーブという手足の細長いガールフレンドが悪者ブルートに奪われ、救出に向かったポパイが負けそうになると、缶詰のほうれん草を食べてみるみる怪力になって救い出すという展開。毎回お決まりの展開なのですが、ポパイの力こぶの中に力がわく時の映像までじっと見とれていました。この番組の提供元(不二家)のショートケーキのCMにも見とれて、いつか食べたいと思っていました。上野・川崎市

ポマード 立川基地の兵隊さんが高価なバナナやチョコレートを持って訪ねてきました。朝鮮に出撃する前にアメリカに帰って家族に

ホッピング

会いたいが、時間がないので、わが家の洋間《ようま》を懐かしんで立ち寄ったというのです。暖炉をながめ、ソファにすわり、自分にも二歳の女の子がいると言って私を高々と抱き上げました。強烈なポマードの匂いに私は倒れそうになりました。吉田・武蔵野市

火屋《ほや》［火をおおうガラス製の筒］　台風が近づくとランプの手入れをしました。芯《しん》がちゃんとしているか確かめ、ガラスの火屋を磨《みが》きます。子供の手は小さいからけっこう奥まで磨けます。届かない所は、棒に古いメリヤスのシャツなどを巻き付けてこすります。火屋で守られたランプの火は停電の心細さを救う灯台です。ろうそくとマッチを並べておきました。越阪部・所沢市

掘《ほ》りごたつ　炭や練炭《れんたん》を火種《ひだね》として、母は毎朝、家族の起きる前に火を熾《おこ》し、暖かくしてくれていました。菊池・新宿区

掘《ほ》りごたつの火加減《ひかげん》　父の田舎には畳一帖《たたみいちじょう》ほどの大きな掘りごたつがありました。足を入れるとほんわりと暖かく、足も伸ばせるので快適でした。足先を温めたいと思ったら真ん中へ伸ばします。そこには炭が入っていて、その上に半円に盛り上がった網がかかっています。時々、「火加減はどうですか」と聞き、炭の様子を見ながら夜がふけました。田中・西宮市

掘《ほ》りごたつのやぐら　冬以外の季節には布団がなくなるので、床下部分を半地下に見立《みた》て、やぐらの脚と脚の間を雑誌でふさぎ、窓として開《あ》けたり閉めたり。秘密結社の団員になったり、幽閉された王女様になりきったり、白雪姫の継母《ままはは》になって毒作りのまねごとをしたりと想像をふくらませました。今でも半地下空間にはわくわくします。東・港区

ポリバケツ　ポリバケツは中庭の雨に濡れないで済む屋根付きのスペースに置いてありました。当時は、あまりゴミも出ませんでしたが、ゴミの日にポリバケツのまま道路に出し、強風の日はカラのポリバケツがどこかにころがったりして、取り入れるにも手間がかかりました。小渡・静岡市

ポリバケツのゴミ収集　週一、二回、ポリ容器を指定場所に持っていくと、東京都のマークのついた緑色のゴミ収集車が回収してくれました。生ゴミを入れた大きな蓋《ふた》つきポリ容器は重くて、どの家

も主婦が引きずって運んでいました。収集車が通ったあとは夏は道路に悪臭がただよい、気になる人が自主的に水を撒《ま》いて消していました。カラになった容器は通行のじゃまになるので各家に戻す回収当番があり、当番の日は、旅行も外出もできないと母は困っていました。林屋・世田谷区

盆《ぼん》踊《おど》り　お寺の境内にやぐらが組《く》まれる頃、一週間くらい盆踊りの練習があります。青年団の人たちが出て、集まった子供たちに、振りを教えてくれました。冗談言ってふざけ合ったりして楽しいおじさんだと思った人は、二十歳前後の青年でした。越阪部・所沢市

ポン菓子屋《がしや》さん　軽トラックの荷台に機械を乗せて、ときどき回ってきました。軽トラックを路肩に停めてお客を待っていて、お米一合とお金を渡すと、その機械にお米を入れて、あっと言う間にポン菓子にしてくれました。岩倉・沼津市

ぽん煎餅《せんべい》　団地に、ぽん煎餅屋さんが現れると、米と砂糖を持って追いかけました。圧力をかけてふくらます鉄製の機械に入れると、ポンという軽い爆発音がして、米と砂糖が「ぽんせんべい」に変わります。ちょっと温かくて美味しかった。吉田・横浜市

ぽんぽん船《せん》　砂利を運搬する船が、夏には海水浴場まで往復する船に早変わり。橋の下から乗り込むと、幌《ほろ》で日除《ひよ》けされた船は当たる風も気持ち良く、ぽんぽんと音をたてながら走るので「ぽんぽん船」と呼んでいました。福井・本荘市

ぽんぽん船　［水蒸気の圧力で進むおもちゃの船］

ぽんぽん船

秋田県由利本荘市●通り庭のある店舗兼木造住宅・昭和30年頃

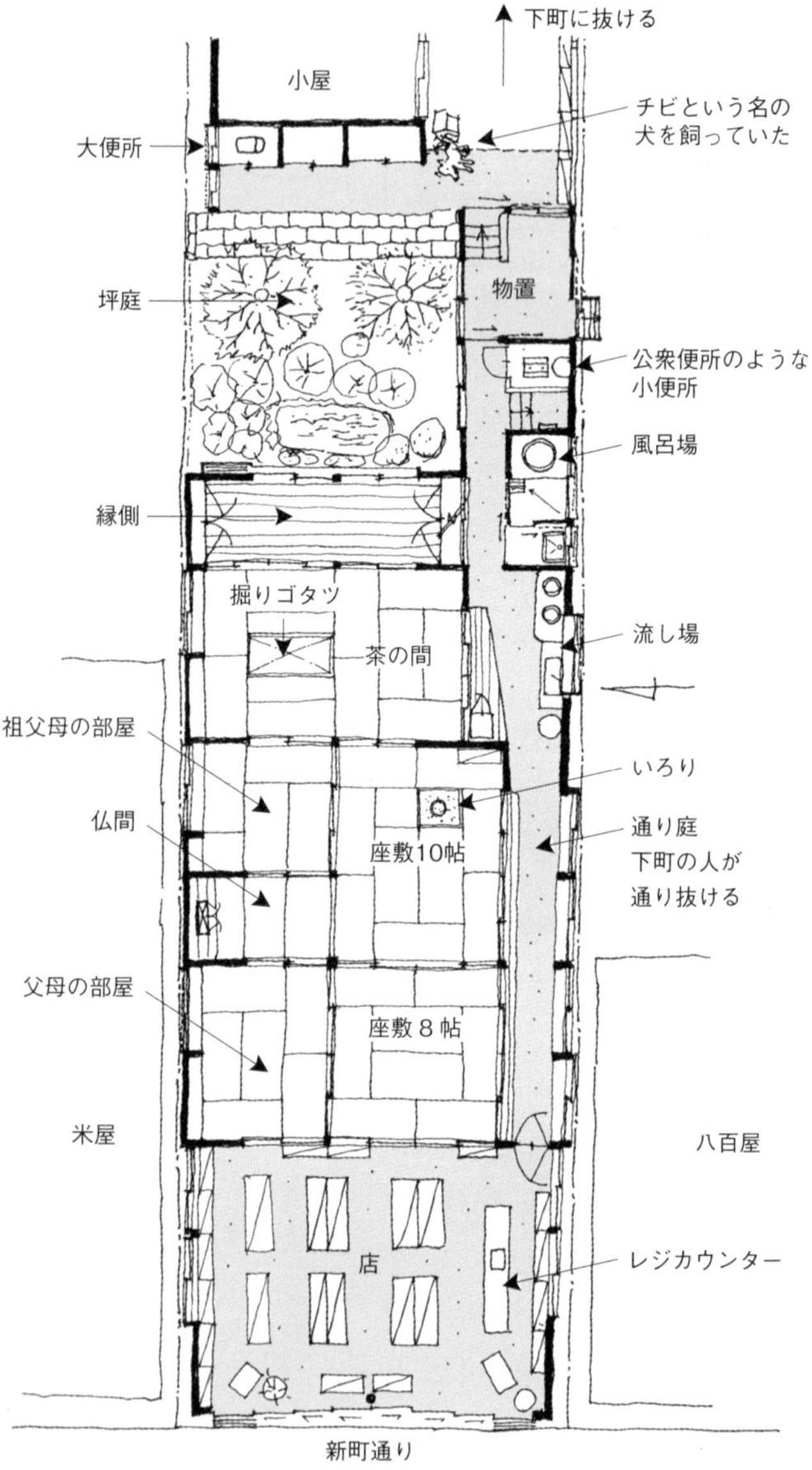

『アルバムの家』(三省堂)より

ま

マーガリン　幼稚園の通園バスをパン屋さんの前で止めて、先生が園児から注文をとります。三角に切った食パンにべたーっと「バター」という名のマーガリンを塗ってもらいました。それぞれの注文に合わせて作るので、三十分ほどバスは細い道路を占領したまま。のんびりした時代でした。小暮・船橋市

マーガレット　少女向けの週刊誌『マーガレット』が創刊されると、すぐ買いました。ケネディ大統領の家族の話題が連載されていて、私は毎週欠かさず読んでいました。ケネディ暗殺のことをニュースで知った時は、「娘のキャロラインちゃんはどうなるの？　生活できるの？」と心配して父に問いかけたものです。加部・田辺市

迷子《まいご》　デパートを出てすぐ親を見失いました。そばには妹！　パニックになった私は、妹を守らなければという気持ちと、不安な気持ちが入り混じり、頭がまっ白に。幸い、親はすぐ見つかったのですが。矢賀部・八女市

前掛《まえかけ》　家事をするのに前掛や割烹《かっぽう》着《ぎ》を着《つ》けたのは洗濯が大変だった頃です。服を汚さないように、子供も前掛をしました。白いキャラコで縁《ふち》にフリルをたっぷり入れてポケットが二つ。かわいい刺繍《ししゅう》もしてもらい、ご機嫌でした。汚すのが心配でお手伝いは尻込みです。越阪部・所沢市

薪《まき》　雑木林の間伐材《かんばつざい》を薪にします。楢《なら》、小楢《こなら》、橡《とち》、栗《くり》、シデ、桜や紅葉、実生《みしょう》の常緑樹など。晩秋、二mほどに切って庭に運び、鋸《のこぎり》で短く筒切りにします。積み上げて乾燥させておき、暇をみて太い切株の上で薪割《まきわ》りをします。割口《わりぐち》からカミキリムシの幼虫をほじりだしたりしました。薪は皮の無い辺材部分は一番火付《ひつ》きがよくてメラメラと、細い皮付き部分は水分が多くてプシューッと蒸気を吐き出して、燃え方も面白い！　越阪部・所沢市

薪《まき》ストーブ　旭川では秋口に、北海道北端の稚内《わっかない》では夏休みの終わり頃に薪ストーブが使われ始め、本格的な冬には石炭ストーブに代わります。薪ストーブは鉄板で、石炭ストーブは鋳物《いもの》ですから発熱量も火保《ひも》ちも違い、石炭の方が強力です。薪ストーブの上では網を置いてスルメや干し芋のおやつが定番でした。島田・旭川市

巻《ま》き玉鉄砲《だまてっぽう》　ブリキ製のおもちゃ

の鉄砲で、出るのは音だけ。中に火薬の粒が一定間隔に付いたロール紙がセットされていて、引き金を引くたびに、カチッと音がしてロール紙が回転し、「バーン」と大きな音が出ます。少し煙《けむ》っぽい臭《にお》いがして。使い切るとすぐに火薬のロール紙をセットしました。男友達が多く、西部劇のカウボーイやスパイ気取りでスリルを感じていたんだと思います。田中・西宮市

薪《まき》と藁《わら》の交換　伯父は冬になると山で伐《き》り出した薪をトラックに積んで来て、農家で藁と交換していました。藁は冬仕事のむしろや縄造りに、また家畜の餌《えさ》や家畜の寝《ね》床《どこ》(敷《し》き藁《わら》)に使われました。新見・前橋市

薪割《まきわ》り　父の役割は薪割りとお風呂焚《た》きでした。納戸《なんど》に積んである薪を取り出し、風呂の焚き口の前の土間《どま》で、次々に鉈《なた》で割っていきます。たまに割った薪が飛んでくるので、そばに寄らないように気をつけました。加部・田辺市

枕を並べて　八畳間は夜は姉妹三人と父の寝室でした。枕を並べて寝るのは、夜中に目が覚めても安心感がありました。冷え性の私には、湯たんぽや豆炭行火《まめたんあんか》がぬるくなった朝方、姉たちの布団に足を入れて温めてもらうのに都合がよかったのです。浜田・神奈川県

まくわうり　夏の一番の楽しみでした。甘くて美味しかった！　種の周りのとろっとした汁も味わいました。時々種を飲み込んで心配に。夏みかんの種を飲んでしまった時は「おなかから木が生えて来るわよ」と姉に言われ、半年くらい心配しました。小暮・船橋市

マコとミコ　叔父の家で高校受験の合格祝いをしてもらっている時、父から、母が『愛と死を見つめて』(大和書房)のミコと同じ「軟骨肉腫」であると聞かされました。私の受験のためモルヒネで延命していて、あと数本で致死量に至る事も。母は入院を拒み自宅で療養していましたが、患《わずら》っている母にわがままを言った事を思い出し、涙が止まりません。父の転勤で東京に転居して半年後に発病し、その半年後の旅立ちでした。加部・小金井市

貧しい本棚　引き揚げ後、父はこれからは英語だと思ったのか、独学で英会話を覚え、『リーダーズ・ダイジェスト』を購読していました。本棚にあったのはこの雑誌だ

け。うちには子供の読めるような本が一冊もありませんでした。よその家には児童文学全集などがあることも知らず、私は泥んこ遊びに興じていました。 小暮・船橋市

町の郵便局 夫の実家は東京下町に戦後まもなく開局した「特定郵便局」(いわゆる町の郵便局)でした。自宅に隣接した局で、義父が局長、義母が主任です。局長さんは朝九時にシャッターをあけると現金書留の封筒用の糊《のり》を小麦粉で煮て、切手用のスポンジに水を差し、簿記用のインクや申込用紙などを補充。それから〝営業〟と称して町の旦那衆や店主のところへ出かけます。局は主任さんが仕切り、難しい案件があると局長さんの立ち回り先に電話をかけたそうです。私が結婚した頃も、相変わらず義母は〝影の局長さん〟でした。 菊池・新宿区

マッチ棒遊び マッチ棒を並べ、定められた本数だけ位置を替えて、問題に答える遊び。一本動かして西向きの犬を東向きにせよ、とかいうものです。 越阪部・所沢市

マット運動 後転、開脚などのマット運動ができないと、放課後残されて練習させられました。残されるのは各学年数人。またお前もか、という諦《あきら》めムードが漂っていました。 西岡・浦和市

魔法瓶《まほうびん》 中が薄い鏡でできた魔法瓶は画期的でした。来客が多いわが家では、お茶を出すことが多く、冷《さ》めにくい魔法瓶は優《すぐ》れ物、母の負担が少なくなりました。私はバレー部の対外試合で冷たい水を入れるのに使いましたが、扱いが悪いと割れやすい(特に小さい氷を入れると)。ステンレスになると乱暴に扱っても割れなくなりましたが、外側のステンレスがへこむことがありました。私はお正月料理の煮豆の下ごしらえにも使いました。 小渡・静岡市

まむしの焼酎漬《しょうちゅうづ》け 縁《えん》の下には、とぐろを巻いた蝮《まむし》が入った一升《いっしょう》瓶《びん》がありました。田畑で見つけた蝮を生《い》け捕《ど》りにし、焼酎に漬けたものです。怪我をすると、この蝮の焼酎漬けを湿布にして貼られました。匂いは強烈ですが、効果は抜群。家で飼っていたアヒルが野良犬に吠《か》まれた時も、これを塗って完治《かんち》させました。 風祭・高萩市

豆炭《まめたん》［無煙炭《むえんたん》と木炭《もくたん》の粉を混ぜて固めて乾かした卵型の燃料］ 熾《おこ》した豆炭を豆炭行火《まめたんあんか》に入れて閉じ、タオ

ルと風呂敷で包みます。布団の足元に入れておくと、一晩中あったかです。受験勉強の時は足温器《そくおんき》にしました。　越阪部・所沢市

豆炭行火《まめたんあんか》　母に「寒いでしょ」と豆炭行火を押しつけられました。いらないと断ったのですが、面倒になって親切を受け入れることにしました。ある朝、留《と》め金《がね》で低温やけど。ぐっすり寝込んで、留め金が長時間ふくらはぎに当たっていたのです。やけどはじっくりと深く、治るまでとても長い時間がかかりました。　芳村・浦和市

豆炭当番《まめたんとうばん》　小学校の教室では、だるまストーブに豆炭を使っていました。豆炭はビワの実くらいの大きさで、朝、小使《こづか》いさんが各教室のバケツに入れて置いてくれました。ストーブにくべるのは、当番の生徒です。当番になると、ストーブの近くの席に座るので、熱いし眠いし、火勢が気になって、授業はうわの空になりました。　林屋・世田谷区

馬屋《まや》［馬小屋《うまごや》、馬屋《うまや》］　土間《どま》の中に馬屋を設けて牛を飼っている農家が多く、近所の家を訪ねると、まず玄関脇に牛がにゅっと顔を出しました。　松井・島根県

繭玉飾《まゆだまかざ》り　柳の木に紅白の団子やみかんを刺します。「一つだけなら取ってもいい」という子供ルールがあって、従姉妹《いとこ》と夜、布団の中で団子を食べました。　越阪部・所沢市

繭袋《まゆぶくろ》　庭の倉庫には蚕《かいこ》の繭《まゆ》の入った袋が積み込まれていました。戦後、お金があっても物が買えない時に、母はこの繭袋で兄の洋服を作ったそうです。　中林・前橋市

マヨネーズ　苦手だったのはマヨネーズ作りです。ボールに入れた卵の黄身《きみ》、サラダ油、酢を、泡立《あわだ》て器で右腕がしびれて動かなくなっても混ぜ続けなければならない、あの苦痛！　鈴木・松阪市

マヨネーズごはん　弟はごはんにマヨネーズをかけて食べていました。夏休みに土佐の田舎に行った時、同じ食べ方をしたら祖父がまねをしました。弟はじきに飽きたのですが、祖父は死ぬまでごはんにマヨネーズをかけて食べていたそうです。　吉田・横浜市

まりつき　直径二十㎝ぐらいの赤いゴムまりを「あんたがったどこさ」と歌いながら片足を上げて下をくぐらせ、「それを木の葉でちょっとおっか～ぶせ」とスカート

に収めるのがコース。女の子は皆スカートでした。東・港区

真綿《まわた》［絹。純白で光沢《こうたく》があり柔らかくて軽い］ 繭《まゆ》の周りに毛羽立《けばだ》っている糸を集めて薄い円盤状にしたものを「まわた」といいます。くっついて滑《すべ》らないので、和服の補正や保温に使ったり、冬の赤ん坊の帽子代わりに被《かぶ》せたり、布団を作る時に綿の隅をくるんだりと色々に使われました。シルクの手触りは良いものでした。越阪部・所沢市

回《まわ》り廊下《ろうか》 祖母の家は、差鴨居《さしかもい》のある大きな田《た》の字型《じがた》の民家で、回り廊下は鬼ごっこするのにもってこいでした。小学生以下のいとこ達は、うれしくて家じゅうを走り回っていました。説田・今治市

漫画 兄が貸本屋から借りてくる忍者物や冒険物を読むのが楽しみで、兄が読み終わるのをずっとそばで待っていました。近所に怪奇ものの漫画がたくさんある床屋《とこや》さんがあり、髪は必ずそこで切りました。切った後もそこで暗くなるまで漫画を読みました。心配して迎えに来た母は床屋さんに平謝《ひらあやま》り。母に雷《かみなり》を落とされても至福の時間でした。西岡・浦和市

満天《まんてん》の星 母の実家には、事あるごとに人が集まっていました。夕食後は、まだ明るい前庭に縁台《えんだい》が出され、夕涼みです。だんだん暗くなり蛍《ほたる》も飛び始めた頃、縁台に寝ころがると、満天の星がこちらに向かって降ってくるようでした。鈴木・松阪市

万年筆《まんねんひつ》 中学生になった時、両親が万年筆をプレゼントしてくれました。サックを軸にはめた時ちょうどいい長さになる、携帯に便利なタイプです。ペン先が18金で柔らかくて使い心地が良く、お気に入りでした。ある日、うっかり落としていつしか引出しの奥に。その後、修理に出したら新品同様によみがえり、思い出と共にいるみたいでした。田中・西宮市

まりつき

マンボズボン　女の子がズボンをはくことが稀《まれ》だった時代、東京で流行しているからと、叔母がデニムで作ってくれました。気恥ずかしいくらい体にぴったりで、動きやすく汚れも気にならず気に入っていました。背が男の子より高かったせいもあり、男の子からは男《おとこ》女《おんな》とからかわれました。小渡・静岡市

み

ミートソース　ミートソースとナポリタンの二種類だけが、外で食べるスパゲッティのメニューでした。どちらもたまに家で作ります。芳村・浦和市

磨《みが》き粉《こ》［物をみがくのに使う粉］

みかんつり　正月にいとこたちと遊びました。雪国ではみかんは貴重でした。こたつの真ん中に半紙を敷いて、みかんの房をばらばらにして山盛りにします。木綿糸を通した太めの長い針を立ち上がってえいっと投げて、針で刺したみかんをそーっと吊り上げます。誰が一番多いかを競うのです。最後に、だいぶ温まったみかんを味わいました。福井・本荘市

みかん箱　母は、昼間は柳行李《やなぎごうり》やみかん箱（当時の荷物入れの定番）に家族の荷物を詰め、夜は私と自分のスーツをつくるため三畳の部屋にこもり、フル回転で父の東京転勤の準備に追われていました。加部・田辺市

見越《みこ》しの松《まつ》［塀のそばにある、塀より高い松］　庭の植木が家に不釣り合いに立派でした。門には見越しの松があり、池もあったようですが、私が暮らしていた頃には池は壊《こわ》れていました。晩秋には植木屋さんに剪定《せんてい》してもらった枝や落ち葉で焚き火をし、焼き芋を食べるのが楽しみでした。古村・大田区

ミシン積立《つみたて》　私が十歳の頃から、母は私と妹のミシン積立を始めました。嫁入り道具の一つにと。定期的にミシンのおばさんが集金に来ていました。越阪部・所沢市

ミシンの上　子供部屋にあった足踏みミシンの上で、ままごとをして遊びました。ミシンの上はいわば二階でした。よく空を飛ぶ夢を見て、本当に飛べるような気がして飛び降りました。東・港区

ミシンの分解　お人形の服は自分なりに足踏みミシンで作っていましたが、使い方が下手なのか、しょっちゅう故障して糸をボビンに巻きつけてしまい、分解しては修理していました。矢賀部・八女市

ミシンの行方《ゆくえ》　母が「学校で習う

のは足踏みミシンだから」と言って、私が使えるようになるまで手放さないでいてくれました。重厚感のある革のベルトと鋳物《いもの》製の足踏み板など、幼《おさ》な心に使う日を楽しみにしていたのですが、実際に使えるようになった頃には、既製服を着るようになっていました。場所もとるので電動卓上ミシンに買い替えることになり、足踏みミシンは洋裁のお仕事をされているご近所さんに引き取られていきました。　岩倉・沼津市

水遊び　夏の暑い日は盥《たらい》に井戸水をため、そこで水遊びをしました。井戸水は冷たいので太陽に温めてもらうのです。　矢賀部・八女市

水飴《みずあめ》　紙芝居《かみしばい》屋さんがやって来ました。水あめを買った人しか紙芝居は見られません。しかし家では水あめを買うのは禁止。なぜ買っていけないのかわからないまま、こっそり買った覚えがあります。みんなは割箸《わりばし》でくるくると上手に白くなるまで混ぜるのに、私はよくわからずそのまま食べてしまいました。　矢賀部・八女市

水瓶《みずがめ》　流しの隣に水瓶があり、柄杓《ひしゃく》で汲《く》んで、手洗い用とかすすぎ用として使いました。　福井・本荘市

水玉《みずたま》模様　水玉模様が流行《はや》ると、母は生地《きじ》を買ってきて、自分のスカートは紺地に白丸、私のワンピースは赤地に白丸、妹のワンピースは白地にピンクの水玉で胸元にスモッキングをして、ちょっと違うお揃《そろ》いに縫ってくれました。水玉模様は気持ちが浮き浮きしました。　越阪部・所沢市

水たまり　校庭は関東ローム層の粘土質で水はけが悪く、雨が降ると水たまりがあっちこっちにできました。運動会の前に降ると、先生と上級生は塵取《ちりと》りで水を汲《く》み取ったり、雑巾で吸い取ったりと大変でした。　新見・前橋市

水たまりで遊ぶ　雨が降るとあちこちに水たまりができました。母に「よけて歩きなさい！」と言われても、じゃぶじゃぶ長靴で歩くのは探検家になったようで楽しくて、やめられません。車が通った後は、こぼれたガソリンで水面が七色《なないろ》に光ってきれいでした。青空が高いほど、水面に映る空も深く、吸い込まれそうで飽きずに眺めました。　西岡・浦和市

水鉄砲《みずでっぽう》　細い竹は、片側に節をつけ手頃な長さにして、柄《え》の部分の竹に布を巻き、水鉄砲を作って遊び

ました。水の出る穴の大きさや布の巻き加減、一気に押すタイミング等、ちょっとしたコツでよく飛びました。小渡・静岡市

ミステリー　毎月楽しみにしていた月刊学習雑誌の付録は文庫サイズの海外推理小説でした。大人が読むのと同じ小さい字で、作品も翻訳者も一流。SFもこのシリーズで読みました。西岡・浦和市

水の便《べん》が悪い　所沢は水の便が悪く、「所沢には嫁にやるな」と言われるくらい、母は苦労したそうです。深い井戸からつるべで汲《く》み上げるのは、さぞ大変だったことでしょう。越阪部・所沢市

水飲み鳥〔平和鳥、ハッピーバード。温度差を利用して動かす玩具〕

水は飲むな　高校のバスケット部の真夏の練習では、冷たいお茶や蜂蜜漬《はちみつづ》けのレモンの補給は午前中一回の休憩の時だけ。途中の水分補給はご法度《はっと》です。バドミントン部と体育館を半分ずつ使う日は地獄です。バドミントンの羽根が風の影響を受けやすいので窓をあけられず、蒸《む》し風呂状態でした。加部・小金井市

水枕《みずまくら》〔氷枕《こおりまくら》ともいう〕　熱のある時には、ゴム製の水枕に水と氷を入れてタオルで巻き、その上に寝て頭を冷やします。寝返りをうつたびに、チャポンチャポンと水がゆれます。矢賀部・八女市

水屋《みずや》〔食器を入れる棚〕　通《とお》り土間《どま》から使える押入れほどの大きさの水屋がありました。鍋などの大きなものから食器まですべて入れて、日常的に使っていましたが、食器戸棚が台所近くに置かれてからは、洋服入れに作り替えられました。小渡・静岡市

店先のざる　小銭が入ったざるがゴムひもに下がり、八百屋や魚屋の店先にありました。おつりがすぐに渡せるので、暮れの忙しい時期など重宝しました。岸・平塚市

店じまい　お店の入り口のガラス戸には、金文字で「○○洋服店」と

水鉄砲

書かれていて、それが唯一の看板でした。一日の終わりには、鍵をかけ白いカーテンを閉め、明《あ》かりを消して店じまいです。新見・前橋市

ミゼット㊔ 父が初めて乗った車は、ミゼットという小さな三輪《さんりん》の自動車でした。鯉《こい》があかんべしたみたいな顔で灰色がかった緑色。レバーを引くとオレンジ色のウィンカーが出たような気がします。座席下のすきまから、地面の砂利が見えました。越阪部・所沢市

店の時間 開店・閉店はお客さん次第。ペンキ屋さんが仕事に行く前に来るため、朝七時頃から店をあけ、夜は十時近くにカーテンを引き始めると、そういう時に限って「まだいいか?」とお客さんが入って来るのです。福井・本荘市

味《み》噌《そ》汁《しる》 栄養を気にしていた母が作る朝の味噌汁の定番は、細い浅《あさ》葱《ぎ》でした。田舎から野菜が届くと実だくさんの味噌汁に。アサリや蛤《はまぐり》の味噌汁は出汁《だし》を楽しみ、あっさりと。味噌は祖母が赤味噌と白味噌を、具《ぐ》(海や山の物)によって混ぜ合わせたりしていました。小渡・静岡市

みそっかす［遊び仲間に入れてもらえない小さい子］ 近くの小川に兄たちは裸足《はだし》で入り、二人が手拭《てぬぐい》の端を広げて持ってメダカをすくい、空《あ》き缶《かん》に入れました。私はみそっかすで、離れて見ているだけです。越阪部・所沢市

味《み》噌《そ》作《づく》り 味噌作りは共同作業です。村で共有している大釜《おおがま》が回ってくると、うちの番です。自分ちの分だけ作るのですが、近所の人たちが手伝いに来ます。大豆を柔らかく煮て手動の機械に入れて潰《つぶ》し、こねたものを大きな団子にして、二、三個、藁《わら》で縄状にしたものに吊《つ》るして軒下に干します。何日かしたら、藁からはずした団子を潰《つぶ》し、塩と麹《こうじ》を加えて桶《おけ》に入れてさらに塩を加えて寝かします。数ヶ月〜一年くらいすると熟成します。柳川・長野県

水飲み鳥

味噌屋《みそや》さん　三角に山盛りの味噌をヘラですくってヘギに入れて目《め》方《かた》で売っていました。祖母は産地を確かめ、赤味噌と白味噌を量《はか》り買《が》いしていました。小渡・静岡市

乱《みだ》れ箱《ばこ》　衣桁《いこう》と乱れ箱がセットでいつも座敷に置かれていました。どちらも、脱いだ衣類を一時的に置くのに便利です。乱れ箱は大中小の入れ子になっていて、今でも小さいのをベッドの脇で使っています。芳村・浦和市

道草《みちくさ》　放課後、多摩川沿いに家が遠いおうちの子から送っていきました。そのあと順番に友達の家を通ります。途中で道草もくうので、うちに帰り着いたらもう真っ暗。でも楽しかった。吉田・横浜市

道草《みちくさ》を食《く》う　文字通り、道草を食べながら下校しました。まずは校門を出る前にサルビアの蜜《みつ》を吸い、桑の実や木の実を採って食べ、イネ科の雑草の茎をキュッと引きぬいて、色が薄いのはメロン味、緑が濃いのはスイカ味と草をかじっていました。風祭・高萩市

三《み》つ編《あ》み　昼休みに友達同士で髪の毛をポニーテールにしたり三つ編みにしたり、いろいろに結い合いました。よく似合うわとか、もう少し髪を伸ばさないと難しいなどと言いながら。枝毛《えだげ》を切ったりもしました。小渡・静岡市

ミツゲン(商)［サッカリンを含む人工甘味料］　ポン菓子屋さんが来ると、ミツゲンと米と薪《まき》とお金を持って祖母と出かけ、小笊《しょうけ》（＝ザル）一杯のポン菓子に変えて抱えて帰ります。たまにトウモロコシを持って行って、ポップコーンに変えてもらう人がいて、うらやましく思いました。矢賀部・八女市

三《み》つ辻《つじ》［三叉路《さんさろ》］　送り盆にお墓に行けない時は、近くの三つ辻に盆花《ぼんばな》と茄子《なす》で作った馬を供え、仏さまを送りました。新見・前橋市

ミニ機関車　背広に中折《なかお》れ帽《ぼう》の父と二歳の私がミニ機関車に乗っている写真があります。孫に会いに来た田舎のお祖父《じい》ちゃんを案内して、一家で野毛山《のげやま》公園に行った時の写真です。当時は上野動物園のお猿の電車が人気を集めていて、他の動物園や遊園地でも本物そっくりのミニ機関車を走らせていたのです。菊池・横浜市

ミニスカート　昭和四十二年、ファッションモデルのツイッギー（小枝のような、という愛称）の来日で、スカートの丈《たけ》が一気に短く

なりました。長さの基準が膝上何cmから股下何cmに変わったくらいです。流行に乗ってみたものの、冬はミニスカートでは寒くて、私はニーソックスという名のロングソックスをはいていました。越阪部・所沢市

蓑虫《みのむし》　蓑虫のハンドバッグは高級品と聞いて、蓑虫を片っ端から捕えて袋の先端から押して虫を追いだし、集めました。親に見せると「これっぽっちじゃ、バッグはできないね」。越阪部・所沢市

耳かき　父と私は耳かきが大好き。定期的にお互いに頭をあぐらに預けて耳を貸し、耳くその量を自慢し合いました。新見・前橋市

ミルキー(商)　不二家のミルキーは大好きなキャンディーでした。箱にペコちゃんの顔があり、プラスチックの黒目がきょときょと動くのも楽しみました。越阪部・所沢市

ミルキーの千歳飴《ちとせあめ》　千歳飴はなめてもなめてもなくならない魅力的なお菓子ですが、不二家の店先でミルキーの千歳飴を発見した時は夢のお菓子だ！と思いました。だいぶ大きくなってから、おこづかいを持って買いに行きました。西岡・浦和市

ミルク飲み人形　寝かせると長い睫毛《まつげ》が閉じる精巧なものでした。哺乳瓶《ほにゅうびん》で水を飲ませるとお尻から水が出て来るのが面白くて、友達と繰り返し遊びました。中を見たら、管が口からお尻までつながっていてすごいと思いました。次にもらったミルク飲み人形は管がなく、哺乳瓶で水を飲ませると胴体に水がたまり、手の付け根から漏《も》れてしまうのが残念でした。髪も最初の人形は結《ゆ》って遊べましたが、二番目の方はできず、がっかりでした。西岡・浦和市

ミルク飲み人形　六歳のクリスマスにもらいました。うれしくて付属の哺乳瓶で何度も何度もミルク(水)を飲ませました。下からすぐに出てしまうのに、何があんなに面白かったのか。東・港区

ミルメーク(商)　牛乳に溶かすとコーヒー牛乳になる粉です。牛乳瓶にいきなり入れるとあふれるので、牛乳を少し飲んでから入れるのがコツ。欠席の子に給食のパンを届ける時には、ミルメークも一緒に届けました。岩倉・沼津市

みんな出ておいなあ！　広い庭は何も置かないできれいにしてあり、四季折々、色々なものが並び

ました。春は野菜の苗、秋は米、芋、豆、柿、りんご等。どんな時でも雨が降ってくると大変でした。「雨だで、みんな出ておいなあ！」。すごい速さで干してあるものを軒下に運び入れます。私も見よう見まねで手伝いました。「幸子の手は猫の手よりましだわ」とほめられると得意になって張り切ったものです。　大平・長野県

む

ムームー　流行《はや》りました。中学生の頃、母も私も真夏でもシュミーズをつけてワンピースを着ていたのに、ムームーは素肌にじかに着ていいのです。ゆったりしているので、風が通ってとても涼しく革命的だと思いました。　東・港区

昔話《むかしばなし》　祖父は、毎日寝床で本を読んでくれました。赤茶色の布の表紙の本で、こわいような不思議な話や面白い日本の昔話が一杯載っていて、読み聞かせてもらうのが楽しみでした。祖父の両脚の間に足を入れると、湯たんぽのように気持ちが良かった。　柳川・長野県

麦焦《むぎこ》がし　はったい粉《こ》(大麦の粉)と砂糖をお椀《わん》に入れて、お湯を注いで箸《はし》でぐるぐる混ぜます。黒いぼちぼちがある汚い灰茶色で、食べるともっちりして重たく、好きではありませんでした。水だけで捏《こ》ねて団子のように丸めてつぶし、網焼きして醤油《しょうゆ》をつけて食べる方が好きでした。　越阪部・所沢市

麦茶《むぎちゃ》　大麦を作っていたので、麦茶は自家製でした。麦を煎《い》るのは、子供の仕事です。七輪《しちりん》にフライパンを載せ、菜箸《さいばし》で混ぜてカラコロと鳴らしながら焦《こ》がさないように煎っていると、麦の良い香りがたち、市販のより香りも甘みも強かったように思います。夏は冷やして、冬は煮出したてを飲みました。　風祭・高萩市

麦踏《むぎふ》み　十一月頃、大人のまねをしてお尻の後ろで手を組んで、麦の畝《うね》を横向きに踏んで歩きます。五cmくらいに伸びた麦の芽を倒すように踏むと、土が押さえられて、霜柱《しもばしら》ができても根が浮き上がらないのです。一サク五円のお駄賃《だちん》をもらいました。　越阪部・所沢市

麦藁帽子《むぎわらぼうし》　父の職場の魚釣り大会に行きました。大きな川で餌を付けた竿《さお》を何度も投げるのですが、何もかかりません。ボウズの私たち。私の帽子が風に飛ばされ、追いかけて川に飛び込みそうになる父を必死に止める妹。あの麦藁帽

子はどこへ行ったのでしょう。矢賀部・八女市

向《む》こう三軒両隣《さんげんりょうどなり》 ♪「とんとんとんからりと隣組《となりぐみ》 格子《こうし》を開ければ顔なじみ 廻して頂戴《ちょうだい》回覧板 知らせられたり知らせたり」。ラジオからこの歌が流れると、思わず口ずさんでいました。わが家も社宅四軒が集まって暮らしていたので、「お互い様」の心をみんなが持っていたように思います。前の家には電話を借りました。学級連絡などがあると、玄関先の電話に飛んで行ったものです。田舎から届いたお芋や栗をお裾分《すそわ》けする時には勝手口《かってぐち》から。親達にはご近所だからこその気遣いも大事だったようです。菊池・新宿区

蒸《む》し器《き》 電子レンジが登場する前は、冷やごはんを温めるのは金色のアルマイトの蒸し器でした。ふかし芋や蒸しパンなども蒸し器で作りました。大きな蓋《ふた》をあけると熱い湯気が出て、蒸し器の周りにはいつもおいしそうな感じが漂っていました。西岡・浦和市

虫下《むしくだ》しチョコ 検便《けんべん》は毎年行なわれ、陽性の生徒には虫下し用チョコレートが配られました。薬臭《くさ》くてまずくて、がりがり噛《か》んで水で飲み下しました。越阪部・所沢市

虫干《むしぼ》し 廊下には物干し、部屋には鴨居《かもい》から鴨居へ洗濯ロープを張りめぐらし、タンスの中の和服を吊《つ》り下げました。ふだんあまりあけない引出しを妹とのぞきこみ、桐《きり》箱《ばこ》の中の帯留めやビーズの羽織紐《はおりひも》を「大きくなったら頂戴《ちょうだい》」とお願いしたものです。越阪部・所沢市

筵《むしろ》織り むしろを織るのは農閑期の仕事でした。外の屋根下に枠を組み、藁《わら》を乗せては経糸《たていと》を交差させ、一段一段織ります。縁《へり》の所は必ずきっちり折り返すのですが、そこが難しくて、子供には任せてもらえませんでした。越阪部・所沢市

無尽《むじん》［頼母子講《たのもしこう》］ 路地《ろじ》に住む七軒のおばちゃんが月一回集まって、無尽をやっていました。会場は各家持ち回りで、一回千円ずつ出し合っていたように思います。「ミシンは無尽のお金で買えた」と母が話していました。小学校低学年の私には、ムジンって何だろうと謎でしたが、近所のおばちゃんたちはお茶とお菓子で皆、楽しそうでした。西岡・浦和市

六一〇《むとう》ハップ ㊫［入浴剤］ 宮崎県の父方の祖母の家の五右衛門《ごえもん》風呂には、必ず六一〇ハップが入ってい

ました。お湯は白濁して硫黄《いおう》の独特な匂いがしました。岩倉・沼津市

村の共同風呂　五右衛門《ごえもん》風呂を使わなくなって共同風呂に通《かよ》っていました。真っ暗な夜道は星がきれいでしたが、私は出かけるのが面倒でお風呂は行きたくないと言っていました。矢賀部・八女市

め

銘仙《めいせん》　銘仙は普段着《ふだんぎ》の着物で、縞柄《しまがら》が多く、少し節《ふし》がありました。母のタンスには大正時代流行の大柄なものもあり、着ると若々しく華やいで見えました。越阪部・所沢市

目《め》方《かた》　「目方計《はか》ってやるよ」とおじさんが、茶葉や作物を計る台秤《だいばかり》に就学前の子供を順番に乗せて、十五キロ、二十三キロとか教えてくれました。子供たちは乗ったり降りたりとか、秤《はかり》の針の振れが楽しいだけで、体重なんか興味ないのでした。越阪部・所沢市

メガネ　学校の健康診断で近視と言われ、母が渋谷の眼鏡屋に連れていってくれました。学校で赤いメガネをかけているのがとても恥ずかしかった。吉田・横浜市

飯籠《めしかご》　炊《た》いたごはんはお櫃《ひつ》に入れ、夏は腐りやすいので竹製の飯籠に入れ替え、井戸の上や軒下など、涼しい所に吊《つ》るしていました。説田・今治市

メダカ捕《と》り　手拭《てぬぐい》とバケツを持っていとこと河原に行き、大きな石や堤防等の水が淀んでいる場所で、手拭の両端をそれぞれ持って水に沈め、メダカが手拭の上に見えると、息を凝《こ》らしてスーと横に潜らせてバケツに入れました。小さな池に放すと、メダカがボウフラを食べてくれるので蚊が発生しません。小渡・静岡市

メリケン粉《こ》　小麦粉のことです。天ぷら、すいとん、ドーナツなどにしたので、薄力粉だったのでしょう。うどん粉、団子の粉、白玉粉、でんぷん粉などはブリキの茶箱に入れていました。越阪部・所沢市

メリヤス［伸縮性のある布地］肌色

メンコ

の冬の下着が思い浮かびます。厚手の丸首シャツと股引《ももひき》、小さい時は温かくて好きでしたが、成長するにつれて爺《じじ》むさく感じ、冷たい目で見るようになりました。越阪部・所沢市

メロン　入院見舞いには、メロンを持って行くのが通例でした。果物屋さんの一番奥の一番高い所に箱入りで鎮座していて、当時でも二、三千円していました。入院しないと食べられないものと思っていました。木村・名古屋市

メンコ　［ボール紙に絵を描いたもの。たたきつけて人の札をひっくり返したり、札の下に入れると勝ち］

メンス　［生理のこと］

メンタム㊫　看護婦さんの絵が付いたメンソレータムは、冬のアカギレ、シモヤケに塗りました。風邪をひいてぜいぜいすると胸にも塗られ、鼻詰まりの鼻の下に塗ると揮発して目に沁みました。ほっぺのガサガサには「ももの花」を塗りました。越阪部・所沢市

メンチボール　安い挽き肉を使ったおかずは、よく食卓にのぼりました。中でもケチャップ味のメンチボールは大好きで、付け合わせの粉《こ》ふき芋や人参も残さず食べました。メンチボールにはハンバーグという別名があると聞いた時は、高級な別の料理のように思えて、びっくりしました。西岡・浦和市

面倒見《めんどうみ》　栄養失調のせいか寒さのせいか、洟垂《はなた》れ小僧がいました。二本の青《あお》っ洟《ぱな》を服の袖で拭《ふ》くので袖がいつもテラテラ光って。そんな様子を見るのがいやだったので「きちっとしなさい！」とちょっとお姉さんぶって拭いてやりました。先生も私をお目付け役と思っていたのか、席はいつもそんな子の隣でした。菊池・新宿区

も

毛布　冬には、母手製の袋状に縫った毛布の中で、豆《まめ》炭行火《たんあんか》までして寝ていました。説田・今治市

もぎたての果物　庭には梅、りん

角メンコ

ご、梨、ぶどう、柿など、実がなる木が一本ずつありました。実が熟すと兄と木に登り、りんごや柿はその場でかぶりつきました。とても美味しかった。十二歳の頃家を建て替え、柿と梅の木だけが残りました。柳川・長野県

木造校舎　小学校には古い木造二階建ての校舎があり、特別教室として使われていました。階段はミシミシ音を立てて先生の登場を知らせます。台風が来て、音楽室の屋根が飛ばされました。ぽっかり空《あ》いた暗い天井から青い空が見え、なんともすがすがしい空気が流れました。越阪部・所沢市

模型飛行機　兄が買ってくる袋入りのセットには、竹ひご・アルミ管・和紙・プロペラ・針金・ビーズ・ゴムなどが入っています。兄が作るのをそばでじっと見ていました。飛ばしに行くときは置いて行かれないように注意し、追いかけました。越阪部・所沢市

餅米《もちごめ》　お正月を迎える前に必ずする行事が餅つきでした。蒸籠《せいろ》で蒸《む》した餅米を杵《きね》と臼《うす》でつくのですが、段取り八割！と言って、これるのに時間をかけます。ついた餅は熱いうちに丸めますが、この時いたずらをして、ビスケットやジャムを入れて誰に当たるか楽しみました。矢賀部・八女市

餅《もち》つき　餅つきは年の暮れと寒餅《かんもち》と雛《ひな》の節句、年三回くらい、本家の土間《どま》に臼《うす》を出して、数軒で一緒にしました。暮れには座敷中に台を並べ、つきあがった餅をのし餅やお供え餅にします。つき手と返し手（餅をひっくり返す人）のリズミカルな掛け声のする中、あんこ・黄粉《きなこ》・辛《から》みにとりわけた餅を子供たちは競うように食べました。しゅんしゅんと湯気が上がり、米の炊《た》きあがる匂いと人の熱気で家中ホッカホカです。越阪部・所沢市

餅《もち》まき　新興住宅地では上棟《じょうとう》式の時にお祝いの餅まきがよくありました。大人も子供も、屋根から投

模型飛行機

げられる丸餅や小銭、飴《あめ》等を競って拾います。東西南北にまかれる餅は四方餅《しほうもち》と言ってひときわ大きく、中に小銭が入っていましたが、背の高い大人がジャンプして取ってしまうので子供はなかなか手に入りません。岩倉・沼津市

盛《も》っきり　コップ一杯の焼酎のことです。わが家は、お酒の小売りと塗装が中心の店でした。夕方になると、仕事帰りの男たちが盛っきりをレジカウンターでちびちび楽しんでいました。福井・本荘市

もったいなかたい　節約家の母は、こう言っては電気をこまめに消し、物を大事にすること、無駄使いをしないこと等、口うるさく言っていました。矢賀部・八女市

もてなし風呂《ぶろ》　自転車や徒歩で来る遠来のお客に、お風呂を勧める風習がありました。浴衣《ゆかた》と手拭《てぬぐい》を盆に載せて、湯殿《ゆどの》に案内します。「お湯加減いかがですか」と祖母の声が聞こえます。客は親類縁者がほとんどで、くつろいで祖母と話していました。越阪部・所沢市

物置《ものおき》　家を建てた後、父は甥の新《しん》米大工《まいだいく》さんに古材を使って物置を造ってほしいと頼みました。角地《かどち》の東南の隅に建った古材の物置はみすぼらしく、家よりも目立ちました。新見・前橋市

物置《ものおき》に閉じ込める　よく閉じ込められました。そのうち、叱《しか》られると自分から入るようになりました。真っ暗ですが節穴《ふしあな》が所々にあり、外の様子をうかがったりコオロギと遊んだり。何時間でも静かにしていたので母の方が心配になり、ついあけてしまうのが恒例でした。物置では効果がないと知った母は、今度は私を門の外に出しました。田中・西宮市

物差《ものさ》し袋《ぶくろ》　小学校の入学時、計数器と竹の物差し、カスタネットを渡され、全部に名前を付けました。そのための袋も縫います。私の物差しは白いビロードに赤と黒の水

餅つき

玉が飛んでいる模様の袋で、ランドセルの横に差して上が少し見えるのがうれしかった。 越阪部・所沢市

物干し竿《ものほしざお》 洗濯物は物干し竿に袖を通して一列に干しました。竿は二段に分けて。上の段には二股棒《ふたまたぼう》で竿をはさんで持ち上げます。取り込むときは竿の片方を持って立ち上げると、乾いた洗濯物がするするっとまとまって落ちてきます。お日様の匂いと温《ぬく》もりも一緒に。 新見・前橋市

物干し台《ものほしだい》 祖母の家には、ゆるい鉄板屋根の上に四帖の物干し台がありました。隅には鶏小屋《とりごや》があり、ある朝、卵を採りに行ったら血だらけ。イタチに襲われたようです。物干し台では遠くの花火を見たり、隣家のお兄さんのギターも聞きました。この人は夏になると、物干し台を伝って祖母の家へ来て、甲子園の高校野球のテレビ中継に釘付けになっていました。 新見・前橋市

籾殻《もみがら》 お正月には木箱《きばこ》入りのりんごを買います。蓋《ふた》をあけると甘い香りがプーンと漂い、傷がつかないよう詰められた籾殻の中から手探りでりんごを掘り出します。赤いりんごが掌《て》にひんやりとさわります。 越阪部・所沢市

籾殻《もみがら》ストーブ 餅《もち》つきの米を蒸《む》すのに使いました。だるまストーブに似た外観ですが、胴のところに籾殻を入れるくぼみがあります。炎が小さく熾火《おきび》のように安定して燃えました。 越阪部・所沢市

樅《もみ》の木 クリスマスの時期になると樅の木を伐《き》りに山に行きました。適度な大きさと枝ぶりが良いものを探します。プレゼントはありませんでしたが、樅の木を伐りに行くこととケーキは楽しみでした。 風祭・高萩市

物干し台

桃の葉 汗疹《あせも》ができると、桃の葉に塩を少し入れて煎《せん》じ、その汁をつけて治しました。 風祭・高萩市

もらいテレビ テレビは経済的に余裕のある家が買って、近所の人

たちは夜、その家に見せてもらいに行きました。私も兄たちと一度だけおじゃましたことがあります。歌手のペギー葉山が「南国土佐を後にして」を気持ち良さそうに歌っていました。鈴木・松阪市

もらい風呂《ぶろ》 隣のMちゃんのお父さんは銀行員で、勤めから帰ってくるとまずお風呂に入ります。日の長い季節は、まだ遊んでいる途中の子供たちも「一緒に入るか?」と声をかけてもらい、Mちゃんと一緒に入りました。遊びの続きのようなお風呂が、ものすごく楽しかった。西岡・浦和市

もらい湯［もらい風呂のこと］ 近所中が水枯れになった時も、わが家では管を継ぎ足し、井戸水が使えるようにして風呂を焚《た》いたので、近所の人がもらい湯に来ました。祖母は時々、終戦当時を思い出し、もらい湯に来ていた人の話を母にしていました。小渡・静岡市

もらわれっ子 四人兄妹《きょうだい》の三番目だった父は、中学生の頃おばにあたる私の祖母の養子になりました。いわゆる「もらわれっ子」です。夜中に何度も無意識に家に帰ろうとする父を「ここがお前の家だよ!」と祖母は必死で引きとめたそうです。矢賀部・八女市

文《もん》［足袋《たび》のサイズの測り方。この流用で靴の寸法も表した］ ズックのサイズはセンチでしたから、祖母に「足袋は何文《なんもん》かい?」と聞かれてもすぐには答えられませんでした。越阪部・所沢市

もんぺ 野良《のら》仕事をするとき、女の人はもんぺをはきました。生地《きじ》は、夏は絣《かすり》、冬はウールです。私は絣のもんぺが好きで、縫ってもらい、家ではよくはいていました。汗をかいても風が通って涼しいのです。大人のはひもでしたが、私のはウエストゴムです。越阪部・所沢市

匁《もんめ》 子供の頃は匁を使っていました。お肉屋さん、お惣菜屋《そうざいや》さん、お茶屋さんなどでも「一〇〇匁ください」と言って買物をしていました。一〇〇匁が三・七五キログラム=一貫目《いっかんめ》です。小渡・静岡市

所沢市●大正時代に建てられた家

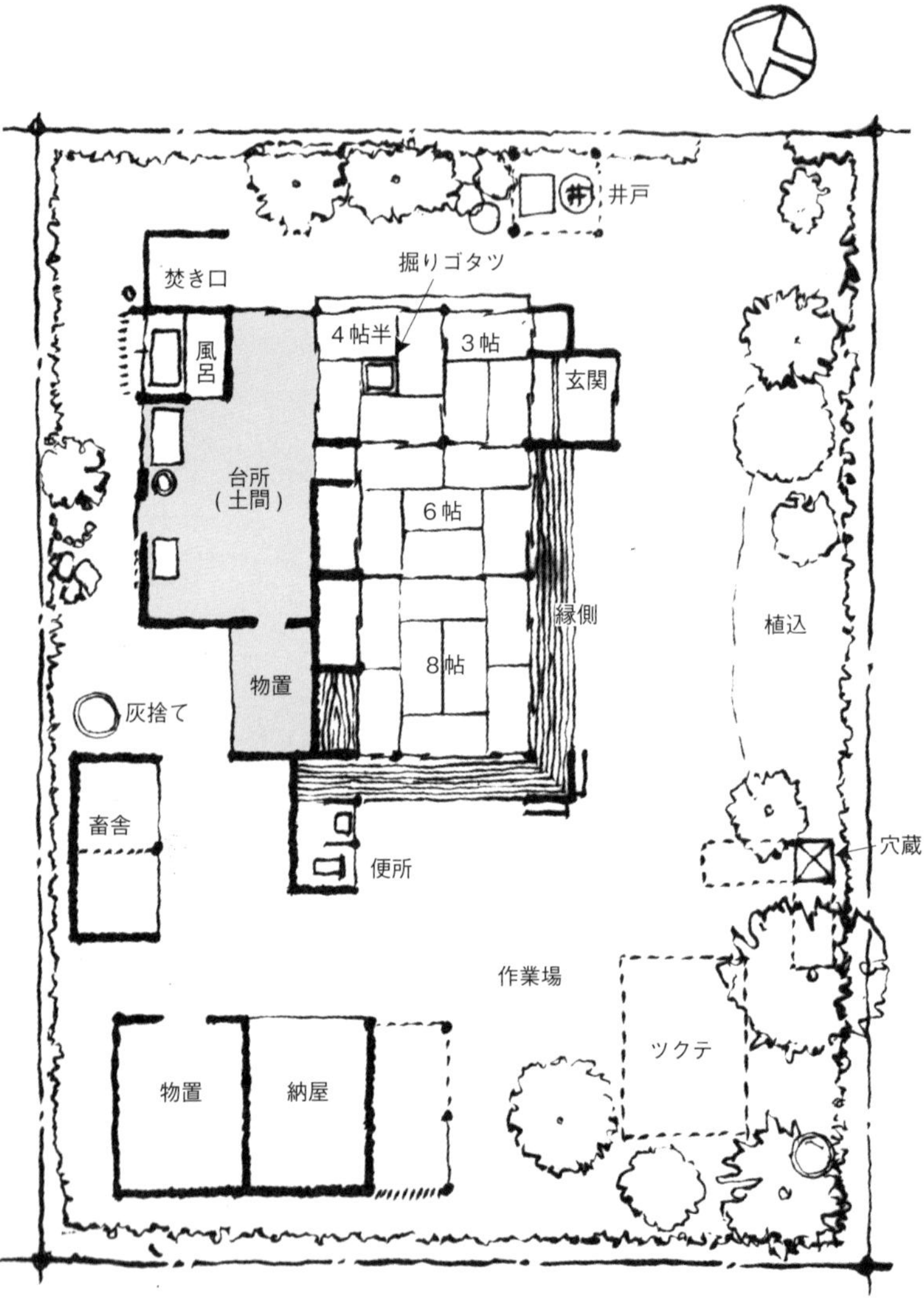

『アルバムの家』(三省堂)より

や

ヤール　型紙を畳の上に並べ、布を何ヤール買えばよいか考えます。型紙が畳半分なら一ヤールとみなすと分かりやすいと叔母からアドバイスを受けました。型紙は置き方によって布の長さが変わってくるので、柄合《がらあ》わせ、縦糸《たていと》横糸、バイヤス裁《だ》ちなど色々頭を使いました。小渡・静岡市

八重歯《やえば》　石原裕次郎がスターだった頃、八重歯は悪いものだとは思われていませんでした。私は乳歯の頃、みそっ歯《ば》だったせいか、大人の歯《は》が生えると八重歯になってしまいました。矯正しているクラスメートもいたのに、母は「八重歯は魅力的なのよ」などと言って矯正してくれませんでした。今でも母を恨んでいます。東・港区

八百屋《やおや》さん　朝早くからオート三輪《さんりん》に野菜を積んで走っていました。市場から仕入れてきたのでしょう。店先の水を張った大きな樽には里芋《さといも》がいっぱい入っていて、木の棒を漢字の「又」をひっくり返したように組んだ道具で右に左に揉《も》み洗いすると、真っ白な里芋の出来上がり。魔法みたいでした。梁《はり》からゴム紐《ひも》で吊《つ》るしたザルが、小銭の重みで優雅に揺れていました。菊池・新宿区

やかんの水　夏の暑い日、高崎線の神保原駅では、列車の待ち合わせ時間が長い時は、駅員が大きなやかんと湯呑《ゆのみ》茶碗を持って、窓から乗客に水をサービスしていました。冷房がない時代です。自宅のお勝手にはいつもやかんに水や沸かし冷《ざ》ましが入っていて、喉《のど》をごくごく鳴らして口のみをしました。新見・前橋市

焼《や》き芋《いも》　晩秋、落ち葉を掃いては焚《た》き火《び》をし、さつま芋や栗を焼きました。栗はそのまま入れると破裂して危ないのですが、面白がって入れて、遠く離れて待ちます。芋は皮が真っ黒に焦《こ》げて、ほくほくで金色の真ん中だけを食べるのでした。越阪部・所沢市

焼《や》き魚《ざかな》　魚は囲炉裏《いろり》で焼いていました。「今晩もカド（ニシン）か」と、がっかりしながら、串に刺した魚が焦《こ》げないように串の向きを変えたり、炭火《すみび》から遠ざけたり、祖父に指図されながら焼いていました。福井・本荘市

ヤギのお産《さん》　ヤギのお産を子供たち大勢でワイワイ見て、大変だねと言い合ったりしました。苦しがって暴れるのです。ぬめぬめした

風船みたいな膜にくるまれて、ぶら下がったままなかなか出きれません。生まれ落ちた時は安堵《あんど》の歓声です。 越阪部・所沢市

ヤギの乳 ヤギの乳を搾《しぼ》って飲みました。しぼりたては生ぬるくて好きではありません。私は熱々で膜が浮いているのが好きでした。ヤギには畦道《あぜみち》の草などを食べさせました。 越阪部・所沢市

野球中継 祖父と父が巨人ファンだったので、夏になるとナイター中継ばかりで他の番組がなかなか見られません。コマーシャルのすきをねらって、少しだけチャンネルを回したり、巨人の勝敗を見極めて、チャンネル交渉をしたりと、野球シーズンが始まるのが少し憂《ゆう》鬱《うつ》でした。 風祭・高萩市

ヤクルト㊔ ヤクルトを毎日一本取っていたことがあり、朝つっかけをはいて、木の受け箱《ばこ》に取りに行きました。冬になると瓶《びん》の底まで凍《こお》っていて、こたつで半分溶けかかってシャリシャリするのを飲むのは格別でした。 越阪部・所沢市

ヤクルト配達 幼い子が道路に飛び出さないようにと、入り口付近に木製の門扉《もんぴ》が取り付けられていたことがあります。ヤクルト配達のおじさんは、それを軽く飛び越えてやってきます。とてもかっこよく見えました。 矢賀部・八女市

野犬《やけん》 家の周りに野犬や放し飼いの犬がたくさんいました。うちの犬を誘いに来たり、空《あ》き地に群れて一つの社会をつくったりしていました。たくさんいるとこわかったけれど、好奇心でしばらく観察したりしました。 東・港区

野犬狩《やけんがり》 引っ越した人が置いていった飼い犬を、放し飼いにしてみんなで世話していたことがありました。とても賢くておとなしいシェパードでしたが、保健所の野犬狩りが来て連れて行ってしまいました。 古村・大田区

夜行寝台車 父の突然の転勤で上野駅から青森行の列車に乗り込んだのは八月の終わり、台風一過の日の夕方でした。三等寝台は三段式で、小学生の私と妹は一番上。窓もなく荷物と一緒に二人で寝ました。父と母は中段と下段へ。列車は北へ走り、盛岡で窓から顔を出すと冷気が襲いました。朝は中段のベッドを倒して背もたれに、一番下のベッドは三人分のベンチに早替わり。私は一番上の狭い場所が気に入り、下に降りませんで

した。昼頃やっと青森駅に着きました。山本・府中市

屋《や》敷《しき》稲《いな》荷《り》 庭の奥まったところにザクロの木と屋敷稲荷がありました。中林・前橋市

屋《や》敷《しき》林《りん》 官舎の周辺は武蔵野の自然にあふれた環境で、農家の家の周囲に植えられた屋敷林が見事に連なっていました。杉山・小平市

安《やす》月給《げっきゅう》 昼休みに職員室に行くと、音楽の先生が何も食べていません。教員は安月給でしたが、二十代の若い先生はその中から昼食代を削って、私たち部員を東京の演奏会に連れていってくれました。ブラスバンド部ができたばかりの中学校で経験者も指導者もいなくて、市内の演奏会ではいつもびり。屈辱の私たちにプロの音を聴かせてやりたいと思ったのでしょう。やせ気味の先生がさらにしなやかな体になり、指揮をする姿は百済《くだら》観音のようでした。小暮・船橋市

安《やす》普《ぶ》請《しん》 父は会社員で新婚当時はお金もなく、家は安普請でした。四畳半二間《ふたま》に祖父母と両親と兄と私を含めて六人家族で暮らしていた時期もあります。それでも、家族仲良く楽しく暮らしていたようで、ごはんを食べている写真や、日当たりのいい縁側《えんがわ》でおままごとをしている写真などが、たくさん残っています。岡部・浦和市

矢《や》立《た》て 金属製の携帯用筆記用具です。母が祖父から譲り受けたもので、古くて趣《おもむき》がありました。祖父の話をする時、母の口調は穏やかでした。子供の頃の母を見るようで、私もほっくりした気持ちになりました。田中・西宮市

やっちゃ場《ば》 卸売市場のことです。朝まだ暗いうちに車に野菜を積んで、やっちゃ場に行く父について行ったことがあります。裸《はだか》電球の下でコンクリートの床がひんやりして、大人の世界をのぞいた気分でした。勇んで荷降ろしを手伝いました。越阪部・所沢市

柳行李《やなぎごうり》「衣類を入れて押入れにしまっ

柳行李（やなぎごうり）

たり運搬用に使われた」子供が八人(私は七番目)という大家族では、高校を卒業したら順に家を出るのが暗黙の了解でした。ある朝、起きたら茶の間にひもでくくられた柳行李《やなぎごうり》がどーんと置いてあり、ああ今日は一番上の姉が出ていく日なんだなとわかりました。柳行李には物悲しさも詰まっていました。小暮・船橋市

屋根裏《やねうら》 藁葺《わらぶ》きの家の屋根裏は広くて高く、ある時、梯子《はしご》をつかって上がってみました。そこは異次元の世界でした。白い軍服のようなものや、カーキ色の配給毛布等があり、のぞいてはいけなかった気がしました。矢賀部・八女市

屋根葺《やねふ》きの職人さん 祖母の家の屋根の葺き替えでは、村の大勢が屋根葺きの職人さんを手伝ってにぎやかです。男の人たちが一番上の藁《わら》の層から順番にはがして束ね、地面に投げ落としたのを女の人が端《はし》から片づけます。下の茅葺《かやぶ》きが出てくる頃、屋根に登らせてもらいました。縄で縛った竹組みはまだきれいでした。叔父の家の葺き替え時には、厚い茅の中から、隠されていた刀剣が出てきたそうです。越阪部・所沢市

山百合《やまゆり》の匂い 山形の夏休みは短く、いとこが授業に出る時は一緒に山百合の咲く杉林をぬけ、湧き水をまたぎ、枝豆の植わった畦道《あぜみち》を通って、小学校と中学校が一つになった学校に行っていました。今でも、あの山百合の匂いを思い出します。岡村・柏市

ゆ

遊園地 団地には、子供が大勢いて、学年や男女に関係なくよく遊びました。団地内の公園を「遊園地」と呼んでいました。学校から帰ったらまず「遊園地」に顔を出します。ここが遊びのスタート地点でした。ケンケンパや自転車競走などは団地内の道が舞台です。車が入ってくることは少なくて安全でした。勝見・金沢市

夕方 くたくたになるまで遊んだ帰り、遠くの空を見ると、スーッと落ちていくような物悲しい気分になりました。小暮・船橋市

夕ごはんまでの時間 夕食はいつも家族そろってとりました。夕食までの間、夕暮れ時に働いていた父の姿が浮かんで来ます。父は勤めから帰ると、紙ゴミをまとめて一斗《いっと》缶《かん》に入れて燃やし、生ゴミは庭に穴を掘って埋めていました。日の長い夏場は夕方の仕事も

たくさんありました。西岡・浦和市

有刺鉄線《ゆうしてつせん》 鉄線に針先が付いているのを有刺鉄線と言って、防犯用に塀の上などに使われていました。石碑の囲いにも使われていて、その前のベンチにすわっていた弟(五歳)が、頭から後ろ向きに倒れて鉄線が頭に刺さったことがありました。新見・前橋市

夕日 官舎の周辺は武蔵野の自然にあふれた気持ちの良い環境でした。小学校への通学路はケヤキの木々がそびえたつ街道沿いで、冬になると、裸の木々のど真ん中に真っ赤な夕日が沈むのです。葉を落とした木々は美しく、絵葉書のようでした。杉山・小平市

夕焼 祖父が英語を話せたこともあり、わが家には立川基地の兵隊さんが時々遊びにきました。二度と来ない兵隊さんもいて、母に聞くと朝鮮戦争で戦死したと教えてくれました。あの空の向こうでは戦争をしているのよと言われて、真っ赤な夕焼けがとてもこわかったのを覚えています。吉田・武蔵野市

床上浸水《ゆかうえしんすい》 東京のゼロメートル地帯では、大雨が降るといつも床上浸水でした。国電が止まると、父は腿《もも》まである長靴をはいて、船橋から亀戸までの二十キロを線路伝いに歩いて行きました。小学校の教頭ですから、言わば学校の番頭さん。長靴姿の父はふだんより張り切って見えました。小暮・船橋市

床下探検《ゆかしたたんけん》 田舎の家は床下が深く空いていて、恐る恐る入ってみたことがあります。どこまでも行けるのですが、暗くてこわくなり、途中で戻りました。矢賀部・八女市

雪うさぎ 雪の夜、お風呂に入っていると母がお盆に雪を山盛りにして持ってきてくれます。ナンテンの赤い実を目に、葉を耳にした雪うさぎが載っていて、妹と大喜びで周りの雪を溶かして遊びました。越阪部・所沢市

雪かき 晩から雪が降り続いた翌朝、ザリッ、ザリッという音で目

遊動円木

を覚ましました。父が雪を掻《か》いている音です。「紀子、起きて雪かき手伝いまっし」と母から声がかかると、アノラックに軍手《ぐんて》、ゴム長靴をのろのろと身に着けるというのが冬の朝の思い出です。それぞれ家の間口《まぐち》分の道路の雪を掻くのが習《なら》わしですが、うちは道路に囲まれた端の三角敷地で雪かきの分担面積が多く、恨めしく思ったものです。　勝見・金沢市

雪囲《ゆきがこ》い　冬は日本海から吹き寄せる風が葦簀《よしず》の雪囲いの間を通過し、横なぶりの風となって、ヒューウ、ヒューウと、うなり声をあげていました。橋を通り過ぎると頬が冷たくなっているのが分かりました。　福井・本荘市

雪合戦《ゆきがっせん》　まぶしいような雪の朝、長靴をはいて外に出るのは冒険者の気分です。茶畑の上に顔型・手型をつけ、平《たい》らなところに大《だい》の字《じ》に倒れ込んで人型を印します。それから雪合戦。母の手編みの手袋も溶けた雪でびっしょり、濡れた体から湯気が立つほど熱中して遊びました。　越阪部・所沢市

雪だるま　雪玉からゴロンゴロンころがして大きくし、背丈《せたけ》くらいの雪だるまを作ります。上に重ねる時は親の手を借ります。目と口の部分に炭をつけただけの顔ですが、だんだん溶けて小さくなると悲しくなりました。　越阪部・所沢市

ユキノシタ　海で泳ぐと必ず耳に海水が入りました。泳いだあと、庭からユキノシタを採り、洗わず塩でもんで盃《さかずき》に絞る。その液をポタポタと耳に垂らし、耳を一気に下向きに。片足で強くケンケンして、入った水を出す。頭を強くふっても出てこなかった海水がドバッと出てくるのです。私にとって大切な植物でした。　加部・田辺市

雪を食べる　「あめゆじゅとてちてけんじゃ」宮沢賢治の詩「永訣《えいけつ》の朝」の一節が浮かびます。九州でも雪が降ることがあり、雪をすくって砂糖をかけ、口に運ぶとひ

雪だるま

んやり甘くてにんまり。大気汚染など考えもしませんでした。矢賀部・八女市

湯《ゆ》たんぽ　冬は掘りごたつに火鉢《ひばち》、夜は布団に湯たんぽを入れてもらいました。当時は暖房も十分でなく、寒く感じられました。高松でも雪が降り、氷も張ったのです。手はアカギレやシモヤケで赤く腫《は》れて、春が来るのを待ち焦《こ》がれていました。大宇根・高松市

ゆとり　夏休みは朝早くから夕方暗くなるまで、たいして捕《と》れないのに炎天下で一日中セミを追いかけていました。子供の頃は本当に暇《ひま》でした。どうしてあんなに時間があったのでしょう。吉田・横浜市

湯《ゆ》のし　［布地にお湯や湯気をあてて、しわをのばすこと］

指切りげんまん　「指切りげんまん、嘘ついたら、はりせんぼん(針千本)飲《の》ーます」。「はりせんぼん」の意味が分からず、何を飲まされるのだろうと、不思議に思っていました。「げんまん」にも意味があると知ったのは、大人になってからです。風祭・高萩市

よ

よいとまけ　［地盤固めの作業。「よいとまーけ」とか「えーんやこーら」などの掛け声を合せながら、重い槌《つち》を巻き上げてはドスーンと落とすのをくり返す。主に女性が担った重労働］

洋画《ようが》　国際という名の映画館は洋画専門でした。『太陽がいっぱい』を観《み》にいった時、始めのシーンでは目をあけていたつもりが「終わったから、帰ろう」と起こされました。お菓子を食べながら寝入ってしまったのです。当時は三本立てで、目当ての映画はいつも最後の上映なので、終わるのは十時過ぎ。小さい時分から宵《よい》っ張《ば》りの朝寝坊でした。福井・本荘市

洋館《ようかん》　隣家は洋館で、広々したリビングにピアノがあり、家族でチェロやバイオリンで合奏する様子が、うちの物干し台から見えました。憧れて私も音大生にピアノを習い始めました。吉田・武蔵野市

湯たんぽ

羊羹《ようかん》　紳士服の仕立てをしていた父は、物差しやラシャ鋏《ばさみ》を持って仕事をしている時は、いつも口笛を吹いていました。お茶の時間になって、羊羹を子供たちの前で切り分ける時、物差しを使って分けるのですが、父の包丁が斜めに入っているのを私は見逃しませんでしたよ。　新見・前橋市

養蚕《ようさん》の家　母の実家は養蚕農家で、母屋の他に、長屋とよばれる蚕《かいこ》のための別棟と蔵がありました。祖母の話では江戸時代に建てられた家だそうで二階建てでしたが、擬似二階のように立ちが低く、勾《こう》配《ばい》のゆるい瓦屋根の姿が実に美しい家でした。　鈴木・松阪市

用水路に落ちる　自転車通学路の途中に、田圃《たんぼ》の真ん中を突っ切る道があり、時々用水路に落ちる子がいました。朝見かけた人がいると、教室はその話題で持ち切りになりました。　風祭・高萩市

洋服仕立業　十三坪ほどの家に両親と子供三人。職人は三人いて残業で泊まっていくこともありました。表の部屋は昼間は仕事場で夜は寝室。奥の部屋も茶の間兼寝室でした。店先には布を並べたショーケースと人体が二台、一段上がった仕事場には裁《た》ち台と足踏み式ミシンが二台。客が来ると、洋服の布選びから襟の形、ボタンの数、タックなどのデザインの話や茶飲み話、聞いてはいけない大人の話まで隣室の子供たちに筒抜けでした。　新見・前橋市

洋服《ようふく》ダンス　押入れの隣の半間幅《はんげんはば》に洋服ダンスが造り付けてありました。小さい頃は「つくりつけ」と言えなくて「つくえつくえのタンス」って何だろうな～と思っていました。　風祭・高萩市

洋便器《ようべんき》　初めて洋便器を見たのは修学旅行の宿《やど》でした。どうやって使うのか友に聞くと「座《すわ》ってするのよ」。結果、便が便器の外に落ちました。前向きに座ったのは間違いでした。　新見・前橋市

用務員《ようむいん》さん　小学校には昇降口の隣に、小さな台所のついた和室があり、用務員さんが住んでいました。低学年の教室に一番近く、先生より話しやすいので、みんな何かと言っては相談したりお願い事をしました。戦争で夫をなくした戦争未亡人でした。　越阪部・所沢市

用《よう》を足《た》す［大小便をする］　店の前のバス停で待つ人や盛《も》っきりのお客も小用《しょうよう》を足すので、店の小便器

は公衆便所に近いものでした。女の子は小便器の前方に板で汲《く》み取《と》り用の蓋《ふた》をしたところにしゃがんで用を足し、男の子は板の真ん中の穴を目指すのですが、こぼして板はいつも濡れていました。大人の女性は着物をはしょって、壁掛け小便器に後ろ向きで中腰のまましていました。 福井・本荘市 ↓P284図

夜桜《よざくら》 四月が終わる頃には、北国にも桜の季節がやってきます。小学校の上に鶴舞公園があり、夜桜を見に出かけました。帰りはソフトクリームを作っている氷屋《こおりや》に、必ず立ち寄りました。 福井・本荘市

葦簀棚《よしずだな》 茶の間の前に父が木で骨組みを造った葦簀の棚がありました。風を通し、ある程度日の光が入る葦簀の屋根は、クーラーのない時代に、涼しい日陰をつくってくれました。父は役人でしたが、家ではこまめに大工《だいく》仕事をしていたので、小学校の低学年までは、父は大工さんだとばかりずっと思っていました。 東・港区

よその子は お向かいの一歳上のMちゃんは色白でかわいくて、お手伝いもよくする子でした。ランドセルを放り出して夕方まで遊びに行ってしまう私は、「Mちゃんと比べるとあなたは」とよく母に言われました。 西岡・浦和市

よそゆき 母はミシンを踏むのが好きで、よく服を作ってくれました。あるとき、私の娘のために紺色のビロードでよそ行きの服を作ってくれました。レースの付いた優雅なワンピースです。娘はたいそう気に入って、家族でピクニックに出かける時、その服を着るのだと泣きわめいて頑張って…河原へ着ていきました。 芳村・浦和市

よだれ掛け 母が手作りしていました。うちで使うのは古い浴衣地《ゆかたじ》やくたくたの手拭《てぬぐい》で、出産祝いとして贈る時は、新しいガーゼを水に晒《さら》し、数枚重ねて裏にキャラコを張って、バイアステープで縁《ふち》かがりをしていました。 越阪部・所沢

四《よ》**つ葉**《ば》**のクローバー** 家の近くでは時々、四つ葉のクローバーが見つかりました。芝生の間に雑草として生《は》えているクローバーを見かけると、私の目は鋭く光ります。花輪のブレスレットを作りながらも、目はしっかり葉の数をチェック。見つけた四つ葉は「戦利品」としてノートにはさみ、押し葉にしました。 戸川・船橋市

夜《よ》**なべ** 暮れの三十日には門松を

立てました。夕ごはんの後、父は手と足を使ってわらを縒《よ》り、荒神《こうじん》様《さま》や神棚に供える注連縄《しめなわ》を作っていました。夜なべといって、昼間にできなかった仕事を始めるのです。母は繕《つくろ》い物をしていました。岸・平塚市

呼び出し電話　まだ家に電話がなかった頃は二軒先の米屋《こめや》さんの黒《くろ》電話《でんわ》を借りました。電話がかかって来ると、「電話だよー」と呼びに来てくれました。新見・前橋市

呼び名　商売を営んでいない家にも、台《だい》や畑ケ中、堀の内など暗号のように呼び名がありました。昔からの地域の名が多く、誰さんと分からなくても、呼び名で、あの辺に住んでいる人ねと分かったりしました。風祭・高萩市

嫁入《よめい》り道具　結婚祝いに届いたミシンは、いろいろな機能が付き、洋裁の手仕事部分もほとんどやってくれる優れ物の足踏《あしぶ》みミシンでした。私の給料の二十倍もする高価なもので、母が父から受け継いだ掛け金で買ってくれたものです。小渡・静岡市

ヨモギ摘《つ》み　春のお彼岸の少し前から芽の出具合をみて、畑の畔《あぜ》か川端か、摘みに行く場所を決めて出かけました。妹と私は飽きると土筆《つくし》やスミレを摘んだりするので、結局大半は母が摘むことになりました。すり鉢《ばち》で当たるのは私が頑張って、おいしいヨモギ餅《もち》を食べました。越阪部・所沢市

寄《よ》り合《あ》い　父は碁会所か寄り合いに出かけていることが多く、碁会所にはよく連れて行ってもらいましたが、寄り合いの方はどんな所なのか私は知りませんでした。寄り合いは同業者の集まりで、困ったことは助け合い、保証人になったり、旅行を企画したりする会議だったようです。いくら絆《きずな》が強くても保証人の印鑑だけは押さないようにと祖母はいつも父に言っていました。小渡・静岡市

寄り道　放課後は寄り道をして帰るのが好きでした。幼稚園から一緒の友達の家は写真館でした。玄関で靴を脱ぐと正面は中庭、左側はスタジオで立ち入り禁止。右手の奥の部屋からはカナリアのさえずりが。門、勝手口《かってぐち》、ポスト、私の家には無いものばかりで興味津々《しんしん》でした。福井・本荘市

よろずやさん　気乗りのしないバイオリン教室に毎週通っていた頃、都電の停留所の前によろずや

さんがあり、待っている間、金物《かなもの》や雑貨を眺めていました。赤地に小判の模様がついたビニールの財布が欲しくなりましたが、母はチャチだからと買ってくれません。お年玉を貯《た》めて自分で買った時はうれしかった！　東・港区

ら

落書き《らくがき》　座敷の押入れの下段にはたたんだ布団の上にちょうど子供が入れるほどのすきまがありました。でもそこに入るのは、叱《しか》られたり、つまらなかったり、すねていた時。家をリフォームしたら、この押入れに自分の落書きを見つけました。「わたしはとうきょうにいきます。さようなら」　芳村・浦和市

ラジオ　茶の間の掘りごたつが家族団欒《だんらん》の場でした。父は新聞を読み、母は縫い物や編み物、子供は勉強というのが、わが家の夕食後の風景です。ぬり絵をしたり間取《まど》り図を描きながら、時々宿題。そこにいつもラジオの音がありました。　菊池・新宿区

ラジオ体操　団地では夏休みは毎朝、広場に階段の班ごとに並んでラジオ体操です。　戸川・船橋市

ラジカセ　レコードを買うお金がなくて『ザ・ベストテン』を録音していました。ケーブルでつなげばきれいに録音できますが、そんな知恵はなく、テレビの前に置いただけなので雑音だらけ。ラジカセは、高校受験で早朝から勉強していた時にも活躍しました。ラジオが明け方の静寂のこわさをまぎらしてくれました。　岩倉・沼津市

ラシャ鋏《ばさみ》　よく切れる大きな鋏が布専用でした。紙を切っちゃだめよと言われて大切にされていましたが、ある時から行方不明に。押入れの茶箱の上の乱れ箱に、洋裁の型紙や作りかけの布と一緒に置いていたらしく、何年もたって見つかりました。茶箱を動かしたら奥に落ちていました。　芳村・浦和市

ラブレター　中学一年生の時、上級生の男の子から手紙をもらいました。毎回、透かし模様の便箋を新しいのに替えて、ていねいな文字で書いてきます。運動会の時にすーっと美しく倒立したり、今日は江戸川で何キロ泳いだとか書いてきたり…。ある朝、登校の途中で出会った時、私は一緒にいた同級生の女の子の手を引いて逃げだしてしまいました。翌日、真っ赤な字の手紙をもらったのが最後になりました。文通は私の物語の世

界で続けていたので実際に会うのはこわかったのです。小暮・船橋市

ラムネ ラムネを飲むにはコツがあります。まず、飲み口の紙ラベルの封《ふう》をはがし、木槌《きづち》のような栓抜きを挿入してポンとたたくと、栓(ビー玉)がはずれて瓶の中に落ちます。そのとたん、サイダーがぶわっとあふれ出てくるので、あわてて口に持って行きます。でも口に入るサイダーは意外にちょびっと。ビー玉が浮きあがってきてじゃまをするからです。どうしたら取れるか瓶を振ったりしました。後年、このビー玉は瓶を再利用する時、再度入れられたサイダーに押し上げられてまた栓になることを知りました。ラムネは夏の定番の飲み物で、駄菓子屋《だがしや》さんの店先のバケツの中で冷えていました。一本五円。あお向かないと飲めないので、お行儀のよい女の子には敬遠されました。新見・前橋市

ランドセル 「ランドセルに着替えを詰めなさい」。前夜の夫婦げんかの結果、母と弟と三人で祖母の家に行くことになりました。どうせまた戻るんだからと、インコは置いて出たのですが、日がたつと心配になり、留守に鳥籠《とりかご》を持ちだしました。窓から入ったのでなんだか泥棒の気分に。小暮・船橋市

ランドセル事件 越境入学の生徒が多い小学校で、電車やバスで通学していました。とても混む時があって、ある生徒が都電がものすごく混んでいてランドセルをもぎ取られたと訴えたのです。実は家に置き忘れて来ていたのですが、本人は忘れたと思っていないので必死です。さぁ大変！ 朝礼もそこそこに先生があちこち連絡を取って大騒ぎに。さんざん探し回って、その子の母親が家に戻るとランドセルは玄関に！ 松本・北区

欄間屋《らんまや》さん 近所の欄間屋さんの仕事場に行って、平《たい》らな板に写した下絵がみるみるうちに立体的に彫り出されてゆく様《さま》を、心からすごいなぁと思って見ていました。大宇根・高松市

り

理科室 理科室が薄気味悪かったのは骸骨《がいこつ》の標本や人体模型があったから。得体の知れないホルマリン漬《づ》けの瓶《びん》には尾ひれがついた話が…。越阪部・所沢市

リカちゃん㊇ 三人姉妹のMちゃんの家はリカちゃんセットが充実していて、ディナー用の皿やナイフまでそろっていたので、雨の日

はリカちゃん人形を持参して遊びに行きました。戸川・船橋市

リボン　お下《さ》げ髪《がみ》にしてからリボンに興味を持つようになり、母の買い物について行って、一緒に選ぶのが楽しみでした。私は焦げ茶色のビロードのリボンが好きでした。越阪部・所沢市

りぼん　だるまストーブに石炭をくべ、炎のゆれを感じながら、毎月発売を楽しみにしていた『りぼん』の「マキの口笛」や、友達から借りた『なかよし』の「リボンの騎士」を読んでいました。『りぼん』の表紙は髪の長い浅野順子さんでかわいかったな～。その後は内藤洋子さん。加部・田辺市

リヤカー　祖母に市民大運動会を見せるため、祖母と私をリヤカーに乗せて小柄な母が汗だくで坂を引いていきました。グランドではゴザを敷いて、重箱にぎっしりつまったお弁当を食べました。当時は荷物も人も、リヤカーで運びました。福井・本荘市

リヤカーに毛布　大人になってから知ったのですが、農家の人たちは農作業をするのに毛布をリヤカーに積んで畑に出かけたそうです。何に使うかって？　それはご想像にお任せします。新見・前橋市

リヤカーを引く　畑に行く時はリヤカーを引きました。ちょっとした坂も、子供にとっては力が要《い》ります。荷物を載せない時は、荷物代わりに乗って楽しんでいました。矢賀部・八女市

流感《りゅうかん》　［風邪のこと］

流行《りゅうこう》　身体が弱かったのか、流行《はやり》病《やまい》には一番先にかかっていました。治って登校すると「流行の最先端だから」と負け惜しみを言っていました。矢賀部・八女市

流行歌　フランク永井の歌「有楽町で逢いましょう」は、父が酔っぱらうと私とデュエットしたのでよく覚えています。吉田・横浜市

リリアン　手の平サイズの組紐編《くみひもあ》み機。木製の握りの頭に金属のツノが五本あり、ここに筒の下から編み棒で引き出した糸を引っ掛けます。これを繰り返してゆくと、白地にピンクや青、緑がまだらに染められてカラフルな紐に。編み上がった紐を、好きな友達にプレゼントするのが楽しみでした。加部・和歌山市

りんごの絨緞《じゅうたん》　収穫したりんごは選果をして優・秀に分けたり、大きさのそろった順に拾い出した

り、ほぞをはさみで切ったり、箱詰めにするまでに色々な作業があります。建具《たてぐ》を取り払って並べられた紅玉《こうぎょく》は、それはそれはきれいな赤。三十㎝ぐらいの作業用の通り道を作りながら並べていくので、そこを「ぶ〜んぶ〜ん」と言いながら手を広げて走り回りました。バランスをくずしてりんごの上に倒れると、火が出るほど怒られました。私はりんごの中に寝るのが好きで、座布団を二枚敷いて寝ました。顔の周りにりんごが一杯あって、いい香りに包まれて寝るのも、とても気持ちが良かったのです。 大平・長野県

りんご箱［りんご運搬用の木箱］ 蓋《ふた》をあけ、もみがらの中に手を入れ、りんごを探ります。残り少なくなるとなかなか見つかりません。やっと見つけ、服でこすって皮ごとパクリ！ ささやかな幸福感を味わえる一時《ひととき》でした。 矢賀部・八女市

リンス リンスが出回り始めたばかりの頃、中学校の家庭科（女子のみ）の時間に上品な年配の先生がおごそかに「皆さん、シャンプーの後にはリンスというもので髪を濯《すす》ぐんですよ」と言った後「えっ、あなた方も、みんな使ってるんですか？」と絶句。 小暮・船橋市

れ

冷蔵庫 公団住宅に引っ越した時、新しい家電や家具が登場しました。冷蔵庫はドアがひとつで、あけると上部にまたドアがあり、そこが冷凍庫でした。霜がつき厚くなると電源を切って、お湯が入ったアルミの箱を置いて溶かします。結構時間もかかり、その間に冷凍庫に入っていたものは溶けていました。 田中・名古屋市

レース お気に入りは襟元に白いレースがついているワンピースでした。毎日着ていました。寒い日はズボンをはいて、ワンピースのスカートの部分をズボンの中に入れて登校していました。 新見・前橋市

レース編《あ》み 手の平サイズのモチーフから始め、たくさん編みました。使いもしないコースター、花瓶敷き、テーブルセンター、ポーチや手提げバッグ。作ることだけが面白く、できてしまうと目は飽きているのです。 越阪部・所沢市

レコード 小学四年生の時、東京からませた女の子が転校してきました。気に入られたくて「クリスマスに何がほしい？」と聞くと「ウエスト・サイド・ストーリーのレコード」。ジャケットも素敵

で魅力的でしたが、おこづかいでは買えない値段。二人ともわかっていました。数分の一で買えるプレゼントを渡すと、ぼそっと「なんだ、ソノシートか」。小暮・船橋市

レコードのレンタル店　レコードは高価なので、レコード店にはジャケットを見に行くだけでした。一枚買うと別の一枚を試聴させてくれる店があり、ガラス張りの試聴室に入って聴いている人をうらやましく眺めたものです。街にレンタル店ができて、二百円で一晩借りられるようになった時は夢のようでした。西岡・浦和市

レコード盤《ばん》　LP盤(33回転)とEP盤(45回転)とSP盤(78回転)とあり、回転数の設定をまちがえると、あれれ?という音になりました。どれも両面(A面・B面)に録音されているので、ひっくり返して聴くことになります。指紋や手脂がつかないよう、そーっと取り出してターンテーブルに乗せ、針もそーっと置き、しまう時もそーっと。小暮・船橋市

レジ［数字のキーを強く打って右側のレバーを二回転させると、チーンという音がして引出しが飛び出す］毎晩、レジの現金を計算し、ようやく夕食というのが母の日課でした。お札《さつ》は十枚ずつ束《たば》ね、硬貨は種類ごとに五百枚ずつ紙に包み、金額を記入し、テープで留めます。終わると一同ほっとした顔に。明日の釣り銭分として決まった額の小銭をレジに戻すと、冷たい飲み物や子供用のアイスなどが振る舞われ、一同にっこり。福井・本荘市

列車事故　家のすぐ近くに踏切がありました。線路がカーブする位置で遮断機《しゃだんき》もなかったせいか、夜間に時々人身事故が起きました。事故が起きると近所中の人が見に集まります。うちも親に起こされて家族中で行きました。真っ暗なので何も見えず、「おーい足はどこだー」と叫ぶ声が聞こえてきます。翌朝、筵《むしろ》をかけられた遺体が踏切のそばに置かれていました。小暮・船橋市

列車のトイレ　トイレの入り口にこんなプレートがありました。「停車中は使用禁止」。なぜ? 便器をのぞいたら、確かに線路の砂利が見える。えっ、ほんとにこれで大丈夫なの? 線路の上がどうなっているか想像しただけで、うーん。田中・西宮市

レンゲ　四月下旬になると、家の前

の田圃《たんぼ》に一斉にレンゲが咲き、一面が紫色に染まります。誕生会に来てくれた友達とたくさん摘んで来て、花輪を編んで遊びました。残りは庭にまき散らして叱《しか》られたものです。 岩倉・沼津市

練炭《れんたん》 練炭がぴったりはまる七輪《しちりん》を、以前は炭を入れていた窪《くぼ》みに置きます。朝点火すると夜まで、手をかけなくても一日中暖かい練炭《れんたん》ごたつになりました。翌朝、七輪を逆さにあけると、練炭の蓮《はす》の実のような穴がそのままの形で残り、踏んで崩すのも一興でした。

越阪部・所沢市

ろ

ロイド眼鏡《めがね》 ［アメリカの喜劇俳優ハロルド・ロイドが映画でかけていたメガネ］

蝋紙《ろうがみ》 父がカートンで買っていた「シンセイ」という煙草は蝋紙で包まれていました。その蝋紙をもらって母の裁《た》ち台《だい》をせっせと磨《みが》き、すべすべにしてから踏み台に立てかけると滑《すべ》り台《だい》の出来上がりです。何度もくり返し滑って遊びました。 越阪部・所沢市

蝋石《ろうせき》 ポケットにはいつも蝋石が入っていました。校庭で、砂利道で、陣地や丸を描けばそこが遊びの場所になりました。絵描《えか》き歌や相合傘《あいあいがさ》も地面に描いては靴裏で消しました。 越阪部・所沢市

ろうそく 大型台風、関東地方に接近！ ボロ家のわが家は木の窓にペラペラの薄いガラス一枚で今にも吹き飛ばされそう。ガラスが破れたらどうしよう。今夜は夜勤でパパもいないし。母とまだ小さい兄と私が不安一杯で肩寄せ合っていた夜、停電に。一度停電になると三十分は真っ暗闇。ろうそくとマッチは必需品でした。不安一杯の中で灯《とも》ったろうそくの揺れる火、こわいながらも楽しかった夜。

岡部・浦和市

ローラースケート 団地でローラースケートが流行《はや》り、凝《こ》り性《しょう》の弟は毎日滑《すべ》って相当高度の技術も身につけていました。ある日、父の

ロイド眼鏡

誘いでスケート場に行きました。父はアイススケートの経験があり自慢したかったのだと思いますが、毎日滑っている弟に勝てるわけがありません。数日間父は機嫌が悪く、弟は自慢ばかり。父と子の戦いの始まりでした。吉田・横浜市

ローラー脱水式洗濯機《だっすいしきせんたくき》 真新しい洗濯機の脱水は私の仕事でした。洗濯物がおせんべいのようになって出てくるのが面白くて、ダッコちゃんを腕に抱きつかせて、けっこう楽しんでやりました。ズボンなどの厚物はローラーが回らないので、跳び上がってハンドルに全体重を載せ、ローラーを回しました。加部・田辺市

ろくろ首《くび》 少し年上の従姉《いとこ》とは仲が良く、紙芝居を作ったり、折り紙、トランプ、かるたなど、いろんな遊びをしました。一番のお気に入りは寝るとき本を読んでもらうことです。夏は妖怪の『ろくろ首』を、こわいと言いながら何度もせがみ、しまいには疲れてぐっすり寝ていました。田中・西宮市

ロケット 浅草松屋デパートの屋上遊園地にあった二人乗りの回転カプセルの通称です。床から遊離するかのようにぐるぐる回転し、青空や隅田川やタグボートに引かれた石炭運搬船や駒形橋を、棒切れを宙に放り上げたように左右上下を反転させながら狭い風防ガラスの中に映し出します。体を支えるのは横棒だけ。横に座る父の体重がのしかかり、カプセルの中で体が浮き上がり、やっぱり乗らなければよかった！ 菊池・新宿区

路地《ろじ》の音 隣家はニワトリを飼っていました。その先はお餅屋《もちや》さんでドーンドーンと餅をつく音と軒下を通過する電車の地響き。左隣は大工《だいく》さんでシャーシャーと鉋《かんな》をかける音。その先はサイレン屋さんで製品確認用にサイレンを鳴らし、うちは数十羽のカナリアの鳴き声。それらが一日中のどかな音をたてていました。小暮・船橋市

露店《ろてん》のヒヨコ 小学校の前によく

ローラー脱水式洗濯機

露天商が小さな生き物を売りに来ていました。買ったヒヨコが野良猫に襲われ、一羽だけ助かったヒヨコが懐いて後を付いて来るのでニワトリになっても手放せません。お尻にかき氷のカップをセロテープで留めて家の中で飼いました。その後、朝早くから鳴いて近所迷惑なので、泣く泣く熱田神宮に放しました。　木村・名古屋市

ロバのパン屋さん　♪「ロバのおじさん、チンカラリン」。夏休みに母の実家の西宮で過ごしていた頃、時々、ロバのパン屋さんが通りました。歌が聞こえ、蒸《む》しパンのいい匂いがしてくると、急いで通りに出て祖母に買ってもらいました。甘い香りと優しかった祖母のイメージが結びついて、今でも思い出します。　東・港区

路《ろ》面《めん》電車　路面電車で家から二つ目の駅に幼稚園があり、時々一人でも乗りました。料金は確か、幼児五円、小人十円、大人二十円でした。路面電車は私が高校生の頃まで走っていました。　木村・名古屋市

わ

わが生《お》い立《た》ちの記《き》　小学校卒業前に、生まれてからそれまでの記録『わが生い立ちの記』を作りました。自分では記憶のない赤ちゃん時代のことを含めて親に聞き取りしながら、原稿用紙何十枚もに綴《つづ》り、写真も貼って製本します。赤ちゃんの頃の自分は本当に可愛いかった！　岩倉・沼津市

ワカメちゃんと飴玉《あめだま》　長谷川町子さんの『サザエさん』(昭和三十三年朝日新聞掲載)にこんな場面がありました。「一・ワカメちゃんが口に入れようとしていた大きな飴を友達三人が見ている前で落とす。二・その飴をワカメちゃんがポーンと蹴るのを三人が笑って見ている。三・友達三人が帰っていく後ろ姿をワカメちゃんが見送る。四・ワカメちゃんが飴玉を洗面所で洗っている」。あっ、私が居る！　小暮・船橋市

別れ　中学に入ると新しい制服に革のカバンで電車通学です。丘の上の校舎は洋館風で素敵でした。一学期が終わる頃、「東京へ戻れるのよ。もう転勤はなし。やっと落ち着いて暮らせるわ」と母。私は友達や先生との別れが辛《つら》くて、その気持ちを振り払うように、弾《はじ》けるような残り少ない学園生活を送りました。別れの日、みんなから、手紙や寄せ書き、手作りのプレゼントをいただき、何回も抱き

合っては「またね。きっとまた会おうね」。田中・西宮市

輪《わ》ゴム　輪ゴムは、一・五mくらいの長さにつなぎ合わせてゴム跳びに使ったり、ゴム鉄砲にして紙を丸めた玉を飛ばしたりして遊びました。お惣菜や食料品の買い物も、経木《きょうぎ》に入れ、新聞紙に包んで、輪ゴムで留めてくれました。輪ゴム一つでは心もとない時はいくつも重ねると、とても強くなりました。小渡・静岡市

綿《わた》　布団《ふとん》の打ち直しでは、ぺたんこになった古い綿をはずして新しい綿を入れる時には、綿の上に真綿《まわた》(絹)をうすく広げて、幾重にも重ねました。子供も手伝うのですが加減がむずかしく、広げる時に力を入れ過ぎると穴があいてしまいます。矢賀部・八女市

綿飴《わたあめ》[綿菓子]　近くの神社の夏祭りへ、家族で浴衣《ゆかた》を着て遊びに行きました。境内にはたくさん屋台が並び、綿飴屋さんもあります。一度食べたことがあったので買ってほしいとねだったのですが、母が、あれはザラメという砂糖でできていて、丸めたらこんなに小さくなるのだよと手のひらを握ってみせ、そんなものにお金を使うなんて、いかにもったいないかを説明して買ってくれませんでした。後年、私が、孫にかこつけて綿飴を買うのは、子供の頃に買ってもらえなかったからです。懐かしく苦《にが》い思い出です。吉田・横浜市

綿入《わたい》れ　冬は寒く、家の中の水も凍《こお》るほどでした。冬の夜は綿入れ半《はん》纏《てん》を着てこたつでです。越阪部・所沢市

綿埃《わたぼこり》　八畳の和室で布団《ふとん》の打ち直しをする時に、出来たてのふんわりした布団にバフッところがるのが楽しくて、お手伝いと称して部屋中を綿だらけにして叱《しか》られたこともありました。岡村・柏市

和《わ》ダンス　こたつの横にある母の嫁入り道具のタンスが私のお気に入りの遊び場でした。漆塗《うるしぬ》りで痕が付きやすく、寝ころがって絵を描いてはよく叱《しか》られました。岡村・柏市

藁《わら》　稲藁《いなわら》は納屋の二階に溜《た》めてありました。加工する前に梳具《すきぐ》でしごき、余計な葉を取り除き、きれいに揃えて束ねます。くくったり、編んで縄や筵《むしろ》にしたり、焼いて灰(わら灰)を灰汁《あく》抜《ぬ》きや洗い物に使ったり、大変役に立ちました。越阪部・所沢市

草鞋《わらじ》　葬式は自宅で行ったもので

した。亡くなると親類の人が集まり、お経を唱《とな》え、声をかけながら、極楽に行くようにと白装束を左前に着せて、足には白足袋《しろたび》に草鞋。三途《さんず》の川の船着場で手渡すよう、草鞋銭《わらじせん》(お金)も持たせました。福井・本荘市

藁《わら》の匂い　田植えも稲刈りも脱穀《だっこく》も、家族総出《そうで》の行事でした。脱穀したあとの藁が積み上がるとフカフカになって、寝ころがると藁のいい匂いがしました。脱穀の際に細かい埃《ほこり》が出て、体じゅうチクチクするのですが、お構いなしで遊んでいました。風祭・高萩市

藁葺《わらぶ》き屋根の家　土間《どま》のある藁葺き屋根の家は、私たち家族(祖母、父母、私、妹)の生活を受け止め、見守り、育ててくれた存在感のある家でした。屋根の藁は厚くて空気を含み(断熱)、壁は土壁で蓄熱《ちくねつ》してくれます。冬は火鉢《ひばち》で暖をとる程度で過ごせ、夏は本当に涼しかった！ 矢賀部・八女市

藁布団《わらぶとん》　お盆と正月は母の実家に行きました。部屋にある藁布団が珍しく、二つ折りの布団の上でトランポリンのように跳びはねては叱《しか》られました。福井・本荘市

わんぱく　銭湯《せんとう》では、兄や兄の親友のやんちゃ坊主たちが数々の悪さをしたそうです。映画のポスターの画鋲《がびょう》を風呂の中に投げ込んだり、明《あ》かり取りのガラス屋根を割ってしまったり、お湯を抜いたり。でも、みんな、ひどく叱《しか》られた記憶はないそうです。説田・今治市

わんわん横丁《よこちょう》　お向かいの縁《えん》の下で野良犬が子を産み、路地《ろじ》に面した家の子達が親にせがんで、雑種の子犬を一匹ずつ飼うことになりました。みな立派な番犬に育ちましたが、自転車が路地に入った途端、一斉にワンワン吠《ほ》えたてるので、郵便屋さんは辟易《へきえき》。仲間内ではワンワン横丁と呼んでいたそうです。鎖で庭飼いが普通な時代、さぞご苦労だったと思います。西岡・浦和市

輪回し

旭川市●石炭庫と集合煙突のある二軒長屋の官舎・昭和30年頃

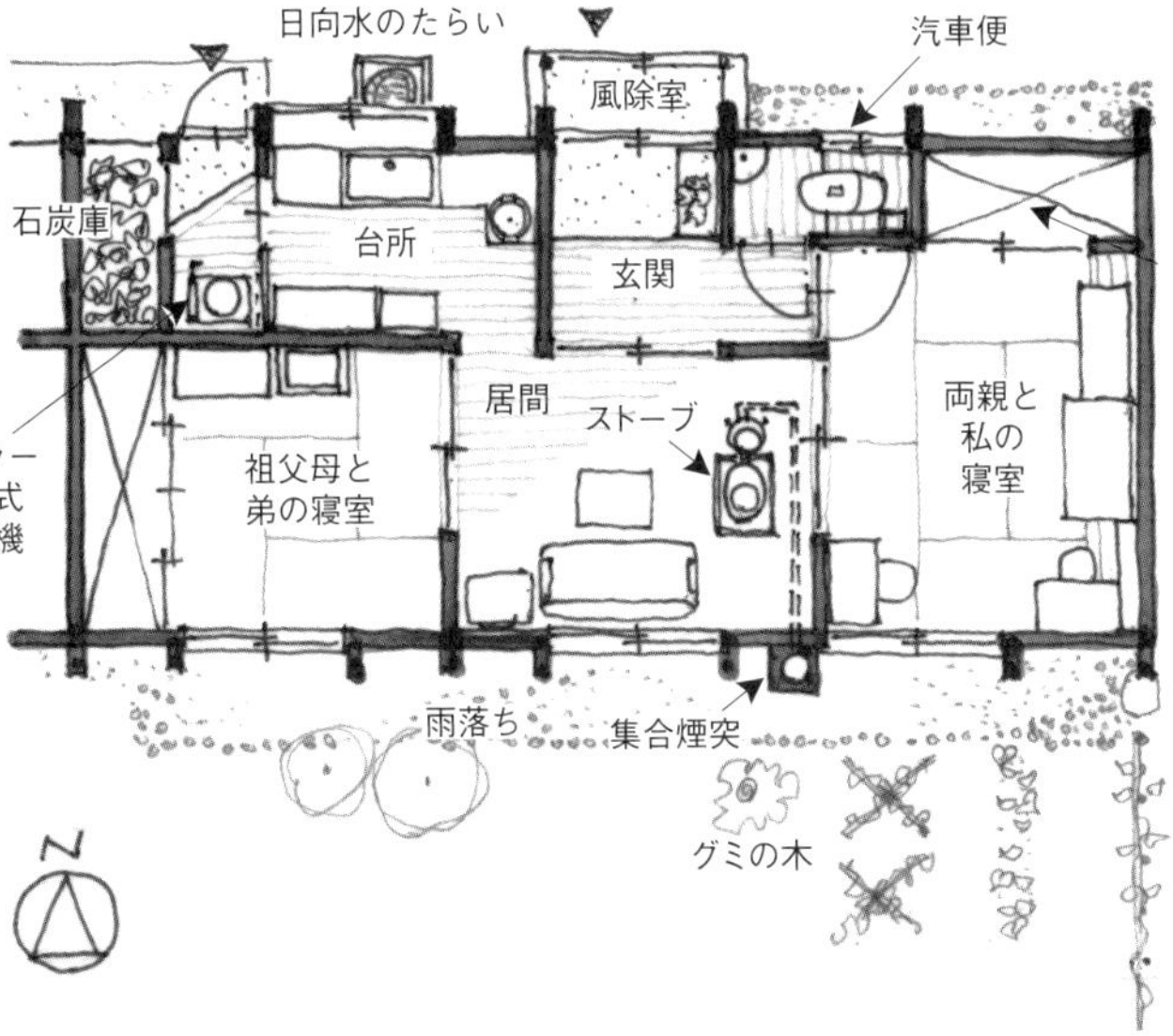

名古屋市●公団住宅・昭和35年頃

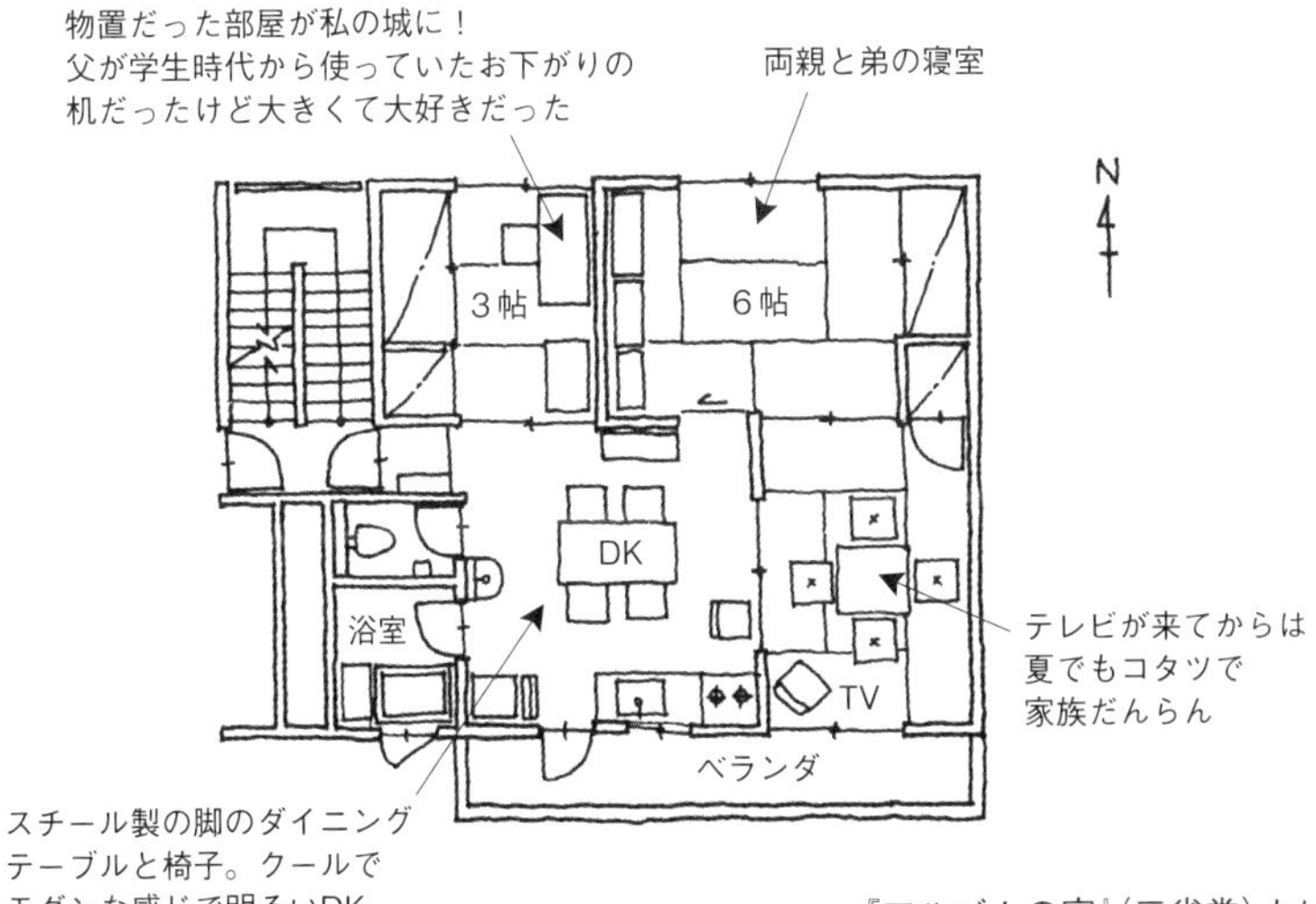

『アルバムの家』（三省堂）より

あとがき……編集を終えて

企画の発端は、本書に間取り図を引用した二〇〇六年刊行の『アルバムの家』(女性建築技術者の会著・三省堂)です。『アルバムの家』には、子供の頃の暮らしのエピソードがたくさん書かれています。その中から、昭和の匂いのする言葉を二百語ほど抜き出し、「ことばのアルバム」と題して巻頭に置いたところ、読者の方から「語が並んでいるだけなのに不思議に心が惹かれる」という感想を頂きました。以来、いつか、昭和の日常茶飯を子供の目線で記した本を作りたいと思い続けてきました。そして、同じ女性建築技術者の会の力で実現したのが、この『夢みる昭和語』です。

執筆者(四十六人の少女たち)は、幼い頃「戦後」という時代の空気をうっすらと肌で感じながらも、平和の中で、明るく楽しく育ちました。パイオニアとして建築分野の仕事につき、生活者の視点から、住まいづくりの提案を続けてきた女性たちです。仕事柄、原稿の随所に、昭和の住まいに対する愛着がにじみ出ています。

本書に書かれた暮らしは、おそらく、震災や空襲や地上戦などの前日まで、どこの町でもくり返されていた日常生活だと思います。多くの犠牲の元に贖《あがな》われている平和のありがたさを、こうした、たわいない日常の喜怒哀楽を記録することで示したいと思いました。ぜひ、昭和の少女たちと一緒に昭和タイムを楽しんでください。

本書は言わば、昭和抒情の少女版といったところですが、大人版として、暮らしの歌(俳句・短歌)を集めた本も企画してみたいと思っています。「昭和」は宝庫です。まだまだ発見され、見直されるべき宝物が一杯あると感じます。

本書を作るにあたっては、二本柳泉さんに一年がかりで百枚以上のイラストを描き下ろして頂きました。様々な思いを込めた「夢みる昭和語」のタイトルは、本書の装丁者でもある和久井昌幸さんの考案です。歌人の松村由利子さんには、終始、激励と助言を頂き、綿密な校正に加えて、帯文も寄せて頂きました。皆さん、本当にありがとうございました。「昭和」に乾杯！

小暮正子

【編著者とスタッフ】

編著者●女性建築技術者の会　じょせいけんちくぎじゅつしゃのかい
1976年発足の建築関係の仕事に携わる女性の集まり。会報『定木《じょうぎ》』を発行。主な著書に『家づくり　その前に』『家づくりのバイブル』『アルバムの家』（以上、三省堂）

編　集●小暮正子　こぐれ・まさこ
編集者。1951年生れ。企画・編集を担当。編著書に共編で『俳句・短歌・川柳と共に味わう猫の国語辞典』（三省堂）

イラスト●二本柳　泉　にほんやなぎ・いずみ
イラストレーター。1951年生れ。『ぼくの手おちゃわんタイプや』『小学百科日記』『俳句・短歌・川柳と共に味わう猫の国語辞典』（以上、三省堂）の他、絵本など多彩なタッチのイラストを描く。

装　丁●和久井昌幸　わくい・まさゆき
デザイナー。連句人。1946年生れ。編著書に筆名・西方草志で『俳句短歌ことばの花表現辞典』『雅語・歌語　五七語辞典』『川柳五七語辞典』、共編で『五七語辞典』『敬語のお辞典』（以上、三省堂）

夢みる昭和語

2017年10月28日　第1刷発行

編著者…………女性建築技術者の会
発行者…………株式会社　三省堂
　　　　　　　代表者　北口克彦
発行所…………株式会社　三省堂
　　　　　　　〒101-8371　東京都千代田区三崎町二丁目22番14号
　　　　　　　電話　編集(03)3230-9411　営業(03)3230-9412
　　　　　　　http://www.sanseido.co.jp/
印刷所…………三省堂印刷株式会社
ＤＴＰ…………株式会社　エディット
カバー印刷……株式会社　あかね印刷工芸社

落丁本・乱丁本はお取り替えいたします。
〈夢みる昭和語・352pp.〉　ISBN978-4-385-36069-0